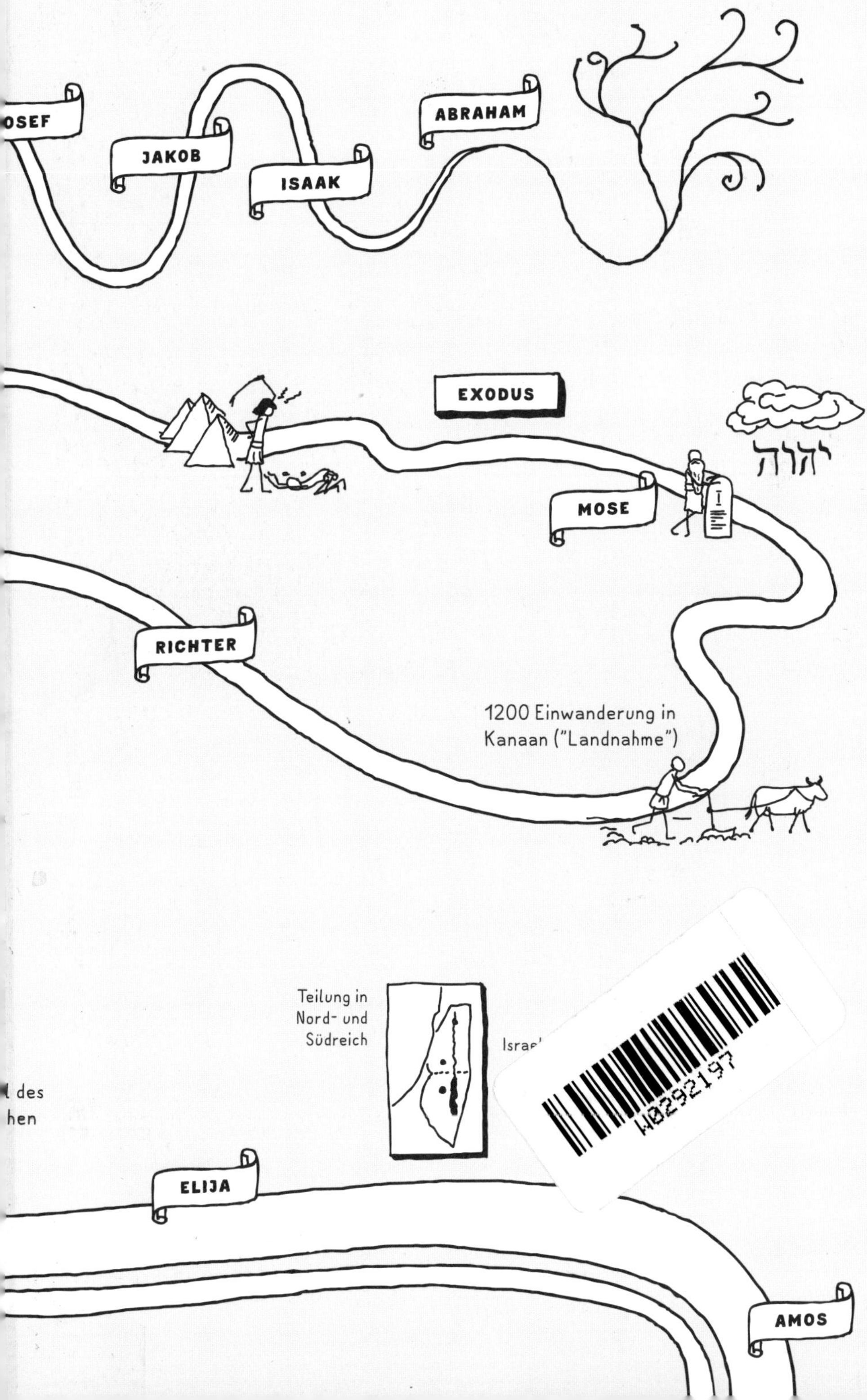
OSEF
JAKOB
ISAAK
ABRAHAM
EXODUS
יהוה
MOSE
RICHTER
1200 Einwanderung in Kanaan ("Landnahme")
Teilung in Nord- und Südreich
des
hen
ELIJA
AMOS

# BIBEL

Jugendbibel der
Katholischen Kirche

ihs
יהוה

# BIBEL

Jugendbibel
der Katholischen Kirche

mit einem Vorwort von
Papst Franziskus

YOUCAT
FOUNDATION

kbw bibelwerk

[redacted] [redacted]

Herausgegeben von der Österreichischen Bischofskonferenz

Das Werk inkl. Auswahl der Bibeltexte wurde zusammen mit Jugendlichen erarbeitet von
Prof. Dr. Michael Langer, Regensburg (Koordination)
Prof. Dr. Georg Fischer SJ, Innsbruck (Altes Testament)
Prof. Dr. Dominik Markl SJ, Rom (Altes Testament)
Prof. Dr. Thomas Söding, Bochum (Neues Testament)

Gesamtleitung und Redaktion: Bernhard Meuser
Redaktionelle Koordination: Clara Steber



Erschienen im Vertrieb der YOUCAT Foundation gGmbH
und im Verlag Katholisches Bibelwerk GmbH, Stuttgart



Umschlaggestaltung, Layout, Illustrationen und Satz:
Alexander von Lengerke, Köln

Korrektor: Günther Renner, München

Druck und Bindung: finidr s.r.o., Český Těšín
Printed in the Czech Republic

2. Auflage 2015

ISBN 978-3-945148-12-9 ISBN 978-3-460-32587-6
www.youcat.org www.bibelwerk.de

# Inhalt



# Das Alte Testament 14



# Das Neue Testament 248

# Vorwort

**Liebe junge Freunde,**

wenn ihr meine Bibel sehen würdet, könnte es sein, dass sie euch nicht besonders imponiert: Was – das ist die Bibel des Papstes? So ein altes, abgegriffenes Buch! Ihr könntet mir eine neue schenken, eine für 1000 Dollar, aber ich würde sie nicht wollen. Ich liebe meine alte Bibel, die mich mein halbes Leben lang begleitet hat. Sie hat meinen Jubel gesehen, und sie wurde von meinen Tränen benetzt. Sie ist mein kostbarster Schatz. Ich lebe aus ihr. Für nichts in der Welt würde ich sie hergeben.

Die Jugendbibel, die ihr aufgeschlagen habt, gefällt mir sehr. Sie ist so bunt, so reich an Zeugnissen – Zeugnisse von Heiligen, Zeugnisse von Jugendlichen –, und sie verlockt dazu, dass man vorne anfängt zu lesen und erst auf der letzten Seite aufhört. Und dann ...? Und dann versteckt ihr sie. Sie verschwindet im Regal, hinten in der dritten Reihe. Sie verstaubt. Eure Kinder verscherbeln sie eines Tages auf dem Flohmarkt. Nein, so darf es nicht kommen!

Ich will euch etwas sagen: Heute gibt es mehr verfolgte Christen als in den Anfangszeiten der Kirche. Und warum werden sie verfolgt? Sie werden verfolgt, weil sie ein Kreuz tragen und Zeugnis für Jesus ablegen. Sie werden verurteilt, weil sie eine Bibel besitzen. Die Bibel ist also ein äußerst gefährliches Buch. So gefährlich, dass man in manchen Ländern so behandelt wird, als würde man Handgranaten im Kleiderschrank horten. Es war ein Nichtchrist, Mahatma Gandhi, der einmal gesagt hat: „Ihr Christen habt in eurer Obhut ein Dokument mit genug Dynamit in sich, die gesamte Zivilisation in Stücke zu blasen, die Welt auf den Kopf zu stellen, dieser kriegszerrissenen Welt Frieden zu bringen. Aber ihr geht damit so um, als ob es bloß ein Stück guter Literatur wäre – sonst weiter nichts."

Was haltet ihr also in Händen? Ein Stück Literatur? Ein paar schöne alte Geschichten? Dann müsste man den vielen Christen, die sich für die Bibel einsperren und foltern ließen, sagen: Wie dumm wart ihr, es ist doch bloß ein Stück Literatur! Nein, durch das Wort Gottes ist das Licht in die Welt gekommen. Und es wird nie wieder verlöschen. In Evangelii Gaudium (175) habe ich gesagt: „Wir tappen nicht in der Finsternis und müssen nicht darauf warten, dass Gott sein Wort an uns richtet, denn ‚Gott hat gesprochen, er ist nicht mehr der große Unbekannte, sondern er hat sich gezeigt'. Nehmen wir den erhabenen Schatz des geoffenbarten Wortes in uns auf."

Ihr haltet also etwas Göttliches in Händen: ein Buch wie Feuer! Ein Buch, durch das Gott spricht. Also merkt euch: Die Bibel ist nicht dazu da, um in ein Regal gestellt zu werden, sondern um sie zur Hand zu haben, um oft in ihr zu lesen, jeden Tag, sowohl allein als auch gemeinsam. Ihr macht doch auch gemeinsam Sport oder geht gemeinsam shoppen. Warum lest ihr nicht zu zweit, zu dritt, zu viert gemeinsam in der Bibel? Draußen in der Natur, im Wald, am Strand, abends im Schein von ein paar Kerzen ... ihr werdet eine gewaltige Erfahrung machen! Oder habt ihr etwa Angst, euch mit einem solchen Vorschlag voreinander zu blamieren?

Lest mit Aufmerksamkeit! Bleibt nicht an der Oberfläche wie bei einem Comic! Das Wort Gottes niemals bloß überfliegen! Fragt euch: „Was sagt das meinem Herzen? Spricht Gott durch diese Worte zu mir? Berührt er mich in der Tiefe meiner Sehnsucht? Was muss ich tun?" Nur auf diese Weise kann das Wort Gottes Kraft entfalten. Nur so kann sich unser Leben ändern, kann groß und schön werden.

Ich will euch sagen, wie ich in meiner alten Bibel lese. Oft nehme ich sie her, lese ein bisschen darin, dann lege ich sie weg und lasse mich vom Herrn betrachten. Nicht ich betrachte den Herrn, sondern ER betrachtet mich. ER ist ja da. Ich lasse mich von ihm anblicken. Und ich spüre – das ist keine Sentimentalität –, ich spüre zutiefst die Dinge, die der Herr mir sagt. Manchmal spricht er auch nicht. Ich fühle dann nichts, nur Leere, Leere, Leere ... Aber ich bleibe geduldig da, und so warte ich. Lese und bete. Bete im Sitzen, denn es tut mir weh niederzuknien. Manchmal schlafe ich beim Gebet sogar ein. Aber das macht nichts. Ich bin wie ein Sohn beim Vater, und das ist wichtig.

Wollt ihr mir eine Freude machen? Lest die Bibel!

Euer

Franciscus

Papst Franziskus

# Wie du die Bibel lesen kannst

Die Bibel ist für dich geschrieben. Du kannst sie lesen und dabei Gottes Wort zum Wort deines Lebens werden lassen. Folgende zehn Leseregeln können dabei eine Hilfestellung sein.

**Lies die Bibel ...**

**... und bete.**

Die Bibel ist die Heilige Schrift. Deshalb ist es gut, wenn du vor dem Lesen Gott um seinen Heiligen Geist bittest und ihm nach dem Lesen Danke sagst. Wie du beten kannst? Fang doch einfach an mit diesem kurzen Gebet: „Dein Wort ist meinem Fuß eine Leuchte, ein Licht für meine Pfade“ (Ps 119,105).

**... und lass dich überraschen.**

Die Bibel ist ein Buch voller Überraschungen. Auch wenn du manche Erzählungen schon einmal gehört hast: gib ihnen eine zweite Chance. Und auch dir selbst! Die Bibel zeigt dir die alles übersteigende Weite und Größe Gottes.

**... und freue dich.**

Die Bibel ist eine große Liebesgeschichte mit Happy End: Der Tod hat keine Chance. Das Leben siegt. Diese Frohe Botschaft findest du in allen Bibeltexten wieder. Such danach – und freu dich, wenn du sie gefunden hast.

**... und tu es regelmäßig.**

Die Bibel ist das Buch für dein Leben. Wenn du täglich in ihr liest, auch wenn es nur ein Vers oder ein kleiner Absatz ist, kann dir aufgehen, wie gut dir das Buch tut. Es ist wie mit Sport und Musik: Nur beständiges Üben bringt einen weiter – und wenn man ein wenig trainiert ist, macht es richtig Spaß.

**... und lies nicht zu viel.**

Die Bibel ist ein riesiger Schatz. Du bekommst ihn umsonst geschenkt. Du brauchst nicht alles sofort auszupacken. Lies nur so viel, wie du gut aufnehmen kannst. Wenn dich etwas besonders anspricht, schreib es dir auf und lerne es auswendig.

> Lebe das, was du vom Evangelium verstanden hast. Und wenn es noch so wenig ist. Aber lebe es!
>
> FRÈRE ROGER SCHUTZ

**... und lass dir Zeit.**

Die Bibel ist ein uraltes Buch, das ewig jung und neu ist. Es will nicht in einem Zug durchgelesen werden. Es ist gut, dabei innezuhalten. So kannst du dich besinnen und verspüren, was Gott dir sagen will. Und wenn du einmal durch bist mit der Bibel: fang einfach wieder neu von vorne an. Du wirst wieder ganz andere Seiten an ihr entdecken.

**... und hab Geduld.**

Die Bibel ist ein Buch voll tiefer Weisheit, gelegentlich erscheint sie aber auch rätselhaft und fremd. Du wirst nicht alles immer auf Anhieb verstehen. Und manches ist auch nur aus der Zeit oder der historischen Situation heraus zu verstehen. Hab Geduld mit dir und mit der Bibel. Wenn Dir etwas nicht einleuchten will, so schau auf die Zusammenhänge oder auf andere Stellen, die das gleiche Thema behandeln. Deine Bibel gibt dir viele Hilfestellungen.

**... und lies sie mit anderen.**

Was die Bibel dir sagt, kannst du mit anderen teilen. Und das, was andere in der Bibel entdeckt haben, kann dir helfen, sie besser zu verstehen. Wenn du mit anderen über die Bibel redest, achte darauf, dass Gottes Wort im Zentrum bleibt und es nicht zerredet wird. Die Bibel ist niemals eine Waffe gegen andere; sie ist eine Brücke für Friedenstifter.

**... und öffne dein Herz.**

Die Bibel ist eine Herzenssache. Wer die Bibel liest, kann nicht beim bloßen Lesen bleiben. Gott öffnet dein Herz. Sein Wort schreibt sich in deinem Leben weiter und du kannst es im Gottesdienst feiern. Mit offenem Herzen die Bibel lesen – das ist es, wozu du eingeladen bist.

**... und mach dich auf den Weg.**

Die Bibel ist der Kompass für dein Leben. Sie zeigt dir, wo es lang geht. Den Weg deines Lebens gehst du selbst. Aber du gehst ihn nicht allein. Denk an die Emmaus-Jünger (Lk 24,13–35). Erst haben sie Jesus nicht erkannt, der sie in ihrer Trauer begleitet hat. Aber dann haben sie sich gefragt: „Brannte uns nicht das Herz in der Brust, als er unterwegs mit uns redete und uns den Sinn der Schrift erschloss?" (Lk 24,32)

Die Bibel ist
einmalig.

Die Bibel ist einmalig. Sie ist das am meisten verbreitete Buch der Welt. Kein anderes wurde häufiger in verschiedene Sprachen übersetzt. Kein anderes in der Geschichte der Menschheit hat eine größere Wirkung ausgeübt. Für alle Christinnen und Christen ist die Bibel die Heilige Schrift.

Die Bibel ist Weltliteratur. Sie enthält wunderbare Erzählungen. Viele Schriften der Bibel sind von großer poetischer Schönheit, z. B. das Buch Ijob und eine ganze Reihe von Psalmen aus dem Alten Testament oder das Hohelied der Liebe (1 Kor 13) und die Johannesoffenbarung aus dem Neuen Testament. Oft ist die Bibel verstörend. Sie ist kritisch. Manchmal wirkt sie fremd. Es kann sein, dass man Jahre braucht, um eine bestimmte Stelle aus der Heiligen Schrift zu verstehen. Aber es lohnt sich, immer wieder neu einen Anlauf zu unternehmen. Für alle Christinnen und Christen ist sie die Urkunde des Glaubens.

Und mehr noch: Die Bibel ist das „Wort Gottes". Sie ist es mit menschlichen Worten und in menschlicher Sprache. Aber sie ist eine Offenbarung. Sie wurde geschrieben, weil Menschen auf Gottes Wort gehört und es mit ihren Worten niedergeschrieben haben. Sie wurde überliefert, weil andere diesen Menschen geglaubt haben, dass sie sich nichts eingebildet haben, sondern dass sie wirklich eine Botschaft von Gott auszurichten hatten.

Die Bibel will bewegen. Sie möchte zu einem Leben motivieren, das nach dem Guten strebt.

Dieses Leben soll die Liebe zu Gott und die Liebe zu den Mitmenschen vereinen. Deshalb kann es nicht nur beim Lesen bleiben. Das Beten gehört dazu, die Hilfe für andere, das Nachdenken über den Glauben – und in allem die Freude, dass es Gott gibt, der uns das Leben schenkt.

Höre, Israel! Jahwe, unser Gott, Jahwe ist einzig. Darum sollst du den Herrn, deinen Gott, lieben mit ganzem Herzen, mit ganzer Seele und mit ganzer Kraft. Diese Worte, auf die ich dich heute verpflichte, sollen auf deinem Herzen geschrieben stehen. Du sollst sie deinen Söhnen wiederholen. Du sollst von ihnen reden, wenn du zu Hause sitzt und wenn du auf der Straße gehst, wenn du dich schlafen legst und wenn du aufstehst.

Dtn 6,4–7

# Das Alte Testament

Christinnen und Christen nennen den ersten Teil der Bibel Altes Testament. Es ist eine Sammlung von Schriften, die von der Schöpfung und von Gottes Zuwendung zu den Menschen Zeugnis ablegen, bevor Jesus auf die Welt gekommen ist. „Alt" heißt nicht „veraltet", sondern „ursprünglich".

Dieses „Alte Testament" war die Bibel Jesu. Er hat sie gekannt, geliebt und oft zitiert. Sie ist die Grundlage für seine Verkündigung. Jesus sieht seine Aufgabe darin, die Botschaft des Alten Testaments in neuem Geist umzusetzen.

Am Alten Testament haben viele Hände mitgeschrieben. Nur von wenigen Büchern weiß man genau, wer sie wann und wo geschrieben hat. Die meisten Bücher des Alten Testaments wurden auf Hebräisch verfasst – einige auf Aramäisch und Griechisch. Die meisten Bücher sind in Israel entstanden, einige vielleicht auch außerhalb des Heiligen Landes. Es hat Jahrhunderte gedauert, bis das Alte Testament entstanden ist und seine heutige Form gefunden hat.

Das Alte Testament ist für das Judentum die ganze Heilige Schrift. Das Neue Testament wird im Judentum nicht anerkannt. Die hebräische Bibel hat nach der jüdischen Tradition drei Teile: die Tora, die Propheten und die Schriften. Zur Tora gehören die ersten fünf Bücher der Bibel (Genesis bis Deuteronomium). Die Propheten umfassen sowohl manche Geschichtsbücher (ab Josua) als auch die sogenannten „Schriftpropheten", wozu Jesaja, Jeremia, Ezechiel sowie die zwölf kleinen Propheten zählen (von Hosea bis Maleachi). Zu den „Schriften" gehören alle übrigen hebräisch geschriebenen Werke, z.B. die Psalmen.

Das christliche Alte Testament ist etwas anders gegliedert. Nach dem „Pentateuch" (Genesis bis Deuteronomium) kommen die Bücher der Geschichte, dann die Bücher der Weisheit und zuletzt die Propheten, bei ihnen auch das Buch Daniel. Überdies stehen im Alten Testament der ostkirchlichen und römisch-katholischen Tradition mehr Bücher als in der jüdischen Bibel: Jesus Sirach, Baruch, Tobit, Judit, 1 und 2 Makkabäer, Weisheit Salomos. Auch das Neue Testament hat solche Stellen.

Dein Wort ist meinem Fuß eine Leuchte, ein Licht für meine Pfade.

Ps 119,105

Das Neue Testament liegt im Alten verborgen, und das Alte ist im Neuen offenbar.

**AUGUSTINUS**

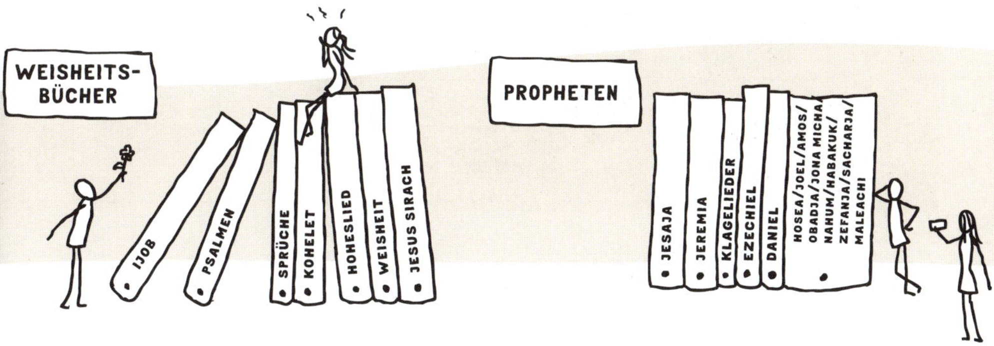


Die Schriften des Alten Testaments spiegeln eine Revolution in der Geschichte der Religionen der Menschheit wider. Während fast alle Völker in der Umgebung Israels hunderte und tausende Götter fürchteten, entstand in Israel der Glaube, es existiere nur ein Gott des gesamten Universums. Das Judentum, das Christentum und der Islam sind von dieser grundlegenden Überzeugung geprägt.

Das Alte Testament enthält Stellen, die sehr offen von Gewalt sprechen. Manchmal erscheint Gott selbst als gewalttätig. Das zeigt einerseits, dass die Bibel auch die schwierigen und schmerzhaften Seiten der Wirklichkeit realistisch anschaut. Gott hat mit allen Seiten des Lebens zu tun. Andererseits müssen wir diese Stellen sehr vorsichtig lesen und zu verstehen versuchen. Nie dürfen wir biblische Stellen als Rechtfertigung für zerstörerische Gewalt missverstehen. Gott ist vor allem der Gott des Lebens (Gen 1–2) und der Barmherzigkeit (Ex 34,6–7).

# Die Tora

Das hebräische Wort „Tora" bedeutet „Lehre, Unterweisung". Es bezeichnet die ersten fünf Bücher der Bibel (Genesis, Exodus, Levitikus, Numeri, Deuteronomium). Wie die Evangelien im Neuen Testament durch ihre Stellung zu Beginn und ihre Wichtigkeit herausragen, so auch die Tora im Alten Testament. Sie ist das Fundament, auf dem alles Weitere ruht. Im christlichen Alten Testament heißt die Tora „Gesetz", weil sie die Offenbarung des Gesetzes an Mose auf dem Sinai enthält, mit den Zehn Worten (den Zehn Geboten) an der Spitze.

Die Tora erzählt in einem großen Bogen von der Schöpfung (Genesis 1–2) bis zum Todestag des Mose (Deuteronomium 34). Auf die sogenannte Urgeschichte (Gen 1–11) folgen die Erzählungen von den Erzeltern (angefangen von Abraham und Sara, Gen 12–50), von der Befreiung des Volkes Israel aus Ägypten (Exodus 1–15), von der langen Begegnung mit Gott am Berg Sinai (von Exodus 19 bis Numeri 10), dem weiteren Zug durch die Wüste in Richtung des Verheißenen Landes (ab Numeri 10) und die ausführlichen Reden des Mose am letzten Tag seines Lebens, wie wir sie im Buch Deuteronomium finden.

Die Tora stellt somit eine Art „Vor-Geschichte" dar, bevor das Leben des Volkes Israel im Heiligen Land beginnt. Mit der Schöpfung, der Berufung Abrahams, der Offenbarung des göttlichen Namens, der Befreiung aus Ägypten und der Gabe des Gesetzes legt sie die Grundlage für den Glauben an Gott, sowohl im Judentum als auch im Christentum.

DAS BUCH

# Genesis

Das erste Buch der Bibel setzt mit Gottes Erschaffen der Welt und des Menschen ein (Gen 1–2); es endet mit dem Aufenthalt der großen Familie Jakobs (der den Namen Israel trägt) in Ägypten. Von dort werden die Israeliten später wieder ausziehen, was im folgenden Buch Exodus beschrieben wird.

Das Buch Genesis hat in den ersten elf Kapiteln einen Schwerpunkt auf der Schöpfung und allen Menschen. Es zeigt so, dass der biblische Gott allumfassend, im ganzen Universum gegenwärtig ist. Er schließt mit Noach einen Bund mit allen Lebewesen (Gen 9) und gibt ihnen seinen Segen. Das Zeichen dieses Bundes ist der Regenbogen (Gen 9,12–17).

In den folgenden Kapiteln zeigt die Genesis, wie Gott Beziehungen mit Menschen eingeht: Er begleitet sie und sichert ihnen seinen festen Beistand zu. In besonderer Weise erfahren dies Abraham, Isaak und Jakob mit ihren Frauen und Kindern, gerade auch in schwierigen Situationen. Hungersnot, eigenes Versagen, Konflikte, Leben in der Fremde – in allen Nöten bewährt sich Gott als Helfer.

## ZWEI SCHÖPFUNGSERZÄHLUNGEN (GEN 1–2)

Die ersten zwei Kapitel der Bibel sind ein Glaubenszeugnis: Gott ist der Schöpfer der Welt und der Menschen. Die Bibel will nicht naturwissenschaftlich erklären, wie das Universum entstanden ist. Sie will vielmehr den Sinn, die tiefere Bedeutung und wichtige Zusammenhänge des Kosmos aufzeigen. Das macht sie auf der Basis des damaligen Weltbildes, aber in einer ganz eigenen Weise: Alles, was es gibt, hat seinen Ursprung in Gott und verdankt ihm sein Leben. Die erste Erzählung schildert eine geordnete, gute Schöpfung. Sie hat zwei Zielpunkte: die Erschaffung des Menschen (Gen 1,26f.) und Gottes Ruhe am siebten Tag (Gen 2,1–3), dem Sabbat.

» Groß bist du, Herr, und über alles Lob erhaben. Und da will der Mensch dich preisen, dieser winzige Teil deiner Schöpfung. Du selbst regst ihn dazu an; denn du hast uns zu dir hin geschaffen, und unruhig ist unser Herz, bis es ruht in dir.

**AUGUSTINUS VON HIPPO**
(354–430 n. Chr.), Kirchenlehrer und Philosoph

### Die erste Erzählung (Gen 1,1–2,4a)

1 1 Im Anfang schuf Gott Himmel und Erde; 2 die Erde aber war wüst
und wirr, Finsternis lag über der Urflut, und Gottes Geist schwebte
über dem Wasser.
3 Gott sprach: Es werde Licht. Und es wurde Licht. 4 Gott sah, dass
das Licht gut war. Gott schied das Licht von der Finsternis, 5 und Gott
nannte das Licht Tag, und die Finsternis nannte er Nacht. Es wurde
Abend, und es wurde Morgen: erster Tag. 6 Dann sprach Gott: Ein Ge-
wölbe entstehe mitten im Wasser und scheide Wasser von Wasser.
7 Gott machte also das Gewölbe und schied das Wasser unterhalb des

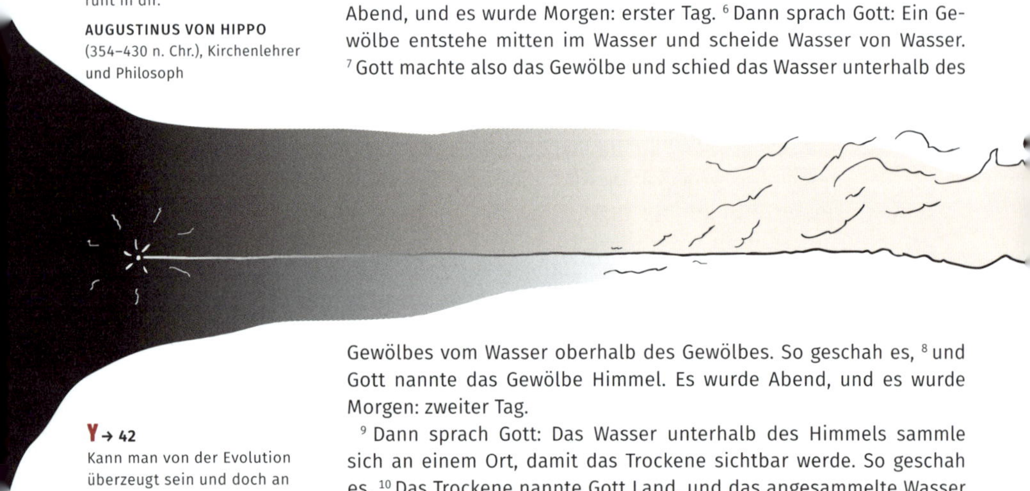

Gewölbes vom Wasser oberhalb des Gewölbes. So geschah es, 8 und
Gott nannte das Gewölbe Himmel. Es wurde Abend, und es wurde
Morgen: zweiter Tag.
9 Dann sprach Gott: Das Wasser unterhalb des Himmels sammle
sich an einem Ort, damit das Trockene sichtbar werde. So geschah
es. 10 Das Trockene nannte Gott Land, und das angesammelte Wasser
nannte er Meer. Gott sah, dass es gut war. 11 Dann sprach Gott: Das
Land lasse junges Grün wachsen, alle Arten von Pflanzen, die Samen
tragen, und von Bäumen, die auf der Erde Früchte bringen mit ihrem
Samen darin. So geschah es. 12 Das Land brachte junges Grün hervor,
alle Arten von Pflanzen, die Samen tragen, alle Arten von Bäumen,
die Früchte bringen mit ihrem Samen darin. Gott sah, dass es gut war.
13 Es wurde Abend, und es wurde Morgen: dritter Tag.
14 Dann sprach Gott: Lichter sollen am Himmelsgewölbe sein, um Tag
und Nacht zu scheiden. Sie sollen Zeichen sein und zur Bestimmung
von Festzeiten, von Tagen und Jahren dienen; 15 sie sollen Lichter am
Himmelsgewölbe sein, die über die Erde hin leuchten. So geschah
es. 16 Gott machte die beiden großen Lichter, das größere, das über
den Tag herrscht, das kleinere, das über die Nacht herrscht, auch die
Sterne. 17 Gott setzte die Lichter an das Himmelsgewölbe, damit sie
über die Erde hin leuchten, 18 über Tag und Nacht herrschen und das
Licht von der Finsternis scheiden. Gott sah, dass es gut war. 19 Es wur-
de Abend, und es wurde Morgen: vierter Tag.

Y → 42
Kann man von der Evolution überzeugt sein und doch an den Schöpfer glauben?

20 Dann sprach Gott: Das Wasser wimmle von lebendigen Wesen, und
Vögel sollen über dem Land am Himmelsgewölbe dahinfliegen. 21 Gott
schuf alle Arten von großen Seetieren und anderen Lebewesen, von
denen das Wasser wimmelt, und alle Arten von gefiederten Vögeln.
Gott sah, dass es gut war. 22 Gott segnete sie und sprach: Seid frucht-
bar, und vermehrt euch, und bevölkert das Wasser im Meer, und die
Vögel sollen sich auf dem Land vermehren. 23 Es wurde Abend, und es
wurde Morgen: fünfter Tag.
24 Dann sprach Gott: Das Land bringe alle Arten von lebendigen We-
sen hervor, von Vieh, von Kriechtieren und von Tieren des Feldes. So
geschah es. 25 Gott machte alle Arten von Tieren des Feldes, alle Arten
von Vieh und alle Arten von Kriechtieren auf dem Erdboden. Gott sah,
dass es gut war. 26 Dann sprach Gott: Lasst uns Menschen machen als
unser Abbild, uns ähnlich. Sie sollen herrschen über die Fische des
Meeres, über die Vögel des Himmels, über das Vieh, über die ganze
Erde und über alle Kriechtiere auf dem Land. 27 Gott schuf also den
Menschen als sein Abbild; als Abbild Gottes schuf er ihn. Als Mann
und Frau schuf er sie. 28 Gott segnete sie, und Gott sprach zu ihnen:
Seid fruchtbar, und vermehrt euch, bevölkert die Erde, unterwerft sie

▶ „Abbild“ und „ähnlich“ (v26) zeigen die große Nähe des Menschen zu Gott. In jedem Menschen wird Gott sichtbar. Dies macht unsere Würde und unseren Wert aus.

▶ Als Menschen gleich, doch als Frau und Mann verschieden zu sein prägt unser Leben. Es fordert dazu heraus, Hochachtung vor jedem Menschen zu haben und unsere Verschiedenheit anzunehmen (↗ zu Jes 49,15).

▶ „Unterwerfen“ und „herrschen“ (v26) meinen nicht rücksichtslos zu regieren, sondern in Verantwortung zu leiten, gleichsam als Stellvertreter für Gott.

euch, und herrscht über die Fische des Meeres, über die Vögel des
Himmels und über alle Tiere, die sich auf dem Land regen. 29 Dann
sprach Gott: Hiermit übergebe ich euch alle Pflanzen auf der ganzen
Erde, die Samen tragen, und alle Bäume mit samenhaltigen Früchten.
Euch sollen sie zur Nahrung dienen. 30 Allen Tieren des Feldes, allen
Vögeln des Himmels und allem, was sich auf der Erde regt, was Le-
bensatem in sich hat, gebe ich alle grünen Pflanzen zur Nahrung. So
geschah es. 31 Gott sah alles an, was er gemacht hatte: Es war sehr gut.
Es wurde Abend, und es wurde Morgen: der sechste Tag.

▶ Gottes Bewertung (v31) zeigt, wie positiv die Bibel die Schöpfung sieht: Sie ist geordnet und gelungen.

Die zweite Schöpfungserzählung ergänzt die erste. Das Interesse gilt dem Menschen: Er ist von Gottes Handwerkskunst geschaffen und trägt göttlichen Atem in sich (Gen 2,7). Er hat eine Beziehung zum Erdboden, von dem er genommen ist (Gen 2,7). Aber es wird dieser Mensch sein, der aus dem Paradies vertrieben wird.

2 1 So wurden Himmel und Erde vollendet und ihr ganzes Gefüge.
2 Am siebten Tag vollendete Gott das Werk, das er geschaffen
hatte, und er ruhte am siebten Tag, nachdem er sein ganzes Werk
vollbracht hatte. 3 Und Gott segnete den siebten Tag und erklärte ihn
für heilig; denn an ihm ruhte Gott, nachdem er das ganze Werk der
Schöpfung vollendet hatte.
4a Das ist die Entstehungsgeschichte von Himmel und Erde, als sie
erschaffen wurden.

**Y → 43**
Ist die Welt ein Produkt des Zufalls?

### Die zweite Erzählung (Gen 2,4b–25)

4b Zur Zeit, als Gott, der Herr, Erde und Himmel machte, 5 gab es auf der Erde noch keine Feldsträucher und wuchsen noch keine Feldpflanzen; denn Gott, der Herr, hatte es auf die Erde noch nicht regnen lassen, und es gab noch keinen Menschen, der den Ackerboden bestellte; 6 aber Feuchtigkeit stieg aus der Erde auf und tränkte die ganze Fläche des Ackerbodens.

7 Da formte Gott, der Herr, den Menschen aus Erde vom Ackerboden und blies in seine Nase den Lebensatem. So wurde der Mensch zu einem lebendigen Wesen. 8 Dann legte Gott, der Herr, in Eden, im Osten, einen Garten an und setzte dorthin den Menschen, den er geformt hatte. … 15 Gott, der Herr, nahm also den Menschen und setzte ihn in den Garten von Eden, damit er ihn bebaue und hüte. 16 Dann gebot Gott, der Herr, dem Menschen: Von allen Bäumen des Gartens darfst du essen, 17 doch vom Baum der Erkenntnis von Gut und Böse darfst du nicht essen; denn sobald du davon isst, wirst du sterben. 18 Dann sprach Gott, der Herr: Es ist nicht gut, dass der Mensch allein bleibt. Ich will ihm eine Hilfe machen, die ihm entspricht.

▶ „Eden", hebräisch „Wonne", steht für das Paradies. Es ist vor allem als symbolischer Ort des ursprünglichen Glücks zu verstehen. Die weiteren Verse 9–14 beschreiben u.a. seine Flüsse.

„Frau" und „Mann" (v23) bilden im Hebräischen ein Wortspiel (*ischah* und *isch*). Es zeigt, dass sie zueinander gehören – sie sind füreinander geschaffen.

19 Gott, der Herr, formte aus dem Ackerboden alle Tiere des Feldes und alle Vögel des Himmels und führte sie dem Menschen zu, um zu

sehen, wie er sie benennen würde. Und wie der Mensch jedes lebendige Wesen benannte, so sollte es heißen. 20 Der Mensch gab Namen allem Vieh, den Vögeln des Himmels und allen Tieren des Feldes. Aber eine Hilfe, die dem Menschen entsprach, fand er nicht.

21 Da ließ Gott, der Herr, einen tiefen Schlaf auf den Menschen fallen, so dass er einschlief, nahm eine seiner Rippen und verschloss ihre Stelle mit Fleisch. 22 Gott, der Herr, baute aus der Rippe, die er vom Menschen genommen hatte, eine Frau und führte sie dem Menschen zu. 23 Und der Mensch sprach: Das endlich ist Bein von meinem Bein und Fleisch von meinem Fleisch. Frau soll sie heißen; denn vom Mann ist sie genommen.

24 Darum verlässt der Mann Vater und Mutter und bindet sich an seine Frau, und sie werden ein Fleisch. 25 Beide, Adam und seine Frau, waren nackt, aber sie schämten sich nicht voreinander.

▶ Diese Verse wurden oft missverstanden und als Unterordnung der Frau ausgelegt. Doch besagt „Hilfe" (v18, 20) im Hebräischen auch Rettung und Schutz, und „ihm entsprechend" drückt die Gleichrangigkeit beider Geschlechter aus. Der Mann bestätigt dies in seiner ersten Aussage in v23. Das Bild vom „bauen" aus der „Rippe" zeigt, dass beide ursprünglich zusammengehören.

### Das Ende des Paradieses (Gen 3,1–24)

3 1 Die Schlange war schlauer als alle Tiere des Feldes, die Gott, der Herr, gemacht hatte. Sie sagte zu der Frau: Hat Gott wirklich gesagt: Ihr dürft von keinem Baum des Gartens essen? 2 Die Frau entgegnete der Schlange: Von den Früchten der Bäume im Garten dürfen wir essen; 3 nur von den Früchten des Baumes, der in der Mitte des Gartens steht, hat Gott gesagt: Davon dürft ihr nicht essen, und daran dürft ihr nicht rühren, sonst werdet ihr sterben.

❞ Jesus Christus geht den Weg Adams umgekehrt zurück. Im Gegensatz zu Adam ist er wirklich „wie Gott". … Weil er nicht den Weg der Macht, sondern den Weg der Liebe geht, kann er nun bis in Adams Lüge, bis in den Tod hinuntersteigen und so dort die Wahrheit aufrichten, das Leben geben. →

4 Darauf sagte die Schlange zur Frau: Nein, ihr werdet nicht sterben.
5 Gott weiß vielmehr: Sobald ihr davon esst, gehen euch die Augen
auf; ihr werdet wie Gott und erkennt Gut und Böse. 6 Da sah die Frau,
dass es köstlich wäre, von dem Baum zu essen, dass der Baum eine
Augenweide war und dazu verlockte, klug zu werden. Sie nahm von
seinen Früchten und aß; sie gab auch ihrem Mann, der bei ihr war,
und auch er aß.
7 Da gingen beiden die Augen auf, und sie erkannten, dass sie nackt
waren. Sie hefteten Feigenblätter zusammen und machten sich einen
Schurz. 8 Als sie Gott, den Herrn, im Garten gegen den Tagwind ein-
herschreiten hörten, versteckten sich Adam und seine Frau vor Gott,
dem Herrn, unter den Bäumen des Gartens. 9 Gott, der Herr, rief Adam
zu und sprach: Wo bist du? 10 Er antwortete: Ich habe dich im Garten
kommen hören; da geriet ich in Furcht, weil ich nackt bin, und ver-
steckte mich. 11 Darauf fragte er: Wer hat dir gesagt, dass du nackt
bist? Hast du von dem Baum gegessen, von dem zu essen ich dir ver-
boten habe? 12 Adam antwortete: Die Frau, die du mir beigesellt hast,

sie hat mir von dem Baum gegeben, und so habe ich gegessen. 13 Gott,
der Herr, sprach zu der Frau: Was hast du da getan? Die Frau antwor-
tete: Die Schlange hat mich verführt, und so habe ich gegessen.
14 Da sprach Gott, der Herr, zur Schlange:
Weil du das getan hast, bist du verflucht unter allem Vieh und allen
Tieren des Feldes. Auf dem Bauch sollst du kriechen und Staub fres-
sen alle Tage deines Lebens.
15 Feindschaft setze ich zwischen dich und die Frau, zwischen deinen
Nachwuchs und ihren Nachwuchs. Er trifft dich am Kopf, und du triffst
ihn an der Ferse.
16 Zur Frau sprach er: Viel Mühsal bereite ich dir, sooft du schwanger
wirst. Unter Schmerzen gebierst du Kinder. Du hast Verlangen nach
deinem Mann; er aber wird über dich herrschen.
17 Zu Adam sprach er: Weil du auf deine Frau gehört und von dem
Baum gegessen hast, von dem zu essen ich dir verboten hatte: So ist
verflucht der Ackerboden deinetwegen. Unter Mühsal wirst du von
ihm essen alle Tage deines Lebens. 18 Dornen und Disteln lässt er dir
wachsen, und die Pflanzen des Feldes musst du essen. 19 Im Schweiße
deines Angesichts sollst du dein Brot essen, bis du zurückkehrst zum
Ackerboden; von ihm bist du ja genommen. Denn Staub bist du, zum
Staub musst du zurück.

→ So wird Christus der neue Adam, mit dem das Menschsein neu beginnt. Er, der vom Grund her Beziehung und Bezogensein ist: der Sohn – er stellt die Beziehungen wieder richtig. Seine ausgebreiteten Arme sind die geöffnete Beziehung, die immerfort für uns offensteht.

**PAPST BENEDIKT XVI.**, Im Anfang schuf Gott, 1986

Esoteriker umarmen gern Bäume. Auch Christen haben einen „Lebensbaum“, den sie umarmen sollten, das Kreuz. Am Baum des Kreuzes begann das Leben noch einmal.

▶ Der Baum der Erkenntnis von Gut und Böse steht in übertragenem Sinn für eine Haltung, bei der Menschen selbst entscheiden wollen, was recht und was falsch ist. Gott will nicht verhindern, dass wir Gutes erkennen und danach handeln.

Wo jedoch die Sünde mächtig wurde, da ist die Gnade übergroß geworden. Denn wie die Sünde herrschte und zum Tod führte, so soll auch die Gnade herrschen … durch Jesus Christus, unseren Herrn.

Röm 5,20b–21

Gott, von dir sich abwenden heißt fallen. Zu dir sich hinwenden heißt aufstehen. In dir bleiben heißt sicheren Beistand haben.

**AUGUSTINUS**

▶ Gott kümmert sich auch dann um die Menschen, wenn sie gegen ihn gehandelt haben. Er bekleidet Adam und Eva, damit sie sich nicht mehr schämen müssen.

[20] Adam nannte seine Frau Eva (Leben), denn sie wurde die Mut-
ter aller Lebendigen. [21] Gott, der Herr, machte Adam und seiner Frau
Röcke aus Fellen und bekleidete sie damit. [22] Dann sprach Gott, der
Herr: Seht, der Mensch ist geworden wie wir; er erkennt Gut und Böse.
Dass er jetzt nicht die Hand ausstreckt, auch vom Baum des Lebens
nimmt, davon isst und ewig lebt! [23] Gott, der Herr, schickte ihn aus
dem Garten von Eden weg, damit er den Ackerboden bestellte, von
dem er genommen war. [24] Er vertrieb den Menschen und stellte öst-
lich des Gartens von Eden die Kerubim auf und das lodernde Flam-
menschwert, damit sie den Weg zum Baum des Lebens bewachten.

Im nächsten Kapitel 4 weitet sich das Böse aus: Kain erschlägt seinen Bruder Abel. In Gen 6 ist die Gewalt auf der Erde so sehr angewachsen, dass Gott dem ausufernden Bösen ein Ende setzen will und eine Sintflut über sie bringt. Aus ihr wird nur der gerechte Noach (Gen 6,9) mit seiner Familie und Vertretern aller Lebewesen gerettet. Nach dem Ende der Flut segnet Gott die Menschen, gibt ihnen neue Vorschriften und schenkt eine bleibende Beziehung.

„Wenn man einem Mann trauen kann, erübrigt sich ein Vertrag. Wenn man ihm nicht trauen kann, ist ein Vertrag überflüssig.“

**JEAN PAUL GETTY** (1892–1976), amerikanischer Unternehmer

### Gottes Bund mit allem Lebendigen (Gen 9,8–16)

9 [8] Dann sprach Gott zu Noach und seinen Söhnen, die bei ihm
waren: [9] Hiermit schließe ich meinen Bund mit euch und
mit euren Nachkommen [10] und mit allen Lebewesen bei

▶ „Bund“ ist ein Schlüsselmotiv der Bibel (s. auch Gen 15; Ex 19; Jer 31 und für Jesus). „Das ist mein Blut des Bundes, das für viele vergossen wird.“ (Mk 14,24) Es besagt, dass Gott sich dauerhaft an Menschen bindet, und zeigt so seinen Wunsch nach Beziehung mit uns.

▶ Mit dem „Bogen“ ist der Regenbogen gemeint. Die nach schwerem Regen durchbrechende Sonne zaubert die Spektralfarben in die Atmosphäre und deutet mit der Verbindung von Himmel und Erde symbolisch deren Versöhnung an.

euch, mit den Vögeln, dem Vieh und allen Tieren des Feldes, mit allen
Tieren der Erde, die mit euch aus der Arche gekommen sind. [11] Ich
habe meinen Bund mit euch geschlossen: Nie wieder sollen alle We-
sen aus Fleisch vom Wasser der Flut ausgerottet werden; nie wieder
soll eine Flut kommen und die Erde verderben. [12] Und Gott sprach: Das
ist das Zeichen des Bundes, den ich stifte zwischen mir und euch und
den lebendigen Wesen bei euch für alle kommenden Generationen:
[13] Meinen Bogen setze ich in die Wolken; er soll das Bundeszeichen
sein zwischen mir und der Erde. [14] Balle ich Wolken über der Erde
zusammen und erscheint der Bogen in den Wolken, [15] dann gedenke
ich des Bundes, der besteht zwischen mir und euch und allen Lebe-
wesen, allen Wesen aus Fleisch, und das Wasser wird nie wieder zur
Flut werden, die alle Wesen aus Fleisch vernichtet. [16] Steht der Bogen
in den Wolken, so werde ich auf ihn sehen und des ewigen Bundes
gedenken zwischen Gott und allen lebenden Wesen, allen Wesen aus
Fleisch auf der Erde.

Gen 10 stellt die gesamte Menschheit als eine große Familie von 70 Völkern dar, die alle von den drei Söhnen Noachs abstammen. Damit will dieses Kapitel ihren inneren Zusammenhang, ihre Fülle und Gleichwertigkeit, zugleich aber auch ihre Vielfalt und Verschiedenheit ausdrücken. Gleich die nächste Erzählung zerstört diese Harmonie.

### Der Turmbau zu Babel (Gen 11,1–9)

11 [1] Alle Menschen hatten die glei-
che Sprache und gebrauchten die
gleichen Worte. [2] Als sie von Osten aufbra-
chen, fanden sie eine Ebene im Land Schi-
nar und siedelten sich dort an. [3] Sie sagten
zueinander: Auf, formen wir Lehmziegel,
und brennen wir sie zu Backsteinen. So
dienten ihnen gebrannte Ziegel als Steine
und Erdpech als Mörtel. [4] Dann sagten sie:
Auf, bauen wir uns eine Stadt und einen
Turm mit einer Spitze bis zum Himmel,
und machen wir uns damit einen Namen,
dann werden wir uns nicht über die ganze
Erde zerstreuen. [5] Da stieg der Herr herab,
um sich Stadt und Turm anzusehen, die
die Menschenkinder bauten.
[6] Er sprach: Seht nur, *ein* Volk sind sie,
und *eine* Sprache haben sie alle. Und das
ist erst der Anfang ihres Tuns. Jetzt wird
ihnen nichts mehr unerreichbar sein,
was sie sich auch vornehmen.

Esperanto kämpft gegen die Folgen des Turmbaus von Babel: Die leicht erlernbare Kunstsprache wurde im 19. Jh. geschaffen, um die internationale Verständigung der Menschen zu erleichtern. Was Esperanto nicht geschafft hat, hat Pfingsten geschafft.

▶ Menschlicher Größenwahn und Ehrgeiz („einen Namen machen") führen selten eine Gemeinschaft zusammen. Viel öfter sind sie Quelle von Konflikten und Trennung. Die folgenden Verse schildern diesen Zusammenhang als göttliches Eingreifen.

▶ Die Erzählung bringt „Babel" ironisch in Verbindung mit „verwirren" (hebräisch *balal*); in der Sprache der Babylonier bedeutet „Babel" dagegen „Tor Gottes".

[7] Auf, steigen wir hinab, und verwirren wir dort ihre Sprache, so dass
keiner mehr die Sprache des anderen versteht. [8] Der Herr zerstreute
sie von dort aus über die ganze Erde, und sie hörten auf, an der Stadt
zu bauen. [9] Darum nannte man die Stadt Babel (Wirrsal), denn dort
hat der Herr die Sprache aller Welt verwirrt, und von dort aus hat er
die Menschen über die ganze Erde zerstreut.

In Babylon hat es wirklich einen hohen Turm gegeben: Er war ein gestufter Tempelturm mit einer Grundfläche von ca. 91 x 91 m. Von dem Turm ist allerdings außer den Fundamenten nichts mehr erhalten.

## ERZÄHLUNGEN ÜBER ABRAHAM UND SARA (GEN 11–25)

Mit Abram, der später Abraham genannt wird, beginnt Gott eine Geschichte besonderer Erwählungen. Abraham heißt „Vater einer Menge" (Gen 17,4–5). Dieser Name ist Programm. Die Erwählung ist nicht nur ein Privileg, sondern auch eine Verheißung, die mit Anforderungen verbunden ist. Die Heimat verlassen bedeutet, viel Sicherheit aufzugeben, birgt aber auch die Chance, zu reifen und immer mehr von der Weite zu spüren, die Gott selber auszeichnet.

### Gottes Anruf an Abram (Gen 12,1–5)

12 [1] Der Herr sprach zu Abram: Zieh weg aus deinem Land, von
deiner Verwandtschaft und aus deinem Vaterhaus in das
Land, das ich dir zeigen werde. [2] Ich werde dich zu einem großen Volk
machen, dich segnen und deinen Namen groß machen. Ein Segen
sollst du sein. [3] Ich will segnen, die dich segnen; wer dich verwünscht,
den will ich verfluchen. Durch dich sollen alle Geschlechter der Erde
Segen erlangen.

▶ „Seg(n)en" ist das große Geschenk und der Auftrag an Abraham. Seine intensive Beziehung mit Gott soll und wird fruchtbar werden für andere. So bereitet Gott ihm einen „Namen", Ruhm, im Gegensatz zur menschlichen Ehrsucht (vgl. Gen 11,4).

> Gott gibt oft in einem einzigen Augenblick, was er lange versagt hat. Denn der Herr spendet dort Segen, wo er leere Gefäße findet.
>
> **THOMAS VON KEMPEN** (um 1380–1471), Mystiker

4 Da zog Abram weg, wie der Herr ihm gesagt hatte, und mit ihm
ging auch Lot. Abram war fünfundsiebzig Jahre alt, als er aus Haran
fortzog. 5 Abram nahm seine Frau Sarai mit, seinen Neffen Lot und alle
ihre Habe, die sie erworben hatten, und die Knechte und Mägde, die
sie in Haran gewonnen hatten. Sie wanderten nach Kanaan aus und
kamen dort an.

In Gen 13 überlässt Abram großzügig seinem Neffen die Wahl, welchen Teil des Landes er bewohnen will. Ein Kapitel später befreit er diesen und viele andere Verschleppte mutig aus der Hand ihrer Entführer. So verwirklicht sich bereits Gottes Segenszusage an ihn in Gen 12.

Kein Kind zu haben und das Versprechen unzählbarer Nachkommenschaft – dieses Verhältnis ist null zu unendlich. So erläutert die Bibel, was es bedeutet, an Gott zu „glauben“, sich an ihm festzuhalten.

## Gott glauben (Gen 15,1–6)

15 1 Nach diesen Ereignissen erging das Wort des Herrn in ei-
ner Vision an Abram: Fürchte dich nicht, Abram, ich bin dein
Schild; dein Lohn wird sehr groß sein. 2 Abram antwortete: Herr, mein
Herr, was willst du mir schon geben? Ich gehe doch kinderlos dahin,
und Erbe meines Hauses ist Eliëser aus Damaskus. 3 Und Abram sag-
te: Du hast mir ja keine Nachkommen gegeben; also wird mich mein

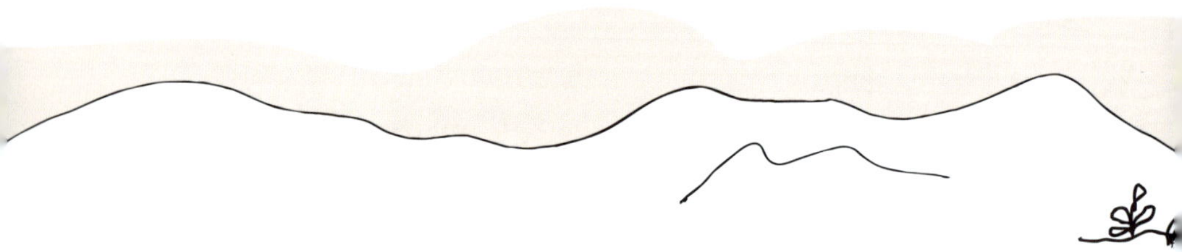

Haussklave beerben. 4 Da erging das Wort des Herrn an ihn: Nicht er
wird dich beerben, sondern dein leiblicher Sohn wird dein Erbe sein.
5 Er führte ihn hinaus und sprach: Sieh doch zum Himmel hinauf, und
zähl die Sterne, wenn du sie zählen kannst. Und er sprach zu ihm:
So zahlreich werden deine Nachkommen sein. 6 Abram glaubte dem
Herrn, und der Herr rechnete es ihm als Gerechtigkeit an.

> Glaube aber ist: Feststehen in dem, was man erhofft, Überzeugtsein von Dingen, die man nicht sieht.
>
> Hebr 11,1

10 und 25 Jahre vergehen, bis Gottes Versprechen sich zu erfüllen beginnt und Abrahams Söhne Ismael sowie Isaak geboren werden. Knapp davor erweist sich Abraham als perfekter Gastgeber.

Im Alter von 99 Jahren (Gen 17,24), zur Siestazeit, als es am heißesten ist, rennt Abraham auf Wanderer zu, um sie zu sich einzuladen. Er verkörpert so das Ideal von Gastfreundschaft. In der semitischen Werteordnung ist Gastfreundschaft auch heute noch hoch angesiedelt; einen Gast königlich zu behandeln, auch wenn man selbst wenig besitzt, ist selbstverständlich.

## Außergewöhnliche Gastfreundschaft (Gen 18,1–15)

18 1 Der Herr erschien Abraham bei den Eichen von Mamre. Abra-
ham saß zur Zeit der Mittagshitze am Zelteingang. 2 Er blickte
auf und sah vor sich drei Männer stehen. Als er sie sah, lief er ihnen
vom Zelteingang aus entgegen, warf sich zur Erde nieder 3 und sagte:
Mein Herr, wenn ich dein Wohlwollen gefunden habe, geh doch an
deinem Knecht nicht vorbei! 4 Man wird etwas Wasser holen; dann
könnt ihr euch die Füße waschen und euch unter dem Baum ausru-
hen. 5 Ich will einen Bissen Brot holen, und ihr könnt dann nach einer
kleinen Stärkung weitergehen; denn deshalb seid ihr doch bei eurem
Knecht vorbeigekommen. Sie erwiderten: Tu, wie du gesagt hast. 6 Da
lief Abraham eiligst ins Zelt zu Sara und rief: Schnell drei Sea feines

Mehl! Rühr es an, und backe Brotfladen! 7 Er lief weiter zum Vieh,
nahm ein zartes, prächtiges Kalb und übergab es dem Jungknecht,
der es schnell zubereitete. 8 Dann nahm Abraham Butter, Milch und
das Kalb, das er hatte zubereiten lassen, und setzte es ihnen vor. Er
wartete ihnen unter dem Baum auf, während sie aßen. 9 Sie fragten
ihn: Wo ist deine Frau Sara? – Dort im Zelt, sagte er. 10 Da sprach der
Herr: In einem Jahr komme ich wieder zu dir, dann wird deine Frau
Sara einen Sohn haben. Sara hörte am Zelteingang hinter seinem
Rücken zu. 11 Abraham und Sara waren schon alt; sie waren in die
Jahre gekommen. Sara erging es längst nicht mehr, wie es Frauen zu
ergehen pflegt. 12 Sara lachte daher still in sich hinein und dachte: Ich
bin doch schon alt und verbraucht und soll noch das Glück der Liebe
erfahren? Auch ist mein Herr doch schon ein alter Mann! 13 Da sprach
der Herr zu Abraham: Warum lacht Sara und sagt: Soll ich wirklich
noch Kinder bekommen, obwohl ich so alt bin? 14 Ist beim Herrn et-
was unmöglich? Nächstes Jahr um diese Zeit werde ich wieder zu dir
kommen; dann wird Sara einen Sohn haben.

15 Sara leugnete: Ich habe nicht gelacht.
Sie hatte nämlich Angst. Er aber sagte:
Doch, du hast gelacht.

▶ In Gen 17,15 hatte Gott den Namen „Sarai" in „Sara" (= Fürstin) geändert. „Sea" (v6) ist ein Hohlmaß. Es entspricht mindestens 7, eher aber gut 12 Litern. Die angegebene Menge kommt auf 20 oder gar 35 kg Teig – ein überreichliches Mahl.

▶ Das hebräische Wort für „Lachen" (*zahaq*) bereitet den Namen des Kindes Isaak (hebr. Jizhaq, Gen 21,2–3) vor.

▶ Die rhetorische Frage deutet an, dass Gott alles vermag (↗ auch Jer 32,17.27). Nichts ist ihm „unmöglich" oder zu wunderbar.

Abrahams Fürsprache für Sodom und Gomorra im Anschluss an die Bewirtung (Gen 18,22-33) erreicht Gottes Zusage, bei zehn Gerechten die beiden Städte zu verschonen; doch selbst so wenige finden sich nicht, und nur Lots Familie kann sich in Gen 19 retten. Zwei Kapitel später wird Isaak geboren, und Sara besteht darauf, seinen älteren Halbbruder Ismael (Kind einer anderen Mutter) wegzuschicken, woraufhin er in der Wüste in Todesgefahr gerät. In Entsprechung dazu wird auch das Leben ihres Sohnes in Gen 22 bedroht.

## Eine extreme Prüfung (Gen 22,1–14)

22 1 Nach diesen Ereignissen stellte Gott Abraham auf die Probe.
Er sprach zu ihm: Abraham! Er antwortete: Hier bin ich. 2 Gott
sprach: Nimm deinen Sohn, deinen einzigen, den du liebst, Isaak, geh
in das Land Morija, und bring ihn dort auf einem der Berge, den ich
dir nenne, als Brandopfer dar. 3 Frühmorgens stand Abraham auf, sat-
telte seinen Esel, holte seine beiden Jungknechte und seinen Sohn
Isaak, spaltete Holz zum Opfer und machte sich auf den Weg zu dem
Ort, den ihm Gott genannt hatte. 4 Als Abraham am dritten Tag auf-
blickte, sah er den Ort von weitem. 5 Da sagte Abraham zu seinen
Jungknechten: Bleibt mit dem Esel hier! Ich will mit dem Knaben hin-
gehen und anbeten; dann kommen wir zu euch zurück.

6 Abraham nahm das Holz für das Brandopfer und lud es seinem
Sohn Isaak auf. Er selbst nahm das Feuer und das Messer in die Hand.
So gingen beide miteinander. 7 Nach einer Weile sagte Isaak zu sei-
nem Vater Abraham: Vater! Er antwortete: Ja, mein Sohn! Dann sagte

▶ Dieser einleitende Satz gibt mit „auf die Probe stellen" den entscheidenden Schlüssel zum Verstehen: Gott will nicht den Tod Isaaks, sondern die Haltung seines Vaters „testen".

» Gott prüft alle: den einen durch Reichtum, den andern durch Armut, den Reichen – ob er für den Notdürftigen die Hand auftut, den Armen aber – ob er ohne Murren, in Demut, von der Vorsehung sein Leid erträgt.

**TALMUD**

▶ „Gott fürchten“ (v10) kommt hier zum ersten Mal vor. Es zeigt, dass Abraham die Prüfung erfolgreich bestanden hat. Gemeint ist eine „Ehrfurcht, Hochachtung“, die Gott den ersten Platz in allem einräumt, sogar noch vor engen persönlichen Beziehungen. Ähnlich sagt Jesus in Mt 10,37: „Wer Vater oder Mutter mehr liebt als mich, ist meiner nicht würdig …“

▶ Die Bezeichnung „Jahwe-Jire“ (v14) nennt den biblischen Namen Gottes und bedeutet eigentlich „Jhwh sieht“. Die Erklärung ergänzt den Gedanken, dass Gott auf Bergen besonders erfahrbar ist (↗ Ex 19).

Isaak: Hier ist Feuer und Holz. Wo aber ist das Lamm für das Brandop-
fer? 8 Abraham entgegnete: Gott wird sich das Opferlamm aussuchen,
mein Sohn. Und beide gingen miteinander weiter.
9 Als sie an den Ort kamen, den ihm Gott genannt hatte, baute Ab-
raham den Altar, schichtete das Holz auf, fesselte seinen Sohn Isaak
und legte ihn auf den Altar, oben auf das Holz.
10 Schon streckte Abraham seine Hand aus und nahm das Messer,
um seinen Sohn zu schlachten. 11 Da rief ihm der Engel des Herrn
vom Himmel her zu: Abraham, Abraham! Er antwortete: Hier bin ich.
12 Jener sprach: Streck deine Hand nicht gegen den Knaben aus, und
tu ihm nichts zuleide! Denn jetzt weiß ich, dass du Gott fürchtest; du
hast mir deinen einzigen Sohn nicht vorenthalten.
13 Als Abraham aufschaute, sah er: Ein Widder hatte sich hinter ihm
mit seinen Hörnern im Gestrüpp verfangen. Abraham ging hin, nahm
den Widder und brachte ihn statt seines Sohnes als Brandopfer dar.
14 Abraham nannte jenen Ort Jahwe-Jire, wie man noch heute sagt:
Auf dem Berg lässt sich der Herr sehen.

Nach der Erprobung gibt Gottes Bote Abraham weitere Segenszusagen (Gen 22,15–19). Wenig später sterben Sara (Gen 23) und Abraham (Gen 25). Ihr Sohn Isaak heiratet Rebekka; nach 20 Jahren gebiert sie Zwillinge: Esau, den Stammvater der Edomiter, eines Nachvolkes, und Jakob, der den Namen Israel erhält. Beide kämpfen schon im Mutterleib um den Vorrang. Als Jakob schließlich in Gen 27 den blinden Vater betrügt und den für Esau vorgesehenen Erstgeburtssegen erschleicht, zerbricht die Familie, und Jakob muss fliehen. Auf dem Weg erscheint Gott ihm in der Nacht.

## ERZÄHLUNGEN ÜBER JAKOB UND SEINE FAMILIE (GEN 25–50)

### Der Traum in Bet-El (Gen 28,10–22)

28 10 Jakob zog aus Beerscheba weg und ging nach Haran. 11 Er
kam an einen bestimmten Ort, wo er übernachtete, denn die
Sonne war untergegangen. Er nahm einen von den Steinen dieses
Ortes, legte ihn unter seinen Kopf und schlief dort ein. 12 Da hatte er
einen Traum: Er sah eine Treppe, die auf der Erde stand und bis zum
Himmel reichte. Auf ihr stiegen Engel Gottes auf und nieder. 13 Und
siehe, der Herr stand oben und sprach: Ich bin der Herr, der Gott
deines Vaters Abraham und der Gott Isaaks. Das Land, auf dem du
liegst, will ich dir und deinen Nachkommen geben. 14 Deine Nach-
kommen werden zahlreich sein wie der Staub auf der Erde. Du wirst
dich unaufhaltsam ausbreiten nach Westen und Osten, nach Norden
und Süden, und durch dich und deine Nachkommen werden alle Ge-
schlechter der Erde Segen erlangen. 15 Ich bin mit dir, ich behüte dich,
wohin du auch gehst, und bringe dich zurück in dieses Land. Denn ich
verlasse dich nicht, bis ich vollbringe, was ich dir versprochen habe.
16 Jakob erwachte aus seinem Schlaf und sagte: Wirklich, der Herr ist
an diesem Ort, und ich wusste es nicht.
17 Furcht überkam ihn, und er sagte: Wie ehrfurchtgebietend ist
doch dieser Ort! Hier ist nichts anderes als das Haus Gottes und das
Tor des Himmels. 18 Jakob stand früh am Morgen auf, nahm den Stein,

▶ Was die Menschen in Babel im Größenwahn zu erreichen versuchten („bis zum Himmel … bauen“, Gen 11,4) und nicht schafften, besteht von Gottes Seite schon längst: Die Treppe verbindet Himmel und Erde, und seine Boten („Engel“) halten den Kontakt in beide Richtungen.

▶ Diese Zusagen sind außerordentlich, vor allem deshalb, weil Gott sie jemandem gibt, der sich schwer verfehlt hat. Er lässt selbst den Schuldigen nicht im Stich und verheißt ihm Großes.

den er unter seinen Kopf gelegt hatte, stellte ihn als Steinmal auf und
goss Öl darauf. 19 Dann gab er dem Ort den Namen Bet-El. Früher hieß
die Stadt Lus. 20 Jakob machte das Gelübde: Wenn Gott mit mir ist und
mich auf diesem Weg, den ich eingeschlagen habe, behütet, wenn er
mir Brot zum Essen und Kleider zum Anziehen gibt, 21 wenn ich wohl-
behalten heimkehre in das Haus meines Vaters, dann soll der Herr
mir Gott sein, 22 und der Stein, den ich als Steinmal aufgestellt habe,
soll ein Gotteshaus werden, und von allem, was du mir schenkst, will
ich dir den zehnten Teil geben.

▶ Bet-El heißt „Haus Gottes" (s. v17) und war ein berühmtes Wallfahrtsheiligtum nördlich von Jerusalem.

❞ Die Ehrfurcht ist die Grundlage aller Tugenden.

**MARCUS TULLIUS CICERO** (106–43 v. Chr), römischer Redner

Gott steht zu seiner Zusage. So kann Jakob in der Fremde, bei seinem betrügerischen Onkel und Schwiegervater Laban, eine eigene Familie gründen und eine große Herde erwerben. Nach über 20 Jahren macht er sich auf in die Heimat, und wieder begegnet ihm Gott in der Nacht auf dem Weg.

**Nächtliches Ringen (Gen 32,23–33)**

32 23 In derselben Nacht stand Jakob auf, nahm seine beiden
Frauen, seine beiden Mägde sowie seine elf Söhne und durch-
schritt die Furt des Jabbok. 24 Er nahm sie und ließ sie den Fluss über-

queren. Dann schaffte er alles hinüber, was ihm sonst noch gehörte.
25 Als nur noch er allein zurückgeblieben war, rang mit ihm ein Mann,
bis die Morgenröte aufstieg. 26 Als der Mann sah, dass er ihm nicht
beikommen konnte, schlug er ihn aufs Hüftgelenk. Jakobs Hüftgelenk
renkte sich aus, als er mit ihm rang. 27 Der Mann sagte: Lass mich
los; denn die Morgenröte ist aufgestiegen. Jakob aber entgegnete:
Ich lasse dich nicht los, wenn du mich nicht segnest. 28 Jener fragte:
Wie heißt du? – Jakob, antwortete er. 29 Da sprach der Mann: Nicht
mehr Jakob wird man dich nennen, sondern Israel; denn mit Gott und
Menschen hast du gestritten und hast gewonnen. 30 Nun fragte Jakob:
Nenne mir doch deinen Namen! Jener entgegnete: Was fragst du mich
nach meinem Namen? Dann segnete er ihn dort. 31 Jakob gab dem
Ort den Namen Penuël und sagte: Ich habe Gott von Angesicht zu
Angesicht gesehen und bin doch mit dem Leben davongekommen.
32 Die Sonne schien bereits auf ihn, als er durch Penuël zog; er hinkte
an seiner Hüfte. 33 Darum essen die Israeliten den Muskelstrang über
dem Hüftgelenk nicht bis auf den heutigen Tag; denn er hat Jakob
aufs Hüftgelenk, auf den Hüftmuskel geschlagen.

▶ Die Identität des „Mannes" (v25) bleibt offen; doch lässt sich annehmen, dass Gott selbst Jakobs Gegenüber war.

▶ Israel (v29) bedeutet „Gott streitet" und ist Jakobs neuer Segensname. Nicht er selber muss sich mit allen Mitteln durchsetzen, sondern Gott steht an seiner Seite und setzt sich für ihn ein.

▶ Penuël (v31) bedeutet „Angesicht Gottes" und erinnert an Jakobs nächtliche Begegnung.

▶ Die Erzählung erklärt einen Brauch in Israel: Auch bei diesem Verbot, einen bestimmten Muskel von Tieren zu essen, soll sich das Volk an seinen Vater Jakob erinnern, noch dazu an seine Gottesbegegnung.

Das nächtliche Ringen verändert Jakob, nicht nur im Namen. Gleich anschließend vermag er mit unterwürfigen Gesten auf Esau zuzulaufen, und dieser nimmt ihn ganz emotional wieder als Bruder an (Gen 33,1–10). Dieser lange Prozess bis zur Versöhnung wiederholt sich in der nächsten Generation, bei Jakobs Söhnen.

Die sogenannte Josefsgeschichte (Gen 37–50) ist eine der spannendsten Erzählungen in der Bibel. Es geht darum, wie eine Familie zerbricht und wieder zusammenfindet. Gen 37 zeigt, wie kompliziert die Beziehungen in der Familie sind. Jeder macht Fehler. Josef ist jung und begabt, aber auch naiv und arrogant. Seine Brüder reagieren aggressiv und brutal. Es braucht viele Jahre, bis sie sich durch schwierige Erfahrungen weiterentwickeln und ihre Fehler einsehen. Die Erzählung zeigt, wie wichtig es ist, in der eigenen Familie reifer zu werden und alte Konflikte zu lösen, wenn es möglich wird. Es lohnt sich, die Geschichte in einer vollständigen Bibel ganz zu lesen!

## Einen schwierigen Bruder beseitigen (Gen 37)

▶ „Hinterbrachte, was sie Böses taten“ (v2), im Original eigentlich „verleumdete“: Josef erzählt seinem Vater Lügen über seine Halbgeschwister.

Eine verstörende Geschichte! Anfangs war ich unsicher, mit welcher dieser Figuren ich mich am ehesten identifizieren kann, was mich emotional verwirrte. Träume der Dominanz oder der Machtausübung kommen bei mir nicht gut an. →

37 2 Als Josef siebzehn Jahre zählte, also noch jung war, weide-
te er mit seinen Brüdern, den Söhnen Bilhas und Silpas, der
Frauen seines Vaters, die Schafe und Ziegen. Josef hinterbrachte ih-
rem Vater, was die Brüder Böses taten. 3 Israel liebte Josef unter allen
seinen Söhnen am meisten, weil er ihm noch in hohem Alter geboren
worden war. Er ließ ihm einen Ärmelrock machen. 4 Als seine Brüder
sahen, dass ihr Vater ihn mehr liebte als alle seine Brüder, hassten
sie ihn und konnten mit ihm kein gutes Wort mehr reden.
5 Einst hatte Josef einen Traum. Als er ihn seinen Brüdern erzählte,
hassten sie ihn noch mehr. 6 Er sagte zu ihnen: Hört, was ich geträumt
habe. 7 Wir banden Garben mitten auf dem Feld. Meine Garbe rich-
tete sich auf und blieb auch stehen. Eure Garben umringten sie und
neigten sich tief vor meiner Garbe. 8 Da sagten seine Brüder zu ihm:

Willst du etwa König über uns werden oder dich als Herr über uns
aufspielen? Und sie hassten ihn noch mehr wegen seiner Träume und
seiner Worte.
9 Er hatte noch einen anderen Traum. Er erzählte ihn seinen Brüdern
und sagte: Ich träumte noch einmal: Die Sonne, der Mond und elf
Sterne verneigten sich tief vor mir. 10 Als er davon seinem Vater und
seinen Brüdern erzählte, schalt ihn sein Vater und sagte zu ihm: Was
soll das, was du da geträumt hast? Sollen wir vielleicht, ich, deine
Mutter und deine Brüder, kommen und uns vor dir zur Erde nieder-
werfen? 11 Seine Brüder waren eifersüchtig auf ihn, sein Vater aber
vergaß die Sache nicht.
12 Als seine Brüder fortgezogen waren, um das Vieh ihres Vaters bei
Sichem zu weiden, 13 sagte Israel zu Josef: Deine Brüder weiden bei
Sichem das Vieh. Geh, ich will dich zu ihnen schicken. Er antwortete:
Ich bin bereit. 14 Da sagte der Vater zu ihm: Geh doch hin und sieh, wie
es deinen Brüdern und dem Vieh geht, und berichte mir! So schick-
te er ihn aus dem Tal von Hebron fort, und Josef kam nach Sichem.
15 Ein Mann traf ihn, wie er auf dem Feld umherirrte; er fragte ihn: Was
suchst du? 16 Josef antwortete: Meine Brüder suche ich. Sag mir doch,
wo sie das Vieh weiden. 17 Der Mann antwortete: Sie sind von hier
weitergezogen. Ich habe nämlich gehört, wie sie sagten: Gehen wir
nach Dotan. Da ging Josef seinen Brüdern nach und fand sie in Dotan.
18 Sie sahen ihn von weitem. Bevor er jedoch nahe an sie herange-

→ Ich bin neidisch, wenn jemand zu etwas Höherem als ich berufen zu sein scheint. Neid frisst sich in mich hinein und ich verliere meine eigenen Fähigkeiten, die Gott mir geschenkt hat, aus den Augen.

**NICOLA**

» Dinge, leicht wie Luft, sind für die Eifersucht Beweis, so stark wie Bibelsprüche.

**WILLIAM SHAKESPEARE** (1564–1616), englischer Dramatiker

▶ Wörtlich sagt Josef in v13 „Siehe mich!“. Eigentlich ist er nicht „bereit“, deshalb muss Jakob ihn noch einmal auffordern (v14).

kommen war, fassten sie den Plan, ihn umzubringen. 19 Sie sagten zu-
einander: Dort kommt ja dieser Träumer. 20 Jetzt aber auf, erschlagen
wir ihn, und werfen wir ihn in eine der Zisternen. Sagen wir, ein wildes
Tier habe ihn gefressen. Dann werden wir ja sehen, was aus seinen
Träumen wird. 21 ...
23 Als Josef bei seinen Brüdern angekommen war, zogen sie ihm sein
Gewand aus, den Ärmelrock, den er anhatte, 24 packten ihn und war-
fen ihn in die Zisterne. Die Zisterne war leer; es war kein Wasser darin.
25 Als sie dann beim Essen saßen und aufblickten, sahen sie, dass
gerade eine Karawane von Ismaelitern aus Gilead kam. ... Sie waren
unterwegs nach Ägypten. 26 Da schlug Juda seinen Brüdern vor: Was
haben wir davon, wenn wir unseren Bruder erschlagen und sein Blut
zudecken? 27 Kommt, verkaufen wir ihn den Ismaelitern. Wir wollen
aber nicht Hand an ihn legen, denn er ist doch unser Bruder und
unser Verwandter. Seine Brüder waren einverstanden.
28 ... Da zogen sie Josef aus der Zisterne heraus und verkauften ihn
für zwanzig Silberstücke an die Ismaeliter. Diese brachten Josef nach
Ägypten. ...
31 Da nahmen sie Josefs Gewand, schlachteten einen Ziegenbock und
tauchten das Gewand in das Blut. 32 Dann schickten sie den Ärmelrock
zu ihrem Vater und ließen ihm sagen: Das haben wir gefunden. Sieh

„Ich las die Geschichten Abrahams, des unruhevollen, des zu neuen Ufern der Gotteserkenntnis getriebenen Wanderers, las die Geschichte Josephs und seiner Brüder, diese Perle des Alten Testaments.

**THOMAS MANN** (1875–1955), über die Entstehung seines Romans „Joseph und seine Brüder"

▶ Was Juda sagt, scheint „vernünftig" zu sein (v27). Aber sein Plan ist auch unmenschlich: Weil Josef „unser Bruder" ist, wird er „nur" verkauft, und zugleich können die Brüder davon profitieren.

doch, ob das der Rock deines Sohnes ist oder nicht. 33 Als er ihn ange-
sehen hatte, sagte er: Der Rock meines Sohnes! Ein wildes Tier hat ihn
gefressen. Zerrissen, zerrissen ist Josef. 34 Jakob zerriss seine Kleider,
legte Trauerkleider an und trauerte um seinen Sohn viele Tage. 35 Alle
seine Söhne und Töchter machten sich auf, um ihn zu trösten. Er aber
ließ sich nicht trösten und sagte: Ich will dauernd zu meinem Sohn in
die Unterwelt hinabsteigen. So beweinte ihn sein Vater.

Im Deutschen gibt es die Redewendung „verraten und verkauft". 20 Silberstücke bekommen die Brüder für Josef (v28), 30 „Silberlinge" erhält Judas dafür, dass er seinen Herrn mit einem Kuss verrät.

Entgegen den Erwartungen der Brüder wird Josef in Ägypten zu einem mächtigen Politiker. Als sie wegen einer Hungersnot in Ägypten Getreide holen müssen, stehen sie mehrfach vor ihm, ohne ihn zu erkennen. Zuletzt scheint es, als hätte ihr jüngster Bruder Benjamin einen wertvollen Becher gestohlen. Doch nun verhalten sich Josefs Brüder und vor allem Juda gänzlich anders als in **Gen 37.**

### Judas Plädoyer (Gen 44,18–34)

44 18 Da trat Juda an ihn heran und sagte: Bitte, mein Herr, dein
Knecht darf vielleicht meinem Herrn offen etwas sagen, ohne
dass sein Zorn über deinen Knecht entbrennt; denn du bist wie der
Pharao. 19 Mein Herr hat seine Knechte gefragt: Habt ihr einen Vater
oder Bruder? 20 Wir erwiderten meinem Herrn: Wir haben einen alten
Vater und einen kleinen Bruder, der ihm noch in hohem Alter geboren
wurde. Dessen Bruder ist gestorben; er ist allein von seiner Mutter
noch da, und sein Vater liebt ihn besonders. 21 Du aber hast von dei-

▶ Die Brüder hatten angenommen, Josef würde das Sklavenschicksal in Ägypten nicht überlebt haben. Zudem kann Juda hier davon sprechen, dass sein Vater Jakob den jüngsten Bruder Benjamin besonders gern hat.

▶ Josefs Forderung hatte seinen Vater Jakob gezwungen, seine ungesunde, einseitig privilegierende „Liebe“ zum Jüngsten aufzugeben.

B Ehre deinen Vater und deine Mutter, damit du lange lebst in dem Land, das der Herr, dein Gott, dir gibt.

Ex 20,12

▶ Juda spricht die Ungleichheit in der Familie offen an. „Meine Frau“ meint Rahel, während Jakobs andere Frau Lea, Judas Mutter, nicht so viel zählt. Dass Juda die Worte seines Vaters exakt wiedergeben kann, zeigt, wie er sich in das Denken seines Vaters einfühlt, obwohl dieser ihn vielfach zurückgesetzt hat.

nen Knechten verlangt: Bringt ihn her zu mir, ich will ihn mit eigenen Augen sehen. [22] Da sagten wir zu unserem Herrn: Der Knabe kann seinen Vater nicht verlassen. Verließe er ihn, so würde der Vater sterben. [23] Du aber sagtest zu deinen Knechten: Wenn euer jüngster Bruder nicht mit euch kommt, dürft ihr mir nicht mehr unter die Augen treten. [24] Als wir zu deinem Knecht, deinem Vater, hinaufgekommen waren, erzählten wir ihm, was mein Herr gesagt hatte. [25] Als dann unser Vater sagte: Kauft uns noch einmal etwas Brotgetreide!, [26] entgegneten wir: Wir können nicht hinunterziehen; nur wenn unser jüngster Bruder dabei ist, ziehen wir hinunter. Wir können nämlich dem Mann nicht mehr unter die Augen treten, wenn nicht unser jüngster Bruder dabei ist. [27] Darauf antwortete uns dein Knecht, mein Vater: Ihr wisst, dass mir meine Frau zwei Söhne geboren hat.

[28] Einer ist von mir gegangen, und ich sagte: Er ist gewiss zerrissen worden. Ich habe ihn bis heute nicht mehr gesehen. [29] Nun nehmt ihr mir auch den noch weg. Stößt ihm ein Unglück zu, dann bringt ihr mein graues Haar vor Leid in die Unterwelt. [30] Wenn ich jetzt zu deinem Knecht, meinem Vater, käme, und der Knabe wäre nicht bei uns, da doch sein Herz so an ihm hängt, [31] wenn er also sähe, dass der Knabe nicht dabei ist, würde er sterben. Dann brächten deine Sklaven deinen Knecht, unseren greisen Vater, vor Gram in die Unterwelt.

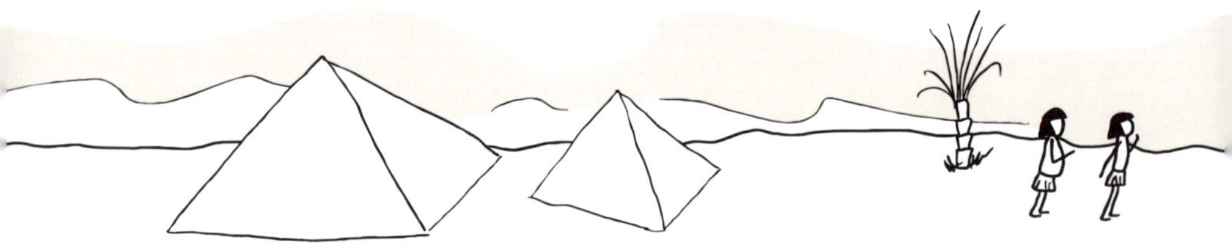

▶ Damit ist Juda bereit, dasselbe Schicksal auf sich zu nehmen, das er in Gen 37 Josef zugefügt hatte.

[32] Dein Knecht hat sich für den Knaben beim Vater mit den Worten verbürgt: Wenn ich ihn nicht zu dir zurückbringe, will ich alle Tage bei meinem Vater in Schuld stehen. [33] Darum soll jetzt dein Knecht an Stelle des Knaben dableiben als Sklave für meinen Herrn; der Knabe aber soll mit seinen Brüdern ziehen dürfen. [34] Denn wie könnte ich zu meinem Vater hinaufziehen, ohne dass der Knabe bei mir wäre? Ich könnte das Unglück nicht mit ansehen, das dann meinen Vater träfe.

B Kann denn eine Frau ihr Kindlein vergessen, ihren leiblichen Sohn? Und selbst wenn sie ihn vergessen würde: ich vergesse dich nicht.

Jes 49,15

### Josefs Antwort (Gen 45,1–15)

45 [1] Josef vermochte sich vor all den Leuten, die um ihn standen, nicht mehr zu halten und rief: Schafft mir alle Leute hinaus! So stand niemand bei Josef, als er sich seinen Brüdern zu erkennen gab. [2] Er begann so laut zu weinen, dass es die Ägypter hörten; auch am Hof des Pharao hörte man davon. [3] Josef sagte zu seinen Brüdern: Ich bin Josef. Ist mein Vater noch am Leben? Seine Brüder waren zu keiner Antwort fähig, weil sie fassungslos vor ihm standen. [4] Josef sagte zu seinen Brüdern: Kommt doch näher zu mir her! Als sie näher herangetreten waren, sagte er: Ich bin Josef, euer Bruder, den ihr nach Ägypten verkauft habt. [5] Jetzt aber lasst es euch nicht mehr leid sein, und grämt euch nicht, weil ihr mich hierher verkauft habt. Denn um Leben zu erhalten, hat mich Gott vor euch hergeschickt. [6] Ja, zwei Jahre sind es jetzt schon, dass der Hunger im Land wütet. Und noch fünf Jahre stehen bevor, in denen man weder pflügen noch ernten wird.

▶ Das Erschrecken der Brüder ist verständlich. Ihr Bruder, den sie für tot gehalten und dem gegenüber sie schwere Schuld auf sich geladen haben, steht plötzlich vor ihnen.

▶ In dieser Deutung seines harten Geschicks zeigt sich Josefs Reife. Vergangenes →

7 Gott aber hat mich vor euch hergeschickt, um von euch im Land
einen Rest zu erhalten und viele von euch eine große Rettungstat er-
leben zu lassen. 8 Also nicht ihr habt mich hierher geschickt, sondern
Gott. Er hat mich zum Vater für den Pharao gemacht, zum Herrn für
sein ganzes Haus und zum Gebieter über ganz Ägypten. 9 Zieht eiligst
zu meinem Vater hinauf, und meldet ihm: So hat dein Sohn Josef ge-
sagt: Gott hat mich zum Herrn für ganz Ägypten gemacht. Komm her-
unter zu mir, lass dich nicht aufhalten! 10 Du kannst dich im Gebiet von
Goschen niederlassen und wirst in meiner Nähe sein, du mit deinen
Söhnen und deinen Kindeskindern, mit deinen Schafen und Ziegen,
mit deinen Rindern und mit allem, was dir gehört. 11 Dort werde ich
für dich sorgen; denn noch fünf Jahre dauert die Hungersnot. Du mit
deinem Haus und allem, was dir gehört, du brauchst dann nicht zu
darben.
12 Ihr und mein Bruder Benjamin, ihr seht es ja mit eigenen Augen,
dass ich wirklich mit euch rede. 13 Erzählt meinem Vater von meinem
hohen Rang in Ägypten und von allem, was ihr gesehen habt. Beeilt
euch, und bringt meinen Vater her! 14 Er fiel seinem Bruder Benjamin
um den Hals und weinte; auch Benjamin weinte an seinem Hals. 15 Jo-
sef küsste dann weinend alle seine Brüder. Darauf unterhielten sich
seine Brüder mit ihm.

→ Unrecht und große Not von Gott her anzusehen als Weg zum Heil (s. auch v7–8) ist der Schlüssel zu neuer Verständigung und versöhnlicher Begegnung.

▶ In der Sorge um das Wohlergehen des Vaters und das Überleben seiner Großfamilie konkretisieren sich Josefs Liebe und versöhnliche Haltung.

▶ Benjamin war auch Kind Rahels und damit Josefs einziger Vollbruder.

Jakob übersiedelt in der Folge tatsächlich mit seiner Großfamilie nach Ägypten und begegnet seinem Sohn Josef wieder (Gen 46). Jakob segnet seine Nachkommen vor seinem Tod umfassend und ehrlich (Gen 48-49).

## Josefs Trost und Ermutigung für seine Brüder (Gen 50,15–21)

50 15 Als Josefs Brüder sahen, dass ihr Vater tot war, sagten sie:
Wenn sich Josef nur nicht feindselig gegen uns stellt und uns
alles Böse vergilt, das wir ihm getan haben. 16 Deshalb ließen sie Jo-
sef wissen: Dein Vater hat uns, bevor er starb, aufgetragen: 17 So sagt
zu Josef: Vergib doch deinen Brüdern ihre Untat und Sünde, denn
Schlimmes haben sie dir angetan. Nun also vergib doch die Untat
der Knechte des Gottes deines Vaters! Als man ihm diese Worte
überbrachte, musste Josef weinen. 18 Seine Brüder gingen dann auch
selbst hin, fielen vor ihm nieder und sagten: Hier sind wir als deine
Sklaven. 19 Josef aber antwortete ihnen: Fürchtet euch nicht! Stehe
ich denn an Gottes Stelle? 20 Ihr habt Böses gegen mich im Sinne
gehabt, Gott aber hatte dabei Gutes im Sinn, um zu erreichen, was
heute geschieht: Viel Volk am Leben zu erhalten. 21 Nun also fürchtet
euch nicht! Ich will für euch und eure Kinder sorgen. So tröstete er
sie und redete ihnen freundlich zu.

▶ Wie Juda in Gen 44 sind nun auch die anderen Brüder bereit, das selbe Schicksal anzunehmen, das sie Josef in Gen 37 zugefügt haben.

▶ Diese Antwort Josefs ist ein Schlüssel zur Genesis und überhaupt zu Gottes Handeln. Wenn Menschen Schlechtes planen und tun, kann Gott es umkehren und insgesamt, längerfristig, zum Guten führen.

Josef stirbt in Ägypten und wird dort begraben. Aber er verheißt seiner Familie die Rückkehr nach Israel. Dort ist ihre Heimat.

DAS BUCH

# Exodus

Das Buch Exodus, auf Deutsch: Auszug, erzählt die Gründungsgeschichte des Gottesvolkes Israel. Jakobs (= Israels) Familie wird in Ägypten zu einem großen Volk. Ein neuer Pharao unterdrückt die Israeliten, weil sie Ausländer sind (Ex 1). Mose wird als Baby gerettet (Ex 2). Gott beauftragt ihn, Israel aus Ägypten zu befreien (Ex 3–4). Das gelingt nur nach einem langen Machtkampf mit dem Pharao (Ex 5–11). Das Volk Israel feiert das erste Pesachfest (Ex 12). Gott führt Israel durch das Schilfmeer, in dem die ägyptische Armee untergeht (Ex 14). Israel feiert den Sieg (Ex 15), muss aber bald erste Prüfungen in der Wüste bestehen (Ex 16–18). Als das Volk am Berg Sinai ankommt, schließt Gott mit ihm einen Bund (Ex 19–24). Dabei erscheint er in Gewitter und Erdbeben (Ex 19) und verkündet die Zehn Gebote (Ex 20) und weitere Gesetze (Ex 21–31). Während Mose am Berg ist, macht sich das Volk ein Goldenes Kalb und verehrt es (Ex 32). Nach einer schweren Krise lässt sich Gott von Mose versöhnen, und er vergibt dem Volk (Ex 34). So kann das Heiligtum gebaut werden, in dem Gott Israel begleiten will (Ex 35–40).

Im Buch Exodus offenbart Gott seinen Namen (Ex 3); er erlässt die Zehn Gebote (Ex 20); er verkündet seine unendlich große Bereitschaft, Schuld zu vergeben (Ex 34). Das Buch Exodus zeigt, wie Gott sich um uns Menschen bemüht: Er möchte uns spirituell begegnen, aber er setzt sich auch konkret für politische Freiheit und soziale Gerechtigkeit ein. Wir Menschen sind ihm ans Herz gewachsen.

10 Millionen Afrikaner wurden seit dem Jahr 1619 als Sklaven nach Amerika deportiert. Auf Tabak- und Baumwollplantagen wurden sie häufig mit der Peitsche zur Arbeit gezwungen. Sie brachten ihr Leid und ihre Hoffnung auf Befreiung in Liedern zum Ausdruck, die auf biblischen Geschichten und Bildern basieren. Eines der bekanntesten dieser Spirituals ist „When Israel was in Egypt's Land", das die Befreiung des Exodusbuches besingt.

▶ Der Pharao bekommt keinen Namen – zwei normale Frauen schon (v15). In der Bibel werden Menschen wie du und ich zu Helden, wenn sie Gott respektieren.

## Der Diktator und die starken Frauen (Ex 1,8–22)

1 8 In Ägypten kam ein neuer König an die Macht, der Josef nicht
gekannt hatte. 9 Er sagte zu seinem Volk: Seht nur, das Volk der Is-
raeliten ist größer und stärker als wir. 10 Gebt acht! Wir müssen über-
legen, was wir gegen sie tun können, damit sie sich nicht weiter ver-
mehren. Wenn ein Krieg ausbricht, können sie sich unseren Feinden
anschließen, gegen uns kämpfen und sich des Landes bemächtigen.
11 Da setzte man Fronvögte über sie ein, um sie durch schwere Arbeit
unter Druck zu setzen. Sie mussten für den Pharao die Städte Pitom
und Ramses als Vorratslager bauen. 12 Je mehr man sie aber unter
Druck hielt, um so stärker vermehrten sie sich und breiteten sie sich
aus, so dass die Ägypter vor ihnen das Grauen packte. 13 Daher gingen
sie hart gegen die Israeliten vor und machten sie zu Sklaven. 14 Sie
machten ihnen das Leben schwer durch harte Arbeit mit Lehm und
Ziegeln und durch alle möglichen Arbeiten auf den Feldern. So wur-
den die Israeliten zu harter Sklavenarbeit gezwungen.
15 Zu den hebräischen Hebammen – die eine hieß Schifra, die andere
Pua – sagte der König von Ägypten: 16 Wenn ihr den Hebräerinnen Ge-
burtshilfe leistet, dann achtet auf das Geschlecht! Ist es ein Knabe, so
lasst ihn sterben! Ist es ein Mädchen, dann kann es am Leben bleiben.
17 Die Hebammen aber fürchteten Gott und taten nicht, was

ihnen der König von Ägypten gesagt hatte, sondern ließen die Kinder
am Leben. 18 Da rief der König von Ägypten die Hebammen zu sich und
sagte zu ihnen: Warum tut ihr das und lasst die Kinder am Leben?
19 Die Hebammen antworteten dem Pharao: Bei den hebräischen Frau-
en ist es nicht wie bei den Ägypterinnen, sondern wie bei den Tieren:
Wenn die Hebamme zu ihnen kommt, haben sie schon geboren. 20 Gott
verhalf den Hebammen zu Glück; das Volk aber vermehrte sich weiter
und wurde sehr stark. 21 Weil die Hebammen Gott fürchteten, schenkte
er ihnen Kindersegen. 22 Daher gab der Pharao seinem ganzen Volk
den Befehl: Alle Knaben, die den Hebräern geboren werden, werft in
den Nil! Die Mädchen dürft ihr alle am Leben lassen.

▶ Die Heilige Schrift ist voller Parallelen. Hier wird Mose als kleines Kind gerettet, um später zum Befreier zu werden. Ähnlich erzählt Matthäus, dass Jesus als Baby vor dem Kindermord gerettet wird (Mt 2,13). Wie Mose wird auch Jesus selbst zum Retter.

▶ Die Leviten (Nachkommen von Levi) werden später Priester, so wie Moses Bruder Aaron.

▶ Mose hat keine leichte Jugend. Er wächst bei Stiefeltern auf. Seine leiblichen Eltern leben in einer anderen Welt. Wahrscheinlich fühlt er sich zerrissen. Aber dabei lernt er viel, was er später für seine Aufgaben brauchen wird.

## Moses Rettung aus dem Nil und seine Flucht in die Wüste (Ex 2,1–25)

2 1 Ein Mann aus einer levitischen Familie ging hin und nahm eine
Frau aus dem gleichen Stamm. 2 Sie wurde schwanger und gebar
einen Sohn. Weil sie sah, dass es ein schönes Kind war, verbarg sie
es drei Monate lang. 3 Als sie es nicht mehr verborgen halten konnte,
nahm sie ein Binsenkästchen, dichtete es mit Pech und Teer ab, legte
den Knaben hinein und setzte ihn am Nilufer im Schilf aus. 4 Seine
Schwester blieb in der Nähe stehen, um zu sehen, was mit ihm ge-
schehen würde.
5 Die Tochter des Pharao kam herab, um im Nil zu baden. Ihre Die-
nerinnen gingen unterdessen am Nilufer auf und ab. Auf einmal sah

sie im Schilf das Kästchen und ließ es durch ihre Magd holen. 6 Als sie
es öffnete und hineinsah, lag ein weinendes Kind darin. Sie bekam
Mitleid mit ihm, und sie sagte: Das ist ein Hebräerkind. 7 Da sagte
seine Schwester zur Tochter des Pharao: Soll ich zu den Hebräerinnen
gehen und dir eine Amme rufen, damit sie dir das Kind stillt? 8 Die
Tochter des Pharao antwortete ihr: Ja, geh! Das Mädchen ging und rief
die Mutter des Knaben herbei. 9 Die Tochter des Pharao sagte zu ihr:
Nimm das Kind mit, und still es mir! Ich werde dich dafür entlohnen.
Die Frau nahm das Kind zu sich und stillte es. 10 Als der Knabe größer
geworden war, brachte sie ihn der Tochter des Pharao. Diese nahm
ihn als Sohn an, nannte ihn Mose und sagte: Ich habe ihn aus dem
Wasser gezogen.
11 Die Jahre vergingen, und Mose wuchs heran. Eines Tages ging er
zu seinen Brüdern hinaus und schaute ihnen bei der Fronarbeit zu.
Da sah er, wie ein Ägypter einen Hebräer schlug, einen seiner Stam-
mesbrüder. 12 Mose sah sich nach allen Seiten um, und als er sah,
dass sonst niemand da war, erschlug er den Ägypter und verscharrte
ihn im Sand.
13 Als er am nächsten Tag wieder hinausging, sah er zwei Hebräer
miteinander streiten. Er sagte zu dem, der im Unrecht war: Warum

Echt clever, wie die Frauen hier im Geheimen zusammenarbeiten und so Pharao und seine mörderischen Pläne austricksen. Eine List Gottes: Moses Schwester rettet ihren Bruder.

Wie Mose aus dem Nil gerettet wird, so wird Israel aus dem Schilfmeer gerettet (Ex 14). Ähnlich wird auch Jesus als Kind gerettet (Mt 2,13–15) und selbst zum Retter.

schlägst du deinen Stammesgenossen? 14 Der Mann erwiderte: Wer
hat dich zum Aufseher und Schiedsrichter über uns bestellt? Meinst
du, du könntest mich umbringen, wie du den Ägypter umgebracht
hast? Da bekam Mose Angst und sagte: Die Sache ist also bekannt
geworden.
15 Der Pharao hörte von diesem Vorfall und wollte Mose töten; Mose
aber entkam ihm. Er wollte in Midian bleiben und setzte sich an einen
Brunnen. 16 Der Priester von Midian hatte sieben Töchter. Sie kamen
zum Wasserschöpfen und wollten die Tröge füllen, um die Schafe und
Ziegen ihres Vaters zu tränken. 17 Doch die Hirten kamen und wollten
sie verdrängen. Da stand Mose auf, kam ihnen zu Hilfe und tränkte
ihre Schafe und Ziegen. 18 Als sie zu ihrem Vater Reguël zurückkehr-
ten, fragte er: Warum seid ihr heute so schnell wieder da? 19 Sie er-
zählten: Ein Ägypter hat uns gegen die Hirten verteidigt; er hat uns
sogar Wasser geschöpft und das Vieh getränkt. 20 Da fragte Reguël
seine Töchter: Wo ist er? Warum habt ihr ihn dort gelassen? Holt ihn,
und ladet ihn zum Essen ein! 21 Mose entschloss sich, bei dem Mann
zu bleiben, und dieser gab seine Tochter Zippora Mose zur Frau. 22 Als
sie einen Sohn gebar, nannte er ihn Gerschom (Ödgast) und sagte:
Gast bin ich in fremdem Land.
23 Nach vielen Jahren starb der König von Ägypten. Die Israeliten
stöhnten noch unter der Sklavenarbeit; sie klagten, und ihr Hilferuf
stieg aus ihrem Sklavendasein zu Gott empor. 24 Gott hörte ihr Stöh-

Das schlechte Gewissen ist wie New York: Es schläft nie.

Obwohl Mose selbst ein Fremder ist, legt er sich mit den einheimischen Machos an und setzt sich für die jungen Frauen ein. Das kommt gut bei ihnen an …

Mann trifft Frau am Brunnen: Im Alten Testament hat es immer die tiefere Bedeutung „Bräutigam trifft Braut“. So bei Isaak und Rebecca (Gen 24), Jakob und Rahel (Gen 29), Mose und Zippora (Ex 2). Und schließlich bei der Samaritanerin und Jesus (Joh 4) am Brunnen.

▶ Gott hört und sieht: Gott ist besonders aufmerksam für Menschen, denen es schlecht geht.

nen, und Gott gedachte seines Bundes mit Abraham, Isaak und Jakob.
25 Gott blickte auf die Söhne Israels und gab sich ihnen zu erkennen.

Als junge Menschen erleben wir Momente, in denen wir spüren, dass wir Verantwortung übernehmen müssen, eine schwierige Aufgabe. Oft kommen dabei Ängste hoch und viele Fragen: Kann ich das schaffen? Was werden die anderen von mir denken? Muss ich das alles alleine machen? Eine entscheidende Frage ist: Welche Aufgabe gibt Gott mir mit der neuen Herausforderung? Moses Berufung ist die ausführlichste Berufungserzählung der Bibel. Sie buchstabiert wichtige Fragen und Gottes Antworten durch.

„Schauen Sie auf Menschen, in denen dieses Feuer, das Mose gefunden hat, glüht, und Sie werden Gott finden und Sie werden ihm glauben können – mit den gleichen Schwierigkeiten, die ein Paulus hatte, ... und mit dem gleichen Unverständnis, das dem Mose begegnete.

Aus einer Predigt von **DR. JÖRG SIEGER**

**Moses Berufung – eine große Verantwortung (Ex 3–4)**

3 1 Mose weidete die Schafe und Ziegen seines Schwiegervaters Jitro, des Priesters von Midian. Eines Tages trieb er das Vieh über die
Steppe hinaus und kam zum Gottesberg Horeb. 2 Dort erschien ihm
der Engel des Herrn in einer Flamme, die aus einem Dornbusch emporschlug. Er schaute hin: Da brannte der Dornbusch und verbrannte doch nicht.
3 Mose sagte: Ich will dorthin gehen und mir die außergewöhnliche Erscheinung ansehen. Warum verbrennt denn der Dornbusch nicht?

▶ Die Schuhe ausziehen bedeutet: den Boden unter den Füßen spüren, demütig sein, ein Diener sein. Es drückt Ehrfurcht vor dem Heiligen aus.

▶ In vielen Texten des AT scheint es gefährlich zu sein, Gott zu nahe zu kommen. Nicht, weil Gott Menschen etwas antun möchte, sondern weil die Gegenwart des Heiligen so anders und intensiv ist, dass eine zu nahe Begegnung Menschen überfordert.

Ich bin berufen, etwas zu tun oder zu sein, wofür kein anderer berufen ist. Ich habe einen Platz in Gottes Plan auf Gottes Erde, den kein anderer hat. Ob ich reich bin oder arm, ... Gott kennt mich und ruft mich bei meinem Namen.

**JOHN HENRY NEWMAN** (1801–1890), englischer Kardinal

4 Als der Herr sah, dass Mose näher kam, um sich das anzusehen,
rief Gott ihm aus dem Dornbusch zu: Mose, Mose! Er antwortete: Hier
bin ich. 5 Der Herr sagte: Komm nicht näher heran! Leg deine Schuhe
ab; denn der Ort, wo du stehst, ist heiliger Boden. 6 Dann fuhr er fort:
Ich bin der Gott deines Vaters, der Gott Abrahams, der Gott Isaaks und der Gott Jakobs. Da verhüllte Mose sein Gesicht; denn er fürchtete sich, Gott anzuschauen.
7 Der Herr sprach: Ich habe das Elend meines Volkes in Ägypten gesehen, und ihre laute Klage über ihre Antreiber habe ich gehört. Ich
kenne ihr Leid. 8 Ich bin herabgestiegen, um sie der Hand der Ägypter zu entreißen und aus jenem Land hinaufzuführen in ein schönes, weites Land, in ein Land, in dem Milch und Honig fließen, in das Gebiet der Kanaaniter, Hetiter, Amoriter, Perisiter, Hiwiter und Jebusiter.
9 Jetzt ist die laute Klage der Israeliten zu mir gedrungen, und ich
habe auch gesehen, wie die Ägypter sie unterdrücken. 10 Und jetzt
geh! Ich sende dich zum Pharao. Führe mein Volk, die Israeliten, aus
Ägypten heraus! 11 Mose antwortete Gott: Wer bin ich, dass ich zum
Pharao gehen und die Israeliten aus Ägypten herausführen könnte?
12 Gott aber sagte: Ich bin mit dir; ich habe dich gesandt, und als Zeichen dafür soll dir dienen: Wenn du das Volk aus Ägypten herausgeführt hast, werdet ihr Gott an diesem Berg verehren.

13 Da sagte Mose zu Gott: Gut, ich werde also zu den Israeliten kom-
men und ihnen sagen: Der Gott eurer Väter hat mich zu euch gesandt.
Da werden sie mich fragen: Wie heißt er? Was soll ich ihnen darauf
sagen? 14 Da antwortete Gott dem Mose: Ich bin der „Ich-bin-da“. Und
er fuhr fort: So sollst du zu den Israeliten sagen: Der „Ich-bin-da“ hat
mich zu euch gesandt. 15 Weiter sprach Gott zu Mose: So sag zu den
Israeliten: Jahwe, der Gott eurer Väter, der Gott Abrahams, der Gott
Isaaks und der Gott Jakobs, hat mich zu euch gesandt. Das ist mein
Name für immer, und so wird man mich nennen in allen Generationen.

▶ Der Name Gottes ist geheimnisvoll. Eine andere Übersetzungsmöglichkeit: „Ich werde sein, wer (auch immer) ich sein werde.“ Gott lässt sich nicht mit einfachen Worten festlegen.

▶ Juden sprechen „Jahwe“ nicht aus, um Respekt gegenüber diesem heiligen Namen zu zeigen. Stattdessen sagen sie *Adonai* (Herr) oder *Haschem* (der Name). Die vier hebräischen Buchstaben, mit denen der Gottesname geschrieben wird, יהוה *(Jhwh)*, werden auch mit dem griechischen Wort „Tetragramm“ bezeichnet.

4 1 Mose antwortete: Was aber, wenn sie mir nicht glauben und nicht
auf mich hören, sondern sagen: Jahwe ist dir nicht erschienen?
2 Der Herr entgegnete ihm: Was hast du da in der Hand? Er antwortete:
Einen Stab. 3 Da sagte der Herr: Wirf ihn auf die Erde! Mose warf ihn
auf die Erde. Da wurde der Stab zu einer Schlange, und Mose wich vor
ihr zurück. 4 Der Herr aber sprach zu Mose: Streck deine Hand aus,
und fasse sie am Schwanz! Er streckte seine Hand aus und packte
sie. Da wurde sie in seiner Hand wieder zu einem Stab. 5 So sollen sie
dir glauben, dass dir Jahwe erschienen ist,
der Gott ihrer Väter, der Gott Abrahams, der
Gott Isaaks und der Gott Jakobs. ...

10 Doch Mose sagte zum Herrn: Aber bitte, Herr, ich bin keiner, der
gut reden kann, weder gestern noch vorgestern, noch seitdem du mit
deinem Knecht sprichst. Mein Mund und meine Zunge sind nämlich
schwerfällig. 11 Der Herr entgegnete ihm: Wer hat dem Menschen den
Mund gegeben, und wer macht taub oder stumm, sehend oder blind?
Doch wohl ich, der Herr! 12 Geh also! Ich bin mit deinem Mund und
weise dich an, was du reden sollst. 13 Doch Mose antwortete: Aber
bitte, Herr, schick doch einen andern!
14 Da entbrannte der Zorn des Herrn über Mose, und er sprach: Hast
du nicht noch einen Bruder, den Leviten Aaron? Ich weiß, er kann re-
den; außerdem bricht er gerade auf und wird dir begegnen. Wenn er
dich sieht, wird er sich von Herzen freuen. 15 Sprich mit ihm, und leg
ihm die Worte in den Mund! Ich aber werde mit deinem und seinem
Mund sein, ich werde euch anweisen, was ihr tun sollt, 16 und er wird
für dich zum Volk reden. Er wird für dich der Mund sein, und du wirst
für ihn Gott sein. 17 Diesen Stab nimm in deine Hand! Mit ihm wirst du
die Zeichen vollbringen.
18 Darauf kehrte Mose zu seinem Schwiegervater Jitro zurück. Er sag-
te zu ihm: Ich will zu meinen Brüdern nach Ägypten zurückkehren. Ich
will sehen, ob sie noch am Leben sind. Jitro antwortete Mose: Geh in
Frieden!

▶ Mose glaubt, er könne nicht gut reden, oder zumindest verwendet er das als Ausrede. Trotzdem wird er zum größten Redner der Bibel (vor allem im Buch Deuteronomium).

▶ Der „Zorn“ Gottes ist hier nicht zerstörerisch. Gott zeigt starke Gefühle, weil es um eine wichtige Sache geht, und er tut alles, um Mose dafür zu gewinnen.

Aaron, der Pressesprecher Gottes!

Als Mose und Aaron zu ihrem Volk kommen, reagiert es auf den göttlichen Plan mit Zustimmung (Ende Ex 4). Doch der Pharao blockt ab und unterdrückt die Israeliten noch härter (Ex 5). Gott bestärkt Mose nochmals (Ex 6). Dann kommt der große Kampf um die Befreiung mit den sogenannten zehn ägyptischen Plagen, die in der Bibel Zeichen und Wunder genannt werden (Ex 7–12). Gott versucht, durch Schwärme von Fröschen, Mücken, Heuschrecken und anderes Unglück den Pharao zu zwingen, Israel wegziehen zu lassen. Doch der Pharao stellt immer wieder auf stur. Zum Schluss greift Gott zum härtesten Mittel – alle ältesten Söhne der Ägypter müssen sterben (Ex 12). All das ist nicht wirklich passiert, sondern zeigt, welches Unglück Diktatoren anrichten, nicht nur gegen ethnische Minderheiten, sondern auch gegen ihr eigenes Volk.

▶ Das Pascha (sprich Pas-cha) oder Pesachfest ist für Juden bis heute das große Fest ihrer Rettung. Für Christen wurde es zum Osterfest: Jesus wurde wie ein Pesachlamm geschlachtet. (1Kor 5,7). Gott hat die Menschheit mit seiner Auferweckung von der Macht des Todes befreit.

## Das Fest des Lammes und die Befreiung (Ex 12–15)

12 21 Da rief Mose alle Ältesten Israels zusammen und sagte zu
ihnen: Holt Schafe oder Ziegen für eure Sippenverbände herbei, und schlachtet das Paschalamm!
22 Dann nehmt einen Ysopzweig, taucht ihn in die Schüssel mit Blut, und streicht etwas von dem Blut in der Schüssel auf den Türsturz und auf die beiden Türpfosten! Bis zum Morgen darf niemand von euch das Haus verlassen.
23 Der Herr geht umher, um die Ägypter mit Unheil zu schlagen. Wenn er das Blut am Türsturz und an den beiden Türpfosten sieht, wird er an der Tür vorübergehen und dem Vernichter nicht erlauben, in eure Häuser einzudringen und euch zu schlagen.
24 Haltet euch an diese Anordnung! Sie gelte dir und deinen Nachkommen als feste Regel.

25 Wenn ihr in das Land kommt, das euch der Herr gibt, wie er gesagt hat, so begeht diese Feier!
26 Und wenn euch eure Söhne fragen: Was bedeutet diese Feier?,
27 dann sagt: Es ist das Pascha-Opfer zur Ehre des Herrn, der in Ägypten an den Häusern der Israeliten vorüberging, als er die Ägypter mit Unheil schlug, unsere Häuser aber verschonte.
Das Volk verneigte sich und warf sich nieder.
28 Dann gingen die Israeliten und taten, was der Herr Mose und Aaron befohlen hatte. So machten sie es.
29 Es war Mitternacht, als der Herr alle Erstgeborenen in Ägypten erschlug, vom Erstgeborenen des Pharao, der auf dem Thron saß, bis zum Erstgeborenen des Gefangenen im Kerker und jede Erstgeburt beim Vieh.
30 Da standen der Pharao, alle seine Diener und alle Ägypter noch in der Nacht auf, und großes Wehgeschrei erhob sich bei den Ägyptern; denn es gab kein Haus, in dem nicht ein Toter war.
31 Der Pharao ließ Mose und Aaron noch in der Nacht rufen und sagte: Auf, verlasst mein Volk, ihr beide und die Israeliten! Geht und verehrt Jahwe, wie ihr gesagt habt.
32 Auch eure Schafe, Ziegen und Rinder nehmt mit, wie ihr gesagt habt. Geht und betet auch für mich!
33 Die Ägypter drängten das Volk, eiligst das Land zu verlassen, denn sie sagten: Sonst kommen wir noch alle um.
34 Das Volk nahm den Brotteig ungesäuert mit; sie wickelten ihre Backschüsseln in Kleider ein und luden sie sich auf die Schultern.

„ Dies ist die Nacht, die unsere Väter, die Söhne Israels, aus Ägypten befreit und auf trockenem Pfad durch die Fluten des Roten Meeres geführt hat. Dies ist die Nacht, in der die leuchtende Säule das Dunkel der Sünde vertrieben hat. Dies ist die Nacht, die auf der ganzen Erde alle, die an Christus glauben, scheidet von den Lastern der Welt, dem Elend der Sünde entreißt, ins Reich der Gnade heimführt und einfügt in die heilige Kirche. Dies ist die selige Nacht, in der Christus die Ketten des Todes zerbrach und aus der Tiefe als Sieger emporstieg.

Aus dem „Exultet“ der Osternacht, in der Gottes Geschichte mit dem Volk Israel hymnisch gepriesen wird

[35] Die Israeliten taten, was Mose gesagt hatte. Sie erbaten von den
Ägyptern Geräte aus Silber und Gold und auch Gewänder. [36] Der Herr
ließ das Volk bei den Ägyptern Gunst finden, so dass sie auf ihre Bitte
eingingen. Auf diese Weise plünderten sie die Ägypter aus.

▶ „Ausplündern" sollte besser mit „retten" übersetzt werden: Die Israeliten bekommen Abschiedsgeschenke von den Ägyptern. Die Beziehung → zwischen den Völkern ist freundschaftlich, nur der Diktator und sein Militär sind gewalttätig und feindlich.

Die folgende Rettungsgeschichte hören wir als eine der Lesungen in der Osternacht. Die militärischen Bilder sind symbolisch zu verstehen. Die ägyptische Militärmacht war eine der größten Streitkräfte der alten Welt. Die Erzählung will allen Flüchtlingen Mut machen: Gott ist größer als das stärkste Heer der Menschheit.

**14** [5] Als man dem König von Ägypten meldete, das Volk sei ge-
flohen, änderten der Pharao und seine Diener ihre Meinung
über das Volk und sagten: Wie konnten wir nur Israel aus unserem
Dienst entlassen! [6] Er ließ seinen Streitwagen anspannen und nahm
seine Leute mit. [7] Sechshundert auserlesene Streitwagen nahm er mit
und alle anderen Streitwagen der Ägypter und drei Mann auf jedem
Wagen. ...
[19] Der Engel Gottes, der den Zug der Israeliten anführte, erhob sich
und ging an das Ende des Zuges, und die Wolkensäule vor ihnen er-
hob sich und trat an das Ende. [20] Sie kam zwischen das Lager der

Streitwagen waren quasi die Panzer und Kampfjets der alten Welt.

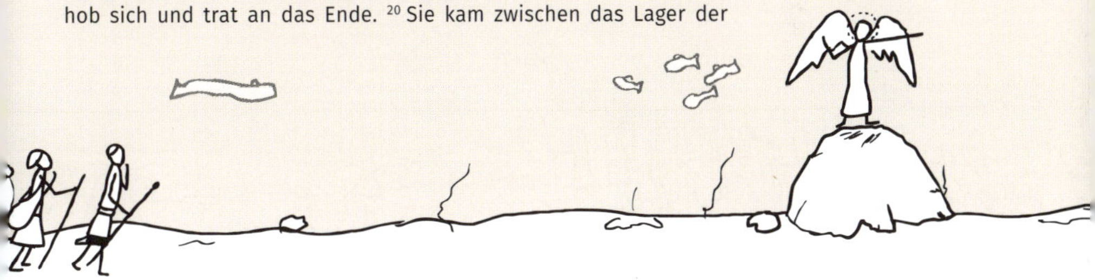

Ägypter und das Lager der Israeliten. Die Wolke war da
und Finsternis, und Blitze erhellten die Nacht. So ka-
men sie die ganze Nacht einander nicht näher. [21] Mose
streckte seine Hand über das Meer aus, und der Herr
trieb die ganze Nacht das Meer durch einen starken
Ostwind fort. Er ließ das Meer austrocknen, und das
Wasser spaltete sich. [22] Die Israeliten zogen auf tro-
ckenem Boden ins Meer hinein, während rechts und
links von ihnen das Wasser wie eine Mauer stand. [23] Die
Ägypter setzten ihnen nach; alle Pferde des Pharao,
seine Streitwagen und Reiter zogen hinter ihnen ins Meer hinein.
[24] Um die Zeit der Morgenwache blickte der Herr aus der Feuer- und
Wolkensäule auf das Lager der Ägypter und brachte es in Verwirrung.
[25] Er hemmte die Räder an ihren Wagen und ließ sie nur schwer vo-
rankommen. Da sagte der Ägypter: Ich muss vor Israel fliehen; denn
Jahwe kämpft auf ihrer Seite gegen Ägypten.
[26] Darauf sprach der Herr zu Mose: Streck deine Hand über das Meer,
damit das Wasser zurückflutet und den Ägypter, seine Wagen und Rei-
ter zudeckt. [27] Mose streckte seine Hand über das Meer, und gegen
Morgen flutete das Meer an seinen alten Platz zurück, während die
Ägypter auf der Flucht ihm entgegenliefen. So trieb der Herr die Ägyp-
ter mitten ins Meer. [28] Das Wasser kehrte zurück und bedeckte Wagen

1947 kamen mit dem Schiff „Exodus from Europe" über 4000 jüdische Flüchtlinge nach Palästina. Viele von den Flüchtlingen waren Überlebende des Holocaust. Der Schriftsteller Leon Uris hat die dramatischen Ereignisse, in denen viele eine Spiegelung der biblischen Errettung des Volkes Gottes sahen, in seinem Roman „Exodus" verarbeitet.

Wendet euch mir zu und lasst euch erretten, ihr Menschen aus den fernsten Ländern der Erde; denn ich bin Gott und sonst niemand.

Jes 45,22

▶ „Ägypter" – im Hebräischen wörtlich „Ägypten": Es geht nicht um Menschen, sondern um die Zerstörung einer Militärmacht.

▶ Das Schilfmeerlied ist das erste „Kirchenlied" der Bibel. Dieses Gedicht lobt Gott für die Befreiung im Exodus. Es betont, dass Gott einzigartig ist (v11) und nennt ihn zum ersten Mal „König" (v18). Auf diesem Hintergrund predigt Jesus vom „Reich Gottes".

und Reiter, die ganze Streitmacht des Pharao, die den Israeliten ins
Meer nachgezogen war. Nicht ein einziger von ihnen blieb übrig. 29 Die
Israeliten aber waren auf trockenem Boden mitten durch das Meer
gezogen, während rechts und links von ihnen das Wasser wie eine
Mauer stand. 30 So rettete der Herr an jenem Tag Israel aus der Hand
der Ägypter. Israel sah die Ägypter tot am Strand liegen. 31 Als Israel
sah, dass der Herr mit mächtiger Hand an den Ägyptern gehandelt
hatte, fürchtete das Volk den Herrn. Sie glaubten an den Herrn und
an Mose, seinen Knecht.

15 1 Damals sang Mose mit den Israeliten dem Herrn dieses Lied;
sie sagten:
Ich singe dem Herrn ein Lied, denn er ist hoch und erhaben.
Rosse und Wagen warf er ins Meer.
2 Meine Stärke und mein Lied ist der Herr,
er ist für mich zum Retter geworden.
Er ist mein Gott, ihn will ich preisen;
den Gott meines Vaters will ich rühmen.

Die Prophetin Mirjam: eine Frau ohne Angst. Mit Mose und Aaron schritt sie, singend und tanzend, dem Zug des Gottesvolks voran, die Pauke in der Hand, das Lob auf Gott, den Befreier aus der Gewalt, in ihrem Mund.

3 Der Herr ist ein Krieger, Jahwe ist sein Name.
4 Pharaos Wagen und seine Streitmacht warf er ins Meer.
Seine besten Kämpfer versanken im Schilfmeer.
5 Fluten deckten sie zu, sie sanken in die Tiefe wie Steine.
6 Deine Rechte, Herr, ist herrlich an Stärke;
deine Rechte, Herr, zerschmettert den Feind.
7 In deiner erhabenen Größe wirfst du die Gegner zu Boden.
Du sendest deinen Zorn; er frisst sie wie Stoppeln.
8 Du schnaubtest vor Zorn, da türmte sich Wasser,
da standen Wogen als Wall, Fluten erstarrten im Herzen des Meeres.
9 Da sagte der Feind: Ich jage nach, hole ein. Ich teile die Beute,
ich stille die Gier. Ich zücke mein Schwert, meine Hand jagt sie davon.
10 Da schnaubtest du Sturm. Das Meer deckte sie zu.
Sie sanken wie Blei ins tosende Wasser.
11 Wer ist wie du unter den Göttern, o Herr?
Wer ist wie du gewaltig und heilig, gepriesen als furchtbar,
Wunder vollbringend? ...
18 Der Herr ist König für immer und ewig. ...
20 Die Prophetin Mirjam, die Schwester Aarons, nahm die Pauke in
die Hand, und alle Frauen zogen mit Paukenschlag und Tanz hinter ihr
her. 21 Mirjam sang ihnen vor:
Singt dem Herrn ein Lied, denn er ist hoch und erhaben! Rosse und
Wagen warf er ins Meer.

Der Weg durch die Wüste ist ein Bild für große Herausforderungen. Die Israeliten kämpfen mit Hunger (Ex 16), Durst und einem feindlichen Volk (Ex 17). Öfters wollen sie wieder zurück nach Ägypten – die Unfreiheit war doch gemütlicher und sicherer als die Wüste. Letztlich aber geht es um eine große Vertrauensprobe.

## Wasser aus dem Felsen (Ex 17)

17 [1] Die ganze Gemeinde der Israeliten zog von der Wüste Sin weiter, von einem Rastplatz zum andern, wie es der Herr jeweils bestimmte. In Refidim schlugen sie ihr Lager auf. Weil das Volk kein Wasser zu trinken hatte, [2] geriet es mit Mose in Streit und sagte: Gebt uns Wasser zu trinken! Mose aber antwortete: Was streitet ihr mit mir? Warum stellt ihr den Herrn auf die Probe? [3] Das Volk dürstete dort nach Wasser und murrte gegen Mose. Sie sagten: Warum hast du uns überhaupt aus Ägypten hierher geführt? Um uns, unsere Söhne und unser Vieh verdursten zu lassen? [4] Mose schrie zum Herrn: Was soll ich mit diesem Volk anfangen? Es fehlt nur wenig, und sie steinigen mich. [5] Der Herr antwortete Mose: Geh am Volk vorbei, und nimm einige von den Ältesten Israels mit; nimm auch den Stab in die Hand, mit dem du auf den Nil geschlagen hast, und geh! [6] Dort drüben auf

Nach dem Abitur hatte ich den Berufswunsch Grundschullehrerin. Ich bekam einen Studienplatz in meiner Lieblingsstadt und durch Praktika wurde mir klar, dass es das Richtige für mich ist. Doch im Laufe des Studiums traten viele Probleme auf und ich grübelte, warum es mir so schwer gemacht wurde. Hatte Gott etwas anderes mit mir vor? Nach einem Hebammenpraktikum wurde mir jedoch im Gebet klar, dass Gott noch immer den Lehrerberuf für mich im Sinn hat. Von da an kam ich nie mehr ins Grübeln. Jetzt bin ich schon seit drei Jahren in meinem absoluten Traumberuf.

**MICHAELA**

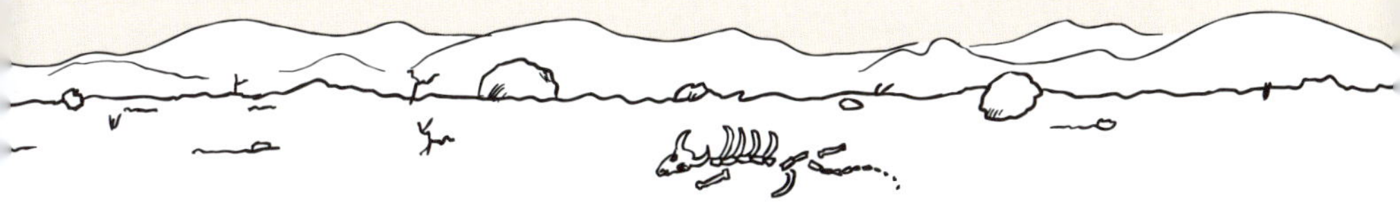

dem Felsen am Horeb werde ich vor dir stehen. Dann schlag an den Felsen! Es wird Wasser herauskommen, und das Volk kann trinken. Das tat Mose vor den Augen der Ältesten Israels. [7] Den Ort nannte er Massa und Meriba (Probe und Streit), weil die Israeliten Streit begonnen und den Herrn auf die Probe gestellt hatten, indem sie sagten: Ist der Herr in unserer Mitte oder nicht?

Jesus antwortete ihr (der Samariterin): Wer von diesem Wasser trinkt, wird wieder Durst bekommen; wer aber von dem Wasser trinkt, das ich ihm geben werde, wird niemals mehr Durst haben.

Joh 4,13–14

Das Sinaigebirge, wo Israel jetzt ankommt, ist eine faszinierende Wüstenlandschaft mit hohen Felsgipfeln aus rotbraunem Granit. Die Bibel versetzt uns in diese spezielle Landschaft, um die entscheidende Phase zu erleben, in der Israel zum besonderen Volk Gottes wird und seine Gebote erhält.

## Die zehn Worte und der Bund am brennenden Berg (Ex 19–24)

Y → 348–468
Alle Fragen zu den „Zehn Worten" (Zehn Gebote)

19 [1] Im dritten Monat nach dem Auszug der Israeliten aus Ägypten – am heutigen Tag – kamen sie in der Wüste Sinai an. [2] Sie waren von Refidim aufgebrochen und kamen in die Wüste Sinai. Sie schlugen in der Wüste das Lager auf. Dort lagerte Israel gegenüber dem Berg.

[3] Mose stieg zu Gott hinauf. Da rief ihm der Herr vom Berg her zu: Das sollst du dem Haus Jakob sagen und den Israeliten verkünden: [4] Ihr habt gesehen, was ich den Ägyptern angetan habe, wie ich euch auf Adlerflügeln getragen und hierher zu mir gebracht habe. [5] Jetzt aber, wenn ihr auf meine Stimme hört und meinen Bund haltet, werdet ihr

▶ Auf Adlerflügeln: ein starkes Bild dafür, wie Gott sein Volk beschützt und es wie ein Junges ins sichere Felsennest bringt.

Er fand ihn in der Steppe, in der Wüste, wo wildes Getier heult. Er hüllte ihn ein, gab auf ihn acht und hütete ihn wie seinen Augenstern, wie der Adler, der sein Nest beschützt und über seinen Jungen schwebt, der seine Schwingen ausbreitet, ein Junges ergreift und es flügelschlagend davonträgt. Der Herr allein hat Jakob geleitet, kein fremder Gott stand ihm zur Seite.

Dtn 32,10–12

Das ganze Volk stimmt in v8 zu und nimmt Gottes Gebote an (↗ Ex 24,3.7). Das ist ein früher Gedanke von Demokratie. Die rechtliche Verfassung einer Nation gilt, weil das ganze Volk damit einverstanden ist.

unter allen Völkern mein besonderes Eigentum sein. Mir gehört die
ganze Erde, 6 ihr aber sollt mir als ein Reich von Priestern und als
ein heiliges Volk gehören. Das sind die Worte, die du den Israeliten
mitteilen sollst.
7 Mose ging und rief die Ältesten des Volkes zusammen. Er legte ih-
nen alles vor, was der Herr ihm aufgetragen hatte. 8 Das ganze Volk
antwortete einstimmig und erklärte: Alles, was der Herr gesagt hat,
wollen wir tun. Mose überbrachte dem Herrn die Antwort des Volkes.
9 Der Herr sprach zu Mose: Ich werde zu dir in einer dichten Wolke
kommen; das Volk soll es hören, wenn ich mit dir rede, damit sie auch
an dich immer glauben. Da berichtete Mose dem Herrn, was das Volk
gesagt hatte.
10 Der Herr sprach zu Mose: Geh zum Volk! Ordne an, dass sie sich
heute und morgen heilig halten und ihre Kleider waschen. 11 Sie sol-
len sich für den dritten Tag bereithalten. Am dritten Tag nämlich wird
der Herr vor den Augen des ganzen Volkes auf den Berg Sinai herab-
steigen. 12 Zieh um das Volk eine Grenze, und sag: Hütet euch, auf den
Berg zu steigen oder auch nur seinen Fuß zu berühren. Jeder, der den
Berg berührt, wird mit dem Tod bestraft. 13 Keine Hand soll den Berg
berühren. Wer es aber tut, soll gesteinigt oder mit Pfeilen erschossen

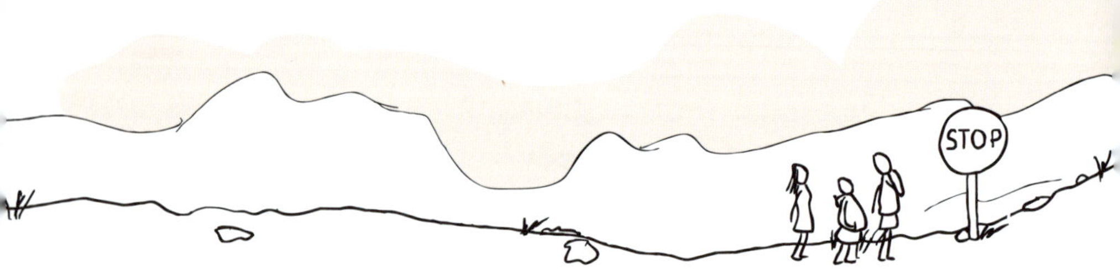


Männer und Frauen sollen vor der großen Gotteserscheinung nicht miteinander schlafen. Nicht, weil Sex schlecht wäre, sondern weil die Beziehung mit Gott manchmal – wie eine menschliche Liebesbeziehung – volle Aufmerksamkeit braucht.

Wenn wir im Geist die Tafeln der Zehn Gebote entgegennehmen, werden wir ganz aus dem Gesetz leben, das Gott in unsere Herzen gelegt hat, und wir werden an dem Heil Anteil haben, das der auf dem Berg Sinai zwischen Gott und seinem Volk geschlossene Bund sichtbar gemacht hat und das der Gottessohn uns durch die Erlösung anbietet.

**PAPST JOHANNES PAUL II.,** 2000

werden; ob Tier oder Mensch, niemand darf am Leben bleiben. Erst
wenn das Horn ertönt, dürfen sie auf den Berg steigen.
14 Mose stieg vom Berg zum Volk hinunter und ordnete an, das Volk
solle sich heilig halten und seine Kleider waschen. 15 Er sagte zum
Volk: Haltet euch für den dritten Tag bereit! Berührt keine Frau! 16 Am
dritten Tag, im Morgengrauen, begann es zu donnern und zu blitzen.
Schwere Wolken lagen über dem Berg, und gewaltiger Hörnerschall
erklang. Das ganze Volk im Lager begann zu zittern. 17 Mose führte
es aus dem Lager hinaus Gott entgegen. Unten am Berg blieben sie
stehen. 18 Der ganze Sinai war in Rauch gehüllt, denn der Herr war
im Feuer auf ihn herabgestiegen. Der Rauch stieg vom Berg auf wie
Rauch aus einem Schmelzofen. Der ganze Berg bebte gewaltig, 19 und
der Hörnerschall wurde immer lauter. Mose redete, und Gott antwor-
tete im Donner. …

20 1 Dann sprach Gott alle diese Worte: 2 Ich bin Jahwe, dein Gott,
der dich aus Ägypten geführt hat, aus dem Sklavenhaus. 3 Du
sollst neben mir keine anderen Götter haben. 4 Du sollst dir kein
Gottesbild machen und keine Darstellung von irgendetwas am Him-
mel droben, auf der Erde unten oder im Wasser unter der Erde. 5 Du
sollst dich nicht vor anderen Göttern niederwerfen und dich nicht
verpflichten, ihnen zu dienen. Denn ich, der Herr, dein Gott, bin ein

eifersüchtiger Gott: Bei denen, die mir feind sind, verfolge ich die
Schuld der Väter an den Söhnen, an der dritten und vierten Gene-
ration; 6 bei denen, die mich lieben und auf meine Gebote achten,
erweise ich Tausenden meine Huld. 7 Du sollst den Namen des Herrn,
deines Gottes, nicht missbrauchen; denn der Herr lässt den nicht un-
gestraft, der seinen Namen missbraucht.
8 Gedenke des Sabbats: Halte ihn heilig! 9 Sechs Tage darfst du schaf-
fen und jede Arbeit tun. 10 Der siebte Tag ist ein Ruhetag, dem Herrn,
deinem Gott, geweiht. An ihm darfst du keine Arbeit tun: du, dein
Sohn und deine Tochter, dein Sklave und deine Sklavin, dein Vieh und
der Fremde, der in deinen Stadtbereichen Wohnrecht hat. 11 Denn in
sechs Tagen hat der Herr Himmel, Erde und Meer gemacht und alles,
was dazugehört; am siebten Tag ruhte er. Darum hat der Herr den
Sabbattag gesegnet und ihn für heilig erklärt.

▶ „Eifersüchtig“ – gemeint ist „leidenschaftlich“: Gott setzt sich mit aller Kraft für die Beziehung ein. Er kümmert sich, wenn Unrecht passiert, und engagiert sich mit ewiger Treue für alle, die sich um Gerechtigkeit bemühen.

▶ Gott verfolgt nicht die Schuld der Väter an unschuldigen Kindern, sondern nur wenn diese „mir feind sind“ (v5), wörtlich „mich hassen“. Unter dieser Voraussetzung ist auch Ex 34,7 zu verstehen.

12 Ehre deinen Vater und deine Mutter, damit du lange
lebst in dem Land, das der Herr, dein Gott, dir gibt.
13 Du sollst nicht morden.
14 Du sollst nicht die Ehe brechen.
15 Du sollst nicht stehlen.
16 Du sollst nicht falsch gegen deinen Nächsten aussagen.
17 Du sollst nicht nach dem Haus deines Nächsten ver-
langen. Du sollst nicht nach der Frau deines Nächsten ver-
langen, nach seinem Sklaven oder seiner Sklavin, seinem
Rind oder seinem Esel oder nach irgendetwas, das deinem
Nächsten gehört.

Das Volk hat Angst und kann die Erscheinung Gottes nicht länger ertragen. Die folgenden Gesetze, das sogenannte Bundesbuch (Ex 21–23), teilt Gott Mose am Berg mit. Hier sind vermutlich sehr alte Gesetze Israels in die Erzählung eingebaut. Sie sind ohne einen guten Kommentar schwer verständlich, weil sie für Menschen in einer ganz anderen Welt geschrieben wurden.

24 3 Mose kam und übermittelte dem Volk alle Worte und Rechts-
vorschriften des Herrn. Das ganze Volk antwortete einstim-
mig und sagte: Alles, was der Herr gesagt hat, wollen wir tun. 4 Mose
schrieb alle Worte des Herrn auf. Am nächsten Morgen stand er zeitig
auf und errichtete am Fuß des Berges einen Altar und zwölf Steinmale

B Wer sagt: Ich habe ihn erkannt!, aber seine Gebote nicht hält, ist ein Lügner, und die Wahrheit ist nicht ihn ihm.

1 Joh 2,4

▶ „Blut des Bundes“ (v8): Das Blut ist ein Zeichen dafür, dass Israel mit dem ganzen Leben, bis ins Innerste mit Gott verbunden ist. Jesus bezieht sich darauf beim letzten Abendmahl: „Das ist mein Blut, das Blut des Bundes“ (Mt 26,28).

▶ Diese Bundesfeier ist einmalig im AT. Gott zu „sehen“ ist sonst unmöglich.

für die zwölf Stämme Israels. 5 Er schickte die jungen Männer Israels
aus. Sie brachten Brandopfer dar und schlachteten junge Stiere als
Heilsopfer für den Herrn. 6 Mose nahm die Hälfte des Blutes und goss
es in eine Schüssel, mit der anderen Hälfte besprengte er den Altar.
7 Darauf nahm er die Urkunde des Bundes und verlas sie vor dem
Volk. Sie antworteten: Alles, was der Herr gesagt hat, wollen wir tun;
wir wollen gehorchen. 8 Da nahm Mose das Blut, besprengte damit
das Volk und sagte: Das ist das Blut des Bundes, den der Herr aufgrund all dieser Worte mit euch geschlossen hat.
9 Danach stiegen Mose, Aaron, Nadab, Abihu und die siebzig von den
Ältesten Israels hinauf, 10 und sie sahen den Gott Israels. Die Fläche
unter seinen Füßen war wie mit Saphir ausgelegt und glänzte hell wie
der Himmel selbst. 11 Gott streckte nicht seine Hand gegen die Edlen
der Israeliten aus; sie durften Gott sehen, und sie aßen und tranken.

Gott ruft Mose wieder auf den Berg, wo er vierzig Tage und Nächte bleibt. Gott beschreibt ihm das Heiligtum, das das Volk bauen soll (Ex 25–31; ↗ unten zu Ex 40). Gott möchte darin Israel nahe bleiben. Doch inzwischen …

„Die Anbetung des antiken goldenen Kalbs hat eine neue und erbarmungslose Form gefunden im Fetischismus des Geldes und in der Diktatur einer Wirtschaft ohne Gesicht und ohne ein wirklich menschliches Ziel.

**PAPST FRANZISKUS,** Evangelii Gaudium, 55

▶ Dieser Satz verkehrt den Beginn der Zehn Gebote (Ex 20,2).

„Nur der Glaubende ist gehorsam, und nur der Gehorsame glaubt.

**DIETRICH BONHOEFFER** (1906–1945), evangelischer Theologe und Märtyrer

### Das Goldene Kalb – die erste große Krise (Ex 32–34)

32 1 Als das Volk sah, dass Mose noch immer nicht vom Berg
herabkam, versammelte es sich um Aaron und sagte zu ihm:
Komm, mach uns Götter, die vor uns herziehen. Denn dieser Mose,
der Mann, der uns aus Ägypten heraufgebracht hat – wir wissen nicht,
was mit ihm geschehen ist. 2 Aaron antwortete: Nehmt euren Frauen,
Söhnen und Töchtern die goldenen Ringe ab, die sie an den Ohren
tragen, und bringt sie her! 3 Da nahm das ganze Volk die goldenen
Ohrringe ab und brachte sie zu Aaron. 4 Er nahm sie von ihnen entgegen, zeichnete mit einem Griffel eine Skizze und goss danach ein
Kalb. Da sagten sie: Das sind deine Götter, Israel, die dich aus Ägypten heraufgeführt haben. 5 Als Aaron das sah, baute er vor dem Kalb
einen Altar und rief aus: Morgen ist ein Fest zur Ehre des Herrn. 6 Am
folgenden Morgen standen sie zeitig auf, brachten Brandopfer dar
und führten Tiere für das Heilsopfer herbei. Das Volk setzte sich zum
Essen und Trinken und stand auf, um sich zu vergnügen.
7 Da sprach der Herr zu Mose: Geh, steig hinunter, denn dein Volk,
das du aus Ägypten heraufgeführt hast, läuft ins Verderben. 8 Schnell

sind sie von dem Weg abgewichen, den ich ihnen vorgeschrieben
habe. Sie haben sich ein Kalb aus Metall gegossen und werfen sich
vor ihm zu Boden. Sie bringen ihm Schlachtopfer dar und sagen: Das
sind deine Götter, Israel, die dich aus Ägypten heraufgeführt haben.
9 Weiter sprach der Herr zu Mose: Ich habe dieses Volk durchschaut:
Ein störrisches Volk ist es. 10 Jetzt lass mich, damit mein Zorn gegen sie
entbrennt und sie verzehrt. Dich aber will ich zu einem großen Volk
machen. 11 Da versuchte Mose, den Herrn, seinen Gott, zu besänftigen,
und sagte: Warum, Herr, ist dein Zorn gegen dein Volk entbrannt? Du
hast es doch mit großer Macht und starker Hand aus Ägypten heraus-
geführt. 12 Sollen etwa die Ägypter sagen können: In böser Absicht hat
er sie herausgeführt, um sie im Gebirge umzubringen und sie vom
Erdboden verschwinden zu lassen? Lass ab von deinem glühenden
Zorn, und lass dich das Böse reuen, das du deinem Volk antun woll-

Wenn wir einmal das Angesicht Gottes sehen, werden wir erkennen, dass wir es schon immer gekannt haben.

**CLIVE STAPLES LEWIS**
(1898–1963), ir. Schriftsteller und Literaturwissenschaftler

test. 13 Denk an deine Knechte, an Abraham, Isaak und Israel, denen
du mit einem Eid bei deinem eigenen Namen zugesichert und gesagt
hast: Ich will eure Nachkommen zahlreich machen wie die Sterne am
Himmel, und: Dieses ganze Land, von dem ich gesprochen habe, will
ich euren Nachkommen geben, und sie sollen es für immer besitzen.
14 Da ließ sich der Herr das Böse reuen, das er seinem Volk angedroht
hatte.

Gott bereut etwas! Das ist stark. Gott hat kein Herz aus Stein. Gott ist ganz nahe an uns dran; er sieht und hört und fühlt mit uns. Gott nimmt seine Freunde ernst und lässt sich emotional durch ihre Sorgen und Ängste bewegen.

Mose sieht das Kalb und zerbricht im Zorn die von Gott beschriebenen Steintafeln. Nach einer großen Krise mit dem Volk steigt Mose wieder auf den Berg, um mit Gott zu verhandeln.

33 18 Dann sagte Mose: Lass mich doch deine Herrlichkeit sehen!
19 Der Herr gab zur Antwort: Ich will meine ganze Schönheit vor
dir vorüberziehen lassen und den Namen des Herrn vor dir ausrufen.
Ich gewähre Gnade, wem ich will, und ich schenke Erbarmen, wem ich
will. 20 Weiter sprach er: Du kannst mein Angesicht nicht sehen; denn

Schwer täuschen sich jene, die meinen, die Vereinigung mit Gott bestehe in Ekstasen, Verzückungen und geistlichen Tröstungen. Sie besteht allein in der →

→ Übergabe unseres Willens an Gott, vorausgesetzt, dass diese Übergabe vollkommen ist.

**TERESA VON ÁVILA** (1515–1582), spanische Karmelitin, Mystikerin und Kirchenlehrerin

kein Mensch kann mich sehen und am Leben bleiben. [21] Dann sprach
der Herr: Hier, diese Stelle da! Stell dich an diesen Felsen! [22] Wenn
meine Herrlichkeit vorüberzieht, stelle ich dich in den Felsspalt und
halte meine Hand über dich, bis ich vorüber bin. [23] Dann ziehe ich
meine Hand zurück, und du wirst meinen Rücken sehen. Mein Angesicht aber kann niemand sehen.

▶ Gott offenbart in v6 sein innerstes Wesen. Gott spricht von sich selbst und erklärt seine Bereitschaft sich zu versöhnen, seine ewige Barmherzigkeit und Treue: Ein Höhepunkt der Geschichte, der in vielen anderen biblischen Büchern zitiert wird.

34 [4] Am Morgen stand Mose zeitig auf und ging auf den Sinai hinauf, wie es ihm der Herr aufgetragen hatte. Die beiden steinernen Tafeln nahm er mit. [5] Der Herr aber stieg in der Wolke herab
und stellte sich dort neben ihn hin. Er rief den Namen Jahwe aus.
[6] Der Herr ging an ihm vorüber und rief: Jahwe ist ein barmherziger
und gnädiger Gott, langmütig, reich an Huld und Treue: [7] Er bewahrt
Tausenden Huld, nimmt Schuld, Frevel und Sünde weg, lässt aber (den Sünder) nicht ungestraft; er verfolgt die Schuld der Väter an den
Söhnen und Enkeln, an der dritten und vierten Generation. [8] Sofort
verneigte sich Mose bis zur Erde und warf sich zu Boden. ...

Das ist die Zeit der Barmherzigkeit. Es ist wichtig, dass die Gläubigen sie leben und in alle Gesellschaftsbereiche hineintragen. Vorwärts!

**PAPST FRANZISKUS** bei der Ausrufung des Heiligen Jahres 2016

▶ Menschen, die mit Gott in Kontakt sind, haben oft eine besondere Ausstrahlung.

[28] Mose blieb dort beim Herrn vierzig Tage und vierzig Nächte.
Er aß kein Brot und trank kein Wasser. Er schrieb die Worte
des Bundes, die zehn Worte, auf Tafeln. [29] Als Mose vom Sinai
herunterstieg, hatte er die beiden Tafeln der Bundesurkunde
in der Hand.

Während Mose vom Berg herunterstieg, wusste er nicht, dass die Haut seines Gesichtes Licht ausstrahlte, weil er mit dem Herrn geredet hatte.

Gott hat Israel verziehen. So kann das Volk das Heiligtum bauen. Es ist ein Vorbild für den späteren Tempel in Jerusalem. In seiner Mitte, im Allerheiligsten, steht die Bundeslade, ein vergoldeter Holzbehälter, in dem die beiden Steintafeln mit den Zehn Worten liegen. Davor stehen Altäre, ein Tisch und ein siebenarmiger Leuchter.

Gott verbirgt sich. Er blendet uns nicht mit dem Glanz seiner Herrlichkeit, er zwingt uns nicht in die Knie mit seiner Macht. Er will, dass zwischen ihm und uns das Geheimnis der Liebe entstehe, das Freiheit voraussetzt.

**PAPST BENEDIKT XVI.**

### Gottes Herrlichkeit erfüllt das Heiligtum (Ex 40)

40 [16] Mose tat es. Er machte alles, wie es der Herr ihm befohlen hatte. [17] Im zweiten Jahr, am ersten Tag des
ersten Monats, stellte man die Wohnstätte auf. [18] Mose stellte
die Wohnstätte auf, legte ihre Sockel hin, setzte ihre Bretter
darauf, brachte ihre Querlatten an und stellte ihre Säulen auf.

[19] Dann spannte er das Zelt über die Wohnstätte und legte die Decke
des Zeltes darüber, wie es der Herr dem Mose befohlen hatte. [20] Dann
nahm er die Bundesurkunde, legte sie in die Lade, brachte die Stan-
gen an der Lade an und setzte die Deckplatte oben auf die Lade. [21]
Er brachte die Lade in die Wohnstätte, spannte die Vorhangdecke auf
und verdeckte so die Lade der Bundesurkunde, wie es der Herr dem
Mose befohlen hatte. ...
[34] Dann verhüllte die Wolke das Offenbarungszelt, und die Herrlich-
keit des Herrn erfüllte die Wohnstätte. [35] Mose konnte das Offenba-
rungszelt nicht betreten, denn die Wolke lag darauf, und die Herr-
lichkeit des Herrn erfüllte die Wohnstätte. [36] Immer, wenn die Wolke
sich von der Wohnstätte erhob, brachen die Israeliten auf, solange
ihre Wanderung dauerte. [37] Wenn sich aber die Wolke nicht erhob,
brachen sie nicht auf, bis zu dem Tag, an dem sie sich erhob. [38] Bei Tag
schwebte über der Wohnstätte die Wolke des Herrn, bei Nacht aber
war an ihr Feuer vor den Augen des ganzen Hauses Israel, solange
ihre Wanderung dauerte.

Ich fände es super, wenn ich Gott sehen könnte. Aber Gott ist nun einmal unsichtbar. Obwohl er sich meinen Augen nicht zeigt, kann ich doch spüren, dass er irgendwie da ist. Manchmal fühle ich sogar ganz deutlich die Hand Gottes über mir, die einfach da ist, die mich schützt und in meinem Leben leitet.

**MARTIN**

Als Israel aus Ägypten auszog,
Jakobs Haus aus dem Volk mit fremder Sprache,
da wurde Juda Gottes Heiligtum,
Israel das Gebiet seiner Herrschaft.
Das Meer sah es und floh,
der Jordan wich zurück.
Die Berge hüpften wie Widder,
die Hügel wie junge Lämmer.
Was ist mit dir, Meer, dass du fliehst,
und mit dir, Jordan, dass du zurückweichst?
Ihr Berge, was hüpft ihr wie Widder,
und ihr Hügel, wie junge Lämmer?
Vor dem Herrn erbebe, du Erde,
vor dem Antlitz des Gottes Jakobs,
der den Fels zur Wasserflut wandelt
und Kieselgestein zu quellendem Wasser.

Psalm 114

Dieser Psalm besingt die Wunder des Exodus. Israel wird Gottes heiliges Volk („Heiligtum“, ↗ Ex 19,6). Das Wunder am Schilfmeer, das Wasser aus dem Felsen, das Beben („hüpfen“) des Berges Sinai und das Wunder am Jordan beim Einzug ins Land (Jos 3), das alles fordert die ganze Welt auf, vor Gott zu „beben“ oder, wie man das Wort auch übersetzen könnte, zu „tanzen“.

**DAS BUCH**

# Levitikus

Das dritte Buch der Bibel steht im Zentrum der Tora. Es hat seinem Namen nach den Leviten, den Helfern beim Gottesdienst. Alles dreht sich um die Begegnung mit Gott: Opfer, Kulte, Priester, Feiertage. Gottes Heiligkeit soll aber auch im Essen, in der Kleidung, im Verhalten, nicht zuletzt in der Liebe zum Nächsten und zum Fremden (Lev 19). Damit dies möglich wird, vergibt Gott einmal im Jahr, am sogenannten Versöhnungstag (Hebräisch *Jom Kippur,* für Juden der höchste Feiertag), der ganzen Gemeinschaft ihre Schuld. So wird Gottes Erbarmen, das er Israel nach der Sünde mit dem Goldenen Kalb zugesagt hat (Ex 34,6–7), konkret. Aaron hat als oberster Priester eine besonders wichtige Rolle. In der Feier wird symbolisch gezeigt, wie Gott Vergebung schenkt.

**Der Versöhnungstag (Lev 16)**

16 11 (Gottes Anweisungen an Mose:) Aaron soll den Jungstier für
sein eigenes Sündopfer herbeibringen lassen, um sich und
sein Haus zu entsühnen, und diesen Jungstier als Sündopfer für sich
schlachten. ...
15 Nachher soll er den Bock schlachten, der als Sündopfer für das
Volk bestimmt ist, und sein Blut hinter den Vorhang tragen. Er soll
es mit diesem Blut ebenso machen wie mit dem Blut des Jungstiers
und es auf die Deckplatte und vor die Deckplatte spritzen. 16 So soll
er das Heiligtum von den Unreinheiten der Israeliten, von all ihren
Freveltaten und Sünden entsühnen, und so soll er mit dem Offenba-
rungszelt verfahren, das bei ihnen inmitten ihrer Unreinheiten seinen
Sitz hat. ...
21 Aaron soll seine beiden Hände auf den Kopf des lebenden Bo-
ckes legen und über ihm alle Sünden der Israeliten, alle ihre Frevel
und alle ihre Fehler bekennen. Nachdem er sie so auf den Kopf des
Bockes geladen hat, soll er ihn durch einen bereitstehenden Mann
in die Wüste treiben lassen, 22 und der Bock soll alle ihre Sünden mit
sich in die Einöde tragen. ...
29 Folgendes soll euch als feste Regel gelten: Im siebten Monat, am
zehnten Tag des Monats, sollt ihr euch Enthaltung auferlegen und
keinerlei Arbeit tun, der Einheimische und ebenso der Fremde, der in
eurer Mitte lebt. 30 Denn an diesem Tag entsühnt man euch, um euch

▶ Damit der Priester für die Sünden der Gemeinschaft um Vergebung bitten kann, muss er zuerst selbst von seiner Schuld befreit werden.

▶ Der Priester hat damit die wesentlichen Riten (in v18-19 auch noch für den Altar) vollzogen. Eine weitere Geste veranschaulicht die Entfernung von Schuld (v21–22).

Wen wir nicht mehr in die Wüste schicken können: die Nachbarn, Kinder, Eltern, Lehrer, Politiker, Kollegen, die Wissenschaft, die Kirche ...

zu reinigen. Vor dem Herrn werdet ihr von allen euren Sünden wieder rein. 31 Dieser Tag ist für euch ein vollständiger Ruhetag, und ihr sollt euch Enthaltung auferlegen.

Alles auf Start! Was für eine Befreiung, wenn eine ganze Gesellschaft neu anfangen darf, was auch immer in der Vergangenheit gewesen sein mag.

Drei Kapitel später teilt Gott dem Volk mit, wie es sich im täglichen Leben an ihm orientieren kann, um heilig zu werden:

Wir müssen unsere Unvollkommenheit annehmen und lieben und nicht länger daran arbeiten, Heilige zu werden, sondern nur uns mühen, Gott Freude zu machen.

**THÉRÈSE VON LISIEUX** (1873–1897), Karmelitin und Kirchenlehrerin

## Regeln für die Gemeinde (Lev 19)

19 1 Der Herr sprach zu Mose: 2 Rede zur ganzen Gemeinde der Israeliten, und sag zu ihnen: Seid heilig, denn ich, der Herr, euer Gott, bin heilig.

3 Jeder von euch soll Mutter und Vater fürchten und auf meine Sabbate achten; ich bin der Herr, euer Gott. 4 Ihr sollt euch nicht anderen Göttern zuwenden und euch nicht Götterbilder aus Metall gießen; ich bin der Herr, euer Gott. ...

9 Wenn ihr die Ernte eures Landes einbringt, sollt ihr das Feld nicht bis zum äußersten Rand abernten. Du sollst keine Nachlese von deiner Ernte halten. 10 In deinem Weinberg sollst du keine Nachlese halten und die abgefallenen Beeren nicht einsammeln. Du sollst sie dem Armen und dem Fremden überlassen. Ich bin der Herr, euer Gott.

▶ In den „Zehn Worten“ werden der Sabbat vor den Eltern und der Vater vor der Mutter genannt (Ex 20,8–12). Hier ist beides umgedreht.

11 Ihr sollt nicht stehlen, nicht täuschen und einander nicht betrügen. 12 Ihr sollt nicht falsch bei meinem Namen schwören; du würdest sonst den Namen deines Gottes entweihen. Ich bin der Herr.

13 Du sollst deinen Nächsten nicht ausbeuten und ihn nicht um das Seine bringen. Der Lohn des Tagelöhners soll nicht über Nacht bis zum Morgen bei dir bleiben. 14 Du sollst einen Tauben nicht verfluchen und einem Blinden kein Hindernis in den Weg stellen; vielmehr sollst du deinen Gott fürchten. Ich bin der Herr.

15 Ihr sollt in der Rechtsprechung kein Unrecht tun. Du sollst weder für einen Geringen noch für einen Großen Partei nehmen; gerecht sollst du deinen Stammesgenossen richten. 16 Du sollst deinen Stammesgenossen nicht verleumden und dich nicht hinstellen und das Leben deines Nächsten fordern. Ich bin der Herr.

17 Du sollst in deinem Herzen keinen Hass gegen deinen Bruder tragen. Weise deinen Stammesgenossen zurecht, so wirst du seinetwegen keine Schuld auf dich laden. 18 An den Kindern deines Volkes sollst du dich nicht rächen und ihnen nichts nachtragen. Du sollst deinen Nächsten lieben wie dich selbst. Ich bin der Herr. ...

29 Entweih nicht deine Tochter, indem du sie der Unzucht preisgibst, damit das Land nicht der Unzucht verfällt und voller Schandtat wird. ... 31 Wendet euch nicht an die Totenbeschwörer, und sucht nicht die Wahrsager auf; sie verunreinigen euch.

Ebenso wie das Gebot „Du sollst nicht töten“ eine deutliche Grenze setzt, um den Wert des menschlichen Lebens zu sichern, müssen wir heute ein „Nein zu einer Wirtschaft der Ausschließung und der Disparität der Einkommen“ sagen. Diese Wirtschaft tötet.

**PAPST FRANZISKUS,** Evangelii Gaudium, 53

▶ Auch für Jesus ist es besonders wichtig, dass wir versöhnungsbereit sind und den Nächsten lieben (z.B. Mt 18,21–35; 22,34–40).

▶ Es zerstört jede Gemeinschaft, wenn Menschen missbraucht werden, Sexualität nichts mit Beziehung zu tun hat und wenn Menschen weniger respektiert werden, weil sie eine Frau oder ein Mann sind.

DIE FESTE DES HERRN / BIBLISCHE FESTE

> Ihr sollt wissen, dass kein Mensch illegal ist. Das ist ein Widerspruch in sich. Menschen können schön sein oder noch schöner. Sie können gerecht sein oder ungerecht. Aber illegal? Wie kann ein Mensch illegal sein?
>
> **ELIE WIESEL** (* 1928), Überlebender des Holocaust

▶ *Efa*: ca. 22l, *Hin*: ca. 3,5l

32 Du sollst vor grauem Haar aufstehen, das Ansehen eines Greises
ehren und deinen Gott fürchten. Ich bin der Herr.
33 Wenn bei dir ein Fremder in eurem Land lebt, sollt ihr ihn nicht
unterdrücken. 34 Der Fremde, der sich bei euch aufhält, soll euch wie
ein Einheimischer gelten, und du sollst ihn lieben wie dich selbst;
denn ihr seid selbst Fremde in Ägypten gewesen. Ich bin der Herr,
euer Gott.
35 Ihr sollt kein Unrecht begehen bei Gericht, mit Längenmaß, Ge-
wicht und Hohlmaß. 36 Ihr sollt richtige Waagen, richtige Gewichts-
steine, richtiges Efa und richtiges Hin haben. Ich bin der Herr, euer
Gott, der euch aus Ägypten geführt hat.

Weltweit und in vielen Gesellschaften nehmen Ungleichheiten zu. Oft gelingt es Reichen und Mächtigen, das System zu steuern, um den eigenen Profit zu maximieren, während sie auf Nachhaltigkeit, Fairness, notwendige Erholung und die Würde von Schwächeren wenig Rücksicht nehmen. Gegen solche Kräfte, die sowohl die Natur als auch die Gemeinschaft zerstören, führt Gott für das Volk Israel zwei spezielle Jahre ein:

▶ Das hebräische Wort *Jobel* (v10) bezieht sich auf das „Widderhorn", das seit uralter Zeit als Blasinstrument verwendet wird.

**Sabbat- und Jobeljahr (Lev 25)**

25 1 Der Herr sprach zu Mose auf dem Berg Sinai:
2 Rede zu den Israeliten, und sag zu ihnen: Wenn ihr in das
Land kommt, das ich euch gebe, soll das Land Sabbatruhe zur Ehre
des Herrn halten. 3 Sechs Jahre sollst du dein Feld besäen, sechs Jah-
re sollst du deinen Weinberg beschneiden und seinen Ertrag ernten.

» Wenn Arbeit alles wäre, gäbe es keinen Lebenssinn für Behinderte, keinen mehr für Alte und noch keinen für Kinder.

**NORBERT BLÜM** (* 1935), deutscher Politiker

▶ Ähnlich wie die Menschen jeden siebten Tag ruhen, so soll auch der Boden alle sieben Jahre „ruhen" dürfen (v4). Eine solche „Brache" ist für die Felder wichtig, um Nährstoffe wieder aufzubauen. Zugleich ist es ein Zeichen, dass Fruchtbarkeit letztlich von Gott kommt und es nicht um „maximale Leistung" geht.

4 Aber im siebten Jahr soll das Land eine vollständige Sabbatruhe zur Ehre des Herrn halten: Dein Feld sollst du nicht besäen und deinen Weinberg nicht beschneiden. ...
8 Du sollst sieben Jahreswochen, siebenmal sieben Jahre, zählen; die Zeit von sieben Jahreswochen ergibt für dich neunundvierzig Jahre.
9 Im siebten Monat, am zehnten Tag des Monats, sollst du das Signalhorn ertönen lassen; am Versöhnungstag sollt ihr das Horn im ganzen Land ertönen lassen. 10 Erklärt dieses fünfzigste Jahr für heilig,
und ruft Freiheit für alle Bewohner des Landes aus! Es gelte euch als Jobeljahr. Jeder von euch soll zu seinem Grundbesitz zurückkehren, jeder soll zu seiner Sippe heimkehren. ...
23 Das Land darf nicht endgültig verkauft werden; denn das Land gehört mir, und ihr seid nur Fremde und Halbbürger bei mir. 24 Für
jeden Grundbesitz sollt ihr ein Rückkaufrecht auf das Land gewähren. 25 Wenn dein Bruder verarmt und etwas von seinem Grundbesitz
verkauft, soll sein Verwandter als Löser für ihn eintreten und den verkauften Boden seines Bruders auslösen. ...
35 Wenn dein Bruder verarmt und sich neben dir nicht halten kann, sollst du ihn, auch einen Fremden oder Halbbürger, unterstützen, damit er neben dir leben kann. 36 Nimm von ihm keinen Zins und Wucher!
Fürchte deinen Gott, und dein Bruder soll neben dir leben können. ...
55 Denn mir gehören die Israeliten als Knechte, meine Knechte sind sie; ich habe sie aus Ägypten herausgeführt, ich, der Herr, euer Gott.

▶ Die in 49 Jahren (damals drei Generationen) entstandenen gesellschaftlichen Unterschiede, insbesondere Verarmung und Abhängigkeit, sollen durch einen generellen Schuldenschnitt ein Ende finden.

▶ „Löser" (v25) bezeichnet den nächsten Angehörigen, der verpflichtet ist, für einen Verwandten einzustehen, der in Unglück geraten ist.
Er soll verlorenen Landbesitz zurückkaufen und Schulden begleichen, falls ein Angehöriger sich als Sklave verkaufen musste. Einige biblische Texte übertragen diese Rolle auf Gott (erstmals in Ex 6,6).

HIGH MOTION

DAS BUCH

# Numeri

Der lateinische Name Numeri bedeutet Zahlen; er bezieht sich auf die Zählungen der wehrfähigen Männer im Volk Israel in Num 1. Im Hebräischen heißt dieses Buch „In der Wüste", was die Ortsangabe des ersten Verses aufnimmt.

Das vierte Buch der Bibel schildert den Abschied vom Sinai (Num 1–10) und den Weg der Gemeinschaft in Richtung Verheißenes Land. Dabei zieht Israel – nach Ex 15–19 – wieder durch die Wüste (Num 10–21), und es kommt erneut zu Konflikten. Sie zeigen, dass das Volk weit vom Ideal der in Levitikus geforderten „Heiligkeit" entfernt ist. Im Unterschied zum „Murren" im Buch Exodus lehnen sich Menschen hier auf, *nachdem* sie am Sinai Gott begegnet sind; dementsprechend härter sind in Numeri die Konsequenzen.

Vor dem Aufbruch gibt Gott dem Volk in Num 6 Anweisungen für eine spezielle Form, das Leben Gott zu widmen, und eine Segensformel, die Priester sprechen sollen, den so genannten „aaronitischen Segen", der auch die christliche Liturgie stark beeinflusst hat (Num 6,22–27).

Ab Num 22 kommt zusehends das Land in den Blick. Der fremde Seher Bileam segnet Israel (Num 23–24), Josua wird als Nachfolger Moses eingesetzt (Num 27,12–23) und das Gebiet östlich des Jordan wird zugeteilt (Num 32). Alles ist so vorbereitet für den Einzug ins Land, vor den sich nur noch die große Abschiedsrede des Mose, das Buch Deuteronomium, schiebt.

Auch heute noch gibt es „Nasiräer“. Manche Rastafaris mit ihren Dreadlocks legen das Gelübde ab, das schon das Buch Numeri kennt. Ein Gelübde ist ein Verzicht, den man Gott zuliebe (für eine bestimmte Zeit oder auf immer) leistet.

Die frei wachsenden Haare verdeutlichen die von Gott her kommende Lebenskraft; ein Beispiel ist Simson in Ri 16,17.

**Nasiräat und Priestersegen (Num 6)**

6 2 Der Herr sprach zu Mose: Rede zu den Israeliten und sag zu ih-
nen: Wenn ein Mann oder eine Frau etwas Besonderes tun will
und das Nasiräergelübde ablegt, so dass er ein dem Herrn geweihter
Nasiräer ist, 3 dann soll er auf Wein und Bier verzichten; er soll kei-
nen gegorenen Wein und kein gegorenes Bier trinken, auch keinen
Traubensaft, er soll weder frische noch getrocknete Trauben essen.
4 Solange er Nasiräer ist, soll er nichts essen, was von Weinreben
stammt, von den unreifen Trauben angefangen bis zu den Trebern.
5 Solange das Nasiräergelübde in Kraft ist, soll auch kein Schermesser
sein Haupt berühren, bis die Zeit abgelaufen ist, für die er sich dem
Herrn als Nasiräer geweiht hat. Er ist heilig, er muss sein Haar ganz
frei wachsen lassen. 6 Solange er sich dem Herrn als Nasiräer geweiht
hat, soll er auch nicht in die Nähe eines Toten kommen.

Wenn die Zeit des Gelübdes abgelaufen ist, soll der Nasiräer zum Heiligtum kommen, Opfergaben mitbringen und seine Haare abschneiden, die als Zeichen seiner Hingabe in dieser Lebensphase im Feuer verbrannt werden. Dann darf er wieder Wein trinken (v13–20).

Gott schenkt nicht nur Segen, er setzt auch Menschen ein, die seinen Segen →

22 Der Herr sprach zu Mose: 23 Sag zu Aaron und seinen Söhnen: So
sollt ihr die Israeliten segnen; sprecht zu ihnen:

→ vermitteln sollen (s. schon Gen 12,2). Die Wiederholung von „Angesicht“ betont seine persönliche Zuwendung. Das letzte Wort *schalom* (übersetzt mit „Heil“) zeigt, dass Gott Frieden und umfassendes Glück schenken möchte. Segnen darf übrigens jeder: eine Mutter ihr Kind, ein Freund seine Freundin …

24 Der Herr segne dich und behüte dich.
25 Der Herr lasse sein Angesicht über dich leuchten und sei dir
gnädig.
26 Der Herr wende sein Angesicht dir zu und schenke dir Heil.
27 So sollen sie meinen Namen auf die Israeliten legen, und ich wer-
de sie segnen.

## VOM SINAI AUF DEM WEG DURCH DIE WÜSTE ZUM LAND (AB NUM 10)

Entgegen dem Idealbild, das in Levitikus von Israel als heiligem Volk entworfen wurde (↗ Lev 19), kommt es ab dem Aufbruch vom Sinai zu vielen Konflikten und Schwierigkeiten im Volk auf dem weiteren Weg ins Land. Das zeigt sich schon in Num 11:

**Vielfache Probleme (Num 11)**

11 1 Das Volk lag dem Herrn mit schweren Vorwürfen in den Oh-
ren. Als der Herr das hörte, entbrannte sein Zorn; das Feuer
des Herrn brach bei ihnen aus und griff am Rand des Lagers um sich.
2 Da schrie das Volk zu Mose, und Mose setzte sich beim Herrn für sie
ein. Darauf ging das Feuer wieder aus. 3 Daher nannte man den Ort
Tabera, da das Feuer des Herrn bei ihnen ausgebrochen war. …
4 Die Leute, die sich ihnen angeschlossen hatten, wurden von der

„Tabera“ heißt „Brand“ und erinnert an die Folgen dieser ersten Auflehnung.

Gier gepackt, und auch die Israeliten begannen wieder zu weinen
und sagten: Wenn uns doch jemand Fleisch zu essen gäbe! 5 Wir den-
ken an die Fische, die wir in Ägypten umsonst zu essen bekamen, an
die Gurken und Melonen, an den Lauch, an die Zwiebeln und an den
Knoblauch. 6 Doch jetzt vertrocknet uns die Kehle, nichts bekommen
wir zu sehen als immer nur Manna. …
10 Mose hörte die Leute weinen, eine Sippe wie die andere; jeder
weinte am Eingang seines Zeltes. Da entbrannte der Zorn des Herrn;
Mose aber war verstimmt 11 und sagte zum Herrn: Warum hast du dei-
nen Knecht so schlecht behandelt, und warum habe ich nicht deine
Gnade gefunden, dass du mir die Last mit diesem ganzen Volk aufer-
legst? 12 Habe denn ich dieses ganze Volk in meinem Schoß getragen,
oder habe ich es geboren, dass du zu mir sagen kannst: Nimm es an
deine Brust, wie der Wärter den Säugling, und trag es in das Land, das
ich seinen Vätern mit einem Eid zugesichert habe? 13 Woher soll ich
für dieses ganze Volk Fleisch nehmen? Sie weinen vor mir und sagen
zu mir: Gib uns Fleisch zu essen! 14 Ich kann dieses ganze Volk nicht
allein tragen, es ist mir zu schwer. 15 Wenn du mich so behandelst,
dann bring mich lieber gleich um, wenn ich überhaupt deine Gnade
gefunden habe. Ich will mein Elend nicht mehr ansehen.

Ägypten war so toll! Das Essen und alles … Plötzlich denken die Israeliten mit einer rosaroten Brille an die Zeit unter der Herrschaft Pharaos zurück, obwohl sie in Ägypten doch unterdrückt und versklavt worden waren.

▶ Die andauernde Unzufriedenheit des Volkes setzt auch Mose zu, der die größte Verantwortung trägt. Er wiederum setzt Gott unter Druck.

❞ Vor einigen Tagen sagte ein großer italienischer Künstler, dass es für den Herrn leichter ist, die Israeliten aus Ägypten herauszuführen, als Ägypten aus dem Herzen der Israeliten zu nehmen.

**PAPST FRANZISKUS,** 31.12.2014

16 Da sprach der Herr zu Mose: Versammle siebzig von den Ältesten
Israels vor mir, Männer, die du als Älteste des Volkes und Listenführer
kennst; bring sie zum Offenbarungszelt! Dort sollen sie sich mit dir
zusammen aufstellen. 17 Dann komme ich herab und rede dort mit
dir. Ich nehme etwas von dem Geist, der auf dir ruht, und lege ihn auf
sie. So können sie mit dir zusammen an der Last des Volkes tragen,
und du musst sie nicht mehr allein tragen. 18 Zum Volk aber sollst
du sagen: Heiligt euch für morgen, dann werdet ihr Fleisch zu essen
haben. Denn ihr habt dem Herrn die Ohren vollgeweint und gesagt:
Wenn uns doch jemand Fleisch zu essen gäbe! In Ägypten ging es uns
gut. Der Herr wird euch Fleisch zu essen geben. 19 Nicht nur einen
Tag werdet ihr es essen, nicht zwei Tage, nicht fünf Tage, nicht zehn
Tage und nicht zwanzig Tage, 20 sondern monatelang, bis es euch zum
Hals heraushängt und ihr euch davor ekelt. Denn ihr habt den Herrn,
der mitten unter euch ist, missachtet und habt vor ihm geweint und
gesagt: Warum sind wir aus Ägypten weggezogen?
21 Da entgegnete Mose: Sechshunderttausend Mann zu Fuß zählt das
Volk, bei dem ich lebe, und du sagst: Ich gebe ihnen Fleisch, dass sie
monatelang zu essen haben? 22 Selbst wenn man alle Schafe, Ziegen
und Rinder für sie schlachtet, reicht das für sie? Wenn man alle Fi-
sche des Meeres für sie fängt, reicht das für sie? 23 Der Herr antworte-
te Mose: Ist etwa der Arm des Herrn zu kurz? Du wirst bald sehen, ob
mein Wort an dir in Erfüllung geht oder nicht. … 24 Mose ging hinaus

? Nehme ich die von Gott gegebenen Durststrecken in meinem Leben an? Was ist mein „Ägypten“, nach dem ich mich zurücksehne? Weiß ich besser als Gott, was gut für mich ist?

▶ Gott entlastet Mose, indem er Verantwortung aufteilt; und Gott konfrontiert die Israeliten, indem er ihnen genau das gibt, was sie wollten – Fleisch, all you can eat!

▶ Gottes Möglichkeiten übersteigen bei weitem unser menschliches Denken. (↗ auch die Verheißung für Sara in Gen 18.)

Der Geist weht, wo er will.

Joh 3,8

Der irdisch gesinnte Mensch lässt sich nicht auf das ein, was vom Geist Gottes kommt. Torheit ist es für ihn, und er kann es nicht verstehen, weil es nur mit Hilfe des Geistes beurteilt werden kann.

1 Kor, 2,14

Gottes Geist lässt sich nicht kontrollieren. Das ärgert manche Menschen.

und teilte dem Volk die Worte des Herrn mit. Dann versammelte er
siebzig Älteste des Volkes und stellte sie rings um das Zelt auf. 25 Der
Herr kam in der Wolke herab und redete mit Mose. Er nahm etwas
von dem Geist, der auf ihm ruhte, und legte ihn auf die siebzig Ältes-
ten. Sobald der Geist auf ihnen ruhte, gerieten sie in prophetische
Verzückung, die kein Ende nahm. 26 Zwei Männer aber waren im Lager
geblieben; der eine hieß Eldad, der andere Medad. Auch über sie war
der Geist gekommen. Sie standen in der Liste, waren aber nicht zum
Offenbarungszelt hinausgegangen. Sie gerieten im Lager in propheti-
sche Verzückung. 27 Ein junger Mann lief zu Mose und berichtete ihm:
Eldad und Medad sind im Lager in prophetische Verzückung geraten.
28 Da ergriff Josua, der Sohn Nuns, der von Jugend an der Diener des
Mose gewesen war, das Wort und sagte: Mose, mein Herr, hindere sie
daran!

29 Doch Mose sagte zu ihm: Willst du dich für mich ereifern? Wenn
nur das ganze Volk des Herrn zu Propheten würde, wenn nur der Herr
seinen Geist auf sie alle legte!

Im nächsten Kapitel wird Mose von seinen Geschwistern angegriffen:

## Moses einmalige Gottesnähe (Num 12)

Es ist nicht ausgeschlossen, dass mit dieser Frau Zippora (ab Ex 2,21) gemeint ist. Gewöhnlich bezieht sich „Kusch“ aber auf Gebiete im heutigen Sudan oder Äthiopien.

Wie der Hirsch lechzt nach frischem Wasser, so lechzt meine Seele, Gott, nach dir. Meine Seele dürstet nach Gott, nach dem lebendigen Gott. Wann darf ich kommen und Gottes Antlitz schauen? Tränen waren mein Brot bei Tag und bei Nacht; denn man sagt zu mir den ganzen Tag: „Wo ist nun dein Gott?“

Ps 42,2–4

Gott kennt das Herz des Menschen. Er weiß, dass derjenige, der ihn ablehnt, nicht sein wahres Antlitz kennengelernt hat, und deshalb hört er nicht auf, an unsere Tür zu klopfen, wie ein demütiger Pilger auf der Suche nach Aufnahme.

**PAPST BENEDIKT XVI.**, 1.12.2007

12 1 Als sie in Hazerot waren, redeten Mirjam und Aaron
über Mose wegen der kuschitischen Frau, die er sich
genommen hatte. Er hatte sich nämlich eine Kuschiterin zur
Frau genommen. 2 Sie sagten: Hat etwa der Herr nur mit Mose
gesprochen? Hat er nicht auch mit uns gesprochen? Das hör-
te der Herr. 3 Mose aber war ein sehr demütiger Mann, de-
mütiger als alle Menschen auf der Erde. 4 Kurz darauf sprach
der Herr zu Mose, Aaron und Mirjam: Geht ihr drei hinaus
zum Offenbarungszelt! Da gingen die drei hinaus. 5 Der Herr
kam in der Wolkensäule herab, blieb am Zelteingang stehen
und rief Aaron und Mirjam. Beide traten vor, 6 und der Herr
sprach: Hört meine Worte! Wenn es bei euch einen Propheten
gibt, so gebe ich mich ihm in Visionen zu erkennen und rede
mit ihm im Traum. 7 Anders bei meinem Knecht Mose. Mein
ganzes Haus ist ihm anvertraut. 8 Mit ihm rede ich von Mund
zu Mund, von Angesicht zu Angesicht, nicht in Rätseln. Er darf
die Gestalt des Herrn sehen. Warum habt ihr es gewagt, über
meinen Knecht Mose zu reden? 9 Der Herr wurde zornig auf
sie und ging weg.

10 Kaum hatte die Wolke das Zelt verlassen, da war Mirjam
weiß wie Schnee vor Aussatz. Aaron wandte sich Mirjam zu
und sah: Sie war aussätzig.

Zur Vorbereitung auf den Einzug ins Land schicken die Israeliten Leute voraus, um Informationen einzuholen. Die Kundschafter berichten, dass das Land fruchtbar ist, übertreiben aber maßlos die Gefahren im Land (Num 13,32–33). So entmutigen sie das Volk und lösen Widerstand aus:

## Klärungen (Num 14)

14 1 Da erhob die ganze Gemeinde ein lautes Geschrei, und das
Volk weinte die ganze Nacht. 2 Alle Israeliten murrten über
Mose und Aaron, und die ganze Gemeinde sagte zu ihnen: Wären wir
doch in Ägypten oder wenigstens hier in der Wüste gestorben! 3 War-
um nur will uns der Herr in jenes Land bringen? Etwa damit wir durch
das Schwert umkommen und unsere Frauen und Kinder eine Beute
der Feinde werden? Wäre es für uns nicht besser, nach Ägypten zu-
rückzukehren? 4 Und sie sagten zueinander: Wir wollen einen neuen
Anführer wählen und nach Ägypten zurückkehren.
5 Da warfen sich Mose und Aaron vor der ganzen Ge-
meindeversammlung der Israeliten auf ihr Gesicht
nieder. ... 6 Josua, der Sohn Nuns, und Kaleb, der Sohn
Jefunnes, zwei von denen, die das Land erkundet hat-
ten, zerrissen ihre Kleider 7 und sagten zu der ganzen
Gemeinde der Israeliten: Das Land, das wir durch-
wandert und erkundet haben, dieses Land ist über-

aus schön. 8 Wenn der Herr uns wohlgesinnt ist und uns in dieses
Land bringt, dann schenkt er uns ein Land, in dem Milch und Honig
fließen. 9 Lehnt euch nur nicht gegen den Herrn auf! Habt keine Angst
vor den Leuten in jenem Land; sie werden unsere Beute. Ihr schützen-
der Schatten ist von ihnen gewichen, denn der Herr ist mit uns. Habt
keine Angst vor ihnen! 10 Doch die ganze Gemeinde drohte Mose und
Aaron zu steinigen.
Da erschien die Herrlichkeit des Herrn am Offenbarungszelt allen
Israeliten, 11 und der Herr sprach zu Mose: Wie lange verachtet mich
dieses Volk noch, wie lange noch wollen sie nicht an mich glauben
trotz all der Zeichen, die ich mitten unter ihnen vollbracht habe?
12 Ich will sie mit der Pest schlagen und vertreiben; aber dich will
ich zu einem Volk machen, das größer und mächtiger ist als dieses.
13 Da antwortete Mose dem Herrn: Die Ägypter werden hören, dass
du dieses Volk mit deiner Kraft aus ihrer Mitte hierher geführt hast,
14 und sie werden zu den Einwohnern dieses Landes sagen, sie hät-
ten gehört, dass du, Herr, mitten in diesem Volk warst, dass du, Herr,
sichtbar erschienen bist, dass deine Wolke über ihnen stand, dass
du ihnen bei Tag in einer Wolkensäule und bei Nacht in einer Feuer-
säule vorangegangen bist, 15 dass du dann aber dieses Volk wie einen
einzigen Mann umgebracht hast. Wenn sie das alles über dich hören,
werden die Völker sagen: 16 Weil Jahwe nicht imstande war, dieses
Volk in das Land zu bringen, das er ihnen mit einem Eid zugesichert

▶ Die Vorwürfe des Volkes (v3) werden jetzt noch viel schlimmer: Es will Gottes Befreiung rückgängig machen und lehnt sich gegen Mose auf, der von Gott beauftragt ist.

Das Murren, Lästern und Maulen ist eine Volkskrankheit, die schon die Bibel kennt. Auch Heilige haben dagegen gekämpft: Benedikt von Nursia suchte den „guten Eifer" seiner Mönche. Es sei „für Gott angenehm und für die Menschen beglückend", wenn ein Auftrag mit „frohem Herzen" und „nicht zaghaft, ... lustlos oder gar mit Murren und Widerrede" ausgeführt wird.

▶ Josua und Kaleb heißen die beiden Kundschafter, die von dem Land Kanaan wahre Wunderdinge berichten: „Milch und Honig" sollen dort fließen. Sie zeigen (im Vergleich zu Num 13,32–33), wie unterschiedlich „Fachleute" die gleiche Frage beurteilen können.

▶ Mose erinnert Gott an die feierliche Zusage seiner Versöhnung, in der sich Gott selbst als überaus erbarmend vorgestellt hatte (Ex 34,6–7).

▶ Gott reagiert dreifach auf Moses Fürsprache: Er vergibt grundsätzlich (v20). Es gibt aber auch Folgen für die Schuldigen (v21-23), weil sie sich wiederholt aufgelehnt haben. Sie werden sterben, doch ihre Kinder, die keine Verantwortung dafür trugen, werden nach 40 Jahren ins Land kommen (v31–34). Der unschuldige Kaleb ist ausgenommen und erhält Lob (↗ ebenso Josua, v6–9, mit v24 und v38).

hatte, hat er sie in der Wüste abgeschlachtet. [17] Gerade jetzt sollte sich die Kraft meines Herrn in ihrer ganzen Größe zeigen, wie du gesagt hast: [18] Ich bin Jahwe, langmütig und reich an Huld, der Schuld und Frevel wegnimmt, der aber (den Sünder) nicht ungestraft lässt, der die Schuld der Väter an den Söhnen verfolgt, an der dritten und vierten Generation. [19] Verzeih also diesem Volk seine Sünde nach deiner großen Huld, wie du diesem Volk auch schon bisher vergeben hast, von Ägypten bis hierher. [20] Da sprach der Herr: Ich verzeihe ihm, da du mich bittest. [21] Doch so wahr ich lebe und die Herrlichkeit des Herrn das ganze Land erfüllt: [22] Alle Männer, die meine Herrlichkeit und meine Zeichen gesehen haben, die ich in Ägypten und in der Wüste vollbracht habe, und die mich jetzt schon zum zehnten Mal auf die Probe gestellt und doch nicht auf mich gehört haben, [23] sie alle werden das Land nicht zu sehen bekommen, das ich ihren Vätern mit einem Eid zugesichert habe. Keiner von denen, die mich verachtet haben, wird es zu sehen bekommen. [24] Meinen Knecht Kaleb aber, der anders denkt und treu zu mir hält, ihn werde ich in das Land bringen. Er darf es betreten, und seine Nachkommen sollen es erben.

Die Konflikte innerhalb des Volkes und mit Mose und Aaron nehmen kein Ende. Das entspricht einem realistischen Bild von Gemeinschaften. Bevor ab Num 21 immer stärker das Land in den Blick kommt, ereignen sich noch zwei Zwischenfälle.

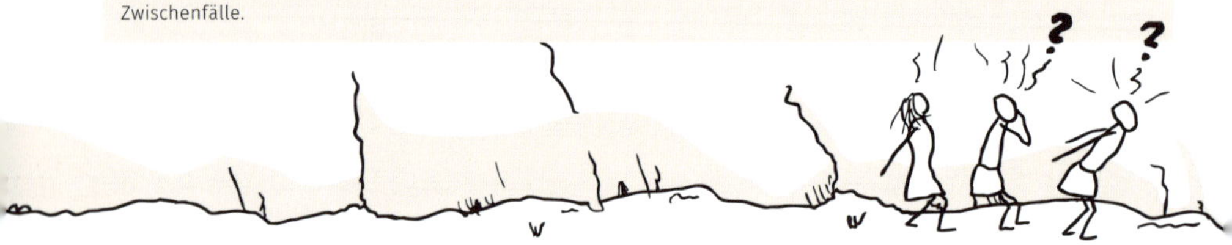

▶ Das Volk hatte auch schon in Ex 17 Durst und sich darüber beschwert. Seither aber hat es Gott kennengelernt und erfahren, dass er für sie sorgt. Deshalb wiegen die Auflehnung und das mangelnde Vertrauen jetzt schwerer.

» Haben wir die Gabe der Tränen verloren? Ich erinnere mich, dass es ... in einer anderen Zeit ein wunderschönes Gebet gab um die Gabe der Tränen. „Herr, du hast Mose geboten, auf den Fels zu schlagen, damit Wasser hervorquelle, schlag auf den Fels meines Herzens, damit die Tränen ...“: Es war wunderschön. Aber wie viele von uns weinen angesichts des Leidens eines Kindes, angesichts der Zerstörung einer Familie, angesichts so vieler Menschen, die den Weg nicht finden? ... Weinst du?

**PAPST FRANZISKUS,** 6.3.2014

## Die Verantwortlichen versagen (Num 20)

20 [2] Da die Gemeinde kein Wasser hatte, rotteten sie sich gegen Mose und Aaron zusammen. [3] Das Volk geriet mit Mose in Streit; sie sagten: Wären wir doch umgekommen wie unsere Brüder, die vor den Augen des Herrn gestorben sind. [4] Warum habt ihr das Volk des Herrn in diese Wüste geführt? Nur damit wir hier zusammen mit unserem Vieh sterben? [5] Wozu habt ihr uns aus Ägypten hierher geführt? Nur um uns an diesen elenden Ort zu bringen, eine Gegend ohne Korn und Feigen, ohne Wein und Granatäpfel? Nicht einmal Trinkwasser gibt es.

[6] Mose und Aaron verließen die Versammlung, gingen zum Eingang des Offenbarungszeltes und warfen sich auf ihr Gesicht nieder. Da erschien ihnen die Herrlichkeit des Herrn.

[7] Der Herr sprach zu Mose: [8] Nimm deinen Stab; dann versammelt die Gemeinde, du und dein Bruder Aaron, und sagt vor ihren Augen zu dem Felsen, er solle sein Wasser fließen lassen. Auf diese Weise wirst du für sie Wasser aus dem Felsen fließen lassen und ihnen und ihrem Vieh zu trinken geben. [9] Mose holte den Stab von seinem Platz vor dem Herrn, wie der Herr ihm befohlen hatte. [10] Mose und Aaron riefen die Versammlung vor dem Felsen zusammen, und Mose sagte zu ihnen: Hört, ihr Meuterer, können wir euch wohl aus diesem Felsen Wasser fließen lassen?

[11] Dann hob er seine Hand hoch und schlug mit seinem Stab zweimal
auf den Felsen. Da kam Wasser heraus, viel Wasser, und die Gemeinde
und ihr Vieh konnten trinken. [12] Der Herr aber sprach zu Mose und
Aaron: Weil ihr mir nicht geglaubt habt und mich vor den Augen der
Israeliten nicht als den Heiligen bezeugen wolltet, darum werdet ihr
dieses Volk nicht in das Land hineinführen, das ich ihm geben will. [13]
Das ist das Wasser von Meriba (Streitwasser), weil die Israeliten mit
dem Herrn gestritten haben und er sich als der Heilige erwiesen hat.

**Die kupferne Schlange (Num 21,4–9)**

21 [4] Die Israeliten brachen vom Berg Hor auf und schlugen die
Richtung zum Schilfmeer ein, um Edom zu umgehen. Unter-
wegs aber verlor das Volk den Mut, [5] es lehnte sich gegen Gott und
gegen Mose auf und sagte: Warum habt ihr uns aus Ägypten heraufge-
führt? Etwa damit wir in der Wüste sterben? Es gibt weder Brot noch
Wasser. Dieser elenden Nahrung sind wir überdrüssig. [6] Da schickte
der Herr Giftschlangen unter das Volk. Sie bissen die Menschen, und
viele Israeliten starben. [7] Die Leute kamen zu Mose und sagten: Wir
haben gesündigt, denn wir haben uns gegen den Herrn und gegen

dich aufgelehnt. Bete zum Herrn, dass er uns von den Schlan-
gen befreit. Da betete Mose für das Volk. [8] Der Herr antwortete
Mose: Mach dir eine Schlange, und häng sie an einer Fahnen-
stange auf! Jeder, der gebissen wird, wird am Leben bleiben,
wenn er sie ansieht. [9] Mose machte also eine Schlange aus
Kupfer und hängte sie an einer Fahnenstange auf. Wenn nun
jemand von einer Schlange gebissen wurde und zu der Kupfer-
schlange aufblickte, blieb er am Leben.

Kommt, lasst uns niederfallen, uns vor ihm verneigen,
lasst uns niederknien vor dem Herrn, unserm Schöpfer!
Denn er ist unser Gott,
wir sind das Volk seiner Weide, die Herde, von seiner Hand
geführt. Ach, würdet ihr doch heute auf seine Stimme hören!
„Verhärtet euer Herz nicht wie in Meríba,
wie in der Wüste am Tag von Massa!
Dort haben eure Väter mich versucht,
sie haben mich auf die Probe gestellt
und hatten doch mein Tun gesehen.
Vierzig Jahre war mir dies Geschlecht zuwider
und ich sagte: Sie sind ein Volk, dessen Herz in die Irre geht;
denn meine Wege kennen sie nicht.
Darum habe ich in meinem Zorn geschworen:
Sie sollen nicht kommen in das Land meiner Ruhe.“

Ps 95,6–11

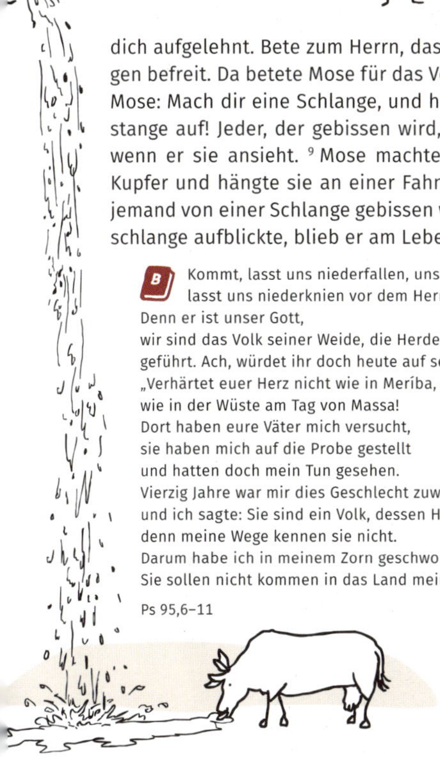

Mose spricht das Volk aggressiv an; er betont seine eigene und Aarons Rolle beim Wunder („wir“), als wäre er der Star; und er gestaltet seine Handlung theatralisch aus (v10–11). Wie man an v8 sieht, pflegt Gott einen anderen Stil.

Die oben erwähnten Unterschiede sind der Grund für Gottes Urteil (v12). Auch gegenüber seinen besonders Vertrauten, denen er Verantwortung gegeben hat, verhält er sich klar und korrekt und lässt sich nicht „umbiegen“.

Am 14. September feiert die Kirche das Fest „Kreuzerhöhung“, das eine Verbindung zwischen dieser alttestamentlichen Stelle und der Überwindung des Todes am Kreuz herstellt.

Wie Mose die Schlange
in der Wüste erhöht hat,
so muss der Menschensohn
erhöht werden, damit jeder,
der (an ihn) glaubt, in ihm das
ewige Leben hat.

Joh 3,14–15

DAS BUCH

# Deuteronomium

Im Buch Deuteronomium hält Mose seine Abschiedsreden an das Volk Israel im Land Moab (im heutigen Jordanien), kurz vor dem Einzug in das Land, das Gott Israel versprochen hat (Dtn 1–30). Er setzt Josua als Nachfolger ein (Dtn 31,7–8), schreibt die Tora nieder übergibt sie an Verantwortliche im Volk (Dtn 31,9). Nach Moses Lied (Dtn 32) und Segen (Dtn 33) lässt ihn Gott am Berg Nebo das Land sehen, wohin er aber nicht selbst einziehen darf, sondern stirbt (Dtn 34).

In seinen umfangreichen Reden fasst Mose zusammen, was das Volk Israel aus der Vergangenheit für die Zukunft lernen soll. Er ermahnt das Volk, wegen aller Erfahrungen auf dem Weg durch die Wüste auf Gott zu hören (z.B. Dtn 1–3). Mose wiederholt, erklärt und legt die Gesetze aus, die er am Horeb (in Exodus Sinai genannt) von Gott empfangen hat (Dtn 5–26). Das ist notwendig, weil fast alle Israeliten, die am Sinai waren, in der Wüste sterben mussten (↗ Num 14). Mose macht Gottes Gesetz für die neue Generation verständlich und zeigt auf diese Weise, wie auch in der Zukunft das Verständnis der Religion immer neu ausgelegt werden soll. Die veränderten Umstände einer neuen Zeit verlangen von uns, nachzudenken und die Weisheit alter Zeiten auf die Gegenwart anzuwenden. Diese Botschaft des Buches Deuteronomium ist besonders wichtig für unsere heutige Zeit.

Vor die Wiederholung der Gebote stellt Mose das „Hauptgebot“: Israel soll „hören“; und es soll den einen, den einzig wahren Gott „lieben“ (Dtn 6,4f.). Auch für Jesus und das Christentum ist dieses Gebot grundlegend.

Obwohl Mose Gott um diese Gnade bittet, darf er selbst das Gelobte Land nicht betreten. Er darf vor seinem Tod nur einen Blick darauf werfen. Um sich an diese Zeit zu erinnern, feiern die Juden heute Sukkot, das Laubhüttenfest. Sie bauen sich eine Laubhütte auf dem Balkon oder im Garten und essen darin.

Er ist schon da! Der dich getragen, geprägt, geführt und befreit hat. Er ist schon dort. Geh mit ihm. Erfahr ihn, wie du es nie geglaubt. Er ist schon dort. Der dich in Ungeahntes, Neues führt. Er ist schon dort. Geh – du bist nicht verlassen. Der Herr zieht mit.

**BERNHARD VON CLAIRVAUX** (1090–1153), bedeutender Reformator des mittelalterlichen Mönchtums

### Das Land schauen dürfen (Dtn 3,23–29)

3 23 Damals rief ich den Herrn um Gnade für mich an: 24 Gott, mein
Herr! Du hast angefangen, deinen Knecht deine Macht und deine
starke Hand schauen zu lassen. Welcher Gott im Himmel oder auf
der Erde hat etwas vollbracht, was deinen Taten und deinen Siegen
vergleichbar wäre? 25 Lass mich doch hinüberziehen! Lass mich das
prächtige Land jenseits des Jordan sehen, dieses prächtige Bergland
und den Libanon! 26 Doch euretwegen zürnte mir der Herr und erhörte
mich nicht.
Der Herr sagte zu mir: Genug! Trag mir diese Sache niemals wieder
vor! 27 Steig auf den Gipfel des Pisga, richte die Augen nach Westen,
nach Norden, nach Süden und nach Osten und schau mit eigenen
Augen hinüber! Doch hinüberziehen über den Jordan hier wirst du
nicht. 28 Setz Josua ein, verleih ihm Macht und Stärke: Er soll an
der Spitze dieses Volkes hinüberziehen. Er soll an sie das Land
als Erbbesitz verteilen, das du nur schauen darfst. 29 So blie-
ben wir in der Talschlucht gegenüber Bet-Pegor.

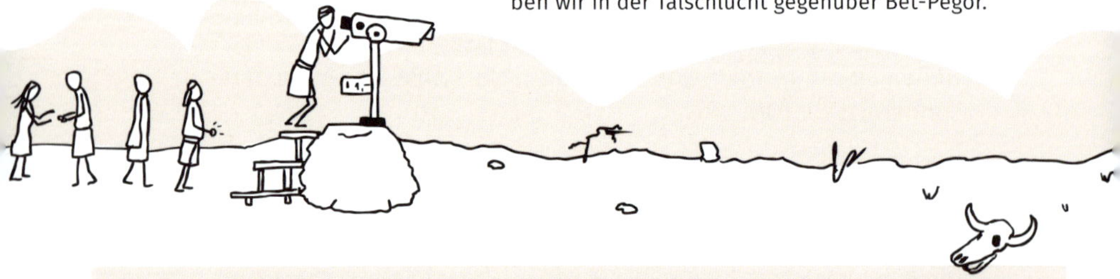

In dieser ersten großen Predigt zeigt Mose, was die Erfahrung Israels am Berg Horeb (Sinai) für das Volk bedeutet. Dort hat Gott Mose als Lehrer eingesetzt. In der Gotteserscheinung (griechisch Theophanie) hat das Volk keine Gestalt gesehen – also soll Gott nicht in Bildern dargestellt werden. Israel ist besonders wegen seiner einzigartigen Begegnung mit Gott und seiner Tora.

▶ Vers 2 zeigt einen der ersten Schritte auf dem langen Weg, in dem die biblischen Bücher gesammelt und als Kanon (griechisch „Maßstab") anerkannt wurden.

▶ „Lehren": Mose lehrt, was er von Gott selbst am Horeb gelernt hat (Dtn 4,14). Dem entsprechend soll das Volk von ihm lernen (↗ Dtn 6,7; 31,12).

### Die einzigartige Erfahrung am Horeb (Dtn 4,1–40)

4 1 Und nun, Israel, höre die Gesetze und Rechtsvorschriften, die
ich euch zu halten lehre. Hört, und ihr werdet leben, ihr werdet in
das Land, das der Herr, der Gott eurer Väter, euch gibt, hineinziehen
und es in Besitz nehmen. 2 Ihr sollt dem Wortlaut dessen, worauf ich
euch verpflichte, nichts hinzufügen und nichts davon wegnehmen;
ihr sollt auf die Gebote des Herrn, eures Gottes, achten, auf die ich
euch verpflichte. …
5 Hiermit lehre ich euch, wie es mir der Herr, mein Gott, aufgetra-
gen hat, Gesetze und Rechtsvorschriften. Ihr sollt sie innerhalb des
Landes halten, in das ihr hineinzieht, um es in Besitz zu nehmen.
6 Ihr sollt auf sie achten und sollt sie halten. Denn darin besteht eure
Weisheit und eure Bildung in den Augen der Völker. Wenn sie dieses
Gesetzeswerk kennenlernen, müssen sie sagen: In der Tat, diese gro-
ße Nation ist ein weises und gebildetes Volk. 7 Denn welche große
Nation hätte Götter, die ihr so nah sind, wie Jahwe, unser Gott, uns

nah ist, wo immer wir ihn anrufen? 8 Oder welche große Nation be-
säße Gesetze und Rechtsvorschriften, die so gerecht sind wie alles in
dieser Weisung, die ich euch heute vorlege?
9 Jedoch, nimm dich in Acht, achte gut auf dich! Vergiss nicht die
Ereignisse, die du mit eigenen Augen gesehen, und die Worte, die
du gehört hast. Lass sie dein ganzes Leben lang nicht aus dem Sinn!
Präge sie deinen Kindern und Kindeskindern ein! 10 Vergiss nicht den
Tag, als du am Horeb vor dem Herrn, deinem Gott, standest. Der Herr
hatte zu mir gesagt: Ruf mir das Volk zusammen! Ich will sie meine
Worte hören lassen. Sie sollen lernen, mich zu fürchten, so lange,
wie sie im Land leben, und sie sollen es auch ihre Kinder lehren.
11 Ihr wart herangekommen und standet unten am Berg, und der Berg
brannte: Feuer, hoch bis in den Himmel hinauf, Finsternis, Wolken
und Dunkel. 12 Der Herr sprach zu euch mitten aus dem Feuer. Ihr
hörtet den Donner der Worte. Eine Gestalt habt ihr nicht gesehen.
Ihr habt nur den Donner gehört. 13 Der Herr offenbarte euch seinen
Bund, er verpflichtete euch, ihn zu halten: die Zehn Worte. Er schrieb
sie auf zwei Steintafeln. 14 Mir befahl damals der Herr, euch Gesetze
und Rechtsvorschriften zu lehren, die ihr in dem Land halten sollt, in
das ihr hinüberzieht, um es in Besitz zu nehmen.

Die Wurzel nicht vergessen! Meine Wurzeln sind das, was ich an meine Kinder weitergebe. Eines Tages werden sie hoffentlich daraus Kraft schöpfen. Wenn ich die Vergebung lebe und gerecht bin, verliere ich Gott nicht aus den Augen. Das ist der Lebensstil, den ich meinen Kindern mit auf den Weg geben möchte. Es ist so wichtig, dass Gott mich an meine Wurzeln erinnert! Gott achtet auf mich. So gehe auch ich achtsam mit dem Leben um.

**ROSWITHA**

**Y → 351**
Sind die Zehn Gebote nicht überholt?

15 Nehmt euch um eures Lebens willen gut in Acht! Denn eine Ge-
stalt habt ihr an dem Tag, als der Herr am Horeb mitten aus dem
Feuer zu euch sprach, nicht gesehen. 16 Lauft nicht in euer Verder-
ben, und macht euch kein Gottesbildnis, das irgendetwas darstellt,
keine Statue, kein Abbild eines männlichen oder weiblichen Wesens,
17 kein Abbild irgendeines Tiers, das auf der Erde lebt, kein Abbild
irgendeines gefiederten Vogels, der am Himmel fliegt, 18 kein Abbild
irgendeines Tiers, das am Boden kriecht, und kein Abbild irgendeines
Meerestieres im Wasser unter der Erde. 19 Wenn du die Augen zum
Himmel erhebst und das ganze Himmelsheer siehst, die Sonne, den
Mond und die Sterne, dann lass dich nicht verführen! Du sollst dich
nicht vor ihnen niederwerfen und ihnen nicht dienen. Der Herr, dein
Gott, hat sie allen anderen Völkern überall unter dem Himmel zuge-
wiesen. 20 Euch aber hat der Herr genommen und aus dem Schmelz-
ofen, aus Ägypten, herausgeführt, damit ihr sein Volk, sein Erbbesitz
werdet – wie ihr es heute seid. 21 Zwar hat der Herr mir wegen eures
Murrens gegrollt und mir geschworen, ich dürfe nicht über den Jordan
ziehen und das prächtige Land betreten, das der Herr, dein Gott, dir
als Erbbesitz gibt. 22 Ich muss in diesem Land hier sterben und werde
nicht über den Jordan ziehen. Aber ihr werdet hinüberziehen und die-
ses prächtige Land in Besitz nehmen.

▶ Kein Gottesbild: Mose unterstreicht dieses Verbot so stark, weil es in allen anderen Völkern der alten Welt ganz normal war, viele Statuen von Göttern und große Angst vor ihrer Macht zu haben. Auch die Sonne, den Mond und die Sterne hielt man für Götter, die das Leben der Menschen regieren. Die heutige Astrologie hat sich aus dieser Vorstellung entwickelt.

▶ „Verzehrendes Feuer“ (v24) ist ein zentrales Bild für Gott im Alten Tesatment. Gott ist nie kalt oder lauwarm, sondern immer lebendig und intensiv. Dieses Feuer ist aber außergewöhnlich, weil es nicht notwendigerweise zerstört – das zeigt der brennende Dornbusch (Ex 3,2). Zu „eifersüchtig“ (↗ Ex 20,5).

▶ Mose kündet das Exil an. Die Babylonier eroberten Jerusalem im 6. Jh. v. Chr. (↗ 2 Kön 25) und führten viele Einwohner ins Exil. Wahrscheinlich ist dieser Text erst damals – im Rückblick – geschrieben worden. In der Antike war es üblich, „Prophetien“ im Nachhinein zu schreiben.

23 Nehmt euch in Acht! Vergesst nicht den Bund, den der Herr, euer
Gott, mit euch geschlossen hat. Ihr sollt euch kein Gottesbildnis ma-
chen, das irgend etwas darstellt, was der Herr, dein Gott, dir verbo-
ten hat. 24 Denn der Herr, dein Gott, ist verzehrendes Feuer. Er ist ein
eifersüchtiger Gott. 25 Wenn du Kinder und Kindeskinder zeugst und
ihr im Land heimisch seid, wenn ihr dann ins Verderben lauft und
ein Gottesbildnis macht, das irgendetwas darstellt, wenn ihr also tut,
was in den Augen des Herrn, deines Gottes, böse ist, und wenn ihr ihn
erzürnt – 26 den Himmel und die Erde rufe ich heute als Zeugen gegen
euch an: dann werdet ihr unverzüglich aus dem Land ausgetilgt sein,
in das ihr jetzt über den Jordan zieht, um es in Besitz zu nehmen.
Nicht lange werdet ihr darin leben. Ihr werdet vernichtet werden.
27 Der Herr wird euch unter die Völker verstreuen. Nur einige von euch
werden übrig bleiben in den Nationen, zu denen der Herr euch führt.
28 Dort müsst ihr Göttern dienen, Machwerken von Menschenhand,
aus Holz und Stein. Sie können nicht sehen und nicht hören, nicht
essen und nicht riechen. 29 Dort werdet ihr den Herrn, deinen Gott,
wieder suchen. Du wirst ihn auch finden, wenn du dich mit ganzem
Herzen und mit ganzer Seele um ihn bemühst. 30 Wenn du in Not
bist, werden alle diese Worte dich finden. In späteren Tagen wirst du
zum Herrn, deinem Gott, zurückkehren und auf seine Stimme hören.
31 Denn der Herr, dein Gott, ist ein barmherziger Gott. Er lässt dich

nicht fallen und gibt dich nicht dem Verderben preis und vergisst
nicht den Bund mit deinen Vätern, den er ihnen beschworen hat.
32 Forsche doch einmal in früheren Zeiten nach, die vor dir gewesen
sind, seit dem Tag, als Gott den Menschen auf der Erde schuf; forsche
nach vom einen Ende des Himmels bis zum andern Ende: Hat sich je
etwas so Großes ereignet wie dieses, und hat man je solche Worte
gehört? 33 Hat je ein Volk einen Gott mitten aus dem Feuer im Donner
sprechen hören, wie du ihn gehört hast, und ist am Leben geblieben?
34 Oder hat je ein Gott es ebenso versucht, zu einer Nation zu kom-
men und sie mitten aus einer anderen herauszuholen unter Prüfun-
gen, unter Zeichen, Wundern und Krieg, mit starker Hand und hoch
erhobenem Arm und unter großen Schrecken, wie es der Herr, euer
Gott, in Ägypten mit euch getan hat, vor deinen Augen? 35 Das hast
du sehen dürfen, damit du erkennst: Jahwe ist der Gott, kein anderer
ist außer ihm. 36 Vom Himmel herab ließ er dich seinen Donner hö-
ren, um dich zu erziehen. Auf der Erde ließ er dich sein großes Feuer
sehen, und mitten aus dem Feuer hast du seine Worte gehört. 37 Weil
er deine Väter liebgewonnen hatte, hat er alle Nachkommen eines
jeden von ihnen erwählt und dich dann in eigener Person durch seine
große Kraft aus Ägypten geführt, 38 um bei deinem Angriff Völker zu
vertreiben, die größer und mächtiger sind als du, um dich in ihr Land
zu führen und es dir als Erbbesitz zu geben, wie es jetzt geschieht.
39 Heute sollst du erkennen und dir zu Herzen nehmen: Jahwe ist der

▶ „Kein anderer“ (v35 und v38): Das ist eine der stärksten Stellen zum Glauben an Gott als den einzigen Gott des Universums (das griechische Fremdwort dafür ist „Monotheismus“; ↗ auch Jes 45,5–6).

▶ Liebgewonnen, wörtlich „geliebt“: Mose sagt hier erstmals in der Bibel ausdrücklich, dass Gott die Israeliten liebt. Deshalb können auch sie Gott lieben (↗ Dtn 6,5).

Gott im Himmel droben und auf der Erde unten, keiner sonst. 40 Daher sollst du auf seine Gesetze und seine Gebote, auf die ich dich heute verpflichte, achten, damit es dir und später deinen Nachkommen gut geht und du lange lebst in dem Land, das der Herr, dein Gott, dir gibt für alle Zeit.

Denkt nicht, ich sei gekommen, um das Gesetz und die Propheten aufzuheben. Ich bin nicht gekommen, um aufzuheben, sondern um zu erfüllen.

Mt 5,17

## MOSE LEGT DIE GESETZE VOM HOREB AUS (DTN 5–26)

Moses zweite große Rede ist die längste Rede der Bibel (Dtn 5–26). Zuerst wiederholt Mose die Zehn Gebote (↗ Ex 20,2–17 mit Dtn 5,6–21). Sogar in diesem grundlegenden Text bringt er seine eigenen neuen Akzente ein. Er begründet das Sabbatgebot nicht mit dem siebten Schöpfungstag (Ex 20,11), sondern mit der Befreiung im Exodus (Dtn 6,15). So unterstreicht er, dass der Sabbat dazu dient, die Gleichheit aller Menschen vor Gott zu verwirklichen. In Dtn 6–11 predigt Mose vor allem über das erste Gebot: Israel hat nur einen Gott und darf sich nicht dazu verführen lassen, anderen Göttern zu dienen. Dann legt Mose die Gesetze dar, die das Volk im Land einhalten soll (Dtn 12–26). Dabei verändert er einige Gesetze gegenüber dem Bundesbuch, das er Israel am Sinai vorgelegt hatte (Ex 20,22–23,33). Die Bibel zeigt so, dass es notwendig ist, Gesetze neuen Bedingungen anzupassen.

### Der Bund ist heute aktuell (Dtn 5,2–3)

5 2 Der Herr, unser Gott, hat am Horeb einen Bund mit uns geschlossen.

3 Nicht mit unseren Vätern hat der Herr diesen Bund geschlossen, sondern mit uns, die wir heute hier stehen, mit uns allen, mit den Lebenden.

Heute tue ich das, was mir für heute aufgetragen ist. Was ich morgen tun werde, weiß ich nicht, weil mir nicht bekannt ist, welchen Auftrag ich morgen erhalte.

**FRANZ VON SALES** (1567–1622), frz. Fürstbischof, Mystiker, Ordensgründer und Kirchenlehrer

### Das Schma Jisrael und die Frage eines Jugendlichen (Dtn 6)

6 4 Höre, Israel! Jahwe, unser Gott, Jahwe ist einzig.
5 Darum sollst du den Herrn, deinen Gott, lieben mit ganzem Herzen, mit ganzer Seele und mit ganzer Kraft.
6 Diese Worte, auf die ich dich heute verpflichte, sollen auf deinem Herzen geschrieben stehen. 7 Du sollst sie deinen Söhnen wiederholen. Du sollst von ihnen reden, wenn du zu Hause sitzt und wenn du auf der Straße gehst, wenn du dich schlafen legst und wenn du aufstehst. 8 Du sollst sie als Zeichen um das Handgelenk binden. Sie sollen zum Schmuck auf deiner Stirn werden. 9 Du sollst sie auf die Türpfosten deines Hauses und in deine Stadttore schreiben. …
20 Wenn dich morgen dein Sohn fragt: Warum achtet ihr auf die Satzungen, die Gesetze und Rechtsvorschriften, auf die der Herr, unser Gott, euch verpflichtet hat?, 21 dann sollst du deinem Sohn antworten: Wir waren Sklaven des Pharao in Ägypten, und der Herr hat uns mit starker Hand aus Ägypten geführt. 22 Der Herr hat vor unseren Augen gewaltige, unheilvolle Zeichen und Wunder an Ägypten, am Pharao und an seinem ganzen Haus getan, 23 uns aber hat er dort herausgeführt, um uns in das Land, das er unseren Vätern mit einem Schwur versprochen hatte, hineinzuführen und es uns zu geben. 24 Der Herr hat uns verpflichtet, alle diese Gesetze zu halten und den Herrn, unseren Gott, zu fürchten, damit es uns das ganze Leben lang gut geht und er uns Leben schenkt, wie wir es heute haben.

▶ „Höre, Israel", hebräisch *Schma Jisrael,* nennen wir die Stelle Dtn 6,4–9. Es ist das Grundbekenntnis für Juden. Sie wiederholen diese Verse in ihren Gebeten jeden Tag.

▶ "Herz" (v6) meint nicht nur das Gefühl, sondern auch das Denken und den Verstand. Im Sinn der Bibel denkt man nur mit dem Herzen gut.

▶ „Türpfosten", hebräisch Mesusot: Wenn man in eine jüdische Wohnung kommt, sieht man am Türstock eine Kapsel, in der eine kleine Rolle mit dem *Schma Jisrael* (↗ Dtn 6,4) und anderen Stellen aus der Tora aufbewahrt wird. Diese Kapsel dient dazu, das Gebot von Dtn 6,9 zu erfüllen und wird dementsprechend Mesusa genannt.

> Die Geschichte meines Lebens wird der Welt sagen, was sie mir sagt: Es gibt einen liebevollen Gott, der alles zum Besten führt.
>
> **HANS CHRISTIAN ANDERSEN** (1805–1875), dänischer Märchendichter

Y → 523
Warum lebt der Mensch nicht vom Brot allein?

> Wenn wir aus Stolz sündigen, dann sagen wir zu Gott, dass wir von allem unabhängig sind.
>
> **JEAN-MARIE VIANNEY** (1786–1859), französischer Priester (Pfarrer von Ars)

### Der Mensch lebt nicht vom Brot allein (Dtn 8,2–3)

8 2 Du sollst an den ganzen Weg denken, den der Herr, dein Gott,
dich während dieser vierzig Jahre in der Wüste geführt hat, um
dich gefügig zu machen und dich zu prüfen. Er wollte erkennen, wie
du dich entscheiden würdest: ob du auf seine Gebote achtest oder
nicht. 3 Durch Hunger hat er dich gefügig gemacht und hat dich dann
mit dem Manna gespeist, das du nicht kanntest und das auch deine
Väter nicht kannten. Er wollte dich erkennen lassen, dass der Mensch
nicht nur von Brot lebt, sondern dass der Mensch von allem lebt, was
der Mund des Herrn spricht.

### Der einzigartige Gott (Dtn 10,14–22)

10 14 Sieh, dem Herrn, deinem Gott, gehören der Himmel, der
Himmel über den Himmeln, die Erde und alles, was auf ihr
lebt. 15 Doch nur deine Väter hat der Herr ins Herz geschlossen, nur sie
hat er geliebt. Und euch, ihre Nachkommen, hat er später unter allen
Völkern ausgewählt, wie es sich heute zeigt.
16 Ihr sollt die Vorhaut eures Herzens beschneiden und nicht länger
halsstarrig sein. 17 Denn der Herr, euer Gott, ist der Gott über den
Göttern und der Herr über den Herren. Er ist der große Gott, der Held

und der Furchterregende. Er lässt kein Ansehen gelten und nimmt
keine Bestechung an. 18 Er verschafft Waisen und Witwen ihr Recht. Er
liebt die Fremden und gibt ihnen Nahrung und Kleidung – 19 auch ihr
sollt die Fremden lieben, denn ihr seid Fremde in Ägypten gewesen.
20 Du sollst den Herrn, deinen Gott, fürchten. Ihm sollst du dienen,
an ihm sollst du dich festhalten, bei seinem Namen sollst du schwö-
ren. 21 Er ist dein Lobgesang, er ist dein Gott. Für dich hat er all das
Große und Furchterregende getan, das du mit eigenen Augen gesehen
hast. 22 Als deine Vorfahren nach Ägypten zogen, waren sie nur siebzig
an der Zahl; jetzt aber hat der Herr, dein Gott, dich so zahlreich ge-
macht wie die Sterne am Himmel.

Gott ist parteiisch. Er hat ein Faible für die Fremden! Mose macht diesen Punkt aus guten Gründen stark, wie wir heute in multireligiösen Gesellschaften und durch die Migranten sehen.

▶ „Wie die Sterne am Himmel“: Gott hat sein Versprechen an Abraham erfüllt (↗ Gen 15,5).

### Gedanken im Herzen (Dtn 15,7–11)

15 7 Wenn bei dir ein Armer lebt, irgendeiner deiner Brüder in
irgendeinem deiner Stadtbereiche in dem Land, das der Herr,
dein Gott, dir gibt, dann sollst du nicht hartherzig sein und sollst
deinem armen Bruder deine Hand nicht verschließen. 8 Du sollst ihm
deine Hand öffnen und ihm gegen Pfand leihen, was der Not, die ihn
bedrückt, abhilft. 9 Nimm dich in Acht, dass du nicht in niederträch-
tigem Herzen den Gedanken hegst: Bald kommt das siebte Jahr, das
Brachjahr!, und deinen armen Bruder böse ansiehst und ihm nichts
gibst, so dass er den Herrn gegen dich anruft und Strafe für diese

▶ „Bruder“: Mose möchte, dass unter Israeliten ein Geist der Geschwisterlichkeit herrscht.

> Nur einer ist euer Meister. Ihr alle aber seid Schwestern und Brüder.
>
> Mt 23,8

Sünde über dich kommt. [10] Du sollst ihm etwas geben, und wenn du
ihm gibst, soll auch dein Herz nicht böse darüber sein; denn wegen
dieser Tat wird dich der Herr, dein Gott, segnen in allem, was du ar-
beitest, und in allem, was deine Hände schaffen. [11] Die Armen werden
niemals ganz aus deinem Land verschwinden. Darum mache ich dir
zur Pflicht: Du sollst deinem Not leidenden und armen Bruder, der in
deinem Land lebt, deine Hand öffnen.

> Die Armen sind für uns eine konkrete Gelegenheit, Christus selbst zu begegnen, seinen leidenden Leib zu berühren.
>
> **PAPST FRANZISKUS,** in seiner Botschaft zum Weltjugendtag 2014

Mose erklärt, dass das Pesachfest mit dem Fest der Ungesäuerten Brote (↗ Ex 12,1–25) von allen Israeliten gemeinsam in Jerusalem gefeiert werden soll (Dtn 16,1–9), ohne den Namen der Stadt zu nennen (↗ unten zu Dtn 16,11). Das Gleiche gilt für das Wochenfest und das Laubhüttenfest. Aufgrund dieser Regel gingen Jesus und die Jünger zum Pesachfest nach Jerusalem, wo Jesus gekreuzigt wurde.

**Gottesdienst – Fröhlichkeit und Gleichheit vor Gott (Dtn 16,10–17)**

16 [10] Danach sollst du dem Herrn, deinem Gott, das Wochenfest
feiern und dabei eine freiwillige Gabe darbringen, die du da-
nach bemisst, wie der Herr, dein Gott, dich gesegnet hat. [11] Du sollst
vor dem Herrn, deinem Gott, fröhlich sein, du, dein Sohn und dei-
ne Tochter, dein Sklave und deine Sklavin, auch die Leviten, die in

deinen Stadtbereichen Wohnrecht haben, und die Fremden, Waisen
und Witwen, die in deiner Mitte leben. Du sollst fröhlich sein an der
Stätte, die der Herr, dein Gott, auswählt, indem er dort seinen Namen
wohnen lässt.
[12] Denk daran: Du bist in Ägypten Sklave gewesen. Daher sollst du
auf diese Gesetze achten und sie halten. [13] Das Laubhüttenfest sollst
du sieben Tage lang feiern, nachdem du das Korn von der Tenne und
den Wein aus der Kelter eingelagert hast. [14] Du sollst an deinem Fest
fröhlich sein, du, dein Sohn und deine Tochter, dein Sklave und deine
Sklavin, die Leviten und die Fremden, Waisen und Witwen, die in dei-
nen Stadtbereichen wohnen.
[15] Sieben Tage lang sollst du dem Herrn, deinem Gott, das Fest feiern
an der Stätte, die der Herr auswählt. Wenn dich der Herr, dein Gott, in
allem gesegnet hat, in deiner Ernte und in der Arbeit deiner Hände,
dann sollst du wirklich fröhlich sein. [16] Dreimal im Jahr sollen alle
deine Männer hingehen, um das Angesicht des Herrn, deines Gottes,
an der Stätte, die er auswählt, zu schauen: am Fest der Ungesäuer-
ten Brote, am Wochenfest und am Laubhüttenfest. Man soll nicht mit
leeren Händen hingehen, um das Angesicht des Herrn zu schauen,
[17] sondern jeder mit seiner Gabe, die dem Segen entspricht, den du
vom Herrn, deinem Gott, erhalten hast.

▶ Die „Stätte“ meint den Tempel in Jerusalem. Dass Gottes „Name“ dort „wohnen“ wird, bedeutet, dass Gott dort in besonderer Weise gegenwärtig sein möchte. Mose lässt geheimnisvoll offen, wo das sein wird. Obwohl Jerusalem von zentraler Bedeutung für Israel ist, kommt dieser Name im ganzen Pentateuch nicht vor.

> Da werden wir feiern und schauen, schauen und lieben, lieben und preisen. So wird es sein ohne Ende am Ende.
>
> **AUGUSTINUS**

▶ „Das Angesicht schauen“: Wie der „Name“ Gottes, so steht auch sein „Gesicht“ für seine persönliche Gegenwart.

Der Prophet wie Mose: Jeremia wird so gezeichnet – Gott legt ihm seine Worte in den Mund (↗ Jer 1,9). Auch Jesus wurde als dieser angekündigte Prophet angesehen (↗ Joh 6,14; Apg 3,22–23).

Man muss der Stimme Gottes sein Ohr leihen, um die Zeichen seines Willens zu erspähen. Und ist einmal sein Wille erkannt, so muss man ihn tun, wie immer er sei, koste es, was es wolle.

**CHARLES DE FOUCAULD** (1858–1916), franz. Forscher, Offizier, Priester und Eremit

Vorfahrt für Zärtlichkeit! Die Bibel weiß, was junge Liebende brauchen: Ganz viel Zeit, sich zu entdecken und einen ungestörten, geschützten Raum, damit sich ihre Freude aneinander entfalten kann.

### Der Prophet wie Mose (Dtn 18,15–18)

18 15 Einen Propheten wie mich wird dir der Herr, dein Gott, aus
deiner Mitte, unter deinen Brüdern, erstehen lassen. Auf ihn
sollt ihr hören.
16 Der Herr wird ihn als Erfüllung von allem erstehen lassen, worum
du am Horeb, am Tag der Versammlung, den Herrn, deinen Gott, ge-
beten hast, als du sagtest: Ich kann die donnernde Stimme des Herrn,
meines Gottes, nicht noch einmal hören und dieses große Feuer nicht
noch einmal sehen, ohne dass ich sterbe.
17 Damals sagte der Herr zu mir: Was sie von dir verlangen, ist recht.
18 Einen Propheten wie dich will ich ihnen mitten unter ihren Brüdern
erstehen lassen. Ich will ihm meine Worte in den Mund legen, und er
wird ihnen alles sagen, was ich ihm auftrage.

### Respekt: mehr als strikte Gerechtigkeit (Dtn 24,5–22)

24 5 Wenn ein Mann neu vermählt ist, muss er nicht mit dem Heer
ausrücken. Man soll auch keine andere Leistung von ihm ver-
langen. Ein Jahr lang darf er frei von Verpflichtungen zu Hause blei-
ben und die Frau, die er geheiratet hat, erfreuen.
6 Man darf nicht die Handmühle oder den oberen Mühlstein als
Pfand nehmen; denn dann nimmt man das Leben selbst als Pfand. ...

Diese Regel hat nichts mit bloß wirtschaftlicher Gerechtigkeit zu tun. Es geht um Respekt vor dem Armen.

Dem Arbeiter den ihm gebührenden Verdienst vorenthalten ist eine Sünde, die zum Himmel schreit. „Siehe", sagt der Heilige Geist, „der Lohn der Arbeiter, ... den ihr unterschlagen, schreit zu Gott, und ihre Stimmen dringen zum Herrn Sabaoth." – Die Reichen dürfen ... unter keinen Umständen die Besitzlosen in ihrem Erworbenen schädigen, sei es durch Gewalt oder durch Trug oder durch Wucherkünste.

**PAPST LEO XIII.**, Enzyklika Rerum Novarum (1891), 17

Stark! Was übrig bleibt, gehört denen, die nichts haben. Ein Prinzip, mit dem man die Welt auf den Kopf stellt.

10 Wenn du einem andern irgendein Darlehen gibst, sollst du, um
das Pfand zu holen, nicht sein Haus betreten. 11 Du sollst draußen
stehen bleiben, und der Mann, dem du das Darlehen gibst, soll dir ein
Pfand nach draußen bringen.
12 Wenn er in Not ist, sollst du sein Pfand nicht über Nacht behalten.
13 Bei Sonnenuntergang sollst du ihm sein Pfand zurückgeben. Dann
kann er in seinem Mantel schlafen, er wird dich segnen, und du wirst
vor dem Herrn, deinem Gott, im Recht sein.
14 Du sollst den Lohn eines Notleidenden und Armen unter deinen
Brüdern oder unter den Fremden, die in deinem Land innerhalb dei-
ner Stadtbereiche wohnen, nicht zurückhalten. 15 An dem Tag, an dem
er arbeitet, sollst du ihm auch seinen Lohn geben. Die Sonne soll
darüber nicht untergehen; denn er ist in Not und lechzt danach. Dann
wird er nicht den Herrn gegen dich anrufen, und es wird keine Strafe
für eine Sünde über dich kommen. ...
19 Wenn du dein Feld aberntest und eine Garbe auf dem Feld ver-
gisst, sollst du nicht umkehren, um sie zu holen. Sie soll den Frem-
den, Waisen und Witwen gehören, damit der Herr, dein Gott, dich bei
jeder Arbeit deiner Hände segnet. 20 Wenn du einen Ölbaum abge-
klopft hast, sollst du nicht auch noch die Zweige absuchen. Was noch
hängt, soll den Fremden, Waisen und Witwen gehören. 21 Wenn du in
deinem Weinberg die Trauben geerntet hast, sollst du keine Nachlese
halten. Sie soll den Fremden, Waisen und Witwen gehören.

22 Denk daran: Du bist in Ägypten Sklave gewesen. Darum mache ich
es dir zur Pflicht, diese Bestimmung einzuhalten.

## MOABBUND, AMTSÜBERGABE UND MOSES TOD (DTN 29–34)

Bevor Mose sein Amt übergibt (Dtn 31) und stirbt (Dtn 34), schließt Mose im Land Moab einen weiteren Bund mit Israel, wie Gott ihm aufgetragen hat (Dtn 28,69). Mose beschließt seine Bundesrede (Dtn 29–30) mit dem feierlichen Aufruf, Israel solle sich für Gott und seine Tora entscheiden (Dtn 30,15–20). Wir erfahren nicht, was Israel antwortet. Aber wir lesen, wie wir antworten sollten, schon zuvor in dem geheimnisvollen Vers Dtn 29,28:

29 28 Was noch verborgen ist, steht bei dem Herrn, unserem Gott.
Was schon offenbar ist, gilt für uns und unsere Kinder auf
ewig: dass wir alle Bestimmungen dieser Weisung halten sollen.

▶ „Weisung“ – im Hebräischen „Tora“. „Diese Tora“ bezieht sich hier vor allem auf Moses Lehre im Buch Dtn. Der Ausdruck wird aber auch oft auf alle fünf Bücher von Gen bis Dtn bezogen.

### Eine lebenswichtige Entscheidung (Dtn 30)

30 1 Und wenn alle diese Worte über dich gekommen sind, der Se-
gen und der Fluch, die ich dir vorgelegt habe, wenn du sie dir
zu Herzen nimmst mitten unter den Völkern, unter die der Herr, dein
Gott, dich versprengt hat, 2 und wenn du zum Herrn, deinem Gott, zu-
rückkehrst und auf seine Stimme hörst in allem, wozu ich dich heute

verpflichte, du und deine Kinder, mit ganzem Herzen und mit ganzer
Seele, 3 dann wird der Herr, dein Gott, dein Schicksal wenden, er wird
sich deiner erbarmen, sich dir zukehren und dich aus allen Völkern
zusammenführen, unter die der Herr, dein Gott, dich verstreut hat.
4 Und wenn einige von dir bis ans Ende des Himmels versprengt sind,
wird dich der Herr, dein Gott, von dort zusammenführen, von dort
wird er dich holen. 5 Und der Herr, dein Gott, wird dich in das Land,
das deine Väter in Besitz genommen haben, zurückbringen. Du wirst
es wieder in Besitz nehmen, und er wird dich glücklicher und zahl-
reicher machen als deine Väter. 6 Der Herr, dein Gott, wird dein Herz
und das Herz deiner Nachkommen beschneiden. Dann wirst du den
Herrn, deinen Gott, mit ganzem Herzen und mit ganzer Seele lieben
können, damit du Leben hast. 7 Alle diese Verwünschungen aber wird
der Herr, dein Gott, über deine Feinde und Gegner verhängen, die
dich verfolgt haben. 8 Du jedoch wirst umkehren, auf die Stimme des
Herrn hören und alle seine Gebote, auf die ich dich heute verpflichte,
halten, 9 und der Herr, dein Gott, wird dir Gutes im Überfluss schen-
ken, bei jeder Arbeit deiner Hände, bei der Frucht deines Leibes, bei
der Frucht deines Viehs und bei der Frucht deines Ackers. Denn der
Herr wird sich, wie er sich an deinen Vätern gefreut hat, auch an dir
wieder freuen. Er wird dir Gutes tun, 10 wenn du auf die Stimme des
Herrn, deines Gottes, hörst und auf seine Gebote und Gesetze ach-
test, die in dieser Urkunde der Weisung einzeln aufgezeichnet sind,

▶ Segen und Fluch (v1) sind in Dtn 28 dargelegt. In altorientalischen Verträgen war es üblich, Segen für jene niederzuschreiben, die sich an den Vertrag halten, und Fluch, falls jemand den Vertrag bricht. Die Flüche des Buches Deuteronomium deuten das Exil als Fluch, der Israel trifft, weil es sich nicht an die Tora gehalten hat (↗ Dtn 4,25–27; 28,64; 29,24–27).

▶ Die Beschneidung der männlichen Vorhaut ist das Zeichen des Bundes mit Abraham (Gen 17,11). Die Beschneidung des Herzens (↗ Dtn 6,4; 10,16) bedeutet „sensibel werden“.

▶ So wie Israel innerlich umkehrt, so wird auch Gott das Volk ins Land zurückkehren lassen. Im Hebräischen durchzieht dieses Wortspiel Dtn 30,1–10.

Manchmal ist es echt schwer, Christ zu sein. Freunde finden die Kirche total uncool. Dann fällt es uns nicht leicht, zu sagen, was wir eigentlich denken: Christ zu sein ist wunderbar. Wir müssen uns nur an die unvergesslichen Dinge erinnern, die wir in der Gemeinschaft mit anderen Christen erlebt haben. Plötzlich ist es ganz leicht, Christ zu sein und das auch weiterzusagen.

**GEORG UND CHRISTINA**

▶ „In deinem Mund und in deinem Herzen" (v14): Juden lernen Texte der Tora auswendig.

und wenn du zum Herrn, deinem Gott, mit ganzem Herzen und mit ganzer Seele zurückkehrst.

[11] Dieses Gebot, auf das ich dich heute verpflichte, geht nicht über deine Kraft und ist nicht fern von dir. [12] Es ist nicht im Himmel, so dass du sagen müsstest: Wer steigt für uns in den Himmel hinauf, holt es herunter und verkündet es uns, damit wir es halten können? [13] Es ist auch nicht jenseits des Meeres, so dass du sagen müsstest: Wer fährt für uns über das Meer, holt es herüber und verkündet es uns, damit wir es halten können? [14] Nein, das Wort ist ganz nah bei dir, es ist in deinem Mund und in deinem Herzen, du kannst es halten.

[15] Hiermit lege ich dir heute das Leben und das Glück, den Tod und das Unglück vor. [16] Wenn du auf die Gebote des Herrn, deines Gottes, auf die ich dich heute verpflichte, hörst, indem du den Herrn, deinen Gott, liebst, auf seinen Wegen gehst und auf seine Gebote, Gesetze und Rechtsvorschriften achtest, dann wirst du leben und zahlreich werden, und der Herr, dein Gott, wird dich in dem Land, in das du hineinziehst, um es in Besitz zu nehmen, segnen. [17] Wenn du aber dein Herz abwendest und nicht hörst, wenn du dich verführen lässt, dich vor anderen Göttern niederwirfst und ihnen dienst – [18] heute erkläre

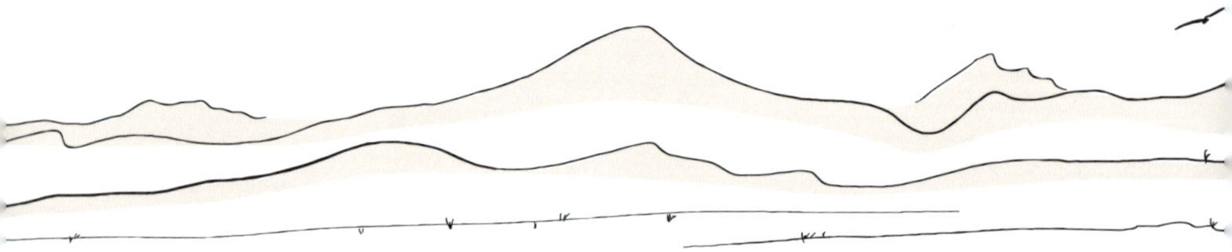

ich euch: Dann werdet ihr ausgetilgt werden; ihr werdet nicht lange in dem Land leben, in das du jetzt über den Jordan hinüberziehst, um hineinzuziehen und es in Besitz zu nehmen. [19] Den Himmel und die Erde rufe ich heute als Zeugen gegen euch an. Leben und Tod lege ich dir vor, Segen und Fluch. Wähle also das Leben, damit du lebst, du und deine Nachkommen. [20] Liebe den Herrn, deinen Gott, hör auf seine Stimme, und halte dich an ihm fest; denn er ist dein Leben. Er ist die Länge deines Lebens, das du in dem Land verbringen darfst, von dem du weißt: Der Herr hat deinen Vätern Abraham, Isaak und Jakob geschworen, es ihnen zu geben.

” Gott will, dass wir glücklich werden. Ganz am Schluss des Buches Deuteronomium stellt Gott seinem Volk Leben und Tod, Glück und Unglück vor Augen. Wähle das Leben! Wähle das Glück! Ich kann nicht das Leben der Mutter Teresa leben, obwohl sie ein großes Vorbild ist. Ich muss mein Leben leben, meine Talente erkennen, meine Aufgaben erfüllen.

**CHRISTOPH KARDINAL SCHÖNBORN**, 23.9.2001

### Mose übergibt sein Amt und die Tora (Dtn 31,7–13)

31 [7] Mose rief Josua herbei und sagte vor den Augen ganz Israels zu ihm: Empfange Macht und Stärke: Du sollst mit diesem Volk in das Land hineinziehen, von dem du weißt: Der Herr hat ihren Vätern geschworen, es ihnen zu geben. Du sollst es an sie als Erbbesitz verteilen. [8] Der Herr selbst zieht vor dir her. Er ist mit dir. Er lässt dich nicht fallen und verlässt dich nicht. Du sollst dich nicht fürchten und keine Angst haben.

[9] Mose schrieb diese Weisung auf und übergab sie den Priestern, den Nachkommen Levis, die die Lade des Bundes des Herrn trugen, und allen Ältesten Israels. [10] Mose schrieb ihnen vor: In jedem siebten Jahr, in einer der Festzeiten des Brachjahres, beim Laubhüttenfest,

▶ „Schreiben" und „übergeben" (v9): In der Antike war es unglaublich teuer und aufwändig, Bücher zu schreiben. Wir können heute die Bibel lesen, weil unzählige Menschen über viele Jahrhunderte ihre Arbeit und ihre Kraft dafür eingesetzt haben, sie an uns weiterzugeben.

11 wenn ganz Israel zusammenkommt, um an der Stätte, die der Herr
auswählt, das Angesicht des Herrn, deines Gottes zu schauen, sollst
du diese Weisung vor ganz Israel laut vortragen. 12 Versammle das
Volk – die Männer und Frauen, Kinder und Greise, dazu die Fremden,
die in deinen Stadtbereichen Wohnrecht haben –, damit sie zuhören
und auswendig lernen und den Herrn, euren Gott, fürchten und dar-
auf achten, dass sie alle Bestimmungen dieser Weisung halten. 13 Vor
allem ihre Kinder, die das alles noch nicht kennen, sollen zuhören
und lernen, den Herrn, euren Gott, zu fürchten. ...

Viele der größten Wissenschaftler, Künstler und Denker waren und sind Juden: der Schriftsteller Franz Kafka, der Komponist Felix Mendelssohn-Bartholdy, der Psychologe Sigmund Freud, der Philosoph Ludwig Wittgenstein, die Heilige Edith Stein, der Maler Marc Chagall, der Physiker Albert Einstein, der Geiger Yehudi Menuhin. Geistig wach zu sein gehört zu ihrer Religion und Tradition. Freude am Lesen und Lernen wurde und wird von früher Kindheit an erlebt und eingeübt.

**Mose steigt auf den Berg Nebo und stirbt (Dtn 34)**

34 1 Mose stieg aus den Steppen von Moab hinauf auf den Nebo,
den Gipfel des Pisga gegenüber Jericho, und der Herr zeigte
ihm das ganze Land. Er zeigte ihm Gilead bis nach Dan hin, 2 ganz
Naftali, das Gebiet von Efraim und Manasse, ganz Juda bis zum Mittel-
meer, 3 den Negeb und die Jordangegend, den Talgraben von Jericho,

der Palmenstadt, bis Zoar. 4 Der Herr sagte zu ihm: Das ist das
Land, das ich Abraham, Isaak und Jakob versprochen habe mit
dem Schwur: Deinen Nachkommen werde ich es geben. Ich habe es
dich mit deinen Augen schauen lassen. Hinüberziehen wirst du nicht.
5 Danach starb Mose, der Knecht des Herrn, dort in Moab, wie es der
Herr bestimmt hatte. 6 Man begrub ihn im Tal, in Moab, gegenüber
Bet-Pegor. Bis heute kennt niemand sein Grab.
7 Mose war hundertzwanzig Jahre alt, als er starb. Sein Auge war
noch nicht getrübt, seine Frische war noch nicht geschwunden. 8 Die
Israeliten beweinten Mose dreißig Tage lang in den Steppen von
Moab. Danach war die Zeit des Weinens und der Klage um Mose be-
endet. 9 Josua, der Sohn Nuns, war vom Geist der Weisheit erfüllt,
denn Mose hatte ihm die Hände aufgelegt. Die Israeliten hörten auf
ihn und taten, was der Herr dem Mose aufgetragen hatte.
10 Niemals wieder ist in Israel ein Prophet wie Mose aufgetreten.
Ihn hat der Herr Auge in Auge berufen. 11 Keiner ist ihm vergleichbar,
wegen all der Zeichen und Wunder, die er in Ägypten im Auftrag des
Herrn am Pharao, an seinem ganzen Hof und an seinem ganzen Land
getan hat, 12 wegen all der Beweise seiner starken Hand und wegen
all der furchterregenden und großen Taten, die Mose vor den Augen
von ganz Israel vollbracht hat.

▶ „Wie es der Herr bestimmt hatte", (v5) wörtlich „auf dem Mund des Herrn": eine rabbinische Tradition sagt daher, Mose starb „auf dem Kuss" Gottes.

# Die Geschichtsbücher

Die Tora hat die Vorgeschichte Israels behandelt und die Grundlagen für das Zusammenleben des Volkes gelegt. Die Bücher der Geschichte zeigen nun, wie dieses Programm in den verschiedenen Zeitepochen nur teilweise verwirklicht wird und welche Probleme sich daraus ergeben.

Eine erste Phase setzt ein mit *Josua,* dem Nachfolger des Mose, und führt über die Zeit der „Richter" und den Propheten Samuel hin zu den Königen im Südreich Juda und im Nordreich Israel. Sie schildert das langsame Erstarken des Volkes im Land, zeigt aber auch, wie es letzten Endes wegen vielfachen Versagens vor allem der Verantwortlichen zum Untergang kommt. Die Einnahme Samarias 720 v. Chr. durch die Assyrer und die Zerstörung Jerusalems 587 v. Chr. durch die Babylonier bedeuten auf lange Zeit hin das Ende politischer Selbständigkeit.

Die *Chronik* schildert diese vergangene Zeit aus einer hoffnungsvollen Perspektive, mit einem Schwerpunkt auf Tempel, Priestern, Leviten und Gottesdienst. Dies führt zu einem Neuanfang in der Perserzeit, der in *Esra* und *Nehemia* besonders greifbar wird.

Die zunehmende Bedeutung des Individuums, und gerade auch von Frauen, spiegelt sich in einigen kleineren Büchern, die Einzelpersonen in den Vordergrund rücken. *Rut*, zwischen *Richter* und *Samuel* eingereiht, hebt die außergewöhnliche Solidarität einer Moabiterin hervor. Der Engel Rafael in *Tobit* ist ein Beispiel für Gottes schützende Begleitung. *Ester* und *Judit* geben mutigen Frauen eine Schlüsselrolle in der Rettung ihres Volkes.

Die beiden *Makkabäerbücher* behandeln die Auseinandersetzungen im 2. Jh. v. Chr., als fromme Juden in der Ausübung ihrer Religion unterdrückt wurden und dagegen aufstanden. Insgesamt spannen die „Geschichtsbücher" des Alten Testaments so einen Bogen über ein Jahrtausend und zeigen, wie Gott immer und auf ganz unterschiedliche Weisen Menschen begleitet, die auf ihn vertrauen.

DAS BUCH

# Josua

Die Bücher Josua bis Könige nennt man im Judentum die „vorderen Propheten", weil darin Propheten die wichtigste Rolle spielen. Das Buch Josua erzählt, wie Moses Nachfolger Josua mit dem Volk Israel das versprochene Land erobert (Jos 1–12) und unter den zwölf Stämmen verteilt (Jos 13–22). Bevor Josua stirbt, erneuert er den Bund zwischen Israel und Gott (Jos 23–24). Gott erfüllt so sein Versprechen, Abrahams Nachkommen das Land Kanaan zu geben (↗ besonders Gen 12,1–7; Ex 3,8).

In Deuteronomium hatte Mose den Israeliten befohlen, die bisherigen Bewohner des Landes bei der Eroberung schonungslos umzubringen. Josua ist deshalb ein sehr kriegerisches und problematisches Buch. Dabei müssen wir bedenken: Eine blutige Eroberung des Landes hat es nie gegeben. Die Stadt Jericho (Jos 6) war zu dieser Zeit gar nicht bewohnt. Die kriegerischen Geschichten sollen zeigen, wie Gott sein Volk vor allen Gefahren beschützt. Zudem sollen diese Erzählungen Israel davor abschrecken, die Religionen und Bräuche der Völker Kanaans zu übernehmen: Kinderopfer sollen niemals mehr in Israel vorkommen (↗ Dtn 12,31). Die Geschichtsbücher dürfen nicht zur Rechtfertigung von Gewalt im Namen Gottes missbraucht werden.

**Gottes Treue (Jos 1,1–8)**

1 1 Nachdem Mose, der Knecht des Herrn, gestorben war, sagte
der Herr zu Josua, dem Sohn Nuns, dem Diener des Mose: 2 Mein
Knecht Mose ist gestorben. Mach dich also auf den Weg, und zieh
über den Jordan hier mit diesem ganzen Volk in das Land, das ich
ihnen, den Israeliten, geben werde. 3 Jeden Ort, den euer Fuß betreten
wird, gebe ich euch, wie ich es Mose versprochen habe. 4 Euer Gebiet
soll von der Steppe und vom Libanon an bis zum großen Strom, zum
Eufrat, reichen – das ist das ganze Land der Hetiter – und bis hin zum
großen Meer, wo die Sonne untergeht. 5 Niemand wird dir Widerstand
leisten können, solange du lebst. Wie ich mit Mose war, will ich auch
mit dir sein. Ich lasse dich nicht fallen und verlasse dich nicht.
6 Sei mutig und stark! Denn du sollst diesem Volk das Land zum Besitz
geben, von dem du weißt: Ich habe ihren Vätern geschworen, es ihnen
zu geben. 7 Sei nur mutig und stark, und achte genau darauf, dass du
ganz nach der Weisung handelst, die mein Knecht Mose dir gegeben
hat. Weich nicht nach rechts und nicht nach links davon ab, damit du
Erfolg hast in allem, was du unternimmst. 8 Über dieses Gesetzbuch
sollst du immer reden und Tag und Nacht darüber nachsinnen, damit
du darauf achtest, genau so zu handeln, wie darin geschrieben steht.
Dann wirst du auf deinem Weg Glück und Erfolg haben. ...

▶ Der Name „Josua" bedeutet „Gott rettet". „Jesus" ist die griechische und lateinische Form dieses Namens. Jesus hieß in seiner Muttersprache eigentlich „Joschua".

▶ Nach Josuas Worten soll das Land vom Eufrat (im heutigen Irak) bis zum Mittelmeer reichen – eine starke Übertreibung! Sie soll zeigen, wie großzügig Gott ist.

▶ „Nachsinnen" (v8) meint eigentlich eine Art der Meditation, bei der es darum geht, auswendig gelernte Worte immer wieder zu wiederholen und sie so zu verinnerlichen.

**Rahab rettet die Spione (Jos 2,1–15)**

2 1 Josua, der Sohn Nuns, schickte von Schittim heimlich zwei Kund-
schafter aus und befahl ihnen: Geht, erkundet das Land, beson-
ders die Stadt Jericho! Sie brachen auf und kamen zu dem Haus einer
Dirne namens Rahab; dort wollten sie übernachten. 2 Man meldete
dem König von Jericho: Heute Nacht sind ein paar Männer hierher
gekommen, Israeliten, um das Land auszukundschaften. 3 Da schickte
der König von Jericho Boten zu Rahab und ließ ihr sagen: Gib die
Männer heraus, die bei dir in deinem Haus eingekehrt sind; denn sie
sind gekommen, um das ganze Land auszukundschaften. 4 Da nahm
die Frau die beiden Männer und versteckte sie. (Zu den Boten aber)
sagte sie: Ja, die Männer sind zu mir gekommen; doch ich wusste
nicht, woher sie waren. 5 Als das Stadttor bei Einbruch der Dunkelheit
geschlossen werden sollte, sind die Männer weggegangen; ich weiß
aber nicht, wohin sie gegangen sind. Lauft ihnen schnell nach, dann
könnt ihr sie noch einholen. 6 Sie hatte aber die Männer auf das fla-
che Dach gebracht und unter den Flachsstengeln versteckt, die auf
dem Dach aufgeschichtet waren. 7 Inzwischen hatte man die Verfol-
gung der Männer aufgenommen, und zwar in Richtung Jordan, zu den
Furten hin. Und man hatte das Stadttor geschlossen, nachdem die
Verfolger hinausgegangen waren.
8 Bevor die Männer sich niederlegten, stieg Rahab zu ihnen auf das
Dach hinauf 9 und sagte zu ihnen: Ich weiß, dass der Herr euch das

▶ Diese Geschichte macht eine Dirne zur Heldin. Die Bibel zeigt, dass selbst Menschen in gesellschaftlichen Randbezirken eine Rolle in Gottes Plänen spielen und ihm sogar besonders nahe sein können.

▶ Würde Rahab die Spione ausliefern, wären sie in Lebensgefahr. Stattdessen geht sie selbst ein großes Risiko ein.

Während des Zweiten Weltkriegs wurden zwischen 3000 und 5000 Juden vor dem Tod in den Gaskammern bewahrt, weil mutige Zeitgenossen sie unter eigener Lebensgefahr versteckten. Nach dem Krieg wurden viele dieser Retter – oft ganz einfache Menschen – in Israels Gedenkstätte Yad Vaschem als „Gerechte unter den Völkern" ausgezeichnet.

▶ Obwohl Rahab eine Fremde ist, bekennt sie die allumfassende Macht des Gottes der Israeliten. Schon hier überschreitet der Glaube die Grenze von Völkern (↗ auch Naaman in 2 Kön 5,17).

▶ Eine Frau rettet zwei Männer. Obwohl das alte Israel eine Männergesellschaft war, bekommen Frauen in der Bibel starke Rollen.

Land gegeben hat und dass uns Furcht vor euch befallen hat und alle Bewohner des Landes aus Angst vor euch vergehen. [10] Denn wir haben gehört, wie der Herr das Wasser des Schilfmeers euretwegen austrocknen ließ, als ihr aus Ägypten ausgezogen seid. Wir haben auch gehört, was ihr mit Sihon und Og, den beiden Königen der Amoriter jenseits des Jordan, gemacht habt: Ihr habt sie dem Untergang geweiht. [11] Als wir das hörten, zerschmolz unser Herz, und jedem stockte euretwegen der Atem; denn der Herr, euer Gott, ist Gott droben im Himmel und hier unten auf der Erde. [12] Nun schwört mir beim Herrn, dass ihr der Familie meines Vaters euer Wohlwollen erweist, wie ich es euch erwiesen habe, und gebt mir ein sicheres Zeichen dafür, [13] dass ihr meinen Vater und meine Mutter, meine Brüder und meine Schwestern und alles, was ihnen gehört, am Leben lasst und dass ihr uns vor dem Tod bewahrt. [14] Die Männer antworteten ihr: Wir bürgen mit unserem Leben für euch, wenn ihr nur unsere Sache nicht verratet. Wenn uns der Herr das Land gibt, werden wir dir unser Wohlwollen und unsere Treue zeigen. [15] Darauf ließ die Frau sie mit einem Seil durch das Fenster die Stadtmauer hinab; das Haus, in dem sie wohnte, war nämlich in die Stadtmauer eingebaut.

▶ Der Jordan fließt vom See Genesaret nach Süden ins Tote Meer (hier „Salzmeer"). Jericho liegt im Jordantal, etwa zehn Kilometer vom Toten Meer entfernt, heute im Palästinensergebiet der Westbank. Jericho ist eine der ältesten Städte der Welt.

▶ Das Jordanwunder spiegelt das Wunder am Schilfmeer (↗ Ex 14,21; Ps 114,3.5) und setzt es fort. Sowohl bei der Befreiung aus Ägypten als auch beim Einzug im Land zeigt Gott, dass er die Naturgewalten beherrscht, um sein Volk zu beschützen.

▶ Sichem liegt bei der heutigen Palästinenserstadt Nablus und nicht weit vom alten Samaria entfernt. Gen 12,6 erzählt, Abraham besuchte Sichem als ersten Ort im Land Kanaan.

**Israel überschreitet den Jordan (Jos 3,14–17)**

3 [14] Als dann das Volk seine Zelte verließ und aufbrach, um den Jordan zu überschreiten, gingen die Priester, die die Bundeslade trugen, an der Spitze des Volkes.

[15] Und als die Träger der Lade an den Jordan kamen und die Füße der Priester, die die Lade trugen, das Wasser berührten – der Jordan war aber während der ganzen Erntezeit über alle Ufer getreten –, [16] da blieben die Fluten des Jordan stehen. Das von oben herabkommende Wasser stand wie ein Wall in weiter Entfernung, bei der Stadt Adam, die in der Nähe von Zaretan liegt. Die zum Meer der Araba, zum Salzmeer, hinabfließenden Fluten dagegen liefen vollständig ab, und das Volk zog Jericho gegenüber durch den Jordan. [17] Die Priester, die die Bundeslade des Herrn trugen, standen, während ganz Israel trockenen Fußes hindurchzog, fest und sicher mitten im Jordan auf trockenem Boden, bis das ganze Volk den Jordan durchschritten hatte.

**Eine neue Entscheidung in Sichem (Jos 24)**

24 [1] Josua versammelte alle Stämme Israels in Sichem; er rief die Ältesten Israels, seine Oberhäupter, Richter und Listenführer zusammen, und sie traten vor Gott hin.

[2] Josua sagte zum ganzen Volk: So spricht der Herr, der Gott Israels: „Jenseits des Stroms wohnten eure Väter von Urzeiten an [Terach, der

Vater Abrahams und der Vater Nahors] und dienten anderen Göttern.
3 Da holte ich euren Vater Abraham von jenseits des Stroms und ließ
ihn durch das ganze Land Kanaan ziehen. Ich schenkte ihm zahlreiche
Nachkommenschaft und gab ihm Isaak. 4 Dem Isaak gab ich Jakob und
Esau, und ich verlieh Esau das Bergland Seïr, damit er es in Besitz
nahm. Jakob aber und seine Söhne zogen nach Ägypten hinab. 5 Dann
sandte ich Mose und Aaron und strafte Ägypten durch das, was ich in
Ägypten tat. Danach habe ich euch herausgeführt. ...
13 Ich gab euch ein Land, um das ihr euch nicht bemüht hattet, und
Städte, die ihr nicht erbaut hattet. Ihr habt in ihnen gewohnt, und ihr
habt von Weinbergen und Ölbäumen gegessen, die ihr nicht gepflanzt
hattet." 14 Fürchtet also jetzt den Herrn, und dient ihm in vollkom-
mener Treue. Schafft die Götter fort, denen eure Väter jenseits des
Stroms und in Ägypten gedient haben, und dient dem Herrn! 15 Wenn es
euch aber nicht gefällt, dem Herrn zu dienen, dann entscheidet euch
heute, wem ihr dienen wollt: den Göttern, denen eure Väter jenseits
des Stroms dienten, oder den Göttern der Amoriter, in deren Land ihr
wohnt. Ich aber und mein Haus, wir wollen dem Herrn dienen.
16 Das Volk antwortete: Das sei uns fern, dass wir den Herrn verlas-
sen und anderen Göttern dienen. 17 Denn der Herr, unser Gott, war es,

Abrahams Familie stammte aus Babylonien im heutigen Irak (↗ Gen 11,31) – der „Strom" meint hier den Eufrat.

Ich glaube an meinen Gott. Er ist da. Ich akzeptiere das und fühle mich wohl dabei. Punkt. Was die anderen Menschen davon halten, ist mir egal. Ich habe meine eigene Überzeugung gewonnen: Mein Gott begleitet mich.

**ZORAN**

Ich will Gott dienen und ich will die Fehler, die ich begangen habe, und den Schmerz, den ich verursacht habe, wieder gut machen. Das kann ich jedem nur empfehlen.

**MARK WAHLBERG** (*1971), Hollywood-Star

der uns und unsere Väter aus dem Sklavenhaus Ägypten herausge-
führt hat und der vor unseren Augen alle die großen Wunder getan
hat. Er hat uns beschützt auf dem ganzen Weg, den wir gegangen sind,
und unter allen Völkern, durch deren Gebiet wir gezogen sind. 18 Der
Herr hat alle Völker vertrieben, auch die Amoriter, die vor uns im Land
wohnten. Auch wir wollen dem Herrn dienen; denn er ist unser Gott.
19 Da sagte Josua zum Volk: Ihr seid nicht imstande, dem Herrn zu
dienen, denn er ist ein heiliger Gott, ein eifersüchtiger Gott; er wird
euch eure Frevel und eure Sünden nicht verzeihen. 20 Wenn ihr den
Herrn verlasst und fremden Göttern dient, dann wird er sich von euch
abwenden, wird Unglück über euch bringen und euch ein Ende berei-
ten, obwohl er euch zuvor Gutes getan hat. 21 Das Volk aber sagte zu
Josua: Nein, wir wollen dem Herrn dienen. 22 Josua antwortete dem
Volk: Ihr seid Zeugen gegen euch selbst, dass ihr euch für den Herrn
und für seinen Dienst entschieden habt. [Sie antworteten: Das sind
wir.] 23 Schafft also jetzt die fremden Götter ab, die noch bei euch
sind, und neigt eure Herzen dem Herrn zu, dem Gott Israels! ...
29 Nach diesen Ereignissen starb Josua, der Sohn Nuns, der Knecht
des Herrn, im Alter von hundertzehn Jahren. 30 Man begrub ihn in
Timnat-Serach, im Gebiet seines Erbbesitzes auf dem Gebirge Efraim,
nördlich vom Berg Gaasch. 31 Israel aber diente dem Herrn, solan-
ge Josua lebte und solange die Ältesten am Leben waren, die Josua
überlebten und alles wussten, was der Herr für Israel getan hatte.

Josua fasst Israels Geschichte zusammen und fordert das Volk zur Entscheidung heraus.

Im Buch Josua wird von der Entscheidung für den Herrn erzählt, die in Sichem getroffen wurde. ...
Im religiösen Bewusstsein des Alten Testaments verdeutlicht sich diese Wahl immer mehr im Sinn eines strengen, die ganze Menschheit umfassenden Monotheismus. ... Der universale Heilswille macht die Menschheitsgeschichte zu einem großen Pilgerweg der Völker auf ein einziges Ziel, Jerusalem, hin, ohne jedoch die ethnisch-kulturellen Unterschiede aufzuheben (↗ Offb 7,9).

**PAPST JOHANNES PAUL II.**, 21.4.1999

DAS BUCH DER

# Richter

Die Richter in diesem Buch sind nicht nur Beamte der Rechtsprechung, sondern auch Leiter des Volkes. Zumeist retten sie es aus Gefahren. Berühmte Richter sind z.B. Debora, Gideon, Jiftach und zuletzt Simson (Ri 13–16).

Das Buch behandelt mehrfach kritisch die Fragen der Führung einer Gemeinschaft sowie des Verhältnisses von Frauen und Männern. Es zeigt ein gutes Gespür für Probleme wie bei der Einführung des Königtums in Israel in Ri 9:

**Mit Gewalt zur Macht (Ri 9,1–6)**

9 1 Abimelech, der Sohn Jerubbaals, ging nach Sichem zu den Brü-
dern seiner Mutter und sagte zu ihnen und zur ganzen Sippe der
Familie seiner Mutter: 2 Redet doch allen Bürgern von Sichem zu und
sagt: Was ist besser für euch: wenn siebzig Männer über euch herr-
schen, alle Söhne Jerubbaals, oder wenn nur ein Mann über euch
herrscht? Denkt auch daran, dass ich euer Fleisch und Bein bin. 3 Da
redeten die Brüder seiner Mutter seinetwegen allen Bürgern Sichems
zu, und zwar genau mit seinen Worten, so dass sich ihr Herz Abime-
lech zuwandte. Denn sie sagten sich: Er ist unser Bruder. 4 Sie gaben
ihm siebzig Silberstücke aus dem Tempel des „Baal des Bundes", und
Abimelech warb damit Männer an, die nichts zu verlieren hatten und
zu allem fähig waren; sie wurden sein Gefolge. 5 Dann drang er in das
Haus seines Vaters in Ofra ein und brachte seine Brüder, die Söhne
Jerubbaals, siebzig Mann, auf ein und demselben Stein um. Nur Jo-
tam, der jüngste Sohn Jerubbaals, blieb übrig, weil er sich versteckt
hatte. 6 Da versammelten sich alle Bürger von Sichem und Bet-Millo,
zogen zu der Eiche, die bei Sichem steht, und machten Abimelech
zum König.

▶ Jerubbaal (= er streitet mit Baal), mit anderem Namen Gideon, rettete Israel aus der Bedrohung durch die Midianiter (Ri 6–8), lehnte aber ab, über das Volk zu herrschen. Zu Sichem ↗ Jos 24,1.

▶ Intrige, Bestechung, ein Gott der Macht („Baal" in v4 bedeutet „Herr"), eine kriminelle Bande, vielfacher Mord – das kann keine gute Basis für eine Gemeinschaft sein. Tatsächlich kommt es im Verlauf der Geschichte (ab v22) zu weiteren Gewalttaten. Sichem wird zerstört und auch Abimelech muss sterben.

### Jotams Rede (Ri 9,7–15)

7 Als man das Jotam meldete, stellte er sich auf den Gipfel des Ber-
ges Garizim und rief ihnen mit erhobener Stimme zu:
Hört auf mich, ihr Bürger von Sichem, damit Gott auf euch hört.
8 Einst machten sich die Bäume auf, um sich einen König zu salben,
und sie sagten zum Ölbaum: Sei du unser König!
9 Der Ölbaum sagte zu ihnen: Soll ich mein Fett aufgeben, mit dem
man Götter und Menschen ehrt, und hingehen, um über den anderen
Bäumen zu schwanken?
10 Da sagten die Bäume zum Feigenbaum: Komm, sei du unser König!
11 Der Feigenbaum sagte zu ihnen: Soll ich meine Süßigkeit aufgeben
und meine guten Früchte und hingehen, um über den anderen Bäu-
men zu schwanken?
12 Da sagten die Bäume zum Weinstock: Komm, sei du unser König!
13 Der Weinstock sagte zu ihnen: Soll ich meinen Most aufgeben, der
Götter und Menschen erfreut, und hingehen, um über den anderen
Bäumen zu schwanken?
14 Da sagten alle Bäume zum Dornenstrauch: Komm, sei du unser
König!

▶ Jotam erzählt eine Fabel (eine Geschichte, in der Pflanzen oder Tiere für Menschen stehen). Sie steckt voller Ironie: Die von sich aus nützlichen Bäume lehnen die Herrschaft über andere ab, der unfruchtbare Dornstrauch dagegen, der keinen Schatten und keine Früchte gibt, ist dazu bereit und droht auch gleich Vernichtung an. Jotam kritisiert damit Abimelech und Königsherrschaft im Allgemeinen sehr scharf, was er im Folgenden noch verdeutlicht (v16–21).

❞ Ich danke Gott mit Saitenspiel, dass ich kein König worden; ich wär' geschmeichelt worden viel und wär' vielleicht verdorben.

**MATTHIAS CLAUDIUS** (1740–1815), dt. Journalist und Lyriker

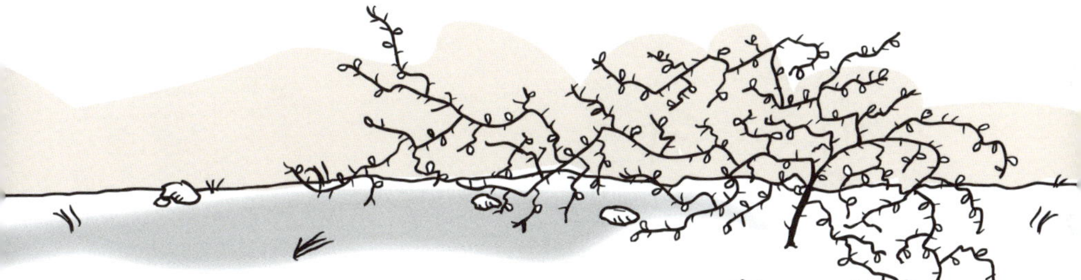

15 Der Dornenstrauch sagte zu den Bäumen: Wollt ihr mich wirklich
zu eurem König salben? Kommt, findet Schutz in meinem Schatten!
Wenn aber nicht, dann soll vom Dornenstrauch Feuer ausgehen und
die Zedern des Libanon fressen.

Ri thematisiert die Rollen von Frauen wie kaum ein anderes Buch der Bibel. Sie bekommen ganz unterschiedliche Rollen: Debora und Jael sind Heldinnen (Ri 4–5), Jiftachs Tochter ein Opfer der Dummheit ihres Vaters (Ri 11,34–40), Delila hat es faustdick hinter den Ohren (Ri 16). Ri 13 zeigt uns ein sehr ungleiches Elternpaar:

### Ankündigung der Geburt Simsons (Ri 13,1–8)

13 1 Die Israeliten taten wieder, was dem Herrn missfiel. Deshalb
gab sie der Herr vierzig Jahre lang in die Gewalt der Philis-
ter. 2 Damals lebte in Zora ein Mann namens Manoach, aus der Sippe
der Daniter; seine Frau war unfruchtbar und hatte keine Kinder. 3 Der
Engel des Herrn erschien der Frau und sagte zu ihr: Gewiss, du bist
unfruchtbar und hast keine Kinder; aber du sollst schwanger werden
und einen Sohn gebären. 4 Nimm dich jedoch in Acht, und trink we-
der Wein noch Bier, und iss nichts Unreines! 5 Denn siehe, du wirst
schwanger werden und einen Sohn gebären. Es darf kein Schermes-
ser an seine Haare kommen; denn der Knabe wird von Geburt an ein
Gott geweihter Nasiräer sein. Er wird damit beginnen, Israel aus der

▶ Der Name des Mannes bedeutet „Ruhe" und passt zu seiner Behäbigkeit (↗ die unterschiedlichen Arten der Bewegung in v10–11).

▶ Die Bestimmungen des Nasiräats (s. Num 6) sind hier auf die Mutter und ihren Sohn verteilt: Sie soll keinen Alkohol trinken, und seine Haare sollen nicht geschnitten werden.

> „Engel sind Boten Gottes. Sie bringen Gott zu den Menschen, sie öffnen den Himmel und öffnen so die Erde. Gerade weil sie bei Gott sind, können sie auch dem Menschen sehr nahe sein. Gott ist in der Tat jedem von uns näher, als wir es uns selbst sind. Die Engel sprechen zum Menschen von dem, was sein wahres Sein ausmacht, von dem, was in seinem Leben so oft zugedeckt und begraben ist.
>
> **PAPST BENEDIKT XVI.**, 29.9.2007

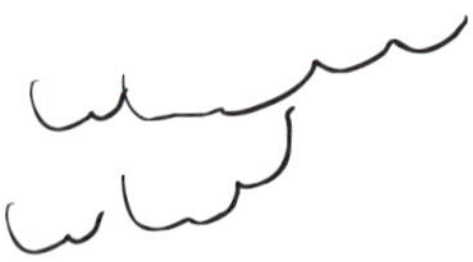

Gewalt der Philister zu befreien. 6 Die Frau ging und sagte zu ihrem Mann: Ein Gottesmann ist zu mir gekommen; er sah aus, wie der Engel Gottes aussieht, überaus furchterregend. Ich habe ihn nicht gefragt, woher er kam, und er hat mir auch seinen Namen nicht genannt. 7 Er sagte zu mir: Siehe, du wirst schwanger werden und einen Sohn gebären. Trink jedoch keinen Wein und kein Bier, und iss nichts Unreines; denn der Knabe wird von Geburt an ein Gott geweihter Nasiräer sein, bis zum Tag seines Todes. 8 Da betete Manoach zum Herrn und sagte: Bitte, mein Herr, lass doch den Gottesmann, den du gesandt hast, noch einmal zu uns kommen und uns belehren, was wir mit dem Knaben machen sollen, der geboren werden soll.

### Der Engel kommt noch einmal (Ri 13,9–15)

9 Und Gott erhörte die Bitte Manoachs. Der Engel Gottes kam noch einmal zu der Frau, als sie gerade auf dem Feld war; ihr Mann Manoach war nicht bei ihr. 10 Sie lief schnell zu ihrem Mann, um es ihm mitzuteilen; sie sagte zu ihm: Eben ist der Mann, der damals zu mir gekommen ist, wieder erschienen. 11 Manoach stand auf und folgte seiner Frau. Als er zu dem Mann kam, fragte er ihn: Bist du der Mann,

der mit meiner Frau geredet hat? Er antwortete: Ja, ich bin es. 12 Da sagte Manoach: Wenn sich nun dein Wort erfüllt, wie sollen wir es mit dem Knaben halten, was sollen wir mit ihm tun? 13 Der Engel des Herrn antwortete Manoach: Die Frau soll sich vor all dem hüten, was ich ihr gesagt habe. 14 Nichts, was vom Weinstock kommt, darf sie genießen; weder Wein noch Bier darf sie trinken und nichts Unreines essen. Alles, was ich ihr befohlen habe, muss sie beachten. 15 Manoach sagte zum Engel des Herrn: Wir möchten dich gern einladen und dir ein Ziegenböckchen zubereiten.

▶ Wieder kommt Gott zur Frau und bevorzugt sie so als Gesprächspartner gegenüber ihrem Mann. Das widerspricht dem üblichen Bild in dieser patriarchalen Gesellschaft. Die Erzählung unterstreicht damit umso mehr die religiöse Stellung der Frau.

### Das Geheimnis des Engels (Ri 13,16–18)

16 Aber der Engel des Herrn sagte zu Manoach: Auch wenn du mich einlädst, werde ich von deinem Mahl nichts essen. Wenn du aber ein Brandopfer herrichten willst, bring es dem Herrn dar! Manoach wusste nämlich nicht, dass es der Engel des Herrn war. 17 Deshalb fragte Manoach den Engel des Herrn: Wie ist dein Name? Wenn eintrifft, was du gesagt hast, möchten wir dir gern Ehre erweisen. 18 Der Engel des Herrn erwiderte: Warum fragst du mich nach meinem Namen? Er ist wunderbar.

▶ Der göttliche Bote reagiert auf Manoachs Fragen einsilbig (v11), er wiederholt sich (v13f, zu v3–5) und distanziert sich zweimal (v16.18). Er zeigt damit, dass diese Fragen nicht recht passen; alles Wichtige hat Gott schon seiner Frau mitgeteilt.

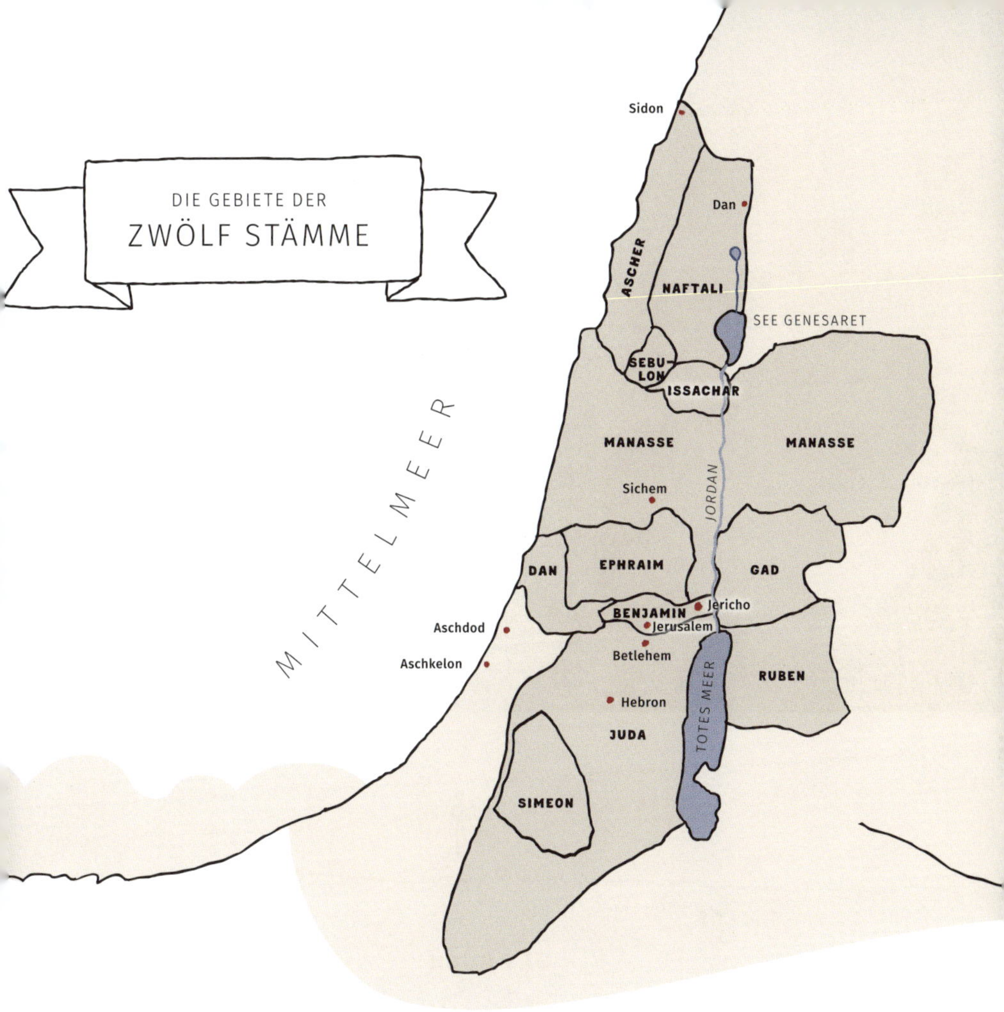


**Manoachs Opfer (Ri 13,19–23)**

19 Da nahm Manoach das Ziegenböckchen und brachte es zusam-
men mit einem Speiseopfer auf einem Felsblock dem Herrn dar, der
Wunder tut. 20 Als die Flamme vom Altar zum Himmel aufstieg, stieg
der Engel des Herrn in der Flamme des Altars mit empor. Als Manoach
und seine Frau das sahen, warfen sie sich zu Boden auf ihr Gesicht.
21 Von da an aber erschien der Engel des Herrn dem Manoach und
seiner Frau nicht mehr. Da erkannte Manoach, dass es der Engel des
Herrn gewesen war, 22 und sagte zu seiner Frau: Sicher müssen wir
sterben, weil wir Gott gesehen haben. 23 Doch seine Frau entgegnete
ihm: Wenn der Herr uns hätte töten wollen, hätte er nicht aus unserer
Hand Brand- und Speiseopfer angenommen, und er hätte uns nicht
all das sehen und uns auch nichts Derartiges hören lassen.

**Simson wird geboren (Ri 13,24–25)**

24 Die Frau gebar einen Sohn und nannte ihn Simson; der Knabe
wuchs heran, und der Herr segnete ihn. 25 Dann aber begann der
Geist des Herrn, ihn umherzutreiben im Lager Dans zwischen Zora
und Eschtaol.

Wer irgendein Werk gegen den Gehorsam verrichtet, wie gut und heilig es auch in sich sein möge, der handelt nicht auf Eingebung Gottes.

**TERESA VON ÁVILA**

Der Name „Simson" (hebräisch *Schimschon*) (v24) hängt ursprünglich wohl mit „Sonne" (hebräisch schämäsch) zusammen. Die weiteren Kapitel zeigen, wie Simson hin- und hergerissen ist: einerseits hat er den großen Auftrag, Israel zu retten; andererseits fühlt er sich stark zu Frauen hingezogen und vergisst dabei manchmal seine Verantwortung.

DAS BUCH

# Rut

Rut ist die Schwiegertochter von Noomi. In der nach ihr benannten Erzählung geht es vor allem um die Freundschaft zwischen diesen beiden Frauen, die gemeinsam harte Herausforderungen bestehen. In ihrer treuen Freundschaft zeigt auch Gott seine Treue. Während in den meisten biblischen Geschichten Männer die Hauptrollen spielen, ist dieses Buch aus der Sichtweise von Frauen erzählt. Es spielt in der Zeit der Richter und steht deshalb nach dem Richterbuch. Am Ende zeigt sich, dass Rut zu den Vorfahren von König David gehört – und damit auch von Jesus.

### Die Vorgeschichte (Rut 1,1–5)

1 1 Zu der Zeit, als die Richter regierten, kam eine Hungersnot über
das Land. Da zog ein Mann mit seiner Frau und seinen beiden
Söhnen aus Betlehem in Juda fort, um sich als Fremder im Grünland
Moabs niederzulassen. 2 Der Mann hieß Elimelech, seine Frau Noomi,
und seine Söhne hießen Machlon und Kiljon; sie waren Efratiter aus
Betlehem in Juda. Als sie im Grünland Moabs ankamen, blieben sie
dort. 3 Elimelech, der Mann Noomis, starb, und sie blieb mit ihren
beiden Söhnen zurück. 4 Diese nahmen sich moabitische Frauen, Orpa
und Rut, und so wohnten sie dort etwa zehn Jahre lang. 5 Dann star-
ben auch Machlon und Kiljon, und Noomi blieb allein, ohne ihren
Mann und ohne ihre beiden Söhne.

### Noomis Heimkehr (Rut 1,6–22)

6 Da brach sie mit ihren Schwiegertöchtern auf, um aus dem Grün-
land Moabs heimzukehren; denn sie hatte dort gehört, der Herr habe
sich seines Volkes angenommen und ihm Brot gegeben. 7 Sie ver-
ließ zusammen mit ihren beiden Schwiegertöchtern den Ort, wo sie
sich aufgehalten hatte. Als sie nun auf dem Heimweg in das Land
Juda waren, 8 sagte Noomi zu ihren Schwiegertöchtern: Kehrt doch
beide heim zu euren Müttern! Der Herr erweise euch Liebe, wie ihr

sie den Toten und mir erwiesen habt. 9 Der Herr lasse jede von euch
Geborgenheit finden bei einem Gatten. Damit küsste sie beide zum
Abschied; doch Orpa und Rut begannen laut zu weinen 10 und sagten
zu ihr: Nein, wir wollen mit dir zu deinem Volk gehen. 11 Noomi sag-
te: Kehrt doch um, meine Töchter! Warum wollt ihr mit mir ziehen?
Habe ich etwa in meinem Leib noch Söhne, die eure Männer werden
könnten? 12 Kehrt um, meine Töchter, und geht; denn ich bin zu alt,
noch einem Mann zu gehören. Selbst wenn ich dächte, ich habe noch
Hoffnung, ja, wenn ich noch diese Nacht einem Mann gehörte und gar
Söhne bekäme: 13 Wolltet ihr warten, bis sie erwachsen sind? Wolltet
ihr euch so lange abschließen und ohne einen Mann leben? Nein,
meine Töchter! Mir täte es bitter leid um euch; denn mich hat die
Hand des Herrn getroffen. 14 Da weinten sie noch lauter. Doch dann
gab Orpa ihrer Schwiegermutter den Abschiedskuss, während Rut
nicht von ihr ließ. 15 Noomi sagte: Du siehst, deine Schwägerin kehrt
heim zu ihrem Volk und zu ihrem Gott. Folge ihr doch! 16 Rut antwor-
tete: Dränge mich nicht, dich zu verlassen und umzukehren. Wohin
du gehst, dahin gehe auch ich, und wo du bleibst, da bleibe auch ich.
Dein Volk ist mein Volk, und dein Gott ist mein Gott. 17 Wo du stirbst,
da sterbe auch ich, da will ich begraben sein. Der Herr soll mir dies
und das antun – nur der Tod wird mich von dir scheiden. 18 Als sie sah,
dass Rut darauf bestand, mit ihr zu gehen, redete sie nicht länger auf
sie ein. 19 So zogen sie miteinander bis Betlehem.

▶ Moab (v2) liegt östlich des Jordan, im heutigen Jordanien (↗ das Buch Deuteronomium). Hungersnöte zwingen Menschen oft, in ein anderes Land zu übersiedeln (↗ Gen 45,9–11) – in Afrika bis heute.

▶ Elimelech bedeutet „mein Gott ist König“. Machlon und Kiljon heißen „Schwächlich“ und „Gebrechlich“. Alle Namen im Büchlein Rut haben eine symbolische Bedeutung.

▶ Betlehem heißt „Haus des Brotes“ – was in starker Spannung zu der dortigen Hungersnot steht (v1). Auch die Familie von David stammte aus Betlehem (↗ 1 Sam 16), und auch Jesus wird (nach der Erzählung von Mt 2,6) dort geboren (↗ im Hintergrund Mi 5,1).

❞ Nicht da ist man daheim, wo man seinen Wohnsitz hat, sondern wo man verstanden wird.

**CHRISTIAN MORGENSTERN** (1871–1914), deutscher Dichter

▶ Nach allgemeinem Brauch sollte ein Bruder des verstorbenen Ehemannes die verwitwete Frau heiraten (↗ Dtn 25,5–10).

❞ Was kann es Schöneres geben, als mit unserem Volk gemeinsam voranzugehen? ... Wenn ich an die Pfarrer von früher denke, die noch die Namen ihrer Pfarrkinder kannten, sie noch besucht haben; oder – wie einer von ihnen einmal zu mir sagte: „Ich weiß von jeder Familie, wie ihr Hund heißt.“ Das muss man sich einmal vorstellen!

**PAPST FRANZISKUS**, 04.10.2013

Am Abend dieses Lebens werde ich mit leeren Händen vor Dir erscheinen, denn ich bitte Dich nicht, Herr, meine Werke zu zählen. Alle unsere Gerechtigkeiten sind befleckt in Deinen Augen. Ich will mich also mit Deiner eigenen Gerechtigkeit bekleiden und von Deiner Liebe den ewigen Besitz Deiner selbst empfangen.

**THÉRÈSE VON LISIEUX**

Als sie in Betlehem ankamen, geriet die ganze Stadt ihretwegen in
Bewegung. Die Frauen sagten: Ist das nicht Noomi? [20] Doch sie erwi-
derte: Nennt mich nicht mehr Noomi (Liebliche), sondern Mara (Bit-
tere); denn viel Bitteres hat der Allmächtige mir getan. [21] Reich bin ich
ausgezogen, aber mit leeren Händen hat der Herr mich heimkehren
lassen. Warum nennt ihr mich noch Noomi, da doch der Herr gegen
mich gesprochen und der Allmächtige mir Schlimmes angetan hat?
[22] So kehrte Noomi mit Rut, ihrer moabitischen Schwiegertochter, aus
dem Grünland Moabs heim. Zu Beginn der Gerstenernte kamen sie in
Betlehem an.

### Rut auf dem Feld des Boas (Rut 2,1–23)

2 [1] Noomi hatte einen Verwandten von ihrem Mann her, einen
Grundbesitzer; er war aus dem Geschlecht Elimelechs und hieß
Boas. [2] Eines Tages sagte die Moabiterin Rut zu Noomi: Ich möchte
aufs Feld gehen und Ähren lesen, wo es mir jemand erlaubt. Sie ant-
wortete ihr: Geh, Tochter! [3] Rut ging hin und las auf dem Feld hinter
den Schnittern her. Dabei war sie auf ein Grundstück des Boas aus
dem Geschlecht Elimelechs geraten. [4] Und nun kam Boas von Betle-
hem dazu. Er sagte zu den Schnittern: Der Herr sei mit euch! Sie ant-
worteten ihm: Der Herr segne dich. [5] Boas fragte seinen Knecht, der

▶ Das Buch Deuteronomium schreibt ausdrücklich vor, dass Witwen und andere Bedürftige einsammeln dürfen, was bei der Ernte übrig bleibt (Dtn 24,21).

die Schnitter beaufsichtigte: Wem gehört dieses Mädchen da? [6] Der
Knecht antwortete: Es ist eine junge Moabiterin, die mit Noomi aus
dem Grünland Moabs gekommen ist. [7] Sie hat gesagt: Ich möchte gern
Ähren lesen und bei den Garben hinter den Schnittern her sammeln.
So kam sie zu uns und hielt aus vom Morgen bis jetzt und gönnte sich
kaum Ruhe. [8] Boas sagte zu Rut: Höre wohl, meine Tochter, geh auf
kein anderes Feld, um zu lesen; entfern dich nicht von hier, sondern
halte dich an meine Mägde; [9] behalte das Feld im Auge, wo sie ernten,
und geh hinter ihnen her! Ich werde meinen Knechten befehlen, dich
nicht anzurühren. Hast du Durst, so darfst du zu den Gefäßen gehen
und von dem trinken, was die Knechte schöpfen. [10] Sie sank vor ihm
nieder, beugte sich zur Erde und sagte: Wie habe ich es verdient, dass
du mich so achtest, da ich doch eine Fremde bin? [11] Boas antwortete
ihr: Mir wurde alles berichtet, was du nach dem Tod deines Mannes
für deine Schwiegermutter getan hast, wie du deinen Vater und deine
Mutter, dein Land und deine Verwandtschaft verlassen hast und zu
einem Volk gegangen bist, das dir zuvor unbekannt war. [12] Der Herr,
der Gott Israels, zu dem du gekommen bist, um dich unter seinen Flü-
geln zu bergen, möge dir dein Tun vergelten und dich reich belohnen.
[13] Sie sagte: Du bist sehr gütig zu mir, Herr. Du hast mir Mut gemacht
und so freundlich zu deiner Magd gesprochen, und ich bin nicht ein-
mal eine deiner Mägde. [14] Zur Essenszeit sagte Boas zu ihr: Komm und
iss von dem Brot, tauch deinen Bissen in die Würztunke! Sie setz-

▶ Ein Mann verlässt gewöhnlich Vater und Mutter, um zu heiraten (Gen 2,24).

▶ „Unter seinen Flügeln“ steht für Schutz und Geborgenheit (↗ dazu Ps 63,8, S. 158). Im alten Ägypten wurden Schutzgötter oft mit diesem Bild dargestellt.

te sich neben die Schnitter. Er reichte ihr geröstete Körner, und sie
aß sich satt und behielt noch übrig. 15 Als sie wieder aufstand zum
Ährenlesen, befahl Boas seinen Knechten: Auch wenn sie zwischen
den Garben liest, dürft ihr sie nicht schelten. 16 Ihr sollt sogar für sie
etwas aus den Bündeln herausziehen und liegen lassen; sie mag es
auflesen, und ihr dürft sie nicht schelten. 17 So sammelte sie auf dem
Feld bis zum Abend. Als sie ausklopfte, was sie aufgelesen hatte, war
es etwa ein Efa Gerste.

18 Sie hob es auf, ging in die Stadt und zeigte ihrer Schwiegermut-
ter, was sie aufgelesen hatte. Dann packte sie aus, was sie von ihrer
Mahlzeit übrigbehalten hatte, und gab es ihr. 19 Ihre Schwiegermutter
fragte: Wo hast du heute gelesen und gearbeitet? Gesegnet sei, der
auf dich achthatte. Sie berichtete ihrer Schwiegermutter, bei wem sie
gearbeitet hatte, und sagte: Der Mann, bei dem ich heute gearbeitet
habe, heißt Boas. 20 Da sagte Noomi zu ihrer Schwiegertochter: Ge-
segnet sei er vom Herrn, der seine Gunst den Lebenden und Toten
nicht entzogen hat.

Und sie erzählte ihr: Der Mann ist mit uns verwandt, er ist einer unserer Löser.

Alles, was ich weiß, ist, dass man das Leben nicht verstehen kann ohne viel Güte, dass man es nicht leben kann ohne viel Güte.

**OSCAR WILDE** (1854–1900), irischer Dichter

„Ausklopfen“ meint, Bündel von Getreidehalmen so auf den Boden schlagen, dass die Körner herausfallen. Ein Efa sind mindestens 22 Liter – also eine große Menge.

„Gunst“ ist im Hebräischen dasselbe Wort wie die „Liebe“, die Rut Noomi gezeigt hat (1,8). Und wie Rut Noomi nicht verlassen hat, so hat auch Gott „die Lebenden und Toten“ nicht verlassen: Die Moabiterin Rut veranschaulicht den treuen Charakter des Gottes Israels.

21 Die Moabiterin Rut sagte: Er hat noch zu mir gesagt: Halte dich an
meine Knechte, bis sie meine Ernte eingebracht haben. 22 Gut, meine
Tochter, sagte Noomi zu Rut, wenn du mit seinen Mägden hinaus-
gehst, dann kann man dich auf einem anderen Feld nicht belästi-
gen. 23 Rut hielt sich beim Ährenlesen an die Mägde des Boas, bis die
Gersten- und Weizenernte beendet war. Danach blieb sie bei ihrer
Schwiegermutter.

Ein „Löser“ hat die Pflicht, einem Verwandten, der in Not geraten ist, zu helfen. Das kann bedeuten, Grundstücke zurückzukaufen. Nach der Vorschrift von Dtn 25,5–10 soll der Bruder eines verstorbenen Ehemannes die zurückgebliebene Witwe heiraten.

### Nächtliche Begegnung mit Boas (Rut 3,1–18)

3 1 Ihre Schwiegermutter Noomi sagte zu ihr: Meine Tochter, ich
möchte dir ein Heim verschaffen, in dem es dir gut geht. 2 Nun ist
ja Boas, bei dessen Mägden du warst, ein Verwandter von uns. Heute
abend worfelt er die Gerste auf der Tenne.

3 Wasch dich, salbe dich, und zieh dein Obergewand an, dann geh
zur Tenne! Zeig dich aber dem Mann nicht, bis er fertig gegessen und
getrunken hat.

4 Wenn er sich niederlegt, so merk dir den Ort, wo er sich hinlegt.
Geh dann hin, deck den Platz zu seinen Füßen auf, und leg dich dort-
hin! Er wird dir dann sagen, was du tun sollst. 5 Rut antwortete ihr:
Alles, was du sagst, will ich tun.

6 Sie ging zur Tenne und tat genauso, wie ihre Schwiegermutter ihr
aufgetragen hatte. 7 Als Boas gegessen und getrunken hatte und es
ihm wohl zumute wurde, ging er hin, um sich neben dem Getreide-

Beim „Worfeln“ warf man das Getreide in die Luft, so dass der Wind die Hülsen wegtrug und das saubere Korn wieder auf den Boden fiel.

„Salben“ meint auch „parfümieren“.

Seine Freude in der Freude des anderen finden können, das ist das Geheimnis des Glücks.

**GEORGES BERNANOS** (1888–1948), französischer Schriftsteller

Die fünf Mütter im Stammbaum Jesu (Mt 1,1–17) – Tamar, Rahab, Rut, Batseba und Maria – haben allesamt keinen normalen bürgerlichen Lebenslauf: Sie sind entweder listig, haben sich der Prostitution verschrieben, begehen Ehebruch, kommen aus dem Heidentum oder ihnen kündigt der Engel eine Geburt ohne Mann an. Aber sie spielen in Gottes Masterplan eine entscheidende Rolle.

▶ Obwohl sich Rut für Boas attraktiv gemacht hat, ist er sehr zurückhaltend: Er will ganz korrekt vorgehen und einem näheren Verwandten traditionsgemäß die Möglichkeit geben, Rut zu heiraten (Dtn 25,5). Und er schützt ihren Ruf, indem er sie früh genug heimgehen lässt.

haufen schlafen zu legen. Nun trat sie leise heran, deckte den Platz zu
seinen Füßen auf und legte sich nieder. 8 Um Mitternacht schrak der
Mann auf, beugte sich vor und fand eine Frau zu seinen Füßen liegen.
9 Er fragte: Wer bist du? Sie antwortete: Ich bin Rut, deine Magd. Brei-
te doch den Saum deines Gewandes über deine Magd; denn du bist
Löser. 10 Da sagte er: Gesegnet bist du vom Herrn, meine Tochter. So
zeigst du deine Zuneigung noch schöner als zuvor; denn du bist nicht
den jungen Männern, ob arm oder reich, nachgelaufen. 11 Fürchte dich
nicht, meine Tochter! Alles, was du sagst, will ich dir tun; denn jeder in
diesen Mauern weiß, dass du eine tüchtige Frau bist. 12 Gewiss, ich bin
Löser, aber es gibt noch einen Löser, der näher verwandt ist als ich.
13 Bleib über Nacht, und wenn er dich dann am Morgen lösen will, gut,
so mag er lösen. Wenn er dich aber nicht lösen will, so werde ich dich
lösen, so wahr der Herr lebt. Bleib liegen bis zum Morgen! 14 Sie blieb
zu seinen Füßen liegen bis zum Morgen. Doch noch ehe man einander
erkennen konnte, stand sie auf. Denn Boas wollte nicht bekannt wer-
den lassen, dass die Frau auf die Tenne gekommen war.

15 Er sagte zu ihr: Reich mir das Tuch, das du umgelegt hast. Sie hielt
es hin, und er füllte sechs Maß Gerste hinein und lud es ihr auf. Dann
ging er zur Stadt.

Wenn das Glück keine Göttin ist, sondern in Wirklichkeit ein Geschenk Gottes, so muss man nach Gott fragen, der es geben kann.

**AUGUSTINUS**

16 Rut kam nun zu ihrer Schwiegermutter, und diese fragte: Wie steht
es, meine Tochter? Sie erzählte ihr, wie viel Gutes ihr der Mann erwie-
sen hatte, 17 und sagte: Diese sechs Maß Gerste hat er mir gegeben;
denn er meinte: Du sollst nicht mit leeren Händen zu deiner Schwie-
germutter kommen. 18 Noomi antwortete ihr: Warte ab, meine Tochter,
bis du erfährst, wie die Sache ausgeht; denn der Mann wird nicht
ruhen, ehe er noch heute die Sache erledigt hat.

▶ Das Tor einer Stadt ist der Ort, wo Männer zusammenkommen, um wichtige Fragen zu besprechen und auch rechtliche Entscheidungen zu treffen (↗ Ps 127,5).

▶ Zehn Männer (v2) bilden eine entscheidungsfähige Ratsversammlung (↗ auch Gen 18,32). Bis heute braucht es zehn jüdische Männer, um einen offiziellen Gottesdienst in einer Synagoge zu feiern.

### Boas heiratet Rut (Rut 4,1–12)

4 1 Indes war Boas zum Tor gegangen und hatte sich dort niederge-
lassen. Da ging gerade der Löser vorüber, von dem Boas gespro-
chen hatte. Er sagte zu ihm: Komm herüber, und setz dich hierher! Der
kam herüber und setzte sich. 2 Dann holte Boas zehn Männer von den
Ältesten der Stadt und sagte: Setzt euch hierher! Sie taten es.

3 Darauf sagte er zu dem Löser: Das Grundstück, das unserem Ver-
wandten Elimelech gehört, will Noomi, die aus dem Grünland Moabs
zurückgekehrt ist, verkaufen. 4 Ich dachte, ich will dich davon unter-
richten und dir sagen: Erwirb es in Gegenwart der hier Sitzenden und
in Gegenwart der Ältesten meines Volkes! Wenn du lösen willst, so
löse! Willst du aber nicht lösen, so sag es mir, damit ich es weiß; denn
außer dir ist niemand zum Lösen da, und ich bin nach dir an der Rei-

he. Jener antwortete: Ich werde lösen. 5 Boas fuhr fort: Wenn du den Acker aus der Hand der Noomi erwirbst, dann erwirbst du zugleich auch die Moabiterin Rut, die Frau des Verstorbenen, um den Namen des Toten auf seinem Erbe wiedererstehen zu lassen. 6 Der Löser sagte: Dann kann ich für mich nicht lösen, sonst schädige ich mein eigenes Erbe. Übernimm du mein Löserecht; denn ich kann nicht lösen. 7 Früher bestand in Israel folgender Brauch: Um ein Löse- oder Tauschgeschäft rechtskräftig zu machen, zog man den Schuh aus und gab ihn seinem Partner. Das galt in Israel als Bestätigung. 8 Der Löser sagte nun zu Boas: Erwirb es! und er zog seinen Schuh aus. 9 Boas sagte zu den Ältesten und zu allem Volk: Ihr seid heute Zeugen, dass ich alles Eigentum Elimelechs sowie das Kiljons und Machlons aus der Hand der Noomi erworben habe. 10 Auch Rut, die Moabiterin, die Frau Machlons, habe ich mir zur Frau erworben, um den Namen des Verstorbenen auf seinem Erbe wiedererstehen zu lassen, damit sein Name unter seinen Verwandten und innerhalb der Mauern seiner Stadt nicht erlischt. Ihr seid heute Zeugen. 11 Da antwortete alles Volk im Tor samt den Ältesten: Wir sind Zeugen. Der Herr mache die Frau, die in dein Haus kommt, wie Rahel und Lea, die zwei, die das Haus Israel aufgebaut haben. Komm zu Reichtum in Efrata und zu Ansehen in

20-mal kommen im Buch Rut „lösen“, „Löser“, „Lösung“ vor. Wenn wir Jesus den „Erlöser“ nennen, geht es um das gleiche biblische Wort. Der Menschensohn, so sagt es etwa Matthäus, „ist nicht gekommen, um sich dienen zu lassen, sondern um zu dienen und sein Leben hinzugeben als Lösegeld für viele“ (Mt 20,28).

▶ Rahel und Lea, Jakobs Frauen, sind die Mütter des Volkes Israel. Perez ist ein Sohn von Juda und Tamar (↗ Gen 38,29) und ein Vorfahre von Boas (↗ Rut 4,18–21). Tamar hatte sich als Prostituierte verkleidet, damit Juda mit ihr schlief und so Perez zeugte (↗ Gen 38). Trotz dieser moralisch zweifelhaften Geschichte wird Perez zum sprichwörtlichen Segen.

Betlehem! 12 Dein Haus gleiche dem Haus des Perez, den Tamar dem Juda geboren hat, durch die Nachkommenschaft, die der Herr dir aus dieser jungen Frau geben möge. ...

**Und sie gebar ein Kind (Rut 4,13–22)**

13 So nahm Boas Rut zur Frau und ging zu ihr. Der Herr ließ sie schwanger werden, und sie gebar einen Sohn. 14 Da sagten die Frauen zu Noomi: Gepriesen sei der Herr, der es dir heute nicht an einem Löser hat fehlen lassen. Sein Name soll in Israel gerühmt werden. 15 Du wirst jemand haben, der dein Herz erfreut und dich im Alter versorgt; denn deine Schwiegertochter, die dich liebt, hat ihn geboren, sie, die mehr wert ist als sieben Söhne.

16 Noomi nahm das Kind, drückte es an ihre Brust und wurde seine Wärterin. 17 Die Nachbarinnen wollten ihm einen Namen geben und sagten: Der Noomi ist ein Sohn geboren.

Und sie gaben ihm den Namen Obed. Er ist der Vater Isais, des Vaters Davids.

18 Das ist die Geschlechterfolge nach Perez: Perez zeugte Hezron, 19 Hezron zeugte Ram, Ram zeugte Amminadab, 20 Amminadab zeugte Nachschon, Nachschon zeugte Salmon, 21 Salmon zeugte Boas, Boas zeugte Obed, 22 Obed zeugte Isai, und Isai zeugte David.

Die Bibel hat ein Faible für starke, ungewöhnliche Frauen. In manchen Religionen, Familien und Gesellschaften zählt bis heute ein Sohn mehr als eine Tochter. Das Buch Rut wendet sich mit aller Schärfe gegen eine solche Einstellung.

▶ Diese Geschlechterfolge zeigt, dass die Moabiterin Rut zur Urgroßmutter des Königs David wurde, und damit auch zu einer Urgroßmutter von Jesus (Mt 1,5).

DIE BÜCHER

# Samuel

Der Prophet Samuel, der Sohn von Hanna und Elkana, spielt eine Hauptrolle in den nach ihm benannten Büchern. Er salbt die ersten beiden Könige Israels, Saul und David, deren Geschichten ebenfalls hier erzählt werden (David stirbt in 1 Kön 2,10). Samuel steht damit in einer kritischen Phase der Geschichte Israels, am Übergang von der eher informellen Führung durch Richter (die sogenannte vorstaatliche Zeit) zum Königtum Israels (ca. 1000 v. Chr.).

Obwohl Samuel das Volk in Gottes Auftrag vor den Gefahren der Monarchie warnt, besteht es auf dem Wunsch nach einem König, den Samuel gegen seine Überzeugung erfüllt (1 Sam 8). Langfristig führt dieser Weg in den Untergang, was sich in den folgenden Büchern der Könige deutlich zeigt (2 Kön 24–25). Der Blick auf diese Geschichte vermittelt Einsichten, worauf es im Leben und in einer Gemeinschaft ankommt.

Die Erzählungen der Samuelbücher gehören wie die Josefsgeschichte zu den lebendigsten und spannendsten der Bibel. Sie zeigen, wie Menschen im Glauben mit ihren Fehlern und Schwächen kämpfen und wie Gott trotzdem immer mit ihnen geht.

# ERSTES BUCH SAMUEL

Man kann eine Schulstunde, ein Date oder die Fahrprüfung verschlafen. Man kann aber auch Gottes Stimme verschlafen.

**Samuels Berufung (1 Sam 3)**

3 1 Der junge Samuel versah den Dienst des Herrn unter der Aufsicht
Elis. In jenen Tagen waren Worte des Herrn selten; Visionen waren
nicht häufig.
2 Eines Tages geschah es: Eli schlief auf seinem Platz; seine Augen
waren schwach geworden, und er konnte nicht mehr sehen.
3 Die Lampe Gottes war noch nicht erloschen, und Samuel schlief im
Tempel des Herrn, wo die Lade Gottes stand.
4 Da rief der Herr den Samuel, und Samuel antwortete: Hier bin ich.
5 Dann lief er zu Eli und sagte: Hier bin ich, du hast mich gerufen. Eli
erwiderte: Ich habe dich nicht gerufen. Geh wieder schlafen! Da ging
er und legte sich wieder schlafen.
6 Der Herr rief noch einmal: Samuel! Samuel stand auf und ging zu
Eli und sagte: Hier bin ich, du hast mich gerufen. Eli erwiderte: Ich
habe dich nicht gerufen, mein Sohn. Geh wieder schlafen!
7 Samuel kannte den Herrn noch nicht, und das Wort des Herrn war
ihm noch nicht offenbart worden.
8 Da rief der Herr den Samuel wieder, zum dritten Mal. Er stand auf
und ging zu Eli und sagte: Hier bin ich, du hast mich gerufen.

Öffne dein Herz weit, um zu empfangen, was Gott gibt!

**CHARLES DE FOUCAULD**

Gott hat nicht aufgegeben, sondern gewartet, bis Samuel ihn verstehen kann. Gott ist geduldig. Wir dürfen uns entwickeln und reifen. Gott gibt uns die Zeit, die wir dafür brauchen.

Ich werde nie jenen 21. September vergessen – ich war 17 Jahre alt –, und war in der Kirche San José de Flores, um zu beichten –, als ich zum ersten Mal spürte, dass Gott mich rief. Fürchtet euch nicht vor dem, was Gott von euch verlangt! Es lohnt sich, Gott mit Ja zu antworten. In ihm ist die Freude! ... Der eine oder andere unter euch ist sich vielleicht noch nicht klar darüber, was er mit seinem Leben →

Da merkte Eli, dass der Herr den Knaben gerufen hatte.
9 Eli sagte zu Samuel: Geh, leg dich schlafen! Wenn er dich (wieder)
ruft, dann antworte: Rede, Herr; denn dein Diener hört! Samuel ging
und legte sich an seinem Platz nieder.
10 Da kam der Herr, trat (zu ihm) heran und rief wie die vorigen Male:
Samuel, Samuel! Und Samuel antwortete: Rede, denn dein Diener
hört!
11 Der Herr sagte zu Samuel: Fürwahr, ich werde in Israel etwas tun,
so dass jedem, der davon hört, beide Ohren gellen. 12 An jenem Tag
werde ich an Eli vom Anfang bis zum Ende alles verwirklichen, was
ich seinem Haus angedroht habe. 13 Ich habe ihm angekündigt, dass
ich über sein Haus für immer das Urteil gesprochen habe wegen seiner Schuld; denn er wusste, wie seine Söhne Gott lästern, und gebot
ihnen nicht Einhalt. 14 Darum habe ich dem Haus Eli geschworen: Die
Schuld des Hauses Eli kann durch Opfer und durch Gaben in Ewigkeit
nicht gesühnt werden.
15 Samuel blieb bis zum Morgen liegen, dann öffnete er die Türen
zum Haus des Herrn. Er fürchtete sich aber, Eli von der Vision zu berichten.
16 Da rief Eli Samuel und sagte: Samuel, mein Sohn! Er antwortete:
Hier bin ich.

17 Eli fragte: Was war es, das er zu dir gesagt hat? Verheimliche mir
nichts! Gott möge dir dies und das antun, wenn du mir auch nur eines
von all den Worten verheimlichst, die er zu dir gesprochen hat.
18 Da teilte ihm Samuel alle Worte mit und verheimlichte ihm nichts.
Darauf sagte Eli: Es ist der Herr. Er tue, was ihm gefällt.
19 Samuel wuchs heran, und der Herr war mit ihm und ließ keines
von all seinen Worten unerfüllt. 20 Ganz Israel von Dan bis Beerscheba
erkannte, dass Samuel als Prophet des Herrn beglaubigt war. 21 Auch
weiterhin erschien der Herr in Schilo: Der Herr offenbarte sich Samu-
el in Schilo durch sein Wort.

→ machen soll. Fragt den Herrn danach, er wird euch den Weg begreifen lassen. Wie es der junge Samuel tat, als er in sich die eindringliche Stimme des Herrn hörte, der ihn rief, er aber nicht verstand und nicht wusste, was er sagen sollte, und schließlich dank der Hilfe des Priesters Eli dieser Stimme antwortete: Rede, Herr, denn ich höre.

**PAPST FRANZISKUS**, 28.7.2013

In den folgenden Kapiteln bewährt sich Samuel in seiner Aufgabe. Er richtet das Volk, hilft ihm, setzt sich bei Gott für Israel ein und salbt Saul zum ersten König. Dieser aber scheitert, teils wegen psychischer Probleme, aber auch, weil er nicht auf Gott hört (1 Sam 15). Gott wählt deshalb einen neuen König.

## Die Salbung Davids (1 Sam 16)

16 1 Der Herr sagte zu Samuel: Wie lange willst du noch um Saul
trauern? Ich habe ihn doch verworfen; er soll nicht mehr als
König über Israel herrschen. Fülle dein Horn mit Öl, und mach dich
auf den Weg! Ich schicke dich zu dem Betlehemiter Isai; denn

ich habe mir einen von seinen Söhnen als König ausersehen.
2 Samuel erwiderte: Wie kann ich da hingehen? Saul wird es erfahren
und mich umbringen.
Der Herr sagte: Nimm ein junges Rind mit, und sag: Ich bin gekom-
men, um dem Herrn ein Schlachtopfer darzubringen. 3 Lade Isai zum
Opfer ein! Ich selbst werde dich dann erkennen lassen, was du tun
sollst: Du sollst mir nur den salben, den ich dir nennen werde.
4 Samuel tat, was der Herr befohlen hatte. Als er nach Betlehem
kam, gingen ihm die Ältesten der Stadt zitternd entgegen und fragten:
Bedeutet dein Kommen Frieden?
5 Er antwortete: Frieden. Ich bin gekommen, um dem Herrn ein
Schlachtopfer darzubringen. Heiligt euch, und kommt mit mir zum
Opfer!
Dann heiligte er Isai und seine Söhne und lud sie zum Opfer ein.
6 Als sie kamen und er den Eliab sah, dachte er: Gewiss steht nun vor
dem Herrn sein Gesalbter.
7 Der Herr aber sagte zu Samuel: Sieh nicht auf sein Aussehen und
seine stattliche Gestalt, denn ich habe ihn verworfen; Gott sieht näm-
lich nicht auf das, worauf der Mensch sieht. Der Mensch sieht, was vor
den Augen ist, der Herr aber sieht das Herz.
8 Nun rief Isai den Abinadab und ließ ihn vor Samuel treten. Dieser
sagte: Auch ihn hat der Herr nicht erwählt. 9 Isai ließ Schima kommen.
Samuel sagte: Auch ihn hat der Herr nicht erwählt.

Er erschuf mich, er erwählte mich; er kam und nahm Wohnung in mir, weil er mich brauchte.

**MUTTER TERESA**

▶ Die Angst der Verantwortlichen (v4) belegt den hohen Respekt vor dem Propheten. Sein Auftreten wurzelt in Gottes Auftrag und bewirkt oft Veränderungen, die nicht allen lieb sind.

▶ „Heiligen" bedeutet hier die Vorbereitung für die Gemeinschaft mit Gott bei einem religiösen Fest (↗ Ex 19,10.14).

▶ Keine andere Stelle der Bibel benennt so prägnant den Unterschied zwischen menschlicher und göttlicher Wahrnehmung. Sogar der Prophet Samuel urteilt nach Äußerlichkeiten, und Gott muss ihn korrigieren.

▶ Gott wählt einen unvorhergesehenen „Überraschungskandidaten“: den Jüngsten, der zuerst gar nicht anwesend ist, weil er beim Schafehüten ist – damals eine typische Aufgabe für Kinder. Doch gerade er ist besonders geeignet. Er ist attraktiv und hat besondere Begabungen. Als Musiker kann er die Stimmung von Menschen positiv beeinflussen (mit Saul, v14–23), als Krieger setzt er auf Mut und Strategie (mit Goliat, 1 Sam 17).

▶ Der Diener benennt sensibel, worunter Saul leidet, und macht einen höflichen Vorschlag, was Saul helfen könnte. Seine Strategie ist erfolgreich.

▶ Psychische Krankheiten werden in der Bibel oft „Dämonen“ oder „böse Geister“ genannt.

10 So ließ Isai sieben seiner Söhne vor Samuel treten, aber Samuel
sagte zu Isai: Diese hat der Herr nicht erwählt.
11 Und er fragte Isai: Sind das alle deine Söhne? Er antwortete: Der
jüngste fehlt noch, aber der hütet gerade die Schafe. Samuel sagte zu
Isai: Schick jemand hin, und lass ihn holen; wir wollen uns nicht zum
Mahl hinsetzen, bevor er hergekommen ist.
12 Isai schickte also jemand hin und ließ ihn kommen. David war
blond, hatte schöne Augen und eine schöne Gestalt. Da sagte der
Herr: Auf, salbe ihn! Denn er ist es.
13 Samuel nahm das Horn mit dem Öl und salbte David mitten unter
seinen Brüdern. Und der Geist des Herrn war über David von diesem
Tag an. Samuel aber brach auf und kehrte nach Rama zurück.
14 Der Geist des Herrn war von Saul gewichen; jetzt quälte ihn ein
böser Geist, der vom Herrn kam. 15 Da sagten die Diener Sauls zu ihm:
Du siehst, ein böser Geist Gottes quält dich. 16 Darum möge unser
Herr seinen Knechten, die vor ihm stehen, befehlen, einen Mann zu
suchen, der die Zither zu spielen versteht. Sobald dich der böse Geist
Gottes überfällt, soll er auf der Zither spielen; dann wird es dir wieder gut gehen.
17 Saul sagte zu seinen Dienern: Seht euch für mich nach einem Mann um, der gut spielen kann, und bringt ihn her

zu mir! 18 Einer der jungen Männer antwortete: Ich kenne einen Sohn
des Betlehemiters Isai, der Zither zu spielen versteht. Und er ist tapfer und ein guter Krieger, wortgewandt, von schöner Gestalt, und der
Herr ist mit ihm. 19 Da schickte Saul Boten zu Isai und ließ ihm sagen:
Schick mir deinen Sohn David, der bei den Schafen ist. 20 Isai nahm
einen Esel, dazu Brot, einen Schlauch Wein und ein Ziegenböckchen
und schickte seinen Sohn David damit zu Saul. 21 So kam David zu
Saul und trat in seinen Dienst; Saul gewann ihn sehr lieb, und David
wurde sein Waffenträger. 22 Darum schickte Saul zu Isai und ließ ihm
sagen: David soll in meinem Dienst bleiben; denn er hat mein Wohlwollen gefunden. 23 Sooft nun ein Geist Gottes Saul überfiel, nahm
David die Zither und spielte darauf. Dann fühlte sich Saul erleichtert,
es ging ihm wieder gut, und der böse Geist wich von ihm.

Ich stelle mir gerne vor, wie David beim Weiden der Schafe für Gott spielt und singt – nur für ihn, nicht ahnend, dass er einmal der König sein würde. Als Musiker möchte ich wie David sein, möchte am Klavier „in Tönen beten“, wie ich mein Musizieren gerne nenne, möchte in Tönen und Klängen diese unbeschreibliche Liebe Gottes weitergeben.

**TOBIAS**

David kommt als Jugendlicher zur Schlacht zwischen Israel und den Philistern, die ihren Riesen Goliat vorschicken und gegen den sich niemand zu kämpfen traut.

### David und Goliat (1 Sam 17)

17 32 David sagte zu Saul: Niemand soll wegen des Philisters den
Mut sinken lassen. Dein Knecht wird hingehen und mit diesem
Philister kämpfen. 33 Saul erwiderte ihm: Du kannst nicht zu diesem
Philister hingehen, um mit ihm zu kämpfen; du bist zu jung, er aber

❞ Mut ist, wenn man Todesangst hat, aber sich trotzdem in den Sattel schwingt.

**JOHN WAYNE** (1907–1979)

ist ein Krieger seit seiner Jugend. [34] David sagte zu Saul: Dein Knecht hat
für seinen Vater die Schafe gehütet. Wenn ein Löwe oder ein Bär kam und ein
Lamm aus der Herde wegschleppte, [35] lief ich hinter ihm her, schlug auf ihn ein
und riss das Tier aus seinem Maul. Und wenn er sich dann gegen mich aufrich-
tete, packte ich ihn an der Mähne und schlug ihn tot.
[36] Dein Knecht hat den Löwen und den Bären erschlagen, und diesem
unbeschnittenen Philister soll es genauso ergehen wie ihnen, weil er die
Schlachtreihen des lebendigen Gottes verhöhnt hat. [37] Und David sagte
weiter: Der Herr, der mich aus der Gewalt des Löwen und des Bären
gerettet hat, wird mich auch aus der Gewalt dieses Philisters retten.
Da antwortete Saul David: Geh, der Herr sei mit dir.
[38] Und Saul zog David seine Rüstung an; er setzte ihm einen bron-
zenen Helm auf den Kopf und legte ihm seinen Panzer an, [39] und
über der Rüstung hängte er ihm sein Schwert um. David ver-
suchte (in der Rüstung) zu gehen, aber er war es nicht gewohnt.
Darum sagte er zu Saul: Ich kann in diesen Sachen nicht gehen,
ich bin nicht daran gewöhnt.
Und er legte sie wieder ab, [40] nahm seinen Stock in die Hand,
suchte sich fünf glatte Steine aus dem Bach und legte sie
in die Hirtentasche, die er bei sich hatte (und) die (ihm als)

Schleudersteintasche (diente). Die Schleuder in der Hand, ging er auf
den Philister zu. [41] Der Philister kam immer näher an David heran;
sein Schildträger schritt vor ihm her. [42] Voll Verachtung blickte der
Philister David an, als er ihn sah; denn David war noch sehr jung, er
war blond und von schöner Gestalt. [43] Der Philister sagte zu David:
Bin ich denn ein Hund, dass du mit einem Stock zu mir kommst? Und
er verfluchte David bei seinen Göttern. [44] Er rief David zu: Komm nur
her zu mir, ich werde dein Fleisch den Vögeln des Himmels und den
wilden Tieren (zum Fraß) geben. [45] David antwortete dem Philister: Du
kommst zu mir mit Schwert, Speer und Sichelschwert, ich aber kom-
me zu dir im Namen des Herrn der Heere, des Gottes der Schlacht-
reihen Israels, den du verhöhnt hast. [46] Heute wird dich der Herr mir
ausliefern. Ich werde dich erschlagen und dir den Kopf abhauen. Die
Leichen des Heeres der Philister werde ich noch heute den Vögeln
des Himmels und den wilden Tieren (zum Fraß) geben. Alle Welt soll
erkennen, dass Israel einen Gott hat. [47] Auch alle, die hier versammelt
sind, sollen erkennen, dass der Herr nicht durch Schwert und Speer
Rettung verschafft; denn es ist ein Krieg des Herrn, und er wird euch
in unsere Gewalt geben.
[48] Als der Philister weiter vorrückte und immer näher an David he-
rankam, lief auch David von der Schlachtreihe (der Israeliten) aus
schnell dem Philister entgegen. [49] Er griff in seine Hirtentasche, nahm

Als die Helden Israels den Riesen Goliat sahen, machten sie sich in die Hosen und sagten: Der ist zu groß, der macht Kleinholz aus uns. Nur David dachte: Der hat genau die richtige Größe; man kann ihn gar nicht verfehlen. Es kommt halt darauf an, wie man die Dinge betrachtet.

Um im geistlichen Leben vorankommen zu können, muss man kämpfen.

**PAPST FRANZISKUS,** 30.10.2014

Ich habe den guten Kampf gekämpft, den Lauf vollendet, die Treue gehalten.

Der Apostel Paulus in 2 Tim 4,7

einen Stein heraus, schleuderte ihn ab und traf den Philister an der
Stirn. Der Stein drang in die Stirn ein, und der Philister fiel mit dem
Gesicht zu Boden. 50 So besiegte David den Philister mit einer Schleu-
der und einem Stein; er traf den Philister und tötete ihn, ohne ein
Schwert in der Hand zu haben. 51 Dann lief David hin und trat neben
den Philister. Er ergriff sein Schwert, zog es aus der Scheide, schlug
ihm den Kopf ab und tötete ihn. Als die Philister sahen, dass ihr star-
ker Mann tot war, flohen sie.

Davids Erfolge im Kampf mit den Philistern machen Saul neidisch, und er rast vor Wut. Er verfolgt David und versucht mehrmals, ihn zu töten. Sauls Kinder aber schätzen David: Jonatan, Sauls ältester Sohn, schließt mit David eine enge Freundschaft. Und Michal, Sauls Tochter, wird seine Frau und rettet ihm das Leben **(1 Sam 19,10–17)**.

» Die Freundschaft soll eine Freude sein, die unentgeltlich zuteilwird wie die Freuden der Kunst oder des Lebens. Sie ist eine Art Gnade.

**SIMONE WEIL** (1909–1943), französische Philosophin

## Jonatans Freundschaft mit David (1 Sam 18–20)

18 1 Nach dem Gespräch Davids mit Saul schloss Jonatan David in
sein Herz. Und Jonatan liebte David wie sein eigenes Leben.
2 Saul behielt David von jenem Tag an bei sich und ließ ihn nicht
mehr in das Haus seines Vaters zurückkehren.
3 Jonatan schloss mit David einen Bund, weil er ihn wie sein eigenes
Leben liebte.

4 Er zog den Mantel, den er anhatte, aus und gab ihn David, ebenso
seine Rüstung, sein Schwert, seinen Bogen und seinen Gürtel.
5 David zog ins Feld, und überall, wohin Saul ihn schickte, hatte er
Erfolg, so dass Saul ihn an die Spitze seiner Krieger stellte. David war
beim ganzen Volk und bei den Dienern Sauls beliebt. 6 Als sie nach
Davids Sieg über den Philister heimkehrten, zogen die Frauen aus al-
len Städten Israels König Saul singend und tanzend mit Handpauken,
Freudenrufen und Zimbeln entgegen. 7 Die Frauen spielten und riefen
voll Freude: Saul hat Tausend erschlagen, David aber Zehntausend.
8 Saul wurde darüber sehr zornig. Das Lied missfiel ihm, und er sagte:
David geben sie Zehntausend, mir aber geben sie nur Tausend. Jetzt
fehlt ihm nur noch die Königswürde. 9 Von diesem Tag an war Saul
gegen David voll Argwohn.
10 Am folgenden Tag kam über Saul wieder ein böser Gottesgeist, so
dass er in seinem Haus in Raserei geriet. David aber spielte wie jeden
Tag. Saul hatte den Speer in der Hand. 11 Saul dachte: Ich will David an
die Wand spießen!, und schleuderte den Speer, aber David wich ihm
zweimal aus. 12 Und Saul begann sich vor David zu fürchten, weil der
Herr mit David war, Saul aber verlassen hatte.

» Der Neid kann sich nicht verbergen. Er klagt an und verurteilt, ohne Beweise zu haben; er übertreibt die Fehler; er hat maßlose Namen für die geringsten Irrtümer, und seine Sprache ist voll Bitterkeit, Übertreibung und Missgunst. Mit unerbittlichem Hass und rasender Wut stürzt er sich auf jedes wirkliche Verdienst; er ist blind, jähzornig, gefühllos, brutal.

**LUC DE CLAPIERS, MARQUIS DE VAUVENARGUES** (1715–1747), französischer Schriftsteller

Neid schadet am meisten dem, der ihn hegt, anderen gar wenig. Gleich wie der Rost das Eisen frisst, so frisst der Neid den Neider.

**BASILIUS DER GROSSE** (um 330–379), kappadokischer Asket, Bischof und Kirchenlehrer

19 1 Saul redete vor seinem Sohn Jonatan und vor allen seinen
Dienern davon, dass er David töten wolle. Sauls Sohn Jonatan
aber hatte David sehr gern; 2 deshalb berichtete er David davon und

sagte: Mein Vater Saul will dich töten. Nimm dich also morgen früh in
Acht, verbirg dich in einem Versteck!
3 Ich aber will zusammen mit meinem Vater auf das Feld hinausgehen; dort, wo du dich versteckt hältst, werde ich stehen bleiben und mit meinem Vater über dich reden, und wenn ich etwas erfahre, werde ich dir Bescheid geben.
4 Jonatan redete also zugunsten Davids mit seinem Vater und sagte zu ihm: Der König möge sich doch nicht an seinem Knecht David versündigen; denn er hat sich ja auch nicht an dir versündigt, und seine Taten sind für dich sehr nützlich gewesen.
5 Er hat sein Leben aufs Spiel gesetzt und den Philister erschlagen. Der Herr hat (durch ihn) ganz Israel viel Hilfe gebracht. Du hast es selbst gesehen und dich darüber gefreut. Warum willst du dich nun versündigen und unschuldiges Blut vergießen, indem du David ohne jeden Grund tötest?
6 Saul hörte auf Jonatan und schwor: So wahr der Herr lebt: David soll nicht umgebracht werden.
7 Jonatan rief David und berichtete ihm alles. Dann führte Jonatan David zu Saul, und David war wieder in Sauls Dienst wie vorher. ...

„ Die Eifersucht bringt dazu, zu töten. Der Neid bringt dazu, zu töten. Die Bibel sagt: „Durch den Neid des Teufels ist das Böse in die Welt gekommen“. Die Eifersucht und der Neid öffnen die Tür für alle schlechten Dinge. Sie spalten auch die Gemeinschaft. Wenn eine christliche Gemeinschaft – an Neid, an Eifersucht leidet, dann endet sie in der Spaltung: einer gegen den anderen. Ein starkes Gift ist das.

**PAPST FRANZISKUS,** 23.1.2014

▶ Jonatan ist zweifach loyal: seinem Vater gegenüber, dem er mit mutigem Widerspruch hilft, das angedachte Unrecht einzusehen und aufzugeben; und zu David, den er vor der Gefahr warnt und für den er eintritt.

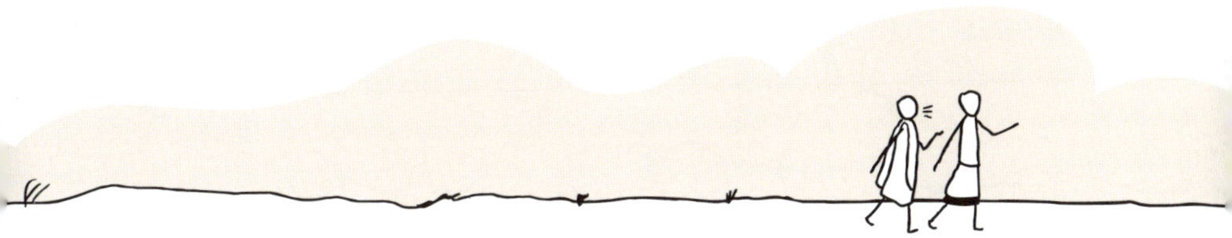

Noch im selben Kapitel will Saul David erneut töten. David flieht vor ihm. In 1 Sam 20 spitzt sich die Lage zu. Bei einem Festmahl, zu dem David wegen seiner Bedrohung nicht erscheint, konfrontiert Saul seinen Sohn Jonatan:

20 27 Als aber am zweiten Tag, dem Tag nach dem Neumond, der Platz Davids wieder leer blieb, sagte Saul zu seinem Sohn Jonatan: Warum ist der Sohn Isais gestern und heute nicht zum Essen gekommen?
28 Jonatan antwortete Saul: David hat mich dringend gebeten, nach Betlehem gehen zu dürfen.
29 Er sagte: Lass mich gehen; denn in der Stadt findet ein Opfer unserer Sippe statt. Mein Bruder selbst hat mich aufgefordert (zu kommen). Wenn ich dein Wohlwollen gefunden habe, dann möchte ich jetzt gehen und meine Brüder wiedersehen. Deswegen ist David nicht an den Tisch des Königs gekommen.
30 Da wurde Saul zornig über Jonatan und sagte: Du Sohn eines entarteten und aufsässigen Weibes! Ich weiß sehr gut, dass du dich zu deiner eigenen Schande und zur Schande des Schoßes deiner Mutter für den Sohn Isais entschieden hast.
31 Doch solange der Sohn Isais auf Erden lebt, wirst weder du noch dein Königtum Bestand haben. Schick also sofort jemand hin, und lass ihn holen; denn er ist ein Kind des Todes.

▶ Ein schönes Beispiel für Versöhnung bewirkendes Handeln.

„ Gott der Liebe,
zeige uns unseren Platz
in dieser Welt
als Werkzeuge deiner Liebe
zu allen Wesen dieser Erde,
denn keines von ihnen wird von
dir vergessen.
Erleuchte, die Macht und Reichtum besitzen,
damit sie sich hüten vor der
Sünde der Gleichgültigkeit,
das Gemeinwohl lieben, die
Schwachen fördern
und für diese Welt sorgen,
die wir bewohnen.

**PAPST FRANZISKUS,**
Gebet aus Laudato Si, 218

» Keine Gewalt hat Dauer.
**LEONARDO DA VINCI**
(1452–1519), italienischer Maler

▶ Trotz der engen familiären Beziehung stellt sich Jonatan gegen seinen Vater Saul, weil er im Unrecht ist. Er riskiert damit sein Leben.

32 Jonatan antwortete seinem Vater Saul: Warum soll er umgebracht
werden? Was hat er getan?
33 Da schleuderte Saul den Speer gegen ihn, um ihn zu töten. Nun
wusste Jonatan, dass sein Vater beschlossen hatte, David umzubrin-
gen.
34 Voll Zorn stand er vom Tisch auf und aß an diesem zweiten Neu-
mondtag nichts; denn er war bekümmert wegen David, weil sein Vater
ihn beschimpft hatte. ...
41 Als der Diener heimgegangen war, verließ David sein Versteck ne-
ben dem Stein, warf sich mit dem Gesicht zur Erde nieder und ver-
neigte sich dreimal tief (vor Jonatan). Dann küssten sie einander, und
beide weinten. David hörte nicht auf zu weinen, 42 und Jonatan sagte
zu ihm: Geh in Frieden! Für das, was wir beide uns im Namen des
Herrn geschworen haben, sei der Herr zwischen mir und dir, zwischen
meinen und deinen Nachkommen auf ewig Zeuge.

Saul hört nicht auf, seinem Schwiegersohn David nach dem Leben zu trachten, weil er in ihm einen Rivalen und eine Bedrohung für das Königtum seiner Familie sieht.

▶ En-Gedi ist eine Oase auf der Westseite des Toten Meeres.

▶ Sauls Augen sind an das grelle Tageslicht draußen gewöhnt; er kann David und seine Leute in der Dunkelheit nicht wahrnehmen.

▶ Obwohl seine eigenen Leute ihn ermutigen, Saul zu töten, noch dazu mit Berufung auf „Gott" („der Herr zu dir gesagt hat", v5), schützt David den König. Er sieht in Saul immer noch den „Gesalbten" Gottes (v7), auch wenn dieser ihm zum Todfeind geworden ist.

### David verschont den ihn verfolgenden Saul (1 Sam 24)

24 1 Von dort zog David hinauf und setzte sich in den schwer zu-
gänglichen Bergen bei En-Gedi fest. 2 Als Saul von der Verfol-
gung der Philister zurückkehrte, berichtete man ihm: Gib Acht, David
ist in der Steppe von En-Gedi.
3 Da nahm Saul dreitausend Mann, ausgesuchte Leute aus ganz Isra-
el, und zog aus, um David und seine Männer bei den Steinbock-Felsen
zu suchen. 4 Auf seinem Weg kam er zu einigen Schafhürden. Dort war
eine Höhle. Saul ging hinein, um seine Notdurft zu verrichten. David
aber und seine Männer saßen hinten in der Höhle. 5 Da sagten die
Männer zu David: Das ist der Tag, von dem der Herr zu dir gesagt hat:
Sieh her, ich gebe deinen Feind in deine Gewalt und du kannst mit
ihm machen, was dir richtig erscheint. Da stand David auf und schnitt
heimlich einen Zipfel von Sauls Mantel ab.
6 Hinterher aber schlug David das Gewissen, weil er einen Zipfel
vom Mantel Sauls abgeschnitten hatte. 7 Er sagte zu seinen Männern:
Der Herr bewahre mich davor, meinem Gebieter, dem Gesalbten des
Herrn, so etwas anzutun und Hand an ihn zu legen; denn er ist der
Gesalbte des Herrn. 8 Und David fuhr seine Leute mit scharfen Worten
an und ließ nicht zu, dass sie sich an Saul vergriffen. Als Saul die
Höhle verlassen hatte und seinen Weg fortsetzte, 9 stand auch David
auf, verließ die Höhle und rief Saul nach: Mein Herr und König! Als
Saul sich umblickte, verneigte sich David bis zur Erde und warf sich
(vor ihm) nieder.

[10] Dann sagte David zu Saul: Warum hörst du auf die Worte von
Leuten, die sagen: Gib acht, David will dein Verderben. [11] Doch heute
kannst du mit eigenen Augen sehen, dass der Herr dich heute in der
Höhle in meine Gewalt gegeben hat. Man hat mir gesagt, ich solle
dich töten; aber ich habe dich geschont. Ich sagte: Ich will nicht die
Hand an meinen Herrn legen; denn er ist der Gesalbte des Herrn.
[12] Sieh her, mein Vater! Hier, der Zipfel deines Mantels ist in meiner
Hand. Wenn ich einen Zipfel deines Mantels abgeschnitten und dich
nicht getötet habe, dann kannst du erkennen und einsehen, dass ich
weder Bosheit noch Aufruhr im Sinn habe und dass ich mich nicht
gegen dich versündigt habe; du aber stellst mir nach, um mir das
Leben zu nehmen. [13] Der Herr soll zwischen mir und dir entscheiden.
Der Herr soll mich an dir rächen; aber meine Hand wird dich nicht
anrühren. ... [16] Der Herr soll unser Richter sein und zwischen mir und
dir entscheiden. Er blicke her, er soll meinen Rechtsstreit führen und
mir dir gegenüber Recht verschaffen.

„Die Tatenmenschen haben die Welt verschieden verändert, jetzt kommt es darauf an, sie zu verschonen.

**ODO MARQUARD** (1928–2015), Philosoph

▶ David verweist mehrfach auf Gottes Entscheiden und Richten (in v13 und 16) und zeigt damit, dass er auf die göttliche Gerechtigkeit vertraut. Das bewahrt ihn davor, sich selber zu rächen.

### Die Tränen König Sauls (1 Sam 24,27)

[17] Als David das zu Saul gesagt hatte, antwortete Saul: Ist das nicht
deine Stimme, mein Sohn David? Und Saul begann laut zu weinen

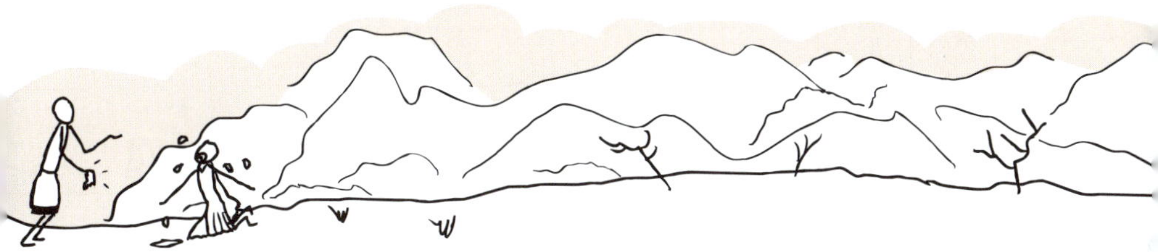

[18] und sagte zu David: Du bist gerechter als ich; denn du hast mir
Gutes erwiesen, während ich böse an dir gehandelt habe. [19] Du hast
heute bewiesen, dass du gut an mir gehandelt hast; obwohl der Herr
mich in deine Gewalt gegeben hatte, hast du mich nicht getötet ...
[21] Jetzt weiß ich, dass du König werden wirst und dass das Königtum
in deiner Hand Bestand haben wird. [22] Darum schwöre mir nun beim
Herrn, dass du meine Nachkommen nicht ausrotten und meinen Namen nicht aus dem Haus meines Vaters austilgen wirst. [23] Und David
schwor es Saul. Saul zog nach Hause, David aber und seine Männer
stiegen wieder in die unzugänglichen Berge hinauf.

▶ Saul muss die ehrliche Gesinnung Davids anerkennen. Das bringt ihn zum Weinen, hindert ihn aber zwei Kapitel später nicht (1 Sam 26), David erneut zu verfolgen. Saul ist innerlich zerrissen.

„O meine Brüder, Gott wird uns im Tode nicht vorwerfen, wir hätten keine Wunder gewirkt, noch auch, wir seien keine Theologen oder Mystiker gewesen, aber davon werden wir ihm sicher Rechenschaft geben müssen, dass wir nicht unermüdlich unsere Sünden beweint haben.

**JOHANNES KLIMAKOS** († 649)

Saul und seine Söhne, auch Jonatan, sterben in der Schlacht gegen die Philister (1 Sam 31), während David mit Gottes Hilfe immer weiter aufsteigt und König über ganz Israel wird (2 Sam 5). Aus Dankbarkeit will er Gott ein Haus bauen:

## ZWEITES BUCH SAMUEL

### Gottes Versprechen für David (2 Sam 7)

7 [1] Als nun der König in seinem Haus wohnte und der Herr ihm Ruhe
vor allen seinen Feinden ringsum verschafft hatte, [2] sagte er zu
dem Propheten Natan: Ich wohne in einem Haus aus Zedernholz, die
Lade Gottes aber wohnt in einem Zelt.

▶ Der biblische Gott ist „beweglich“, lässt sich nicht fixieren (vgl. 1 Kön 8,27). Ohne an einen bestimmten Ort gebunden zu sein, geht er mit den Menschen mit – das zeichnet ihn aus.

Ich freute mich, als man mir sagte: „Zum Haus des Herrn wollen wir pilgern." Schon stehen wir in deinen Toren, Jerusalem: Jerusalem, du starke Stadt, dicht gebaut und fest gefügt. Dorthin ziehen die Stämme hinauf, die Stämme des Herrn, wie es Israel geboten ist, den Namen des Herrn zu preisen. Denn dort stehen Throne bereit für das Gericht, die Throne des Hauses David. Erbittet für Jerusalem Frieden! Wer dich liebt, sei in dir geborgen.

Ps 122,1–6

"Haus" bedeutet auch „Familie", hier die königliche Dynastie (↗ auch im Deutschen z.B. „Haus Wittelsbach").

3 Natan antwortete dem König: Geh nur und tu alles, was du im Sinn
hast; denn der Herr ist mit dir.
4 Aber in jener Nacht erging das Wort des Herrn an Natan:
5 Geh zu meinem Knecht David, und sag zu ihm: So spricht der Herr:
Du willst mir ein Haus bauen, damit ich darin wohne? 6 Seit dem Tag,
als ich die Israeliten aus Ägypten heraufgeführt habe, habe ich bis
heute nie in einem Haus gewohnt, sondern bin in einer Zeltwohnung
umhergezogen. 7 Habe ich in der Zeit, als ich bei den Israeliten von Ort
zu Ort zog, jemals zu einem der Richter Israels, die ich als Hirten über
mein Volk Israel eingesetzt hatte, ein Wort gesagt und sie gefragt:
Warum habt ihr mir kein Haus aus Zedernholz gebaut?
8 Sag also jetzt meinem Knecht David: So spricht der Herr der Heere:
Ich habe dich von der Weide und von der Herde weggeholt, damit du
Fürst über mein Volk Israel wirst, 9 und ich bin überall mit dir gewe-
sen, wohin du auch gegangen bist. ... 11 Nun verkündet dir der Herr,
dass der Herr dir ein Haus bauen wird.
12 Wenn deine Tage erfüllt sind und du dich zu deinen Vätern legst,
werde ich deinen leiblichen Sohn als deinen Nachfolger einsetzen
und seinem Königtum Bestand verleihen.

David betet und sucht Gottes Nähe. Ihm verspricht Gott eine Dynastie, die Israel für ewige Zukunft leiten soll. Diese Zusagen sind für die Bibel zentral, weil viele andere Stellen auf sie Bezug nehmen (schon 1 Kön 2,4). Ein Grund dafür ist, dass die Herrschaft der Nachkommen Davids durch das babylonische Exil beendet wurde (2 Kön 25). Viele Texte fragen danach, ob und wie Gott sein Versprechen dennoch erfüllen kann (z.B. Ps 89; 132). So entstand die Idee vom göttlichen Gesalbten, dem Messias aus dem Haus David (z.B. Jes 11; Jer 33,15–21). In diesem Sinn nennt das NT Jesus den „Sohn Davids" (Mt 1,1; 20,30).

Der Kontrast zwischen „dein Knecht" und Gottes Anrede als „Herr" prägt →

13 Er wird für meinen Namen ein Haus bauen, und ich werde seinem
Königsthron ewigen Bestand verleihen.
14 Ich will für ihn Vater sein, und er wird für mich Sohn sein. Wenn
er sich verfehlt, werde ich ihn nach Menschenart mit Ruten und mit
Schlägen züchtigen.
15 Meine Huld aber soll nicht von ihm weichen, wie sie von Saul ge-
wichen ist, den ich vor deinen Augen verstoßen habe.
16 Dein Haus und dein Königtum sollen durch mich auf ewig beste-
hen bleiben; dein Thron soll auf ewig Bestand haben.
17 Natan sprach zu David genauso, wie es (ihm) gesagt und offenbart
worden war.
18 Da ging König David hin und setzte sich vor dem Herrn nieder und
sagte: Wer bin ich, mein Herr und Gott, und was ist mein Haus, dass
du mich bis hierher geführt hast?
19 Weil das in deinen Augen noch zu wenig war, mein Herr und Gott,
hast du dem Haus deines Knechtes sogar Zusagen für die ferne Zu-
kunft gemacht. Ist das eine Weisung, wie sie einem (schwachen) Men-
schen zukommt, mein Herr und Gott?
20 Was soll David noch weiter zu dir sagen? Du kennst deinen Knecht,
mein Herr und Gott.
21 Um deines Wortes willen und nach der Absicht deines Herzens
hast du alle diese großen Taten getan und deinem Knecht offenbart.

22 Darum bist du groß, mein Herr und Gott. Ja, keiner ist dir gleich,
und außer dir gibt es keinen Gott nach allem, was wir mit unseren
Ohren gehört haben.
23 Welches andere Volk auf der Erde ist wie dein Volk Israel? Wo wäre
ein Gott hingegangen, um ein Volk für sich als sein Volk freizukau-
fen und ihm einen Namen zu machen und für dieses Volk große und
erstaunliche Taten zu vollbringen, so wie du ganze Völker und ihre
Götter vertrieben hast vor den Augen deines Volkes, das du dir von
den Ägyptern freigekauft hast? ...

→ das bis v29 gehende Dankgebet Davids. Auch v18 bezeugt das Bewusstsein des Beschenktseins. Gott gegenüber, der die Herzen kennt (1 Sam 16,7), bedürfte es keiner Worte; doch Gottes Unvergleichlichkeit und einmaliges Handeln (v22–23) verdienen immer wieder Lob.

Obwohl David mit Gott verbunden und sehr erfolgreich ist, lässt er sich von seiner eigenen Macht verführen.

**Davids Ehebruch mit Batseba (2 Sam 11)**

11 1 Um die Jahreswende, zu der Zeit, in der die Könige in den
Krieg ziehen, schickte David den Joab mit seinen Männern und
ganz Israel aus, und sie verwüsteten das Land der Ammoniter und
belagerten Rabba. David selbst aber blieb in Jerusalem.
2 Als David einmal zur Abendzeit von seinem Lager aufstand und auf
dem Flachdach des Königspalastes hin- und herging, sah er von dort
aus eine Frau, die badete. Die Frau war sehr schön anzusehen.

**B** Du sollst nicht die Ehe brechen.

Ex 20,14 (Sechstes der „Zehn Worte")

3 David schickte jemand hin und erkundigte sich nach ihr. Man sagte
ihm: Das ist Batseba, die Tochter Ammiëls, die Frau des Hetiters Urija.
4 Darauf schickte David Boten zu ihr und ließ sie holen; sie kam zu
ihm, und er schlief mit ihr – sie hatte sich gerade von ihrer Unreinheit
gereinigt. Dann kehrte sie in ihr Haus zurück.
5 Die Frau war aber schwanger geworden und schickte deshalb zu
David und ließ ihm mitteilen: Ich bin schwanger.
6 Darauf sandte David einen Boten zu Joab (und ließ ihm sagen):
Schick den Hetiter Urija zu mir! Und Joab schickte Urija zu David.
7 Als Urija zu ihm kam, fragte David, ob es Joab und dem Volk gut
gehe und wie es mit dem Kampf stehe.
8 Dann sagte er zu Urija: Geh in dein Haus hinab, und wasch dir die
Füße! Urija verließ das Haus des Königs, und es wurde ihm ein Ge-
schenk des Königs nachgetragen.
9 Urija aber legte sich am Tor des Königshauses bei den Knechten
seines Herrn nieder und ging nicht in sein Haus hinab.
10 Man berichtete David: Urija ist nicht in sein Haus hinabgegangen.
Darauf sagte David zu Urija: Bist du nicht gerade von einer Reise ge-
kommen? Warum bist du nicht in dein Haus hinuntergegangen?
11 Urija antwortete David: Die Lade und Israel und Juda wohnen in
Hütten, und mein Herr Joab und die Knechte meines Herrn lagern

▶ Während seine Soldaten ihr Leben für ihn riskieren, genießt David ein bequemes Leben in der Hauptstadt. Am Nachmittag gönnt er sich ausgedehnten Schlaf.

» David gibt der Versuchung nach. Uns allen kann das widerfahren. Und die Versuchung ist unser alltägliches Brot. Wenn einer von uns sagen würde: Ich bin niemals versucht worden, würde die korrekte Antwort lauten: Entweder bist du einer von den Cherubim, oder du bist ein wenig dumm!

**PAPST FRANZISKUS**, 31.1.2014

> Warum muss der Gerechte so viel leiden auf Erden? Warum muss Talent und Ehrlichkeit zugrunde gehen, während der schwadronierende Hanswurst sich räkelt auf Pfühlen des Glücks und fast stinkt vor Wohlbehagen?
>
> **HEINRICH HEINE** (1797–1865), deutscher Dichter

Urija ist ein Ausländer (v3) und steht mit beispielhafter Solidarität zu den Soldaten an der Front. David dagegen versucht, seinen Ehebruch zu vertuschen: Er möchte, dass Urija mit Batseba schläft, damit Urija als Vater des Kindes erscheint. Durch scharfe Kontraste zeigt die Bibel die Unterschiede von Charakteren.

auf freiem Feld; da soll ich in mein Haus gehen, um zu essen und zu
trinken und bei meiner Frau zu liegen? So wahr du lebst und so wahr
deine Seele lebt, das werde ich nicht tun.
[12] Darauf sagte David zu Urija: Bleib auch heute noch hier; morgen
werde ich dich wegschicken. So blieb Urija an jenem Tag in Jerusalem.
Am folgenden Tag [13] lud David ihn ein, bei ihm zu essen und zu trin-
ken, und machte ihn betrunken. Am Abend aber ging Urija weg, um
sich wieder auf seinem Lager bei den Knechten seines Herrn nieder-
zulegen; er ging nicht in sein Haus hinab.
[14] Am anderen Morgen schrieb David einen Brief an Joab und ließ ihn
durch Urija überbringen.
[15] Er schrieb in dem Brief: Stellt Urija nach vorn, wo der Kampf am
heftigsten ist, dann zieht euch von ihm zurück, so dass er getroffen
wird und den Tod findet. ...

### Gottes Reaktion (2 Sam 12)

12 [1] Darum schickte der Herr den Natan zu David; dieser ging zu
David und sagte zu ihm: In einer Stadt lebten einst zwei Män-
ner; der eine war reich, der andere arm. [2] Der Reiche besaß sehr viele

Der Reiche in dieser Geschichte hat mit dem Eigenen nicht genug und kann noch dazu nicht nachempfinden, welchen Wert das Lamm für den Armen hat.

> Mit Geduld Unrecht ertragen, das einem anderen zugefügt wird, ist ein Zeichen der Unvollkommenheit und eine wirkliche Sünde.
>
> **THOMAS VON AQUIN** (1225–1274), it. Dominikaner, Philosoph, Theologe und Kirchenlehrer

Natans Parabel überträgt Davids Verhalten in ein Gleichnis. David kann es so als Unbeteiligter und damit objektiver sehen. Indem er es von außen betrachtet, ist David fähig, korrekt zu urteilen. Dass ein gestohlenes und geschlachtetes Schaf vierfach ersetzt werden soll, schreibt das Gesetz in Ex 21,37 vor.

Schafe und Rinder, [3] der Arme aber besaß nichts außer einem einzi-
gen kleinen Lamm, das er gekauft hatte. Er zog es auf, und es wurde
bei ihm zusammen mit seinen Kindern groß. Es aß von seinem Stück
Brot, und es trank aus seinem Becher, in seinem Schoß lag es und war
für ihn wie eine Tochter.
[4] Da kam ein Besucher zu dem reichen Mann, und er brachte es nicht
über sich, eines von seinen Schafen oder Rindern zu nehmen, um es
für den zuzubereiten, der zu ihm gekommen war. Darum nahm er dem
Armen das Lamm weg und bereitete es für den Mann zu, der zu ihm
gekommen war.
[5] Da geriet David in heftigen Zorn über den Mann und sagte zu Na-
tan: So wahr der Herr lebt: Der Mann, der das getan hat, verdient den
Tod. [6] Das Lamm soll er vierfach ersetzen, weil er das getan und kein
Mitleid gehabt hat.
[7] Da sagte Natan zu David: Du selbst bist der Mann. So spricht der
Herr, der Gott Israels: Ich habe dich zum König von Israel gesalbt, und
ich habe dich aus der Hand Sauls gerettet. [8] Ich habe dir das Haus
deines Herrn und die Frauen deines Herrn in den Schoß gegeben,
und ich habe dir das Haus Israel und Juda gegeben, und wenn das zu
wenig ist, gebe ich dir noch manches andere dazu. [9] Aber warum hast

du das Wort des Herrn verachtet und etwas getan, was ihm missfällt?
Du hast den Hetiter Urija mit dem Schwert erschlagen und hast dir
seine Frau zur Frau genommen; durch das Schwert der Ammoniter
hast du ihn umgebracht. 10 Darum soll jetzt das Schwert auf ewig nicht
mehr von deinem Haus weichen ... 13 Darauf sagte David zu Natan: Ich
habe gegen den Herrn gesündigt. Natan antwortete David: Der Herr
hat dir deine Sünde vergeben; du wirst nicht sterben. 14 Weil du aber
die Feinde des Herrn durch diese Sache zum Lästern veranlasst hast,
muss der Sohn, der dir geboren wird, sterben.
15 Dann ging Natan nach Hause. Der Herr aber ließ das Kind, das die
Frau des Urija dem David geboren hatte, schwer krank werden.
16 David suchte Gott wegen des Knaben auf und fastete streng; und
wenn er heimkam, legte er sich bei Nacht auf die bloße Erde.
17 Die Ältesten seines Hauses kamen zu ihm, um ihn dazu zu bewe-
gen, von der Erde aufzustehen. Er aber wollte nicht und aß auch nicht
mit ihnen.
18 Am siebten Tag aber starb das Kind. Davids Diener fürchteten sich,
ihm mitzuteilen, dass das Kind tot war; denn sie sagten: Wir haben
ihm zugeredet, als das Kind noch am Leben war; er aber hat nicht auf

▶ Der Prophet konfrontiert den König schonungslos mit seiner Schuld, die er bisher verdrängt hat, und mit Gottes Urteil. Erst jetzt sieht David, dass er gesündigt hat (v13).

▶ Der König ist verwandelt: Nachdem er seine Schuld bekannt hat (v13), sucht er wieder die Verbindung mit Gott und zeigt Trauer um das leidende Kind.

uns gehört. Wie können wir ihm jetzt sagen: Das Kind ist tot? Er würde
ein Unheil anrichten.
19 David jedoch sah, dass seine Diener miteinander flüsterten, und
merkte daran, dass das Kind tot war. Er fragte seine Diener: Ist das
Kind tot? Sie antworteten: Ja, es ist tot.
20 Da erhob sich David von der Erde, wusch sich, salbte sich, wech-
selte seine Kleider, ging zum Haus des Herrn und warf sich (davor)
nieder. Als er dann nach Hause zurückkehrte, verlangte er (zu essen).
Man setzte ihm etwas vor, und er aß.
21 Da fragten ihn seine Diener: Was soll das bedeuten, was du getan
hast? Als das Kind noch am Leben war, hast du seinetwegen gefastet
und geweint. Nachdem aber das Kind tot ist, stehst du auf und isst.
22 Er antwortete: Als das Kind noch am Leben war, habe ich gefas-
tet und geweint; denn ich dachte: Wer weiß, vielleicht ist der Herr
mir gnädig, und das Kind bleibt am Leben. 23 Jetzt aber, da es tot ist,
warum soll ich da noch fasten? Kann ich es zurückholen? Ich werde
einmal zu ihm gehen, aber es kommt nicht zu mir zurück.
24 Und David tröstete seine Frau Batseba; er ging zu ihr hinein und
schlief mit ihr. Und sie gebar einen Sohn, und er gab ihm den Namen
Salomo. Der Herr liebte Salomo 25 und sandte den Propheten Natan,
damit er ihm um des Herrn willen den Namen Jedidja gebe.

▶ Anders als zuvor (in 1 Sam 11) spürt David wieder, was andere Menschen bewegt. In einer Woche, in der er auf dem Boden gelegen ist und gefastet hat, ist er wieder mitfühlend geworden.

▶ Batseba war, ohne es zu wollen, von David schwanger geworden und hat wegen seiner Schuld auch noch das Kind verloren. Gott hat dafür besondere Zuneigung für das zweite Kind Salomo, den er deshalb „Jedidjah“ nennt, was „Geliebter von Jah“ bedeutet. Jah ist die Kurzform des biblischen Gottesnamens (↗ zu „Hallelujah“ Ps 104,35).

DIE BÜCHER DER

# Könige

Nachdem die Samuelbücher die Geschichte der ersten Könige Israels Saul und David erzählt haben, behandeln die Bücher der Könige die übrige Geschichte des Königtums bis zu seinem Untergang. Salomo regiert als letzter König über ganz Israel und baut den Tempel in Jerusalem (1 Kön 1–11). Unter seinem Sohn Rehabeam spaltet sich die Regierung in das Nordreich Israel (König Omri gründet Samaria als Hauptstadt, 1 Kön 16,24) und in das Südreich Juda mit der Hauptstadt Jerusalem. Die Regierungszeiten der Könige beider Reiche werden parallel erzählt, bis das Nordreich 720 v. Chr. von den Assyrern erobert und zerstört wird (1 Kön 12 – 2 Kön 17). Die Geschichte des Südreiches Juda endet, als der babylonische König Nebukadnezzar Jerusalem zerstört und Teile der Bevölkerung von Juda ins babylonische Exil deportieren lässt (2 Kön 24–25).

Die Königsbücher wollen zeigen, dass diese Katastrophen passiert sind, weil viele Könige Gott gegenüber untreu und ungehorsam waren, obwohl Gott mehrere Propheten sandte. Die Propheten Elija und Elischa (1 Kön 17 – 2 Kön 13) und Jesaja (2 Kön 19–20) sind Boten Gottes. Sie sind auch Vorbilder für Jesus.

# ERSTES BUCH DER KÖNIGE

Salomo ist von Gott geliebt (↗ 2 Sam 12,25), und er liebt Gott.

Ein „moderner" Politiker: König Salomo vergrößert das Reich, gliedert es in Bezirke, organisiert eine funktionierende Verwaltung. Auch militärisch muss es das Neueste und Beste sein. Beispielsweise führt er die Kampfwagen ein, die wir aus Filmen wie „Ben Hur" kennen.

## Salomos Weisheit (1 Kön 3)

3 3 Salomo aber liebte den Herrn und befolgte die Gebote seines
Vaters David; nur brachte er auf den Kulthöhen Schlachtopfer und
Rauchopfer dar. 4 So ging der König nach Gibeon, um dort zu opfern;
denn hier war die angesehenste Kulthöhe. Tausend Brandopfer legte
Salomo auf ihren Altar. 5 In Gibeon erschien der Herr dem Salomo
nachts im Traum und forderte ihn auf: Sprich eine Bitte aus, die ich
dir gewähren soll. 6 Salomo antwortete: Du hast deinem Knecht David,
meinem Vater, große Huld erwiesen; denn er lebte vor dir in Treue, in
Gerechtigkeit und mit aufrichtigem Herzen. Du hast ihm diese große
Huld bewahrt und ihm einen Sohn geschenkt, der heute auf seinem
Thron sitzt. 7 So hast du jetzt, Herr, mein Gott, deinen Knecht anstelle
meines Vaters David zum König gemacht. Doch ich bin noch sehr jung
und weiß nicht, wie ich mich als König verhalten soll.
8 Dein Knecht steht aber mitten in deinem Volk, das du erwählt hast:
einem großen Volk, das man wegen seiner Menge nicht zählen
und nicht schätzen kann. 9 Verleih daher deinem Knecht ein
hörendes Herz, damit er dein Volk zu regieren und das Gute
vom Bösen zu unterscheiden versteht. Wer könnte sonst dieses
mächtige Volk regieren?

„Ein hörendes Herz" verbindet zwei entscheidende Stichworte aus dem „Höre Israel" (↗ Dtn 6,4–5).

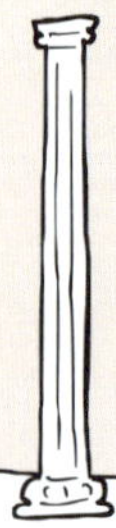

Gott freut sich darüber, dass Salomo nicht vor allem an sich denkt, sondern daran, wie er seine Aufgabe für andere Menschen möglichst gut erfüllen kann.

10 Es gefiel dem Herrn, dass Salomo diese Bitte aussprach. 11 Daher
antwortete ihm Gott: Weil du gerade diese Bitte ausgesprochen hast
und nicht um langes Leben, Reichtum oder um den Tod deiner Feinde, sondern um Einsicht gebeten hast, um auf das Recht zu hören,
12 werde ich deine Bitte erfüllen. Sieh, ich gebe dir ein so weises und
verständiges Herz, dass keiner vor dir war und keiner nach dir kommen wird, der dir gleicht. 13 Aber auch das, was du nicht erbeten hast,
will ich dir geben: Reichtum und Ehre, so dass zu deinen Lebzeiten
keiner unter den Königen dir gleicht. 14 Wenn du auf meinen Wegen
gehst, meine Gesetze und Gebote befolgst wie dein Vater David, dann
schenke ich dir ein langes Leben.
15 Da erwachte Salomo und merkte, dass es ein Traum war. Als er
nach Jerusalem kam, trat er vor die Bundeslade des Herrn, brachte
Brand- und Heilsopfer dar und gab ein Festmahl für alle seine Diener.
16 Damals kamen zwei Dirnen und traten vor den König. 17 Die eine
sagte: Bitte, Herr, ich und diese Frau wohnen im gleichen Haus, und
ich habe dort in ihrem Beisein geboren. 18 Am dritten Tag nach meiner Niederkunft gebar auch diese Frau. Wir waren beisammen; kein
Fremder war bei uns im Haus, nur wir beide waren dort. 19 Nun starb
der Sohn dieser Frau während der Nacht; denn sie hatte ihn im Schlaf
erdrückt. 20 Sie stand mitten in der Nacht auf, nahm mir mein Kind
weg, während deine Magd schlief, und legte es an ihre Seite. Ihr totes
Kind aber legte sie an meine Seite. 21 Als ich am Morgen aufstand,

Gib mir, o Herr, ein wachsames Herz, das kein leichtfertiger Gedanke von Dir ablenkt; ein edles Herz, das keine unwürdige Leidenschaft erniedrigt; ein gerades und aufrechtes Herz, das kein gemeines Streben auf Abwege führen kann; ein starkes Herz, das keine Trübsal beugt; ein freies Herz, das sich von keiner bösen Leidenschaft beherrschen lässt. Verleihe mir, o Gott, Verstand, Dich zu erkennen; Eifer, Dich zu suchen, und Weisheit, Dich zu finden.

Gebet des **THOMAS VON AQUIN** um Weisheit

um mein Kind zu stillen, war es tot. Als ich es aber am Morgen genau
ansah, war es nicht mein Kind, das ich geboren hatte. 22 Da rief die
andere Frau: Nein, mein Kind lebt, und dein Kind ist tot. Doch die ers-
te entgegnete: Nein, dein Kind ist tot, und mein Kind lebt. So stritten
sie vor dem König.
23 Da begann der König: Diese sagt: Mein Kind lebt, und dein Kind ist
tot! und jene sagt: Nein, dein Kind ist tot, und mein Kind lebt.
24 Und der König fuhr fort: Holt mir ein Schwert! Man brachte es vor
den König. 25 Nun entschied er: Schneidet das lebende Kind entzwei,
und gebt eine Hälfte der einen und eine Hälfte der anderen! 26 Doch
nun bat die Mutter des lebenden Kindes den König – es regte sich
nämlich in ihr die mütterliche Liebe zu ihrem Kind: Bitte, Herr, gebt
ihr das lebende Kind, und tötet es nicht!
Doch die andere rief: Es soll weder mir noch dir gehören. Zerteilt es!
27 Da befahl der König: Gebt jener das lebende Kind, und tötet es
nicht; denn sie ist seine Mutter.
28 Ganz Israel hörte von dem Urteil, das der König gefällt hatte,
und sie schauten mit Ehrfurcht zu ihm auf; denn sie erkannten,
dass die Weisheit Gottes in ihm war, wenn er Recht sprach.

Der Dramatiker Bert Brecht verarbeitete die Geschichte vom Urteil des weisen Salomon in seinem Theaterstück „Der Kaukasische Kreidekreis“ von 1948. Bei ihm aber bekommt die Mutter ihr Kind nicht zurück.

▶ Salomo hört nicht nur, was die Frau sagt, sondern er schaut genau darauf, welche Gefühle sie dazu bewegen. Ein „hörendes Herz“ spürt die Gefühle von anderen Menschen.

▶ In diesem sprichwörtlichen „salomonischen Urteil“ greift Salomo zu einem Trick, um herauszufinden, wer wirklich die Mutter ist.

Salomo lässt den Tempel in Jerusalem bauen (1 Kön 6–7). Die Zerstörung dieses Tempels durch die Babylonier 587 v. Chr. (2 Kön 25) war eine religiöse Katastrophe für die Israeliten. Unter der Herrschaft der Perser konnte der Tempel am selben Ort wieder aufgebaut werden (Ende 6. Jh. v. Chr., ↗ die Bücher Esra, Nehemia, Haggai). Jesus kam schon als Jugendlicher für Feste zum Jerusalemer Tempel (Lk 2,46), und er betete und predigte dort bis kurz vor seinem Tod (Mt 26,55). Im Jahr 70 n. Chr. wurde der Tempel endgültig von den Römern zerstört. Juden versammelten sich nun in Synagogen. Christen verstanden sich als geistiger Tempel (↗ 1 Petrus 2,5), die Gott nicht mehr an einem bestimmten Ort anbeten, sondern im Geist und in der Wahrheit (Joh 4,23). An der Stelle der Ruine des Jerusalemer Tempels erbauten Muslime im 8. Jh. n. Chr. den Felsendom. Sie glauben, dass Mohammed von dort in den Himmel aufgefahren ist. Für Juden ist heute die Westmauer des Tempelareals, die sogenannte Klagemauer, ein wichtiger Ort, um zu beten.
Nachdem der Tempel fertiggestellt ist, lässt Salomo die Bundeslade (↗ zu Ex 40) dorthin bringen, und im Zeichen der Wolke zeigt sich Gottes Gegenwart dann im Tempel.

## Salomos Tempel und sein Gebet (1 Kön 8)

8 10 Als dann die Priester aus dem Heiligtum traten, erfüllte die
Wolke das Haus des Herrn. 11 Sie konnten wegen der Wolke ihren
Dienst nicht verrichten; denn die Herrlichkeit des Herrn erfüllte das
Haus des Herrn. …
22 Dann trat Salomo in Gegenwart der ganzen Versammlung Israels
vor den Altar des Herrn, breitete seine Hände zum Himmel aus 23 und
betete: Herr, Gott Israels, im Himmel oben und auf der Erde unten
gibt es keinen Gott, der so wie du Bund und Huld seinen Knechten
bewahrt, die mit ungeteiltem Herzen vor ihm leben. 24 Du hast das
Versprechen gehalten, das du deinem Knecht, meinem Vater David,

B Wie Gottes Herrlichkeit das Heiligtum am Sinai erfüllt hat, so erfüllt es nun den Tempel.

vgl. Ex 40,34–35

▶ In dieser Haltung beten Menschen in ganz unterschiedlichen Kulturen. Sie weitet den Blick für Gottes Größe und drückt Offenheit aus.

Viele Völker im Alten Orient glaubten, dass Tempel die Wohnhäuser ihrer Götter sind, denen Priester und Könige dienen müssen. Demgegenüber erklären mehrere biblische Texte ausdrücklich, dass kein von Menschen gebauter Tempel Gott fassen kann (↗ Jes 66,1). Auch Kirchen können Gott nicht fassen, aber sie können helfen, ihm nahe zu sein.

Gott hat sein Ohr an deinem Herzen.

**AUGUSTINUS**

Salomo bittet Gott sogar, die Gebete von Fremden zu erhören. Wer zum Gott des Universums betet, gewinnt eine große Weite und Offenheit für die Menschheit insgesamt.

gegeben hast. Deine Hand hat heute erfüllt, was dein Mund versprochen hat. ...

[27] Wohnt denn Gott wirklich auf der Erde? Siehe, selbst der Himmel und die Himmel der Himmel fassen dich nicht, wie viel weniger dieses Haus, das ich gebaut habe.

[28] Wende dich, Herr, mein Gott, dem Beten und Flehen deines Knechtes zu! Höre auf das Rufen und auf das Gebet, das dein Knecht heute vor dir verrichtet. [29] Halte deine Augen offen über diesem Haus bei Nacht und bei Tag, über der Stätte, von der du gesagt hast, dass dein Name hier wohnen soll.

Höre auf das Gebet, das dein Knecht an dieser Stätte verrichtet. [30] Achte auf das Flehen deines Knechtes und deines Volkes Israel, wenn sie an dieser Stätte beten. Höre sie im Himmel, dem Ort, wo du wohnst. Höre sie, und verzeih! ...

[41] Auch Fremde, die nicht zu deinem Volk Israel gehören, werden wegen deines Namens aus fernen Ländern kommen; [42] denn sie werden von deinem großen Namen, deiner starken Hand und deinem hoch erhobenen Arm hören. Sie werden kommen und in diesem Haus beten. [43] Höre sie dann im Himmel, dem Ort, wo du wohnst, und tu alles, weswegen der Fremde zu dir ruft.

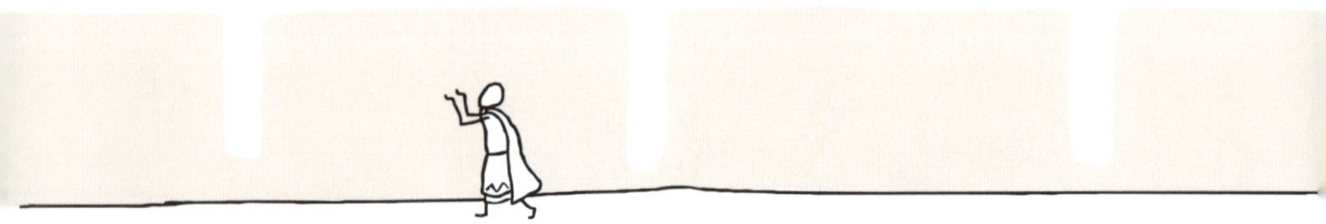

Dann werden alle Völker der Erde deinen Namen erkennen. Sie werden dich fürchten, wie dein Volk Israel dich fürchtet, und erfahren, dass dein Name ausgerufen ist über diesem Haus, das ich gebaut habe. ...

[46] Wenn sie gegen dich sündigen – es gibt ja niemand, der nicht sündigt – und du ihnen zürnst, sie ihren Bedrängern preisgibst und ihre Feinde sie gefangen fortführen in ein fernes oder nahes Land, [47] so werden sie im Land ihrer Gefangenschaft in sich gehen. Sie werden im Land ihrer Gefangenschaft umkehren, zu dir flehen und rufen: Wir haben gesündigt, Unrecht getan und gefrevelt. [48] Mit ganzem Herzen und ganzer Seele werden sie im Land ihrer Feinde, von denen sie als Gefangene weggeführt wurden, zu dir umkehren und zu dir beten, zum Land hingewendet, das du ihren Vätern gegeben hast, zur Stadt hin, die du erwählt hast, und zum Haus hin, das ich deinem Namen gebaut habe.

[49] Höre dann im Himmel, dem Ort, wo du wohnst, ihr Beten und Flehen! Verschaff ihnen Recht, [50] und verzeih deinem Volk, was es gegen dich gesündigt hat; verzeih ihm alle Frevel, die es gegen dich begangen hat. Lass sie bei ihren Unterdrückern Mitleid und Erbarmen finden! ...

[54] Als Salomo dieses flehentliche Gebet zum Herrn beendet hatte, erhob er sich auf dem Platz vor dem Altar des Herrn, wo er niedergekniet war und die Hände zum Himmel ausgebreitet hatte.

Der Name „Salomo" hängt mit Schalom, „Frieden, Heil" zusammen. Das ist ein Programm für Salomos Regierung (↗ 1 Kön 5,4). Die Fähigkeit, als Politiker Frieden und Wohlstand zu sichern, erhält er aus der Weisheit, die er sich von Gott gewünscht hat (1 Kön 3,8).

# ISRAEL, JUDA
## UND DIE UMGEBENDEN NATIONEN

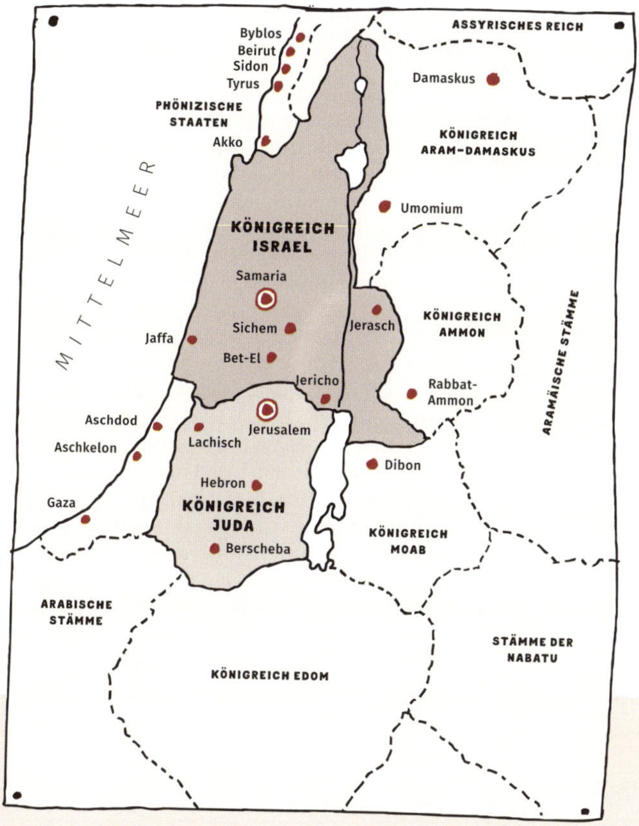


## ELIJA UND ELISCHA

Die Geschichten um die Propheten Elija und Elischa spielen im 9. Jh. v. Chr. Elija (1 Kön 17 – 2 Kön 2,12) wirkt in der Zeit von Ahab, König über das Nordreich Israel, sein Nachfolger Elischa (2 Kön 2,13–13,20) unter mehreren weiteren Königen. Elija und Elischa heilen Menschen und bringen sogar Tote zum Leben zurück. So sind sie Vorbilder für Jesus. Beide setzen sich tatkräftig für Ausländer ein (Elija für die Witwe in Sarepta in 1 Kön 17, Elischa für den Syrer Naaman in 2 Kön 5). Jesus bezieht sich darauf in der Synagoge seiner Heimatstadt Nazaret (Lk 4,25–27).

### Elija und die Witwe von Sarepta (1 Kön 17)

17 1 Der Prophet Elija aus Tischbe in Gilead sprach zu Ahab: So
wahr der Herr, der Gott Israels, lebt, in dessen Dienst ich ste-
he: in diesen Jahren sollen weder Tau noch Regen fallen, es sei denn
auf mein Wort hin. 2 Danach erging das Wort des Herrn an Elija: 3 Geh
weg von hier, wende dich nach Osten, und verbirg dich am Bach Kerit
östlich des Jordan! 4 Aus dem Bach sollst du trinken, und den Raben
habe ich befohlen, dass sie dich dort ernähren. 5 Elija ging weg und
tat, was der Herr befohlen hatte; er begab sich zum Bach Kerit östlich
des Jordan und ließ sich dort nieder. 6 Die Raben brachten ihm Brot
und Fleisch am Morgen und ebenso Brot und Fleisch am Abend, und
er trank aus dem Bach.
7 Nach einiger Zeit aber vertrocknete der Bach; denn es fiel kein
Regen im Land. 8 Da erging das Wort des Herrn an Elija: 9 Mach dich
auf, und geh nach Sarepta, das zu Sidon gehört, und bleib dort! Ich

Auffällig oft haben Menschen, die mit Gott verbunden sind, auch eine besondere Beziehung zu Tieren. Ein Beispiel ist der heilige Franziskus.

habe dort einer Witwe befohlen, dich zu versorgen. [10] Er machte sich
auf und ging nach Sarepta. Als er an das Stadttor kam, traf er dort
eine Witwe, die Holz auflas. Er bat sie: Bring mir in einem Gefäß ein
wenig Wasser zum Trinken! [11] Als sie wegging, um es zu holen, rief er
ihr nach: Bring mir auch einen Bissen Brot mit! [12] Doch sie sagte: So
wahr der Herr, dein Gott, lebt: Ich habe nichts mehr vorrätig als eine
Handvoll Mehl im Topf und ein wenig Öl im Krug. Ich lese hier ein paar
Stücke Holz auf und gehe dann heim, um für mich und meinen Sohn
etwas zuzubereiten. Das wollen wir noch essen und dann sterben.
[13] Elija entgegnete ihr: Fürchte dich nicht! Geh heim, und tu, was du
gesagt hast. Nur mache zuerst für mich ein kleines Gebäck, und bring
es zu mir heraus! Danach kannst du für dich und deinen Sohn etwas
zubereiten; [14] denn so spricht der Herr, der Gott Israels: Der Mehltopf
wird nicht leer werden und der Ölkrug nicht versiegen bis zu dem Tag,
an dem der Herr wieder Regen auf den Erdboden sendet. [15] Sie ging
und tat, was Elija gesagt hatte. So hatte sie mit ihm und ihrem Sohn
viele Tage zu essen. [16] Der Mehltopf wurde nicht leer, und der Ölkrug
versiegte nicht, wie der Herr durch Elija versprochen hatte.
[17] Nach einiger Zeit erkrankte der Sohn der Witwe, der das Haus ge-
hörte. Die Krankheit verschlimmerte sich so, dass zuletzt kein Atem
mehr in ihm war. [18] Da sagte sie zu Elija: Was habe ich mit dir zu schaf-
fen, Mann Gottes? Du bist nur zu mir gekommen, um an meine Sünde
zu erinnern und meinem Sohn den Tod zu bringen. [19] Er antwortete

▶ Sidon war (so wie Tyrus und Byblos) eine reiche Hafenstadt der Phönizier an der Mittelmeerküste, im heutigen Libanon.

▶ Unter normalen Umständen würde man in dieser Kultur Gästen immer eine Stärkung anbieten (↗ Gen 18,1–5). Die Frau entschuldigt sich deshalb und erklärt ihre extreme Lage.

▶ Die Frau gibt das Letzte, was sie hat. So rettet sie ihrem Sohn und sich selbst das Leben.

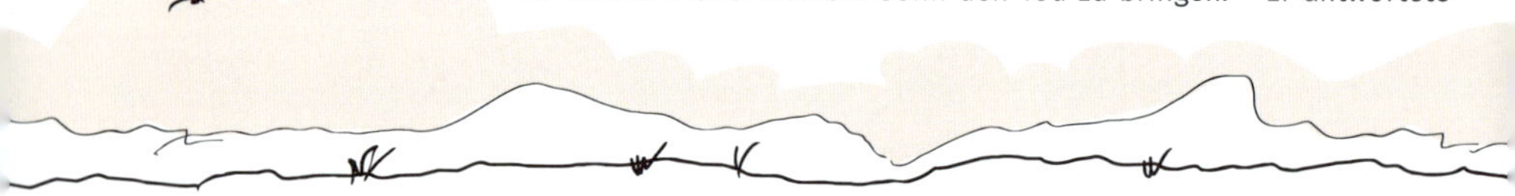

ihr: Gib mir deinen Sohn! Und er nahm ihn von ihrem Schoß, trug ihn
in das Obergemach hinauf, in dem er wohnte, und legte ihn auf sein
Bett. [20] Dann rief er zum Herrn und sagte: Herr, mein Gott, willst du
denn auch über die Witwe, in deren Haus ich wohne, Unheil bringen
und ihren Sohn sterben lassen? [21] Hierauf streckte er sich dreimal
über den Knaben hin, rief zum Herrn und flehte: Herr, mein Gott, lass
doch das Leben in diesen Knaben zurückkehren! [22] Der Herr erhörte
das Gebet Elijas. Das Leben kehrte in den Knaben zurück, und er leb-
te wieder auf. [23] Elija nahm ihn, brachte ihn vom Obergemach in das
Haus hinab und gab ihn seiner Mutter zurück mit den Worten: Sieh,
dein Sohn lebt. [24] Da sagte die Frau zu Elija: Jetzt weiß ich, dass du
ein Mann Gottes bist und dass das Wort des Herrn wirklich in deinem
Mund ist.

▶ Hier zeigt sich, dass Gott Macht über Tod und Leben hat und dass Elija wirklich sein Prophet ist. Ähnliches wird später von Elischa erzählt. (↗ 1 Kön 17 mit 2 Kön 4). Wenn Jesus Tote erweckt, wird auch die Erinnerung an Elija und Elischa lebendig (Mk 5,21–37; Lk 7,11–17; Joh 11).

Zum Bittgebet gehört beides: die Gewissheit der Erhörung und der restlose Verzicht, nach eigenem Plan erhört zu werden.

**AUGUSTINUS**

Elija ist ein hitziger Typ und setzt sich radikal für seinen Glauben an Gott ein, wie 1 Kön 18 erzählt: Er fordert die Propheten fremder Götter zu einem Wettkampf heraus, beweist ihnen, dass sein Gott der einzige wahre Gott ist, und lässt sie alle umbringen.

### Elija am Gottesberg Horeb (1 Kön 19,1–13)

19 [1] Ahab erzählte Isebel alles, was Elija getan, auch dass er alle
Propheten mit dem Schwert getötet habe. [2] Sie schickte einen
Boten zu Elija und ließ ihm sagen: Die Götter sollen mir dies und das
antun, wenn ich morgen um diese Zeit dein Leben nicht dem Leben

eines jeden von ihnen gleich mache. [3] Elija geriet in Angst, machte
sich auf und ging weg, um sein Leben zu retten. Er kam nach Beer-
scheba in Juda und ließ dort seinen Diener zurück. [4] Er selbst ging
eine Tagereise weit in die Wüste hinein. Dort setzte er sich unter ei-
nen Ginsterstrauch und wünschte sich den Tod. Er sagte: Nun ist es
genug, Herr. Nimm mein Leben; denn ich bin nicht besser als meine
Väter. [5] Dann legte er sich unter den Ginsterstrauch und schlief ein.

Doch ein Engel rührte ihn an und sprach: Steh auf und iss! [6] Als er
um sich blickte, sah er neben seinem Kopf Brot, das in glühender
Asche gebacken war, und einen Krug mit Wasser. Er aß und trank und
legte sich wieder hin. [7] Doch der Engel des Herrn kam zum zweiten
Mal, rührte ihn an und sprach: Steh auf und iss! Sonst ist der Weg zu
weit für dich.

[8] Da stand er auf, aß und trank und wanderte, durch diese Speise
gestärkt, vierzig Tage und vierzig Nächte bis zum Gottesberg Horeb.

[9] Dort ging er in eine Höhle, um darin zu übernachten. Doch das
Wort des Herrn erging an ihn: Was willst du hier, Elija? [10] Er sagte: Mit
leidenschaftlichem Eifer bin ich für den Herrn, den Gott der Heere,
eingetreten, weil die Israeliten deinen Bund verlassen, deine Altäre
zerstört und deine Propheten mit dem Schwert getötet haben. Ich
allein bin übrig geblieben, und nun trachten sie auch mir nach dem
Leben.

▶ Der Horeb (Sinai) ist der Ort, wo Gott seinen Bund mit Israel geschlossen hat (↗ Ex 19; Dtn 5,2–3). Vierzig Tage und Nächte spielt auf die Zeit an, die Mose am Sinai verbracht hat (Ex 24,18; 34,28). Auch Jesus fastet so lange in der Wüste (Mt 4,2; Mk 1,13; Lk 4,1).

[11] Der Herr antwortete: Komm heraus, und stell dich auf den Berg
vor den Herrn! Da zog der Herr vorüber: Ein starker, heftiger Sturm,
der die Berge zerriss und die Felsen zerbrach, ging dem Herrn voraus.
Doch der Herr war nicht im Sturm. Nach dem Sturm kam ein Erdbe-
ben. Doch der Herr war nicht im Erdbeben. [12] Nach dem Beben kam
ein Feuer. Doch der Herr war nicht im Feuer. Nach dem Feuer kam ein
sanftes, leises Säuseln.

[13] Als Elija es hörte, hüllte er sein Gesicht in den Mantel, trat hinaus
und stellte sich an den Eingang der Höhle. ...

Martin Buber übersetzte das hebräische Original von „ein sanftes, leises Säuseln" dichterisch mit „Stimme verschwebenden Schweigens".

▶ Elija bemerkt, dass Gott sich ganz sanft zeigt (v13). Das steht in starkem Widerspruch zu seinem extremen Eifer, mit dem er die Propheten des Baal umgebracht hatte (1 Kön 18).

**Elischa wird Elijas Nachfolger (1 Kön 19,19–21; 2 Kön 2,1–12)**

[19] Als Elija von dort weggegangen war, traf er Elischa, den Sohn
Schafats. Er war gerade mit zwölf Gespannen am Pflügen, und er
selbst pflügte mit dem zwölften. Im Vorbeigehen warf Elija seinen
Mantel über ihn.

[20] Sogleich verließ Elischa die Rinder, eilte Elija nach und bat ihn:
Lass mich noch meinem Vater und meiner Mutter den Abschiedskuss
geben; dann werde ich dir folgen. Elija antwortete: Geh, aber komm
dann zurück! Bedenke, was ich an dir getan habe. [21] Elischa ging von
ihm weg, nahm seine zwei Rinder und schlachtete sie. Mit dem Joch
der Rinder kochte er das Fleisch und setzte es den Leuten zum Essen
vor. Dann stand er auf, folgte Elija und trat in seinen Dienst. ...

Jesus hat es eiliger. In Lk 9,62 sagt er einem, der noch rasch zu Hause Tschüss sagen möchte: „Keiner, der die Hand an den Pflug gelegt hat und nochmals zurückblickt, taugt für das Reich Gottes."

# ZWEITES BUCH DER KÖNIGE

» Man muss sich auf etwas verlassen können, von dem man nicht verlassen wird.

**LAOTSE** (4.–6. Jh. v. Chr.), chinesischer Philosoph

» Sei du selbst die Veränderung, die du dir wünschst für diese Welt.

**MAHATMA GANDHI** (1869–1948), indischer Politiker

▶ Dreimal will Elija Elischa wegschicken und sich nicht richtig verabschieden. Er ist ein kantiger Charakter, an dem sich sein Schüler Elischa reiben muss. Elischas Anhänglichkeit zeigt, wie sehr er seinen Lehrer mag (↗ Rut 1,16), aber auch, dass er genau weiß, was er will.

2 1 An dem Tag, da der Herr Elija im Wirbelsturm in den Himmel
aufnehmen wollte, ging Elija mit Elischa von Gilgal weg. 2 Er sagte
zu Elischa: Bleib hier; denn der Herr hat mich nach Bet-El gesandt.
Doch Elischa erwiderte: So wahr der Herr lebt und so wahr du lebst:
Ich verlasse dich nicht. So gingen sie nach Bet-El. 3 Dort kamen die
Prophetenjünger, die in Bet-El waren, zu Elischa heraus und sagten
zu ihm: Weißt du, dass der Herr heute deinen Meister über dein Haupt
hinweg aufnehmen wird? Er antwortete: Auch ich weiß es. Seid still!
4 Elija aber sagte zu ihm: Bleib hier, Elischa; denn der Herr hat mich
nach Jericho gesandt. Elischa erwiderte: So wahr der Herr lebt und
so wahr du lebst: Ich verlasse dich nicht. So kamen sie nach Jericho.
5 Dort traten die Prophetenjünger, die in Jericho waren, an Elischa
heran und sagten zu ihm: Weißt du, dass der Herr heute deinen Meis-
ter über dein Haupt hinweg aufnehmen wird? Er antwortete ihnen:
Auch ich weiß es. Seid still! 6 Elija aber bat ihn: Bleib hier; denn der
Herr hat mich an den Jordan gesandt. Elischa erwiderte: So wahr der
Herr lebt und so wahr du lebst: Ich verlasse dich nicht. So gingen
beide miteinander. 7 Fünfzig Prophetenjünger folgten ihnen und blie-
ben dann seitwärts in einiger Entfernung stehen. Die beiden traten

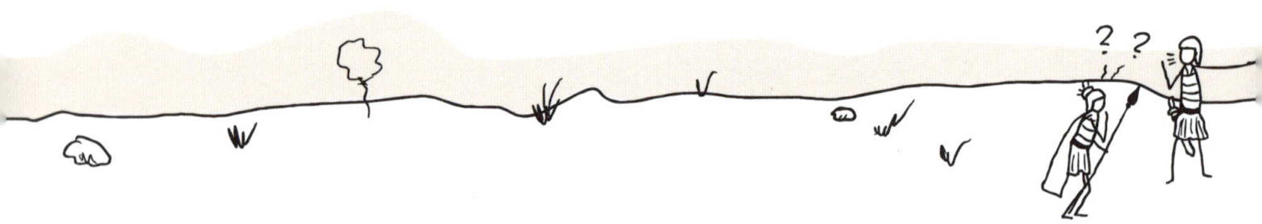

▶ Wie schon in 1 Kön 19,8.13 vergleicht auch diese Szene Elija mit Mose (↗ Ex 14,21).

▶ Diese Geschichte ist der Grund, warum im frühen Judentum die Vorstellung entstand, Elija sei nicht richtig gestorben und würde wieder auf die Erde kommen. Jesus wurde deshalb für Elija gehalten (z.B. Mt 11,14; 16,14). Beim Pesachfest halten Juden bis heute einen Platz für Elija frei. – Mit „Wagen" und „Lenker" sagt Elischa, dass Elija der eigentliche Leiter für das Volk Israel war (und nicht der König).

an den Jordan. 8 Hier nahm Elija seinen Mantel, rollte ihn zusammen
und schlug mit ihm auf das Wasser. Dieses teilte sich nach beiden
Seiten, und sie schritten trockenen Fußes hindurch. 9 Als sie drüben
angekommen waren, sagte Elija zu Elischa: Sprich eine Bitte aus, die
ich dir erfüllen soll, bevor ich von dir weggenommen werde. Elischa
antwortete: Möchten mir doch zwei Anteile deines Geistes zufallen.
10 Elija entgegnete: Du hast etwas Schweres erbeten. Wenn du siehst,
wie ich von dir weggenommen werde, wird es dir zuteil werden. Sonst
aber wird es nicht geschehen. 11 Während sie miteinander gingen und
redeten, erschien ein feuriger Wagen mit feurigen Pferden und trenn-
te beide voneinander. Elija fuhr im Wirbelsturm zum Himmel empor.
12 Elischa sah es und rief laut: Mein Vater, mein Vater! Wagen Israels
und sein Lenker! ...

### Elischa heilt den Aramäer Naaman (2 Kön 5)

5 1 Naaman, der Feldherr des Königs von Aram, galt viel bei seinem
Herrn und war angesehen; denn durch ihn hatte der Herr den
Aramäern den Sieg verliehen. Der Mann war tapfer, aber an Aussatz
erkrankt.

2 Nun hatten die Aramäer bei einem Streifzug ein junges Mädchen
aus dem Land Israel verschleppt. Es war in den Dienst der Frau Naa-
mans gekommen. 3 Es sagte zu seiner Herrin: Wäre mein Herr doch bei
dem Propheten in Samaria! Er würde seinen Aussatz heilen.

4 Naaman ging zu seinem Herrn und meldete ihm: Das und das hat
das Mädchen aus Israel gesagt. 5 Der König von Aram antwortete: So
geh doch hin; ich werde dir ein Schreiben an den König von Israel
mitgeben. Naaman machte sich auf den Weg. Er nahm zehn Talen-
te Silber, sechstausend Schekel Gold und zehn Festkleider mit 6 und
überbrachte dem König von Israel das Schreiben. Es hatte folgenden
Inhalt: Wenn jetzt dieser Brief zu dir gelangt, so wisse: Ich habe mei-
nen Knecht Naaman zu dir geschickt, damit du seinen Aussatz heilst.
7 Als der König von Israel den Brief gelesen hatte, zerriss er seine
Kleider und rief:

Bin ich denn ein Gott, der töten und zum Leben erwecken kann? Er schickt einen Mann zu mir, damit ich ihn von seinem Aussatz heile. Merkt doch und seht, dass er nur Streit mit mir sucht.

8 Als der Gottesmann Elischa hörte, der König von Israel habe seine
Kleider zerrissen, ließ er ihm sagen: Warum hast du deine Kleider zer-
rissen? Naaman soll zu mir kommen; dann wird er erfahren, dass es
in Israel einen Propheten gibt. 9 So kam Naaman mit seinen Pferden
und Wagen und hielt vor dem Haus Elischas. 10 Dieser schickte einen
Boten zu ihm hinaus und ließ ihm sagen: Geh und wasch dich sieben-
mal im Jordan! Dann wird dein Leib wieder gesund, und du wirst rein.

▶ „Aussatz“ kann unterschiedliche Hautkrankheiten meinen.

▶ Das Mädchen kümmert sich um ihren Herrn, obwohl sie aus ihrer Heimat entführt und versklavt worden ist.

In der Welt der Bibel ist das Zerreißen der Kleider ein wilder Gestus der Klage und Trauer. Auch der heilige Franziskus hat sich auf dem Markt die Kleider vom Leib gerissen, zum Zeichen der Nichtzugehörigkeit zur alten Welt und zu Beginn eines neuen Lebens in der Nachfolge Christi.

11 Doch Naaman wurde zornig. Er ging weg und sagte: Ich dachte, er
würde herauskommen, vor mich hintreten, den Namen Jahwes, seines
Gottes, anrufen, seine Hand über die kranke Stelle bewegen und so
den Aussatz heilen.
12 Sind nicht der Abana und der Parpar, die Flüsse von Damaskus,
besser als alle Gewässer Israels? Kann ich nicht dort mich waschen,
um rein zu werden? Voll Zorn wandte er sich ab und ging weg. 13 Doch
seine Diener traten an ihn heran und redeten ihm zu: Wenn der Pro-
phet etwas Schweres von dir verlangt hätte, würdest du es tun; wie
viel mehr jetzt, da er zu dir nur gesagt hat: Wasch dich, und du wirst
rein.
14 So ging er also zum Jordan hinab und tauchte siebenmal unter,
wie ihm der Gottesmann befohlen hatte. Da wurde sein Leib gesund
wie der Leib eines Kindes, und er war rein. 15 Nun kehrte er mit sei-
nem ganzen Gefolge zum Gottesmann zurück, trat vor ihn hin und
sagte: Jetzt weiß ich, dass es nirgends auf der Erde einen Gott gibt
außer in Israel. So nimm jetzt von deinem Knecht ein Dankgeschenk
an! 16 Elischa antwortete: So wahr der Herr lebt, in dessen Dienst ich
stehe: Ich nehme nichts an. Auch als Naaman ihn dringend bat, es zu
nehmen, lehnte er ab.
17 Darauf sagte Naaman: Wenn es also nicht sein kann, dann gebe
man deinem Knecht so viel Erde, wie zwei Maultiere tragen kön-
nen; denn dein Knecht wird keinem andern Gott mehr Brand- und

▶ Die Geschichte von Naaman zeigt ein frühes Beispiel von einem Fremden, der beginnt, an den Gott Israels zu glauben. Um die Zeit Jesu waren viele Griechen von der Religion des Judentums fasziniert. Sie werden im NT „Gottesfürchtige“ genannt (↗ Apg 13,16). Viele von ihnen wurden Christen.

▶ Naaman entschuldigt sich, dass er aus beruflichen Gründen in einem anderen Kult beteiligt sein muss. Elischa versteht dies, er ist weitblickend und religiös tolerant.

▶ Gehasi beteuert mit dem gleichen Ausruf „So wahr der Herr lebt!“, mit dem Elischa jedes Geschenk abgelehnt hatte (Vers 16), dass er sich etwas nehmen wird für das, was sein Chef getan hat.

❞ Krankheit Nr. 13: Wenn ein Jünger versucht, eine existenzielle Leere in seinem Herzen mit einer Ansammlung materieller Güter zu füllen, nicht weil er sie braucht, sondern weil er sich dadurch sicherer fühlt.

**PAPST FRANZISKUS**, 22.12.2014

Schlachtopfer darbringen als Jahwe allein. 18 Nur dies möge Jahwe
deinem Knecht verzeihen: Wenn mein Herr zur Anbetung in den Tem-
pel Rimmons geht, stützt er sich dort auf meinen Arm. Ich muss mich
dann im Tempel Rimmons niederwerfen, wenn er sich dort nieder-
wirft. Dann möge das Jahwe deinem Knecht verzeihen.
19 Elischa antwortete: Geh in Frieden!
Als Naaman schon eine Strecke Weges von ihm entfernt war, 20 sagte
sich Gehasi, der Diener Elischas, des Gottesmannes: Mein Herr hat
diesen Aramäer Naaman geschont und nichts von dem angenommen,
was er mitgebracht hatte. So wahr der Herr lebt: Ich werde ihm nach-
laufen und mir etwas von ihm holen.
21 Gehasi eilte ihm also nach. Als ihn Naaman hinter sich herankom-
men sah, beugte er sich ihm vom Wagen aus zu und fragte: Steht
alles gut? 22 Er antwortete: Ja; nur lässt mein Herr sagen: Soeben sind
vom Gebirge Efraim zwei junge Männer, zwei Prophetenjünger, zu mir
gekommen. Gib ihnen doch ein Talent Silber und zwei Festkleider!
23 Naaman erwiderte: Tu mir den Gefallen, und nimm zwei Talente!
Er bat ihn dringend darum und tat zwei Talente Silber in zwei Beu-
tel, legte zwei Festkleider dazu und ließ sie durch zwei Diener vor
ihm hertragen. 24 Als Gehasi auf der Höhe angekommen war, nahm
er ihnen die Geschenke ab und brachte sie in das Haus. Die Männer

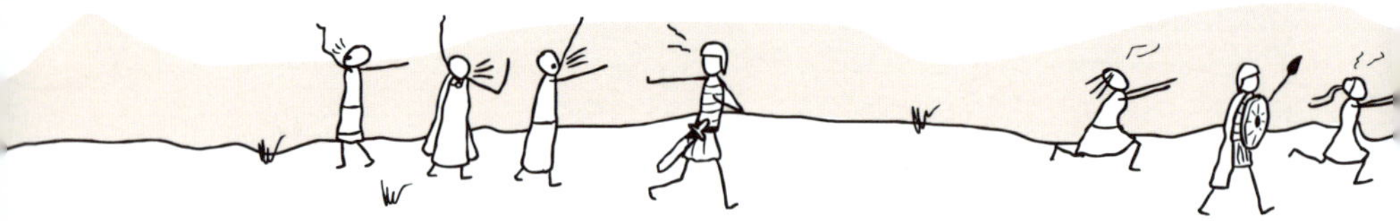

▶ Gehasi versteckt sich feig hinter der Autorität Elischas (v22), lügt auch ihm gegenüber (v25) und lässt sich schamlos bedienen (v23–24); dieses Verhalten ist ungesund (v27). Elischa muss einen inakzeptablen Diener aushalten, während Naaman vorbildliche Diener hat (v13).

schickte er weg, und sie kehrten zurück. 25 Er selbst ging hinein und
trat vor seinen Herrn. Elischa fragte ihn: Woher kommst du, Gehasi?
Er antwortete: Dein Knecht ist nirgendwohin gegangen. 26 Da sagte
Elischa zu ihm: War nicht mein Geist zugegen, als sich jemand von
seinem Wagen aus dir zuwandte? Ist es denn Zeit, Geld anzunehmen
und Kleider, Ölgärten, Weinberge, Schafe und Rinder, Knechte und
Mägde zu erwerben?
27 Der Aussatz Naamans aber soll für immer an dir und deinen Nach-
kommen haften. Gehasi ging hinaus und war vom Aussatz weiß wie
Schnee.

## DER UNTERGANG VON ISRAEL UND JUDA

Der Untergang des Nordreiches Israel (2 Kön 17) und des Südreiches Juda (2 Kön 25) war eine Folge der Großmachtpolitik der Assyrer und der Babylonier. Die Assyrer hatten ihr Kernland im Norden, die Babylonier im Süden des Zweistromlandes an Eufrat und Tigris, im heutigen Irak. Die Assyrer bauten im 9.–7. Jh. v. Chr. ein Weltreich auf, indem sie umliegende Königreiche eroberten – mit brutalen Mitteln: sie deportierten Hunderttausende von Menschen über Hunderte von Kilometern. Diese Zwangsumsiedelungen zerstörten die ursprünglichen Strukturen der kleineren Staaten, so dass die einfache Bevölkerung leicht gezwungen werden konnte, hohe Abgaben zu liefern. Um 720 v. Chr. eroberten die Assyrer die Hauptstadt Samaria und damit das Nordreich Israel endgültig und entführten große Teile der Bevölkerung in den heutigen Irak. Im 7. Jh. v. Chr. übernahmen die Babylonier die Macht und die Methoden der Assyrer. 597 v. Chr. nahmen sie unter König Nebukadnezzar erstmals Jerusalem ein. 587 v. Chr. zerstörten sie die Stadt und den Tempel und führten viele Judäer ins babylonische Exil (2 Kön 25).

## Der Untergang des Nordreiches Israel (2 Kön 17,1–24)

17 [1] Im zwölften Jahr des Königs Ahas von Juda wurde Hoschea,
der Sohn Elas, in Samaria König von Israel. Er regierte neun
Jahre [2] und tat, was dem Herrn missfiel, jedoch nicht in dem Maß wie
die Könige von Israel, die vor ihm herrschten.
[3] Gegen ihn zog Salmanassar, der König von Assur. Hoschea musste
sich ihm unterwerfen und Abgaben entrichten. [4] Dann aber erfuhr der
König von Assur, dass Hoschea an einer Verschwörung beteiligt war.
Er hatte nämlich Boten nach So zum König von Ägypten gesandt und
die jährliche Abgabe an den König von Assur nicht mehr geleistet. Da-
her ließ ihn dieser festnehmen und ins Gefängnis werfen. [5] Der König
von Assur fiel über das ganze Land her, rückte gegen Samaria vor und
belagerte es drei Jahre lang. [6] Im neunten Jahr Hoscheas eroberte er
die Stadt, verschleppte die Israeliten nach Assur und siedelte sie in
Halach, am Habor, einem Fluss von Gosan, und in den Städten der
Meder an.
[7] Das geschah, weil die Israeliten sich gegen den Herrn, ihren Gott,
versündigten, der sie aus Ägypten, aus der Gewalt des Pharao, des
Königs von Ägypten, heraufgeführt hatte.
Sie verehrten fremde Götter, [8] ahmten die
Bräuche der Völker nach, die der Herr

vor den Israeliten vertrieben hatte, und folgten dem Beispiel, das die
Könige von Israel gaben. …
[13] Der Herr warnte Israel und Juda durch alle seine Propheten, durch
alle Seher: Kehrt um von euren bösen Wegen, achtet auf meine Be-
fehle und meine Gebote genau nach dem Gesetz, das ich euren Vä-
tern gegeben und euch durch meine Knechte, die Propheten, verkün-
det habe. [14] Doch sie wollten nicht hören, sondern versteiften ihre
Nacken wie ihre Väter, die nicht auf den Herrn, ihren Gott, vertrau-
ten. [15] Sie verwarfen seine Gebote und den Bund, den er mit ihren
Vätern geschlossen hatte, und verschmähten die Warnungen, die er
an sie richtete. Sie liefen nichtigen Göttern nach und wurden selbst
zunichte; sie ahmten die Völker ihrer Umgebung nach, obwohl der
Herr verboten hatte, ihrem Beispiel zu folgen. [16] Sie übertraten alle
Gebote des Herrn, ihres Gottes, schufen sich Gussbilder, zwei Kälber,
stellten einen Kultpfahl auf, beteten das ganze Heer des Himmels an
und dienten dem Baal. [17] Ihre Söhne und Töchter ließen sie durch das
Feuer gehen, trieben Wahrsagerei und Zauberei und gaben sich dazu
her zu tun, was dem Herrn missfiel, und ihn zu erzürnen. …
[23] Schließlich verstieß der Herr Israel von sich, wie er es durch seine
Knechte, die Propheten, angedroht hatte. So wanderte Israel aus sei-
nem Land weg in die Verbannung nach Assur und blieb dort bis zum
heutigen Tag. [24] Der König von Assur brachte Leute aus Babel, Kuta,
Awa, Hamat und Sefarwajim in das Land und siedelte sie anstelle

▶ Die angestaute Masse der Schuld der Könige Israels und des Volkes insgesamt ist nach der Meinung dieser Geschichtsdarstellung die Ursache für den Untergang des Nordreiches.

B Die Könige herrschen über ihre Völker und die Mächtigen lassen sich Wohltäter nennen. Bei euch aber soll es nicht so sein …

Lk 22,25–26

▶ Das Volk der Meder lebte in Gebieten des heutigen Iran.

B Viele Schmerzen leidet, wer fremden Göttern folgt. Ich will ihnen nicht opfern, ich nehme ihre Namen nicht auf meine Lippen.

Ps 16,4

▶ Der Untergang kommt nicht aus heiterem Himmel, sondern bahnt sich über mehrere Generationen an. Auch um die Ursachen der Weltkriege und der Schoa zu verstehen, müssen wir Entwicklungen studieren, die Jahrzehnte und Jahrhunderte zurückreichen. Was wir heute tun, kann in kommenden Generationen Katastrophen hervorrufen oder verhindern.

▶ Stiere und Kälber waren ein weit verbreitetes Symbol für Stärke und Fruchtbarkeit und standen in Ägypten und im Alten Orient für unterschiedliche Gottheiten. Sonne, Mond und Sterne wurden ebenfalls oft als Gottheiten verehrt (↗ zu Gen 1,16 und Dtn 4,19. Zu Baal ↗ Ri 9,6).

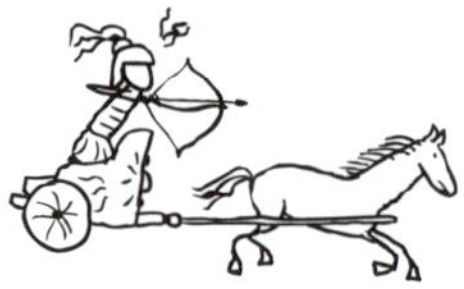

der Israeliten in den Städten Samariens an. Sie nahmen Samarien in
Besitz und ließen sich in seinen Städten nieder.

König Joschija lässt den Jerusalemer Tempel renovieren. Bei dieser Tätigkeit findet der Priester Hilkija ein Buch.

**Das Buch im Tempel und Joschijas Reform (2 Kön 22)**

22 10 Dann sagte der Staatsschreiber Schafan zum König: Der
Priester Hilkija hat mir ein Buch gegeben. Schafan las es dem
König vor. 11 Als der König die Worte des Gesetzbuches hörte, zer-
riss er seine Kleider 12 und befahl dem Priester Hilkija sowie Ahikam,
dem Sohn Schafans, Achbor, dem Sohn Michas, dem Staatsschreiber
Schafan und Asaja, dem Diener des Königs: 13 Geht und befragt den
Herrn für mich, für das Volk und für ganz Juda wegen dieses Buches,
das aufgefunden wurde. Der Zorn des Herrn muss heftig gegen uns
entbrannt sein, weil unsere Väter auf die Worte dieses Buches nicht
gehört und weil sie nicht getan haben, was in ihm niedergeschrieben
ist. 14 Da gingen der Priester Hilkija, Ahikam, Achbor, Schafan und Asa-
ja zur Prophetin Hulda …
Die Abgesandten trugen ihr alles vor, 15 und sie gab ihnen diese Ant-
wort: So spricht der Herr, der Gott Israels: Sagt zu dem Mann, der

▶ „Gesetzbuch“, wörtlich „Buch der Tora“. Dies verweist auf das Buch Deuteronomium (↗ Dtn 29,28; 31,9).

▶ Hulda ist eine der Prophetinnen der Bibel (↗ auch Debora in Ri 4,4 oder Hanna in Lk 2,36). Gott verteilt religiöse Begabungen in gleicher Weise auf Frauen und Männer, wie auch die heiligen Frauen und Männer unter Christen zeigen.

euch zu mir geschickt hat: 16 So spricht der Herr: Ich bringe Unheil
über diesen Ort und seine Bewohner, alle Drohungen des Buches, das
der König von Juda gelesen hat. 17 Denn sie haben mich verlassen,
anderen Göttern geopfert und mich durch alle Werke ihrer Hände er-
zürnt. Darum ist mein Zorn gegen diesen Ort entbrannt, und er wird
nicht erlöschen. 18 Sagt aber zum König von Juda, der euch hergesandt
hat, um den Herrn zu befragen: So spricht der Herr, der Gott Israels:
Durch die Worte, die du gehört hast, 19 wurde dein Herz erweicht. Du
hast dich vor dem Herrn gedemütigt, als du vernahmst, was ich über
diesen Ort und seine Bewohner gesprochen habe … 20 Ich werde dich
mit deinen Vätern vereinen, und du sollst in Frieden in deinem Grab
beigesetzt werden. Deine Augen sollen all das Unheil nicht mehr se-
hen, das ich über diesen Ort bringen werde. – Sie berichteten dies
dem König.

” Der Demütige wird wie einer, der aufgibt, wie ein Unterlegener wahrgenommen, einer, der der Welt nichts zu sagen hat. Indessen ist dies der Königsweg, und nicht nur, weil die Demut eine große menschliche Tugend ist, sondern weil sie vor allem die Handlungsweise Gottes selbst darstellt. Sie ist der Weg, den Christus, der Mittler des neuen Bundes, gewählt hat.

**PAPST BENEDIKT XVI.**, 2.9.2007

Joschija nimmt die Worte des Buches sehr ernst und führt eine religiöse Reform im Sinn des Buches Deuteronomium durch: Er lässt Altäre fremder Götter zerstören. Dennoch kann er den Untergang Jerusalems nicht aufhalten.

**Die Zerstörung Jerusalems und das babylonische Exil (2 Kön 25)**

25 1 Zidkija hatte sich gegen den König von Babel empört. Im
neunten Regierungsjahr, am zehnten Tag des zehnten Monats,
rückte Nebukadnezzar, der König von Babel, mit seiner ganzen Streit-

macht vor Jerusalem und belagerte es. Man errichtete ringsherum
einen Belagerungswall. 2 Bis zum elften Jahr des Königs Zidkija wur-
de die Stadt belagert. 3 Am neunten Tag des vierten Monats war in
der Stadt die Hungersnot groß geworden, und die Bürger des Landes
hatten kein Brot mehr. 4 Damals wurden Breschen in die Stadtmauer
geschlagen. Der König und alle Krieger verließen die Stadt bei Nacht
auf dem Weg durch das Tor zwischen den beiden Mauern, das zum
königlichen Garten hinausführt, obwohl die Chaldäer rings um die
Stadt lagen.

Sie schlugen die Richtung nach der Araba ein. 5 Aber die chaldäi-
schen Truppen setzten dem König nach und holten ihn in den Nie-
derungen von Jericho ein, nachdem alle seine Truppen ihn verlassen
und sich zerstreut hatten. 6 Man ergriff den König und brachte ihn
nach Ribla, zum König von Babel, und dieser sprach über ihn das Ur-
teil. 7 Die Söhne Zidkijas machte man vor dessen Augen nieder. Zidkija
ließ er blenden, in Fesseln legen und nach Babel bringen.

8 Am siebten Tag des fünften Monats – das ist im neunzehnten Jahr
des Königs Nebukadnezzar, des Königs von Babel – rückte Nebusa-
radan, der Kommandant der Leibwache und Diener des Königs von
Babel, in Jerusalem ein 9 und steckte das Haus des Herrn, den kö-

▶ „Chaldäer“ bezieht sich auf das babylonische Heer. Der König verlässt wie ein feiger Kapitän heimlich das sinkende Schiff (v4).

niglichen Palast und alle Häuser Jerusalems in Brand. Jedes große
Haus ließ er in Flammen aufgehen. 10 Auch die Umfassungsmauern
Jerusalems rissen die chaldäischen Truppen, die dem Kommandan-
ten der Leibwache unterstanden, nieder. 11 Den Rest der Bevölkerung,
der noch in der Stadt geblieben war, sowie alle, die zum König von
Babel übergelaufen waren, und den Rest der Handwerker schleppte
Nebusaradan, der Kommandant der Leibwache, in die Verbannung.
12 Nur von den armen Leuten im Land ließ der Kommandant der Leib-
wache einen Teil als Wein- und Ackerbauern zurück. ...

27 Im siebenunddreißigsten Jahr nach der Wegführung Jojachins, des
Königs von Juda, am siebenundzwanzigsten Tag des zwölften Monats,
begnadigte Ewil-Merodach, der König von Babel, im Jahr seines Re-
gierungsantritts Jojachin, den König von Juda, und entließ ihn aus
dem Kerker. 28 Er söhnte sich mit ihm aus und wies ihm seinen Sitz
oberhalb des Sitzes der anderen Könige an, die bei ihm in Babel
waren. 29 Er durfte seine Gefängniskleidung ablegen und ständig bei
ihm speisen, solange er lebte. 30 Sein Unterhalt – ein dauernder Un-
terhalt – wurde ihm vom König von Babel in der bestimmten Menge
täglich geliefert, solange er lebte.

B Gefangen ist Juda im Elend, in harter Knechtschaft. Nun weilt sie unter den Völkern und findet nicht Ruhe. All ihre Verfolger holten sie ein mitten in der Bedrängnis. Die Wege nach Zion trauern, niemand pilgert zum Fest, verödet sind all ihre Tore. Ihre Priester seufzen, ihre Jungfrauen sind voll Gram, sie selbst trägt Weh und Kummer. Ihre Bedränger sind an der Macht, ihre Feinde im Glück. Denn Trübsal hat der Herr ihr gesandt wegen ihrer vielen Sünden. Ihre Kinder zogen fort, gefangen, vor dem Bedränger. Gewichen ist von der Tochter Zion all ihre Pracht.

Klgl 1,3–7

Erst die Bücher Esra und Nehemia erzählen, wie die Judäer ins Land zurückkehren und Jerusalem wieder aufbauen durften.

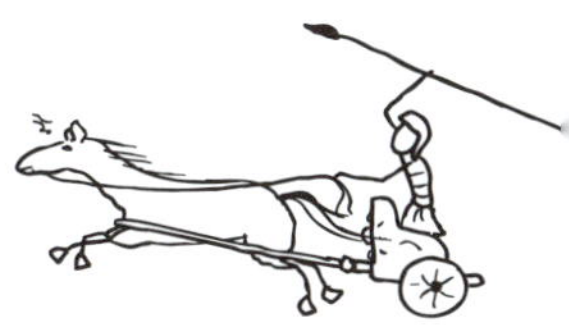

**DIE BÜCHER DER**

# Chronik

Diese zwei Bücher stammen aus der Zeit um ca. 200 v. Chr. Sie entstanden aus dem Anliegen, die Geschichte Israels nochmals neu darzustellen. Sie greifen auf die Samuel- und Königsbücher zurück, setzen aber neue Akzente und ergänzen weitere Texte, vor allem mit religiösen Motiven. Themen wie der Tempel, Gottesdienst sowie die Tätigkeiten von Priestern und Tempelsängern sind hier viel stärker entfaltet. Die folgenden beiden Auszüge sind Beispiele für neue Aspekte in der Darstellung der Geschichte:

Der Verbleib der Bundeslade ist ein Rätsel, das viele Fantasien geweckt hat. Steven Spielberg ließ Indiana Jones in „Raiders of the Lost Ark“ danach suchen. Die Bibel erwähnt sie zuletzt beim Bau des Jerusalemer Tempels unter König Salomo. Jeremia weist darauf hin, dass die Lade (vermutlich durch die Babylonier) zerstört wurde und nach dem Exil nicht wiederhergestellt werden soll (Jer 3,16). Dennoch haben sich schon früh Legenden um das Überleben der Lade gebildet. Die Samaritaner denken, sie befinde sich in einem Versteck bei ihrem heiligen Berg Garizim. Äthiopische Christen (80 Millionen Menschen) →

**Die Überführung der Lade in die Davidstadt: Die Vorbereitungen (1 Chr 15,1–16,3)**

15 [1] David baute sich Häuser in der Davidstadt; er richtete auch
eine Stätte für die Lade Gottes her und stellte ein Zelt für
sie auf. [2] Damals ordnete er an, dass nur die Leviten die Lade tragen
dürfen; denn sie hat der Herr erwählt, seine Lade zu tragen und immerfort bei ihr Dienst zu tun.

[3] Hierauf berief David ganz Israel nach Jerusalem, um die Lade des
Herrn an den Ort zu bringen, den er für sie hergerichtet hatte. [4] Er ließ
die Nachkommen Aarons und die Leviten kommen: [5] von den Nach-
kommen Kehats den Vorsteher Uriël und seine Brüder, 120 Mann,
[6] von den Nachkommen Meraris den Vorsteher Asaja und seine Brü-
der, 220 Mann, [7] von den Nachkommen Gerschoms den Vorsteher Joël
und seine Brüder, 130 Mann, [8] von den Nachkommen Elizafans den
Vorsteher Schemaja und seine Brüder, 200 Mann, [9] von den Nachkom-
men Hebrons den Vorsteher Eliël und seine Brüder, 80 Mann, [10] von
den Nachkommen Usiëls den Vorsteher Amminadab und seine Brü-

der, 112 Mann. 11 David rief die Priester Zadok und Abjatar sowie die
Leviten Uriël, Asaja, Joël, Schemaja, Eliël und Amminadab zu sich 12
und befahl ihnen: Ihr seid die Familienhäupter der Leviten. Ihr und eure Brüder, heiligt euch und bringt die Lade des Herrn, des Gottes Israels, herauf an den Ort, den ich für sie hergerichtet habe.

→ glauben, die Lade sei über Ägypten nach Äthiopien gekommen und sie werde bis heute in Axum aufbewahrt. In tausenden äthiopischen Kirchen wird eine Nachbildung der Lade verehrt. Im Judentum hat die Torarolle den Platz der Bundeslade als Allerheiligstes in der Synagoge übernommen. Ähnlich wird die Heilige Schrift auch in der christlichen Liturgie verehrt. So wie David vor der Bundeslade tanzt, tanzen afrikanische Christen bei der Messe vor der Lesung aus der Heiligen Schrift.

**Der Einzug der Lade (Chr 15, 25–28)**

25 David, die Ältesten Israels und die Führer der Tausendschaften, die gegangen waren, um die Bundeslade des Herrn aus dem Haus Obed-Edoms heraufzuholen, waren voller Freude.
26 Damit Gott den Leviten, die die Bundeslade des Herrn trugen, beistand, opferte man sieben Stiere und sieben Widder.
27 David war mit einem Mantel aus Byssus bekleidet, ebenso alle Leviten, die die Lade trugen, sowie die Sänger und Kenanja, der den Vortrag der Sänger leitete. Dabei trug David das leinene Efod.
28 So brachte ganz Israel die Bundeslade des Herrn hinauf unter großem Jubelgeschrei und unter dem Klang des Widderhorns, unter dem Lärm der Trompeten und Zimbeln, beim Spiel der Harfen und Zithern.

29 Als die Bundeslade des Herrn in die Davidstadt kam, schaute Michal, Sauls Tochter, aus dem Fenster, und als sie sah, wie König David hüpfte und tanzte, verachtete sie ihn in ihrem Herzen.

16 1 Man trug die Lade Gottes in das Zelt, das David für sie aufgestellt hatte, setzte sie an ihren Platz in der Mitte des Zeltes und brachte Brand- und Heilsopfer vor Gott dar.
2 Als David mit dem Darbringen der Brand- und Heilsopfer fertig war, segnete er das Volk im Namen des Herrn
3 und ließ an alle Israeliten, Männer und Frauen, je einen Laib Brot, einen Dattelkuchen und einen Traubenkuchen austeilen.

**Beispielhafter Umgang mit Kriegsgefangenen (2 Chr 28,8–15)**

28 8 Die Israeliten führten von ihren Stammesbrüdern zweihunderttausend Frauen, Söhne und Töchter als Gefangene weg, machten bei ihnen auch reiche Beute und brachten sie nach Samaria.
9 Dort lebte ein Prophet des Herrn namens Oded. Dieser ging dem Heer entgegen, das nach Samaria zurückkehrte, und hielt ihm vor:

▶ Der Hintergrund ist ein Bruderkrieg im 8. Jahrhundert v. Chr. Das Nordreich Israel war stärker als der Süden, Juda.

Es ist zu entschuldigen, wenn man nicht immer heiter ist. Nicht zu entschuldigen ist es aber, wenn man nicht immer gütig ist, denn das liegt immer im Bereich unseres Willens.

**FRANZ VON SALES**

Militärische Siege sind kein Freibrief für Gewalt und Versklavung. Gottes Sprecher Oded erinnert an die Verantwortung der „Gewinner", ihre Überlegenheit nicht unrecht auszunutzen.

Seht, weil der Herr, der Gott eurer Väter, über Juda erzürnt war, hat er
sie in eure Hand gegeben. Ihr habt unter ihnen mit einer Wut gemor-
det, die zum Himmel schreit.
10 Jetzt wollt ihr euch Leute aus Juda und Jerusalem als Knechte und
Mägde untertan machen. Steht denn nicht ihr gerade in Schuld vor
dem Herrn, eurem Gott?
11 Hört daher jetzt auf mich! Gebt die Gefangenen zurück, die ihr von
euren Stammesbrüdern weggeführt habt. Es würde sonst der glühen-
de Zorn des Herrn euch treffen.
12 Darauf traten einige von den Häuptern der Efraimiter, nämlich
Asarja, der Sohn Johanans, Berechja, der Sohn Meschillemots, Jehis-
kija, der Sohn Schallums, und Amasa, der Sohn Hadlais, zu den Heim-
kehrern vom Feldzug hin, 13 redeten mit ihnen und sagten: Bringt die
Gefangenen nicht hierher! Schon liegt eine Schuld vor dem Herrn auf
uns, und ihr wollt unsere Sünde und Schuld noch vermehren. Ist doch
unsere Schuld schon groß genug, und der glühende Zorn des Herrn
lastet auf Israel.

V14–15 lesen sich wie eine frühe Vorwegnahme der Ideen Henry Dunants, des Gründers des „Roten Kreuzes", sie gehen sogar noch weit darüber hinaus. Die Gefangenen erhalten fürsorgliche Behandlung, die ihre Ehre wiederherstellt („Kleidung"), und sie dürfen innerhalb kürzester Zeit in ihre Heimat zurückkehren. Die Grenzstadt Jericho ist Ort der Übergabe.

14 Daraufhin gaben die bewaffneten Krieger in Gegenwart der Obers-
ten und der ganzen Versammlung die Gefangenen und die Beute frei.
15 Männer, die namentlich dazu bestimmt waren, gingen hin und
nahmen sich der Gefangenen an. Sie bekleideten alle, die nackt wa-
ren, aus der Beute und versahen sie mit Gewändern und Schuhen. Sie
gaben ihnen zu essen und zu trinken, salbten die Schwachen unter
ihnen und setzten sie auf Esel. So brachten sie die Gefangenen in
die Palmenstadt Jericho in die Nähe ihrer Stammesbrüder. Sie selbst
kehrten nach Samaria zurück.

Im letzten Kapitel bringen die Chronikbücher wie ihre Vorlage, die Königsbücher, einen Blick auf den Untergang Jerusalems im Jahre 587 v. Chr. Doch konzentriert sich 2 Chr 36 stärker als 2 Kön 25 auf die Gründe der Katastrophe und gibt am Ende – im Gegensatz zu Kön – einen hoffnungsvollen Ausblick.

„Bei tauben Ohren ist jede Predigt verloren."

Sprichwort

## Ende und Anfang (2 Chr 36,11–23)

36 11 Zidkija war einundzwanzig Jahre alt, als er König wurde. Er
regierte elf Jahre in Jerusalem 12 und tat, was dem Herrn, sei-
nem Gott, missfiel; er beugte sich nicht vor dem Propheten Jeremia,
der im Auftrag des Herrn zu ihm sprach.

[13] Auch fiel er vom König Nebukadnezzar ab, der ihn bei Gott einen Eid hatte schwören lassen. Er versteifte seinen Nacken, verhärtete sein Herz und kehrte nicht um zum Herrn, dem Gott Israels.
[14] Auch alle führenden Männer Judas und die Priester und das Volk begingen viel Untreue. Sie ahmten die Gräueltaten der Völker nach und entweihten das Haus, das der Herr in Jerusalem zu seinem Heiligtum gemacht hatte.
[15] Immer wieder hatte der Herr, der Gott ihrer Väter, sie durch seine Boten gewarnt; denn er hatte Mitleid mit seinem Volk und seiner
Wohnung. [16] Sie aber verhöhnten die Boten Gottes, verachteten sein Wort und verspotteten seine Propheten, bis der Zorn des Herrn gegen sein Volk so groß wurde, dass es keine Heilung mehr gab.
[17] Der Herr ließ nun den König der Chaldäer gegen sie heranziehen. Dieser tötete ihre jungen Krieger in ihrem Heiligtum mit dem Schwert und verschonte keinen jungen Mann und keine junge Frau, keinen Greis und Betagten; alle gab Gott in seine Hand.

B Menschensohn, du wohnst mitten unter einem widerspenstigen Volk, das Augen hat, um zu sehen, und doch nicht sieht, das Ohren hat, um zu hören, und doch nicht hört; denn sie sind ein widerspenstiges Volk.

Ez 12,2

▶ Chr sieht die Ursachen des Untergangs vor allem im Ungehorsam gegenüber Gott und seinen Gesandten, unter denen Jeremia eigens erwähnt wird (auch v21). Die Ablehnung von Gottes Botschaft ist vielfach ein Grund für das Menschen treffende Unheil.

[18] Nebukadnezzar ließ die großen und kleinen Geräte des Hauses Gottes, die Tempelschätze und die Schätze des Königs und seiner hohen Beamten insgesamt nach Babel bringen. [19] Die Chaldäer verbrannten das Haus Gottes, rissen die Mauern Jerusalems nieder, legten Feuer an alle seine Paläste und zerstörten alle wertvollen Geräte.
[20] Alle, die dem Schwert entgangen waren, führte Nebukadnezzar in die Verbannung nach Babel. Dort mussten sie ihm und seinen Söhnen als Sklaven dienen, bis das Reich der Perser zur Herrschaft kam.
[21] Da ging das Wort in Erfüllung, das der Herr durch den Mund Jeremias verkündet hatte. Das Land bekam seine Sabbate ersetzt, es lag brach während der ganzen Zeit der Verwüstung, bis siebzig Jahre voll waren.
[22] Im ersten Jahr des Königs Kyrus von Persien sollte sich erfüllen, was der Herr durch Jeremia gesprochen hatte. Darum erweckte der Herr den Geist des Königs Kyrus von Persien, und Kyrus ließ in seinem ganzen Reich mündlich und schriftlich den Befehl verkünden:
[23] So spricht Kyrus, der König von Persien: Der Herr, der Gott des Himmels, hat mir alle Reiche der Erde verliehen. Er selbst hat mir aufgetragen, ihm in Jerusalem in Juda ein Haus zu bauen. Jeder unter euch, der zu seinem Volk gehört – der Herr, sein Gott, sei mit ihm –, der soll hinaufziehen.

▶ Hier weitet sich der historische Horizont: Kyrus nimmt 539 v. Chr. Babylon ein und begründet damit das persische Weltreich. Dies brachte eine Wende auch für das entstehende Judentum.

B Dann wird das Land ruhen und seine Sabbate ersetzt bekommen.

Lev 26,34

▶ V22–23 zitieren Esra 1,1–3. Diese Schlussverse deuten eine Wandlung an: Heimkehr wird möglich, der zerstörte Tempel darf wieder aufgebaut werden, und sogar der Herrscher des Weltreichs unterstützt all dies mit Wohlwollen.

DIE BÜCHER

# Esra

UND

# Nehemia

Die Bücher Esra und Nehemia gehören zusammen. Sie behandeln die Rückkehr der Judäer aus dem babylonischen Exil und den Wiederaufbau des Tempels und der Stadtmauer Jerusalems. Der Perserkönig Kyrus ermöglichte dies durch einen Erlass im Jahr 539 v. Chr. Die beiden Schriften beginnen jeweils mit dem Plan, den Tempel bzw. die Stadt wiederaufzubauen, der mit göttlicher Hilfe gelingt.

Esra war Priester und Schriftgelehrter, der vermutlich im Jahr 398 (Esra 7,7: „7. Jahr des Artaxerxes", wohl des II.) aufgetreten ist. Viele nehmen an, dass er wesentlich an der Tora und deren Annahme durch die Gemeinschaft mitbeteiligt war (s. Neh 8).

Nehemia war Statthalter und sorgte sich um die Wiederherstellung Jerusalems und des Zusammenlebens dort. Er dürfte bereits 445 zu wirken begonnen haben (Neh 1,1: „20. Jahr des Artaxerxes", wahrscheinlich des I.). Beide Gestalten zusammen sind Schlüsselfiguren für die Erneuerung des politischen und religiösen Lebens in Jerusalem und Juda in der Zeit nach dem Exil. Sie lassen weiter fruchtbar werden, was mit dem Bau des Zweiten Tempels (520–515) und den Rückwanderungen der Nachkommen der Exilierten langsam zu wachsen begonnen hatte.

# ESRA

▶ Kyrus, ein fremder Herrscher, ist von Gott inspiriert. ↗ Jes 45,1.

**"** Der unendliche Gott ist zugleich der nahe Gott. Er ... will doch unter uns wohnen, ganz mit uns sein. Jerusalem mit seinem Tempel ist Ort der Begegnung zwischen Gott und seinem Volk. Der Ort, an dem er verehrt werden will und an dem er auf uns zugeht. Von David her ist Jerusalem auch Ort der Verheißung. Jerusalem ist mit der Erwartung des Messias verbunden, mit der Hoffnung, dass Gott als König in diese Welt kommen und sie zu seinem Reich machen werde.

**PAPST BENEDIKT XVI.**, 28.3.2010

### König Kyrus gibt den Auftrag zum Tempelbau (Esra 1)

1 1 Im ersten Jahr des Königs Kyrus von Persien sollte sich erfüllen,
was der Herr durch Jeremia gesprochen hatte. Darum erweckte
der Herr den Geist des Königs Kyrus von Persien, und Kyrus ließ in
seinem ganzen Reich mündlich und schriftlich den Befehl verkünden:
2 So spricht der König Kyrus von Persien: Der Herr, der Gott des
Himmels, hat mir alle Reiche der Erde verliehen. Er selbst hat mir
aufgetragen, ihm in Jerusalem in Juda ein Haus zu bauen. 3 Jeder un-
ter euch, der zu seinem Volk gehört – sein Gott sei mit ihm –, der
soll nach Jerusalem in Juda hinaufziehen und das Haus des Herrn,
des Gottes Israels, aufbauen; denn er ist der Gott, der in Jerusalem
wohnt. 4 Und jeden, der irgendwo übrig geblieben ist, sollen die Leute
des Ortes, in dem er ansässig war, unterstützen mit Silber und Gold,
mit beweglicher Habe und Vieh, neben den freiwilligen Gaben für das
Haus Gottes in Jerusalem.

### Nach Jerusalem!

5 Die Familienoberhäupter von Juda und Benjamin sowie die Pries-
ter und Leviten, kurz alle, deren Geist Gott erweck-

te, machten sich auf den Weg, um nach Jerusalem zu
ziehen und dort das Haus des Herrn zu bauen. 6 Alle ihre Nachbarn
unterstützten sie in jeder Weise mit Silber und Gold, mit beweglicher
Habe und mit Vieh sowie mit wertvollen Dingen, abgesehen von dem,
was jeder für den Tempel spendete. 7 König Kyrus gab auch die Geräte
des Hauses des Herrn zurück, die Nebukadnezzar aus Jerusalem weg-
geschleppt und in das Haus seines Gottes gebracht hatte.

▶ Die Religion und der Gottesdienst leben von Großzügigkeit (↗ schon bei der Errichtung des Wüstenheiligtums in Ex 25,1–7; 35,4–36,7).

# NEHEMIA

▶ Susa war eine wichtige persische Stadt (heute bei der Stadt Schusch im Iran).

An den Strömen von Babel, da saßen wir und weinten, wenn wir an Zion dachten. Wir hängten unsere Harfen an die Weiden in jenem Land. Dort verlangten von uns die Zwingherren Lieder, unsere Peiniger forderten Jubel: „Singt uns Lieder vom Zion!"

Ps 137,1–3

### König Artaxerxes erlaubt Nehemia, Jerusalem wieder aufzubauen (Neh 1–2)

1 1 Bericht des Nehemia, des Sohnes Hachaljas. Im Monat Kislew,
im zwanzigsten Jahr des Artaxerxes, war ich in der Festung Susa;
2 da kam Hanani, einer meiner Brüder, mit einigen Männern aus
Juda. Ich fragte sie, wie es den Juden gehe, den Geretteten, die von
den Gefangenen übrig geblieben waren, und wie es um Jerusalem
stehe. 3 Sie sagten zu mir: Der Rest, der von den Gefangenen übrig
geblieben ist, lebt dort in der Provinz in großer Not und Schmach.
Die Stadtmauer von Jerusalem ist niedergelegt, und die Tore sind ab-
gebrannt. 4 Als ich das hörte, setzte ich mich nieder und weinte. Ich
trauerte tagelang, fastete und betete zu dem Gott des Himmels. 5 Ich

sagte: Ach, Herr, Gott des Himmels, du großer und furchtgebietender Gott! Du hältst deinen Bund und bewahrst deine Gnade denen, die dich lieben und deine Gebote halten. 6 Hab ein aufmerksames Ohr und ein offenes Auge, und hör das Gebet deines Knechtes! Ich bete jetzt Tag und Nacht vor dir für die Söhne Israels, deine Diener. Ich lege ein Bekenntnis ab wegen der Sünden der Söhne Israels. Wir haben gegen dich gesündigt; auch ich und meine Familie haben gesündigt. 7 Wir haben sehr schlecht gegen dich gehandelt: Wir haben die Gebote, Gesetze und Anordnungen missachtet, die du deinem Diener Mose gegeben hast. 8 Aber denk an das Wort, das du deinem Diener Mose aufgetragen hast: Wenn ihr mir die Treue brecht, dann werde ich euch unter die Völker zerstreuen; 9 wenn ihr aber zu mir umkehrt, meine Gebote befolgt und sie ausführt, dann sammle ich euch wieder, selbst die, die bis ans Ende des Himmels verschlagen wurden; ich bringe sie an den Ort, den ich erwählt habe, um dort meinen Namen wohnen zu lassen.

10 Sie sind ja deine Knechte, dein Volk, das du erlöst hast mit deiner großen Kraft und deiner starken Hand. 11 Ach, Herr, dein Ohr höre aufmerksam auf das Gebet deines Knechtes und

das Gebet deiner Knechte, die von Herzen deinen Namen fürchten: Gewähre deinem Knecht heute Erfolg, und lass ihn Erbarmen finden bei diesem Mann! Ich war nämlich Mundschenk beim König.

**2** 1 Im Monat Nisan, im zwanzigsten Jahr des Königs Artaxerxes, nahm ich den Wein und reichte ihn dem König – mein Amt war es nämlich, für den Wein zu sorgen. Nie zuvor hatte der König mein Aussehen schlecht gefunden; 2 jetzt aber fragte er mich: Warum siehst du so schlecht aus? Du bist doch nicht etwa krank? Nein, du hast gewiss Kummer.

Ich erschrak sehr; 3 dann sagte ich zum König: Der König möge ewig leben. Wie sollte ich nicht schlecht aussehen? Die Stadt, in der die Gräber meiner Väter sind, liegt in Trümmern, und ihre Tore sind vom Feuer verzehrt. 4 Der König erwiderte: Was möchtest du also? Da betete ich zum Gott des Himmels; 5 dann sagte ich zum König: Wenn du, König, es für gut findest und wenn du deinem Knecht vertraust, so sende mich nach Juda, damit ich die Stadt wieder aufbaue, in der die Gräber meiner Väter sind. 6 Darauf fragte mich der König, während die Königin neben ihm saß: Wie lang soll deine Reise dauern? Wann kommst du zurück?

Ich nannte ihm eine bestimmte Zeit; der König war einverstanden und ließ mich ziehen.

Wenn du nicht aufhören willst zu beten, dann höre nicht auf, dich zu sehnen. Ist deine Sehnsucht beständig? Dann ist auch der Schrei deines Gebetes beständig. Du wirst nur dann schweigen, wenn du aufhörst zu lieben.

**AUGUSTINUS**

In mehreren nachexilischen Büchern wird es Autoren wichtig, die Schuld des Volkes Israel zu bekennen, die zu seinem Exil geführt hat: ↗ Dan 9,4–19; Esra 9,6–15; Neh 9,5–38; Ps 106.

Gott lässt uns unsere Schwachheit nur fühlen, um uns seine Stärke zu geben.

**FRANÇOIS FÉNELON** (1651–1715), französischer Bischof

Vor herausfordernden und wichtigen Aufgaben wie Nehemia zu beten ist bis heute christliche Praxis. Nicht alles hängt davon ab, wie gut ich eine Sache mache. Oft kann ich wichtige Faktoren überhaupt nicht beeinflussen, und es tut gut, sie Gott anzuvertrauen.

Wir sind nicht nur verantwortlich für das, was wir tun, sondern auch für das, was wir nicht tun.

**MOLIÈRE** (1622–1673), französischer Dramatiker

Keine Schneeflocke in der Lawine wird sich je verantwortlich fühlen.

**STANISLAW JERZY LEC** (1909–1966), polnischer Schriftsteller

Als die wichtigsten Gebäude wieder aufgebaut sind, geht es darum, dass sich Israel geistig und religiös wieder stärkt. Das geschieht in Festen und besonders, indem man die Tora – die damalige Bibel – liest und gut versteht.

Der Wunsch, die Tora des Mose zu hören, geht interessanterweise vom Volk aus. Die Menschen suchen aktiv nach Weisung.

Y → 486
Was drücken Christen durch Gebetshaltungen aus?

## Gottes Wort lesen und verstehen (Neh 8)

8 1 Das ganze Volk versammelte sich geschlossen auf dem Platz vor
dem Wassertor und bat den Schriftgelehrten Esra, das Buch mit
dem Gesetz des Mose zu holen, das der Herr den Israeliten vorge-
schrieben hat.
2 Am ersten Tag des siebten Monats brachte der Priester Esra das
Gesetz vor die Versammlung; zu ihr gehörten die Männer und die
Frauen und alle, die das Gesetz verstehen konnten. 3 Vom frühen Mor-
gen bis zum Mittag las Esra auf dem Platz vor dem Wassertor den
Männern und Frauen und denen, die es verstehen konnten, das Ge-
setz vor. Das ganze Volk lauschte auf das Buch des Gesetzes. 4 Der
Schriftgelehrte Esra stand auf einer Kanzel aus Holz, die man eigens
dafür errichtet hatte. … 5 Esra öffnete das Buch vor aller Augen; denn
er stand höher als das versammelte Volk. Als er das Buch aufschlug,
erhoben sich alle.

6 Dann pries Esra den Herrn, den großen Gott; darauf antworteten
alle mit erhobenen Händen: Amen, amen! Sie verneigten sich, warfen
sich vor dem Herrn nieder, mit dem Gesicht zur Erde. …
8 Man las aus dem Buch, dem Gesetz Gottes, in Abschnitten vor und
gab dazu Erklärungen, so dass die Leute das Vorgelesene verstehen
konnten.
9 Der Statthalter Nehemia, der Priester und Schriftgelehrte Esra und
die Leviten, die das Volk unterwiesen, sagten dann zum ganzen Volk:
Heute ist ein heiliger Tag zu Ehren des Herrn, eures Gottes. Seid nicht
traurig, und weint nicht! Alle Leute weinten nämlich, als sie die Worte
des Gesetzes hörten. 10 Dann sagte Esra zu ihnen: Nun geht, haltet ein
festliches Mahl, und trinkt süßen Wein! Schickt auch denen etwas,
die selbst nichts haben; denn heute ist ein heiliger Tag zur Ehre des
Herrn. Macht euch keine Sorgen; denn die Freude am Herrn ist eure
Stärke. 11 Auch die Leviten beruhigten das ganze Volk und sagten:
Seid still, denn dieser Tag ist heilig. Macht euch keine Sorgen!
12 Da gingen alle Leute nach Hause, um zu essen und zu trinken
und auch anderen davon zu geben und um ein großes Freudenfest
zu begehen; denn sie hatten die Worte verstanden, die man ihnen
verkündet hatte.

? Wie zeige ich meine Wertschätzung für die Bibel? Verstaubt sie im Regal? Liegt sie in Griffweite? Lese ich regelmäßig darin? Lasse ich mir durch das Wort der Heiligen Schrift etwas sagen?

Gott ist treu.

1 Kor 10,13

Würdig bist du, Herr, unser Gott, zu empfangen Lob, Herrlichkeit und Ehre und Preis. Und lasst uns ihn loben und über alles erheben in Ewigkeit.

Aus einem Gebet von **FRANZISKUS VON ASSISI** (1181/2–1226)

## Die Feier des Laubhüttenfestes (Neh 8,13–18)

[13] Am zweiten Tag versammelten sich die Familienoberhäupter des
ganzen Volkes sowie die Priester und Leviten bei dem Schriftgelehr-
ten Esra, um die Worte des Gesetzes weiter kennenzulernen. [14] Da fan-
den sie im Gesetz, das der Herr durch Mose geboten hat, die Stelle,
an der es heißt: Die Israeliten sollen während des Festes im siebten
Monat in Laubhütten wohnen. [15] Wie man sie unterrichtet hatte, lie-
ßen sie nun in all ihren Städten und in Jerusalem ausrufen: Geht in
die Berge und holt Zweige von veredelten und von wilden Ölbäumen,
Zweige von Myrten, Palmen und Laubbäumen zum Bau von Laubhüt-
ten, wie es vorgeschrieben ist.

[16] Da ging das Volk hinaus; man holte Zweige und baute sich Laub-
hütten, der eine auf seinem flachen Dach, andere in ihren Höfen, in
den Vorhöfen des Gotteshauses, auf dem Platz am Wassertor und auf
dem Platz am Efraimtor. [17] Die ganze Gemeinde, alle, die aus der Ge-
fangenschaft heimgekehrt waren, bauten Laubhütten und wohnten
darin. So hatten die Israeliten es nicht mehr gehalten seit den Tagen
Josuas, des Sohnes Nuns, bis zu diesem Tag, und die Freude war über-
aus groß. [18] Jeden Tag las Esra aus dem Buch des Gesetzes Gottes vor,
vom ersten Tag bis zum letzten. So feierte man das Fest sieben Tage
lang; am achten Tag war, wie vorgeschrieben, die Festversammlung.

▶ Zum Laubhüttenfest ↗ Dtn 16,13.16; 31,10. Juden feiern dieses Fest bis heute und erinnern sich dabei an die Zeit in der Wüste nach dem Exodus aus Ägypten.

B Sieben Tage sollt ihr in Hütten wohnen. ... damit eure kommenden Generationen wissen, dass ich die Israeliten in Hütten wohnen ließ, als ich sie aus Ägypten herausführte. Ich bin der Herr, euer Gott.

Lev 23,42–43

## Das Bußgebet (Neh 9)

9 [6] Du, Herr, bist der Einzige. Du hast den Himmel geschaffen und
den Himmel der Himmel und sein ganzes Heer, die Erde und alles,
was auf ihr ist, die Meere und alles, was darin lebt. Ihnen allen gibst
du das Leben. Das Heer des Himmels betet dich an. [7] Du, Herr, bist
der Gott, der Abraham auserwählt hat. Du hast ihn aus Ur in Chaldäa
herausgeführt und ihm den Namen Abraham verliehen. [8] Du hast sein
Herz getreu befunden; deshalb hast du mit ihm den Bund geschlossen
(und ihm versprochen), seinen Nachkommen das Land der Kanaani-
ter, Hetiter, Amoriter, Perisiter, Jebusiter und Girgaschiter zu geben,
und du hast dein Wort gehalten, denn du bist gerecht. [9] Du hast das
Elend unserer Väter in Ägypten gesehen und du hast ihren Notschrei
am Schilfmeer gehört. [10] Du hast Zeichen und Wunder getan am Pha-
rao, an all seinen Dienern und am ganzen Volk in seinem Land; denn
du wusstest, dass sie mit Israel ihren Übermut getrieben hatten. So
hast du dir einen Namen gemacht, der gerühmt wird bis zum heutigen
Tag. ... [33] Du warst gerecht bei allem, was über uns gekommen ist. Du
hast uns deine Treue bewiesen; wir aber haben gesündigt.

▶ Bußgebete und das Bekenntnis der Schuld des ganzen Volkes werden in späten Büchern besonders wichtig (vgl. auch Esra 9; Dan 9). Sie erinnern zuerst an all das Gute, das Gott für Israel getan hat, und bekennen dann das eigene Versagen, um sich neu für die Treue zu Gott zu entscheiden.

B Gott, sei mir gnädig nach deiner Huld, tilge meine Frevel nach deinem reichen Erbarmen! Wasch meine Schuld von mir ab und mach mich rein von meiner Sünde! Denn ich erkenne meine bösen Taten, meine Sünde steht mir immer vor Augen.

Ps 51,3–5

DAS BUCH

# Tobit

Der fromme und gerechte Tobit lebt im assyrischen Exil in Ninive. Durch ein Missgeschick wird er blind. Zugleich leidet die junge jüdische Frau Sara in Medien (im heutigen Iran) unter einem Dämon: Alle Männer, die sie heiraten sollte, waren in der Hochzeitsnacht gestorben. Tobit schickt seinen Sohn Tobias zu Saras Vater Gabaël, um entliehenes Geld zurückzuholen. Tobias wird von einem Engel begleitet, durch dessen Hilfe Sara und Tobit geheilt werden. Tobias und Sara heiraten. Das Buch Tobit zeigt, wie Gott Menschen beisteht, die sich um ein gerechtes Leben bemühen und vertrauensvoll beten.

### Tobias und Rafael brechen zur Reise auf (Tob 5,1–4)

5 [1] Tobias antwortete ihm: Ich will alles tun, Vater, was du mir aufge-
tragen hast. [2] Aber wie soll ich das Geld holen? Ich kenne Gabaël
doch nicht. [3] Da gab ihm der Vater den Schuldschein und sagte: Such
jemand, der mit dir auf die Reise geht. Ich will ihn entlohnen, solange
ich noch am Leben bin. Mach dich also auf den Weg und hol das Geld
ab! [4] Tobias ging auf die Suche nach einem Begleiter und traf dabei
Rafael; Rafael war ein Engel, aber Tobias wusste es nicht.

### Der Engel reist mit (Tob 5,5–23)

[5] Er fragte ihn: Könnte ich mit dir nach Rages in Medien reisen? Bist
du mit der Gegend dort vertraut? [6] Der Engel antwortete: Ich will mit
dir reisen; ich kenne den Weg und war schon bei unserem Bruder Ga-
baël zu Gast. [7] Tobias bat ihn: Wart auf mich, ich will es meinem Vater
sagen. [8] Der Engel antwortete ihm: Geh, aber halte dich nicht auf! ...
[17] Darauf sagte Tobit zu Tobias: Mach dich fertig zur Reise! Ich wün-
sche euch alles Gute auf den Weg. Als der Sohn alles für die Reise
vorbereitet hatte, sagte sein Vater zu ihm: Mach dich mit dem Mann
auf den Weg! Gott, der im Himmel wohnt, wird euch auf eurer Reise
behüten; sein Engel möge euch begleiten. Da brachen die beiden auf,
und der Hund des jungen Tobias lief mit.

[18] Hanna aber, die Mutter des Tobias, weinte und sagte zu Tobit:
Warum hast du unseren Sohn weggeschickt? War er nicht die Stütze
unseres Alters, als er noch bei uns ein und aus ging? [19] Wir hätten
dieses Geld gar nicht gebraucht; denn es ist nichts, verglichen mit
dem Leben unseres Sohnes. [20] Was uns der Herr zum Leben gegeben
hat, reicht für uns.
[21] Tobit antwortete: Mach dir keine Sorgen, Schwester, er wird ge-
sund zurückkommen und du wirst ihn wiedersehen. [22] Denn ein guter
Engel begleitet ihn und seine Reise wird ein gutes Ende nehmen; er
wird sicherlich gesund heimkehren. [23] Da hörte sie auf zu weinen.

### Tobits Heilung (Tob 11,1–15)

11 [1] Als sie auf ihrer Heimreise in die Nähe von Ninive kamen,
sagte Rafael zu Tobias: [2] Weißt du noch, Bruder, wie es deinem
Vater ging, als du ihn verlassen hast? [3] Wir wollen deshalb deiner Frau
vorausgehen und das Haus für ihren Empfang vorbereiten. [4] Nimm
auch die Galle des Fisches mit! Sie machten sich auf den Weg und der
Hund lief hinter ihnen her.
[5] Hanna saß am Weg und hielt nach ihrem Sohn Ausschau. [6] Als sie
ihn kommen sah, rief sie seinem Vater zu: Dein Sohn kommt zurück
und mit ihm der Mann, der ihn begleitet hat. [7] Rafael aber sagte zu

Gott begleite dich auf deinem Weg; er gebe dir Kraft, wenn du krank bist, er tröste dich, wenn du traurig bist und freue sich mit dir, wenn es dir gut geht.

Irischer Reisesegen

„Engel“ bedeutet „Bote“, ein Bote von Gott. „Rafael“ meint „Gott heilt“ (zum Engel Michael ↗ Dan 10,13).

Das freut alle Hundebesitzer, dass nicht nur ein Engel den jungen Tobias auf seinem gefahrvollen Weg begleitet – auch sein Hündchen darf mit und wird in der Bibel extra erwähnt.

Engel sind die Streetworker Gottes.

Der Wunsch unseres Schutzengels, uns zu helfen, ist weit größer als derjenige, den wir haben, uns von ihm helfen zu lassen.

**JOHANNES DON BOSCO** (1815–1888), italienischer Priester, Jugendseelsorger und Ordensgründer

Mein Blick ist getrübt, ich kann deine Zeichen nicht sehen. Du allein kannst mein Ohr schärfen und meinen Blick klären und mein Herz reinigen. Lehre mich, zu deinen Füßen zu sitzen und auf dein Wort zu hören. Amen.

**JOHN HENRY NEWMAN**

Tobias: Ich weiß, dein Vater wird wieder sehen können. 8 Streich ihm
die Galle auf die Augen! Sie wird zwar brennen; aber wenn er sich die
Augen reibt, wird er die weißen Flecken wegwischen und wird dich
wieder sehen können.
9 Hanna war inzwischen herbeigeeilt, fiel ihrem Sohn um den Hals
und rief: Ich habe dich wiedergesehen, mein Sohn, jetzt kann ich ru-
hig sterben. Und beide brachen in Tränen aus. 10 Auch Tobit versuch-
te, ihm entgegenzugehen, stolperte aber an der Tür. Da lief ihm sein
Sohn entgegen 11 und fing ihn auf. Und er strich seinem Vater die Galle
auf die Augen und sagte: Hab keine Angst, mein Vater! 12 Tobit rieb
sich die Augen, weil sie brannten; da begannen die weißen Flecken,
sich von den Augenwinkeln aus abzulösen. 13 Und er konnte seinen
Sohn sehen, fiel ihm um den Hals und sagte unter Tränen:
14 Sei gepriesen, Gott, gepriesen sei dein heiliger Name in Ewigkeit.
Gepriesen seien alle deine heiligen Engel. Du hast mich gezüchtigt
und hast wieder Erbarmen mit mir gehabt. Denn ich darf meinen
Sohn Tobias wieder sehen.
15 Voll Freude ging der Sohn mit seinem Vater ins Haus und erzählte
ihm, was für wunderbare Dinge er in Medien erlebt hatte.

Ich bin von ganzem Herzen dankbar für alle Niederlagen und Krisen, denn nur sie sind es, die mich wieder zurücktreiben in das Gebet und in die Arme Gottes.

**SØREN KIERKEGAARD** (1813–1855), dänischer Philosoph, Theologe und Schriftsteller

Die Reichen dürfen ... unter keinen Umständen die Besitzlosen in ihrem Erworbenen schädigen, sei es durch Gewalt oder durch Trug oder durch Wucherkünste: und das um so weniger als ihr Stand minder gegen Unrecht und Übervorteilung geschützt ist. Ihr Eigentum, weil gering, beansprucht eben deshalb um so mehr Unverletzlichkeit.

**PAPST LEO XIII.,**
Rerum novarum, 17

**Rafael gibt sich zu erkennen (Tob 12,1–16)**

12 1 Danach rief Tobit seinen Sohn Tobias zu sich und sagte: Mein
Sohn, vergiss nicht den Lohn für den Mann, der dich begleitet
hat. Du musst ihm aber mehr geben, als wir ihm versprochen haben.
2 Tobias antwortete: Vater, ich werde keinen Schaden erleiden, wenn
ich ihm die Hälfte von all dem gebe, was ich mitgebracht habe. 3 Denn
er hat mich gesund zu dir zurückgebracht; er hat meine Frau geheilt;
er hat mein Geld abgeholt, und auch dich hat er geheilt. 4 Da sagte der
alte Tobit: Ja, er hat es verdient.
5 Dann rief er den Engel zu sich und sagte: Nimm die Hälfte von
allem, was ihr mitgebracht habt. 6 Der Engel aber nahm die beiden
beiseite und sagte zu ihnen: Preist Gott, und lobt ihn! Gebt ihm die
Ehre und bezeugt vor allen Menschen, was er für euch getan hat. Es
ist gut, Gott zu preisen und seinen Namen zu verherrlichen und voll
Ehrfurcht seine Taten zu verkünden. Hört nie auf, ihn zu preisen. 7 Es
ist gut, das Geheimnis eines Königs zu wahren; die Taten Gottes aber
soll man offen rühmen. Tut Gutes, dann wird euch kein Unglück tref-
fen. 8 Es ist gut, zu beten und zu fasten, barmherzig und gerecht zu
sein. Lieber wenig, aber gerecht als viel und ungerecht. Besser barm-
herzig sein, als Gold aufhäufen. 9 Denn Barmherzigkeit rettet vor dem
Tod und reinigt von jeder Sünde. Wer barmherzig und gerecht ist, wird
lange leben. 10 Wer aber sündigt, ist der Feind seines eigenen Lebens.

11 Ich will euch nichts verheimlichen; ich habe gesagt: Es ist
gut, das Geheimnis eines Königs zu wahren; die Taten Gottes
aber soll man offen rühmen. 12 Darum sollt ihr wissen: Als ihr
zu Gott flehtet, du und deine Schwiegertochter Sara, da habe
ich euer Gebet vor den heiligen Gott gebracht. Und ebenso
bin ich in deiner Nähe gewesen, als du die Toten begraben
hast. 13 Auch als du ohne zu zögern vom Tisch aufgestanden
bist und dein Essen stehen gelassen hast, um einem Toten
den letzten Dienst zu erweisen, blieb mir deine gute Tat nicht
verborgen, sondern ich war bei dir. 14 Nun hat mich Gott auch
gesandt, um dich und deine Schwiegertochter Sara zu heilen.
15 Ich bin Rafael, einer von den sieben heiligen Engeln, die das
Gebet der Heiligen emportragen und mit ihm vor die Majestät
des heiligen Gottes treten. 16 Da erschraken die beiden und
fielen voller Furcht vor ihm nieder. ...

▶ Gott ist wie ein König, der ununterbrochen wunderbare Dinge im ganzen Universum tut – geheim und verborgen für uns. Je mehr wir von der Welt verstehen, umso mehr können wir Gott loben.

❞ Ein wenig Barmherzigkeit macht die Welt weniger kalt und viel gerechter. Wir haben es notwendig, diese Barmherzigkeit Gottes gut zu verstehen, dieses barmherzigen Vaters, der so viel Geduld hat.

**PAPST FRANZISKUS,** 17.3.2013

▶ Erst ganz am Ende der Geschichte verstehen Tobit und Tobias, dass Rafael ein Engel ist.

**Tobits Lobgesang (Tob 13,1–4)**

13 1 Und Tobit schrieb zum Lobpreis Gottes ein Gebet nieder:
2 Gepriesen sei Gott, der in Ewigkeit lebt, sein Königtum sei
gepriesen. Er züchtigt und hat auch wieder Erbarmen; er führt hinab
in die Unterwelt und führt auch wieder zum Leben. Niemand kann
seiner Macht entfliehen.

3 Bekennt euch zu ihm vor allen Völkern, ihr Kinder Israels; denn er
selbst hat uns unter die Völker zerstreut.

4 Verkündet dort seine erhabene Größe, preist ihn laut vor allem,
was lebt. Denn er ist unser Herr und Gott, er ist unser Vater in alle
Ewigkeit. ...

> **B** Dir begegnet kein Unheil, kein Unglück naht deinem Zelt. Denn er befiehlt seinen Engeln, dich zu behüten auf all deinen Wegen. Sie tragen dich auf ihren Händen, damit dein Fuß nicht an einen Stein stößt; du schreitest über Löwen und Nattern, trittst auf Löwen und Drachen. „Weil er an mir hängt, will ich ihn retten; ich will ihn schützen, denn er kennt meinen Namen."
>
> Ps 91,10–14

**Y → 54**
Was sind Engel?

▶ Tobit sieht die Zerstreuung der Juden unter die Völker (griechisch „Diaspora") als göttlichen Auftrag, dass Juden Gott unter allen Nationen bezeugen. Er glaubt daran, dass einmal alle Völker Gott in einem neuen Jerusalem loben werden (Tob 13,10–18, ↗ Jes 60; Offb 21,9–27).

**?** Wer hat mich im Leben begleitet? Wer ist für mich ein Engel?

DAS BUCH

# Judit

Diese Lehrerzählung wurde vielleicht auf Aramäisch verfasst, ist uns aber nur in griechischer Übersetzung erhalten. Die Heldin des Buches heißt Judit, was „Judäerin" oder „jüdische Frau" bedeutet. Der Name weist schon auf ihre Verantwortung für ihr Volk und ihren Einsatz hin: Sie rettet ihre Ortschaft Betulia und damit ihr Volk vor der drohenden Vernichtung, indem sie den feindlichen Feldherrn mit List tötet (Jdt 13). Zuvor hatten die Ältesten des Ortes wegen Wassermangels beschlossen, sich in fünf Tagen zu ergeben – außer Gott würde bis dahin eingreifen. In dieser Situation wird Judit aktiv.

▶ Den Kampf ums Wasser gab es in der Bibel und gibt es heute, wo multinationale Konzerne versuchen, weltweit die Kontrolle über die Quellen zu gewinnen, um sie kommerziell zu nutzen.

Die Geduld erreicht alles.

**TERESA VON ÁVILA**

**Der Wassermangel in Betulia (Jdt 7)**

7 [19] Die Israeliten aber schrien zum Herrn, ihrem Gott. Sie hatten
allen Mut verloren, da sie ringsum von ihren Feinden eingeschlos-
sen waren und es kein Entrinnen mehr gab. [20] Nachdem die Bela-
gerung durch das ganze Heer der Assyrer mit ihrem Fußvolk, ihren
Wagen und Reitern vierunddreißig Tage gedauert hatte, ging in sämt-
lichen Behältern der Einwohner von Betulia das Wasser zur Neige. [21]
Auch die Zisternen wurden leer. Die Belagerten konnten sich an kei-
nem einzigen Tag mehr satt trinken, weil sie nur ein bestimmtes Maß
an Wasser zugeteilt bekamen. [22] Ihre Kinder verschmachteten; die
Frauen und jungen Männer wurden ohnmächtig vor Durst, sie fielen
auf den Straßen der Stadt und in den Torwegen um, denn sie hatten
keine Kraft mehr.
[23] Da versammelte sich das ganze Volk, die jungen Männer, die Frau-
en und Kinder, bei Usija und den leitenden Männern der Stadt, erho-
ben ein lautes Geschrei und riefen den Ältesten zu: [24] Gott sei Richter
zwischen uns und euch. Ihr habt ein schweres Unrecht an uns be-
gangen, weil ihr mit den Assyrern nicht friedlich verhandeln wolltet.
[25] Jetzt gibt es für uns keine Rettung mehr; denn Gott hat uns an sie
verkauft. Darum müssen wir verdursten und vor ihren Augen elend
zugrunde gehen ...
[30] Doch Usija sagte zu ihnen: Fasst Mut, Brüder! Wir wollen noch
fünf Tage aushalten. In dieser Zeit wird der Herr, unser Gott, uns sein

Erbarmen wieder zuwenden; er wird uns nicht für immer verlassen.
31 Sollten aber diese Tage vergehen, ohne dass uns geholfen wird,
dann will ich tun, was ihr gefordert habt. 32 Dann ließ er das Volk
auseinandergehen, jeden auf seinen Posten, und sie begaben sich
wieder auf die Mauern und Türme der Stadt. Die Frauen und Kinder
aber schickte er in ihre Häuser zurück. In der Stadt herrschte tiefe
Niedergeschlagenheit.

» Wenn wir „Heilsbotschaft“ sagen, dann ist das nicht nur eine Floskel, nicht nur ein einfaches, leeres Wort, wie es heute so viele gibt! Die Menschheit braucht Rettung, und zwar dringend!

**PAPST FRANZISKUS** zu Jugendlichen in Assisi, 4.10.2013

**Gott nicht unter Druck setzen! (Jdt 8)**

8 11 Als sie zu ihr kamen, sagte Judit zu ihnen: Hört mich an, ihr Vor-
steher der Einwohner von Betulia! Es war nicht recht, was ihr heu-
te vor dem Volk gesagt habt. Durch diesen Eid, den ihr geschworen
habt, habt ihr Gott und euch selbst festgelegt; denn ihr habt erklärt,
dass ihr die Stadt unseren Feinden ausliefern wollt, wenn der Herr
euch nicht inzwischen Hilfe schickt.
12 Wer seid ihr denn, dass ihr am heutigen Tag Gott auf die Probe
stellt und euch vor allen Leuten an die Stelle Gottes setzt?
13 Ihr wollt den Herrn, den Allmächtigen, auf die Probe stellen und
kommt doch ewig zu keiner Erkenntnis.
14 Nicht einmal die Tiefe des Menschenherzens könnt ihr ergründen
und die Gedanken seines Geistes erfassen. Wie wollt ihr dann Gott

▶ Feinfühlig nimmt Judit wahr, dass Menschen, die Gott eine Bedingung stellen, sich damit über Gott erheben. Bedingungen kann man gegenüber Untergebenen oder Gleichrangigen äußern – es passt nicht in der Beziehung mit Gott.

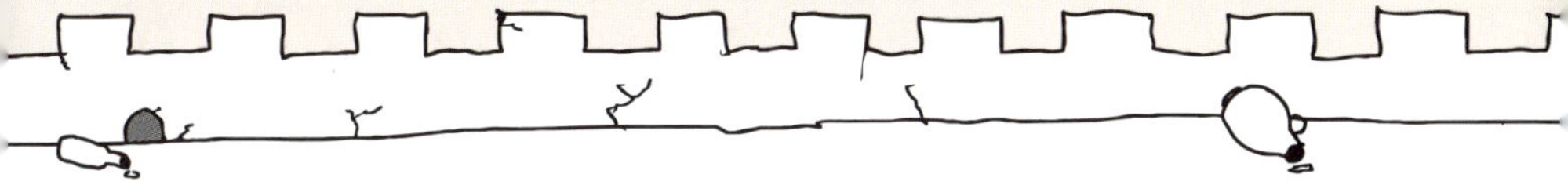

erforschen, der das alles geschaffen hat? Wie wollt ihr seine Gedan-
ken erkennen und seine Absichten verstehen? Nein, meine Brüder,
reizt den Herrn, unseren Gott, nicht zum Zorn! 15 Auch wenn er nicht
gewillt ist, uns in diesen fünf Tagen Hilfe zu schaffen, so hat doch er
zu bestimmen, zu welcher Zeit er uns helfen oder uns vor den Augen
unserer Feinde vernichten will. 16 Versucht nicht, die Entscheidungen
des Herrn, unseres Gottes, zu erzwingen; denn Gott ist nicht wie ein
Mensch, dem man drohen kann, und wie ein Menschenkind, das man
beeinflussen kann. 17 Darum wollen wir die Rettung von ihm erwarten
und ihn um Hilfe anrufen. Er wird unser Flehen erhören, wenn es sei-
nem Willen entspricht.
18 Denn eines gab es bei uns nicht und gibt es auch heute nicht: Es
gibt weder einen Stamm noch eine Familie, weder einen Gau noch
eine Stadt, die von Menschen gemachte Götter anbeten, wie es in
früherer Zeit geschah. …
25 Bei alldem aber lasst uns dem Herrn, unserem Gott, danken, dass
er uns ebenso prüft wie schon unsere Väter. 26 Denkt daran, was er
mit Abraham machte, wie er Isaak prüfte und was Jakob im syrischen
Mesopotamien erlebte, als er die Schafe Labans, des Bruders sei-
ner Mutter, hütete. 27 Denn wie er diese Männer im Feuer geläutert
hat, um ihr Herz zu prüfen, so hat er auch mit uns kein Strafgericht
vor, sondern der Herr züchtigt seine Freunde, um sie zur Einsicht zu
führen.

▶ In ihrer Begründung verweist Judit auf den unendlichen Abstand zwischen menschlichem und göttlichem Erkennen (↗ auch 1 Sam 16,7).

▶ Weil Israel selbstgebastelte Götzen verehrt hatte, war es früher untergegangen (↗ 2 Kön 17,5–8). Weil dies nicht mehr der Fall ist, vertraut Judit auf Gottes Hilfe.

▶ Judit erinnert an schwere Bewährungsproben der Vorfahren. Am Schluss ihrer Rede stellt sie die gegenwärtige Notlage in ein ganz neues Licht: Gott gibt darin eine Chance zu reifen, und dafür sollte man ihm sogar danken (v25).

DAS BUCH

# Ester

Wie das Juditbuch ist das Buch Ester eine beispielhafte Erzählung. Die Handlung spielt am persischen Hof. Die junge jüdische Frau Ester heiratet König Artaxerxes und wird so zur Königin (Est 2). Haman, ein hoher persischer Beamter, plant die Vernichtung aller Juden (Est 3,6). Durch ihren Cousin Mordechai erfährt Ester davon und ist bereit, ihr Leben für ihr bedrohtes Volk zu riskieren und ungefragt zum König zu gehen (Est 4). Dieser nimmt sie gnädig auf, und bei einem Mahl trägt sie ihr Anliegen vor.

In Kapitel 3 des Buches Ester findet sich eine archetypische Szene: Die Fremden im Land erregen Anstoß, weil sie anders sind. Die Andersheit muss beseitigt werden ...

> Es ist normal, verschieden zu sein.

**RICHARD VON WEIZSÄCKER** (1920–2015), dt. Bundespräsident

> Wir müssen ein Gedächtnis derjenigen bewahren, die sich – seien sie Juden oder Nicht-Juden – im größten Chaos so zu verhalten wussten, als ob die Welt nicht aus den Fugen gewesen wäre.

Der frz.-Jüdische Philosoph **EMMANUEL LEVINAS** (1906–1995), dessen Eltern und Brüder von den Nazis umgebracht wurden. Er stellt das menschliche Antlitz in den Mittelpunkt, das „die Andersheit des Anderen“ bewahrt und Menschen zuruft: „Du wirst keinen Mord begehen.“

**Der Ausrottungsplan (Est 3,7–11)**

3 7 Im ersten Monat, dem Monat Nisan, im zwölften Jahr des
Königs Artaxerxes, warf man in Gegenwart Hamans das Pur,
das ist das Los, über die einzelnen Tage und Monate und das
Los fiel auf den dreizehnten Tag des zwölften Monats, des Mo-
nats Adar.
8 Darauf sagte Haman zu König Artaxerxes: Es gibt ein Volk, das
über alle Provinzen deines Reiches verstreut lebt, aber sich von
den anderen Völkern absondert. Seine Gesetze sind von denen
aller anderen Völker verschieden; auch die Gesetze des Königs
befolgen sie nicht. Es ist nicht richtig, dass der König ihnen das
durchgehen lässt. 9 Wenn der König einverstanden ist, soll ein
schriftlicher Erlass herausgegeben werden, sie auszurotten.
Dann kann ich den Schatzmeistern zehntausend Talente Silber
übergeben und in die königlichen Schatzkammern bringen las-
sen.
10 Da zog der König seinen Siegelring vom Finger und gab ihn
dem Agagiter Haman, dem Sohn Hammedatas, dem Feind der

Juden, 11 und er sagte zu Haman: Das Silber lasse ich dir; mach mit
dem Volk, was dir richtig erscheint.

## Bosheit fällt auf ihren Urheber zurück (Est 7,1–10)

7 1 Der König und Haman kamen zu dem Mahl, das die Königin Ester
gab, 2 und der König sagte auch am zweiten Tag zu Ester, als sie
beim Wein saßen: Was hast du für eine Bitte, Königin Ester? Sie wird
dir erfüllt. Was hast du für einen Wunsch? Selbst wenn es die Hälfte
des Reiches wäre – man wird es dir geben. 3 Die Königin Ester antwor-
tete: Wenn ich beim König Wohlwollen gefunden habe und wenn es
ihm gefällt, dann möge mir und meinem Volk das Leben geschenkt
werden. Das ist meine Bitte und mein Wunsch. 4 Man hat mich und
mein Volk verkauft, um uns zu erschlagen, zu ermorden und auszu-
rotten. Wenn man uns als Sklaven und Sklavinnen verkaufen würde,
hätte ich nichts gesagt; denn dann gäbe es keinen Feind, der es wert
wäre, dass man seinetwegen den König belästigt.
5 Da sagte der König Artaxerxes zu Königin Ester: Wer ist der Mann?
Wo ist der Mensch, der es wagt, so etwas zu tun?

▶ Die Judäer wurden in einem zweifachen Sinn „verkauft“: zur Ermordung in feindliche Hände ausgeliefert, um anschließend ihren Besitz zu beschlagnahmen (↗ Est 3,9).

6 Ester antwortete: Dieser gefährliche Feind ist der verbrecherische
Haman hier.
Da erschrak Haman vor dem König und der Königin. 7 Der König aber
stand auf, verließ voll Zorn das Trinkgelage und ging in den Garten
des Palastes.
Haman trat zu Ester und flehte sie um sein Leben an; denn er sah,
dass sein Untergang beim König besiegelt war. 8 Als der König aus
dem Garten wieder in den Raum zurückkam, in dem das Trinkgelage
stattfand, hatte sich Haman über das Polster geworfen, auf dem Ester
lag.
Der König sagte: Tut man jetzt sogar hier in meiner
Gegenwart der Königin Gewalt an? Kaum hatte der
König das gesagt, da verhüllte man schon das Gesicht
Hamans. 9 Harbona, einer der Hofbeamten, sagte zum
König: Vor dem Haus Hamans steht schon ein fünf-
zig Ellen hoher Galgen; ihn hat Haman für Mordechai
aufgestellt, der dem König durch seine Anzeige einen
guten Dienst erwiesen hat. Der König befahl: Hängt
ihn daran auf!
10 Da hängten sie Haman an den Galgen, den er für
Mordechai errichtet hatte, und der Zorn des Königs
legte sich.

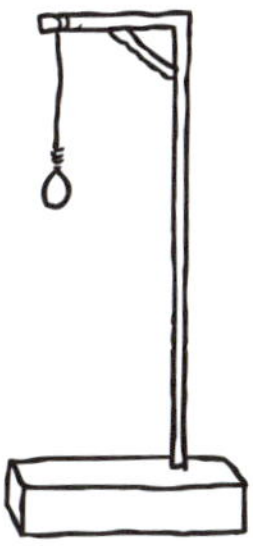

▶ Hier gelingt es, die geplanten Verbrechen abzuwenden. Die Juden gedenken dieses Ereignisses jährlich im Purim-Fest. Doch im weiteren Verlauf der Geschichte wurden Juden unzählige Male verfolgt und ermordet, bis zum Holocaust. Auch andere Volksgruppen sind Genoziden und Ermordungen von Massen zum Opfer gefallen: Armenier 1915 in der Türkei, Millionen Ukrainer unter Stalin, Tausende Bosniaken 1995 in Srebrenica, Millionen von Tutsis und Hutus in Ruanda, Burundi und im Kongo (ab 1994). Was kann dazu helfen, dass solche Massaker nicht mehr stattfinden?

DIE BÜCHER DER

# Makkabäer

Diese zwei Werke stehen nur in der griechischen Bibel und berichten vom Aufstand des Mattatias und seiner Söhne gegen die Entweihung des Tempels durch den Seleukidenkönig Antiochus IV. im Jahre 167 v. Chr. Dessen Vorgehen gegen die überlieferte Religion und ihre Bräuche löste den gewaltsamen Widerstand frommer Juden aus; jahrzehntelange Kämpfe folgten und führten schließlich zur Unabhängigkeit sowie zur Herrschaft der Hasmonäer. Das zweite Buch der Makkabäer schildert das Leiden der im Glauben Treuen, bis hin zum Martyrium des Eleasar und der Mutter samt ihren sieben Kindern (2 Makk 6–7). Der jüngste Sohn hält trotz der Verlockungen des feindlichen Königs und des erlebten grausamen Tötens seiner Brüder fest zu Gott.

Diktatorische Regimes tendieren oft dazu, Menschen von ihren gewohnten Traditionen abzubringen und auf ihre Ideologie auszurichten. Mattatias wehrt sich dagegen und löst damit einen Aufstand aus.

## Der Widerstand des Mattatias (1 Makk 2,15–28)

2 15 Da kamen die Beamten, die vom König den Auftrag hatten, die
Einwohner zum Abfall von Gott zu zwingen, in die Stadt Modeïn,
um die Opfer durchzuführen. 16 Viele Männer aus Israel kamen zu ih-
nen; auch Mattatias und seine Söhne mussten erscheinen.
17 Da wandten sich die Leute des Königs an Mattatias und sagten:
Du besitzt in dieser Stadt Macht, Ansehen und Einfluss und hast die
Unterstützung deiner Söhne und Verwandten. 18 Tritt also als Erster
vor und tu, was der König angeordnet hat. So haben es alle Völker
getan, auch die Männer in Judäa und alle, die in Jerusalem geblieben
sind. Dann wirst du mit deinen Söhnen zu den Freunden des Königs
gehören; auch wird man dich und deine Söhne mit Silber, Gold und
vielen Geschenken überhäufen.
19 Mattatias aber antwortete mit lauter Stimme: Auch wenn alle Völ-
ker im Reich des Königs ihm gehorchen und jedes von der Religion
seiner Väter abfällt und sich für seine Anordnungen entscheidet –

„Weiße Rose" nannte sich die Widerstandsgruppe, die aus gläubigen jungen Christen bestand. Kurz vor ihrer Hinrichtung erlaubte man Sophie Scholl, Hans Scholl und Christoph Probst, gemeinsam ihre letzte Zigarette zu rauchen. „Es waren nur ein paar Minuten, aber ich glaube, es hat viel für sie bedeutet", meint Inge Aicher-Scholl, die Schwester. „Ich wusste nicht, dass Sterben so leicht sein kann", sagt Christoph Probst. Und dann: „In wenigen Minuten sehen wir uns in der Ewigkeit wieder." Dann wurden sie abgeführt. Sophie ging als Erste, aufrecht. Der Scharfrichter sagte, so habe er noch niemanden sterben sehen.

20 ich, meine Söhne und meine Verwandten bleiben beim Bund un-
serer Väter. 21 Der Himmel bewahre uns davor, das Gesetz und seine
Vorschriften zu verlassen. 22 Wir gehorchen den Befehlen des Königs
nicht und wir weichen weder nach rechts noch nach links von unserer
Religion ab.
23 Kaum hatte er das gesagt, da trat vor aller Augen ein Jude vor und
wollte auf dem Altar von Modeïn opfern, wie es der König angeordnet
hatte. 24 Als Mattatias das sah, packte ihn leidenschaftlicher Eifer; er
bebte vor Erregung und ließ seinem gerechten Zorn freien Lauf: Er
sprang vor und erstach den Abtrünnigen über dem Altar. 25 Zusammen
mit ihm erschlug er auch den königlichen Beamten, der sie zum Op-
fer zwingen wollte, und riss den Altar nieder; 26 der leidenschaftliche
Eifer für das Gesetz hatte ihn gepackt und er tat, was einst Pinhas mit
Simri, dem Sohn des Salu, gemacht hatte.
27 Dann ging Mattatias durch die Stadt und rief laut: Wer sich für das
Gesetz ereifert und zum Bund steht, der soll mir folgen.
28 Und er floh mit seinen Söhnen in die Berge; ihren ganzen Besitz
ließen sie in der Stadt zurück.

Es fallen so viele Menschen für dieses Regime. Es wird Zeit, dass jemand dagegen fällt.

**SOPHIE SCHOLL** (*1921), Widerstandskämpferin gegen den Nationalsozialismus, hingerichtet am 22. Februar 1943

In vielen Gesellschaften gibt es Menschen, an denen man sich orientiert. Der alte Eleasar ist sich bewusst, dass Jüngere auf ihn schauen (v28). Auch das gibt ihm Kraft zu einer guten Entscheidung.

▶ Eleasar lässt sich nicht „kaufen" (v21). Unehrlichkeit kommt für ihn nicht in Frage.

Der Todesmut des Eleasar hat ein Gegenstück in der Antike, im Tod des Sokrates (399–469 v. Chr). Angeklagt der „Gottlosigkeit", weil er Vielgötterei ablehnte, wurde er zum Tod durch einen Giftbecher verurteilt. „Ich schätze euch, Männer Athens, ... gehorchen aber werde ich mehr dem → Gotte als euch", hatte sich Sokrates vergeblich verteidigt. So nahm er das Todesurteil an: „Es ist Zeit, dass wir gehen – ich um zu sterben, ihr um zu leben: wer aber von uns den besseren Weg beschreitet, das weiß niemand, es sei denn der Gott."

## Der Tod des Eleasar (2 Makk 6,18–31)

6 18 Unter den angesehensten Schriftgelehrten war Eleasar, ein
Mann von hohem Alter und edlen Gesichtszügen. Man sperrte ihm
den Mund auf und wollte ihn zwingen, Schweinefleisch zu essen. 19 Er
aber zog den ehrenvollen Tod einem Leben voll Schande vor, ging
freiwillig auf die Folterbank zu 20 und spuckte das Fleisch wieder aus.
In solcher Haltung mussten alle herantreten, die sich standhaft wehrten zu essen, was man nicht essen darf – nicht einmal um des geliebten Lebens willen.
21 Die Leute, die bei dem gesetzwidrigen Opfermahl
Dienst taten und die den Mann von früher her kannten, nahmen ihn heimlich beiseite und redeten ihm zu, er solle sich doch Fleisch holen lassen, das er essen dürfe, und es selbst zubereiten. Dann solle er tun, als ob er von dem Opferfleisch esse, wie es der König befohlen
habe. 22 Wenn er es so mache, entgehe er dem Tod; weil sie alte Freunde seien, würden sie ihn mit Nachsicht behandeln.

▶ Verlängerung des Lebens ist kein Ziel für den 90-Jährigen. Der Glaube an Gott und die Verantwortung vor ihm gibt Eleasar die Kraft zu einem tapferen Zeugnis.

❞ Falls der Tod aber gleichsam ein Auswandern ist von hier an einen anderen Ort, und wenn es wahr ist, was man sagt, dass alle, die gestorben sind, sich dort befinden, welch ein größeres Glück gäbe es wohl als dieses?

**SOKRATES**

23 Er aber fasste einen edlen Entschluss, wie es sich gehörte für
einen Mann, der so alt und wegen seines Alters angesehen war, in Würde ergraut, der von Jugend an vorbildlich gelebt und – was noch wichtiger ist – den heiligen, von Gott gegebenen Gesetzen gehorcht hatte. So erklärte er ohne Umschweife, man solle ihn ruhig zur Unterwelt schicken.
24 Wer so alt ist wie ich, soll sich nicht verstellen. Viele
jungen Leute könnten sonst glauben, Eleasar sei mit seinen neunzig Jahren noch zu der fremden Lebensart übergegangen.
25 Wenn ich
jetzt heucheln würde, um eine geringe, kurze Zeit länger zu leben, würde ich sie irreleiten, meinem Alter aber Schimpf und Schande
bringen. 26 Vielleicht könnte ich mich für den Augenblick der Bestrafung durch die Menschen entziehen; doch nie, weder lebendig noch
tot, werde ich den Händen des Allherrschers entfliehen. 27 Darum will
ich jetzt wie ein Mann sterben und mich so meines Alters würdig zeigen.
28 Der Jugend aber hinterlasse ich ein leuchtendes Beispiel, wie
man mutig und mit Haltung für die ehrwürdigen und heiligen Gesetze eines schönen Todes stirbt. Nach diesen Worten ging er geradewegs zur Folterbank.

29 Da schlug die Freundlichkeit, die ihm seine Begleiter eben noch
erwiesen hatten, in Feindschaft um; denn was er gesagt hatte, hielten
sie für Wahnsinn. 30 Als man ihn zu Tod prügelte, sagte er stöhnend:
Der Herr mit seiner heiligen Erkenntnis weiß, dass ich dem Tod hätte entrinnen können. Mein Körper leidet qualvoll unter den Schlägen,

meine Seele aber erträgt sie mit Freuden, weil ich ihn fürchte. 31 So starb er; durch seinen Tod hinterließ er nicht nur der Jugend, sondern den meisten aus dem Volk ein Beispiel für edle Gesinnung und ein Denkmal der Tugend.

Sei den Gläubigen ein Vorbild in deinen Worten, in deinem Lebenswandel, in der Liebe, im Glauben, in der Lauterkeit.

1 Tim 4,12

**Sterbemut (2 Makk 7,24–41)**

7 24 ... Nun war nur noch der Jüngste übrig. Auf ihn redete der König nicht nur mit guten Worten ein, sondern versprach ihm unter vielen Eiden, ihn reich und sehr glücklich zu machen, wenn er von der Lebensart seiner Väter abfalle; auch wolle er ihn zu seinem Freund machen und ihn mit hohen Staatsämtern betrauen. 25 Als der Junge nicht darauf einging, rief der König die Mutter und redete ihr zu, sie solle dem Knaben doch raten, sich zu retten. 26 Erst nach langem Zureden willigte sie ein, ihren Sohn zu überreden. 27 Sie beugte sich zu ihm nieder, und den grausamen Tyrannen verspottend, sagte sie in ihrer Muttersprache: Mein Sohn, hab Mitleid mit mir! Neun Monate habe ich dich in meinem Leib getragen, ich habe dich drei Jahre gestillt, dich ernährt, erzogen und für dich gesorgt, bis du nun so groß geworden bist. 28 Ich bitte dich, mein Kind, schau dir den Himmel und die Erde an; sieh alles, was es da gibt, und erkenne: Gott hat das aus

▶ Auch der jüngste Sohn will an der Tora festhalten. Der Glaube an Gottes Gerechtigkeit gibt ihm Mut.

dem Nichts erschaffen, und so entstehen auch die Menschen. 29 Hab keine Angst vor diesem Henker, sei deiner Brüder würdig, und nimm den Tod an! Dann werde ich dich zur Zeit der Gnade mit deinen Brüdern wiederbekommen.

30 Kaum hatte sie aufgehört, da sagte der Junge: Auf wen wartet ihr? Dem Befehl des Königs gehorche ich nicht; ich höre auf den Befehl des Gesetzes, das unseren Vätern durch Mose gegeben wurde. 31 Du aber, der sich alle diese Bosheiten gegen die Hebräer ausgedacht hat, du wirst Gottes Händen nicht entkommen. 32 Denn wir leiden nur, weil wir gesündigt haben. 33 Wenn auch der lebendige Herr eine kurze Zeit lang zornig auf uns ist, um uns durch Strafen zu erziehen, so wird er sich doch mit seinen Dienern wieder versöhnen. ...

36 Unsere Brüder sind nach kurzem Leiden mit der göttlichen Zusicherung ewigen Lebens gestorben; du jedoch wirst beim Gericht Gottes die gerechte Strafe für deinen Übermut zahlen. 37 Ich gebe wie meine Brüder Leib und Leben hin für die Gesetze unserer Väter und rufe zu Gott, er möge seinem Volk bald wieder gnädig sein; du aber sollst unter Qualen und Schlägen bekennen müssen, dass nur er Gott ist. 38 Bei mir und meinen Brüdern möge der Zorn des Allherrschers aufhören, der sich zu Recht über unser ganzes Volk ergossen hat.

40 Auch der Jüngste starb also mit reinem Herzen und vollendetem Gottvertrauen. 41 Zuletzt starb nach ihren Söhnen die Mutter.

▶ „... aus dem Nichts“, wörtlich: „nicht aus Bestehendem“. Dies ist die einzige Stelle im AT, die diesen Gedanken zum Ausdruck bringt und so den Glauben an Gott als Schöpfer vertieft.

Du nimmst uns dieses Leben; der König der Welt aber wird uns, weil wir für seine Gesetze gestorben sind, zu einem neuen, ewigen Leben auferstehen lassen.

2 Makk 7,9

▶ Hier klingt der Glaube an die Auferstehung und ewiges Leben an (↗ schon v29).

▶ Die Hoffnungen der Mutter und ihrer Söhne gehen in Erfüllung. Antiochus IV. stirbt, und nach einigen Jahren können die Juden wieder frei ihre Religion ausüben.

# Die Bücher der Weisheit

Über die Grundlagen des Zusammenlebens in der Tora und die kritische Auseinandersetzung mit seiner Geschichte hinaus, in der Gottes Weisung vielfach missachtet wurde, hat Israel seine besonderen Erfahrungen unter vielen Rücksichten reflektiert und gesammelt. „Schriften" bezeichnet den dritten Teil der Hebräischen Bibel, nach Tora und Propheten. „Bücher der Weisheit" ist die übliche christliche Benennung.

*Ijob* ragt heraus durch die Intensität, mit der es die Frage nach dem Leiden von Unschuldigen stellt, in den Reden der Gesprächspartner mögliche Lösungen auslotet und schließlich Gott in Rätseln antworten lässt.

Die *Psalmen* sind Zeugnisse einer großen Nähe zu Gott, in denen die Betenden ihre persönlichen Anliegen in offener, manchmal sogar drastischer Sprache vor ihn hintragen. Sie gehören zum unvergänglichen Schatz der Menschheit, weil sie helfen, in den unterschiedlichsten Situationen Gott anzureden und die Beziehung zu ihm zu vertiefen.

Das Buch der *Sprichwörter* besteht aus mehreren Sammlungen, die Lebensweisheiten und Erfahrungen des Glaubens bündeln und verbinden. Darin verdichtet sich, was Menschen in ihrem Alltag und mit Gott gespürt haben und als bewährt weitervermitteln wollen.

*Kohelet* wiederum stammt von einem „kritischen Geist", der übliche Einstellungen hinterfragt und den wahren Wert von Dingen und Verhalten erkennen will. Es führt zu ungewohnten Perspektiven und regt an, das wirklich Bleibende im Leben zu suchen.

Das *Hohelied* ist unübertroffen in der Bibel bezüglich der Liebe von Mann und Frau, die als überaus kostbar beschrieben wird und in der Gottes Kraft spürbar wird.

Das Buch der *Weisheit* schildert einen menschenfreundlichen Gott, und Jesus Sirach bietet eine Synthese jüdischer Traditionen im Blick auf die neuen Herausforderungen damals im 2. Jh. v. Chr. Insgesamt zeigen die Schriften und Weisheitsbücher so das konstante Bemühen Israels, den Glauben im Blick auf kritische Anfragen und Veränderungen hin lebendig zu halten und mit Gott verbundenen Menschen so Orientierung und Halt zu geben.

DAS BUCH

# Ijob

Das Buch Ijob ist eines der bedeutendsten Bücher der Weltliteratur. Es verbindet höchste Poesie mit einer tiefen spirituellen Botschaft, die sich nicht mit einfachen Antworten zufriedengibt. Es setzt sich intensiv mit der Frage auseinander, warum unschuldige Menschen leiden müssen und wie Gott das zulassen kann. Es gelangt zu einer geheimnisvollen Antwort (Ijob 38–42).

Der Beginn des Buches erzählt, wie der reiche und gerechte Ijob seinen ganzen Besitz und alle Kinder verliert und dann schwer krank wird, weil der Satan, der Verwirrer im himmlischen Thronrat, nicht glauben will, dass Ijob wirklich gerecht ist (Ijob 1–2). Ijob hält zusammen mit drei Freunden, die gekommen sind, ihn zu trösten, sieben Tage lang schweigend in seinem Leiden aus (Ijob 2,11–13), dann verwünscht er sein Leben (Ijob 3).

In den darauf folgenden Diskussionen wollen seine Freunde ihn überzeugen, dass er in irgendeiner Form Unrecht begangen haben muss – sonst könnte ihn nicht solches Leid getroffen haben. Ijob aber wehrt sich gegen solche Unterstellungen und findet immer tiefer zu einer Hoffnung auf Gott (z.B. in Ijob 19,25–27). Dieser erfüllt ihm seine Sehnsucht, sich ihm zu zeigen, und rechtfertigt ihn am Ende (Ijob 42,7–17).

**„** Ich glaube an die Sonne, auch wenn sie nicht scheint. Ich glaube an die Liebe, auch wenn ich sie nicht fühle. Ich glaube an Gott, auch wenn er schweigt.

Aufschrift an der Wand eines Kellers in Köln, in dem sich während des Krieges Juden versteckt haben.

**Es wäre besser, wäre ich nie geboren worden! (Ijob 3,1–26)**

3 1 Danach tat Ijob seinen Mund auf und verfluchte seinen Tag.
2 Ijob ergriff das Wort und sprach:
3 Ausgelöscht sei der Tag, an dem ich geboren bin,
die Nacht, die sprach: Ein Mann ist empfangen.
4 Jener Tag werde Finsternis, nie frage Gott von oben nach ihm,
nicht leuchte über ihm des Tages Licht.
5 Einfordern sollen ihn Dunkel und Finsternis,
Gewölk über ihn sich lagern,
Verfinsterung am Tag mache ihn schrecklich.
6 Jene Nacht, das Dunkel raffe sie hinweg,
sie reihe sich nicht in die Tage des Jahres,
sie füge sich nicht zur Zahl der Monde.
7 Ja, diese Nacht sei unfruchtbar, kein Jubel komme auf in ihr.
8 Verwünschen sollen sie die Verflucher der Tage,
die es verstehen, den Leviatan zu wecken.
9 Verfinstert seien ihrer Dämmerung Sterne;
sie harre auf das Licht, jedoch umsonst;
die Wimpern der Morgenröte schaue sie nicht.
10 Denn sie hat die Pforten an meiner Mutter Leib nicht verschlossen,
nicht das Leid verborgen vor meinen Augen.

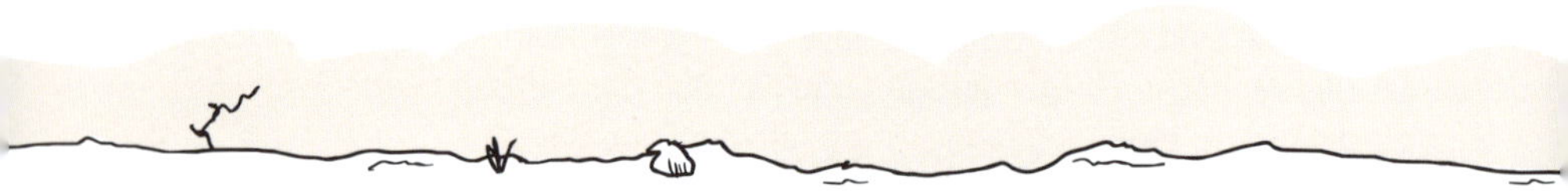

**„** Die Sprache der Gebete ... ist zumeist viel dramatischer und viel rebellischer als die ausgleichende, abwägende Sprache der Theologie ... Sie endet oft in einem einzigen Schrei oder auch nur einem lautlosen Seufzer der Kreatur ... Diese Sprache hat keine Barrieren. Gott kann man schließlich alles sagen, auch dass man nicht an ihn glauben kann, wenn man denn nur versucht, es ihm zu sagen.

**JOHANN BAPTIST METZ** (*1928), deutscher Theologe

▶ Ijob sieht das Reich des Todes als Befreiung von den Ungerechtigkeiten des Lebens.

▶ Kaum ein anderer Text findet so starke Worte für die Todessehnsucht von Leidenden.

11 Warum starb ich nicht vom Mutterschoß weg,
kam ich aus dem Mutterleib und verschied nicht gleich?
12 Weshalb nur kamen Knie mir entgegen,
wozu Brüste, dass ich daran trank?
13 Still läge ich jetzt und könnte rasten,
entschlafen wäre ich und hätte Ruhe
14 bei Königen, bei Ratsherren im Land,
die Grabkammern für sich erbauten,
15 oder bei Fürsten, reich an Gold, die ihre Häuser mit Silber gefüllt.
16 Wie die verscharrte Fehlgeburt wäre ich nicht mehr,
Kindern gleich, die das Licht nie geschaut.
17 Dort hören Frevler auf zu toben,
dort ruhen aus, deren Kraft erschöpft ist.
18 Auch Gefangene sind frei von Sorgen,
hören nicht mehr die Stimme des Treibers.
19 Klein und groß ist dort beisammen,
der Sklave ist frei von seinem Herrn.
20 Warum schenkt er dem Elenden Licht
und Leben denen, die verbittert sind?
21 Sie warten auf den Tod, der nicht kommt,
sie suchen ihn mehr als verborgene Schätze.
22 Sie würden sich freuen über einen Hügel;
fänden sie ein Grab, sie würden frohlocken.

[23] Wozu Licht für den Mann auf verborgenem Weg,
den Gott von allen Seiten einschließt?
[24] Bevor ich noch esse, kommt mir das Seufzen,
wie Wasser strömen meine Klagen hin.
[25] Was mich erschreckte, das kam über mich,
wovor mir bangte, das traf mich auch.
[26] Noch hatte ich nicht Frieden, nicht Rast, nicht Ruhe,
fiel neues Ungemach mich an.

**Y → 66**
Lag es in Gottes Plan, dass Menschen leiden und sterben?

Auch Jesus ist nicht von seinem Kreuz gestiegen.

**PAPST JOHANNES PAUL II.,**
vor seinem Tod 2005

In den folgenden über dreißig Kapiteln entfaltet sich ein Streitgespräch zwischen Ijob und seinen Freunden: Sie vertreten die traditionelle Ansicht, dass Menschen wegen ihrer Sünden leiden, dass alle Menschen Sünder sind und Ijob deshalb eine gerechte Strafe von Gott erleiden muss. Ijob aber besteht darauf, dass er nicht gesündigt hat. Mit starken Worten wendet sich Ijob an seine Freunde:

## Mein Erlöser lebt! (Ijob 19,21–27)

19 [21] Erbarmt, erbarmt euch meiner, ihr, meine Freunde!
Denn Gottes Hand hat mich getroffen.
[22] Warum verfolgt ihr mich wie Gott,
warum werdet ihr an meinem Fleisch nicht satt?
[23] Dass doch meine Worte geschrieben würden,
in einer Inschrift eingegraben
[24] mit eisernem Griffel und mit Blei,
für immer gehauen in den Fels.

▶ Ijob scheut nicht davor zurück, Gott anzuklagen. Auch heute ist es erlaubt, Gott leidenschaftlich zu befragen, ihn anzuklagen und mit ihm zu ringen.

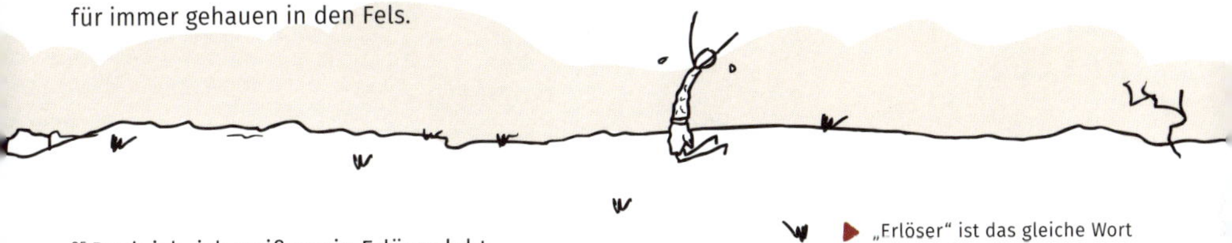

[25] Doch ich, ich weiß: mein Erlöser lebt,
als Letzter erhebt er sich über dem Staub.
[26] Ohne meine Haut, die so zerfetzte,
und ohne mein Fleisch werde ich Gott schauen.
[27] Ihn selber werde ich dann für mich schauen;
meine Augen werden ihn sehen, nicht mehr fremd.
Danach sehnt sich mein Herz in meiner Brust.

▶ „Erlöser" ist das gleiche Wort wie „Löser" (↗ zu Rut 2,20).

▶ Obwohl Ijob fürchterlich leidet und Gott anklagt, sehnt er sich danach, Gott zu begegnen. Menschen, die dem Tod nahe kommen, spüren diese Sehnsucht oft viel stärker als Gesunde.

Das Streitgespräch zwischen Ijob und seinen Freunden setzt sich ohne Lösung fort, bis Gott endlich selbst antwortet:

## Entsendest du die Blitze? (Ijob 38)

38 [1] Da antwortete der Herr dem Ijob aus dem Wettersturm und
sprach:
[2] Wer ist es, der den Ratschluss verdunkelt
mit Gerede ohne Einsicht?
[3] Auf, gürte deine Lenden wie ein Mann:
Ich will dich fragen, du belehre mich!
[4] Wo warst du, als ich die Erde gegründet?
Sag es denn, wenn du Bescheid weißt.
[5] Wer setzte ihre Maße? Du weißt es ja.
Wer hat die Messschnur über ihr gespannt?

Meine Gedanken sind nicht eure Gedanken und eure Wege sind nicht meine Wege – Spruch des Herrn. So hoch der Himmel über der Erde ist, so hoch erhaben sind meine Wege über eure Wege und meine Gedanken über eure Gedanken.

Jes 55,8–9

Mein Gott, mein Gott, warum hast du mich verlassen, bist fern meinen Schreien, den Worten meiner Klage? Mein Gott, ich rufe bei Tag, doch du gibst keine Antwort; ich rufe bei Nacht und finde doch keine Ruhe.

Ps 22,2–3

Gott reagiert auf Ijobs Anklagen mit vielen Gegenfragen. Er spricht kämpferisch, mit beißendem Ton, wie jemand, der sich unverstanden und deshalb gekränkt fühlt.

Dieses Gedicht verwendet alte mythische Bilder für die Entstehung der Welt. ↗ z.B. Ps 104,1–9.

6 Wohin sind ihre Pfeiler eingesenkt?
Oder wer hat ihren Eckstein gelegt,
7 als alle Morgensterne jauchzten, als jubelten alle Gottessöhne?
8 Wer verschloss das Meer mit Toren,
als schäumend es dem Mutterschoß entquoll,
9 als Wolken ich zum Kleid ihm machte,
ihm zur Windel dunklen Dunst,
10 als ich ihm ausbrach meine Grenze, ihm Tor und Riegel setzte
11 und sprach: Bis hierher darfst du und nicht weiter,
hier muss sich legen deiner Wogen Stolz?
12 Hast du je in deinem Leben dem Morgen geboten,
dem Frührot seinen Ort bestimmt,
13 dass es der Erde Säume fasse
und dass die Frevler von ihr abgeschüttelt werden?
14 Sie wandelt sich wie Siegelton,
(die Dinge) stehen da wie ein Gewand.
15 Den Frevlern wird ihr Licht entzogen,
zerschmettert der erhobene Arm.
16 Bist du zu den Quellen des Meeres gekommen,
hast du des Urgrunds Tiefe durchwandert?
17 Haben dir sich die Tore des Todes geöffnet,
hast du der Finsternis Tore geschaut?

Höchster, allmächtiger, guter Herr, dein sind das Lob, die Herrlichkeit und Ehre und jeglicher Segen. Dir allein, Höchster, gebühren sie, und kein Mensch ist würdig, dich zu nennen. Gelobt seist du, mein Herr, mit allen deinen Geschöpfen, zumal dem Herrn Bruder Sonne, welcher der Tag ist und durch den du uns leuchtest. Und schön ist er und strahlend mit großem Glanz: Von dir, Höchster, ein Sinnbild.

Aus dem „Sonnengesang" des
**FRANZISKUS VON ASSISI**

Mein großes Gebet ist, ein gutes Ende zu finden, in irgendeiner Weise. Mit meinem Tod das zu besiegeln, wofür ich gelebt habe.

**TEILHARD DE CHARDIN**
(1881–1955), französischer Jesuit und Naturwissenschaftler

18 Hast du der Erde Breiten überblickt?
Sag es, wenn du das alles weißt.
19 Wo ist der Weg zur Wohnstatt des Lichts?
Die Finsternis, wo hat sie ihren Ort,
20 dass du sie einführst in ihren Bereich,
die Pfade zu ihrem Haus sie führst?
21 Du weißt es ja; du wurdest damals ja geboren,
und deiner Tage Zahl ist groß.
22 Bist du zu den Kammern des Schnees gekommen,
hast du die Kammern des Hagels gesehen,
23 den ich für Zeiten der Drangsal aufgespart,
für den Tag des Kampfes und der Schlacht?
24 Wo ist der Weg dorthin, wo das Licht sich verteilt,
der Ostwind sich über die Erde zerstreut?
25 Wer grub der Regenflut eine Rinne,
einen Weg für das Donnergewölk,
26 um Regen zu senden auf unbewohntes Land,
auf die Steppe, darin niemand wohnt,
27 um zu sättigen die Wildnis und Öde
und frisches Gras sprossen zu lassen?
28 Hat der Regen einen Vater, oder wer zeugte die Tropfen des Taus?
29 Aus wessen Schoß ging das Eis hervor,
des Himmels Reif, wer hat ihn geboren?

30 Wie Stein erstarren die Wasser und wird fest die Fläche der Flut.
31 Knüpfst du die Bande des Siebengestirns,
oder löst du des Orions Fesseln?
32 Führst du heraus des Tierkreises Sterne zur richtigen Zeit,
lenkst du die Löwin samt ihren Jungen?
33 Kennst du die Gesetze des Himmels,
legst du auf die Erde seine Urkunde nieder?
34 Erhebst du zu den Wolken deine Stimme,
dass dich die Woge des Wassers bedeckt?
35 Entsendest du die Blitze, dass sie eilen und dir sagen:
„Wir sind da“?
36 Wer verlieh dem Ibis Weisheit oder wer gab Einsicht dem Hahn?
37 Wer zählt in Weisheit die Wolken,
und die Schläuche des Himmels, wer schüttet sie aus,
38 wenn der Erdboden hart wird, als sei er gegossen,
und Erdschollen zusammenkleben?
39 Erjagst du Beute für die Löwin,
stillst du den Hunger der jungen Löwen,
40 wenn sie sich ducken in den Verstecken,
im Dickicht auf der Lauer liegen?
41 Wer bereitet dem Raben seine Nahrung,
wenn seine Jungen schreien zu Gott und umherirren ohne Futter?

Gott lenkt nicht nur das Leben auf der Erde, sondern sogar die Sternbilder. Das erinnert an die Gewissheiten des Philosophen Immanuel Kant: „Zwei Dinge erfüllen das Gemüt mit immer neuer und zunehmender Bewunderung und Ehrfurcht, je öfter und anhaltender sich das Nachdenken damit beschäftigt: der bestirnte Himmel über mir und das moralische Gesetz in mir.“

▶ Der Vogel Ibis und der Hahn sind für die Wettervorhersage zuständig. Der Ibis kündigte in Ägypten das Ansteigen des Nil an.

Verkauft man nicht fünf Spatzen für ein paar Pfennig? Und doch vergisst Gott nicht einen von ihnen. Bei euch aber sind sogar die Haare auf dem Kopf alle gezählt. → Fürchtet euch nicht! Ihr seid mehr wert als viele Spatzen!

Lk 12,6–7

Nachdem Gott noch lang und ausführlich gesprochen hat (Ijob 38-41), antwortet Ijob:

**Jetzt aber hat dich mein Auge geschaut! (Ijob 42,1–6)**

42 1 Da antwortete Ijob dem Herrn und sprach:
2 Ich hab erkannt, dass du alles vermagst;
kein Vorhaben ist dir verwehrt.
3 Wer ist es, der ohne Einsicht den Rat verdunkelt? So habe ich denn
im Unverstand geredet über Dinge,
die zu wunderbar für mich und unbegreiflich sind.
4 Hör doch, ich will nun reden, ich will dich fragen, du belehre mich!
5 Vom Hörensagen nur hatte ich von dir vernommen;
jetzt aber hat mein Auge dich geschaut.
6 Darum widerrufe ich und atme auf, in Staub und Asche.
7 Als der Herr diese Worte zu Ijob gesprochen hatte, sagte der Herr
zu Elifas von Teman: Mein Zorn ist entbrannt gegen dich und deine
beiden Gefährten; denn ihr habt nicht recht von mir geredet wie mein
Knecht Ijob.

Wer einem Kreuz entläuft, wird auf seinem Weg ein größeres finden.

**PHILIPP NERI** (1515–1595), der „lächelnde Heilige“, italienischer Priester, Mystiker und Gründer des Oratoriums

▶ „Ich atme auf“ lautet im Hebräischen eigentlich „ich bin getröstet“.

Das Ijobbuch gibt keine direkte Antwort auf die Frage des Leidens. Aber es wird deutlich, dass Ijob einzig und allein damit zufrieden wird, Gott zu begegnen (↗ auch Ps 73,25). Obwohl Ijob sich Gott gegenüber zurücknimmt, gibt Gott ihm recht – und nicht den Freunden (Ijob 42,7–8).

DAS BUCH DER

# Psalmen

Die Psalmen sind Gedichte und Gebete, die oft auch gesungen werden. Sie bringen Traurigkeit und Leiden, aber auch Freude und Jubel des Lebens vor Gott zum Ausdruck. Sie sind weit über zweitausend Jahre alt. Aber sie sind bis heute für Juden und Christen der größte Gebetsschatz. Sie sprechen unzählige Menschen im Herzen an.

In manchen Psalmen wechseln die Stimmungen und Themen sehr stark, so wie auch die Stimmungen in unserem Leben manchmal wechselhaft und widersprüchlich sind. Wenn wir mit den Psalmen beten, bringen wir nicht nur unser eigenes Leben vor Gott, sondern das Schicksal der ganzen Menschheit.

Aus den insgesamt 150 Psalmen stellen wir hier nur einzelne besondere Beispiele vor. Zusätzlich haben wir einige Psalmen bei anderen Texten eingefügt, die gleichsam eine Antwort auf deren Thema geben (z.B. Psalm 114 über die Wunder des Exodus S. 49).

Die Sprache der Psalmen ist poetisch und dicht, voller Bilder und Kontraste. Konzentriere dich am besten auf einen Satz oder ein Bild, das dich anspricht, und bringe es in dein persönliches Gespräch mit Gott. So wird ihre unerschöpfliche Kraft auch bei dir wirksam.

### Die Herrlichkeit des Schöpfers – die Würde des Menschen (Ps 8)

**8** 2 Herr, unser Herrscher, wie gewaltig ist dein Name auf der ganzen
Erde; über den Himmel breitest du deine Hoheit aus.
3 Aus dem Mund der Kinder und Säuglinge schaffst du dir Lob,
deinen Gegnern zum Trotz; deine Feinde und Widersacher müssen
verstummen.
4 Seh ich den Himmel, das Werk deiner Finger,
Mond und Sterne, die du befestigt:
5 Was ist der Mensch, dass du an ihn denkst,
des Menschen Kind, dass du dich seiner annimmst?
6 Du hast ihn nur wenig geringer gemacht als Gott,
hast ihn mit Herrlichkeit und Ehre gekrönt.
7 Du hast ihn als Herrscher eingesetzt über das Werk deiner Hände,
hast ihm alles zu Füßen gelegt:
8 All die Schafe, Ziegen und Rinder und auch die wilden Tiere,
9 die Vögel des Himmels und die Fische im Meer,
alles, was auf den Pfaden der Meere dahinzieht.
10 Herr, unser Herrscher,
wie gewaltig ist dein Name auf der ganzen Erde!

» In den Augen Gottes sind wir das Schönste, das Größte, das Beste der Schöpfung. Wir sind mehr als die Engel. Der Herr hat uns gern. Dafür müssen wir ihm danken. Wenn wir aber die Schöpfung zerstören, wird die Schöpfung uns zerstören. Vergesst das nicht!

**PAPST FRANZISKUS**, 21.5.2014

### Gott im weiten Universum und im kleinen Wort (Ps 19)

**19** 2 Die Himmel rühmen die Herrlichkeit Gottes,
vom Werk seiner Hände kündet das Firmament.
3 Ein Tag sagt es dem andern, eine Nacht tut es der andern kund,
4 ohne Worte und ohne Reden, unhörbar bleibt ihre Stimme.
5 Doch ihre Botschaft geht in die ganze Welt hinaus,
ihre Kunde bis zu den Enden der Erde.
6 Sie tritt aus ihrem Gemach hervor wie ein Bräutigam;
sie frohlockt wie ein Held und läuft ihre Bahn.
7 Am einen Ende des Himmels geht sie auf
und läuft bis ans andere Ende;
nichts kann sich vor ihrer Glut verbergen.
8 Die Weisung des Herrn ist vollkommen, sie erquickt den Menschen.
Das Gesetz des Herrn ist verlässlich,
den Unwissenden macht es weise.
9 Die Befehle des Herrn sind richtig, sie erfreuen das Herz;
das Gebot des Herrn ist lauter, es erleuchtet die Augen.
10 Die Furcht des Herrn ist rein, sie besteht für immer.
Die Urteile des Herrn sind wahr, gerecht sind sie alle.
11 Sie sind kostbarer als Gold, als Feingold in Menge.
Sie sind süßer als Honig, als Honig aus Waben.
12 Auch dein Knecht lässt sich von ihnen warnen;
wer sie beachtet, hat reichen Lohn.

„Die Himmel rühmen des Ewigen Ehre“, heißt eine der berühmtesten Kompositionen von Ludwig van Beethoven. Dabei gebührt die Hälfte des Ruhmes dem Textdichter Christian Fürchtegott Gellert, der sich wie viele andere Barockdichter

von der Kraft der Psalmen inspirieren ließ und sie in Reimen nachdichtete.

▶ „Weisung“ (v8) – wörtlich „Tora“ (↗ S. 16f.).

» Das erleuchtete Auge ist das reine Auge, dem die Dinge so erscheinen, wie sie sind; das Auge ohne Falsch, ohne Hintergedanken, das ohne Mühe Hell und Dunkel, Gut und Böse unterscheidet. Die Weisungen des Herrn nehmen alles Trübe vom Auge weg.

**ROBERT SPAEMANN** (*1927), dt.Philosoph, Meditationen eines Christen – Über die Psalmen

13 Wer bemerkt seine eigenen Fehler?
Sprich mich frei von Schuld, die mir nicht bewusst ist!
14 Behüte deinen Knecht auch vor vermessenen Menschen;
sie sollen nicht über mich herrschen.
Dann bin ich ohne Makel und rein von schwerer Schuld.
15 Die Worte meines Mundes mögen dir gefallen; was ich im Herzen
erwäge, stehe dir vor Augen, Herr, mein Fels und mein Erlöser.

## Ein Schrei um Rettung (Ps 22)

22 [Für den Chormeister. Nach der Weise „Hinde der Morgenröte“.
Ein Psalm Davids.]
2 Mein Gott, mein Gott, warum hast du mich verlassen,
bist fern meinem Schreien, den Worten meiner Klage?
3 Mein Gott, ich rufe bei Tag, doch du gibst keine Antwort;
ich rufe bei Nacht und finde doch keine Ruhe.
4 Aber du bist heilig, du thronst über dem Lobpreis Israels.
5 Dir haben unsre Väter vertraut,
sie haben vertraut, und du hast sie gerettet.
6 Zu dir riefen sie und wurden befreit,
dir vertrauten sie und wurden nicht zuschanden.
7 Ich aber bin ein Wurm und kein Mensch,
der Leute Spott, vom Volk verachtet.

Ich bin mir zwar keiner Schuld bewusst, doch bin ich dadurch noch nicht gerecht gesprochen; der Herr ist es, der mich zur Rechenschaft zieht. Richtet also nicht vor der Zeit; wartet, bis der Herr kommt, der das im Dunkeln Verborgene ans Licht bringen und die Absichten der Herzen aufdecken wird.

1 Kor 4,4–5

In seiner Todesstunde betet Jesus diesen Psalm auf Aramäisch. Nach jüdischer Tradition macht sich Jesus den Inhalt des gesamten Psalms zu eigen, nicht nur den Aufschrei der Verlassenheit in v2.

Und in der neunten Stunde rief Jesus mit lauter Stimme: „Eloï, Eloï, lema sebachtani?“

Mk 15,34

8 Alle, die mich sehen, verlachen mich,
verziehen die Lippen, schütteln den Kopf:
9 „Er wälze die Last auf den Herrn, der soll ihn befreien!
Der reiße ihn heraus, wenn er an ihm Gefallen hat.“
10 Du bist es, der mich aus dem Schoß meiner Mutter zog,
mich barg an der Brust der Mutter.
11 Von Geburt an bin ich geworfen auf dich, vom Mutterleib an bist
du mein Gott.
12 Sei mir nicht fern, denn die Not ist nahe,
und niemand ist da, der hilft.
13 Viele Stiere umgeben mich, Büffel von Baschan umringen mich.
14 Sie sperren gegen mich ihren Rachen auf,
reißende, brüllende Löwen.
15 Ich bin hingeschüttet wie Wasser, gelöst haben sich all meine Glie-
der. Mein Herz ist in meinem Leib wie Wachs zerflossen.
16 Meine Kehle ist trocken wie eine Scherbe,
die Zunge klebt mir am Gaumen,
du legst mich in den Staub des Todes.
17 Viele Hunde umlagern mich, eine Rotte von Bösen umkreist mich.
Sie durchbohren mir Hände und Füße.
18 Man kann all meine Knochen zählen;
sie gaffen und weiden sich an mir.

Gott als „Hebamme“ – ein schönes Bild! Auch wir verdanken Gott unser Leben. Von einer Sekunde auf die nächste würden wir ins Nichts zurückfallen, wenn Gott uns nicht im Sein erhalten würde.

In den tiefsten Tiefen unserer Not steht Gott und wartet auf uns.

**FRIEDRICH VON BODELSCHWINGH** (1831–1910), evangelischer Pastor und Theologe

Der Beter macht Gott verantwortlich („du …“ v16) für seine Lage.

Dann kreuzigten sie ihn. Sie warfen das Los und verteilten seine Kleider unter sich.

Mk 15,24: Römische Soldaten verteilen die Gewänder Jesu.

19 Sie verteilen unter sich meine Kleider
und werfen das Los um mein Gewand.
20 Du aber, Herr, halte dich nicht fern!
Du, meine Stärke, eil mir zu Hilfe!
21 Entreiße mein Leben dem Schwert,
mein einziges Gut aus der Gewalt der Hunde!
22 Rette mich vor dem Rachen des Löwen,
vor den Hörnern der Büffel rette mich Armen!
23 Ich will deinen Namen meinen Brüdern verkünden,
inmitten der Gemeinde dich preisen.
24 Die ihr den Herrn fürchtet, preist ihn, ihr alle vom Stamm Jakobs,
rühmt ihn; erschauert alle vor ihm, ihr Nachkommen Israels!
25 Denn er hat nicht verachtet, nicht verabscheut das Elend des Armen. Er verbirgt sein Gesicht nicht vor ihm; er hat auf sein Schreien gehört.
26 Deine Treue preise ich in großer Gemeinde;
ich erfülle meine Gelübde vor denen, die Gott fürchten.
27 Die Armen sollen essen und sich sättigen; den Herrn sollen preisen, die ihn suchen. Aufleben soll euer Herz für immer.
28 Alle Enden der Erde sollen daran denken und werden umkehren zum Herrn: Vor ihm werfen sich alle Stämme der Völker nieder.
29 Denn der Herr regiert als König; er herrscht über die Völker.

Mit v23 ändert sich der Ton völlig. Die Not scheint schlagartig gewendet, und es setzt eine „Spirale des Lobes" ein, die alle Menschen (v28-29), aber auch die Toten (v30) und sogar die zukünftigen Generationen umgreift (v31–32).

Elend kann abstoßend wirken, doch nicht für Gott. Er sieht die Not und hilft (↗ auch v27, das Mahl für die Armen).

30 Vor ihm allein sollen niederfallen die Mächtigen der Erde,
vor ihm sich alle niederwerfen, die in der Erde ruhen.
Meine Seele, sie lebt für ihn;
31 mein Stamm wird ihm dienen.
Vom Herrn wird man dem künftigen Geschlecht erzählen,
32 seine Heilstat verkündet man dem kommenden Volk;
denn er hat das Werk getan.

Man kann niemals auf den gütigen und mächtigen Gott zu viel vertrauen. Man erhält von ihm alles nach dem Maße des Vertrauens.

**THÉRÈSE VON LISIEUX**

## Der gute Hirt (Ps 23)

23 1 Der Herr ist mein Hirte, nichts wird mir fehlen.
2 Er lässt mich lagern auf grünen Auen
und führt mich zum Ruheplatz am Wasser.
3 Er stillt mein Verlangen; er leitet mich auf rechten Pfaden,
treu seinem Namen.
4 Muss ich auch wandern in finsterer Schlucht,
ich fürchte kein Unheil; denn du bist bei mir,
dein Stock und dein Stab geben mir Zuversicht.
5 Du deckst mir den Tisch vor den Augen meiner Feinde.
Du salbst mein Haupt mit Öl, du füllst mir reichlich den Becher.
6 Lauter Güte und Huld werden mir folgen mein Leben lang
und im Haus des Herrn darf ich wohnen für lange Zeit.

Ich habe in meinem Leben viele kluge und gute Bücher gelesen. Aber ich habe in ihnen allen nichts gefunden, was mein Herz so still und froh gemacht hätte wie die vier Worte aus dem 23. Psalm: „Du bist bei mir."

**IMMANUEL KANT** (1724–1804), deutscher Philosoph

## Immer voller Vertrauen (Ps 27)

27 [Von David.]
Der Herr ist mein Licht und mein Heil:
Vor wem sollte ich mich fürchten? Der Herr ist die Kraft meines Le-
bens: Vor wem sollte mir bangen?
2 Dringen Frevler auf mich ein, um mich zu verschlingen,
meine Bedränger und Feinde, sie müssen straucheln und fallen.
3 Mag ein Heer mich belagern: Mein Herz wird nicht verzagen.
Mag Krieg gegen mich toben: Ich bleibe dennoch voll Zuversicht.
4 Nur eines erbitte ich vom Herrn, danach verlangt mich:
Im Haus des Herrn zu wohnen alle Tage meines Lebens, die Freund-
lichkeit des Herrn zu schauen und nachzusinnen in seinem Tempel.
5 Denn er birgt mich in seinem Haus am Tag des Unheils;
er beschirmt mich im Schutz seines Zeltes,
er hebt mich auf einen Felsen empor.
6 Nun kann ich mein Haupt erheben über die Feinde, die mich um-
ringen. Ich will Opfer darbringen in seinem Zelt, Opfer mit Jubel; dem
Herrn will ich singen und spielen.
7 Vernimm, o Herr, mein lautes Rufen;
sei mir gnädig, und erhöre mich!

B „Ist Gott für uns, wer ist dann gegen uns?"

Röm 8,31; in v38–39 drückt Paulus dann aus, dass nichts „uns von Gottes Liebe in Christus Jesus zu trennen" vermag.

8 Mein Herz denkt an dein Wort: Sucht mein Angesicht!
Dein Angesicht, Herr, will ich suchen.
9 Verbirg nicht dein Gesicht vor mir; weise deinen Knecht im Zorn
nicht ab! Du wurdest meine Hilfe.
Verstoß mich nicht, verlass mich nicht, du Gott meines Heiles!
10 Wenn mich auch Vater und Mutter verlassen,
der Herr nimmt mich auf.
11 Zeige mir, Herr, deinen Weg,
leite mich auf ebener Bahn trotz meiner Feinde!
12 Gib mich nicht meinen gierigen Gegnern preis;
denn falsche Zeugen stehen gegen mich auf und wüten.
13 Ich aber bin gewiss, zu schauen die Güte des Herrn
im Land der Lebenden.
14 Hoffe auf den Herrn, und sei stark!
Hab festen Mut, und hoffe auf den Herrn!

Gottes Angesicht suchen – das genau heißt für mich beten. Ich weiß nicht, ob ich es schon gefunden habe. Immer, wenn ich mich ihm ganz nahe fühle, komme ich mir so klein vor und denke mir, dass ich vom Beten doch keine Ahnung habe. Ich unterhalte mich gerne mit Gott, erzähle ihm meine Sorgen und sage ihm, was mich gerade freut. Oft warte ich auf ein Zeichen von ihm. Ich müsste einfach öfter mit der Bibel beten, denn das ist Gottes Wort an mich.

**CLARA**

## Ein Weg von Sehnsucht nach Gott zur Freude bei ihm (Ps 42–43)

42 [Für den Chormeister. Ein Weisheitslied der Korachiter.]
2 Wie der Hirsch lechzt nach frischem Wasser,
so lechzt meine Seele, Gott, nach dir.
3 Meine Seele dürstet nach Gott, nach dem lebendigen Gott.
Wann darf ich kommen und Gottes Antlitz schauen?

▶ Korach gehört zum Stamm der Leviten und ist sogar ein Cousin von Mose und Aaron (Ex 6,18–21). Die Korachiter sind daher eine priesterliche Familie.

▶ Der Beter ist zerrissen: Einerseits ist er voller Traurigkeit, weil ihn andere in Frage stellen (v4.10-11), anderseits erinnert er sich an feierliche Prozessionen in großer religiöser Freude (v5). Im folgenden Refrain (v6, auch v12 und 43,5), löst sich diese Spannung, und er wird innerlich ruhig.

4 Tränen waren mein Brot bei Tag und bei Nacht;
denn man sagt zu mir den ganzen Tag: Wo ist nun dein Gott?
5 Das Herz geht mir über, wenn ich daran denke: wie ich zum Haus
Gottes zog in festlicher Schar, mit Jubel und Dank in feiernder Menge.
6 Meine Seele, warum bist du betrübt und bist so unruhig in mir?
Harre auf Gott; denn ich werde ihm noch danken,
meinem Gott und Retter, auf den ich schaue.
7 Betrübt ist meine Seele in mir, darum denke ich an dich
im Jordanland, am Hermon, am Mizar-Berg.
8 Flut ruft der Flut zu beim Tosen deiner Wasser,
all deine Wellen und Wogen gehen über mich hin.
9 Bei Tag schenke der Herr seine Huld;
ich singe ihm nachts und flehe zum Gott meines Lebens.
10 Ich sage zu Gott, meinem Fels: Warum hast du mich vergessen?
Warum muss ich trauernd umhergehen, von meinem Feind bedrängt?
11 Wie ein Stechen in meinen Gliedern ist für mich der Hohn
der Bedränger; denn sie rufen mir ständig zu: Wo ist nun dein Gott?
12 Meine Seele, warum bist du betrübt und bist so unruhig in mir?
Harre auf Gott; denn ich werde ihm noch danken,
meinem Gott und Retter, auf den ich schaue.

▶ Hier steigert sich noch die Zerrissenheit: Der Beter macht Gott dafür verantwortlich, dass er nahe dem Untergehen ist (v8; s. auch v10 und 43,2), doch in der Nacht singt er für ihn zum Lob (v9).

43 1 Verschaff mir Recht, o Gott,
und führe meine Sache gegen ein treuloses Volk!
Rette mich vor bösen und tückischen Menschen!
2 Denn du bist mein starker Gott. Warum hast du mich verstoßen?
Warum muss ich trauernd umhergehen, von meinem Feind bedrängt?
3 Sende dein Licht und deine Wahrheit, damit sie mich leiten; sie
sollen mich führen zu deinem heiligen Berg und zu deiner Wohnung.
4 So will ich zum Altar Gottes treten, zum Gott meiner Freude.
Jauchzend will ich dich auf der Harfe loben, Gott, mein Gott.
5 Meine Seele, warum bist du betrübt und bist so unruhig in mir?
Harre auf Gott; denn ich werde ihm noch danken, meinem Gott und
Retter, auf den ich schaue.

▶ Gottes „Licht und Wahrheit“ (v3) leiten den Beter zu einer immer größeren, unmittelbaren Nähe: aus der Ferne (42,7) zum heiligen „Berg“ in Jerusalem, zur „Wohnung“ (dem Tempel), zum „Altar“ und schließlich zum „Gott der Freude meines Jubels“: So formuliert v4 wörtlich und einmalig die höchste Erfüllung, die der Beter erlebt.

**David bittet um Vergebung (Ps 51)**

51 3 Gott, sei mir gnädig nach deiner Huld,
tilge meine Frevel nach deinem reichen Erbarmen!
4 Wasch meine Schuld von mir ab
und mach mich rein von meiner Sünde!
5 Denn ich erkenne meine bösen Taten,
meine Sünde steht mir immer vor Augen.
6 Gegen dich allein habe ich gesündigt, ich habe getan, was dir miss-
fällt. So behältst du recht mit deinem Urteil, rein stehst du da als
Richter.

” Wahrscheinlich ist der Psalm „Miserere“ im Laufe der letzten zwei Jahrtausende am häufigsten gebetet worden. Ohne das Erbarmen Gottes sind wir verloren. David, als er den Psalm betete, hatte zerstört. Nicht aus Zerstörungslust, sondern weil er seinen spontanen Wünschen folgte und, da er König war, die Hindernisse, die sich ihm →

7 Denn ich bin in Schuld geboren;
in Sünde hat mich meine Mutter empfangen.
8 Lauterer Sinn im Verborgenen gefällt dir,
im Geheimen lehrst du mich Weisheit.
9 Entsündige mich mit Ysop, dann werde ich rein;
wasche mich, dann werde ich weißer als Schnee.
10 Sättige mich mit Entzücken und Freude!
Jubeln sollen die Glieder, die du zerschlagen hast.
11 Verbirg dein Gesicht vor meinen Sünden, tilge all meine Frevel!
12 Erschaffe mir, Gott, ein reines Herz
und gib mir einen neuen, beständigen Geist!
13 Verwirf mich nicht von deinem Angesicht
und nimm deinen heiligen Geist nicht von mir!
14 Mach mich wieder froh mit deinem Heil,
mit einem willigen Geist rüste mich aus!
15 Dann lehre ich Abtrünnige deine Wege
und die Sünder kehren um zu dir.
16 Befrei mich von Blutschuld, Herr, du Gott meines Heiles,
dann wird meine Zunge jubeln über deine Gerechtigkeit.
17 Herr, öffne mir die Lippen
und mein Mund wird deinen Ruhm verkünden.

→ dabei in den Weg stellten, beseitigen konnte. Wissen wir, was wir täten, wenn wir orientalische Könige wären? David war ein frommer Mann, aber er konnte tun, was er wollte. Das genügte, um ihn zum Mörder werden zu lassen. Erst der Prophet Natan hat ihm die Augen geöffnet. Wer öffnet uns die Augen für das, was wir anrichten?

**ROBERT SPAEMANN** Meditationen eines Christen – über die Psalmen

» Du bist"s, der, was wir bauen, mild über uns zerbricht, dass wir den Himmel schauen – darum so klag ich nicht.

**JOSEF VON EICHENDORFF** (1788–1857), deutscher Lyriker

18 Schlachtopfer willst du nicht, ich würde sie dir geben;
an Brandopfern hast du kein Gefallen.
19 Das Opfer, das Gott gefällt, ist ein zerknirschter Geist, ein zerbro-
chenes und zerschlagenes Herz wirst du, Gott, nicht verschmähen.
20 In deiner Huld tu Gutes an Zion;
bau die Mauern Jerusalems wieder auf!
21 Dann hast du Freude an rechten Opfern, an Brandopfern
und Ganzopfern, dann opfert man Stiere auf deinem Altar.

» Wir bitten ihn um das, was uns passt, und er gibt uns das, was uns nottut: das sind offenbar ganz verschiedene Dinge.

**LEON BLOY** (1846–1917), französischer Literat

### Mit Gott verbunden zu sein zählt am meisten (Ps 63)

63 [Ein Psalm Davids, als er in der Wüste Juda war.]
2 Gott, du mein Gott, dich suche ich, meine Seele dürstet
nach dir. Nach dir schmachtet mein Leib wie dürres, lechzendes Land
ohne Wasser.
3 Darum halte ich Ausschau nach dir im Heiligtum,
um deine Macht und Herrlichkeit zu sehen.
4 Denn deine Huld ist besser als das Leben;
darum preisen dich meine Lippen.
6 Wie an Fett und Mark wird satt meine Seele,
mit jubelnden Lippen soll mein Mund dich preisen.
7 Ich denke an dich auf nächtlichem Lager
und sinne über dich nach, wenn ich wache.

▶ „Wie dürres, lechzendes Land" heißt im Original eigentlich „in dürrem, lechzendem Land" – ein Bild für größte Sehnsucht nach Gott. Zum „Dürsten" nach Gott ↗ Ps 42,2–3.

▶ „Fett und Mark": Da in alter Zeit Lebensmittel oft knapp wurden, waren fettreiche Speisen sehr kostbar und geschätzt.

▶ „Schatten deiner Flügel" verbindet den Schutz, den eine Vogelmutter ihren Jungen mit ihren Flügeln spendet, mit dem „Schatten", der vor der Hitze bewahrt – in den Ländern des Orients besonders wichtig. Beides ist hier auf Gott übertragen.

8 Ja, du wurdest meine Hilfe;
jubeln kann ich im Schatten deiner Flügel.
9 Meine Seele hängt an dir, deine rechte Hand hält mich fest.
10 Viele trachten mir ohne Grund nach dem Leben,
aber sie müssen hinabfahren in die Tiefen der Erde.
11 Man gibt sie der Gewalt des Schwertes preis,
sie werden eine Beute der Schakale.
12 Der König aber freue sich an Gott. Wer bei ihm schwört, darf sich
rühmen. Doch allen Lügnern wird der Mund verschlossen.

**Kein Neid auf das „Glück" der Frevler! (Ps 73)**

Selig, die ein reines Herz haben, denn sie werden Gott schauen!

Mt 5,8

Der Feind befindet sich in unseren Mauern. Gegen unseren eigenen Luxus, unsere eigene Dummheit und unsere eigene Kriminalität müssen wir kämpfen.

**MARCUS TULLIUS CICERO**

73 1 [Ein Psalm Asafs.]
Lauter Güte ist Gott für Israel,
für alle Menschen mit reinem Herzen
2 Ich aber – fast wären meine Füße gestrauchelt,
beinahe wäre ich gefallen.
3 Denn ich habe mich über die Prahler ereifert,
als ich sah, dass es diesen Frevlern so gut ging.
4 Sie leiden ja keine Qualen, ihr Leib ist gesund und wohlgenährt.
5 Sie kennen nicht die Mühsal der Sterblichen,
sind nicht geplagt wie andere Menschen.

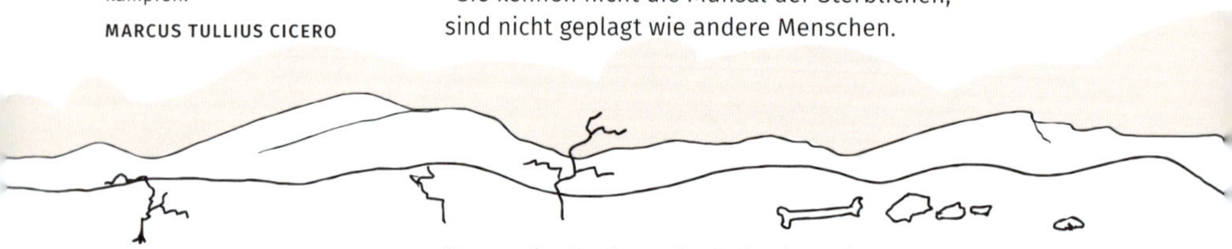

Weil die Missachtung von Gottes Gesetz überhandnimmt, wird die Liebe bei vielen erkalten.

Mt 24,12

▶ Der fromme Beter hält die „Ungerechtigkeit" schwer aus (v2–3), dass böse Menschen Erfolg und Anerkennung haben (v4–10) und noch dazu verächtlich über Gott spotten (v11).

Es ist so leicht, andere, und so schwierig, sich selbst zu belehren.

**OSCAR WILDE**

▶ Zwei Gründe halten den Beter davon ab, es den Frevlern nachzumachen: die Solidarität mit den anderen Gläubigen (v15: Gottes „Kindern") und die Erleuchtung im Tempel (v17).

6 Darum ist Hochmut ihr Halsschmuck,
wie ein Gewand umhüllt sie Gewalttat.
7 Sie sehen kaum aus den Augen vor Fett,
ihr Herz läuft über von bösen Plänen.
8 Sie höhnen, und was sie sagen, ist schlecht;
sie sind falsch und reden von oben herab.
9 Sie reißen ihr Maul bis zum Himmel auf
und lassen auf Erden ihrer Zunge freien Lauf.
10 Darum wendet sich das Volk ihnen zu
und schlürft ihre Worte in vollen Zügen.
11 Sie sagen: Wie sollte Gott das merken?
Wie kann der Höchste das wissen?
12 Wahrhaftig, so sind die Frevler:
Immer im Glück, häufen sie Reichtum auf Reichtum.
13 Also hielt ich umsonst mein Herz rein
und wusch meine Hände in Unschuld.
14 Und doch war ich alle Tage geplagt
und wurde jeden Morgen gezüchtigt.
15 Hätte ich gesagt: Ich will reden wie sie,
dann hätte ich an deinen Kindern Verrat geübt.
16 Da sann ich nach, um das zu begreifen; es war eine Qual für mich,
17 bis ich dann eintrat ins Heiligtum Gottes
und begriff, wie sie enden.
18 Ja, du stellst sie auf schlüpfrigen Grund,
du stürzt sie in Täuschung und Trug.

19 Sie werden plötzlich zunichte,
werden dahingerafft und nehmen ein schreckliches Ende,
20 wie ein Traum, der beim Erwachen verblasst,
dessen Bild man vergisst, wenn man aufsteht.
21 Mein Herz war verbittert, mir bohrte der Schmerz in den Nieren;
22 ich war töricht und ohne Verstand,
war wie ein Stück Vieh vor dir. ...
23 Ich aber bleibe immer bei dir, du hältst mich an meiner Rechten.
24 Du leitest mich nach deinem Ratschluss
und nimmst mich am Ende auf in Herrlichkeit.
25 Was habe ich im Himmel außer dir?
Neben dir erfreut mich nichts auf der Erde.
26 Auch wenn mein Leib und mein Herz verschmachten,
Gott ist der Fels meines Herzens und mein Anteil auf ewig.
27 Ja, wer dir fern ist, geht zugrunde;
du vernichtest alle, die dich treulos verlassen.
28 Ich aber – Gott nahe zu sein ist mein Glück. Ich setze auf Gott,
den Herrn, mein Vertrauen. Ich will all deine Taten verkünden.

Ich glaube, dass Gott aus allem, auch aus dem Bösesten, Gutes entstehen lassen kann und will. ... Ich glaube, dass Gott uns in jeder Notlage so viel Widerstandskraft geben will, wie wir brauchen. Aber er gibt sie nicht im Voraus, damit wir uns nicht auf uns selbst, sondern allein auf ihn verlassen.

**DIETRICH BONHOEFFER** in der Todeszelle

„Der Fels meines Herzens": Was für ein unglaublich starkes Bild für Gott!

**Zuflucht bei Gott (Ps 84)**

84 [Für den Chormeister.
Nach dem Kelterlied. Ein Psalm der Korachiter.]
2 Wie liebenswert ist deine Wohnung, Herr der Heerscharen!
3 Meine Seele verzehrt sich in Sehnsucht nach dem Tempel des
Herrn. Mein Herz und mein Leib jauchzen ihm zu,
ihm, dem lebendigen Gott.
4 Auch der Sperling findet ein Haus
und die Schwalbe ein Nest für ihre Jungen – deine Altäre, Herr der
Heerscharen, mein Gott und mein König.
5 Wohl denen, die wohnen in deinem Haus, die dich allezeit loben!
6 Wohl den Menschen, die Kraft finden in dir,
wenn sie sich zur Wallfahrt rüsten!
7 Ziehen sie durch das trostlose Tal,
wird es für sie zum Quellgrund, und Frühregen hüllt es in Segen.
8 Sie schreiten dahin mit wachsender Kraft;
dann schauen sie Gott auf dem Zion.
9 Herr der Heerscharen, höre mein Beten, vernimm es, Gott Jakobs!
10 Gott, sieh her auf unsern Schild,
schau auf das Antlitz deines Gesalbten!
11 Denn ein einziger Tag in den Vorhöfen deines Heiligtums ist bes-
ser als tausend andere. Lieber an der Schwelle stehen im Haus mei-
nes Gottes als wohnen in den Zelten der Frevler.

Das Haus Gottes, der Tempel, ist eine Quelle der Freude (v2–3) und wie eine Heimat, sogar für die Tiere (v4).

Du bist tot am Tag, da du sprichst: Es ist genug! Darum tu immer mehr, gehe immer vorwärts, sei immer unterwegs, niemals gehe zurück und weiche nie vom Wege ab.

**AUGUSTINUS**

Wohin denn gehen wir – immer nach Hause.

**NOVALIS** (1772–1801), deutscher Dichter

Dreimal sagt Psalm 84, was „glücklich“ macht („wohl …“ in v5, v6 und v13): Am Anfang werden jene glücklich genannt (v5), die im Tempel sind, zuletzt genügt Vertrauen allein (v13).

12 Denn Gott der Herr ist Sonne und Schild.
Er schenkt Gnade und Herrlichkeit;
der Herr versagt denen, die rechtschaffen sind, keine Gabe.
13 Herr der Heerscharen, wohl dem, der dir vertraut!

**Lehre uns, unsere Tage zu zählen! (Ps 90)**

90 [Ein Gebet des Mose, des Mannes Gottes.]
Herr, du warst unsere Zuflucht von Geschlecht zu Geschlecht.
2 Ehe die Berge geboren wurden, die Erde entstand und das Weltall,
bist du, o Gott, von Ewigkeit zu Ewigkeit.
3 Du lässt die Menschen zurückkehren zum Staub und sprichst:
Kommt wieder, ihr Menschen!
4 Denn tausend Jahre sind für dich wie der Tag,
der gestern vergangen ist, wie eine Wache in der Nacht.
5 Von Jahr zu Jahr säst du die Menschen aus;
sie gleichen dem sprossenden Gras.
6 Am Morgen grünt es und blüht,
am Abend wird es geschnitten und welkt.
7 Denn wir vergehen durch deinen Zorn,
werden vernichtet durch deinen Grimm.

Gott umfängt alle Zeiten, steht jenseits der menschlichen Erfahrung der Vergänglichkeit. Dieser Kontrast wird hier intensiv entfaltet (v1–11) und mit göttlichem „Zorn“ wegen menschlicher Vergehen (v8) in Verbindung gebracht.

Was Gott Dir versprochen hat: dass er dir deine Schuld vergibt, wenn du dich morgen bekehrst. Was er dir nicht versprochen hat: den morgigen Tag.

**AUGUSTINUS**

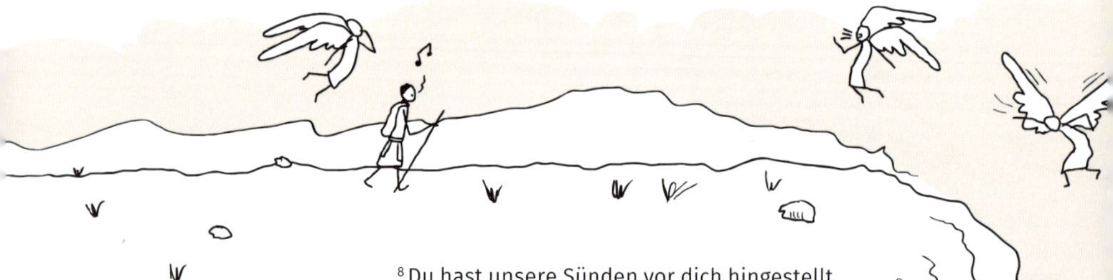

8 Du hast unsere Sünden vor dich hingestellt,
unsere geheime Schuld in das Licht deines Angesichts.
9 Denn all unsere Tage gehen hin unter deinem Zorn,
wir beenden unsere Jahre wie einen Seufzer.
10 Unser Leben währt siebzig Jahre, und wenn es hoch
kommt, sind es achtzig. Das Beste daran ist nur Mühsal und
Beschwer, rasch geht es vorbei, wir fliegen dahin.
11 Wer kennt die Gewalt deines Zornes
und fürchtet sich vor deinem Grimm?
12 Unsere Tage zu zählen, lehre uns!
Dann gewinnen wir ein weises Herz.
13 Herr, wende dich uns doch endlich zu!
Hab Mitleid mit deinen Knechten!
14 Sättige uns am Morgen mit deiner Huld!
Dann wollen wir jubeln und uns freuen all unsre Tage.
15 Erfreue uns so viele Tage, wie du uns gebeugt hast,
so viele Jahre, wie wir Unglück erlitten.
16 Zeig deinen Knechten deine Taten
und ihren Kindern deine erhabene Macht!
17 Es komme über uns die Güte des Herrn, unsres Gottes.
Lass das Werk unsrer Hände gedeihen,
ja, lass gedeihen das Werk unsrer Hände!

Wenn die Nacht kommt, und der Rückblick zeigt, dass alles Stückwerk war und vieles ungetan geblieben ist, was man vorhatte, wenn so manches tiefe Beschämung und Reue weckt: dann alles nehmen, wie es ist, es in Gottes Hände legen und ihm überlassen. So wird man in ihm ruhen können, wirklich ruhen und den neuen Tag wie ein neues Leben beginnen.

**EDITH STEIN** (1891–1942), jüdische Philosophin, Ordensfrau, KZ-Opfer und Heilige

Die abschließende Bitte verstärkt das Aussageziel des Psalms: Da unser Leben so kurz ist, soll Gott das wenige, was wir in unserem Leben tun können (das „Werk unserer Hände“), fruchtbar werden lassen.

## Unter dem Schutz Gottes (Ps 91)

91 1 Wer im Schutz des Höchsten wohnt
und ruht im Schatten des Allmächtigen,
2 der sagt zum Herrn: „Du bist für mich Zuflucht
und Burg, mein Gott, dem ich vertraue."
3 Er rettet dich aus der Schlinge des Jägers
und aus allem Verderben.
4 Er beschirmt dich mit seinen Flügeln, unter seinen Schwin-
gen findest du Zuflucht, Schild und Schutz ist dir seine Treue.
5 Du brauchst dich vor dem Schrecken der Nacht nicht zu
fürchten, noch vor dem Pfeil, der am Tag dahinfliegt,
6 nicht vor der Pest, die im Finstern schleicht,
vor der Seuche, die wütet am Mittag.
7 Fallen auch tausend zu deiner Seite, dir zur Rechten zehn-
mal tausend, so wird es doch dich nicht treffen.
8 Ja, du wirst es sehen mit eigenen Augen,
wirst zuschauen, wie den Frevlern vergolten wird.
9 Denn der Herr ist deine Zuflucht,
du hast dir den Höchsten als Schutz erwählt.
10 Dir begegnet kein Unheil, kein Unglück naht deinem Zelt.
11 Denn er befiehlt seinen Engeln,
dich zu behüten auf all deinen Wegen.

12 Sie tragen dich auf ihren Händen,
damit dein Fuß nicht an einen Stein stößt;
13 du schreitest über Löwen und Nattern,
trittst auf Löwen und Drachen.
14 „Weil er an mir hängt, will ich ihn retten;
ich will ihn schützen, denn er kennt meinen Namen.
15 Wenn er mich anruft, dann will ich ihn erhören.
Ich bin bei ihm in der Not, befreie ihn und bringe ihn zu Ehren.
16 Ich sättige ihn mit langem Leben
und lasse ihn schauen mein Heil."

> Von guten Mächten treu
> und still umgeben,
> Behütet und getröstet wunderbar,
> So will ich diese Tage mit euch leben
> Und mit euch gehen in ein neues Jahr.
>
> Noch will das alte unsre Herzen quälen,
> Noch drückt uns böser Tage schwere Last.
> Ach, Herr, gib unsern aufgeschreckten Seelen
> Das Heil, für das du uns geschaffen hast. …
>
> Von guten Mächten wunderbar geborgen
> erwarten wir getrost, was kommen mag.
> Gott ist bei uns am Abend und am Morgen
> und ganz gewiss an jedem neuen Tag.
>
> Aus einem Gedicht **DIETRICH BONHOEFFERS** vom 19.12.1944

Gebet ist der Zufluchtsort für jeden Kummer, eine Grundlage der Fröhlichkeit, eine Quelle beständigen Glücks, ein Schutzmittel gegen Traurigkeit und Kleinmut der Seele.

**JOHANNES CHRYSOSTOMUS**

## Gott, der barmherzige Vater (Ps 103)

103 [Von David.]
Lobe den Herrn, meine Seele,
und alles in mir seinen heiligen Namen!
2 Lobe den Herrn, meine Seele,
und vergiss nicht, was er dir Gutes getan hat:
3 der dir all deine Schuld vergibt und all deine Gebrechen heilt,
4 der dein Leben vor dem Untergang rettet
und dich mit Huld und Erbarmen krönt,
5 der dich dein Leben lang mit seinen Gaben sättigt;
wie dem Adler wird dir die Jugend erneuert.

▶ Der Hymnus v3–5 verwendet im Hebräischen vor allem Partizipien („vergebend, heilend, …"): Gott handelt gegenwärtig, anhaltend und wiederholt auf diese Weise.

▶ Der Psalmist greift in v8 Gottes Selbstoffenbarung aus Ex 34,6 auf (s. auch Ps 86,15).

▶ Die drei Vergleiche in v11–13 zeigen die unermessliche Barmherzigkeit Gottes.

» Einmal kam ein bekannter Beichtvater zu mir: „Ich habe etwas Skrupel, weil ich weiß, dass ich zu viel vergebe" ... Und wir haben über die Barmherzigkeit gesprochen. An einem bestimmten Punkt sagte er zu mir: „Weißt du, wenn ich diesen Skrupel stark verspüre, dann gehe ich in die Kapelle vor den Tabernakel und sage zu Ihm: Verzeih mir, du bist schuld, weil du mir das schlechte Beispiel gegeben hast! Und ich gehe beruhigt weg ..."

**PAPST FRANZISKUS**, 6.3.2014

6 Der Herr vollbringt Taten des Heiles,
Recht verschafft er allen Bedrängten.
7 Er hat Mose seine Wege kundgetan,
den Kindern Israels seine Werke.
8 Der Herr ist barmherzig und gnädig, langmütig und reich an Güte.
9 Er wird nicht immer zürnen, nicht ewig im Groll verharren.
10 Er handelt an uns nicht nach unsern Sünden und
vergilt uns nicht nach unsrer Schuld.
11 Denn so hoch der Himmel über der Erde ist,
so hoch ist seine Huld über denen, die ihn fürchten.
12 So weit der Aufgang entfernt ist vom Untergang,
so weit entfernt er die Schuld von uns.
13 Wie ein Vater sich seiner Kinder erbarmt,
so erbarmt sich der Herr über alle, die ihn fürchten.
14 Denn er weiß, was wir für Gebilde sind;
er denkt daran: Wir sind nur Staub.
15 Des Menschen Tage sind wie Gras,
er blüht wie die Blume des Feldes.
16 Fährt der Wind darüber, ist sie dahin;
der Ort, wo sie stand, weiß von ihr nichts mehr.

▶ Zum Kontrast zwischen Gott und menschlicher Vergänglichkeit ↗ Ps 90. Hier ist Gottes anhaltende Zuwendung („Huld", v17) als Grund der Hoffnung betont.

Meine Frau und ich haben während des Studiums geheiratet. Danach haben wir die Dankeskarten „oldschool" alle von Hand geschrieben: Einen ganzen Tag lang haben wir allen und jedem für alles Mögliche gedankt. Dieser Dank war nicht nur gerechtfertigt und hat vielen Leuten Freude gemacht. Das Tollste war: Unsere Dankaktion, die zunächst nach Stress aussah, hat uns auch selbst spürbar glücklich und dankbar gemacht. Interessant, oder? Manchmal kommt das Gefühl eben erst hinterher.

**RAPHAEL**

17 Doch die Huld des Herrn währt immer und ewig für alle, die ihn
fürchten und ehren; sein Heil erfahren noch Kinder und Enkel;
18 alle, die seinen Bund bewahren,
an seine Gebote denken und danach handeln.
19 Der Herr hat seinen Thron errichtet im Himmel,
seine königliche Macht beherrscht das All.
20 Lobt den Herrn, ihr seine Engel, ihr starken Helden,
die seine Befehle vollstrecken, seinen Worten gehorsam!
21 Lobt den Herrn, all seine Scharen,
seine Diener, die seinen Willen vollziehen!
22 Lobt den Herrn, all seine Werke, an jedem Ort seiner Herrschaft!
Lobe den Herrn, meine Seele!

### Lob für Gottes Wirken in der Natur (Ps 104)

104 1 Lobe den Herrn, meine Seele!
Herr, mein Gott, wie groß bist du!
Du bist mit Hoheit und Pracht bekleidet.
2 Du hüllst dich in Licht wie in ein Kleid,
du spannst den Himmel aus wie ein Zelt.
3 Du verankerst die Balken deiner Wohnung im Wasser.
Du nimmst dir die Wolken zum Wagen,
du fährst einher auf den Flügeln des Sturmes.

4 Du machst dir die Winde zu Boten
und lodernde Feuer zu deinen Dienern.
5 Du hast die Erde auf Pfeiler gegründet;
in alle Ewigkeit wird sie nicht wanken.
6 Einst hat die Urflut sie bedeckt wie ein Kleid,
die Wasser standen über den Bergen.
7 Sie wichen vor deinem Drohen zurück,
sie flohen vor der Stimme deines Donners.
8 Da erhoben sich Berge und senkten sich Täler an den Ort,
den du für sie bestimmt hast.
9 Du hast den Wassern eine Grenze gesetzt, die dürfen sie nicht
überschreiten; nie wieder sollen sie die Erde bedecken.
10 Du lässt die Quellen hervorsprudeln in den Tälern,
sie eilen zwischen den Bergen dahin.
11 Allen Tieren des Feldes spenden sie Trank,
die Wildesel stillen ihren Durst daraus.
12 An den Ufern wohnen die Vögel des Himmels,
aus den Zweigen erklingt ihr Gesang.
13 Du tränkst die Berge aus deinen Kammern,
aus deinen Wolken wird die Erde satt.

▶ In Schöpfungsmythen des Alten Orients steht das Urmeer für Chaos und Gefahr. Göttliches Eingreifen bringt Ordnung und ermöglicht so das Leben der geschaffenen Welt.

Schenke mir einen gute Verdauung, Herr, und auch etwas zum Verdauen. Schenke mir Gesundheit des Leibes, mit dem nötigen Sinn dafür, ihn möglichst gut zu erhalten. Schenke mir eine Seele, der die Langeweile fremd ist, die kein Murren kennt und kein Seufzen und Klagen, und lass nicht zu, dass ich mir allzu viel Sorge mache um dieses sich breitmachende Etwas, das sich „Ich“ nennt. Herr, schenke mir Sinn für Humor, gib mir die →

14 Du lässt Gras wachsen für das Vieh, auch Pflanzen für den Men-
schen, die er anbaut, damit er Brot gewinnt von der Erde
15 und Wein, der das Herz des Menschen erfreut, damit sein Gesicht
von Öl erglänzt und Brot das Menschenherz stärkt.
16 Die Bäume des Herrn trinken sich satt,
die Zedern des Libanon, die er gepflanzt hat.
17 In ihnen bauen die Vögel ihr Nest,
auf den Zypressen nistet der Storch.
18 Die hohen Berge gehören dem Steinbock,
dem Klippdachs bieten die Felsen Zuflucht.
19 Du hast den Mond gemacht als Maß für die Zeiten,
die Sonne weiß, wann sie untergeht.
20 Du sendest Finsternis und es wird Nacht,
dann regen sich alle Tiere des Waldes.
21 Die jungen Löwen brüllen nach Beute,
sie verlangen von Gott ihre Nahrung.
22 Strahlt die Sonne dann auf, so schleichen sie heim
und lagern sich in ihren Verstecken.
23 Nun geht der Mensch hinaus an sein Tagwerk,
an seine Arbeit bis zum Abend.
24 Herr, wie zahlreich sind deine Werke! Mit Weisheit hast du sie alle
gemacht, die Erde ist voll von deinen Geschöpfen.

→ die Gnade, einen Scherz zu verstehen, damit ich ein wenig Glück kenne im Leben und anderen davon mitteile.

**THOMAS MORUS** (1478–1535), englischer Lordkanzler und Philosoph („Utopia“), Heiliger, erlitt das Martyrium, weil er Widerstand gegen Heinrich VIII. leistete

▶ Der Leviatan ist in der Vorstellung des Alten Orients ein schreckliches Meeresmonster. In diesem Psalm ist er nur ein Spielgefährte für Gott.

▶ Hier kommt zum ersten Mal der Halleluja-Ruf vor (↗ besonders Ps 145–150). „Halleluja" bedeutet „Lobt Jah (= Gott)!"

25 Da ist das Meer, so groß und weit, darin ein Gewimmel ohne Zahl:
kleine und große Tiere.
26 Dort ziehen die Schiffe dahin, auch der Leviatan,
den du geformt hast, um mit ihm zu spielen.
27 Sie alle warten auf dich,
dass du ihnen Speise gibst zur rechten Zeit.
28 Gibst du ihnen, dann sammeln sie ein;
öffnest du deine Hand, werden sie satt an Gutem.
29 Verbirgst du dein Gesicht, sind sie verstört; nimmst du ihnen den
Atem, so schwinden sie hin und kehren zurück zum Staub der Erde.
30 Sendest du deinen Geist aus, so werden sie alle erschaffen,
und du erneuerst das Antlitz der Erde.
31 Ewig währe die Herrlichkeit des Herrn;
der Herr freue sich seiner Werke.
32 Er blickt auf die Erde, und sie erbebt;
er rührt die Berge an, und sie rauchen.
33 Ich will dem Herrn singen, solange ich lebe,
will meinem Gott spielen, solange ich da bin.
34 Möge ihm mein Dichten gefallen. Ich will mich freuen am Herrn.
35 Doch die Sünder sollen von der Erde verschwinden,
und es sollen keine Frevler mehr da sein.
Lobe den Herrn, meine Seele! Halleluja!

❞ Das Gebet hat eine große Kraft! Es macht ein sauer Herz süß, ein traurig Herz froh, ein arm Herz reich, ein dumm Herz weise, ein blöd Herz kühn, ein blind Herz sehend, eine kalte Seele brennend.

**MECHTHILD VON MAGDEBURG,** (1210–1285), deutsche Mystikerin

▶ Gott macht sich immer wieder „niedrig", obwohl er unendlich erhaben ist: bei der Erscheinung an Mose im Dornbusch in Ex 3, um Israel zu befreien; indem er in Jesus Mensch wird, um die Welt zu retten; indem er Menschen in Not zu aller Zeit begleitet.

### Der unendlich Hohe – den Niedrigen zugeneigt (Ps 113)

113 1 Halleluja! Lobet, ihr Knechte des Herrn,
lobt den Namen des Herrn!
2 Der Name des Herrn sei gepriesen von nun an bis in Ewigkeit.
3 Vom Aufgang der Sonne bis zum Untergang
sei der Name des Herrn gelobt.
4 Der Herr ist erhaben über alle Völker,
seine Herrlichkeit überragt die Himmel.
5 Wer gleicht dem Herrn, unserm Gott, im Himmel und auf Erden,
6 ihm, der in der Höhe thront, der hinabschaut in die Tiefe,
7 der den Schwachen aus dem Staub emporhebt
und den Armen erhöht, der im Schmutz liegt?
8 Er gibt ihm einen Sitz bei den Edlen, bei den Edlen seines Volkes.
9 Die Frau, die kinderlos war, lässt er im Hause wohnen;
sie wird Mutter und freut sich an ihren Kindern. Halleluja!

## Vertrauen auf Gottes Schutz in Ewigkeit (Ps 121)

**121** 1 Ich hebe meine Augen auf zu den Bergen:
Woher kommt mir Hilfe?
2 Meine Hilfe kommt vom Herrn, der Himmel und Erde gemacht hat.
3 Er lässt deinen Fuß nicht wanken;
er, der dich behütet, schläft nicht.
4 Nein, der Hüter Israels schläft und schlummert nicht.
5 Der Herr ist dein Hüter, der Herr gibt dir Schatten;
er steht dir zur Seite.
6 Bei Tag wird dir die Sonne nicht schaden
noch der Mond in der Nacht.
7 Der Herr behüte dich vor allem Bösen, er behüte dein Leben.
8 Der Herr behüte dich, wenn du fortgehst und wiederkommst,
von nun an bis in Ewigkeit.

B Da ergriff Jesus Angst und Traurigkeit, und er sagte zu ihnen: Meine Seele ist zu Tode betrübt. Bleibt hier und wacht mit mir! ... Und er ging zu den Jüngern zurück und fand sie schlafend. Da sagte er zu Petrus: Konntet ihr nicht einmal eine Stunde mit mir wachen?

Mt 26,38.40; Die Nacht vor seiner Verhaftung verbrachte Jesus zitternd und betend auf dem Ölberg.

▶ Sonne und Mond wurden im Alten Orient für Götter gehalten, die Macht über das Leben haben.

## Hoffnung auf neuen Jubel (Ps 126)

**126** 1 Als der Herr das Los der Gefangenschaft Zions wendete,
da waren wir alle wie Träumende.
2 Da war unser Mund voll Lachen und unsere Zunge voll Jubel.
Da sagte man unter den andern Völkern:
„Der Herr hat an ihnen Großes getan."

▶ V1 bezieht sich auf die Heimkehr der Judäer aus dem babylonischen Exil (↗ S. 122ff.).

3 Ja, Großes hat der Herr an uns getan. Da waren wir fröhlich.
4 Wende doch, Herr, unser Geschick,
wie du versiegte Bäche wieder füllst im Südland.
5 Die mit Tränen säen, werden mit Jubel ernten.
6 Sie gehen hin unter Tränen und tragen den Samen zur Aussaat.
Sie kommen wieder mit Jubel und bringen ihre Garben ein.

▶ Das „Südland" meint die Wüste im Süden von Palästina: Wenn es regnet, verwandeln sich die trockenen Felsentäler plötzlich in einen reißenden Sturzbach.

## Ein Schrei aus der Tiefe (Ps 130)

**130** 1 Aus der Tiefe rufe ich, Herr, zu dir:
2 Herr, höre meine Stimme!
Wende dein Ohr mir zu, achte auf mein lautes Flehen!
3 Würdest du, Herr, unsere Sünden beachten,
Herr, wer könnte bestehen?
4 Doch bei dir ist Vergebung, damit man in Ehrfurcht dir dient.
5 Ich hoffe auf den Herrn, es hofft meine Seele,
ich warte voll Vertrauen auf sein Wort.
6 Meine Seele wartet auf den Herrn
mehr als die Wächter auf den Morgen.
Mehr als die Wächter auf den Morgen
7 soll Israel harren auf den Herrn.
Denn beim Herrn ist die Huld, bei ihm ist Erlösung in Fülle.
8 Ja, er wird Israel erlösen von all seinen Sünden.

„ Sieh auf mich im Vorübergehen. Wenn du Lust hast, dass ich an dich glaube, dann gib mir den Glauben. Wenn du Wert darauf legst, dass ich dich liebe, dann gib mir die Liebe. Ich habe von alldem nichts, und ich kann nichts dazu tun. Ich gebe dir, was ich habe: Meine Schwäche, meinen Schmerz und diese Zärtlichkeit, die mich peinigt und die du wohl siehst ... Das Elend meines Zustands, das ist alles, und meine Hoffnung.

**MARIE NOËL** (1883–1967), französische Lyrikerin und Verfasserin von Chansons

**Wie ein kleines Kind (Ps 131)**

131 1 Herr, mein Herz ist nicht stolz,
nicht hochmütig blicken meine Augen.
Ich gehe nicht um mit Dingen, die mir zu wunderbar und zu hoch sind.
2 Ich ließ meine Seele ruhig werden und still;
wie ein kleines Kind bei der Mutter ist meine Seele still in mir.
3 Israel, harre auf den Herrn von nun an bis in Ewigkeit!

**Geschwister in Frieden (Ps 133)**

133 1 Seht doch, wie gut und schön ist es,
wenn Brüder miteinander in Eintracht wohnen.
2 Das ist wie köstliches Salböl, das vom Kopf hinabfließt auf den Bart, auf Aarons Bart, das auf sein Gewand hinabfließt.
3 Das ist wie der Tau des Hermon, der auf den Berg Zion niederfällt.
Denn dort spendet der Herr Segen und Leben in Ewigkeit.

**Finsternis wie Licht (Ps 139)**

139 1 Herr, du hast mich erforscht und du kennst mich.
2 Ob ich sitze oder stehe, du weißt von mir.
Von fern erkennst du meine Gedanken.

„Mein Gott und Herr, du bist mein Ursprung und auch mein Ziel. Du bist voller Einfachheit, voller Ruhe und Liebe. Ohne Ende ist Deine Güte und Herrlichkeit. Herrliches Licht bist du und die höchste Freude meines Herzens. Freude bist du, endlos wie der Ozean, die Fülle von allem Guten. Was sollte mir fehlen, wenn du mein Eigen bist.

**ALBERTUS MAGNUS** (um 1200–1280), Dominikaner, Bischof, Universalgelehrter (der vielleicht klügste Mann seiner Zeit)

▶ Der Hermon ist ein hoher Berg im Norden von Israel, im heutigen Libanon, wo der Jordan entspringt. Öl und Tau sind Bilder für ein angenehmes, erfrischendes Gefühl und für göttlichen Segen.

3 Ob ich gehe oder ruhe, es ist dir bekannt;
du bist vertraut mit all meinen Wegen.
4 Noch liegt mir das Wort nicht auf der Zunge –
du, Herr, kennst es bereits.
5 Du umschließt mich von allen Seiten
und legst deine Hand auf mich.
6 Zu wunderbar ist für mich dieses Wissen,
zu hoch, ich kann es nicht begreifen.
7 Wohin könnte ich fliehen vor deinem Geist,
wohin mich vor deinem Angesicht flüchten?
8 Steige ich hinauf in den Himmel, so bist du dort;
bette ich mich in der Unterwelt, bist du zugegen.
9 Nehme ich die Flügel des Morgenrots
und lasse mich nieder am äußersten Meer,
10 auch dort wird deine Hand mich ergreifen
und deine Rechte mich fassen.
11 Würde ich sagen: „Finsternis soll mich bedecken,
statt Licht soll Nacht mich umgeben“,
12 auch die Finsternis wäre für dich nicht finster,
die Nacht würde leuchten wie der Tag, die Finsternis wäre wie Licht.
13 Denn du hast mein Inneres geschaffen,
mich gewoben im Schoß meiner Mutter.

„Wo ich gehe – du! Wo ich stehe – du! Nur du, wieder du, immer du! Du, du, du! Ergeht“s mir gut – du! Wenn“s weh mir tut – du! Nur du, wieder du, immer du! Du, du, du! Himmel – du, Erde – du, oben – du, unten – du, wohin ich mich wende, an jedem Ende nur du, wieder du, immer du! Du, du, du!

**MARTIN BUBER**
Gedicht zu Ps 139

Adam, Jona, Saulus – lauter Leute, die sich von Gott abwenden, weglaufen, sich verstecken. Alle ohne Erfolg.

14 Ich danke dir, dass du mich so wunderbar gestaltet hast.
Ich weiß: Staunenswert sind deine Werke.
15 Als ich geformt wurde im Dunkeln, kunstvoll gewirkt in den Tiefen
der Erde, waren meine Glieder dir nicht verborgen.
16 Deine Augen sahen, wie ich entstand, in deinem Buch war schon
alles verzeichnet; meine Tage waren schon gebildet, als noch keiner
von ihnen da war.
17 Wie schwierig sind für mich, o Gott, deine Gedanken,
wie gewaltig ist ihre Zahl!
18 Wollte ich sie zählen, es wären mehr als der Sand.
Käme ich bis zum Ende, wäre ich noch immer bei dir.
19 Wolltest du, Gott, doch den Frevler töten!
Ihr blutgierigen Menschen, lasst ab von mir!
20 Sie reden über dich voll Tücke und missbrauchen deinen Namen.
21 Soll ich die nicht hassen, Herr, die dich hassen,
die nicht verabscheuen, die sich gegen dich erheben?
22 Ich hasse sie mit glühendem Hass;
auch mir sind sie zu Feinden geworden.
23 Erforsche mich, Gott, und erkenne mein Herz,
prüfe mich, und erkenne mein Denken!
24 Sieh her, ob ich auf dem Weg bin, der dich kränkt,
und leite mich auf dem altbewährten Weg!

▶ Kein anderer Text spricht so ausführlich von Gottes Wirken schon vor der Geburt. Gott kennt Jeremia schon vor seiner Empfängnis (Jer 1,5).

❞ Lehre mich dir dienen, wie du es verdienst: Geben, ohne zu zählen, kämpfen, ohne auf meine Wunden zu achten … mich einsetzen, ohne einen anderen Lohn zu erwarten als das Bewusstsein, deinen heiligen Willen erfüllt zu haben.

**IGNATIUS VON LOYOLA**

▶ Wer den Gott des Lebens „hasst“ (v21), wendet sich zerstörerisch gegen das Leben und alles Gute. Gegen eine solche Haltung wendet sich der glühende Hass in v22.

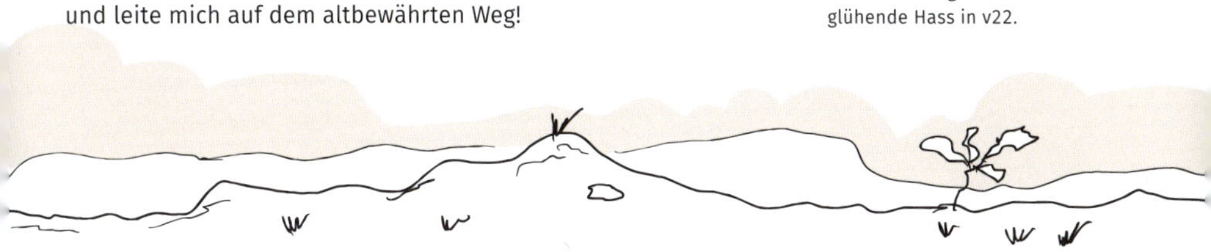

Während die ersten Teile des Psalters vor allem aus Gebeten bestehen, die viel Leid zum Ausdruck bringen, bilden die letzten Psalmen (Ps 145–150) ein großes Finale des Lobes. Der letzte Psalm endet mit einem großen Lobkonzert des ganzen Universums:

**Alles, was atmet, lobe Gott! (Ps 150)**

150 1 Halleluja!
Lobt Gott in seinem Heiligtum,
lobt ihn in seiner mächtigen Feste!
2 Lobt ihn für seine großen Taten,
lobt ihn in seiner gewaltigen Größe!
3 Lobt ihn mit dem Schall der Hörner,
lobt ihn mit Harfe und Zither!
4 Lobt ihn mit Pauken und Tanz,
lobt ihn mit Flöten und Saitenspiel!
5 Lobt ihn mit hellen Zimbeln,
lobt ihn mit klingenden Zimbeln!
6 Alles, was atmet, lobe den Herrn!
Halleluja!

▶ Mit „Heiligtum“ ist der Tempel in Jerusalem gemeint, mit der „mächtigen Feste“ der Himmel.

▶ „Zimbeln“ sind wie kleine Becken beim Schlagzeug.

❞ Danken schützt vor Wanken. Loben zieht nach oben.

Deutsches Sprichwort

DAS BUCH DER

# Sprichwörter

Der Reichtum menschlicher Erfahrungen spiegelt sich in diesem Buch wider. Die einleitende Sammlung (Spr 1–9) lädt die heranwachsende Generation (angeredet mit Sohn/Kind) ein, diesen Schatz aufzunehmen und so grundlegende Einsichten für ein gelingendes Leben zu gewinnen. Drei Beispiele mögen zeigen, in welche Richtungen solche Erziehung geht:

„Besser ein Gericht Gemüse, wo Liebe herrscht, als ein gemästeter Ochse, und Hass dabei" (Spr 15,17). Hier ist zu lernen, dass eine wohlwollende Beziehung wichtiger ist als ein gutes Essen.

„Die Tür dreht sich in ihrer Angel und der Faule in seinem Bett" (Spr 26,14). Der drastische Vergleich ist zugleich Mahnung und Motivation, nicht träge zu sein.

„Drei Dinge sind mir unbegreiflich, vier vermag ich nicht zu fassen: den Weg des Adlers am Himmel, den Weg der Schlange über den Felsen, den Weg des Schiffes auf hoher See und den Weg des Mannes bei der jungen Frau" (Spr 30,18–19). Hierin sind sowohl aufmerksame Beobachtung besonderer Phänomene als auch Staunen über die Rätsel unserer Welt zu spüren.

Die drei Beispiele lassen eine wache Wahrnehmung und eine gesunde Unterscheidungsgabe erkennen. Beide sind Schlüssel zu einer guten Lebensführung, und mehrfach erscheinen sie im Buch der Sprichwörter mit Gott verbunden, wie auch im folgenden Text.

**Ausrichtung auf Gott und seine Weisheit (Spr 3,1–18)**

3 1 Mein Sohn, vergiss meine Lehre nicht,
bewahre meine Gebote in deinem Herzen!
2 Denn sie vermehren die Tage und Jahre deines Lebens
und bringen dir Wohlergehen.
3 Nie sollen Liebe und Treue dich verlassen;
binde sie dir um den Hals, schreib sie auf die Tafel deines Herzens!
4 Dann erlangst du Gunst und Beifall bei Gott und den Menschen.
5 Mit ganzem Herzen vertrau auf den Herrn,
bau nicht auf eigene Klugheit;

» Ich habe die Welt länger gesehen als du. Es ist nicht alles Gold, lieber Sohn, was glänzet, und ich habe manchen Stern vom Himmel fallen und manchen Stab, auf den man sich verließ, brechen sehen. Darum will ich dir einigen Rat geben und dir sagen, was ich funden habe und was die Zeit mich gelehret hat. Es ist nichts groß, was nicht gut ist; und nichts wahr, was nicht bestehet.

**MATTHIAS CLAUDIUS** an seinen Sohn Johannes

6 such ihn zu erkennen auf all deinen Wegen,
dann ebnet er selbst deine Pfade.
7 Halte dich nicht selbst für weise,
fürchte den Herrn, und fliehe das Böse!
8 Das ist heilsam für deine Gesundheit und erfrischt deine Glieder.
9 Ehre den Herrn mit deinem Vermögen,
mit dem Besten von dem, was du erntest!
10 Dann füllen sich deine Scheunen mit Korn,
deine Fässer laufen über von Wein.
11 Mein Sohn, verachte nicht die Zucht des Herrn,
widersetz dich nicht, wenn er dich zurechtweist!
12 Wen der Herr liebt, den züchtigt er,
wie ein Vater seinen Sohn, den er gern hat.
13 Wohl dem Mann, der Weisheit gefunden,
dem Mann, der Einsicht gewonnen hat.
14 Denn sie zu erwerben ist besser als Silber,
sie zu gewinnen ist besser als Gold.
15 Sie übertrifft die Perlen an Wert,
keine kostbaren Steine kommen ihr gleich.

▶ All unsere Einsicht ist äußerst begrenzt. Wer glaubt, klug zu sein (↗ auch v5), täuscht sich und ist dem Untergang nahe. Nur die Beziehung zu Gott vermag das rechte Urteilsvermögen zu bewahren.

▶ Mit „züchtigen“ ist grundsätzlich „erziehen“ gemeint. In der Antike konnte damit auch körperliche Bestrafung gemeint sein.

» In der Tat ist Gott allein vollkommen weise, das heißt mit dem vollkommenen Wissen aller Dinge begabt.

**RENÉ DESCARTES** (1596–1650), französischer Philosoph

> Derjenige, der etwas zerbricht, um herauszufinden, was es ist, hat den Pfad der Weisheit verlassen.
>
> J. R. R. TOLKIEN

16 Langes Leben birgt sie in ihrer Rechten,
in ihrer Linken Reichtum und Ehre;
17 ihre Wege sind Wege der Freude, all ihre Pfade führen zum Glück.
18 Wer nach ihr greift, dem ist sie ein Lebensbaum,
wer sie festhält, ist glücklich zu preisen.

Gegen Ende der ersten Sammlung (Spr 1–9) lässt der Autor die Weisheit wie eine Person auftreten und selbst direkt zu den Menschen reden. Damit intensiviert er in den Hörern bzw. Lesenden den Wunsch, in eine enge Beziehung mit ihr zu treten.

▶ Die Weisheit stellt sich hier vor als erstes Geschöpf Gottes, das ihn begleitet seit Beginn der Welt und damit dem nahekommt, was in Gen 1,2 sein Geist ist. „... und Gottes Geist schwebte über dem Wasser" (Gen 1,2)

> Erlaube deiner Seele die Freiheit, zu singen, zu tanzen, zu loben und preisen und zu lieben.
>
> TERESA VON ÁVILA

### Das Kind bei Gott (Spr 8,22–31)

8 22 Der Herr hat mich geschaffen im Anfang seiner Wege,
vor seinen Werken in der Urzeit;
23 in frühester Zeit wurde ich gebildet,
am Anfang, beim Ursprung der Erde.
24 Als die Urmeere noch nicht waren, wurde ich geboren,
als es die Quellen noch nicht gab, die wasserreichen. ...
30 als er die Fundamente der Erde abmaß,
da war ich als geliebtes Kind bei ihm. Ich war seine Freude
Tag für Tag und spielte vor ihm allezeit.
31 Ich spielte auf seinem Erdenrund,
und meine Freude war es, bei den Menschen zu sein.

▶ Alles ist vorbereitet für ein festliches Mahl. Die „sieben Säulen" deuten vermutlich auf die sieben Sammlungen von Sprüchen hin, aus denen Spr besteht, und deuten zugleich ein sehr großes Haus an, in dem viele Menschen zum Festessen Platz finden.

### Die Einladung von „Frau" Weisheit (Spr 9,1–6)

9 1 Die Weisheit hat ihr Haus gebaut, ihre sieben Säulen behauen.
2 Sie hat ihr Vieh geschlachtet, ihren Wein gemischt und schon ihren Tisch gedeckt.
3 Sie hat ihre Mägde ausgesandt und lädt ein
auf der Höhe der Stadtburg:
4 Wer unerfahren ist, kehre hier ein. Zum Unwissenden sagt sie:
5 Kommt, esst von meinem Mahl und trinkt vom Wein,
den ich mischte!
6 Lasst ab von der Torheit, dann bleibt ihr am Leben,
und geht auf dem Weg der Einsicht!

Das letzte Kapitel von Spr enthält Anweisungen einer (unbekannten) Königinmutter an ihren Sohn Lemuël. Er soll sich nicht betrinken (Spr 31,4–5) und sich für das Recht der Armen einsetzen (v8–9). Im Anschluss daran folgt ein Idealporträt einer Gattin:

▶ Die wechselseitige Verbundenheit des Paares ist eine Quelle von Kraft und Sicherheit.

### Eine starke Frau (Spr 31,10–31)

31 10 Eine tüchtige Frau, wer findet sie?
Sie übertrifft alle Perlen an Wert.
11 Das Herz ihres Mannes vertraut auf sie
und es fehlt ihm nicht an Gewinn.

12 Sie tut ihm Gutes und nichts Böses
alle Tage ihres Lebens.
13 Sie sorgt für Wolle und Flachs
und schafft mit emsigen Händen.
14 Sie gleicht den Schiffen des Kaufmanns:
Aus der Ferne holt sie ihre Nahrung.
15 Noch bei Nacht steht sie auf, um ihrem Haus Speise
zu geben und den Mägden, was ihnen zusteht.
16 Sie überlegt es und kauft einen Acker,
vom Ertrag ihrer Hände pflanzt sie einen Weinberg.
17 Sie gürtet ihre Hüften mit Kraft
und macht ihre Arme stark.
18 Sie spürt den Erfolg ihrer Arbeit,
auch des Nachts erlischt ihre Lampe nicht.
19 Nach dem Spinnrocken greift ihre Hand,
ihre Finger fassen die Spindel.
20 Sie öffnet ihre Hand für den Bedürftigen
und reicht ihre Hände dem Armen.

Wir müssen wirklich den „Genius der Frau" mehr hervorheben ... Wie viele Frauen wurden und werden noch immer mehr nach dem physischen Aussehen bewertet als nach ihrer Sachkenntnis, ihrer beruflichen Leistung, nach den Werken ihrer Intelligenz, nach dem Reichtum ihrer Sensibilität und schließlich nach der ihrem Sein und Wesen eigenen Würde! ... Besonders in ihrer Hingabe an die anderen im tagtäglichen Leben begreift die Frau die tiefe Berufung ihres Lebens, sie, die vielleicht noch mehr als der Mann den Menschen sieht, weil sie ihn mit dem Herzen sieht. Sie sieht ihn unabhängig von den verschiedenen ideologischen oder politischen Systemen. Sie sieht ihn in seiner Größe und in seinen Grenzen und versucht, ihm entgegenzukommen.

**PAPST JOHANNES PAUL II.**, Brief an die Frauen

21 Ihr bangt nicht für ihr Haus vor dem Schnee;
denn ihr ganzes Haus hat wollene Kleider.
22 Sie hat sich Decken gefertigt,
Leinen und Purpur sind ihr Gewand.
23 Ihr Mann ist in den Torhallen geachtet,
wenn er zu Rat sitzt mit den Ältesten des Landes.
24 Sie webt Tücher und verkauft sie,
Gürtel liefert sie dem Händler.
25 Kraft und Würde sind ihr Gewand,
sie lacht dem kommenden Tag entgegen.
26 Öffnet sie ihren Mund, dann redet sie klug,
und gütige Lehre ist auf ihrer Zunge.
27 Sie achtet auf das, was vorgeht im Haus,
und isst nicht träge ihr Brot.
28 Ihre Söhne stehen auf und preisen sie glücklich,
auch ihr Mann erhebt sich und rühmt sie:
29 Viele Frauen erwiesen sich tüchtig,
doch du übertriffst sie alle.
30 Trügerisch ist Anmut, vergänglich die Schönheit,
nur eine gottesfürchtige Frau verdient Lob.
31 Preist sie für den Ertrag ihrer Hände,
ihre Werke soll man am Stadttor loben.

Tipp an die Männer: „Eine Frau ist im Stande, zwei Tage lang von nichts anderem zu leben als von einem hübschen Kompliment" – sagt Michèle Morgan, die französische Filmschauspielerin.

Man kann ohne Liebe Holz hacken, Ziegel formen, Eisen schmieden. Aber man kann nicht ohne Liebe mit Menschen umgehen.

**LEO TOLSTOI**

Wenn Sie in der Politik etwas gesagt haben wollen, wenden Sie sich an einen Mann. Wenn Sie etwas getan haben wollen, wenden Sie sich an eine Frau.

**MARGARET THATCHER**

Nicht äußeres Gehabe oder Aussehen, sondern die rechte Beziehung zu Gott ist entscheidend. Aus ihr entspringen all die vorhin aufgezählten Handlungen.

DAS BUCH

# Kohelet

Kohelet ist ein eigenwilliges, philosophisches, nachdenkliches Büchlein der Bibel. Es stellt übliche Wertvorstellungen wie Reichtum und Karriere mit einem nüchternen Blick auf das Leben in Frage. Es tritt für ein einfaches Leben ein, für die Konzentration auf wichtige menschliche Beziehungen (Koh 9,9) und einen Blick auf Gottes ewiges Wirken (Koh 3,14–15).

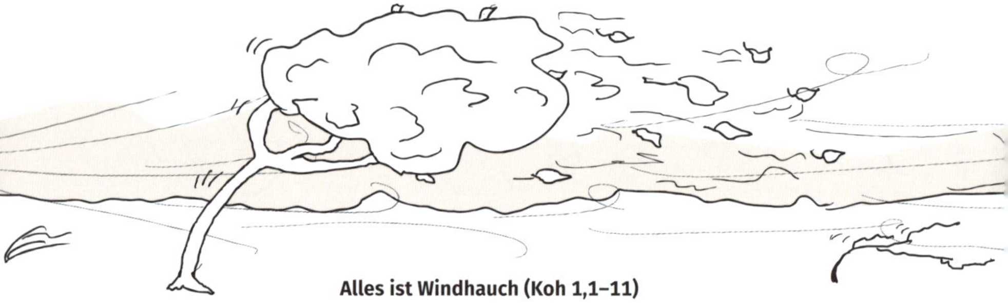

## Alles ist Windhauch (Koh 1,1–11)

1 1 Worte Kohelets, des Davidsohnes, der König in Jerusalem war.
2 Windhauch, Windhauch, sagte Kohelet, Windhauch, Windhauch,
das ist alles Windhauch.
3 Welchen Vorteil hat der Mensch von all seinem Besitz,
für den er sich anstrengt unter der Sonne?
4 Eine Generation geht, eine andere kommt.
Die Erde steht in Ewigkeit.
5 Die Sonne, die aufging und wieder unterging,
atemlos jagt sie zurück an den Ort, wo sie wieder aufgeht.
6 Er weht nach Süden, dreht nach Norden, dreht, dreht, weht,
der Wind. Weil er sich immerzu dreht, kehrt er zurück, der Wind.
7 Alle Flüsse fließen ins Meer, das Meer wird nicht voll.
Zu dem Ort, wo die Flüsse entspringen, kehren sie zurück,
um wieder zu entspringen.
8 Alle Dinge sind rastlos tätig, kein Mensch kann alles ausdrücken,
nie wird ein Auge satt, wenn es beobachtet,
nie wird ein Ohr vom Hören voll.
9 Was geschehen ist, wird wieder geschehen, was man getan hat,
wird man wieder tun: Es gibt nichts Neues unter der Sonne.
10 Zwar gibt es bisweilen ein Ding, von dem es heißt: Sieh dir das
an, das ist etwas Neues – aber auch das gab es schon in den Zeiten,
die vor uns gewesen sind.

▶ Der Name Kohelet hängt mit dem hebräischen Wort für „Versammlung“ zusammen. Als Davidsohn und König von Jerusalem ist Kohelet mit Salomo, dem legendären, weisen König gleichgesetzt (↗ auch das Hohelied „Salomos“ im Anschluss an Kohelet).

▶ „Windhauch“ ist ein Bild für Flüchtigkeit und Vergänglichkeit: Die fünffache Wiederholung des Wortes in v2 setzt ein Thema für das ganze Buch.

„Ist das nicht merkwürdig“, sagte jemand zu seinem Freund, „dass an jedem Tag in der Welt immer genau so viel Neues passiert, wie in die Zeitung hineinpasst?“

11 Nur gibt es keine Erinnerung an die Früheren und auch an die Spä-
teren, die erst kommen werden, auch an sie wird es keine Erinnerung
geben bei denen, die noch später kommen werden.

### Versuche Freude zu bekommen (Koh 2,1–11)

2 1 Ich dachte mir: Auf, versuch es mit der Freude, genieß das Glück!
Das Ergebnis: Auch das ist Windhauch.
2 Über das Lachen sagte ich: Wie verblendet!,
über die Freude: Was bringt sie schon ein?
3 Ich trieb meine Forschung an mir selbst, indem ich meinen Leib
mit Wein lockte, während mein Verstand das Wissen auf die Weide
führte, und indem ich das Unwissen gefangen nahm. Ich wollte dabei
beobachten, wo es vielleicht für die einzelnen Menschen möglich ist,
sich unter dem Himmel Glück zu verschaffen während der wenigen
Tage ihres Lebens.
4 Ich vollbrachte meine großen Taten:
Ich baute mir Häuser, ich pflanzte Weinberge.
5 Ich legte mir Gärten und Parks an,
darin pflanzte ich alle Arten von Bäumen.
6 Ich legte Wasserbecken an,
um aus ihnen den sprossenden Baumbestand zu bewässern.

▶ Gärten (v5) gehörten im wüstenreichen Nahen Osten zu den größten Luxus- und Prestigeobjekten von Königen. Die hängenden Gärten der Semiramis zu Babylon gehörten wie die Pyramiden von Gizeh, der Koloss von Rhodos oder die Artemis von Ephesos zu den sieben Weltwundern der Antike.

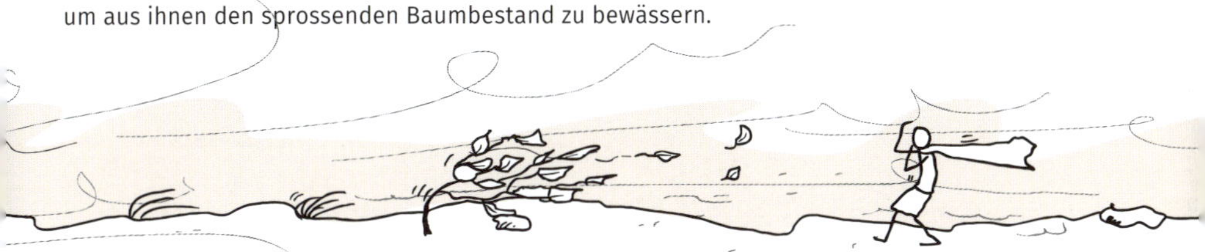

7 Ich kaufte Sklaven und Sklavinnen, obwohl ich schon hausgebore-
ne Sklaven besaß. Auch Vieh besaß ich in großer Zahl, Rinder, Schafe,
Ziegen, mehr als alle meine Vorgänger in Jerusalem.
8 Ich hortete auch Silber und Gold und, als meinen persönlichen
Schatz, Könige und ihre Provinzen. Ich besorgte mir Sänger und Sän-
gerinnen und die Lust jedes Menschen: einen großen Harem.
9 Ich war schon groß gewesen, doch ich gewann noch mehr hinzu, so
dass ich alle meine Vorgänger in Jerusalem übertraf.
Und noch mehr: Mein Wissen stand mir zur Verfügung
10 und was immer meine Augen sich wünschten, verwehrte ich ih-
nen nicht. Ich musste meinem Herzen keine einzige Freude versagen.
Denn mein Herz konnte immer durch meinen ganzen Besitz Freude
gewinnen. Und das war mein Anteil, den ich durch meinen ganzen
Besitz gewinnen konnte.
11 Doch dann dachte ich nach über alle meine Taten, die meine Hän-
de vollbracht hatten, und über den Besitz, für den ich mich bei die-
sem Tun angestrengt hatte. Das Ergebnis: Das ist alles Windhauch
und Luftgespinst. Es gibt keinen Vorteil unter der Sonne.

„Man soll weder annehmen noch besitzen, was man nicht wirklich zum Leben braucht."

**MAHATMA GANDHI**

Besitz bedeutet für mich, eine Familie gründen zu können. Besitz gibt mir Sicherheit. Ich bin Romantikerin und es fällt mir schwer, mir nicht großen Besitz zu wünschen. Dann erinnere ich mich daran, dass Besitz nicht zufrieden macht. Wahre Freude erfahre ich in der Beziehung zu Gott.

**SHARON**

### Alles hat seine Zeit (Koh 3)

3 1 Alles hat seine Stunde. Für jedes Geschehen unter dem Himmel
gibt es eine bestimmte Zeit:
2 eine Zeit zum Gebären und eine Zeit zum Sterben,
eine Zeit zum Pflanzen und eine Zeit zum Abernten der Pflanzen,

Die Zeit, Gott zu suchen, ist dieses Leben. Die Zeit, Gott zu finden, ist der Tod. Die Zeit, Gott zu besitzen, ist die Ewigkeit.

**FRANZ VON SALES**

❞ Viele denken, es sei schlecht, sich etwas Gutes zu wünschen und auf Genuss zu hoffen. ... Wenn wir uns jedoch ansehen, wie atemberaubend der in den Evangelien verheißene Lohn ausfällt, sieht es doch ganz so aus, dass unser Herr unsere Sehnsüchte nicht als zu stark, sondern als zu schwach empfindet.

**C. S. LEWIS**

❞ Jeder kann wütend werden, das ist einfach. Aber wütend auf den Richtigen zu sein, im richtigen Maß, zur richtigen Zeit, zum richtigen Zweck und auf die richtige Art, das ist schwer.

**ARISTOTELES**

▶ Wörtlich heißt es in v11, Gott habe die „Dauer/Ewigkeit in ihr Herz (das Herz der Menschen) hineingelegt".

3 eine Zeit zum Töten und eine Zeit zum Heilen,
eine Zeit zum Niederreißen und eine Zeit zum Bauen,
4 eine Zeit zum Weinen und eine Zeit zum Lachen,
eine Zeit für die Klage und eine Zeit für den Tanz;
5 eine Zeit zum Steinewerfen und eine Zeit zum Steinesammeln,
eine Zeit zum Umarmen und eine Zeit, die Umarmung zu lösen,
6 eine Zeit zum Suchen und eine Zeit zum Verlieren,
eine Zeit zum Behalten und eine Zeit zum Wegwerfen,
7 eine Zeit zum Zerreißen und eine Zeit zum Zusammennähen,
eine Zeit zum Schweigen und eine Zeit zum Reden,
8 eine Zeit zum Lieben und eine Zeit zum Hassen,
eine Zeit für den Krieg und eine Zeit für den Frieden.
9 Wenn jemand etwas tut – welchen Vorteil hat er davon,
dass er sich anstrengt?
10 Ich sah mir das Geschäft an, für das jeder Mensch durch Gottes
Auftrag sich abmüht.
11 Gott hat das alles zu seiner Zeit auf vollkommene Weise getan.
Überdies hat er die Ewigkeit in alles hineingelegt, doch ohne dass der
Mensch das Tun, das Gott getan hat, von seinem Anfang bis zu seinem
Ende wiederfinden könnte.
12 Ich hatte erkannt: Es gibt kein in allem Tun gründendes Glück, es
sei denn, ein jeder freut sich, und so verschafft er sich Glück, wäh-

rend er noch lebt, 13 wobei zugleich immer, wenn ein Mensch isst und
trinkt und durch seinen ganzen Besitz das Glück kennenlernt, das ein
Geschenk Gottes ist.
14 Jetzt erkannte ich: Alles, was Gott tut, geschieht in Ewigkeit.
Man kann nichts hinzufügen und nichts abschneiden,
und Gott hat bewirkt, dass die Menschen ihn fürchten.
15 Was auch immer geschehen ist, war schon vorher da,
und was geschehen soll, ist schon geschehen,
und Gott wird das Verjagte wieder suchen.

▶ Das „Verjagte" (v15) bezieht sich vermutlich auf die Vergangenheit. Vielleicht spiegelt sich hier schon die psychologische Erkenntnis, dass viele verdrängte Erlebnisse später im Leben wieder auftauchen.

Vielfach erklärt Kohelet, dass alles vergänglich ist und vieles eine Last für den Menschen. In den folgenden Versen aber ermutigt er zu einer gelassenen und fröhlichen Lebenseinstellung.

### Iss freudig dein Brot! (Koh 9,3–10)

9 3 Das ist das Schlimme an allem, was unter der Sonne getan wur-
de, dass alle dann ein und dasselbe Geschick trifft und dass in
den Menschen überdies die Lust zum Bösen wächst und Verblendung
ihren Geist erfasst, während sie leben und danach, wenn sie zu den
Toten müssen – 4 ja, wer würde da ausgenommen? Für jeden Leben-
den gibt es noch Zuversicht. Denn: Ein lebender Hund ist besser als
ein toter Löwe.

B Nutzt die Zeit, denn diese Tage sind böse.

Eph 5,16

5 Und: Die Lebenden erkennen, dass sie sterben werden; die Toten
aber erkennen überhaupt nichts mehr. Sie erhalten auch keine Be-
lohnung mehr; denn die Erinnerung an sie ist in Vergessenheit ver-
sunken. 6 Liebe, Hass und Eifersucht gegen sie, all dies ist längst erlo-
schen. Auf ewig haben sie keinen Anteil mehr an allem, was unter der
Sonne getan wurde. 7 Also: Iss freudig dein Brot, und trink vergnügt
deinen Wein; denn das, was du tust, hat Gott längst so festgelegt, wie
es ihm gefiel.
8 Trag jederzeit frische Kleider, und nie fehle duftendes Öl auf dei-
nem Haupt. 9 Mit einer Frau, die du liebst, genieß das Leben alle Tage
deines Lebens voll Windhauch, die er dir unter der Sonne geschenkt
hat, alle deine Tage voll Windhauch. Denn das ist dein Anteil am Le-
ben und an dem Besitz, für den du dich unter der Sonne anstrengst.
10 Alles, was deine Hand, solange du Kraft hast, zu tun vorfindet, das
tu! Denn es gibt weder Tun noch Rechnen noch Können noch Wissen
in der Unterwelt, zu der du unterwegs bist.

▶ Die Vorstellung von der Zeit nach dem Tod ist im Alten Testament meistens nüchtern.

Fröhlich sein, Gutes tun, und die Spatzen pfeifen lassen!

**JOHANNES DON BOSCO**

Ein Sprichwort sagt: „Wer nicht genießen kann, wird schnell ungenießbar." Das Geheimnis des Christseins besteht darin, mit Freude die Schöpfung zu genießen und Gott für alles, auch das Schwere, Dank zu sagen.

**Denk an deinen Schöpfer! (Koh 11,4–12,1)**

11 4 Wer ständig nach dem Wind schaut, kommt nicht zum Säen,
wer ständig die Wolken beobachtet, kommt nicht zum Ernten.
5 Wie du den Weg des Windes ebenso wenig wie das Werden des

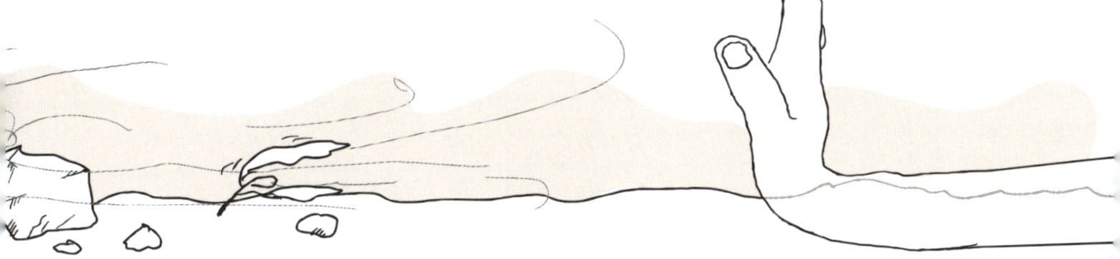

Kindes im Leib der Schwangeren erkennen kannst, so kannst du auch
das Tun Gottes nicht erkennen, der alles tut.
6 Am Morgen beginne zu säen, auch gegen Abend lass deine Hand
noch nicht ruhen; denn du kannst nicht im Voraus erkennen, was Er-
folg haben wird, das eine oder das andere, oder ob sogar beide zu-
gleich zu guten Ergebnissen führen.
7 Dann wird das Licht süß sein und den Augen wird es wohl tun, die
Sonne zu sehen.
8 Denn selbst wenn ein Mensch viele Jahre zu leben hat, freue er
sich in dieser ganzen Zeit und er denke zugleich an die dunklen Tage:
Auch sie werden viele sein. Alles, was kommt, ist Windhauch.
9 Freu dich, junger Mann, in deiner Jugend, sei heiteren Herzens in
deinen frühen Jahren! Geh auf den Wegen, die dein Herz dir sagt, zu
dem, was deine Augen vor sich sehen. [Aber sei dir bewusst, dass Gott
dich für all das vor Gericht ziehen wird.]
10 Halte deinen Sinn von Ärger frei und schütz deinen Leib vor Krank-
heit; denn die Jugend und das dunkle Haar sind Windhauch.

12 1 Denk an deinen Schöpfer in deinen frühen Jahren, ehe die
Tage der Krankheit kommen und die Jahre dich erreichen, von
denen du sagen wirst: Ich mag sie nicht!

„Wer nach jeder Wolke schaut, geht nie auf Reisen."

Sprichwort aus Italien

Tu, was du kannst, Gott macht den Rest.

**JOHANNES DON BOSCO**

Wenn du in einer guten Stimmung bist, denk daran, wie du dich verhalten kannst, wenn du in einer schlechten Stimmung bist, und sammle Kraft.

**IGNATIUS VON LOYOLA**, Geistliche Übungen

DAS

# Hohelied

Das Hohelied ist dem König Salomo zugeschrieben, obwohl es sicher nicht von ihm ist. In der Bibel wird er als großer Dichter (1 Kön 5,12) und Liebhaber (1 Kön 11,1) geschildert. Es ist eine Sammlung von Liebesgedichten, wobei die Stimme der liebenden Frau beginnt und sich dann mit der Stimme des Liebhabers abwechselt. Das Buch bringt in großer Freiheit und Schönheit jugendliche, gefühlvolle und sinnliche Liebe zum Ausdruck, – auch als Bild für die Liebe zwischen Gott und der menschlichen Seele. Beide Dimensionen gehören zusammen: In menschlicher Liebe schenkt uns Gott die Erfahrung, wie intensiv er sich selbst uns hingibt und mit uns verbunden sein möchte. Und in der Gottesliebe wird deutlich, wie schön die Liebe zwischen Mann und Frau ist.

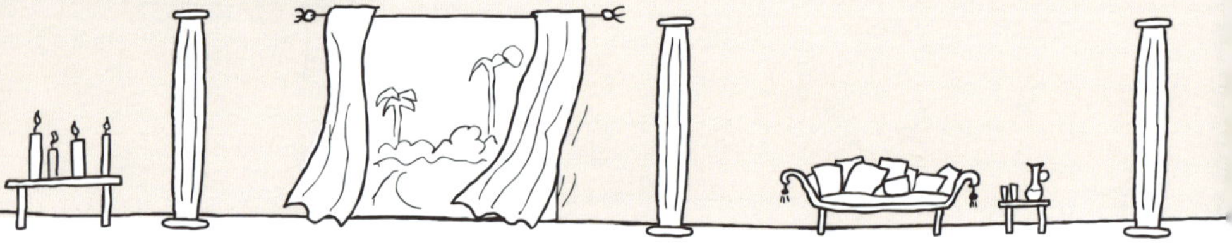

▶ Die weibliche Stimme beginnt das Liebesgespräch und schwärmt über die Liebe des Mannes: So kommt die Gleichwertigkeit der Partner in der Beziehung zum Ausdruck.

„ Gott sieht in mir Schönheit trotz Fehlern und Schwächen. In einer leistungsorientierten, perfektionistischen Gesellschaft ist diese Wahrheit geradezu revolutionär. Wir dürfen aus der Identität eines Menschen leben, der vor Gott „schwarz und doch schön" ist. Hier liegt das vielleicht größte Geheimnis für geistliches Wachstum.

**JOHANNES HARTL,** Gebetshaus Augsburg

Y → 400
Was bedeutet es, dass der Mensch ein sexuelles Wesen ist?

**Süßer als Wein (Hld 1,1–17)**

1 1 Das Hohelied Salomos.
2 Mit Küssen seines Mundes bedecke er mich. Süßer als Wein ist
deine Liebe. 3 Köstlich ist der Duft deiner Salben, dein Name hingegossenes Salböl; darum lieben dich die Mädchen.
4 Zieh mich her hinter dir! Lass uns eilen! Der König führt mich in
seine Gemächer. Jauchzen lasst uns, deiner uns freuen, deine Liebe höher rühmen als Wein. Dich liebt man zu Recht.
5 Braun bin ich, doch schön, ihr Töchter Jerusalems,
wie die Zelte von Kedar, wie Salomos Decken.
6 Schaut mich nicht so an, weil ich gebräunt bin.
Die Sonne hat mich verbrannt.
Meiner Mutter Söhne waren mir böse, ließen mich Weinberge hüten;
den eigenen Weinberg konnte ich nicht hüten.
7 Du, den meine Seele liebt, sag mir: Wo weidest du die Herde?
Wo lagerst du am Mittag? Wozu soll ich erst umherirren
bei den Herden deiner Gefährten?
8 Wenn du das nicht weißt, du schönste der Frauen,
dann folge den Spuren der Schafe, dann weide deine Zicklein dort,
wo die Hirten lagern.
9 Mit der Stute an Pharaos Wagen vergleiche ich dich,
meine Freundin.

10 Schön sind deine Wangen zwischen den Kettchen,
dein Hals in der Perlenschnur.
11 Machen wir dir noch goldene Kettchen, kleine Silberkugeln daran.
12 Solange der König an der Tafel liegt, gibt meine Narde ihren Duft.
13 Mein Geliebter ruht wie ein Beutel mit Myrrhe an meiner Brust.
14 Eine Hennablüte ist mein Geliebter mir aus den Weinbergen
von En-Gedi.
15 Schön bist du, meine Freundin, ja, du bist schön.
Zwei Tauben sind deine Augen.
16 Schön bist du, mein Geliebter, verlockend.
Frisches Grün ist unser Lager, 17 Zedern sind die Balken
unseres Hauses, Zypressen die Wände.

▶ Myrrhe ist ein aromatisch riechendes Harz, das auch für Weihrauch verwendet wird. En-Gedi liegt am Toten Meer und war für die Herstellung von Parfüm bekannt.

▶ Tauben galten im Altertum aufgrund ihres Liebesspiels als Boten der Liebe.

**Eine Lilie unter Disteln! (Hld 2,1–17)**

2 1 Ich bin eine Blume auf den Wiesen des Scharon,
eine Lilie der Täler.
2 Eine Lilie unter Disteln ist meine Freundin unter den Mädchen.
3 Ein Apfelbaum unter Waldbäumen ist mein Geliebter unter den
Burschen. In seinem Schatten begehre ich zu sitzen.
Wie süß schmeckt seine Frucht meinem Gaumen!
4 In das Weinhaus hat er mich geführt.
Sein Zeichen über mir heißt Liebe.

Das Lied der Lieder ist ein Hochzeitslied und schildert die keuschen und beglückenden Umarmungen der Seelen, die Eintracht der Herzen, die wechselseitige, in ihren Herzensregungen übereinstimmende Liebe.

**BERNHARD VON CLAIRVAUX**

5 Stärkt mich mit Traubenkuchen, erquickt mich mit Äpfeln; denn ich
bin krank vor Liebe.
6 Seine Linke liegt unter meinem Kopf, seine Rechte umfängt mich.
7 Bei den Gazellen und Hirschen auf der Flur beschwöre ich euch,
Jerusalems Töchter: Stört die Liebe nicht auf, weckt sie nicht, bis es
ihr selbst gefällt.
8 Horch! Mein Geliebter! Sieh da, er kommt. Er springt über die Ber-
ge, hüpft über die Hügel.
9 Der Gazelle gleicht mein Geliebter, dem jungen Hirsch. Ja, draußen
steht er an der Wand unsres Hauses; er blickt durch die Fenster, späht
durch die Gitter.
10 Der Geliebte spricht zu mir: Steh auf, meine Freundin, meine Schö-
ne, so komm doch! 11 Denn vorbei ist der Winter, verrauscht der Regen.
12 Auf der Flur erscheinen die Blumen; die Zeit zum Singen ist da.
Die Stimme der Turteltaube ist zu hören in unserem Land.
13 Am Feigenbaum reifen die ersten Früchte; die blühenden Reben
duften. Steh auf, meine Freundin, meine Schöne, so komm doch!
14 Meine Taube im Felsennest, versteckt an der Steilwand,
dein Gesicht lass mich sehen, deine Stimme hören!
Denn süß ist deine Stimme, lieblich dein Gesicht.
15 Fangt uns die Füchse, die kleinen Füchse!
Sie verwüsten die Weinberge, unsre blühenden Reben.

» Wie sehr braucht doch die Welt von heute Zärtlichkeit.

**PAPST FRANZISKUS**, 24.12.2014

Liebevoll vergleichen die Liebenden einander mit edlen Pflanzen (Lilie, Apfelbaum) und anmutigen (Taube, Gazelle) und verspielten Tieren (junge Füchse, v15, für junge Männer).

16 Der Geliebte ist mein, und ich bin sein; er weidet in den Lilien.
17 Wenn der Tag verweht und die Schatten wachsen,
komm du, mein Geliebter, der Gazelle gleich,
dem jungen Hirsch auf den Balsambergen.

**Preislied auf die Freundin (Hld 4,1–16)**

4 1 Schön bist du, meine Freundin, ja, du bist schön. Hinter dem
Schleier deine Augen wie Tauben. Dein Haar gleicht einer Herde
von Ziegen, die herabzieht von Gileads Bergen.
2 Deine Zähne sind wie eine Herde frisch geschorener Schafe,
die aus der Schwemme steigen.
Jeder Zahn hat sein Gegenstück, keinem fehlt es.
3 Rote Bänder sind deine Lippen; lieblich ist dein Mund. Dem Riss
eines Granatapfels gleicht deine Schläfe hinter dem Schleier.
4 Wie der Turm Davids ist dein Hals, in Schichten von Steinen erbaut;
tausend Schilde hängen daran, lauter Waffen von Helden.
5 Deine Brüste sind wie zwei Kitzlein, wie die Zwillinge einer Gazelle,
die in den Lilien weiden.
6 Wenn der Tag verweht und die Schatten wachsen,
will ich zum Myrrhenberg gehen, zum Weihrauchhügel.
7 Alles an dir ist schön, meine Freundin; kein Makel haftet dir an.

„Nicht obwohl, sondern weil das Hohelied ein echtes „weltliches" Liebeslied war, gerade darum war es ein echtes „geistliches" Lied der Liebe Gottes zum Menschen. Der Mensch liebt, weil und wie Gott liebt. Seine menschliche Seele ist die von Gott erweckte und geliebte Seele.

**FRANZ ROSENZWEIG** (1886–1929), deutsch-jüdischer Philosoph

„Gott behüte, es hat niemand in Israel daran gezweifelt, dass das Hohelied heilige Schrift sei. Die ganze Welt wiegt den Tag nicht auf, an dem Israel das Hohelied empfing. Alle Schriften sind ein Heiliges, aber das Hohelied ist das Allerheiligste.

**RABBI AKIBA** (um 50/55– 135 n. Chr.), bedeutende Gründergestalt des rabbinischen Judentums

8 Komm doch mit mir, meine Braut, vom Libanon, weg vom Libanon
komm du mit mir! Weg vom Gipfel des Amana, von den Höhen des
Senir und Hermon; weg von den Lagern der Löwen, den Bergen der
Panther.
9 Verzaubert hast du mich, meine Schwester Braut; ja verzaubert mit
einem (Blick) deiner Augen, mit einer Perle deiner Halskette.
10 Wie schön ist deine Liebe, meine Schwester Braut; wie viel süßer
ist deine Liebe als Wein, der Duft deiner Salben köstlicher als alle
Balsamdüfte.
11 Von deinen Lippen, Braut, tropft Honig; Milch und Honig ist unter
deiner Zunge. Der Duft deiner Kleider ist wie des Libanon Duft.
12 Ein verschlossener Garten ist meine Schwester Braut, ein verschlossener Garten, ein versiegelter Quell.
13 Ein Lustgarten sprosst aus dir, Granatbäume mit köstlichen Früchten, Hennadolden, Nardenblüten,
14 Narde, Krokus, Gewürzrohr und
Zimt, alle Weihrauchbäume, Myrrhe und Aloe, allerbester Balsam.
15 Die Quelle des Gartens bist du, ein Brunnen lebendigen Wassers,
Wasser vom Libanon.
16 Nordwind, erwache! Südwind, herbei! Durchweht meinen Garten,
lasst strömen die Balsamdüfte! Mein Geliebter komme in seinen Garten und esse von den köstlichen Früchten.

## Der Geliebte kommt (Hld 5,1–8)

5 1 Ich komme in meinen Garten, Schwester Braut; ich pflücke meine
Myrrhe, den Balsam; esse meine Wabe samt dem Honig, trinke
meinen Wein und die Milch. Freunde, esst und trinkt, berauscht euch
an der Liebe!
2 Ich schlief, doch mein Herz war wach. Horch, mein Geliebter klopft:
Mach auf, meine Schwester und Freundin, meine Taube, du Makello-
se! Mein Kopf ist voll Tau, aus meinen Locken tropft die Nacht.
3 Ich habe mein Kleid schon abgelegt – wie soll ich es wieder anzie-
hen? Die Füße habe ich gewaschen – soll ich sie wieder beschmutzen?
4 Mein Geliebter streckte die Hand durch die Luke;
da bebte mein Herz ihm entgegen.
5 Ich stand auf, dem Geliebten zu öffnen.
Da tropften meine Hände von Myrrhe am Griff des Riegels.
6 Ich öffnete meinem Geliebten: Doch der Geliebte war weg, ver-
schwunden. Mir stockte der Atem: Er war weg. Ich suchte ihn, ich fand
ihn nicht. Ich rief ihn, er antwortete nicht.
7 Da fanden mich die Wächter bei ihrer Runde durch die Stadt; sie
schlugen, sie verletzten mich. Den Mantel entrissen sie mir, die Wäch-
ter der Mauern.
8 Ich beschwöre euch, Jerusalems Töchter: Wenn ihr meinen
Geliebten findet, sagt ihm, ich bin krank vor Liebe.

Franz Werfels Roman „Das Lied von Bernadette“ endet mit einer ergreifenden Szene: Die kleine Schwester Bernadette wartet auf den Tod. Werfel beschreibt, wie ihre Augen noch einmal auffunkeln und nach etwas suchen. In die Leere ihres letzten Verlangens spricht Abbé Fèbvre einige Verse aus dem Hohelied Salomos, die Bernadette Frieden schenken: „Ich schlafe, aber mein Herz wacht. Die Stimme ist die Stimme meines Freundes, der anklopft. Tue mir auf, liebe Freundin, meine Schwester, meine Taube, meine Fromme! Denn mein Haupt ist voll des Taus und meine Locken voller Nachttropfen.“

## Eine Gottesflamme! (Hld 8,1–7)

8 1 Ach, wärst du doch mein Bruder, genährt an der Brust meiner
Mutter. Träfe ich dich dann draußen, ich würde dich küssen; nie-
mand dürfte mich deshalb verachten.
2 Führen wollte ich dich, in das Haus meiner Mutter dich bringen, die
mich erzogen hat. Würzwein gäbe ich dir zu trinken, Granatapfelmost.
3 Seine Linke liegt unter meinem Kopf, seine Rechte umfängt mich.
4 Ich beschwöre euch, Jerusalems Töchter: Was stört ihr die Liebe
auf, warum weckt ihr sie, ehe ihr selbst es gefällt?
5 Wer ist sie, die aus der Steppe heraufsteigt, auf ihren Geliebten
gestützt? Unter dem Apfelbaum hab ich dich geweckt, dort, wo deine
Mutter dich empfing, wo deine Gebärerin in Wehen lag.
6 Leg mich wie ein Siegel auf dein Herz, wie ein Siegel an deinen
Arm! Stark wie der Tod ist die Liebe, die Leidenschaft ist hart wie die
Unterwelt. Ihre Gluten sind Feuergluten, gewaltige Flammen.
7 Auch mächtige Wasser können die Liebe nicht löschen; auch Strö-
me schwemmen sie nicht weg. Böte einer für die Liebe den ganzen
Reichtum seines Hauses, nur verachten würde man ihn.

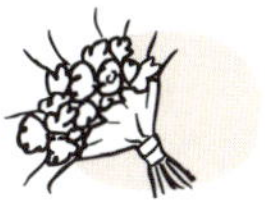

Granatäpfel sind ein altes Symbol für Fruchtbarkeit – voll von saftigen, roten Kernen. Wie am Anfang des Buches zeigt auch hier die Frau die Initiative beim Werben um Liebe.

„Stark wie der Tod“ (v6) bedeutet stärker als der Tod: Wer es mit dem Tod aufnehmen kann, bezwingt ihn.

„Gewaltige Flammen“ ist die Übersetzung für ein einmaliges hebräisches Wort, das wörtlich „Flamme Jahs – Gottesflamme“ bedeutet. Nur an dieser Stelle im Hohelied kommt Gott vor: Zwischenmenschliche Liebe ist zugleich eine Flamme Gottes, ein Ausdruck der göttlichen Liebesglut.

DAS BUCH DER

# Weisheit

Das späteste Buch des AT wurde griechisch geschrieben. Es zeigt, wie Gottes Geist und Weisheit die Welt erfüllen. Sie wirken in der Geschichte und in der Natur zugunsten der Gerechten. Diese sind in Gottes Hand, selbst bei Verfolgung und frühem Tod (Weish 3,1; 4,7). Damit überwindet das Buch der Weisheit ein Denken, das äußerlich sichtbares Wohlergehen mit Nähe zu Gott verbindet; es macht deutlich, dass Leiden und scheinbare Misserfolge auch zum Weg zu ihm gehören können. Es kommt vielmehr auf die innere Gesinnung und das gute Herz an.

▶ Diese starke Motivation, dass Gott erreichbar ist, eröffnet das Buch. Angeredet sind besonders Verantwortliche („Herrscher"); mit ihnen sind aber auch andere eingeschlossen.

▶ Bereits im AT wird Gottes Geist an einigen Stellen auch als „heilig" benannt (z.B. Jes 63,10f.). Er verträgt sich mit keiner Form von Schlechtigkeit.

» Der felsenfesten Wahrheit bringen Menschen keine Verehrung entgegen, wohl aber einer schönen Lüge.

**GILBERT KEITH CHESTERTON**

(1874–1936), katholischer englischer Schriftsteller und Journalist

**Aufruf zu rechtem Leben (Weish 1,1–7)**

1 [1] Liebt Gerechtigkeit, ihr Herrscher der Erde,
denkt in Frömmigkeit an den Herrn, sucht ihn mit reinem Herzen!
[2] Denn er lässt sich finden von denen, die ihn nicht versuchen,
und zeigt sich denen, die ihm nicht misstrauen.
[3] Verkehrte Gedanken trennen von Gott; wird seine Macht herausgefordert, dann weist sie die Toren zurück.
[4] In eine Seele, die auf Böses sinnt, kehrt die Weisheit nicht ein,
noch wohnt sie in einem Leib, der sich der Sünde hingibt.
[5] Denn der heilige Geist, der Lehrmeister, flieht vor der Falschheit, er
entfernt sich von unverständigen Gedanken
und wird verscheucht, wenn Unrecht naht.
[6] Die Weisheit ist ein menschenfreundlicher Geist,
doch lässt sie die Reden des Lästerers nicht straflos;
denn Gott ist Zeuge seiner heimlichen Gedanken,
untrüglich durchschaut er sein Herz und hört seine Worte.
[7] Der Geist des Herrn erfüllt den Erdkreis,
und er, der alles zusammenhält, kennt jeden Laut.

Das Leben nur genießen wollen enthält eine unheilvolle Dynamik. Hier führt sie zum Angriff auf den Gerechten.

## Der Gerechte als Gottes Sohn (Weish 2,6–24)

2 6 Auf, lasst uns die Güter des Lebens genießen und die Schöpfung auskosten, wie es der Jugend zusteht.
7 Erlesener Wein und Salböl sollen uns reichlich fließen,
keine Blume des Frühlings darf uns entgehen.
8 Bekränzen wir uns mit Rosen, ehe sie verwelken;
9 keine Wiese bleibe unberührt von unserem ausgelassenen Treiben.
Überall wollen wir Zeichen der Fröhlichkeit zurücklassen;
das ist unser Anteil, das fällt uns zu.
10 Lasst uns den Gerechten unterdrücken, der in Armut lebt,
die Witwe nicht schonen und das graue Haar des betagten Greises nicht scheuen!
11 Unsere Stärke soll bestimmen, was Gerechtigkeit ist;
denn das Schwache erweist sich als unnütz.
12 Lasst uns dem Gerechten auflauern! Er ist uns unbequem und steht unserem Tun im Weg. Er wirft uns Vergehen gegen das Gesetz vor und beschuldigt uns des Verrats an unserer Erziehung.
13 Er rühmt sich, die Erkenntnis Gottes zu besitzen,
und nennt sich einen Knecht des Herrn.
14 Er ist unserer Gesinnung ein lebendiger Vorwurf,
schon sein Anblick ist uns lästig;
15 denn er führt ein Leben, das dem der andern nicht gleicht,
und seine Wege sind grundverschieden.

Die alttestamentliche Klage über das böse Schicksal, das dem „Gerechten" widerfährt, hat man später auf Jesus bezogen. Ungezählte Bilder entstanden, die den „Schmerzensmann" zeigen.

▶ Gute Lebensführung (v12) ist für Menschen, die Böses tun, wie ein Stachel. Er sticht ihr Gewissen, und sie versuchen, ihn zu beseitigen.

16 Als falsche Münze gelten wir ihm; von unseren Wegen hält er sich fern wie von Unrat. Das Ende der Gerechten preist er glücklich und prahlt, Gott sei sein Vater.
17 Wir wollen sehen, ob seine Worte wahr sind,
und prüfen, wie es mit ihm ausgeht.
18 Ist der Gerechte wirklich Sohn Gottes, dann nimmt sich Gott seiner an und entreißt ihn der Hand seiner Gegner.
19 Roh und grausam wollen wir mit ihm verfahren,
um seine Sanftmut kennen zu lernen, seine Geduld zu erproben.
20 Zu einem ehrlosen Tod wollen wir ihn verurteilen;
er behauptet ja, es werde ihm Hilfe gewährt.
21 So denken sie, aber sie irren sich;
denn ihre Schlechtigkeit macht sie blind.
22 Sie verstehen von Gottes Geheimnissen nichts,
sie hoffen nicht auf Lohn für die Frömmigkeit
und erwarten keine Auszeichnung für untadelige Seelen.
23 Gott hat den Menschen zur Unvergänglichkeit erschaffen
und ihn zum Bild seines eigenen Wesens gemacht.
24 Doch durch den Neid des Teufels kam der Tod in die Welt
und ihn erfahren alle, die ihm angehören.

B Die Leute, die vorbeikamen ... riefen: Du willst den Tempel niederreißen und in drei Tagen wieder aufbauen? Wenn du Gottes Sohn bist, hilf dir selbst, und steig herab vom Kreuz!

Mt 27,39-40

▶ Das zuvor geschilderte Denken wird als falsch entlarvt. Es fehlt die Perspektive der Ewigkeit.

▶ V23 bezieht sich auf die Erschaffung des Menschen in Gen 1; v24 spielt auf den Sündenfall der ersten Menschen in Gen 3 an, die von der „Schlange" verführt wurden.

Gegenüber den Anfeindungen der „Genuss- und Gewalt-Menschen“ (2,6-20) sind die „Seelen der Gerechten“ sicher in Gottes Hand, selbst wenn sie sterben müssen.

Legt man eine reife Traube in die Weinpresse, dann gibt es einen köstlichen Saft. So fließt auch aus der Presse unseres Leidens ein Wein, der die Seele nährt und stärkt. Alle Leiden verlieren an Bitterkeit, wenn man vereint mit dem Herrn leidet.

**JEAN-MARIE VIANNEY,** Pfarrer von Ars

Leiden ist wie ein Läuterungsprozess: Darin bewährt sich, was echt und gut ist.

### Gottes Prüfen, Schutz und Lohn für die Gerechten (Weish 3,1–8)

3 [1] Die Seelen der Gerechten sind in Gottes Hand
und keine Qual kann sie berühren.
[2] In den Augen der Toren sind sie gestorben,
ihr Heimgang gilt als Unglück,
[3] ihr Scheiden von uns als Vernichtung;
sie aber sind in Frieden.
[4] In den Augen der Menschen wurden sie gestraft;
doch ihre Hoffnung ist voll Unsterblichkeit.
[5] Ein wenig nur werden sie gezüchtigt;
doch sie empfangen große Wohltat.
Denn Gott hat sie geprüft
und fand sie seiner würdig.
[6] Wie Gold im Schmelzofen hat er sie erprobt
und sie angenommen als ein vollgültiges Opfer.

[7] Beim Endgericht werden sie aufleuchten
wie Funken, die durch ein Stoppelfeld sprühen.
[8] Sie werden Völker richten
und über Nationen herrschen
und der Herr wird ihr König sein in Ewigkeit.

### Früher Tod als Zeichen göttlicher Liebe (Weish 4,7–14)

4 [7] Der Gerechte aber, kommt auch sein Ende früh,
geht in Gottes Ruhe ein.
[8] Denn ehrenvolles Alter besteht nicht in einem langen Leben
und wird nicht an der Zahl der Jahre gemessen.
[9] Mehr als graues Haar bedeutet für die Menschen die Klugheit
und mehr als Greisenalter wiegt ein Leben ohne Tadel.
[10] Er gefiel Gott und wurde von ihm geliebt;
da er mitten unter Sündern lebte, wurde er entrückt.
[11] Er wurde weggenommen,
damit nicht Schlechtigkeit seine Einsicht verkehrte
und Arglist seine Seele täuschte.
[12] Denn der Reiz des Bösen verdunkelt das Gute
und der Taumel der Begierde verdirbt den arglosen Sinn.
[13] Früh vollendet, hat der Gerechte doch ein volles Leben gehabt;
[14] da seine Seele dem Herrn gefiel,
enteilte sie aus der Mitte des Bösen.

## Die Bitte um Weisheit (Weish 9,4–19)

9 4 Gib mir die Weisheit, die an deiner Seite thront,
und verstoß mich nicht aus der Schar deiner Kinder! …
9 Mit dir ist die Weisheit, die deine Werke kennt
und die zugegen war, als du die Welt erschufst.
Sie weiß, was dir gefällt und was recht ist nach deinen Geboten.
10 Sende sie vom heiligen Himmel und schick sie vom Thron deiner
Herrlichkeit, damit sie bei mir sei und alle Mühe mit mir teile und
damit ich erkenne, was dir gefällt.
11 Denn sie weiß und versteht alles; sie wird mich in meinem Tun
besonnen leiten und mich in ihrem Lichtglanz schützen. …
17 Wer hat je deinen Plan erkannt, wenn du ihm nicht Weisheit gege-
ben und deinen heiligen Geist aus der Höhe gesandt hast?
18 So wurden die Pfade der Erdenbewohner gerade gemacht
und die Menschen lernten, was dir gefällt;
19 durch die Weisheit wurden sie gerettet.

❞ Schenke mir, gütigster Jesus, deine Gnade, „damit sie bei mir sei und alle Mühe mit mir teile“ (Weish 9, 10) und bei mir bleibe bis ans Ende. Gib, dass ich immer das begehre und wünsche, was dir besonders genehm und wohlgefällig ist. Dein Wille sei der meine, und mein Wille folge stets dem deinen und stimme ganz mit ihm überein. Ich möchte mit dir ein und dasselbe wollen und nicht wollen; ich möchte gar nicht imstande sein, etwas anderes zu wollen oder nicht zu wollen als eben das, was du willst und was du nicht willst.

**THOMAS VON KEMPEN** (1380–1471), Nachfolge Christi

Der dritte und letzte Teil des Buches (Weish 11–19) schematisiert modellhaft Gottes Rettungs- und Gerichtshandeln am Beispiel der Zeichen in Ägypten und des Auszugs daraus. Nahe dessen Beginn stehen teils einmalige Spitzenaussagen über Gott und sein Handeln.

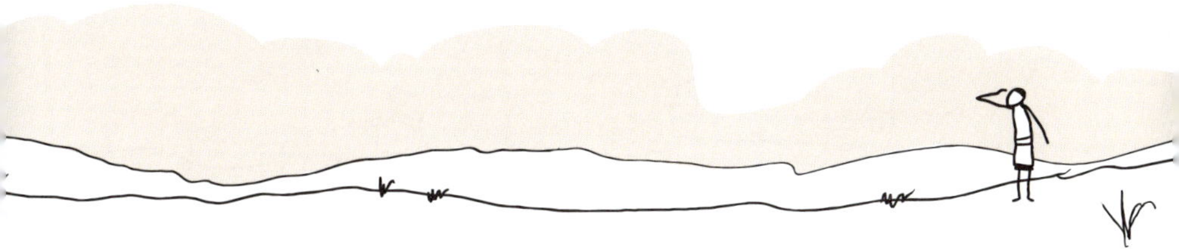

## Gott als Freund allen Lebens (Weish 11,22–12,2)

11 22 Die ganze Welt ist ja vor dir wie ein Stäubchen auf der Waa-
ge, wie ein Tautropfen, der am Morgen zur Erde fällt.
23 Du hast mit allen Erbarmen, weil du alles vermagst, und siehst
über die Sünden der Menschen hinweg, damit sie sich bekehren.
24 Du liebst alles, was ist, und verabscheust nichts von allem,
was du gemacht hast; denn hättest du etwas gehasst,
so hättest du es nicht geschaffen.
25 Wie könnte etwas ohne deinen Willen Bestand haben,
oder wie könnte etwas erhalten bleiben,
das nicht von dir ins Dasein gerufen wäre?
26 Du schonst alles, weil es dein Eigentum ist,
Herr, du Freund des Lebens.

12 1 Denn in allem ist dein unvergänglicher Geist.
2 Darum bestrafst du die Sünder nur nach und nach; du
mahnst sie und erinnerst sie an ihre Sünden, damit sie sich von der
Schlechtigkeit abwenden und an dich glauben, Herr.

19 22 In allem hast du, Herr, dein Volk groß gemacht und verherr-
licht; du hast es nicht im Stich gelassen, sondern bist ihm im-
mer und überall beigestanden.

▶ Gottes unendliche Größe (v22) ist mit ein Grund für seine Geduld und Milde. Damit zielt er Umkehr an (s. auch 12,2) und ermöglicht sie.

▶ Da Gott alles gehört, geht er vorsichtig und sorgsam damit um. „Freund des Lebens“ lautet im Original „das Leben liebend“ und ist eine einmalige Bezeichnung für Gott.

Nach einem Fall gleich wieder aufstehen! Die Sünde nicht einen Augenblick im Herzen lassen!

**JEAN-MARIE VIANNEY,** Pfarrer von Ars

▶ Dieser Vers ist der zeitlich letzte Vers des Alten Testaments.

DAS BUCH

# Jesus Sirach

Das Buch wurde ursprünglich hebräisch von einem "Jesus, Sohn Eleasars, des Sohnes Sirachs" (Sir 50,27; 51,30) geschrieben; von einem Nachkommen wurde es ins Griechische übersetzt. Es verbindet die vertrauten jüdischen Überlieferungen mit den Anforderungen einer neuen Zeit. Damit bezeugt er den anhaltenden Wert der alten Glaubenshaltungen und zugleich die Notwendigkeit, sie je neu an veränderte Verhältnisse anzupassen. Am Anfang des Buches reflektiert er grundsätzlich über Erkennen und Weisheit:

**Weisheit nur bei Gott und von ihm (Sir 1,1–12)**

1 [1] Alle Weisheit stammt vom Herrn, und ewig ist sie bei ihm.
[2] Den Sand des Meeres, die Tropfen des Regens
und die Tage der Vorzeit, wer hat sie gezählt?
[3] Die Höhe des Himmels, die Breite der Erde
und die Tiefe des Meeres, wer hat sie gemessen?
[4] Früher als sie alle ist die Weisheit erschaffen,
von Ewigkeit her die verständige Einsicht.
[5] Die Quelle der Weisheit ist das Wort Gottes in der Höhe; ihre Wege
sind die ewigen Gebote. Die Kenntnis der Weisheit, wem wurde sie
offenbart? Ihre mannigfachen Wege, wer hat sie erkannt?
[6] Die Wurzel der Weisheit – wem wurde sie enthüllt,
ihre Pläne – wer hat sie durchschaut?
[8] Nur einer ist weise, höchst ehrfurchtgebietend:
der auf seinem Thron sitzt, der Herr.
[9] Er hat sie geschaffen, geschaut und gezählt,
sie ausgegossen über all seine Werke.
[10] Den Menschen ist sie unterschiedlich zugeteilt;
er spendet sie denen, die ihn fürchten.
[11] Die Gottesfurcht ist Ruhm und Ehre,
Hoheit ist sie und eine prächtige Krone.
[12] Die Gottesfurcht macht das Herz froh,
sie gibt Freude, Frohsinn und langes Leben.

▶ V5 wie auch der hier ausgelassene v7 sind später ergänzt worden. Hier wird Weisheit zusätzlich mit Gottes Offenbarung verbunden, wie dann ausführlich in Sir 24.

▶ Gott "sitzt" nicht auf seiner Weisheit; reichlich teilt er sie seiner Schöpfung und auch uns mit.

▶ Der Autor des Buches zeigt den Weg auf, wie uns göttliche Weisheit zuteilwerden kann. Für ihn ist Gottesfurcht „Anfang, Fülle, Krone und Wurzel der Weisheit“ (so die Aussagen bis v20; s. zudem Abraham in Gen 22,12).

Wenn vieles sich verändert, stellt sich die Frage, was bleibt und Halt gibt. Sirach legt dabei besonderen Wert auf Beziehungen und insbesondere auf Freundschaft.

**Wahre Freundschaft (Sir 6,14–17)**

6 14 Ein treuer Freund ist wie ein festes Zelt;
wer einen solchen findet, hat einen Schatz gefunden.
15 Für einen treuen Freund gibt es keinen Preis,
nichts wiegt seinen Wert auf.
16 Das Leben ist geborgen bei einem treuen Freund,
ihn findet, wer Gott fürchtet.
17 Wer den Herrn fürchtet, hält rechte Freundschaft,
wie er selbst, so ist auch sein Freund.

**Die Größe Gottes (Sir 18,1–8.11–14)**

18 1 Der Herr, der in Ewigkeit lebt, hat alles insgesamt erschaffen,
der Herr allein erweist sich als gerecht. ...
4 Keiner vermag seine Werke zu verkünden.
Wer ergründet seine großen Taten?
5 Wer kann seine gewaltige Größe beschreiben
und seine großen Taten aufzählen bis zum Ende?

6 Man kann nichts wegnehmen und nichts hinzutun,
unmöglich ist es, die Wunder des Herrn zu ergründen.
7 Ist der Mensch am Ende angelangt, steht er noch am Anfang,
wenn er es aufgibt, ist er ratlos.
8 Was ist der Mensch und wozu nützt er?
Was ist gut an ihm und was ist schlecht? ...
11 Darum hat der Herr mit ihnen Geduld
und er gießt über sie sein Erbarmen aus.
12 Er sieht und weiß, dass ihr Ende schlimm ist;
darum hat er so viel Nachsicht mit ihnen.
13 Das Erbarmen des Menschen gilt nur seinem Nächsten,
das Erbarmen des Herrn allen Menschen. Er weist zurecht,
erzieht und belehrt und führt wie ein Hirt seine Herde zurück.
14 Glücklich alle, die auf sein Erbarmen hoffen
und seine Gebote annehmen.

**Gott als gerechter Richter (Sir 35,14–26)**

35 14 Versuche nicht, ihn zu bestechen, denn er nimmt nichts an;
15 vertrau nicht auf Opfergaben, die durch Unterdrückung erworben sind. Er ist ja der Gott des Rechts,
bei ihm gibt es keine Begünstigung.
16 Er ist nicht parteiisch gegen den Armen,
das Flehen des Bedrängten hört er.

---

Wie bei der tüchtigen Frau in Spr 31 gibt es keinen materiellen Gegenwert für eine solche beständige, echte, in allem solidarische Beziehung.

Denn wenn ich sie [die Freunde] nicht liebe, so wie sie sind, sind es nicht sie, die ich liebe, und meine Liebe ist nicht echt.

**SIMONE WEIL**

Meine Seele preist die Größe des Herrn ... Denn der Mächtige hat Großes an mir getan, und sein Name ist heilig.

Lk 1,46.49 (Magnifikat)

Was ist der Mensch, dass du an ihn denkst, des Menschen Kind, dass du dich seiner annimmst?

Ps 8,5

Als aber Gott den Menschen anblickte, gefiel er Ihm sehr, weil Er ihn nach dem Gewand Seines Abbildes und nach Seinem Gleichnis geschaffen hatte, damit er mit dem vollen Ton seiner vernünftigen Stimme alle Wunderwerke Gottes verkünde. Der Mensch ist nämlich das vollkommene Wunderwerk Gottes, weil Gott durch ihn erkannt wird und weil Gott alle Geschöpfe seinetwegen erschaffen hat.

**HILDEGARD VON BINGEN** (1098–1179), Benediktinerin, Mystikerin und Kirchenlehrerin

Gott ist unparteiisch! Wer sagt das? Woher weiß man das? Einfach nachschauen in Apostelgeschichte 10,34–35!

↗ Lk 18,2-5: der Witwe Recht verschaffen

„Dieser Gott, der Vater, ist großherzig! Er kommt, um sich dort finden zu lassen, wo der Mensch seine Tage verbringt, in der Freude oder im Schmerz Er hat beschlossen, in unserer Geschichte zu wohnen, so wie sie ist, mit der ganzen Last ihrer Grenzen und ihrer Dramen. Dadurch hat er auf unübertreffliche Weise seine liebevolle Zuneigung zu den menschlichen Geschöpfen gezeigt. Er ist der Gott mit uns.

**PAPST FRANZISKUS**, 18.12.2013

17 Er missachtet nicht das Schreien der Waise
und der Witwe, die viel zu klagen hat.
18 Rinnt nicht die Träne über die Wange
19 und klagt nicht Seufzen gegen den, der sie verursacht?
[Denn von der Wange steigt sie zum Himmel empor; der Herr achtet darauf und es missfällt ihm.]
20 Die Nöte des Unterdrückten nehmen ein Ende,
das Schreien des Elenden verstummt.
21 Das Flehen des Armen dringt durch die Wolken,
es ruht nicht, bis es am Ziel ist. Es weicht nicht, bis Gott eingreift
22 und Recht schafft als gerechter Richter.
23 Auch wird der Herr nicht säumen
und wie ein Kriegsheld sich nicht aufhalten lassen, bis er die Hüften des Gewalttätigen zerschmettert und an den Völkern Vergeltung geübt hat, bis er das Zepter des Hochmuts zerschlagen und den Stab des Frevels zerbrochen hat,
24 bis er dem Menschen sein Tun vergolten hat
und seine Taten entsprechend seinen Absichten,
25 bis er den Rechtsstreit für sein Volk entschieden
und es durch seine Hilfe erfreut hat.
26 Köstlich ist das Erbarmen des Herrn in der Zeit der Not,
wie die Regenwolke in der Zeit der Dürre.

„Als ich jung war, begann mein Herz vor Auflehnung zu kochen, dass man das eine oder andere Volk verallgemeinernd einer Schuld bezichtigte, … (weil) eine kleine Handvoll politischer Führer das Räderwerk des Hasses in Bewegung gesetzt hat. Es gibt keine schuldigen Völker, niemals hat es solche gegeben oder wird es solche geben.

**FRÈRE ROGER SCHUTZ**, 4.5.1989

## Ein Gebet um Rettung (36,1–17)

36 1 Rette uns, du Gott des Alls,
2 und wirf deinen Schrecken auf alle Völker! …
4 Wie du dich an uns vor ihren Augen als heilig bezeugt hast,
so verherrliche dich an ihnen vor unseren Augen,
5 damit sie erkennen, wie wir es erkannten:
Es gibt keinen Gott außer dir. …
13 Sammle alle Stämme Jakobs, …
16 verteil den Erbbesitz wie in den Tagen der Vorzeit!
17 Hab Erbarmen mit dem Volk, das deinen Namen trägt,
mit Israel, den du deinen Erstgeborenen nanntest.

Sirach bedenkt erstmalig in der Bibel die Beziehung zwischen dem menschlichen Arzt und Gott als eigentlichem Arzt.

▶ Krankheiten waren in der Antike weit verbreitet, und die durchschnittliche Lebenserwartung war gering. Der Berufsstand des Arztes formte sich erst langsam, und seine Ausbildung war meist auch einfach. Zudem war dessen Verhältnis zu Gott als dem eigentlichen „Arzt“ nicht klar.

## Der Arzt als Helfer Gottes (Sir 38,1–15)

38 1 Schätze den Arzt, weil man ihn braucht;
denn auch ihn hat Gott erschaffen.
2 Von Gott hat der Arzt die Weisheit,
vom König empfängt er Geschenke.
3 Das Wissen des Arztes erhöht sein Haupt, bei Fürsten hat er Zutritt.
4 Gott bringt aus der Erde Heilmittel hervor,
der Einsichtige verschmähe sie nicht.
5 Wurde nicht durch ein Holz das Wasser süß,
so dass Gottes Macht sich zeigte?

6 Er gab dem Menschen Einsicht,
um sich durch seine Wunderkräfte zu verherrlichen.
7 Durch Mittel beruhigt der Arzt den Schmerz,
ebenso bereitet der Salbenmischer die Arznei,
8 damit Gottes Werke nicht aufhören
und die Hilfe nicht von der Erde verschwindet.
9 Mein Sohn, bei Krankheit säume nicht,
bete zu Gott; denn er macht gesund.
10 Lass ab vom Bösen, mach deine Hände rechtschaffen,
reinige dein Herz von allen Sünden!
11 Bring den beruhigenden Duft eines Gedenkopfers dar,
mach die Gabe fett, wenn dein Vermögen es erlaubt.
12 Doch auch dem Arzt gewähre Zutritt!
Er soll nicht fernbleiben; denn auch er ist notwendig.
13 Zu gegebener Zeit liegt in seiner Hand der Erfolg;
denn auch er betet zu Gott,
14 er möge ihm die Untersuchung gelingen lassen
und die Heilung zur Erhaltung des Lebens.
15 Wer gegen seinen Schöpfer sündigt,
muss die Hilfe des Arztes in Anspruch nehmen.

▶ Anspielung auf Ex 15,22–26, wo Mose bitteres Wasser so genießbar macht.

▶ Göttliches und menschliches Heilen sind keine Gegensätze. Sie hängen zusammen.

B Ich bin Jhwh, dein Arzt.
Ex 15,26

B Preise Jhwh, meine Seele, ... der all deine Krankheiten heilt!
Ps 103,2–3

▶ Eine Warnung: Vergehen gegen Gott können gesundheitliche Folgen haben.

Gottes Offenbarung studieren zu dürfen ist ein Geschenk. Wer sich mit der Bibel beschäftigt, weitet seinen Horizont und wächst in der Erkenntnis.

**Der Schriftgelehrte (Sir 39,1–8)**

39 1 Die Weisheit aller Vorfahren ergründet er
und beschäftigt sich mit den Weissagungen;
2 er achtet auf die Reden berühmter Männer
und in die Tiefen der Sinnsprüche dringt er ein.
3 Er erforscht den verborgenen Sinn der Gleichnisse
und verweilt über den Rätseln der Sinnsprüche.
4 Im Kreis der Großen tut er Dienst und erscheint vor den Fürsten;
er bereist das Land fremder Völker,
erfährt Gutes und Böses unter den Menschen;
5 er richtet seinen Sinn darauf, den Herrn, seinen Schöpfer,
zu suchen, und betet zum Höchsten;
er öffnet seinen Mund zum Gebet und fleht wegen seiner Sünden.
6 Wenn Gott, der Höchste, es will, wird er mit dem Geist der Einsicht
erfüllt: Er bringt eigene Weisheitsworte hervor
und im Gebet preist er den Herrn.
7 Er versteht sich auf Rat und Erkenntnis
und erforscht die Geheimnisse;
8 er trägt verständige Lehre vor
und das Gesetz des Herrn ist sein Ruhm.

▶ Entscheidend für das Verstehen des Wortes Gottes ist Beten, weil es auf ihn ausrichtet.

# Die Bücher der Propheten

Propheten sind Sprecher für Gott. Sie geben in ihrer Botschaft weiter, mit welchem Blick Gott die Welt und die Menschen sieht. Propheten ermutigen und kritisieren, bestärken und kündigen neue Entwicklungen an. So weisen sie auf tiefere Dimensionen unserer Welt hin. Sie treten für Wahrheit und Gerechtigkeit ein. Ihre Kritik ist oft unbequem, vor allem für Mächtige, die ihrer Verantwortung nicht nachkommen. Sie geben aber auch Hoffnung, wenn es keinen Ausweg zu geben scheint und Resignation herrscht.

Propheten weiten eingeschränkte Sichtweisen und öffnen unseren Horizont für Gottes Wirken. Oft deuten sie geschichtliche Ereignisse als göttliches Eingreifen. So sehen sie z.B. das Vordringen der Assyrer im 8. Jahrhundert v. Chr. oder die Einnahme Jerusalems durch die babylonischen Truppen 587 v. Chr. (↗ zu 2 Kön 17) als Gottes Antwort auf unverbesserliche Sünden in seinem Volk. Weltgeschichte erhält so auch eine religiöse Perspektive. Der letzte Teil des Alten Testaments enthält die „Schriftpropheten“. Jeweils wird einer Person wie *Jesaja* oder *Amos* ein Werk zugeschrieben – im Unterschied etwa zu Elija, Elischa oder Natan, die in den Büchern Samuel und Könige erwähnt werden.

Die ersten Schriftpropheten traten im 8. Jahrhundert v. Chr. auf. Das jüngste Buch, *Daniel*, stammt aus dem 2. Jh. v. Chr. *Jesaja, Jeremia* und *Ezechiel* werden wegen ihres Umfangs als „große“ Propheten bezeichnet. Auf sie folgt das „apokalyptische“ Buch Daniel (↗ die Einleitung dazu). Die zwölf sogenannten „kleinen“ Propheten, von *Hosea* bis *Maleachi*, beschließen die Sammlung der Prophetenbücher. Trotz ihrer Kürze vermitteln auch sie ihre je eigene und bedeutsame Botschaft. Ohne die Prophetenbücher können wir das Neue Testament und Jesus nicht verstehen. Jesus bezieht sich im Kern seiner Botschaft auf Jesaja (↗ Jes 61,1–2 und Lk 4,17–21). Die gewaltige Sprache der Propheten und ihre starken Bilder beeindrucken uns bis heute.

DAS BUCH

# Jesaja

Der Name Jesaja bedeutet „Jhwh ist Hilfe“, und das ist ein Programm für das Buch: Gott schenkt Heil und Rettung. Der Prophet Jesaja lebte gegen Ende des 8. Jahrhunderts in Jerusalem, in einer Zeit, als die Assyrer das Nordreich Israel eroberten (↗ 2 Kön 17) und ihr Druck auch auf das Südreich Juda zunahm. Das Buch Jesaja schildert, wie Gott wiederholt und trotz der Vergehen seines Volkes in der Not hilft und neues Leben schenkt.

Ab Jes 40 ist durchgehend die nachexilische Zeit (unter den Persern, ab 539 v. Chr.) im Blick, mit vielen lichtvollen, wunderschönen Texten. Berühmte Lesungen aus dem Jesajabuch hören wir im Advent (z.B. aus Jes 11; 35; 40), zu Weihnachten (Jes 9,1–6), in der Fastenzeit (Jes 58), am Karfreitag (Jes 52,13–53,12) und in der Osternacht (Jes 55,1–11).

Während alles dafür spricht, dass Israels Geschichte unwiderruflich zu Ende gegangen ist, macht das Buch Mut, Gott eine neue Zukunft zuzutrauen, die nicht nur für das Volk der Juden, sondern für die ganze Welt gut ist.

Für das Neue Testament ist das Buch des Propheten Jesaja die wichtigste Quelle, um die Hoffnung auszudrücken, die sich mit Jesus verbindet.

▶ Gott geht es wie Eltern, die verzweifelt ihre Kinder suchen, die sich verlaufen haben.

Wer schon immer einmal wissen wollte, wo Ochs und Esel in der Weihnachtskrippe herkommen, wird (nicht beim Evangelisten Lukas, wohl aber) hier fündig.

▶ Die Krankheiten und Verletzungen sind hier Bilder für den Zustand der Gemeinschaft.

▶ „Zion" ist der Tempelberg in Jerusalem, „Tochter Zion" meint die Bevölkerung der Stadt im Bild einer jungen Frau. Hier ist sie Gefahren ausgesetzt, später wird sie als Gottes Braut gezeigt (Jes 62,5).

## Gottes undankbare Kinder (Jes 1,2–20)

1 2 Hört, ihr Himmel! Erde, horch auf! Denn der Herr spricht: Ich
habe Söhne großgezogen und emporgebracht, doch sie sind von
mir abgefallen.
3 Der Ochse kennt seinen Besitzer und der Esel die Krippe seines
Herrn; Israel aber hat keine Erkenntnis, mein Volk hat keine Einsicht.
4 Weh dem sündigen Volk, der schuldbeladenen Nation, der Brut von
Verbrechern, den verkommenen Söhnen! Sie haben den Herrn verlassen, den Heiligen Israels haben sie verschmäht und ihm den Rücken
gekehrt.
5 Wohin soll man euch noch schlagen? Ihr bleibt ja doch abtrünnig.
Der ganze Kopf ist wund, das ganze Herz ist krank:
6 Vom Kopf bis zum Fuß kein heiler Fleck, nur Beulen, Striemen und
frische Wunden, sie sind nicht ausgedrückt, nicht verbunden, nicht
mit Öl gelindert.
7 Euer Land ist verödet, eure Städte sind niedergebrannt. Fremde
verzehren vor euren Augen den Ertrag eurer Äcker; verödet wie das
zerstörte Sodom ist euer Land.
8 Die Tochter Zion steht verlassen da wie eine Hütte im Weinberg,
wie eine Wächterhütte im Gurkenfeld [wie eine belagerte Stadt.]
9 Hätte der Herr der Heere nicht einen Rest für uns übrig gelassen,
wir wären wie Sodom geworden, wir glichen Gomorra.

» Teile deine Güter um einer größeren Gerechtigkeit willen. Mache niemand zu deinem Opfer. Sei allen Menschen Bruder, schlage dich immer zu den Ausgestoßenen und Verachteten.

**FRÈRE ROGER SCHUTZ**

▶ Gott richtet sich so scharf gegen Opfer und andere Formen des Gottesdienstes, weil das Volk Verbrechen begeht (↗ „Frevel" in v13; „Blut" und „Böses" in v15–16).

» Aber der Strich, der das Gute vom Bösen trennt, durchkreuzt das Herz eines jeden Menschen.

**ALEXANDER SOLSCHENIZYN** (1918–2008), russ. Literaturnobelpreisträger

▶ Die Farben symbolisieren, dass Gott sogar schwerste Schuld vergeben, uns davon befreien und heilen kann.

10 Hört das Wort des Herrn, ihr Herrscher von Sodom! Vernimm die
Weisung unseres Gottes, du Volk von Gomorra!
11 Was soll ich mit euren vielen Schlachtopfern?, spricht der Herr. Die
Widder, die ihr als Opfer verbrennt, und das Fett eurer Rinder habe
ich satt; das Blut der Stiere, der Lämmer und Böcke ist mir zuwider.
12 Wenn ihr kommt, um mein Angesicht zu schauen – wer hat von
euch verlangt, dass ihr meine Vorhöfe zertrampelt?
13 Bringt mir nicht länger sinnlose Gaben, Rauchopfer, die mir ein
Gräuel sind. Neumond und Sabbat und Festversammlung – Frevel und
Feste – ertrage ich nicht.
14 Eure Neumondfeste und Feiertage sind mir in der Seele verhasst,
sie sind mir zur Last geworden, ich bin es müde, sie zu ertragen.
15 Wenn ihr eure Hände ausbreitet, verhülle ich meine Augen vor
euch. Wenn ihr auch noch so viel betet, ich höre es nicht. Eure Hände
sind voller Blut.
16 Wascht euch, reinigt euch! Lasst ab von eurem üblen Treiben! Hört
auf, vor meinen Augen Böses zu tun!
17 Lernt, Gutes zu tun! Sorgt für das Recht! Helft den Unterdrückten!
Verschafft den Waisen Recht, tretet ein für die Witwen!
18 Kommt her, wir wollen sehen, wer von uns recht hat – spricht der
Herr. Wären eure Sünden auch rot wie Scharlach, sie sollen weiß werden wie Schnee. Wären sie rot wie Purpur, sie sollen weiß werden
wie Wolle.

19 Wenn ihr bereit seid zu hören, sollt ihr den Ertrag des Landes
genießen.
20 Wenn ihr aber trotzig seid und euch weigert, werdet ihr vom
Schwert gefressen. – Ja, der Mund des Herrn hat gesprochen.

Die drei Affen, die nichts sehen, nichts hören und nichts sagen wollen, haben ihren Ursprung in einem japanischen Sprichwort.

Obwohl die „treue Stadt" Jerusalem von Mördern beherrscht wird, gegen die Gott vorgehen will (Jes 1,21–31), soll die Stadt zum Anziehungspunkt für andere Nationen werden:

## Die Wallfahrt der Völker (Jes 2,2–4)

**2** 2 Am Ende der Tage wird es geschehen: Der Berg mit dem Haus
des Herrn steht fest gegründet als höchster der Berge; er
überragt alle Hügel. Zu ihm strömen alle Völker.
3 Viele Nationen machen sich auf den Weg. Sie sagen: Kommt,
wir ziehen hinauf zum Berg des Herrn und zum Haus des Gottes
Jakobs. Er zeige uns seine Wege, auf seinen Pfaden wollen wir
gehen. Denn von Zion kommt die Weisung des Herrn, aus Jeru-
salem sein Wort.
4 Er spricht Recht im Streit der Völker, er weist viele Nationen
zurecht. Dann schmieden sie Pflugscharen aus ihren Schwertern
und Winzermesser aus ihren Lanzen. Man zieht nicht mehr das
Schwert, Volk gegen Volk, und übt nicht mehr für den Krieg.

Jes hat diesen Text aus Micha 4,1–3 übernommen und unterstreicht damit, wie die gemeinsame Verehrung Gottes und die Anerkennung von Recht sich positiv auf die Verständigung der Völker und den Frieden auf der Erde auswirken. Jerusalem kommt dabei eine tragende Rolle zu; bis heute orientieren sich unzählige Gläubige aus verschiedenen Religionen an dem Gott, der sich dort geoffenbart hat.

Israel kommt seiner Sendung, den versöhnlichen Gott, der Gerechtigkeit liebt, zu bezeugen, nicht nach. Das „Weinberglied" in Jes 5 bringt dies prägnant zum Ausdruck:

## Ein Lied von Gottes Weinberg und Weherufe (Jes 5,1–24)

**5** 1 Ich will ein Lied singen von meinem geliebten Freund, ein Lied
vom Weinberg meines Liebsten. Mein Freund hatte einen Wein-
berg auf einer fruchtbaren Höhe.
2 Er grub ihn um und entfernte die Steine und bepflanzte ihn mit
den edelsten Reben. Er baute mitten darin einen Turm und hieb eine
Kelter darin aus. Dann hoffte er, dass der Weinberg süße Trauben
brächte, doch er brachte nur saure Beeren.
3 Nun sprecht das Urteil, Jerusalems Bürger und ihr Männer von
Juda, im Streit zwischen mir und dem Weinberg!
4 Was konnte ich noch für meinen Weinberg tun, das ich nicht für
ihn tat? Warum hoffte ich denn auf süße Trauben? Warum brachte er
nur saure Beeren?
5 Jetzt aber will ich euch kundtun, was ich mit meinem Weinberg
mache: Ich entferne seine schützende Hecke; so wird er zur Weide.
Seine Mauer reiße ich ein; dann wird er zertrampelt.
6 Zu Ödland will ich ihn machen. Man soll seine Reben nicht schnei-
den und soll ihn nicht hacken; Dornen und Disteln werden dort wu-
chern. Ich verbiete den Wolken, ihm Regen zu spenden.

Ein Weinberg verlangt viel Arbeit. Gott hat jede nur denkbare Mühe dafür aufgewendet, wurde aber enttäuscht.

Es war ein Gutsbesitzer, der legte einen Weinberg an, zog ringsherum einen Zaun, hob eine Kelter aus und baute einen Turm.

Mt 21,33

Die äußeren Wüsten wachsen in der Welt, weil die inneren Wüsten so groß geworden sind.

**PAPST BENEDIKT XVI.**, 24.4.2005

▶ Der Weinberg steht für das Volk (↗ Mt 21,33–46). Die zwei Wortspiele (Rechtsspruch – Rechtsbruch; Gerechtigkeit – der Rechtlose schreit) schildern treffend den Gegensatz, wie berechtigte Erwartungen in der Realität verkehrt werden.

7 Ja, der Weinberg des Herrn der Heere ist das Haus Israel, und die
Männer von Juda sind die Reben, die er zu seiner Freude gepflanzt
hat. Er hoffte auf Rechtsspruch – doch siehe da: Rechtsbruch,
und auf Gerechtigkeit – doch siehe da: Der Rechtlose schreit.
8 Weh euch, die ihr Haus an Haus reiht und Feld an Feld fügt,
bis kein Platz mehr da ist und ihr allein im Land ansässig seid. …
11 Weh euch, die ihr schon früh am Morgen hinter dem Bier her seid
und sitzen bleibt bis spät in die Nacht, wenn euch der Wein erhitzt.
12 Bei ihren Gelagen spielt man Zither und Harfe, Pauken und Flöten;
aber was der Herr tut, beachten sie nicht,
was seine Hände vollbringen, sehen sie nicht.
13 Darum muss mein Volk in die Verbannung;
denn es hat keine Erkenntnis. Seine Reichen sterben vor Hunger,
die Masse der Armen verschmachtet vor Durst. …
20 Weh denen, die das Böse gut und das Gute böse nennen,
die die Finsternis zum Licht und das Licht zur Finsternis machen,
die das Bittere süß und das Süße bitter machen.
21 Weh denen, die in ihren eigenen Augen weise sind
und sich selbst für klug halten.
22 Weh denen, die Helden sind, wenn es gilt, Wein zu trinken,
und tapfer, wenn es gilt, starke Getränke zu brauen,

❞ Auf dieser Seite der Straße gibt es 36 Luxusrestaurants; wenn du da essen gehst, ziehen sie dir das Fell über die Ohren; auf der anderen Seite herrscht der Hunger. Das eine unmittelbar neben dem anderen. Und wir neigen dazu, uns daran zu gewöhnen. Die Kirche muss immer mehr ein Beispiel darin geben, jede mondäne Lebensweise zurückzuweisen. Die Kirche ist keine NGO, sie ist etwas anderes.

**PAPST FRANZISKUS**, 19.1.2015

▶ Die Wehrufe klagen Vergehen an, für die vor allem Reiche (v8.12) und Mächtige (v23) verantwortlich sind. Die Folgen treffen sie selbst (v24), aber auch die ganze Gemeinschaft (v13).

23 die den Schuldigen für Bestechungsgeld freisprechen
und dem Gerechten sein Recht vorenthalten.
24 Darum: Wie des Feuers Zunge die Stoppeln frisst und wie das Heu
in der Flamme zusammensinkt, so soll ihre Wurzel verfaulen und ihre
Blüte wie Staub aufgewirbelt werden. Denn sie haben die Weisung
des Herrn der Heere von sich gewiesen und über das Wort des Heiligen Israels gelästert.

Angesichts der Verbrechen in seinem Volk sucht Gott jemanden, der seine Botschaft verkündet. In der folgenden Berufungserzählung meldet sich Jesaja freiwillig.

▶ Serafim sind himmlische Wesen, die des Schutzes vor der und Größe Gottes bedürfen und dazu ihr Gesicht und ihre Geschlechtsteile („Füße") verhüllen.

▶ Das dreifache „Heilig!" bringt die größtmögliche Heiligkeit zum Ausdruck. Das „Sanctus" in der Messe zitiert diese Stelle.

**Angefragt vom heiligen Gott – die Berufung Jesajas (Jes 6,1–13)**

6 1 Im Todesjahr des Königs Usija sah ich den Herrn.
Er saß auf einem hohen und erhabenen Thron.
Der Saum seines Gewandes füllte den Tempel aus.
2 Serafim standen über ihm. Jeder hatte sechs Flügel:
Mit zwei Flügeln bedeckten sie ihr Gesicht, mit zwei bedeckten sie
ihre Füße, und mit zwei flogen sie.
3 Sie riefen einander zu: Heilig, heilig, heilig ist der Herr der Heere.
Von seiner Herrlichkeit ist die ganze Erde erfüllt.
4 Die Türschwellen bebten bei ihrem lauten Ruf,
und der Tempel füllte sich mit Rauch.

5 Da sagte ich: Weh mir, ich bin verloren. Denn ich bin ein Mann mit
unreinen Lippen und lebe mitten in einem Volk mit unreinen Lippen,
und meine Augen haben den König, den Herrn der Heere, gesehen.
6 Da flog einer der Serafim zu mir; er trug in seiner Hand eine glü-
hende Kohle, die er mit einer Zange vom Altar genommen hatte.
7 Er berührte damit meinen Mund und sagte: Das hier hat deine Lip-
pen berührt: Deine Schuld ist getilgt, deine Sünde gesühnt.
8 Danach hörte ich die Stimme des Herrn, der sagte:
Wen soll ich senden? Wer wird für uns gehen?
Ich antwortete: Hier bin ich, sende mich!
9 Da sagte er: Geh und sag diesem Volk: Hören sollt ihr, hören, aber
nicht verstehen. Sehen sollt ihr, sehen, aber nicht erkennen.
10 Verhärte das Herz dieses Volkes, verstopf ihm die Ohren, verkleb
ihm die Augen, damit es mit seinen Augen nicht sieht und mit seinen
Ohren nicht hört, damit sein Herz nicht zur Einsicht kommt und sich
nicht bekehrt und nicht geheilt wird.
11 Ich fragte: Wie lange, Herr?
Er antwortete: Bis die Städte verödet sind und unbewohnt, die Häuser
menschenleer, bis das Ackerland zur Wüste geworden ist.
12 Der Herr wird die Menschen weit weg treiben;
dann ist das Land leer und verlassen.

Niemand auf der Welt ist Seiner würdig, weder die Heiligen, noch die Engel oder Erzengel. ... Entschuldigt euch nicht damit, dass ihr armselige Sünder seid und deshalb ihm nicht zu nahen wagt. Es wäre das Gleiche, wie wenn ihr sagen würdet, ihr seid zu krank, um einen Arzt rufen zu lassen und ein Heilmittel zu nehmen.

**JEAN-MARIE VIANNEY** (Pfarrer von Ars)

Obwohl Gott das Volk kennt und von Anfang an mit der Ablehnung der Hörer rechnet, hat die Verkündigung einen Sinn. Im „heiligen Samen" (v13) soll die Chance auf eine neue Generation bewahrt werden. Gott selbst wird Augen und Ohren wieder öffnen (Jes 35,5) und befreien (42,7).

13 Bleibt darin noch ein Zehntel übrig – auch sie werden schließ-
lich vernichtet, wie bei einer Eiche oder Terebinthe, von der nur der
Stumpf bleibt, wenn man sie fällt. [Ihr Stumpf ist heiliger Same.]

Das Jesajabuch spricht mehrfach von Kindern (s. schon 1,2). Manche bekommen symbolische Namen: Ein Sohn des Propheten heißt Schear-Jaschub, ein Rest kehrt um (Jes 7,3). Das Kind einer jungen Frau soll Immanuel, Gott ist mit uns, heißen (Jes 7,14). Matthäus deutet mit diesem Namen die Geburt Jesu: Seht, die Jungfrau wird empfangen, einen Sohn wird sie gebären, und man wird ihm den Namen Immanuel geben. (Mt 1,23)

**Das Zeichen des Herrn (Jes 7,10–17)**

7 10 Der Herr sprach noch einmal zu Ahas; er sagte:
11 Erbitte dir vom Herrn, deinem Gott, ein Zeichen, sei es von un-
ten, aus der Unterwelt, oder von oben, aus der Höhe.
12 Ahas antwortete: Ich will um nichts bitten und den Herrn nicht auf
die Probe stellen.
13 Da sagte Jesaja: Hört her, ihr vom Haus David! Genügt es euch nicht,
Menschen zu belästigen? Müsst ihr auch noch meinen Gott belästi-
gen?
14 Darum wird euch der Herr von sich aus ein Zeichen geben: Seht, die
Jungfrau wird ein Kind empfangen, sie wird einen Sohn gebären und
sie wird ihm den Namen Immanuel (Gott mit uns) geben.

Seht, die Jungfrau wird ein Kind empfangen, einen Sohn wird sie gebären, und man wird ihm den Namen Immanuel geben, das heißt übersetzt: Gott ist mit uns.

Mt 1,23

„Gott mit uns" stand häufig missbräuchlich auf dem Koppelschloss von Uniformjacken, mit denen Soldaten in den Krieg zogen.

15 Er wird Butter und Honig essen bis zu der Zeit, in der er versteht,
das Böse zu verwerfen und das Gute zu wählen.
16 Denn noch bevor das Kind versteht, das Böse zu verwerfen und das
Gute zu wählen, wird das Land verödet sein, vor dessen beiden Köni-
gen dich das Grauen packt.
17 Der Herr wird Tage kommen lassen über dich und dein Volk und das
Haus deines Vaters [durch den König von Assur], wie man sie nicht
mehr erlebt hat, seit Efraim von Juda abgefallen ist.

### Ein Friedensfürst (Jes 9,1–6)

9 1 Das Volk, das im Dunkel lebt, sieht ein helles Licht; über denen,
die im Land der Finsternis wohnen, strahlt ein Licht auf.
2 Du erregst lauten Jubel und schenkst große Freude.
Man freut sich in deiner Nähe, wie man sich freut bei der Ernte, wie
man jubelt, wenn Beute verteilt wird.
3 Denn wie am Tag von Midian zerbrichst du das drückende Joch,
das Tragholz auf unserer Schulter und den Stock des Treibers.
4 Jeder Stiefel, der dröhnend daherstampft, jeder Mantel,
der mit Blut befleckt ist, wird verbrannt, wird ein Fraß des Feuers.
5 Denn uns ist ein Kind geboren, ein Sohn ist uns geschenkt.
Die Herrschaft liegt auf seiner Schulter; man nennt ihn:
Wunderbarer Ratgeber, Starker Gott, Vater in Ewigkeit,
Fürst des Friedens.

Der „Tag von Midian" spielt vermutlich an Gideons Sieg über die Midianiter in Ri 7–8 an.

Der „Stiefel" und der blutverschmierte Mantel stehen für militärische Gewalt.

6 Seine Herrschaft ist groß, und der Friede hat kein Ende. Auf dem
Thron Davids herrscht er über sein Reich; er festigt und stützt es
durch Recht und Gerechtigkeit, jetzt und für alle Zeiten. Der leiden-
schaftliche Eifer des Herrn der Heere wird das vollbringen.

Gott kann uns kein Glück und keinen Frieden schenken, der von ihm selbst getrennt ist.

C. S. LEWIS

Jes 11 entfaltet diese Ankündigung mit Bildern aus der Pflanzen- und Tierwelt.

### Gerechtigkeit und Friede als Auswirkungen des Geistes Gottes (Jes 11,1–10)

11 1 Doch aus dem Baumstumpf Isais wächst ein Reis hervor, ein
junger Trieb aus seinen Wurzeln bringt Frucht.
2 Der Geist des Herrn lässt sich nieder auf ihm: der Geist
der Weisheit und der Einsicht, der Geist des Rates und der Stärke,
der Geist der Erkenntnis und der Gottesfurcht.
3 Er erfüllt ihn mit dem Geist der Gottesfurcht.
Er richtet nicht nach dem Augenschein,
und nicht nur nach dem Hörensagen entscheidet er,
4 sondern er richtet die Hilflosen gerecht
und entscheidet für die Armen des Landes, wie es recht ist.
Er schlägt den Gewalttätigen mit dem Stock seines Wortes
und tötet den Schuldigen mit dem Hauch seines Mundes.

Isai war der Vater des Königs David (s. 1 Sam 16,1–13). Der „Baumstumpf" symbolisiert, dass das Königtum des Hauses David wie ein geschlägerter Baum zu einem gewaltsamen Ende kommt, „Reis" und „Trieb" dagegen, dass Gott einen neuen Beginn schenkt (↗ zu 2 Sam 7,16).

Mit „Stock seines Wortes" und dem „Hauch seines Mundes" ist Rechtsprechung gemeint.

5 Gerechtigkeit ist der Gürtel um seine Hüften,
Treue der Gürtel um seinen Leib.
6 Dann wohnt der Wolf beim Lamm, der Panther liegt beim Böcklein.
Kalb und Löwe weiden zusammen, ein kleiner Knabe kann sie hüten.
7 Kuh und Bärin freunden sich an, ihre Jungen liegen beieinander.
Der Löwe frisst Stroh wie das Rind.
8 Der Säugling spielt vor dem Schlupfloch der Natter,
das Kind streckt seine Hand in die Höhle der Schlange.
9 Man tut nichts Böses mehr und begeht kein Verbrechen auf mei-
nem ganzen heiligen Berg; denn das Land ist erfüllt von der Erkennt-
nis des Herrn, so wie das Meer mit Wasser gefüllt ist.
10 An jenem Tag wird es der Spross aus der Wurzel Isais sein, der
dasteht als Zeichen für die Nationen; die Völker suchen ihn auf; sein
Wohnsitz ist prächtig.

▶ Diese unvergänglichen Bilder stehen für eine Welt, in der Gewalt, Feindschaft und Gefahren überwunden sind – auch unter den Menschen.

▶ Jesajas Visionen sind nicht nur Utopie. Sie geben eine Richtung an, in die viele Menschen bereits gegangen sind, womit sie die Welt zum Guten verändert haben.

Das Verhältnis der Völker untereinander und zu Gott ist eine Grundfrage der Menschheit, wie sich auch heute in vielen Auseinandersetzungen zeigt. Das Buch Jesaja beschäftigt sich intensiv damit, unter anderem in den Sprüchen über die Völker in Jes 13–23. Bereits Jes 2 schilderte eine internationale Wallfahrt zu Gott in Jerusalem, wo alle seine Lehre und sein Recht kennen lernen wollen, um so die Bedingung für Frieden zu schaffen. Jes 25 geht noch weiter.

## Gottes Festmahl auf dem Zion (Jes 25,6–10)

25 6 Der Herr der Heere wird auf diesem Berg für alle Völker ein
Festmahl geben mit den feinsten Speisen, ein Gelage mit er-
lesenen Weinen, mit den besten und feinsten Speisen, mit besten,
erlesenen Weinen.
7 Er zerreißt auf diesem Berg die Hülle, die alle Nationen verhüllt,
und die Decke, die alle Völker bedeckt.
8 Er beseitigt den Tod für immer. Gott, der Herr, wischt die Tränen ab
von jedem Gesicht. Auf der ganzen Erde nimmt er von seinem Volk die
Schande hinweg. Ja, der Herr hat gesprochen.
9 An jenem Tag wird man sagen: Seht, das ist unser Gott, auf ihn
haben wir unsere Hoffnung gesetzt, er wird uns retten. – Das ist der
Herr, auf ihn setzen wir unsere Hoffnung. Wir wollen jubeln und uns
freuen über seine rettende Tat.
10 Ja, die Hand des Herrn ruht auf diesem Berg. Moab aber wird an
Ort und Stelle zerstampft, wie Stroh in der Jauche zerstampft wird.

▶ Gott ist wie ein überaus großzügiger Gastgeber: Er trägt das Allerbeste auf (v6). Er entfernt die „Hülle“ bzw. „Decke“ – alles, was die Verständigung unter den Völkern behindert, wie Nationalismus, Ideologien und Vorurteile (v7). Zärtlich tröstet er bei Trauer und Schmerz, er vernichtet sogar den Tod (v8).

» Das Schlimmste, was wir Gott antun, ist, ihn in Ruhe zu lassen.

**C. S. LEWIS**

Die folgenden Kapitel bringen viele weitere Ankündigungen von Heil: Deine Toten werden leben, die Leichen stehen wieder auf. Wacht auf und jubelt, ihr Bewohner des Staubes! Denn ein Tau des Lichtes ist dein Tau (Jes 26,19). Erneut setzt sich Gott für seinen Weinberg ein (Jes 27,2–5, in Umkehrung zu Jes 5,5–6). Gott wird dein Lehrer genannt (Jes 30,20) und unser Richter ... unser König, unser Retter (33,22). Das neue, von Gott geschenkte Heil tritt immer mehr hervor, besonders stark schon in Jes 35 und dann ab Jes 40.

▶ Die Gebirge des Libanon und des Karmel waren bewaldet, die Ebene Scharon liegt am Mittelmeer und ist besonders fruchtbar; beides sind Zeichen für göttlichen Segen. Ähnliche Pracht soll in der Wüste entstehen, so dass sie jubelt (↗ auch v6–7).

▶ Verwandlungen in der Natur (Wasser in der Wüste) und bei Menschen gehen zusammen – die Schöpfung ist eins. Auch das Vertrocknete und Unfruchtbare im Leben wird verwandelt.

### Gottes Kommen verwandelt die Welt (Jes 35,1–10)

35 1 Die Wüste und das trockene Land sollen sich freuen,
die Steppe soll jubeln und blühen.
2 Sie soll prächtig blühen wie eine Lilie, jubeln soll sie, jubeln und
jauchzen. Die Herrlichkeit des Libanon wird ihr geschenkt, die Pracht
des Karmel und der Ebene Scharon. Man wird die Herrlichkeit des
Herrn sehen, die Pracht unseres Gottes.
3 Macht die erschlafften Hände wieder stark
und die wankenden Knie wieder fest!
4 Sagt den Verzagten: Habt Mut, fürchtet euch nicht! Seht, hier ist
euer Gott! Die Rache Gottes wird kommen und seine Vergeltung; er
selbst wird kommen und euch erretten.
5 Dann werden die Augen der Blinden geöffnet, auch die Ohren der
Tauben sind wieder offen.
6 Dann springt der Lahme wie ein Hirsch, die Zunge des Stummen
jauchzt auf. In der Wüste brechen Quellen hervor, und Bäche fließen
in der Steppe.
7 Der glühende Sand wird zum Teich und das durstige Land zu sprudelnden Quellen. An dem Ort, wo jetzt die Schakale sich lagern, gibt
es dann Gras, Schilfrohr und Binsen.

Die Kirche schreitet zwischen den Verfolgungen der Welt und den Tröstungen Gottes auf ihrem Pilgerweg dahin.

**AUGUSTINUS**

8 Eine Straße wird es dort geben; man nennt sie den Heiligen Weg.
Kein Unreiner darf ihn betreten. Er gehört dem, der auf ihm geht.
Unerfahrene gehen nicht mehr in die Irre.
9 Es wird keinen Löwen dort geben, kein Raubtier betritt diesen Weg,
keines von ihnen ist hier zu finden. Dort gehen nur die Erlösten.
10 Die vom Herrn Befreiten kehren zurück und kommen voll Jubel
nach Zion. Ewige Freude ruht auf ihren Häuptern.
Wonne und Freude stellen sich ein, Kummer und Seufzen entfliehen.

Jes 36–39 wiederholt die Geschichte über Jesaja, die in den Königsbüchern erzählt ist (2 Kön 18,13.17–20,19). Darin deutet Jesaja die Eroberung Jerusalems durch die Babylonier an (Jes 39,5–7), die sonst im Jesajabuch nicht ausdrücklich erwähnt ist. Aber im folgenden Teil, ab Jes 40, geht es darum, Zion zu trösten, was das Babylonische Exil voraussetzt.

▶ „Frondienst" bedeutete im Mittelalter Arbeit, die abhängige Bauern für ihre Grundherren leisten mussten.

▶ „Stimme eines Rufenden in der Wüste: „Bereitet den Weg des Herrn!" (Mk 1,3): Die Evangelien sehen Johannes den Täufer als diese Stimme in der Wüste.

### Gottes Kommen verkünden! (Jes 40,1–11)

40 1 Tröstet, tröstet mein Volk! spricht euer Gott.
2 Redet Jerusalem zu Herzen und verkündet der Stadt,
dass ihr Frondienst zu Ende geht, dass ihre Schuld beglichen ist;
denn sie hat die volle Strafe erlitten von der Hand des Herrn
für all ihre Sünden.
3 Eine Stimme ruft: Bahnt für den Herrn einen Weg durch die Wüste!
Baut in der Steppe eine ebene Straße für unseren Gott!
4 Jedes Tal soll sich heben, jeder Berg und Hügel sich senken.
Was krumm ist, soll gerade werden, und was hüglig ist, werde eben.

5 Dann offenbart sich die Herrlichkeit des Herrn, alle Sterblichen
werden sie sehen. Ja, der Mund des Herrn hat gesprochen.
6 Eine Stimme sagt: Verkünde! – Und einer sagt: Was soll ich verkün-
den? Alles Sterbliche ist wie das Gras, und all seine Schönheit ist wie
die Blume auf dem Feld.
7 Das Gras verdorrt, die Blume verwelkt, wenn der Atem des Herrn
darüber weht. – Wahrhaftig, Gras ist das Volk.
8 Das Gras verdorrt, die Blume verwelkt,
doch das Wort unseres Gottes bleibt in Ewigkeit.
9 Steig auf einen hohen Berg, Zion, du Botin der Freude! Erheb deine
Stimme mit Macht, Jerusalem, du Botin der Freude! Erheb deine Stim-
me, fürchte dich nicht! Sag den Städten in Juda: Seht, da ist euer Gott!
10 Seht, Gott der Herr, kommt mit Macht, er herrscht mit starkem
Arm. Seht, er bringt seinen Siegespreis mit: Alle, die er gewonnen hat,
gehen vor ihm her.
11 Wie ein Hirt führt er seine Herde zur Weide, er sammelt sie mit
starker Hand. Die Lämmer trägt er auf dem Arm, die Mutterschafe
führt er behutsam.

▶ Auch Frauen sind an der Verkündigung der frohen Botschaft vom Kommen Gottes beteiligt. Das griechische Wort für „Freudenbotin" (und „frohe Botschaft bringen" in Jes 61,1) ist die Grundlage für das Wort „Evangelium" (↗ Mt 11,5).

Gott braucht Menschen, die Zeugnis für ihn geben. Zum Propheten Jesaja (s. seine Berufung in Jes 6) und den verschiedenen Sprechern in Jes 40 tritt die Symbolgestalt des Gottesknechtes, was wir besser als Diener Gottes übersetzen sollten. Obwohl er sanft und still ist und vieles ertragen muss, offenbart er so Gottes verborgene Pläne zum Heil für die ganze Menschheit und treibt sie voran. In seiner Person spiegelt sich das Schicksal unzähliger Menschen, die für Gott und für Gerechtigkeit Nachteile und Leiden ertragen, unter ihnen besonders auch Jesus.

## Gottes Diener (Jes 42,1–9)

42 1 Seht, das ist mein Knecht, den ich stütze;
das ist mein Erwählter, an ihm finde ich Gefallen. Ich habe
meinen Geist auf ihn gelegt, er bringt den Völkern das Recht.
2 Er schreit nicht und lärmt nicht
und lässt seine Stimme nicht auf der Straße erschallen.
3 Das geknickte Rohr zerbricht er nicht, und den glimmenden Docht
löscht er nicht aus; ja, er bringt wirklich das Recht.
4 Er wird nicht müde und bricht nicht zusammen, bis er auf der Erde
das Recht begründet hat. Auf sein Gesetz warten die Inseln.
5 So spricht Gott, der Herr, der den Himmel erschaffen und ausge-
spannt hat, der die Erde gemacht hat und alles, was auf ihr wächst,
der den Menschen auf der Erde den Atem verleiht und allen, die auf
ihr leben, den Geist:
6 Ich, der Herr, habe dich aus Gerechtigkeit gerufen, ich fasse dich an
der Hand. Ich habe dich geschaffen und dazu bestimmt,
der Bund für das Volk und das Licht für die Völker zu sein:
7 blinde Augen zu öffnen, Gefangene aus dem Kerker zu holen
und alle, die im Dunkel sitzen, aus ihrer Haft zu befreien.
8 Ich bin Jahwe, das ist mein Name; ich überlasse die Ehre,
die mir gebührt, keinem andern, meinen Ruhm nicht den Götzen.
9 Seht, das Frühere ist eingetroffen, Neues kündige ich an.
Noch ehe es zum Vorschein kommt, mache ich es euch bekannt.

▶ Das sanfte Auftreten des Dieners entspricht der Zärtlichkeit Gottes (↗ Jes 40,11).

Manchmal denke ich, dass ich Gott eigentlich nicht brauche und meine Probleme allein lösen muss. Dann falle ich auf die Nase und stelle fest, dass ich ohne Gott nichts schaffen kann. Er löscht die kleine Flamme in meinem Herzen, mit der ich oft so achtlos umgehe, nie aus. Ich habe entdeckt, dass Gott mich nicht fallen lässt, auch wenn ich manchmal wenig Vertrauen habe. Gott ist einer, der „trotzdem" liebt.

**BERNADETTE**

Das Erstaunliche am Diener ist, dass er selbst Probleme mit seiner Wahrnehmung hat: Wer ist so blind wie mein Knecht und so taub wie der Bote, den ich sende? ... Vieles sieht er, aber er beachtet es nicht; die Ohren hat er offen und hört doch nicht (Jes 42,19–20). Aber gerade durch die Erfahrung eigenen Leidens wird er fähig, anderen in ihren Einschränkungen zu helfen und sie zu öffnen. Das folgende Gedicht zeigt, wie Gott zu seinem Diener steht:

Gott will das Glück und das Lächeln eines jeden Kindes, und seine Gunst gehört ihm. ... Im Kind gibt es etwas, das einem, der in das Himmelreich kommen will, nie fehlen darf.

**PAPST BENEDIKT XVI.**, Africae munus

## Gottes Liebeslied (Jes 43,1–7)

43 [1] Jetzt aber – so spricht der Herr, der dich geschaffen hat,
Jakob, und der dich geformt hat, Israel:
Fürchte dich nicht, denn ich habe dich ausgelöst, ich habe dich beim
Namen gerufen, du gehörst mir.
[2] Wenn du durchs Wasser schreitest, bin ich bei dir, wenn durch Strö-
me, dann reißen sie dich nicht fort. Wenn du durchs Feuer gehst, wirst
du nicht versengt, keine Flamme wird dich verbrennen.
[3] Denn ich, der Herr, bin dein Gott, ich, der Heilige Israels, bin dein
Retter. Ich gebe Ägypten als Kaufpreis für dich, Kusch und Seba gebe
ich für dich.
[4] Weil du in meinen Augen teuer und wertvoll bist und weil ich dich
liebe, gebe ich für dich ganze Länder und für dein Leben ganze Völker.
[5] Fürchte dich nicht, denn ich bin mit dir. Vom Osten bringe ich deine
Kinder herbei, vom Westen her sammle ich euch.

Alles zur größeren Ehre Gottes!

**IGNATIUS VON LOYOLA** Motto

[6] Ich sage zum Norden: Gib her!, und zum Süden: Halt nicht zurück!
Führe meine Söhne heim aus der Ferne,
meine Töchter vom Ende der Erde!
[7] Denn jeden, der nach meinem Namen benannt ist,
habe ich zu meiner Ehre erschaffen, geformt und gemacht.

Der Glaube an den einzigen guten Gott der gesamten Schöpfung wirft das Problem auf, wie große Veränderungen in der Geschichte, besonders aber negative Erfahrungen wie Schmerz und Unrecht damit zu vereinbaren sind.

▶ Der Perserkönig Kyrus eroberte 539 v. Chr. Babel (↗ Esra und Neh). Damit begann die gut 200 Jahre dauernde Herrschaft über fast den ganzen Nahen Orient. Kyrus erhält hier den Titel „Gesalbter“ (= Messias): Gott selbst hat ihn zu seiner Weltherrschaft beauftragt.

Ich nehme keine Auszeichnungen in meinem Namen an. Ich bin nichts.

**MUTTER TERESA**

## Alles in Gottes Hand (Jes 45,1–8)

45 [1] So spricht der Herr zu Kyrus, seinem Gesalbten, den er an der
rechten Hand gefasst hat, um ihm die Völker zu unterwerfen,
um die Könige zu entwaffnen, um ihm die Türen zu öffnen und kein
Tor verschlossen zu halten:
[2] Ich selbst gehe vor dir her und ebne die Berge ein. Ich zertrümme-
re die bronzenen Tore und zerschlage die eisernen Riegel.
[3] Ich gebe dir verborgene Schätze und Reichtümer, die im Dunkel
versteckt sind. So sollst du erkennen, dass ich der Herr bin, der dich
bei deinem Namen ruft, ich, Israels Gott.
[4] Um meines Knechtes Jakob willen, um Israels, meines Erwählten,
willen habe ich dich bei deinem Namen gerufen; ich habe dir einen
Ehrennamen gegeben, ohne dass du mich kanntest.

5 Ich bin der Herr und sonst niemand; außer mir gibt es keinen Gott.
Ich habe dir den Gürtel angelegt, ohne dass du mich kanntest,
6 damit man vom Aufgang der Sonne bis zu ihrem Untergang er-
kennt, dass es außer mir keinen Gott gibt. Ich bin der Herr und sonst
niemand.
7 Ich erschaffe das Licht und mache das Dunkel, ich bewirke das Heil
und erschaffe das Unheil. Ich bin der Herr, der das alles vollbringt.
8 Taut, ihr Himmel, von oben, ihr Wolken, lasst Gerechtigkeit regnen!
Die Erde tue sich auf und bringe das Heil hervor, sie lasse Gerechtig-
keit sprießen. Ich, der Herr, will es vollbringen.

Wenige Stellen im AT bekennen sich so deutlich zum „Monotheismus“ wie diese (v5–6, ↗ zu Dtn 4,35).

Das bekannte Adventslied „Tauet, Himmel, den Gerechten ...!“ geht auf diese Stelle zurück.

Während Gott zum Aufbruch drängt, herrschen beim Volk desolate Zustände, Enttäuschung und resignative Stimmung. Doch Zion sagt: „Der Herr hat mich verlassen, Gott hat mich vergessen.“ (Jes 49,14).

## Gottes Trost für Zion (Jes 49,13–18)

49 13 Jubelt, ihr Himmel, jauchze, o Erde, freut euch, ihr Berge!
Denn der Herr hat sein Volk getröstet
und sich seiner Armen erbarmt.
14 Doch Zion sagt: Der Herr hat mich verlassen,
Gott hat mich vergessen.
15 Kann denn eine Frau ihr Kindlein vergessen, eine Mutter ihren
leiblichen Sohn? Und selbst wenn sie ihn vergessen würde: ich ver-
gesse dich nicht.

Der Mensch lebt und bestehet nur eine kleine Zeit; und alle Welt vergehet mit ihrer Herrlichkeit. Es ist nur Einer ewig und an allen Enden, und wir in seinen Händen.

**MATTHIAS CLAUDIUS**

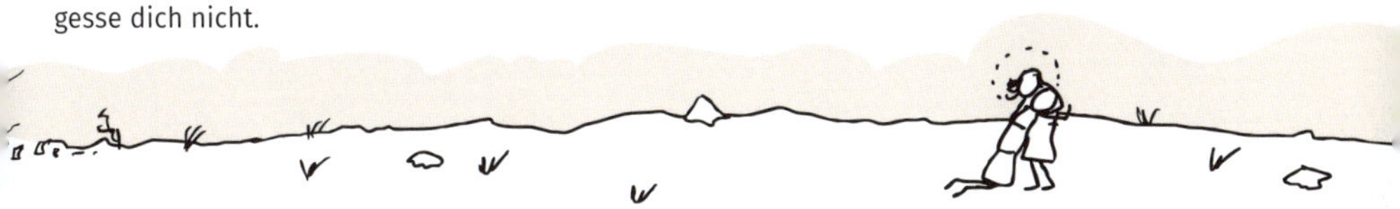

16 Sieh her: Ich habe dich eingezeichnet in meine Hände,
deine Mauern habe ich immer vor Augen.
17 Deine Erbauer eilen herbei
und alle, die dich zerstört und verwüstet haben, ziehen davon.
18 Blick auf und schau umher: Alle versammeln sich und kommen zu
dir. So wahr ich lebe – Spruch des Herrn: Du sollst sie alle wie einen
Schmuck anlegen, du sollst dich mit ihnen schmücken wie eine Braut.

Angesprochen ist das von den Babyloniern zerstörte Jerusalem, das unter persischer Herrschaft wieder aufgebaut werden soll.

Gottes Diener ist sensibel, aber nicht empfindlich. Er kann hören und trösten, hält aber auch Aggressionen von anderen aus.

## Das dritte Lied vom Gottesknecht (Jes 50,4–9)

50 4 Gott, der Herr, gab mir die Zunge eines Jüngers, damit ich
verstehe, die Müden zu stärken durch ein aufmunterndes
Wort. Jeden Morgen weckt er mein Ohr, damit ich auf ihn höre wie
ein Jünger.
5 Gott, der Herr, hat mir das Ohr geöffnet.
Ich aber wehrte mich nicht und wich nicht zurück.
6 Ich hielt meinen Rücken denen hin, die mich schlugen,
und denen, die mir den Bart ausrissen, meine Wangen.
Mein Gesicht verbarg ich nicht vor Schmähungen und Speichel.

Ich brauche dich, Herr, als meinen Lehrer, tagtäglich brauche ich dich. ...
Meine Ohren sind taub, ich kann deine Stimme nicht hören. Mein Blick ist getrübt, ich kann deine Zeichen nicht sehen. Du allein kannst mein Ohr schärfen und meinen Blick klären und mein Herz reinigen. Lehre mich, zu deinen Füßen zu sitzen und auf dein Wort zu hören. Amen.

**JOHN HENRY NEWMAN**

Der Mensch wird durch das Leid erst gehärtet, um das Glück ertragen zu können; so wie der Ton im Feuer gebrannt wird, um Wasser fassen zu können.

**AUGUSTINUS**

7 Doch Gott, der Herr, wird mir helfen; darum werde ich nicht in
Schande enden. Deshalb mache ich mein Gesicht hart wie einen Kie-
sel; ich weiß, dass ich nicht in Schande gerate.
8 Er, der mich freispricht, ist nahe. Wer wagt es, mit mir zu streiten?
Lasst uns zusammen vortreten! Wer ist mein Gegner im Rechtsstreit?
Er trete zu mir heran.
9 Seht her, Gott, der Herr, wird mir helfen. Wer kann mich für schul-
dig erklären? Seht: Sie alle zerfallen wie ein Gewand, das die Motten
zerfressen.

Das sogenannte vierte Gottesknechtslied führt das Thema von Gottes Diener (↗ schon Jes 42; 43; 49–50) zum Höhepunkt. Dabei zeigt sich, wie die Gemeinschaft im Blick auf ihn zur Einsicht kommt.

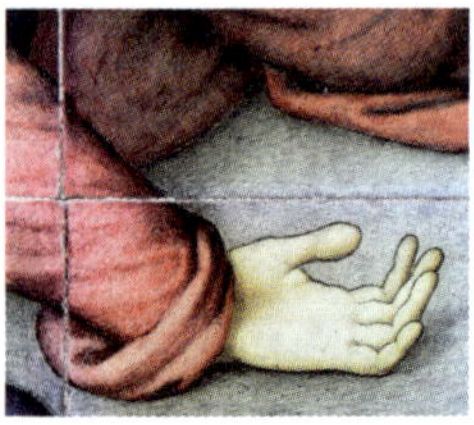

**Gottes Diener trägt in seinem Leiden die Gemeinschaft (Jes 53,1–12)**

53 1 Wer hat unserer Kunde geglaubt?
Der Arm des Herrn – wem wurde er offenbar?
2 Vor seinen Augen wuchs er auf wie ein junger Spross, wie ein Wur-
zeltrieb aus trockenem Boden. Er hatte keine schöne und edle Ge-
stalt, so dass wir ihn anschauen mochten. Er sah nicht so aus, dass
wir Gefallen fanden an ihm.
3 Er wurde verachtet und von den Menschen gemieden, ein Mann
voller Schmerzen, mit Krankheit vertraut. Wie einer, vor dem man das
Gesicht verhüllt, war er verachtet; wir schätzten ihn nicht.

▶ *Crucifixus etiam pro nobis* (= Er wurde für uns gekreuzigt) heißt es auch im Glaubensbekenntnis der Kirche von Jesus Christus.

▶ Jetzt erkennt die Gemeinschaft („wir") endlich, dass Gottes Diener unter ihrer Schuld gelitten und sie dadurch geheilt hat.

4 Aber er hat unsere Krankheit getragen und unsere Schmerzen auf
sich geladen. Wir meinten, er sei von Gott geschlagen,
von ihm getroffen und gebeugt.
5 Doch er wurde durchbohrt wegen unserer Verbrechen, wegen un-
serer Sünden zermalmt. Zu unserem Heil lag die Strafe auf ihm,
durch seine Wunden sind wir geheilt.
6 Wir hatten uns alle verirrt wie Schafe, jeder ging für sich seinen
Weg. Doch der Herr lud auf ihn die Schuld von uns allen.
7 Er wurde misshandelt und niedergedrückt, aber er tat seinen Mund
nicht auf. Wie ein Lamm, das man zum Schlachten führt, und wie ein
Schaf angesichts seiner Scherer, so tat auch er seinen Mund nicht auf.
8 Durch Haft und Gericht wurde er dahingerafft, doch wen kümmerte
sein Geschick? Er wurde vom Land der Lebenden abgeschnitten und
wegen der Verbrechen seines Volkes zu Tode getroffen.
9 Bei den Ruchlosen gab man ihm sein Grab, bei den Verbrechern
seine Ruhestätte, obwohl er kein Unrecht getan hat und kein trügeri-
sches Wort in seinem Mund war.
10 Doch der Herr fand Gefallen an seinem zerschlagenen (Knecht),
er rettete den, der sein Leben als Sühnopfer hingab. Er wird Nach-
kommen sehen und lange leben. Der Plan des Herrn wird durch ihn
gelingen.

B Mein Vater, wenn es möglich ist, gehe dieser Kelch an mir vorüber. Aber nicht wie ich will, sondern wie du willst.

Mt 26,39, Jesus am Ölberg

11 Nachdem er so vieles ertrug, erblickt er das Licht. Er sättigt sich
an Erkenntnis. Mein Knecht, der gerechte, macht die vielen gerecht;
er lädt ihre Schuld auf sich.
12 Deshalb gebe ich ihm seinen Anteil unter den Großen, und mit den
Mächtigen teilt er die Beute, weil er sein Leben dem Tod preisgab und
sich unter die Verbrecher rechnen ließ. Denn er trug die Sünden von
vielen und trat für die Schuldigen ein.

B Wenn das Weizenkorn nicht in die Erde fällt und stirbt, bleibt es allein. Wenn es aber stirbt, bringt es reiche Frucht.

Joh 12,24

Jes 54 stellt dem Diener Gottes die Frau Zion als weibliche Symbolgestalt an die Seite. Die Tochter Zion (↗ Jes 2,8) ist hier erwachsen und steht für die Gemeinschaft, die Gott am Tempel in Jerusalem verehrt. Auch sie erlebt eine glückliche Lebenswende, wie Jes 55 weiter entfaltet:

**Neues Heil (Jes 55, 1–13)**

55 1 Auf, ihr Durstigen, kommt alle zum Wasser! Auch wer kein
Geld hat, soll kommen. Kauft Getreide und esst, kommt und
kauft ohne Geld, kauft Wein und Milch ohne Bezahlung!
2 Warum bezahlt ihr mit Geld, was euch nicht nährt, und mit dem
Lohn eurer Mühen, was euch nicht satt macht? Hört auf mich, dann
bekommt ihr das Beste zu essen und könnt euch laben an fetten
Speisen.
3 Neigt euer Ohr mir zu und kommt zu mir, hört, dann werdet ihr
leben. Ich will einen ewigen Bund mit euch schließen gemäß der beständigen Huld, die ich David erwies.

▶ Mit der paradoxen Aufforderung, „ohne Bezahlung zu kaufen", lädt Gott dazu ein, seine Fülle geschenkt zu bekommen. Was er uns gibt, nährt wirklich und steht all dem gegenüber, wofür wir viel aufwenden, was uns aber nicht wirklich glücklich macht.

4 Seht her: Ich habe ihn zum Zeugen für die Völker gemacht,
zum Fürsten und Gebieter der Nationen.
5 Völker, die du nicht kennst, wirst du rufen; Völker, die dich nicht
kennen, eilen zu dir, um des Herrn, deines Gottes, des Heiligen Israels
willen, weil er dich herrlich gemacht hat.

6 Sucht den Herrn, solange er sich finden lässt,
ruft ihn an, solange er nahe ist!
7 Der Ruchlose soll seinen Weg verlassen, der Frevler seine Pläne.
Er kehre um zum Herrn, damit er Erbarmen hat mit ihm, und zu unserem Gott; denn er ist groß im Verzeihen.
8 Meine Gedanken sind nicht eure Gedanken,
und eure Wege sind nicht meine Wege – Spruch des Herrn.
9 So hoch der Himmel über der Erde ist, so hoch erhaben sind meine
Wege über eure Wege und meine Gedanken über eure Gedanken.
10 Denn wie der Regen und der Schnee vom Himmel fällt und nicht
dorthin zurückkehrt, sondern die Erde tränkt und sie zum Keimen und
Sprossen bringt, wie er dem Sämann Samen gibt und Brot zum Essen,
11 so ist es auch mit dem Wort, das meinen Mund verlässt:
Es kehrt nicht leer zu mir zurück, sondern bewirkt, was ich will,
und erreicht all das, wozu ich es ausgesandt habe.

„ Wenn eine Gemeinschaft die Verkündigung des Heils aufnimmt, befruchtet der Heilige Geist ihre Kultur mit der verwandelnden Kraft des Evangeliums. So verfügt das Christentum … nicht über ein einziges kulturelles Modell, sondern es bewahrt … auch das Angesicht der vielen Kulturen und Völker, in die es hineingegeben und verwurzelt wird.

**PAPST FRANZISKUS**, Evangelii Gaudium, 116

▶ Gottes Wort besteht nicht nur auf ewig (Jes 40,8), es ist auch unendlich fruchtbar, wie das Wasser in der Natur.

12 Voll Freude werdet ihr fortziehen, wohlbehalten kehrt ihr zurück.
Berge und Hügel brechen bei eurem Anblick in Jubel aus, alle Bäume auf dem Feld klatschen Beifall.
13 Statt Dornen wachsen Zypressen, statt Brennnesseln Myrten.
Das geschieht zum Ruhm des Herrn als ein ewiges Zeichen,
das niemals getilgt wird.

Wenn der Friede Gottes in dir Wurzeln geschlagen hat, wirst du diesen Frieden den Menschen bringen, und du wirst sie von ihrer Lebensangst und ihren Zweifeln heilen.

**CHARBEL MAKHLOUF** (1828–1889), libanesischer Nationalheiliger

### Die frohe Botschaft (Jes 61,1–3)

61 1 Der Geist Gottes, des Herrn, ruht auf mir; denn der Herr hat
mich gesalbt. Er hat mich gesandt, damit ich den Armen eine frohe Botschaft bringe und alle heile, deren Herz zerbrochen ist, damit ich den Gefangenen die Entlassung verkünde und den Gefesselten die Befreiung,
2 damit ich ein Gnadenjahr des Herrn ausrufe, einen Tag der Vergeltung unseres Gottes, damit ich alle Trauernden tröste,
3 die Trauernden Zions erfreue, ihnen Schmuck bringe anstelle von Schmutz, Freudenöl statt Trauergewand, Jubel statt der Verzweiflung.

In diesem Gebet gesteht das Volk eigene Schuld ein, fordert dann aber auch Gott zum Eingreifen gegen das Unglück auf.

Dieses Ungeheure, Personifizierte, tritt uns als ein Gott entgegen, als Schöpfer und Erhalter, welchen anzubeten und zu preisen wir auf alle Weise aufgefordert sind.

**JOHANN WOLFGANG VON GOETHE** (1749–1832), deutscher Dichter

▶ Zu Gottes Enttäuschung über Israel als seine Kinder ↗ schon den Beginn des Buches (Jes 1,2). „Heiliger Geist" begegnet im hebräischen Alten Testament nur hier (v10–11) und in Ps 51,13.

▶ Gott wendet sich gegen das Volk (v10) und bringt es so zur Besinnung. Sie erinnern sich an die Wunder des Exodus und wagen erneut die Anrede an Gott („du", v14).

### Das Klagelied des Volkes (Jes 63,7–64,11)

63 7 Die Huld des Herrn will ich preisen, die ruhmreichen Taten
des Herrn, alles, was der Herr für uns tat, seine große Güte, die er dem Haus Israel erwies in seiner Barmherzigkeit und seiner großen Huld.
8 Er sagte: Sie sind doch mein Volk, meine Söhne, die nicht enttäuschen. Er wurde ihr Retter in jeder Not.
9 Nicht ein Bote oder ein Engel, sondern sein Angesicht hat sie gerettet. In seiner Liebe und seinem Mitleid hat er selbst sie erlöst. Er hat sie emporgehoben und sie getragen in all den Tagen der Vorzeit.
10 Sie aber lehnten sich gegen ihn auf und betrübten seinen heiligen Geist. Da wandelte er sich und wurde ihr Feind, ja, er führte Krieg gegen sie.
11 Nun dachten sie an die Tage der Vorzeit, die Zeit seines Knechtes Mose: Wo ist der, der den Hirten seiner Schafe aus dem Meer herausgeführt hat? Wo ist der, der seinen heiligen Geist in ihn gelegt hat,
12 der an der rechten Seite des Mose ging und ihm half mit mächtigem Arm, der das Wasser vor ihnen zerteilte, um sich ewigen Ruhm
zu verschaffen, 13 der sie durch die Fluten führte wie Pferde durch die Steppe, ohne dass sie strauchelten?
14 Der Geist des Herrn ließ sie zur Ruhe kommen, wie das Vieh, das ins Tal hinabzieht. So führtest du einst dein Volk, um dir herrlichen Ruhm zu verschaffen.

15 Blick vom Himmel herab, und sieh her von deiner heiligen, herr-
lichen Wohnung! Wo sind dein leidenschaftlicher Eifer und deine
Macht, dein großes Mitleid und dein Erbarmen? Halte dich nicht von
uns fern!
16 Du bist doch unser Vater; denn Abraham weiß nichts von uns, Is-
rael will uns nicht kennen. Du, Herr, bist unser Vater, Unser Erlöser
von jeher wirst du genannt. 17 Warum lässt du uns, Herr, von deinen
Wegen abirren
und machst unser Herz hart, so dass wir dich nicht mehr fürchten?
Kehre zurück um deiner Knechte willen, um der Stämme willen,
die dein Eigentum sind.
18 Erst vor kurzem haben unsere Feinde dein heiliges Volk vertrie-
ben; dein Heiligtum haben sie zertreten.
19 Uns geht es, als wärest du nie unser Herrscher gewesen, als wären
wir nicht nach deinem Namen benannt. Reiß doch den Himmel auf,
und komm herab, so dass die Berge zittern vor dir.

Wie ein Vater sich seiner Kinder erbarmt, so erbarmt sich der Herr über alle, die ihn fürchten.

Ps 103,13

Zweimal nennt das Volk Gott „unseren Vater" (nochmals in 64,7). Dies ist ein Ursprung für das Gebet: „Unser Vater im Himmel, geheiligt werde dein Name …" (Mt 6,9).

Hier ist die Quelle für das Adventslied „O Heiland, reiß die Himmel auf".

## 64

3 Seit Menschengedenken hat man noch nie vernommen, kein
Ohr hat gehört, kein Auge gesehen, dass es einen Gott gibt
außer dir, der denen Gutes tut, die auf ihn hoffen.
4 Ach, kämst du doch denen entgegen, die tun, was recht ist, und
nachdenken über deine Wege. Ja, du warst zornig; denn wir haben
gegen dich gesündigt, von Urzeit an sind wir treulos geworden.

V4 wörtlich: „Würdest du doch jemanden treffen, der sich daran freut, Gerechtigkeit zu tun, solche, die auf deinen Wegen deiner gedenken!" Das Problem liegt nicht bei Gott, sondern daran, dass alle auf Irrwegen und fern von Gott sind.

5 Wie unreine (Menschen) sind wir alle geworden, unsere ganze Ge-
rechtigkeit ist wie ein schmutziges Kleid. Wie Laub sind wir alle ver-
welkt, unsere Schuld trägt uns fort wie der Wind.
6 Niemand ruft deinen Namen an, keiner rafft sich dazu auf, fest-
zuhalten an dir. Denn du hast dein Angesicht vor uns verborgen und
hast uns der Gewalt unserer Schuld überlassen.
7 Und doch bist du, Herr, unser Vater. Wir sind der Ton,
und du bist unser Töpfer, wir alle sind das Werk deiner Hände.
8 Herr, zürne uns doch nicht allzu sehr, denk nicht für immer an un-
sere Schuld! Sieh doch her: Wir alle sind dein Volk.
9 Deine heiligen Städte sind zur Wüste geworden.
Zion ist eine Wüste, Jerusalem eine Öde.
10 Unser heiliger, herrlicher Tempel, wo unsere Väter dich priesen,
ist ein Raub der Flammen geworden; alles, was uns lieb war, liegt nun
in Trümmern.
11 Kannst du dich bei alldem zurückhalten, Herr,
kannst du schweigen und uns so sehr erniedrigen?

Unglaublich spannungsreiche Emotionen: Schuldgefühle und zugleich die Bitte, dass Gott endlich Mitgefühl zeigt!

Was für ein schönes Bild von Gott: ein Künstler, der liebevoll mit seinem Material umgeht! Jedes Wesen, das er schafft: ein Kunstwerk! ↗ auch Gen 2,7: „Da formte Gott, der Herr, den Menschen …"

Gott geht in den abschließenden Kapiteln (Jes 65–66) auf die Bitte des Volkes ein. Er will gegen Ungerechtigkeit vorgehen, seinem Volk nahe sein und Glück schenken. Gott verspricht sogar einen neuen Himmel und eine neue Erde (Jes 65,17, ↗ Offb 21,1).

DAS BUCH

# Jeremia

Jeremia bedeutet „Jhwh möge erhöhen, aufrichten". Diese Bitte passt in eine Zeit, in der vieles untergeht: Der Prophet Jeremia begleitet den Niedergang des Königtums in Juda um 600 v. Chr. Er erlebt die Eroberung Jerusalems durch die babylonischen Truppen und die Zerstörung von Stadt und Tempel im Jahre 587 mit. Wenn bisher tragende Grundlagen der Gemeinschaft zugrunde gehen, stellt sich die Frage nach dem Bleibenden.

Das Jeremiabuch (= Jer) antwortet darauf, indem es zeigt, wie Gott in Leid und Verlust neues Leben wachsen lässt. Auch der Prophet macht diese Erfahrung. Er wird verfolgt, eingesperrt, tödlich bedroht, doch Gottes Wort gewinnt durch ihn eine unaufhaltsame Kraft und wird zum Fundament auch für spätere Generationen. Wie Jeremia kritisierte auch Jesus mächtige Priester und wurde dafür stark unter Druck gesetzt. Manche hielten Jesus sogar für einen neuen Jeremia (Mt 16,13–14).

▶ Jeremias Sendung als „Prophet für die Völker" ist einzigartig und zeigt, dass Gott sich um die gesamte Menschheit kümmert.

**"** Jeder von uns ist Frucht eines Gedankens Gottes. Jeder ist gewollt, jeder ist geliebt, jeder ist gebraucht.

**PAPST BENEDIKT XVI.**, 24.4.2005

▶ Gott hatte Mose versprochen, einen Propheten wie ihn zu senden: „Ich will ihm meine Worte in den Mund legen" (Dtn 18,18). Jeremia wird damit hier als der verheißene, dem Mose- gleiche Prophet vorgestellt.

▶ Im Hebräischen ist dies ein Wortspiel zwischen „Mandelbaum" *(schaqed)* und „Wächter" *(schoqed).*

## Eine besondere Berufung (Jer 1)

1 4 Das Wort des Herrn erging an mich:

5 Noch ehe ich dich im Mutterleib formte, habe ich dich auserse-
hen, noch ehe du aus dem Mutterschoß hervorkamst, habe ich dich
geheiligt, zum Propheten für die Völker habe ich dich bestimmt.

6 Da sagte ich: Ach, mein Gott und Herr, ich kann doch nicht reden,
ich bin ja noch so jung.

7 Aber der Herr erwiderte mir: Sag nicht: Ich bin noch so jung. Wohin
ich dich auch sende, dahin sollst du gehen, und was ich dir auftrage,
das sollst du verkünden.

8 Fürchte dich nicht vor ihnen; denn ich bin mit dir, um dich zu ret-
ten – Spruch des Herrn.

9 Dann streckte der Herr seine Hand aus, berührte meinen Mund und
sagte zu mir: Hiermit lege ich meine Worte in deinen Mund.

10 Sieh her! Am heutigen Tag setze ich dich über Völker und Reiche;
du sollst ausreißen und niederreißen, vernichten und einreißen, auf-
bauen und einpflanzen.

11 Das Wort des Herrn erging an mich: Was siehst du, Jeremia? Ich
antwortete: Einen Mandelzweig sehe ich.

12 Da sprach der Herr zu mir: Du hast richtig gesehen; denn ich wache
über mein Wort und führe es aus. ...

**"** Nichts ist schwieriger und nichts erfordert mehr Charakter, als sich im offenen Gegensatz zu seiner Zeit zu befinden und laut zu sagen: Nein!

**KURT TUCHOLSKY** (1890–1935), deutscher Schriftsteller

B Ich kenne deine Werke. Du bist weder kalt noch heiß. Wärest du doch kalt oder heiß! Weil du aber lau bist, weder heiß noch kalt, will ich dich aus meinem Mund ausspeien! Du behauptest: Ich bin reich und wohlhabend und nichts fehlt mir. Du weißt aber nicht, dass gerade du elend und erbärmlich bist, arm, blind und nackt.

Offb 3,15–17

▶ Gott stellt Fragen, ist bereit, sich Kritik anzuhören. Das Wortspiel „nichtig – zunichte" spielt auf 2 Kön 17,15 an und verweist so auf den Untergang des Nordreiches Israel.

17 Du aber gürte dich, tritt vor sie hin, und verkünde ihnen alles, was
ich dir auftrage. Erschrick nicht vor ihnen, sonst setze ich dich vor
ihren Augen in Schrecken.

18 Ich selbst mache dich heute zur befestigten Stadt, zur eisernen
Säule und zur ehernen Mauer gegen das ganze Land, gegen die Köni-
ge, Beamten und Priester von Juda und gegen die Bürger des Landes.

19 Mögen sie dich bekämpfen, sie werden dich nicht bezwingen; denn
ich bin mit dir, um dich zu retten – Spruch des Herrn.

## Unverständliche Entfernung (Jer 2,1–8)

2 1 Das Wort des Herrn erging an mich:

2 Auf! Ruf Jerusalem laut ins Ohr: So spricht der Herr: Ich denke
an deine Jugendtreue, an die Liebe deiner Brautzeit, wie du mir in der
Wüste gefolgt bist, im Land ohne Aussaat. 3 Heiliger Besitz war Israel
dem Herrn, Erstlingsfrucht seiner Ernte. Wer davon aß, machte sich
schuldig, Unheil kam über ihn – Spruch des Herrn. 4 Hört das Wort
des Herrn, ihr vom Haus Jakob und all ihr Geschlechter des Hauses
Israel! 5 So spricht der Herr: Was fanden eure Väter Unrechtes an mir,
dass sie sich von mir entfernten, nichtigen Göttern nachliefen und so
selber zunichtewurden? 6 Sie fragten nicht: Wo ist der Herr, der uns
aus Ägypten heraufgeführt, der uns in der Wüste den Weg gewiesen
hat, im Land der Steppen und Schluchten, im dürren und düsteren
Land, im Land, das keiner durchwandert und niemand bewohnt? 7 Ich

brachte euch dann in das Gartenland, um euch seine Früchte und Gü-
ter genießen zu lassen. Aber kaum seid ihr dort gewesen, da habt ihr
mein Land entweiht und mir mein Eigentum zum Abscheu gemacht.
[8] Die Priester fragten nicht: Wo ist der Herr? Die Hüter des Gesetzes
kannten mich nicht, die Hirten des Volkes wurden mir untreu. Die
Propheten traten im Dienst des Baal auf und liefen unnützen Götzen
nach.

▶ Führungsgruppen der Gemeinschaft, sogar Priester und falsche Propheten, sind hauptverantwortlich für die Untreue gegenüber Gott. „Baal" (= Herr) war eine populäre Gottheit.

Diese Anklagen sind typisch für Jer. Viele Texte weisen die Schuld des Volkes auf; falls es jedoch umkehrt, verspricht Jer aber auch Gottes erneute Gnade (z.B. Jer 3,1–4,4). Im Tiefsten ist Gott berührt über den Zustand seines Volkes, wie auch Jeremia:

**Die Tempelrede (Jer 7,1–11)**

7 [1] Das Wort, das vom Herrn an Jeremia erging:
[2] Stell dich an das Tor des Hauses des Herrn! Dort ruf dieses
Wort aus und sprich: Hört das Wort des Herrn, ganz Juda, alle, die ihr
durch diese Tore kommt, um dem Herrn zu huldigen. [3] So spricht der
Herr der Heere, der Gott Israels: Bessert euer Verhalten und euer Tun,
dann will ich bei euch wohnen hier an diesem Ort. [4] Vertraut nicht auf
die trügerischen Worte: Der Tempel des Herrn, der Tempel des Herrn,

der Tempel des Herrn ist hier! [5] Denn nur wenn ihr euer Verhalten
und euer Tun von Grund auf bessert, wenn ihr gerecht entscheidet im
Rechtsstreit, [6] wenn ihr die Fremden, die Waisen und Witwen nicht un-
terdrückt, unschuldiges Blut an diesem Ort nicht vergießt und nicht
anderen Göttern nachlauft zu eurem eigenen Schaden, [7] dann will ich
bei euch wohnen hier an diesem Ort, in dem Land, das ich euren
Vätern gegeben habe für ewige Zeiten. [8] Freilich, ihr vertraut auf die
trügerischen Worte, die nichts nützen. [9] Wie? Stehlen, morden, die
Ehe brechen, falsch schwören, dem Baal opfern und anderen Göttern
nachlaufen, die ihr nicht kennt, [10] und dabei kommt ihr und tretet vor
mein Angesicht in diesem Haus, über dem mein Name ausgerufen
ist, und sagt: Wir sind geborgen!, um dann weiter alle jene Gräuel zu
treiben. [11] Ist denn in euren Augen dieses Haus, über dem mein Name
ausgerufen ist, eine Räuberhöhle geworden? Gut, dann betrachte
auch ich es so – Spruch des Herrn.

**Gehorsam, nicht Opfer (Jer 7,21–26)**

[21] So spricht der Herr der Heere, der Gott Israels: Häuft nur Brandop-
fer auf Schlachtopfer und esst Opferfleisch!
[22] Denn ich habe euren Vätern, als ich sie aus Ägypten herausführte,
nichts gesagt und nichts befohlen, was Brandopfer und Schlachtop-
fer betrifft.

Wenn auch nur ein unbescholtener Amerikaner gezwungen wird, aus Angst seine Meinung zu unterdrücken und seinen Mund zu halten, dann sind alle Amerikaner in Gefahr.

**HARRY S. TRUMAN** (1884–1972), 33. Präsident der Vereinigten Staaten

Jesus ging in den Tempel und trieb alle Händler und Käufer aus dem Tempel hinaus; er stieß die Tische der Geldwechsler und die Stände der Taubenhändler um und sagte: In der Schrift steht: Mein Haus soll ein Haus des Gebetes sein. Ihr aber macht daraus eine Räuberhöhle.

Mt 21,12

Dich sucht Gott mehr als deine Opfergabe.

**AUGUSTINUS**

[23] Vielmehr gab ich ihnen folgendes Gebot: Hört auf meine Stimme,
dann will ich euer Gott sein und ihr sollt mein Volk sein. Geht in allem
den Weg, den ich euch befehle, damit es euch gut geht. [24] Sie aber
hörten nicht und neigten mir ihr Ohr nicht zu, sondern folgten den
Eingebungen und Trieben ihres bösen Herzens. Sie zeigten mir den
Rücken und nicht das Gesicht.
[25] Von dem Tag an, als eure Väter aus Ägypten auszogen, bis auf den
heutigen Tag sandte ich zu euch immer wieder alle meine Knechte,
die Propheten.
[26] Aber man hörte nicht auf mich und neigte mir nicht das Ohr zu,
vielmehr blieben sie hartnäckig und trieben es noch schlimmer als
ihre Väter.

Irgendwie sehen alle Wege richtig aus. Aber da ist diese Stimme, tief innen. Tausend mal habe ich sie schon ignoriert, besonders wenn mein Ego wieder einmal stärker war als mein Herz. Ich versuche, das Hören zu lernen, indem ich täglich in der Bibel lese und darüber nachdenke. Ich bete zu Gott, dass er mich auf dem Monitor hat, wann immer ich seinen Weg verlasse. Nur bei ihm ist die Fülle der Freude.

**NADIA**

### Gebrochen vor Traurigkeit (Jer 8,21–23; 9,1–11)

8 [21] Der Zusammenbruch der Tochter, meines Volkes, hat mich ge-
brochen, traurig bin ich, Entsetzen hat mich gepackt.
[22] Gibt es denn keinen Balsam in Gilead, ist dort kein Wundarzt? Wa-
rum schließt sich denn nicht die Wunde der Tochter, meines Volkes?
[23] Ach, wäre mein Haupt doch Wasser, mein Auge ein Tränenquell:
Tag und Nacht beweinte ich die Erschlagenen der Tochter, meines
Volkes.

▶ Es ist nicht klar, ob Gott oder Jeremia hier spricht. Beide sind betroffen und möchten am liebsten nur noch weinen.

9 [1] Hätte ich doch eine Herberge in der Wüste! Dann könnte ich
mein Volk verlassen und von ihm weggehen. Denn sie sind alle
Ehebrecher, eine Rotte von Treulosen.
[2] Sie machen ihre Zunge zu einem gespannten Bogen; Lüge, nicht
Wahrhaftigkeit herrscht im Land. Ja, sie schreiten von Verbrechen zu
Verbrechen; mich aber kennen sie nicht – Spruch des Herrn.
[3] Nehmt euch in Acht vor eurem Nächsten, keiner traue seinem Bru-
der! Denn jeder Bruder betrügt, und jeder Nächste verleumdet.
[4] Ein jeder täuscht seinen Nächsten, die Wahrheit reden sie nicht.
Sie haben ihre Zunge ans Lügen gewöhnt, sie handeln verkehrt, zur
Umkehr sind sie zu träge.
[5] Überall Unterdrückung, nichts als Betrug! Sie weigern sich, mich zu
kennen – Spruch des Herrn.
[6] Darum – so spricht der Herr der Heere: Ja, ich werde sie schmel-
zen und prüfen; denn wie sollte ich sonst verfahren mit der Tochter,
meinem Volk?
[7] Ein tödlicher Pfeil ist ihre Zunge, trügerisch redet ihr Mund; Friede
sagt man zum Nächsten, doch im Herzen plant man den Überfall.
[8] Sollte ich sie dafür nicht bestrafen – Spruch des Herrn – und an
einem solchen Volk keine Rache nehmen?
[9] Erhebt über die Berge hin Weinen und Klagen, über die Weideplät-
ze der Steppe ein Totenlied! Denn sie sind verwüstet, niemand zieht

▶ Gott wäre lieber in der Wüste (v1) als umgeben von Lügen und Verbrechen.

„Ich bitte euch: Lasst nicht den Terrorismus der Tratscherei unter euch herrschen! Jagt ihn fort! Brüderlichkeit soll es geben! Wenn du etwas gegen einen deiner Brüder hast, dann sag es ihm ins Gesicht! … Und auch wenn es in einer Rauferei endet – egal: Alles ist besser als der Terrorismus von Tratsch und Klatsch!

**PAPST FRANZISKUS,** 7.11.2014

Die Zunge kann kein Mensch zähmen, dieses ruhelose Übel, voll von tödlichem Gift.

Jak 3,8

▶ „Rache" ist bei Gott als „gerechter Ausgleich" zu verstehen ↗ Jes 35,4.

hindurch, und sie hören die Stimme der Herden nicht mehr. Von den
Vögeln des Himmels bis zum Vieh ist alles geflohen, auf und davon.
10 Jerusalem mache ich zum Trümmerhaufen, zur Behausung für
Schakale. Judas Städte mache ich zum Ödland, das niemand bewohnt.
11 Wer ist so weise, dass er dies einsieht? Zu wem hat der Mund des
Herrn geredet, dass er verkünden kann, warum das Land zugrunde
geht, warum es verwüstet ist gleich der Wüste, die niemand durch-
zieht?

▶ Gott weint und trauert über Untergang und Zerstörung.

Die Quelle der Erbarmung versiegt nicht. Es liegt am Menschen, wenn er zur Wüste wird.

**ANTONIUS VON PADUA** (um 1195–1231), Franziskaner und Kirchenlehrer

**Der wahre Grund für Ruhm (Jer 9,22–23)**

9 22 So spricht der Herr: Der Weise rühme sich nicht seiner Weisheit,
der Starke rühme sich nicht seiner Stärke, der Reiche rühme sich
nicht seines Reichtums.
23 Nein, wer sich rühmen will, rühme sich dessen, dass er Einsicht
hat und mich erkennt, dass er weiß: Ich, der Herr, bin es, der auf der
Erde Gnade, Recht und Gerechtigkeit schafft. Denn an solchen Men-
schen habe ich Gefallen – Spruch des Herrn.

B *Wer sich also rühmen will, der rühme sich des Herrn.* Denn nicht, wer sich selbst empfiehlt, ist anerkannt, sondern der, den der Herr empfiehlt.

2 Kor 10,17–18

Jer 11–20 schildern, wie die Beziehung zwischen Gott und dem Volk Israel zerbricht. Das Haus Israel und das Haus Juda haben meinen Bund gebrochen. (Jer 11,10) Als eine Folge davon wird auch Jeremia immer mehr verfolgt. In den sogenannten Bekenntnissen (fünf starke Texte: 11,18–12,6; 15,10–21; 17,12–18; 18,18–23; 20,7–18) bringt Jeremia sein Leiden zum Ausdruck, zuletzt, nachdem er am Jerusalemer Tempel eingesperrt wird:

**Jeremia wird gefoltert – und er betet (Jer 20,1–18)**

20 1 Der Priester Paschhur, der Sohn des Immer, der Oberaufse-
her im Haus des Herrn, hörte, wie Jeremia diese propheti-
schen Worte verkündete.
2 Da ließ Paschhur den Propheten Jeremia schlagen und in den Block
spannen, der im oberen Benjamintor beim Haus des Herrn war.
3 Als ihn Paschhur am nächsten Morgen aus dem Block entließ, sagte
Jeremia zu ihm: Nicht mehr Paschhur nennt dich der Herr, sondern:
„Grauen ringsum".
4 Denn so spricht der Herr: Ja, ich gebe dich dem Grauen preis, dich
und alle deine Freunde. Sie werden unter dem Schwert ihrer Fein-
de fallen, und du musst mit eigenen Augen zusehen. Ganz Juda aber
gebe ich in die Hand des Königs von Babel; er wird sie nach Babel
wegführen und mit dem Schwert erschlagen.
5 Auch allen Besitz dieser Stadt, all ihre Habe, alles Kostbare und
alle Schätze der Könige von Juda gebe ich in die Hand ihrer Feinde;
sie werden alles rauben, wegschleppen und nach Babel bringen.

▶ Jeremia hatte ein Tongefäß zerschmettert und so symbolisch den Untergang Jerusalems angekündigt (Jer 19; Heinrich von Kleists Theaterstück „Der zerbrochene Krug" spielt darauf an). Paschhur ist als Priester und Prophet ein „Kollege" von Jeremia.

▶ Der „Block" ist ein Folterinstrument, das den Körper in einer verkrümmten Haltung einsperrt. Jeremia wird in den Block am Benjamintor, am Weg zu seinem Heimatdorf Anatot, (↗ Jer 1,1) gesperrt, um ihn öffentlich lächerlich zu machen.

▶ Zuerst reagiert Jeremia auf die Folter, indem er Paschhur Gottes Urteil für ihn mitteilt (v4-6); dann wendet er sich in v7 an Gott.

Das ist Mobbing! Ganz schön schwierig, Prophet zu sein...

▶ Jeremia ist in einer Zwickmühle: Wenn er redet, wird er abgelehnt (v8). Redet er nicht, zerreißt es ihn innerlich (v9).

▶ Mit „Grauen ringsum" hatte Jeremia die Situation Jerusalems beschrieben (6,25), und was Paschhur bevorsteht (20,3). Jetzt wird er mit diesem Ausruf verspottet.

6 Du aber, Paschhur, und alle deine Hausgenossen, ihr werdet in die
Verbannung ziehen; nach Babel wirst du kommen, dort wirst du sterben und dort begraben werden, du und alle deine Freunde, denen du
Lügen geweissagt hast.
7 Du hast mich betört, o Herr, und ich ließ mich betören; du hast
mich gepackt und überwältigt. Zum Gespött bin ich geworden den
ganzen Tag, ein jeder verhöhnt mich.
8 Ja, sooft ich rede, muss ich schreien, „Gewalt und Unterdrückung!"
muss ich rufen. Denn das Wort des Herrn bringt mir den ganzen Tag
nur Spott und Hohn.
9 Sagte ich aber: Ich will nicht mehr an ihn denken und nicht mehr
in seinem Namen sprechen!, so war es mir, als brenne in meinem
Herzen ein Feuer, eingeschlossen in meinem Innern. Ich quälte mich,
es auszuhalten, und konnte nicht;
10 hörte ich doch das Flüstern der Vielen: Grauen ringsum! Zeigt ihn
an! Wir wollen ihn anzeigen! Meine nächsten Bekannten warten alle
darauf, dass ich stürze: Vielleicht lässt er sich betören, dass wir ihm
beikommen können und uns an ihm rächen.
11 Doch der Herr steht mir bei wie ein gewaltiger Held. Darum straucheln meine Verfolger und kommen nicht auf. Sie werden schmählich zuschanden, da sie nichts erreichen, in ewiger, unvergesslicher
Schmach.

▶ „Rache" bedeutet eigentlich „gerechter Ausgleich" (↗ schon Jer 9,8 und Jes 35,4).

▶ Dieses Lob und Vertrauensbekenntnis in v11–13 folgt unvermittelt auf die Klage von v7–10: In seiner extremen Lage leidet Jeremia unter einem „Wechselbad der Gefühle".

Die Bibel spart nichts aus. Nicht einmal knallharte Verfluchungen und unrealistische Wünsche.

12 Aber der Herr der Heere prüft den Gerechten, er sieht Herz und
Nieren. Ich werde deine Rache an ihnen erleben; denn dir habe ich
meine Sache anvertraut.
13 Singt dem Herrn, rühmt den Herrn;
denn er rettet das Leben des Armen aus der Hand der Übeltäter. –
14 Verflucht der Tag, an dem ich geboren wurde;
der Tag, an dem meine Mutter mich gebar, sei nicht gesegnet.
15 Verflucht der Mann, der meinem Vater die frohe Kunde brachte:
Ein Kind, ein Knabe ist dir geboren!, und ihn damit hoch erfreute.
16 Jener Tag gleiche den Städten, die der Herr ohne Erbarmen zerstört hat. Er höre Wehgeschrei am Morgen und Kriegslärm um die
Mittagszeit, 17 weil er mich nicht sterben ließ im Mutterleib.
So wäre meine Mutter mir zum Grab geworden,
ihr Schoß auf ewig schwanger geblieben.
18 Warum denn kam ich hervor aus dem Mutterschoß, um nur Mühsal
und Kummer zu erleben und meine Tage in Schande zu beenden?

Die folgenden Kapitel sind voll von Auseinandersetzungen. Sie betreffen die letzten Könige von Juda (Jer 21–22), falsche Propheten (Jer 23,9–40) wie Hananja (Jer 28), und auch Jeremia, der mit dem Tod bedroht wird (Jer 26). Im Zentrum des ganzen Buches steht Gottes universales Gericht über alle Völker (Jer 25), das mit Jerusalem beginnt und mit Babel endet. Dieser Plan wird in Jer 26–52 umgesetzt. Die babylonischen Truppen belagern Jerusalem erstmals im Jahr 597 v. Chr. König Jojachin muss kapitulieren und wird mit einem Großteil der Oberschicht in die Nähe von Babel deportiert. An diese Menschen im Exil wendet sich Gott durch Jeremia:

## Ein Brief für Mitbürger im Exil (Jer 29,1–14)

29 1 Das ist der Wortlaut des Briefes, den der Prophet Jeremia aus
Jerusalem an den Rest der Ältesten der Gemeinde der Ver-
bannten sandte, an die Priester, Propheten und das ganze Volk, das
Nebukadnezzar von Jerusalem nach Babel verschleppt hatte …
4 So spricht der Herr der Heere, der Gott Israels, zur ganzen Gemein-
de der Verbannten, die ich von Jerusalem nach Babel weggeführt
habe: 5 Baut Häuser, und wohnt darin, pflanzt Gärten, und esst ihre
Früchte!
6 Nehmt euch Frauen, und zeugt Söhne und Töchter, nehmt für eure
Söhne Frauen, und gebt eure Töchter Männern, damit sie Söhne und
Töchter gebären. Ihr sollt euch dort vermehren und nicht vermindern.
7 Bemüht euch um das Wohl der Stadt, in die ich euch weggeführt
habe, und betet für sie zum Herrn; denn in ihrem Wohl liegt euer
Wohl.
8 Denn so spricht der Herr der Heere, der Gott Israels: Lasst euch
nicht täuschen von den Propheten, die unter euch sind, und von eu-
ren Wahrsagern. Hört nicht auf die Träume, die sie träumen.
9 Denn Lüge ist das, was sie euch in meinem Namen weissagen; ich
habe sie nicht gesandt – Spruch des Herrn.

„Gute Briefe sind wie gute Freunde."
**OSCAR WILDE** (1854–1900), irischer Autor

▶ Gott ermutigt die Exilierten dazu, nicht zu resignieren, sondern das Leben optimistisch zu gestalten.

Liebt eure Feinde und betet für die, die euch verfolgen …!
Mt 5,44

▶ Andere „Propheten" glaubten an eine schnelle Rückkehr in „zwei Jahren" (Jer 28,3–4): Nach ihnen sollten sich die Exilierten nicht anpassen und einleben.

10 Ja, so spricht der Herr: Wenn siebzig Jahre für Babel vorüber sind,
dann werde ich nach euch sehen, mein Heilswort an euch erfüllen
und euch an diesen Ort zurückführen.
11 Denn ich, ich kenne meine Pläne, die ich für euch habe – Spruch
des Herrn –, Pläne des Heils und nicht des Unheils; denn ich will euch
eine Zukunft und eine Hoffnung geben.
12 Wenn ihr mich ruft, wenn ihr kommt und zu mir betet, so erhöre
ich euch.
13 Sucht ihr mich, so findet ihr mich. Wenn ihr von ganzem Herzen
nach mir fragt, 14 lasse ich mich von euch finden – Spruch des Herrn.
Ich wende euer Geschick und sammle euch aus allen Völkern und
von allen Orten, wohin ich euch versprengt habe – Spruch des Herrn.
Ich bringe euch an den Ort zurück, von dem ich euch weggeführt
habe.

▶ Das neubabylonische Großreich bestand ca. 70 Jahre, von Nebukadnezzars Sieg bei Karkemisch 605 v. Chr. bis zum Einzug des Perserkönigs Kyrus in Babel 539 v. Chr., der den Judäern erlaubte heimzukehren (↗ zu Esra und 2 Chr 36,23).

▶ Weit weg von daheim dürfen die Exilierten Gottes Nähe neu erleben. Zum Versprechen der Wende des Schicksals ↗ Dtn 30,3.

Jer 30–31 entfalten die angekündigte Schicksalswende zum Guten in sechs Gedichten und mehreren weiteren Versprechen. Im ersten Gedicht verspricht Gott, dass sein Volk aus der schweren Not (v5–7) heimkehren darf (mit Motiven aus Jes 43). Die fremden Völker erleiden die Folgen ihrer Verbrechen (v11; ↗ Dtn 30,7). Das zweite Gedicht schildert, wie Gott der „kranken Frau Zion" Heilung schenkt (v12–17).

**Die Trostrolle (Jer 30–31)**

30 5 Ja, so spricht der Herr:
Angstgeschrei vernehmen wir: Schrecken und kein Friede.
6 Fragt doch und schaut, ob je ein Mann Kinder zur Welt bringt. Wa-
rum sehe ich alle Männer mit den Händen auf den Hüften wie eine
Gebärende? Jedes Gesicht ist verstört und leichenblass.
7 Denn groß ist jener Tag, keiner ist ihm gleich.
Eine Notzeit ist es für Jakob, doch wird er daraus gerettet.
8 An jenem Tag wird es geschehen – Spruch des Herrn der Heere –,
da zerbreche ich sein Joch auf deinem Nacken; ich zerreiße seine Stri-
cke, und Fremde sollen ihn nicht mehr knechten.
9 Vielmehr wird mein Volk dem Herrn, seinem Gott, dienen
und David, seinem König, den ich ihm erstehen lasse.
10 Fürchte dich nicht, du, mein Knecht Jakob – Spruch des Herrn –,
verzage nicht, Israel! Denn ich bin es, der dich aus fernem Land
errettet, deine Kinder aus dem Land ihrer Gefangenschaft.
Jakob wird heimkehren und Ruhe haben;
er wird in Sicherheit leben, und niemand wird ihn erschrecken.
11 Denn ich bin mit dir – Spruch des Herrn –, um dich zu retten. Ja, ich
vernichte alle Völker, unter die ich dich zerstreut habe.

▶ Gott zitiert eine Gruppe von verängstigten Männern (s. v6).

▶ Gott kündigt ein Ende der Unterdrückung an, indem er in v8 aus Jes 10,27 zitiert.

▶ „David" meint hier einen idealen Herrscher in der Zukunft (ebenso in Ez 34,23–24).

Nichts soll dich ängstigen, nichts dich erschrecken. Alles geht vorüber. Gott allein bleibt derselbe. Alles erreicht der Geduldige, und wer Gott hat, der hat alles. Gott allein genügt.

**TERESA VON ÁVILA**

Nur dich werde ich niemals vernichten;
ich züchtige dich mit rechtem Maß, doch
ganz ungestraft kann ich dich nicht lassen. ...

Das dritte Gedicht (30,18–31,1) schildert die Heilung der Gemeinschaft. Die sogenannte „Bundesformel" in v22 zeigt, dass die Gottesbeziehung wieder besteht, auch für den Herrscher (v21, im Kontrast zu Jer 2,8).

18 So spricht der Herr: Seht, ich wende das Geschick der Zelte Ja-
kobs, seiner Wohnstätten erbarme ich mich. Die Stadt soll auf ihrem
Schutthügel aufgebaut werden, die Burg auf ihrem alten Platz stehen.
19 Lobgesang wird dort erschallen, die Stimme fröhlicher Menschen.
Ich will ihre Zahl vermehren, sie sollen nicht weniger werden; ich will
ihnen Ehre verschaffen, sie sollen nicht verachtet werden.
20 Die Söhne Jakobs werden sein wie ehedem, seine Gemeinde wird
vor mir bestehen bleiben, doch alle seine Unterdrücker ziehe ich zur
Rechenschaft.
21 Sein Machthaber wird ihm selbst entstammen, sein Herrscher aus
seiner Mitte hervorgehen. Ich gewähre ihm Zutritt, so dass er mir
nahen kann; denn wer sonst dürfte sein Leben wagen, um mir zu na-
hen? – Spruch des Herrn.
22 Ihr werdet mein Volk sein, und ich werde euer Gott sein.
24 Der glühende Zorn des Herrn hört nicht auf, bis er die Pläne sei-
nes Herzens ausgeführt und vollbracht hat. Am Ende der Tage werdet
ihr es klar erkennen.

▶ Mose hatte gefordert, eine Stadt, die von Gott abgefallen ist, für immer zu vernichten (Dtn 13,17); Gott hebt das auf.

Der Mensch soll sich in keiner Weise als fern von Gott ansehen. ... Und solltest deine großen Sünden dich auch so weit abtreiben, dass du dich nicht als Gott nahe anzusehen vermöchtest, so sollst du doch Gott als dir nahe annehmen.

**MEISTER ECKHART**

▶ Gott gibt eine einmalige Liebeserklärung für Israel ab.

31 [1] In jener Zeit – Spruch des Herrn – werde ich der Gott aller
Stämme Israels sein und sie werden mein Volk sein.
[2] So spricht der Herr: Gnade fand in der Wüste das Volk, das vom
Schwert verschont blieb; Israel zieht zum Ort seiner Ruhe.
[3] Aus der Ferne ist ihm der Herr erschienen: Mit ewiger Liebe habe
ich dich geliebt, darum habe ich dir so lange die Treue bewahrt.
[4] Ich baue dich wieder auf, du sollst neu gebaut werden, Jungfrau
Israel. Du sollst dich wieder schmücken mit deinen Pauken, sollst
ausziehen im Reigen der Fröhlichen.
[5] Wieder sollst du Weingärten pflanzen auf Samarias Bergen.
Wer Pflanzungen anlegt, darf ihre Früchte genießen.
[6] Denn es kommt der Tag, da rufen die Wächter auf Efraims Bergland:
Auf, lasst uns hinaufpilgern nach Zion zum Herrn, unserem Gott!

Das fünfte Gedicht führt vom Exil (v8) hin zur festlichen Freude beim gemeinsamen Mahl am Tempel in Jerusalem (v12–14).

[7] Ja, so spricht der Herr: Jubelt Jakob voll Freude zu, und jauchzt über
das Haupt der Völker! Verkündet, lobsingt und sagt: Rette, Herr, dein
Volk, den Rest Israels!

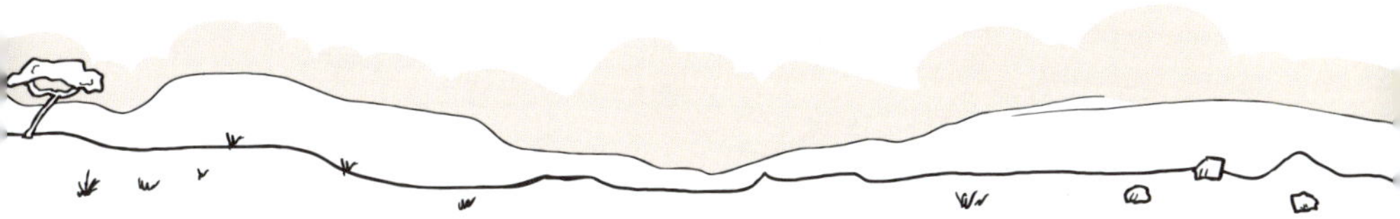

[8] Seht, ich bringe sie heim aus dem Nordland und sammle sie von
den Enden der Erde, darunter Blinde und Lahme, Schwangere und
Wöchnerinnen; als große Gemeinde kehren sie hierher zurück.
[9] Weinend kommen sie, und tröstend geleite ich sie. Ich führe sie
an wasserführende Bäche, auf einen ebenen Weg, wo sie nicht strau-
cheln. Denn ich bin Israels Vater, und Efraim ist mein erstgeborener
Sohn.
[10] Hört, ihr Völker, das Wort des Herrn, verkündet es auf den fernsten
Inseln und sagt: Er, der Israel zerstreut hat, wird es auch sammeln
und hüten wie ein Hirt seine Herde.
[11] Denn der Herr wird Jakob erlösen und ihn befreien aus der Hand
des Stärkeren.
[12] Sie kommen und jubeln auf Zions Höhe, sie strahlen vor Freude
über die Gaben des Herrn, über Korn, Wein und Öl, über Lämmer und
Rinder. Sie werden wie ein bewässerter Garten sein und nie mehr
verschmachten.
[13] Dann freut sich das Mädchen beim Reigentanz, Jung und Alt sind
fröhlich. Ich verwandle ihre Trauer in Jubel, tröste und erfreue sie
nach ihrem Kummer.
[14] Ich labe die Priester mit Opferfett, und mein Volk wird satt an
meinen Gaben – Spruch des Herrn.

Efraim bekennt sein Versagen und bittet Gott um eine neue Chance.

Fast in jedem Jugendgottesdienst tanzen wir. So begleiten wir das Vaterunser mit verschiedenen Bewegungen. Dann ist man nicht nur mit dem Kopf dabei, sondern auch mit dem Körper. Das begeistert alle. Tanzen löst und erlöst. Tanzen und Jubel sind eng miteinander verbunden, erfreuen uns und bringen uns Gott näher.

**JULIA**

Die mit Tränen säen, werden mit Jubel ernten.

Ps 126,5

Das sechste Gedicht lässt wie zuvor weibliche und männliche Figuren abwechselnd auftreten: Rahel – Efraim – Jungfrau Israel. Frauen und Männer haben gleichwertig die gemeinsame Verantwortung, die Gemeinschaft aufzubauen.

▶ Rama war ein Ort nördlich von Jerusalem, wo die Menschen für den Abtransport ins Exil gesammelt wurden (Jer 40,1). „Rahel“ ist der Name der Lieblingsfrau Jakobs bzw. Israels in Gen 28–35. Hier trauert sie symbolisch als Mutter des Volkes über die Exilierung.

▶ „Efraim“ ist ein Enkel von Jakob und Rahel (Gen 41,52), er steht für das „junge“ Volk Israel. Wie nach dem Auszug aus Ägypten (Ex 15,20) singt und tanzt Israel wieder. Das Volk feiert die Überwindung der Trennung mit Gott.

„Schlägt mein Herz“ lautet im Hebräischen wörtlich „rumoren meine Eingeweide“.

15 So spricht der Herr: Ein Geschrei ist in Rama zu hören, bitteres
Klagen und Weinen. Rahel weint um ihre Kinder und will sich nicht
trösten lassen, um ihre Kinder, denn sie sind dahin.
16 So spricht der Herr: Verwehre deiner Stimme die Klage und deinen
Augen die Tränen! Denn es gibt einen Lohn für deine Mühe – Spruch
des Herrn: Sie werden zurückkehren aus dem Feindesland.
17 Es gibt eine Hoffnung für deine Nachkommen – Spruch des Herrn:
Die Söhne werden zurückkehren in ihre Heimat. ...
18 Ich höre gar wohl, wie Efraim klagt: Du hast mich erzogen, und ich
ließ mich erziehen wie ein ungezähmter Jungstier. Führ mich zurück,
umkehren will ich, denn du bist der Herr, mein Gott!
19 Ja, nach meiner Umkehr fühle ich Reue; nachdem ich zur Einsicht
gekommen bin, schlage ich an meine Brust. Ich bin beschämt und
erröte; denn ich trage die Schande meiner Jugend.
20 Ist mir denn Efraim ein so teurer Sohn oder mein Lieblingskind?
Denn sooft ich ihm auch Vorwürfe mache, muss ich doch immer wieder an ihn denken. Deshalb schlägt mein Herz für ihn, ich muss mich
seiner erbarmen – Spruch des Herrn.

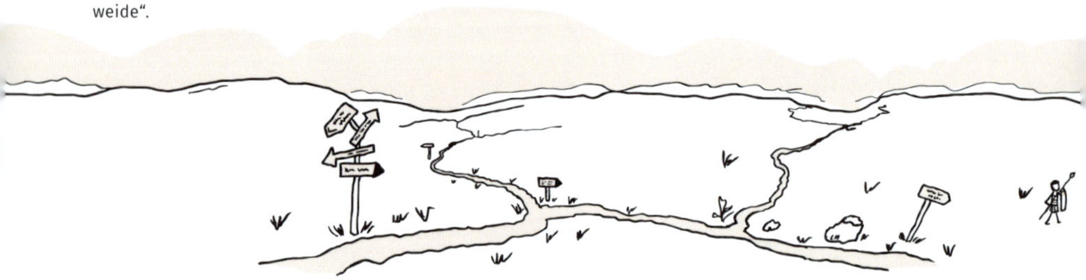

▶ Jeremias Berufung wendet sich hier zum Guten: Gott „wacht“ über sein Wort (1,12), und jetzt kommt die Zeit, „aufzubauen und einzupflanzen“ (↗ 1,10).

▶ Nur Jeremia kündet im Alten Testament einen „neuen Bund“ an: Jesus greift dies beim letzten Abendmahl auf (Lk 22,20; 1 Kor 11,25); im Lateinischen wird daraus das Neue „Testament“. Hatte Gott beim Sinaibund (Ex 19–24) Gebote auf Steintafeln geschrieben (Ex 31,18), will er sie nun direkt ins Herz einschreiben, so dass sie „ganz nahe“ sind (↗ Dtn 30,14).

Gott ist treu.
1 Kor 10,13

**Aussichten auf eine glückliche Zeit (Jer 31,28–37)**

28 Wie ich über sie gewacht habe, um auszureißen und einzureißen,
zu zerstören, zu vernichten und zu schaden, so werde ich über sie
wachen, um aufzubauen und einzupflanzen – Spruch des Herrn.
29 In jenen Tagen sagt man nicht mehr: Die Väter haben saure Trauben gegessen, und den Söhnen werden die Zähne stumpf.
30 Nein, jeder stirbt nur für seine eigene Schuld; nur dem, der die
sauren Trauben isst, werden die Zähne stumpf.
31 Seht, es werden Tage kommen – Spruch des Herrn –, in denen ich
mit dem Haus Israel und dem Haus Juda einen neuen Bund schließen
werde, 32 nicht wie der Bund war, den ich mit ihren Vätern geschlossen
habe, als ich sie bei der Hand nahm, um sie aus Ägypten herauszuführen. Diesen meinen Bund haben sie gebrochen, obwohl ich ihr
Gebieter war – Spruch des Herrn.
33 Denn das wird der Bund sein, den ich nach diesen Tagen mit dem
Haus Israel schließe – Spruch des Herrn: Ich lege mein Gesetz in sie
hinein und schreibe es auf ihr Herz. Ich werde ihr Gott sein, und sie
werden mein Volk sein.
34 Keiner wird mehr den andern belehren, man wird nicht zueinander sagen: Erkennt den Herrn!, sondern sie alle, Klein und Groß, wer-

den mich erkennen – Spruch des Herrn. Denn ich verzeihe ihnen die
Schuld, an ihre Sünde denke ich nicht mehr. ...
37 So spricht der Herr: Nur wenn die Himmel droben abgemessen
und unten die Grundfesten der Erde erforscht werden könnten, dann
verwürfe auch ich Israels ganze Nachkommenschaft zur Strafe für all
das, was sie getan haben – Spruch des Herrn.

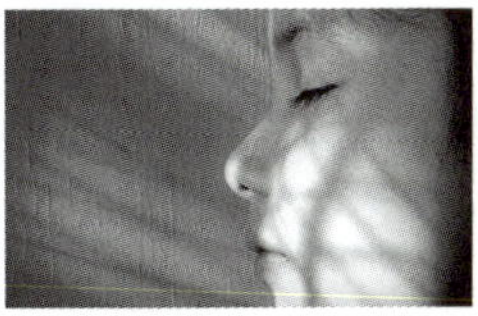

Nach der Trostrolle folgen in Jer 32–33 weitere Heilsverheißungen. Diese Texte bilden das Herz von Jer und sind der Schlüssel, um den Untergang Jerusalems (in Jer 39 und 52, ↗ 2 Kön 25) richtig zu verstehen: Das Niederreißen ist eine notwendige Voraussetzung für das Aufbauen. Göttliches Gericht trifft auch andere Völker (ab Jer 46), besonders die Babylonier, die Jerusalem zerstört hatten (Jer 50).

**Auch Babel nimmt ein Ende (Jer 50,1–10)**

50 1 Das Wort gegen Babel, das Land der Chaldäer, das der Herr
durch den Propheten Jeremia gesprochen hat.
2 Verkündet unter den Völkern und meldet, errichtet ein Wegzeichen
und meldet, verheimlicht nichts, sondern sagt: Erobert ist Babel, zu-
schanden ist Bel, zerschmettert Merodach, [zuschanden sind seine
Götterbilder, zerschmettert seine Götzen!]

▶ Die Einnahme Babels 539 v. Chr. bedeutete auch für dessen Götter Bel und Marduk (hier „Merodach“ genannt) eine Niederlage.

3 Denn ein Volk aus dem Norden rückt gegen Babel heran; das macht
sein Land zur Wüste. Niemand mehr wohnt darin, Mensch und Vieh
ergreifen die Flucht und laufen davon.
4 In jenen Tagen und zu jener Zeit – Spruch des Herrn – kommen die
Söhne Israels gemeinsam mit den Söhnen Judas.
Weinend gehen sie ihren Weg und suchen den Herrn, ihren Gott.
5 Nach Zion fragen sie, dorthin ist ihr Blick gerichtet.
Sie kommen und verbünden sich mit dem Herrn zu einem ewigen,
unvergesslichen Bund.
6 Eine verlorene Herde war mein Volk, ihre Hirten führten sie in die
Irre, trieben sie ziellos in die Berge. Von Berg zu Hügel zogen sie wei-
ter und vergaßen ihren Lagerplatz.
7 Wer auf sie stieß, fraß sie auf, und ihre Feinde sagten: Wir begehen
kein Unrecht; sie haben ja gegen den Herrn gesündigt, den Hort der
Gerechtigkeit, die Hoffnung ihrer Väter.
8 Flieht aus Babel und aus dem Land der Chaldäer!
Zieht aus, und seid wie Leitböcke, die der Herde vorangehen.
9 Denn seht, ich selbst stachle auf und führe gegen Babel eine Schar
großer Völker vom Nordland her; sie greifen es an, und von dort wird
es erobert. Ihre Pfeile sind wie die eines siegreichen Helden, der nie
zurückkehrt ohne Erfolg.
10 Plünderung trifft Chaldäa, alle, die es plündern, werden satt –
Spruch des Herrn.

❞ In diesem System ohne Ethik steht ein Götze im Zentrum, und die Welt ist zum Götzendiener dieses Gottes „Geld“ geworden. Das Geld regiert! Das Geld regiert! Es regieren alle diese Dinge, die ihm dienen, diesem Götzen. Und was geschieht? Um diesen Götzen zu verteidigen, drängen sich alle im Zentrum zusammen, und die an den äußeren Rändern fallen heraus, die Alten fallen, weil es in dieser Welt keinen Platz für sie gibt!

**PAPST FRANZISKUS,** 22.9.2013

▶ Die Eroberung Babels macht den Weg frei für die Rückwanderung der Exilierten nach Jerusalem, die nun verstärkt Gott suchen.

DAS BUCH DER

# Klagelieder

UND DAS BUCH

# Baruch

Das Buch der Klagelieder thematisiert den Untergang Jerusalems. Es steht deshalb in der Nähe des Jeremiabuches. Fünf besondere, in alphabetischer Reihenfolge komponierte Gedichte schildern das unermessliche Leid, das über die Bevölkerung der Stadt hereingebrochen ist. Doch klingt darin auch Hoffnung an:

## KLAGELIEDER

**Im Leid auf Gott vertrauen (Klgl 3,19–33)**

3 19 An meine Not und Unrast denken ist Wermut und Gift.
20 Immer denkt meine Seele daran und ist betrübt in mir.
21 Das will ich mir zu Herzen nehmen, darauf darf ich harren:
22 Die Hulderweise des Herrn (sind es), dass wir nicht zu Ende sind;
sein Erbarmen hört nicht auf.
23 Neu ist es an jedem Morgen; groß ist deine Treue.
24 Mein Anteil ist der Herr, sagt meine Seele,
darum harre ich auf ihn.
25 Gut ist der Herr zu dem, der auf ihn hofft, zur Seele, die ihn sucht.
26 Gut ist es, schweigend zu harren auf die Hilfe des Herrn.
27 Gut ist es für den Mann, ein Joch zu tragen in der Jugend.
28 Er sitze einsam und schweige, wenn der Herr es ihm auflegt.
29 Er beuge in den Staub seinen Mund; vielleicht ist noch Hoffnung.
30 Er biete die Wange dem, der ihn schlägt,
und lasse sich sättigen mit Schmach.
31 Denn nicht für immer verwirft der Herr.
32 Hat er betrübt, erbarmt er sich auch wieder
nach seiner großen Huld.
33 Denn nicht freudigen Herzens plagt und betrübt er die Menschen.

B Leistet dem, der euch etwas Böses antut, keinen Widerstand, sondern wenn dich einer auf die rechte Wange schlägt, dann halt ihm auch die andere hin.

Mt 5,39

Herr, schenke mir eine Seele, der die Langeweile fremd ist, die kein Murren kennt, kein Seufzen und Klagen, und lasse nicht zu, dass ich mir zu viele Sorgen mache um dieses Etwas, das sich so breit macht und sich „Ich“ nennt.

**THOMAS MORUS**

▶ Gleichsam „gegen seine innere Neigung“ lässt Gott auch Schmerzliches über Menschen kommen.

Auch das letzte Gedicht ist von dieser Spannung zwischen großer Not und Vertrauen auf Gott geprägt. Sie mündet am Ende in ein Gebet ein:

**Bitten und Fragen als Abschluss der Klagen (Klgl 5,10–22)**

5 10 Unsere Haut glüht wie ein Ofen von den Gluten des Hungers.
11 Frauen hat man in Zion geschändet,
Jungfrauen in den Städten von Juda.
12 Fürsten wurden von Feindeshand gehängt,
den Ältesten nahm man die Ehre.
13 Junge Männer mussten die Handmühlen schleppen,
unter der Holzlast brachen Knaben zusammen.
14 Die Alten blieben fern vom Tor, die Jungen vom Saitenspiel.
15 Dahin ist unseres Herzens Freude,
in Trauer gewandelt unser Reigen.
16 Die Krone ist uns vom Haupt gefallen.
„Weh uns, wir haben gesündigt!"
17 Darum ist krank unser Herz, darum sind trüb unsere Augen
18 über den Zionsberg, der verwüstet liegt;
Füchse laufen dort umher.
19 Du aber, Herr, bleibst ewig,
dein Thron von Geschlecht zu Geschlecht.
20 Warum willst du uns für immer vergessen,
uns verlassen fürs ganze Leben?

Wie lange noch, Herr, vergisst du mich ganz? Wie lange noch verbirgst du dein Gesicht vor mir? Wie lange noch muss ich Schmerzen ertragen in meiner Seele, in meinem Herzen Kummer Tag für Tag? Wie lange noch darf mein Feind über mich triumphieren? Blick doch her, erhöre mich, Herr, mein Gott, erleuchte meine Augen, damit ich nicht entschlafe und sterbe.

Ps 13,2–5

21 Kehre uns, Herr, dir zu, dann können wir uns zu dir bekehren!
Erneuere unsere Tage, damit sie werden wie früher!
22 Oder hast du uns denn ganz verworfen,
zürnst du uns über alle Maßen?

Diese Fragen am Ende von Klgl bleiben offen, doch vertrauen diese Beter, dass Gottes Zorn begrenzt ist und vorübergeht (3,22–33).

Das Buch Baruch schließt sich wie die Klagelieder thematisch an Jeremia an, weil der Schreiber Baruch (der Name bedeutet „gesegnet") ein Vertrauter dieses Propheten ist (Jer 32,12) und vor allem das Exil thematisiert.

## BARUCH

3 36 Das ist unser Gott; kein anderer gilt neben ihm. 37 Er hat
den Weg der Weisheit ganz erkundet und hat sie Jakob, seinem Diener, verliehen, Israel, seinem Liebling. 38 Dann erschien
sie auf der Erde und hielt sich unter den Menschen auf.

4 1 Sie ist das Buch der Gebote Gottes, das Gesetz, das ewig besteht. Alle, die an ihr fest halten, finden das Leben; doch
alle, die sie verlassen, verfallen dem Tod. 2 Kehr um, Jakob, er-
greif sie! Geh deinen Weg im Glanz ihres Lichtes! 3 Überlass dei-
nen Ruhm keinem andern, dein Vorrecht keinem fremden Volk!
4 Glücklich sind wir, das Volk Israel; denn wir wissen, was Gott
gefällt.

Sei überzeugt: Eher gehen Himmel und Erde unter, als dass der Herr dich aus den Augen lässt, wenn du gehorsam bleibst oder doch entschlossen bist, gehorsam zu sein.

**FRANZ VON SALES**

Zu wissen, was nahestehenden Menschen gefällt, hilft zu einer glückenden Beziehung. In ähnlicher Weise zeigt die Tora, wie wir Gott Freude bereiten können.

DAS BUCH

# Ezechiel

Der Name Ezechiel bedeutet „Gott möge bestärken". Wie Jeremia, so ist auch dieses Buch stark von der Erfahrung des babylonischen Exils geprägt.

Anders als Jeremia befindet sich der Prophet Ezechiel selbst im Exil. Gottes Botschaften erklären im ersten Teil des Buches vor allem, warum Israel diese Katastrophe erleben musste (Ez 1–24), im letzten Teil eröffnen sie eine heilvolle Zukunft (Ez 33–48), besonders in der Vision eines neuen Tempels in Jerusalem (Ez 40–48).

Ezechiel strebt eine innere Verwandlung der Einzelnen und der Gemeinschaft an. Er betont die persönliche Verantwortung (Ez 18). Mit der Gabe eines neuen Herzens und eines neuen Geistes (Ez 36) ermöglicht Gott, dass die Menschen wieder rein werden und ihm ehrlich verbunden sein können. Die Belebung der Totengebeine (Ez 37) schließlich ist ein Bild, das Hoffnung vermittelt: Niedergeschlagenheit und geringe Zahl werden von Gott zu neuem Leben gewandelt.

Reichhaltige Visionen sind eine Besonderheit, die diesem Buch einen teils mystischen Charakter verleihen. Im Neuen Testament greift die Offenbarung des Johannes oft auf Ezechiels farbige Bilder zurück.

## Die Vision von Gottes Thronwagen (Ez 1)

1 [1] Am fünften Tag des vierten Monats im dreißigsten Jahr, als ich
unter den Verschleppten am Fluss Kebar lebte, öffnete sich der
Himmel, und ich sah eine Erscheinung Gottes. [2] Am fünften Tag des
Monats – es war im fünften Jahr nach der Verschleppung des Königs
Jojachin – [3] erging das Wort des Herrn an Ezechiel, den Sohn Busis,
den Priester, im Land der Chaldäer, am Fluss Kebar. Dort kam die
Hand des Herrn über ihn.

[4] Ich sah: Ein Sturmwind kam von Norden, eine große Wolke mit fla-
ckerndem Feuer, umgeben von einem hellen Schein. Aus dem Feuer
strahlte es wie glänzendes Gold. [5] Mitten darin erschien etwas wie
vier Lebewesen. Und das war ihre Gestalt: Sie sahen aus wie Men-
schen. [6] Jedes der Lebewesen hatte vier Gesichter und vier Flügel.
[7] Ihre Beine waren gerade und ihre Füße wie die Füße eines Stieres;
sie glänzten wie glatte und blinkende Bronze. [8] Unter den Flügeln an
ihren vier Seiten hatten sie Menschenhände. Auch Gesichter und Flü-
gel hatten die vier. [9] Ihre Flügel berührten einander. Die Lebewesen
änderten beim Gehen ihre Richtung nicht: Jedes ging in die Richtung,
in die eines seiner Gesichter wies. [10] Und ihre Gesichter sahen so aus:
Ein Menschengesicht (blickte bei allen vier nach vorn), ein Löwenge-
sicht bei allen vier nach rechts, ein Stiergesicht bei allen vier nach
links und ein Adlergesicht bei allen vier (nach hinten).

▶ Ezechiel lebt selbst unter den Exilierten. Seine Botschaft an sie ist glaubwürdig, weil er ihr Lebensschicksal teilt. Das „dreißigste Jahr“ bezieht sich vermutlich auf Ezechiels Alter; in diesem Jahr hätte er seinen Dienst als Priester antreten dürfen (Num 4,3).

▶ König Jojachin wurde 597 v.Chr. verschleppt (2 Kön 24,15); Ezechiels Berufung ist also auf 593 v. Chr. datiert. Der Fluss Kebar ist ein Nebenarm des Eufrat im heutigen Irak.

▶ Diese vier Tiere (↗ auch Offb 4,7) wurden im frühen Christentum zu Symbolen der vier Evangelisten: Der Mensch steht für Matthäus, der Löwe für Markus, der Stier für Lukas, der Adler für Johannes.

[11] Ihre Flügel waren nach oben ausgespannt. Mit zwei Flügeln be-
rührten sie einander, und mit zwei bedeckten sie ihren Leib. [12] Jedes
Lebewesen ging in die Richtung, in die eines seiner Gesichter wies.
Sie gingen, wohin der Geist sie trieb, und änderten beim Gehen ihre
Richtung nicht. [13] Zwischen den Lebewesen war etwas zu sehen wie
glühende Kohlen, etwas wie Fackeln, die zwischen den Lebewesen
hin- und herzuckten. Das Feuer gab einen hellen Schein, und aus dem
Feuer zuckten Blitze. [14] Die Lebewesen liefen vor und zurück, und es
sah aus wie Blitze.

[15] Ich schaute auf die Lebewesen: Neben jedem der vier sah ich ein
Rad auf dem Boden. [16] Die Räder sahen aus, als seien sie aus Chryso-
lith gemacht. Alle vier Räder hatten die gleiche Gestalt. Sie waren so
gemacht, dass es aussah, als laufe ein Rad mitten im andern. [17] Sie
konnten nach allen vier Seiten laufen und änderten beim Laufen ihre
Richtung nicht. [18] Ihre Felgen waren so hoch, dass ich erschrak; sie
waren voll Augen, ringsum bei allen vier Rädern. [19] Gingen die Le-
bewesen, dann liefen die Räder an ihrer Seite mit. Hoben sich die
Lebewesen vom Boden, dann hoben sich auch die Räder. [20] Sie liefen,
wohin der Geist sie trieb. ...

[22] Über den Köpfen der Lebewesen war etwas wie eine gehämmer-
te Platte befestigt, furchtbar anzusehen, wie ein strahlender Kristall,
oben über ihren Köpfen. [23] Unter der Platte waren ihre Flügel ausge-
spannt, einer zum andern hin. Mit zwei Flügeln bedeckte jedes Le-

„ Es ist sehr gut denkbar, dass die Herrlichkeit des Lebens um jeden und immer in ihrer ganzen Fülle bereitliegt, aber verhängt, in der Tiefe unsichtbar, sehr weit.

**FRANZ KAFKA** (1883–1924), deutschsprachiger Schriftsteller

▶ Die vielen Augen (v18) stehen für wache Wahrnehmung: Sie und bewegender Geist sind wie das Licht Zeichen göttlicher Gegenwart.

bewesen seinen Leib. 24 Ich hörte das Rauschen ihrer Flügel; es war
wie das Rauschen gewaltiger Wassermassen, wie die Stimme des All-
mächtigen. Wenn sie gingen, glich das tosende Rauschen dem Lärm
eines Heerlagers. Wenn sie standen, ließen sie ihre Flügel herabhän-
gen. 25 Ein Rauschen war auch oberhalb der Platte, die über ihren
Köpfen war. Wenn sie standen, ließen sie ihre Flügel herabhängen.
26 Oberhalb der Platte über ihren Köpfen war etwas, das wie Saphir
aussah und einem Thron glich. Auf dem, was einem Thron glich, saß
eine Gestalt, die wie ein Mensch aussah.

▶ Wasser, Edelsteine, Gold: Erfahrungen von Kraft und Schönheit verweisen wieder auf Gott.

Ezechiel zeichnet Gottes „Herrlichkeit" in verschiedenen Bildern.. Der Regenbogen erinnert an Gottes Bund mit Noah und der ganzen Schöpfung (Gen 9,13). Ez 1 zeigt Gott als faszinierend, beweglich und „menschlich".

## Überwältigt von Gottes Herrlichkeit (Ez 1,27–28)

27 Oberhalb von dem, was wie seine Hüften aussah, sah ich etwas
wie glänzendes Gold in einem Feuerkranz. Unterhalb von dem, was
wie seine Hüften aussah, sah ich etwas wie Feuer und ringsum einen
hellen Schein. 28 Wie der Anblick des Regenbogens, der sich an einem
Regentag in den Wolken zeigt, so war der helle Schein ringsum. So
etwa sah die Herrlichkeit des Herrn aus. Als ich diese Erscheinung sah,
fiel ich nieder auf mein Gesicht. Und ich hörte, wie jemand redete.

## Ezechiels Berufung (Ez 2–3)

2 1 Er sagte zu mir: Stell dich auf deine Füße, Menschensohn; ich
will mit dir reden. 2 Als er das zu mir sagte, kam der Geist in mich
und stellte mich auf die Füße. Und ich hörte den, der mit mir redete.
3 Er sagte zu mir: Menschensohn, ich sende dich zu den abtrünnigen
Söhnen Israels, die sich gegen mich aufgelehnt haben. Sie und ihre
Väter sind immer wieder von mir abgefallen, bis zum heutigen Tag.
4 Es sind Söhne mit trotzigem Gesicht und hartem Herzen. Zu ihnen
sende ich dich. Du sollst zu ihnen sagen: So spricht Gott, der Herr. 5 Ob
sie dann hören oder nicht – denn sie sind ein widerspenstiges Volk –,
sie werden erkennen müssen, dass mitten unter ihnen ein Prophet
war. 6 Du aber, Menschensohn, fürchte dich nicht vor ihnen, hab keine
Angst vor ihren Worten! Wenn dich auch Dornen umgeben und du
auf Skorpionen sitzt, hab keine Angst vor ihren Worten, und erschrick
nicht vor ihrem Blick; denn sie sind ein widerspenstiges Volk. 7 Du
sollst ihnen meine Worte sagen, ob sie hören oder nicht, denn sie
sind widerspenstig. 8 Du aber, Menschensohn, höre, was ich zu dir
sage. Sei nicht widerspenstig wie dieses widerspenstige Volk! Öffne
deinen Mund, und iss, was ich dir gebe.
9 Und ich sah: Eine Hand war ausgestreckt zu mir; sie hielt eine Buch-
rolle. 10 Er rollte sie vor mir auf. Sie war innen und außen beschrieben,
und auf ihr waren Klagen, Seufzer und Weherufe geschrieben.

▶ Die starke Gotteserfahrung überwältigt Ezechiel. Gott will ihm aber nicht Angst machen, sondern ihm als selbstbewussten und aufrechten Menschen begegnen.

Ich stand vor einem Kreuz. Ich betete zu Gott und verneigte mich in Ehrfurcht vor ihm. Daraufhin machten sich einige Leute über mich lustig. Ich wusste zuerst nicht, was ich sagen sollte, doch dann verteidigte ich meinen Glauben und meine Art zu beten. Durch meinen Glauben hatte ich die Kraft und den Mut, ihnen entgegenzutreten, auch wenn sie es nicht hören wollten.

**VALLENTINE**

„Bitter Sweet“ heißt nicht nur ein Film. Bitter und süß zugleich ist auch das Buch Ezechiel, das voll von schmerzlichen Inhalten ist, jedoch in Ezechiels Mund „süß wie Honig“ (3,3) wird. Sich bitteren Erkenntnissen zu stellen ist der schnellste Weg, um wieder Geschmack am Leben zu bekommen.

Ein Buch muss die Axt sein für das gefrorene Meer in uns.

**FRANZ KAFKA**

3 1 Er sagte zu mir: Menschensohn, iss, was du vor dir hast. Iss diese
Rolle! Dann geh, und rede zum Haus Israel! 2 Ich öffnete meinen
Mund, und er ließ mich die Rolle essen. 3 Er sagte zu mir: Menschen-
sohn, gib deinem Bauch zu essen, fülle dein Inneres mit dieser Rolle,
die ich dir gebe. Ich aß sie, und sie wurde in meinem Mund süß wie
Honig. ...
12 Da hob mich der Geist empor, und ich hörte hinter mir ein Ge-
räusch, ein gewaltiges Dröhnen, als sich die Herrlichkeit des Herrn
von ihrem Ort erhob, 13 das Geräusch von den Flügeln der Lebewesen,
die einander berührten, und das Geräusch der Räder neben ihnen,
ein lautes, gewaltiges Dröhnen. 14 Der Geist, der mich emporgehoben
hatte, trug mich fort. Ich ging dahin, mit bitterem und grollendem
Herzen, und die Hand des Herrn lag schwer auf mir.
15 So kam ich zu den Verschleppten, [die am Fluß Kebar wohnten,]
die in Tel-Abib wohnten, und ich saß dort sieben Tage lang verstört
mitten unter ihnen.

Ezechiel ist „verstört“ bei den Exilierten (Ez 3,15), weil die Zwangsdeportation eine traumatische Erfahrung war. Das Exil löste auch intensives Nachdenken über die Frage der Schuld aus. Müssen wir unter der Schuld unserer Vorfahren leiden? Ezechiel verneint dies.

Prophet = Held? Ezechiel hat erkennbar psychische Probleme; er droht in Schwermut und Depression zu versinken (3,15 und öfter).

Ich glaube nicht an Kollektivschuld. Die Schuldigen sind schuldig, aber die Kinder der Schuldigen sind Kinder.

**ELIE WIESEL**

Das ist ein Fasten, wie ich es liebe: die Fesseln des Unrechts zu lösen, die Stricke des Jochs zu entfernen, die Versklavten freizulassen, jedes Joch zu zerbrechen, an die Hungrigen dein Brot auszuteilen, die obdachlosen Armen ins Haus aufzunehmen, wenn du einen Nackten siehst, ihn zu bekleiden und dich deinen Verwandten nicht zu entziehen.

Jes 58,6–7

**Gerechtigkeit und die Chance zur Umkehr (Ez 18)**

18 1 Das Wort des Herrn erging an mich: 2 Wie kommt ihr dazu,
im Land Israel das Sprichwort zu gebrauchen: Die Väter essen
saure Trauben, und den Söhnen werden die Zähne stumpf? 3 So wahr
ich lebe – Spruch Gottes, des Herrn –, keiner von euch in Israel soll
mehr dieses Sprichwort gebrauchen. 4 Alle Menschenleben sind mein
Eigentum, das Leben des Vaters ebenso wie das Leben des Sohnes,
sie gehören mir. Nur wer sündigt, soll sterben.
5 Ist jemand gerecht, so handelt er nach Recht und Gerechtigkeit.
6 Er hält auf den Bergen keine Opfermahlzeiten ab. Er blickt nicht zu
den Götzen des Hauses Israel auf. Er schändet nicht die Frau seines
Nächsten. Einer Frau tritt er nicht nahe während ihrer Blutung. 7 Er
unterdrückt niemand. Er gibt dem Schuldner das Pfand zurück. Er be-
geht keinen Raub. Dem Hungrigen gibt er von seinem Brot, und den
Nackten bekleidet er.
8 Er leiht nicht gegen Zins und treibt keinen Wucher. Er hält seine
Hand vom Unrecht fern. Zwischen Streitenden fällt er ein gerechtes
Urteil. 9 Er lebt nach meinen Gesetzen, er achtet auf meine Rechtsvor-
schriften und befolgt sie treu. Er ist gerecht, und deshalb wird er am
Leben bleiben – Spruch Gottes, des Herrn. ...
21 Wenn der Schuldige sich von allen Sünden, die er getan hat, ab-
wendet, auf alle meine Gesetze achtet und nach Recht und Gerech-

tigkeit handelt, dann wird er bestimmt am Leben bleiben und nicht
sterben. 22 Keines der Vergehen, deren er sich schuldig gemacht hat,
wird ihm angerechnet. Wegen seiner Gerechtigkeit wird er am Leben
bleiben. 23 Habe ich etwa Gefallen am Tod des Schuldigen – Spruch
Gottes, des Herrn – und nicht vielmehr daran, dass er seine bösen
Wege verlässt und so am Leben bleibt? 24 Wenn jedoch ein Gerechter
sein rechtschaffenes Leben aufgibt, wenn er Unrecht tut und all die
Gräueltaten begeht, die auch der Böse verübt, sollte er dann etwa am
Leben bleiben? Keine seiner gerechten Taten wird ihm angerechnet.
Wegen seiner Treulosigkeit und wegen der Sünde, die er begangen
hat, ihretwegen muss er sterben. 25 Ihr aber sagt: Das Verhalten des
Herrn ist nicht richtig. Hört doch, ihr vom Haus Israel: Mein Verhalten
soll nicht richtig sein? Nein, euer Verhalten ist nicht richtig. 26 Wenn
der Gerechte sein rechtschaffenes Leben aufgibt und Unrecht tut,
muss er dafür sterben. Wegen des Unrechts, das er getan hat, wird er
sterben. 27 Wenn sich der Schuldige von dem Unrecht abwendet, das
er begangen hat, und nach Recht und Gerechtigkeit handelt, wird er
sein Leben bewahren. 28 Wenn er alle Vergehen, deren er sich schul-
dig gemacht hat, einsieht und umkehrt, wird er bestimmt am Leben
bleiben. Er wird nicht sterben.

Ich bin gekommen, damit sie das Leben haben und es in Fülle haben.

Joh 10,10

Ich bete für den Bruder, der mich verwundet hat und dem ich aufrichtig vergeben habe.

**PAPST JOHANNES PAUL II.** zwei Tage nach dem Attentat im Mai 1981 über Ali Agca, der ihn um Haaresbreite ermordet hätte

Wenn wir sagen, dass wir keine Sünde haben, führen wir uns selbst in die Irre, und die Wahrheit ist nicht in uns.

1 Joh 1,8

**Kein Herz aus Stein, ein Herz aus Fleisch (Ez 36)**

36 22 Sag zum Haus Israel: So spricht Gott, der Herr: Nicht eu-
retwegen handle ich, Haus Israel, sondern um meines heili-
gen Namens willen, den ihr bei den Völkern entweiht habt, wohin ihr
auch gekommen seid. 23 Meinen großen, bei den Völkern entweihten
Namen, den ihr mitten unter ihnen entweiht habt, werde ich wieder
heiligen. Und die Völker – Spruch Gottes, des Herrn – werden erken-
nen, dass ich der Herr bin, wenn ich mich an euch vor ihren Augen
als heilig erweise.
24 Ich hole euch heraus aus den Völkern, ich sammle euch aus allen
Ländern und bringe euch in euer Land.
25 Ich gieße reines Wasser über euch aus, dann werdet ihr rein. Ich
reinige euch von aller Unreinheit und von allen euren Götzen. 26 Ich
schenke euch ein neues Herz und lege einen neuen Geist in euch. Ich
nehme das Herz von Stein aus eurer Brust und gebe euch ein Herz
von Fleisch.
27 Ich lege meinen Geist in euch und bewirke, dass ihr meinen Geset-
zen folgt und auf meine Gebote achtet und sie erfüllt.
28 Dann werdet ihr in dem Land wohnen, das ich euren Vätern gab.
Ihr werdet mein Volk sein, und ich werde euer Gott sein. 29 Ich befreie
euch von allem, womit ihr euch unrein gemacht habt. Ich rufe dem
Getreide zu und befehle ihm zu wachsen. Ich verhänge über euch

▶ Gottes heiliger Name wird entweiht, wenn Israel seine Gebote übertritt (↗ Lev 22,31–32). Israel hat Gott nicht verherrlicht – im Gegensatz dazu wird Gott das Volk besonders großzügig behandeln, um seinen Namen bekannt zu machen.

Erschaffe mir, Gott, ein reines Herz, und gib mir einen neuen, beständigen Geist!

Ps 51,12

Komm, Heiliger Geist, erfülle die Herzen deiner Gläubigen und entzünde in ihnen das Feuer deiner Liebe. Sende aus deinen Geist und alles wird neu geschaffen. Und du wirst das Angesicht der Erde erneuern.

Altes Gebet zum Heiligen Geist

keine Hungersnot mehr. 30 Ich vermehre die Früchte der Bäume und den Ertrag des Feldes, damit ihr nicht mehr unter den Völkern die Schande einer Hungersnot ertragen müsst. ...

> In Gott ist kein Hunger, der gestillt werden muss, nur Fülle, die schenken will.
>
> **C. S. LEWIS**

### Neuer Geist für tote Gebeine (Ez 37)

37 1 Die Hand des Herrn legte sich auf mich, und der Herr brachte mich im Geist hinaus und versetzte mich mitten in die Ebene. Sie war voll von Gebeinen. 2 Er führte mich ringsum an ihnen vorüber, und ich sah sehr viele über die Ebene verstreut liegen; sie waren ganz ausgetrocknet. 3 Er fragte mich: Menschensohn, können diese Gebeine wieder lebendig werden? Ich antwortete: Herr und Gott, das weißt nur du.

4 Da sagte er zu mir: Sprich als Prophet über diese Gebeine, und sag zu ihnen: Ihr ausgetrockneten Gebeine, hört das Wort des Herrn! 5 So spricht Gott, der Herr, zu diesen Gebeinen: Ich selbst bringe Geist in euch, dann werdet ihr lebendig. 6 Ich spanne Sehnen über euch und umgebe euch mit Fleisch; ich überziehe euch mit Haut und bringe Geist in euch, dann werdet ihr lebendig. Dann werdet ihr erkennen, dass ich der Herr bin.

> Das ist die Kirche! Schlagt das 37. Kapitel beim Propheten Ezechiel auf und lest das: Es ist wunderschön. Das ist die Kirche, sie ist ein Meisterwerk, das Meisterwerk des Geistes, der das neue Leben des Auferstandenen in einen jeden eingießt.
>
> **PAPST FRANZISKUS**, 22.10.2014

7 Da sprach ich als Prophet, wie mir befohlen war; und noch während ich redete, hörte ich auf einmal ein Geräusch: Die Gebeine rückten zusammen, Bein an Bein. 8 Und als ich hinsah, waren plötzlich Sehnen auf ihnen, und Fleisch umgab sie, und Haut überzog sie. Aber es war noch kein Geist in ihnen. 9 Da sagte er zu mir: Rede als Prophet zum Geist, rede, Menschensohn, sag zum Geist: So spricht Gott, der Herr: Geist, komm herbei von den vier Winden! Hauch diese Erschlagenen an, damit sie lebendig werden. 10 Da sprach ich als Prophet, wie er mir befohlen hatte, und es kam Geist in sie. Sie wurden lebendig und standen auf – ein großes, gewaltiges Heer.

### Neue Hoffnung für Israel

11 Er sagte zu mir: Menschensohn, diese Gebeine sind das ganze Haus Israel. Jetzt sagt Israel: Ausgetrocknet sind unsere Gebeine, unsere Hoffnung ist untergegangen, wir sind verloren. 12 Deshalb tritt als Prophet auf, und sag zu ihnen: So spricht Gott, der Herr: Ich öffne eure Gräber und hole euch, mein Volk, aus euren Gräbern herauf. Ich bringe euch zurück in das Land Israel. 13 Wenn ich eure Gräber öffne und euch, mein Volk, aus euren Gräbern heraufhole, dann werdet ihr erkennen, dass ich der Herr bin. 14 Ich hauche euch meinen Geist ein, dann werdet ihr lebendig, und ich bringe euch wieder in euer Land. Dann werdet ihr erkennen, dass ich der Herr bin. Ich habe gesprochen, und ich führe es aus – Spruch des Herrn.

> **?** Welche „Gräber“ gibt es in meinem Leben, aus denen mich Gott herausholen soll?
>
> Was sind meine „toten Ecken“, die Gott beleben will?
>
> Wie kann ich mich von Gott „begeistern“ lassen?

## Die Vision vom neuen Tempel (Ez 47)

47 [1] Dann führte er mich zum Eingang des Tempels zurück, und
ich sah, wie unter der Tempelschwelle Wasser hervorströmte
und nach Osten floss; denn die vordere Seite des Tempels schaute
nach Osten. Das Wasser floss unterhalb der rechten Seite des Tem-
pels herab, südlich vom Altar. [2] Dann führte er mich durch das Nord-
tor hinaus und ließ mich außen herum zum äußeren Osttor gehen.
Und ich sah das Wasser an der Südseite hervorrieseln. [3] Der Mann
ging nach Osten hinaus, mit der Messschnur in der Hand, maß tau-
send Ellen ab und ließ mich durch das Wasser gehen; das Wasser
reichte mir bis an die Knöchel. [4] Dann maß er wieder tausend Ellen
ab und ließ mich durch das Wasser gehen; das Wasser reichte mir bis
zu den Knien. Darauf maß er wieder tausend Ellen ab und ließ mich
hindurchgehen; das Wasser ging mir bis an die Hüften. [5] Und er maß
noch einmal tausend Ellen ab. Da war es ein Fluss, den ich nicht mehr
durchschreiten konnte; denn das Wasser war tief, ein Wasser, durch
das man schwimmen musste, ein Fluss, den man nicht mehr durch-
schreiten konnte.

▶ Die Gegend östlich des Jerusalemer Tempels ist die judäische Wüste; sie wird durch die neue Quelle in einen Obstgarten verwandelt (v12).

▶ Ein kleiner Bach, der in trockener und heißer Umgebung fließt, versiegt normalerweise nach einer Weile. Gottes „Gnadenstrom" dagegen wird immer größer und unaufhaltsam, sogar in der Wüste.

## Neues Leben am Fluss

[6] Dann fragte er mich: Hast du es gesehen, Menschensohn? Darauf
führte er mich zurück, am Ufer des Flusses entlang. [7] Als ich zurück-
ging, sah ich an beiden Ufern des Flusses sehr viele Bäume. [8] Er sagte
zu mir: Dieses Wasser fließt in den östlichen Bezirk, es strömt in die
Araba hinab und läuft in das Meer, in das Meer mit dem salzigen Was-
ser. So wird das salzige Wasser gesund.
[9] Wohin der Fluss gelangt, da werden alle Lebewesen, alles, was sich
regt, leben können, und sehr viele Fische wird es geben. Weil dieses
Wasser dort hinkommt, werden (die Fluten) gesund; wohin der Fluss
kommt, dort bleibt alles am Leben.
[10] Von En-Gedi bis En-Eglajim werden Fischer am Ufer des Meeres
stehen und ihre Netze zum Trocknen ausbreiten. Alle Arten von Fi-
schen wird es geben, so zahlreich wie die Fische im großen Meer.
[11] Die Lachen und Tümpel aber sollen nicht gesund werden; sie
sind für die Salzgewinnung bestimmt. [12] An beiden Ufern des Flus-
ses wachsen alle Arten von Obstbäumen. Ihr Laub wird nicht welken,
und sie werden nie ohne Frucht sein. Jeden Monat tragen sie frische
Früchte; denn das Wasser des Flusses kommt aus dem Heiligtum. Die
Früchte werden als Speise und die Blätter als Heilmittel dienen.

Wüste muss jeder erleben, der Frucht tragen soll.

**CHARLES DE FOUCAULD**

▶ Das „Meer mit dem salzigen Wasser" ist das Tote Meer, am tiefsten Punkt der Welt (416 m unter dem Meeresspiegel). Kein Fisch kann darin überleben.

▶ Das „große Meer" ist das Mittelmeer – damals voll von Fischen.

**Y → 311**
Was sind die Früchte des Heiligen Geistes?

DAS BUCH

# Daniel

Das Buch Daniel spielt in babylonischer und persischer Zeit. Daniel befindet sich wie Ezechiel unter den Exilierten. Das Buch wurde aber viel später vollendet. Wie Ezechiel hat Daniel Visionen, die sich anscheinend auf eine ferne Zukunft beziehen, auf das Ende der Welt, tatsächlich jedoch auch die Geschichte bis in die Gegenwart der Leserinnen und Leser deuten.

Das Danielbuch wurde teils auf Hebräisch, teils auf Aramäisch verfasst; zudem hat die griechische Übersetzung einige Texte (z.B. Dan 13–14) ergänzt. Im Neuen Testament setzt das Buch der Offenbarung diese Gattung fort; es ist stark von Daniel beeinflusst.

## Gott stärkt den Leib und den Geist (Dan 1,1–20)

1 1 Im dritten Jahr der Herrschaft des Königs Jojakim von Juda zog
Nebukadnezzar, der König von Babel, gegen Jerusalem und belagerte es. 2 Und der Herr gab König Jojakim von Juda sowie einen
Teil der Geräte aus dem Haus Gottes in Nebukadnezzars Gewalt. Er
verschleppte sie in das Land Schinar, in den Tempel seines Gottes, die
Geräte aber brachte er in das Schatzhaus seines Gottes.

3 Dann befahl der König seinem Oberkämmerer Aschpenas, einige
junge Israeliten an den Hof zu bringen, Söhne von königlicher Abkunft oder wenigstens aus vornehmer Familie; 4 sie sollten frei von
jedem Fehler sein, schön an Gestalt, in aller Weisheit unterrichtet
und reich an Kenntnissen; sie sollten einsichtig und verständig sein
und geeignet, im Palast des Königs Dienst zu tun; Aschpenas sollte sie
auch in Schrift und Sprache der Chaldäer unterrichten.

5 Als tägliche Kost wies ihnen der König Speisen und Wein von der
königlichen Tafel zu. Sie sollten drei Jahre lang ausgebildet werden
und dann in den Dienst des Königs treten. 6 Unter diesen jungen
Männern waren aus dem Stamm Juda Daniel, Hananja, Mischaël und
Asarja. 7 Der Oberkämmerer gab ihnen andere Namen: Daniel nannte
er Beltschazzar, Hananja Schadrach, Mischaël Meschach und Asarja
Abed-Nego.

” Sich nicht verführen lassen zu schweigen, wenn das Gewissen uns zu reden befiehlt! Und niemals zu dem Heer der tausend und aber tausend gehören, die „Angst in der Welt“ haben!

Der deutsche Schriftsteller **ERNST WIECHERT** (*1887) wurde von den Nazis ins Konzentrationslager Buchenwald verschleppt. Er überlebte und starb 1950 in der Schweiz.

▶ Diese Erzählung macht deutlich, dass einige Judäer im babylonischen Exil die Literatur und die Wissenschaft der Babylonier studierten. Viele Texte im Alten Testament wollen zeigen, dass der Gott Israels die Religion und die Wissenschaft der Babylonier überragt (z.B. die Schöpfungserzählung in Gen 1).

Vegetarische, gar vegane Lebensweise in der Bibel? Wer hätte das gedacht! Der Oberkämmerer macht mit Daniel und seinen Freunden den 10-Tage-Test. Und siehe: Die Jungs sahen danach echt gut aus.

Die Tora enthält viele Regeln, welche Speisen als rein, welche als unrein gelten (z. B. Dtn 14). Im Neuen Testament werden diese Regeln für Christen aufgehoben (Mk 7,19; Apg 10,9–16).

Ich würde nicht glauben, wenn ich nicht einsehen würde, dass es vernünftig ist zu glauben.

**THOMAS VON AQUIN**

8 Daniel war entschlossen, sich nicht mit den Speisen und dem Wein
der königlichen Tafel unrein zu machen, und er bat den Oberkämme-
rer darum, sich nicht unrein machen zu müssen.
9 Gott ließ ihn beim Oberkämmerer Wohlwollen und Nachsicht fin-
den. 10 Der Oberkämmerer sagte aber zu Daniel: Ich fürchte mich vor
meinem Herrn, dem König, der euch die Speisen und Getränke zu-
gewiesen hat; er könnte finden, dass ihr schlechter ausseht als die
anderen jungen Leute eures Alters; dann wäre durch eure Schuld
mein Kopf beim König verwirkt. 11 Da sagte Daniel zu dem Mann, den
der Oberkämmerer als Aufseher für ihn selbst sowie für Hananja, Mi-
schaël und Asarja eingesetzt hatte: 12 Versuch es doch einmal zehn
Tage lang mit deinen Knechten! Lass uns nur pflanzliche Nahrung zu
essen und Wasser zu trinken geben! 13 Dann vergleiche unser Ausse-
hen mit dem der jungen Leute, die von den Speisen des Königs essen.
Je nachdem, was du dann siehst, verfahr weiter mit deinen Knechten!
14 Der Aufseher nahm ihren Vorschlag an und machte mit ihnen eine
zehntägige Probe. 15 Am Ende der zehn Tage sahen sie besser und
wohlgenährter aus als all die jungen Leute, die von den Speisen des
Königs aßen. 16 Da ließ der Aufseher ihre Speisen und auch den Wein,
den sie trinken sollten, beiseite und gab ihnen Pflanzenkost.

Eine Erfolgsformel kann ich dir nicht geben; aber ich kann dir sagen, was zum Misserfolg führt: der Versuch, jedem gerecht zu werden.

**HERBERT BAYARD SWOPE** (1882–1958), amerikanischer Publizist

17 Und Gott verlieh diesen vier jungen Leuten Wissen und Verständ-
nis in jeder Art Schrifttum und Weisheit; Daniel verstand sich auch
auf Visionen und Träume aller Art.
18 Als ihre Zeit zu Ende war und man sie vor den König bringen
musste, wie er es bestimmt hatte, stellte sie der Oberkämmerer dem
Nebukadnezzar vor. 19 Der König unterhielt sich mit ihnen und fand
Daniel, Hananja, Mischaël und Asarja allen anderen überlegen. Sie
traten also in den Dienst des Königs. 20 Sooft der König in Fragen, die
Weisheit und Einsicht erfordern, ihren Rat einholte, fand er sie allen
Zeichendeutern und Wahrsagern in seinem ganzen Reich zehnmal
überlegen.

Der König Nebukadnezzar versucht, die drei jungen Männer zu zwingen, die babylonischen Götter anzubeten.

Es heißt, dass wir Könige auf Erden die Ebenbilder Gottes seien. Ich habe mich daraufhin im Spiegel betrachtet. Sehr schmeichelhaft für den lieben Gott ist das nicht.

**FRIEDRICH II., DER GROSSE** (1712–1786), König von Preußen

### Gott rettet aus dem Feuer (Dan 3,14–24)

3 14 Nebukadnezzar sagte zu ihnen: Ist es wahr, Schadrach, Me-
schach und Abed-Nego: Ihr verehrt meine Götter nicht und betet
das goldene Standbild nicht an, das ich errichtet habe? 15 Nun, wenn
ihr bereit seid, sobald ihr den Klang der Hörner, Pfeifen und Zithern,
der Harfen, Lauten und Sackpfeifen und aller anderen Instrumente
hört, sofort niederzufallen und das Standbild anzubeten, das
ich habe machen lassen, ist es gut; betet ihr es aber nicht an,

dann werdet ihr noch zur selben Stunde in den glühenden Feuerofen
geworfen. Welcher Gott kann euch dann aus meiner Gewalt erretten?
16 Schadrach, Meschach und Abed-Nego erwiderten dem König
Nebukadnezzar: Wir haben es nicht nötig, dir darauf zu antworten:
17 Wenn überhaupt jemand, so kann nur unser Gott, den wir vereh-
ren, uns erretten; auch aus dem glühenden Feuerofen und aus deiner
Hand, König, kann er uns retten. 18 Tut er es aber nicht, so sollst du,
König, wissen: Auch dann verehren wir deine Götter nicht und beten
das goldene Standbild nicht an, das du errichtet hast.
19 Da wurde Nebukadnezzar wütend; sein Gesicht verzerrte sich vor
Zorn über Schadrach, Meschach und Abed-Nego. Er ließ den Ofen sie-
benmal stärker heizen, als man ihn gewöhnlich heizte. 20 Dann befahl
er, einige der stärksten Männer aus seinem Heer sollten Schadrach,
Meschach und Abed-Nego fesseln und in den glühenden Feuerofen
werfen. 21 Da wurden die Männer, wie sie waren – in ihren Mänteln,
Röcken und Mützen und den übrigen Kleidungsstücken – gefesselt
und in den glühenden Feuerofen geworfen. 22 Nach dem strengen Be-
fehl des Königs war aber der Ofen übermäßig geheizt worden, und
die herausschlagenden Flammen töteten die Männer, die Schadrach,
Meschach und Abed-Nego hingebracht hatten. 23 Die drei Männer
aber, Schadrach, Meschach und Abed-Nego, fielen gefesselt in den
glühenden Feuerofen. 24 Doch sie gingen mitten in den Flammen um-
her, lobten Gott und priesen den Herrn.

» Wir sind in der Tiefe angekommen. Noch tiefer geht es nicht; ein noch erbärmlicheres Menschendasein gibt es nicht, ist nicht mehr denkbar. Und nichts ist mehr unser: Man hat uns die Kleidung, die Schuhe und selbst die Haare genommen; werden wir reden, so wird man uns nicht anhören, und wird man uns auch anhören, so wird man uns nicht verstehen. Auch den Namen wird man uns nehmen; wollen wir ihn bewahren, so müssen wir in uns selber die Kraft dazu finden, müssen dafür Sorge tragen, dass über den Namen hinaus etwas verbleibe von dem, wie wir einmal gewesen…

**PRIMO LEVI** (1918–1987), Überlebender von Auschwitz

▶ „Daniel" bedeutet „Gott (El) hat mir Recht verschafft" – was sich im Feuerwunder bewahrheitet.

Da sangen die drei im Ofen wie aus einem Mund, sie rühmten und priesen Gott mit den Worten:

Gepriesen bist du, Herr, du Gott unserer Väter,
gelobt und gerühmt in Ewigkeit.
Gepriesen ist dein heiliger, herrlicher Name,
hoch gelobt und verherrlicht in Ewigkeit.
Gepriesen bist du im Tempel
deiner heiligen Herrlichkeit,
hoch gerühmt und verherrlicht in Ewigkeit.
Gepriesen bist du, der in die Tiefen schaut
und auf Kerubim thront,
gelobt und gerühmt in Ewigkeit.
Gepriesen bist du auf dem Thron
deiner Herrschaft,
hoch gerühmt und gefeiert in Ewigkeit.
Gepriesen bist du am Gewölbe des Himmels,
gerühmt und verherrlicht in Ewigkeit.
Preist den Herrn, all ihr Werke des Herrn;
lobt und rühmt ihn in Ewigkeit!

Dan 3,51–62, Lobgesang der drei Jünglinge im Feuerofen

▶ Belschazzar, der letzte König von Babylon, wurde 539 v. Chr. ermordet (↗ Dan 5,30).

▶ Monster haben Menschen seit Jahrtausenden fasziniert – bis heute. In dieser Vision stehen sie symbolisch für tyrannische Könige. Die vier Tiere meinen vermutlich das assyrische, das babylonische, das persische und das griechische Reich.

▶ Hörner (v7–8) stehen in der Bibel für Macht – hier auch symbolisch für Herrscher. Das „vierte“ Horn ist wohl auf Antiochus IV. Epiphanes zu beziehen, der fromme Juden besonders stark verfolgte und 167 v. Chr. den Tempel von Jerusalem entweihte.

## Die Monster und der neue König (Dan 7,1–14)

7 [1] Im ersten Jahr Belschazzars, des Königs von Babel, hatte Daniel
einen Traum; auf seinem Lager hatte er eine Vision. Er schrieb den
Traum auf, und sein Bericht hat folgenden Inhalt: [2] Ich hatte während
der Nacht eine Vision: Die vier Winde des Himmels wühlten das große
Meer auf. [3] Dann stiegen aus dem Meer vier große Tiere herauf; jedes
hatte eine andere Gestalt. [4] Das erste war einem Löwen ähnlich, hat-
te jedoch Adlerflügel. Während ich es betrachtete, wurden ihm die
Flügel ausgerissen; es wurde vom Boden emporgehoben und wie ein
Mensch auf zwei Füße gestellt, und es wurde ihm ein menschliches
Herz gegeben. [5] Dann erschien ein zweites Tier; es glich einem Bären
und war nach einer Seite hin aufgerichtet. Es hielt drei Rippen zwi-
schen den Zähnen in seinem Maul, und man ermunterte es: Auf, friss
noch viel mehr Fleisch! [6] Danach sah ich ein anderes Tier; es glich
einem Panther, hatte aber auf dem Rücken vier Flügel, wie die Flügel
eines Vogels; auch hatte das Tier vier Köpfe; ihm wurde die Macht
eines Herrschers verliehen. [7] Danach sah ich in meinen nächtlichen
Visionen ein viertes Tier; es war furchtbar und schrecklich anzusehen
und sehr stark; es hatte große Zähne aus Eisen. Es fraß und zermalm-
te alles, und was übrig blieb, zertrat es mit den Füßen. Von den ande-
ren Tieren war es völlig verschieden. Auch hatte es zehn Hörner. [8] Als

ich die Hörner betrachtete,
da wuchs zwischen ihnen
ein anderes, kleineres Horn
empor, und vor ihm wurden drei
von den früheren Hörnern ausge-
rissen; und an diesem Horn waren Au-
gen wie Menschenaugen und ein Maul, das anmaßend redete.
[9] Ich sah immer noch hin; da wurden Throne aufgestellt, und ein
Hochbetagter nahm Platz. Sein Gewand war weiß wie Schnee, sein
Haar wie reine Wolle. Feuerflammen waren sein Thron, und dessen
Räder waren loderndes Feuer.
[10] Ein Strom von Feuer ging von ihm aus. Tausendmal Tausende
dienten ihm, zehntausendmal Zehntausende standen vor ihm. Das
Gericht nahm Platz, und es wurden Bücher aufgeschlagen. [11] Ich sah
immer noch hin, bis das Tier – wegen der anmaßenden Worte, die das
Horn redete – getötet wurde. Sein Körper wurde dem Feuer überge-
ben und vernichtet. [12] Auch den anderen Tieren wurde die Herrschaft
genommen. Doch ließ man ihnen das Leben bis zu einer bestimmten
Frist. [13] Immer noch hatte ich die nächtlichen Visionen: Da kam mit
den Wolken des Himmels einer wie ein Menschensohn. Er gelangte
bis zu dem Hochbetagten und wurde vor ihn geführt. [14] Ihm wurden
Herrschaft, Würde und Königtum gegeben. Alle Völker, Nationen und
Sprachen müssen ihm dienen. Seine Herrschaft ist eine ewige, unver-
gängliche Herrschaft. Sein Reich geht niemals unter.

In der ganzen Bibel nicht, nur hier wird Gott als „alter Mann“ gezeigt.

Dann wird man den Menschensohn mit großer Macht und Herrlichkeit auf den Wolken des Himmels kommen sehen.
Mk 13,26

## Die überwältigende Erscheinung (Dan 10,4–19)

10 4 Am vierundzwanzigsten Tag des ersten Monats stand ich am
Ufer des großen Flusses, des Tigris.
5 Ich blickte auf und sah, wie ein Mann vor mir stand, der in Leinen
gekleidet war und einen Gürtel aus feinstem Gold um die Hüften trug.
6 Sein Körper glich einem Chrysolith, sein Gesicht leuchtete wie ein
Blitz, und die Augen waren wie brennende Fackeln. Seine Arme und
Beine glänzten wie polierte Bronze. Seine Worte waren wie das Getö-
se einer großen Menschenmenge. 7 Nur ich, Daniel, sah diese Erschei-
nung; die Männer, die bei mir waren, sahen die Erscheinung nicht;
doch ein großer Schrecken befiel sie, so dass sie wegliefen und sich
versteckten.
8 So blieb ich allein zurück und sah diese gewaltige Erscheinung.
Meine Kräfte verließen mich; ich wurde totenbleich und konnte mich
nicht mehr aufrecht halten. 9 Ich hörte den Schall seiner Worte; beim
Schall seiner Worte fiel ich betäubt zu Boden und blieb, mit dem Ge-
sicht am Boden, liegen. 10 Doch eine Hand fasste mich an und half
mir auf Knie und Hände. 11 Dann sagte er zu mir: Daniel, du (von Gott)
geliebter Mann, achte auf die Worte, die ich dir zu sagen habe. Stell
dich aufrecht hin; denn ich bin jetzt zu dir gesandt. Als er so mit mir
redete, erhob ich mich zitternd.

▶ Der Tigris durchfließt als zweiter großer Fluss neben dem Eufrat das Zweistromland im heutigen Irak.

Was passiert, wenn man dem lebendigen Gott begegnet? Man trifft, sagt der Religionswissenschaftler Rudolf Otto (1869–1937), auf das *mysterium tremendum* (das schreckerregende Geheimnis), zugleich kann man Gott aber auch als *mysterium fascinans* (verlockendes Geheimnis) erfahren.

▶ Während Ezechiel einfach auf die Füße gestellt wird (↗ Ez 2,2), hilft der göttliche Bote Daniel, sich aufzurichten, und gibt ihm mit der bestärkenden Anrede als „geliebter Mann" die Kraft, selbst aufzustehen.

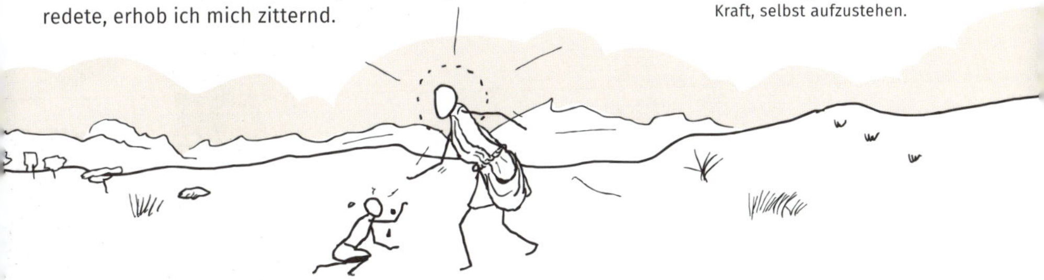

12 Dann sagte er zu mir: Fürchte dich nicht, Daniel! Schon vom ersten
Tag an, als du dich um Verständnis bemühtest und dich deswegen
vor deinem Gott beugtest, wurden deine Worte gehört, und wegen
deiner Worte bin ich gekommen. 13 Der Engelfürst des Perserreiches
hat sich mir einundzwanzig Tage lang entgegengestellt, aber Michael,
einer der ersten unter den Engelfürsten, kam mir zu Hilfe. Darum war
ich dort bei den Königen von Persien entbehrlich. 14 Und jetzt bin ich
gekommen, um dich verstehen zu lassen, was deinem Volk in den
letzten Tagen zustoßen wird. Denn auch diese Vision bezieht sich auf
jene fernen Tage.
15 Während er das zu mir sagte, blickte ich zu Boden und blieb
stumm. 16 Da berührte eine Gestalt, die aussah wie ein Mensch, meine
Lippen. Nun konnte ich den Mund wieder öffnen und sprechen. Ich
sagte zu dem, der vor mir stand: Mein Herr, als ich die Vision sah,
wand ich mich in Schmerzen und verlor alle Kraft. 17 Wie kann ich, der
Knecht meines Herrn, mit meinem Herrn reden? Mir fehlt seitdem
jede Kraft, selbst der Atem stockt mir. 18 Da berührte mich die Gestalt,
die wie ein Mensch aussah, von neuem, stärkte mich 19 und sagte:
Fürchte dich nicht, du (von Gott) geliebter Mann! Friede sei mit dir.
Sei stark, und hab Vertrauen! Als er so mit mir redete, fühlte ich mich
gestärkt und sagte: Nun rede, mein Herr! Du hast mich gestärkt.

▶ „Michael" bedeutet „wer *(mi)* ist wie *(ka)* Gott *(El)*?" Dieser Engel steht für Gottes Einzigartigkeit ein und hat die Aufgabe, das Volk Israel zu beschützen (Dan 12,1). Zu Michaels Kampf mit dem Drachen s. Offb 12,7.

תהלים קה

## DIE BÜCHER DER ZWÖLF PROPHETEN

# Hosea Joël
# Amos Obadja
# Jona Micha
# Nahum Habakuk
# Zefanja Haggai
# Sacharja Maleachi

„Klein" werden diese zwölf Prophetenbücher nur genannt, weil sie wesentlich kürzer als die drei „großen" Propheten sind (Jesaja, Jeremia und Ezechiel). Sie sind aber nicht weniger bedeutsam. Mit kraftvoller Sprache bezeugen sie besondere Erfahrungen mit Gott. Die ältesten dieser Propheten, wie Amos, Hosea und Micha, traten ab dem 8. Jahrhundert v. Chr. auf; die Bücher selbst sind aber später fertiggestellt worden.

# HOSEA

Der Name Hosea bedeutet „Er (nämlich Gott) hat geholfen". Gott beauftragt ihn, eine Prostituierte zu heiraten (Hos 1–3), um Gottes Beziehung mit Israel und die Untreue und Schuld des Volkes zu veranschaulichen. Doch Gott schenkt einen Ausweg.

▶ Gott spricht hier von seiner engen Beziehung zum Volk beim Exodus. Matthäus bezieht diese Stelle („ich rief meinen Sohn aus Ägypten") auf Jesus, bei seiner Rückkehr mit Maria und Josef aus Ägypten (Mt 2,15).

▶ Gott liebt Israel so sehr, wie menschliche Eltern sich um ihr Kind kümmern (v3–4), obwohl das Volk untreu ist (v2).

▶ Nach Ägypten zurückzukehren bedeutet für Israel, wieder zu Sklaven zu werden. Diesmal sind die Assyrer Herrscher über Israel.

## Mein Herz wendet sich in mir um (Hos 11)

11 1 Als Israel jung war, gewann ich ihn lieb,
ich rief meinen Sohn aus Ägypten.
2 Je mehr ich sie rief, desto mehr liefen sie von mir weg. Sie opferten
den Baalen und brachten den Götterbildern Rauchopfer dar.
3 Ich war es, der Efraim gehen lehrte, ich nahm ihn auf meine Arme.
Sie aber haben nicht erkannt, dass ich sie heilen wollte.
4 Mit menschlichen Fesseln zog ich sie an mich, mit den Ketten der
Liebe. Ich war da für sie wie die (Eltern), die den Säugling an ihre
Wangen heben. Ich neigte mich ihm zu und gab ihm zu essen.
5 Doch er muss wieder zurück nach Ägypten, Assur wird sein König
sein; denn sie haben sich geweigert umzukehren.
6 Das Schwert wird in seinen Städten wüten; es wird seinen Schwätzern den Garaus machen und sie wegen ihrer Pläne vernichten.

▶ Wörtlich lautet der Anfang von v7: „Mein Volk ist aufgehängt in der Abwendung von mir". Dies beschreibt bildhaft, wie haltlos Israel geworden ist, weil es seinen Gott zurückgewiesen hat.

▶ Gott ist voller Mitgefühl mit ihm und bereit zum Erbarmen.

7 Mein Volk verharrt in der Treulosigkeit; sie rufen zu Baal, doch er
hilft ihnen nicht auf.
8 Wie könnte ich dich preisgeben, Efraim, wie dich aufgeben, Israel?
Wie könnte ich dich preisgeben wie Adma, dich behandeln wie Zebojim? Mein Herz wendet sich gegen mich, mein Mitleid lodert auf.
9 Ich will meinen glühenden Zorn nicht vollstrecken und Efraim nicht
noch einmal vernichten. Denn ich bin Gott, nicht ein Mensch, der Heilige in deiner Mitte. Darum komme ich nicht in der Hitze des Zorns.

# JOËL

Joël bedeutet „Jo ist El", wobei *Jo* eine Kurzform des biblischen Gottesnamens *Jhwh* ist und *El* Gott bedeutet. Gottes Gericht am Tag *Jhwhs* (z.B. 1,15; 2,1) prägt die Botschaft dieses Büchleins. Doch weil Gottes Volk ehrlich zu ihm umkehrt, hat er Mitleid mit ihm (Joël 2,12–21), und schenkt ihm etwas Besonderes:

▶ „Geist" meint, was Gott innerlich bewegt und belebt: Damit beschenkt er alle reichlich, besonders Jugendliche und alte Menschen und sogar Abhängige (v2).

## Die Ausgießung des Geistes (Joël 3,1–5)

3 1 Danach aber wird es geschehen, dass ich meinen Geist ausgieße über alles Fleisch. Eure Söhne und Töchter werden Propheten sein, eure Alten werden Träume haben, und eure jungen Männer haben Visionen.

2 Auch über Knechte und Mägde werde ich meinen Geist ausgießen
in jenen Tagen.
3 Ich werde wunderbare Zeichen wirken am Himmel und auf der
Erde: Blut und Feuer und Rauchsäulen.
4 Die Sonne wird sich in Finsternis verwandeln und der Mond in Blut,
ehe der Tag des Herrn kommt, der große und schreckliche Tag.
5 Und es wird geschehen: Wer den Namen des Herrn anruft, wird
gerettet. Denn auf dem Berg Zion und in Jerusalem gibt es Rettung,
wie der Herr gesagt hat, und wen der Herr ruft, der wird entrinnen.

# AMOS

Amos war eigentlich ein Schafzüchter und stammte aus dem Ort Tekoa in der Nähe von Betlehem. „Aber der Herr hat mich von der Herde weggeholt und zu mir gesagt: Geh und rede als Prophet zu meinem Volk Israel!" (Am 7,15). Amos trat besonders gegen soziale Ungerechtigkeit und falsche Frömmigkeit ein. Seine Prophetien gehören zu den ältesten in der Bibel (ab ca. 765 v. Chr.).

**Eine prophetische Mahnpredigt (Am 5)**

5 4 Ja, so spricht der Herr zum Haus Israel: Sucht mich, dann werdet
ihr leben.

5 Doch sucht nicht Bet-El auf, geht nicht nach Gilgal, zieht nicht nach
Beerscheba! Denn Gilgal droht die Verbannung und Bet-El der Un-
tergang.
6 Sucht den Herrn, dann werdet ihr leben. Sonst dringt er in das
Haus Josef ein wie ein Feuer, das frisst, und niemand löscht Bet-Els
Brand.
7 Weh denen, die das Recht in bitteren Wermut verwandeln
und die Gerechtigkeit zu Boden schlagen. ...
10 Bei Gericht hassen sie den, der zur Gerechtigkeit mahnt, und wer
Wahres redet, den verabscheuen sie.
11 Weil ihr von den Hilflosen Pachtgeld annehmt und ihr Getreide mit
Steuern belegt, darum baut ihr Häuser aus behauenen Steinen – und
wohnt nicht darin, legt ihr euch prächtige Weinberge an – und werdet
den Wein nicht trinken. ...
18 Weh denen, die den Tag des Herrn herbeisehnen.
Was nützt euch denn der Tag des Herrn? Finsternis ist er, nicht Licht.
19 Es ist, wie wenn jemand einem Löwen entflieht und ihn dann ein
Bär überfällt; kommt er nach Hause und stützt sich mit der Hand auf
die Mauer, dann beißt ihn eine Schlange.
20 Ja, Finsternis ist der Tag des Herrn, nicht Licht,
ohne Helligkeit ist er und dunkel.
21 Ich hasse eure Feste, ich verabscheue sie und kann eure Feiern
nicht riechen. 22 Wenn ihr mir Brandopfer darbringt, ich habe kein

Das Wasser, das ich ihm gebe, wird in ihm zur sprudelnden Quelle werden, deren Wasser ewiges Leben schenkt.

Joh 4,18, Jesus zur Samariterin am Jakobsbrunnen

▶ Bet-El, Gilgal und Beerscheba waren berühmte Wallfahrtsorte. Amos fordert dazu auf, statt der Orte vielmehr Gott selber intensiv zu suchen.

„Ich kann kein Unrecht leiden, und daran krepiere ich...

HEINRICH HEINE

▶ Amos greift Wohlhabende an, die ihre Macht missbrauchen und Arme unterdrücken. Sie sollen ihren wirtschaftlichen Erfolg nicht genießen können.

▶ Nach außen hin fromm, hoffen manche Scheinheilige auf den „Tag des Herrn" (s.o. bei Joel). Amos zerstört ihre Illusionen – dieser Tag wird schlimm für sie werden.

Diese Kritik an Opfern und Gottesdiensten gehört zu den stärksten in der Bibel. Gott verachtet eine Frömmigkeit ohne Gerechtigkeit!

Gefallen an euren Gaben, und eure fetten Heilsopfer will ich nicht
sehen. 23 Weg mit dem Lärm deiner Lieder! Dein Harfenspiel will ich
nicht hören, 24 sondern das Recht ströme wie Wasser, die Gerechtig-
keit wie ein nie versiegender Bach.

## OBADJA

Obadja, das kürzeste Buch des Alten Testaments, beschäftigt sich mit dem Brudervolk „Edom". Das Volk geht auf Esau, Jakobs älteren Zwillingsbruder, zurück (Gen 25,30). Obadja wirft den Edomitern vor, sich beim Untergang Judas auf die Seite der Feinde gestellt und sich darüber gefreut zu haben.

„Es ist merkwürdig, wie fern ein Unglück ist, wenn es uns nicht betrifft."

**JOHN STEINBECK** (1902–1968), amerikanischer Literaturnobelpreisträger

**Nahe ist der Tag des Herrn (Obd 12–15)**

12 Sei nicht schadenfroh am Tag deines Bruders, am Tag seines Un-
heils! Freu dich nicht über Judas Söhne am Tag ihres Untergangs! Reiß
deinen Mund nicht so auf am Tag der Not!
13 Dring nicht ein in das Tor meines Volkes am Tag seines Unglücks!
Sei nicht auch du schadenfroh über sein Unheil am Tag seines Un-
glücks! Streck nicht die Hand aus nach seinem Gut am Tag seines
Unglücks!

Die „Goldene Regel" lautet: Was du nicht willst, das man dir tu, das füg auch keinem andern zu! Sie ist in den verschiedensten Kulturen bekannt.

14 Stell dich nicht an der Wegkreuzung auf, um die Fliehenden nie-
derzumachen. Liefere die Flüchtlinge nicht aus am Tag der Not!
15 Denn er ist nahe, der Tag des Herrn, für alle Völker. Was du getan
hast, das tut man dir an; dein Tun fällt zurück auf dich selbst.

## JONA

Jona ist das lustigste Buch der Bibel. Ironisch vertauscht es alle Rollen: Die „Ungläubigen" verhalten sich ganz fromm, während der Prophet Jona stur und verbittert nicht auf Gott hören will. Der Name Jona bedeutet „Taube", doch ist er keinesfalls so friedlich, wie man es von einer Taube erwarten würde...

Statt in die Hauptstadt der Assyrer nach Nordosten aufzubrechen, wählt Jona die Gegenrichtung nach Westen über das Mittelmeer. Tarschisch liegt vermutlich im heutigen Spanien. Warum Jona nicht folgen will, erfahren wir erst gegen Ende des Buches (↗ Jon 4,2).

**Eine scheiternde Flucht (Jona 1)**

1 1 Das Wort des Herrn erging an Jona, den Sohn Amittais:
2 Mach dich auf den Weg, und geh nach Ninive, in die große Stadt,
und droh ihr (das Strafgericht) an! Denn die Kunde von ihrer Schlech-
tigkeit ist bis zu mir heraufgedrungen.
3 Jona machte sich auf den Weg; doch er wollte nach Tarschisch flie-
hen, weit weg vom Herrn. Er ging also nach Jafo hinab und fand dort
ein Schiff, das nach Tarschisch fuhr. Er bezahlte das Fahrgeld und ging
an Bord, um nach Tarschisch mitzufahren, weit weg vom Herrn.

4 Aber der Herr ließ auf dem Meer einen heftigen Wind losbrechen;
es entstand ein gewaltiger Seesturm, und das Schiff drohte ausein-
anderzubrechen. 5 Die Seeleute bekamen Angst, und jeder schrie zu
seinem Gott um Hilfe. Sie warfen sogar die Ladung ins Meer, damit
das Schiff leichter wurde. Jona war in den untersten Raum des Schif-
fes hinabgestiegen, hatte sich hingelegt und schlief fest.
6 Der Kapitän ging zu ihm und sagte: Wie kannst du schlafen? Steh
auf, ruf deinen Gott an; vielleicht denkt dieser Gott an uns, so dass
wir nicht untergehen.
7 Dann sagten sie zueinander: Kommt, wir wollen das Los werfen, um
zu erfahren, wer an diesem unserem Unheil schuld ist. Sie warfen das
Los, und es fiel auf Jona.
8 Da fragten sie ihn: Sag uns, was treibst du für ein Gewerbe, und
woher kommst du, aus welchem Land und aus welchem Volk?
9 Er antwortete ihnen: Ich bin ein Hebräer und verehre Jahwe, den
Gott des Himmels, der das Meer und das Festland gemacht hat.
10 Da bekamen die Männer große Angst und sagten zu ihm: War-
um hast du das getan? Denn sie erfuhren, dass er vor Jahwe auf der
Flucht war; er hatte es ihnen erzählt.

▶ Während die Matrosen alles für ihre Rettung unternehmen, macht es sich Jona gemütlich.

❞ Man kann vor Gott fliehen und zugleich Christ sein, Katholik sein, Priester, Bischof, Papst sein. Wir alle können vor Gott fliehen. Das ist eine alltägliche Versuchung: nicht auf Gott hören, seine Stimme nicht hören, im Herzen sein Angebot, seine Einladung überhören.

**PAPST FRANZISKUS,** 7.10.2013

▶ Die Matrosen realisieren den Widerspruch zwischen Jonas Bekenntnis (v9) und seinem Verhalten (v10), sich gegen den von ihm bezeugten großen Gott zu stellen.

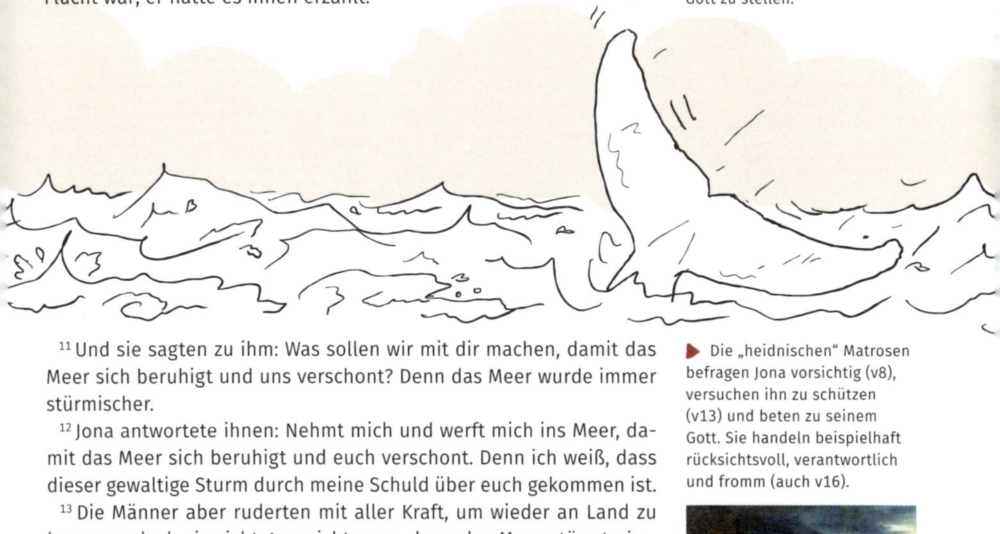

11 Und sie sagten zu ihm: Was sollen wir mit dir machen, damit das
Meer sich beruhigt und uns verschont? Denn das Meer wurde immer
stürmischer.
12 Jona antwortete ihnen: Nehmt mich und werft mich ins Meer, da-
mit das Meer sich beruhigt und euch verschont. Denn ich weiß, dass
dieser gewaltige Sturm durch meine Schuld über euch gekommen ist.
13 Die Männer aber ruderten mit aller Kraft, um wieder an Land zu
kommen; doch sie richteten nichts aus, denn das Meer stürmte im-
mer heftiger gegen sie an.
14 Da riefen sie zu Jahwe: Ach Herr, lass uns nicht untergehen wegen
dieses Mannes, und rechne uns, was wir jetzt tun, nicht als Vergehen
an unschuldigem Blut an. Denn wie du wolltest, Herr, so hast du ge-
handelt.
15 Dann nahmen sie Jona und warfen ihn ins Meer, und das Meer hör-
te auf zu toben. 16 Da ergriff die Männer große Furcht vor Jahwe und
sie schlachteten für Jahwe ein Opfer und machten ihm viele Gelübde.

▶ Die „heidnischen" Matrosen befragen Jona vorsichtig (v8), versuchen ihn zu schützen (v13) und beten zu seinem Gott. Sie handeln beispielhaft rücksichtsvoll, verantwortlich und fromm (auch v16).

### Ein seltsames Gebet (Jona 2)

2 1 Der Herr aber schickte einen großen Fisch, der Jona verschlang.
Jona war drei Tage und drei Nächte im Bauch des Fisches, 2 und er
betete im Bauch des Fisches zum Herrn, seinem Gott:

▶ „Drei Tage" steht oft symbolisch für eine Zeit der Verwandlung. So lange braucht Jona, bis er sich an Gott wendet.

▶ Von Jonas Schreien zu Gott war bisher nie die Rede, im Gegenteil: Während die Matrosen beteten, hat er geschlafen (1,5).

▶ Jona verdreht die Wirklichkeit. Er hatte den Matrosen den Auftrag gegeben, ihn ins Meer zu werfen (1,12), und ist selbst schuld an seiner Lage.

▶ Jona bewegt sich in Illusionen und Phantasien: Drei Tage hat er gewartet, bis er zu beten begann (v1). Und statt an den Tempel zu denken (v5 und v8), sollte er sich nach Ninive aufmachen. Die Matrosen, die an andere Götter glaubten, hielten treu zu Jona und zu Gott (1,5–16).

3 In meiner Not rief ich zum Herrn, und er erhörte mich. Aus der Tiefe
der Unterwelt schrie ich um Hilfe, und du hörtest mein Rufen.
4 Du hast mich in die Tiefe geworfen, in das Herz der Meere; mich
umschlossen die Fluten, all deine Wellen und Wogen schlugen über
mir zusammen.
5 Ich dachte: Ich bin aus deiner Nähe verstoßen.
Wie kann ich deinen heiligen Tempel wieder erblicken?
6 Das Wasser reichte mir bis an die Kehle, die Urflut umschloss mich;
Schilfgras umschlang meinen Kopf.
7 Bis zu den Wurzeln der Berge, tief in die Erde kam ich hinab; ihre
Riegel schlossen mich ein für immer. Doch du holtest mich lebendig
aus dem Grab herauf, Herr, mein Gott.
8 Als mir der Atem schwand, dachte ich an den Herrn,
und mein Gebet drang zu dir, zu deinem heiligen Tempel.
9 Wer nichtige Götzen verehrt, der handelt treulos.
10 Ich aber will dir opfern und laut dein Lob verkünden. Was ich ge-
lobt habe, will ich erfüllen. Vom Herrn kommt die Rettung.
11 Da befahl der Herr dem Fisch, Jona ans Land zu speien.

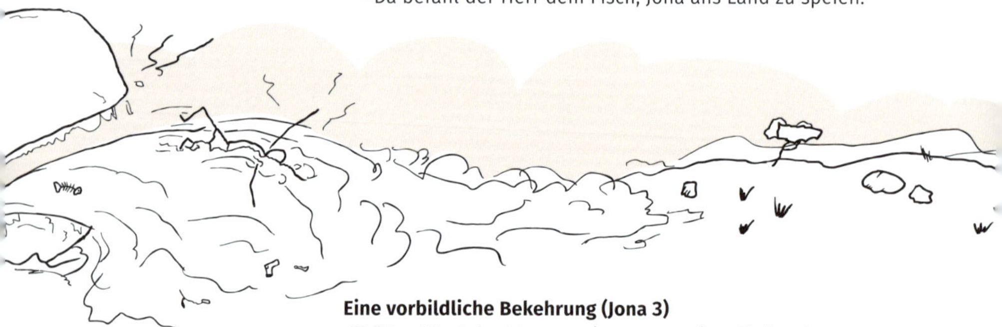

## Eine vorbildliche Bekehrung (Jona 3)

3 1 Das Wort des Herrn erging zum zweiten Mal an Jona:
2 Mach dich auf den Weg, und geh nach Ninive, in die große Stadt,
und droh ihr all das an, was ich dir sagen werde.
3 Jona machte sich auf den Weg und ging nach Ninive, wie der Herr
es ihm befohlen hatte. Ninive war eine große Stadt vor Gott; man
brauchte drei Tage, um sie zu durchqueren.
4 Jona begann, in die Stadt hineinzugehen; er ging einen Tag lang
und rief: Noch vierzig Tage, und Ninive ist zerstört!
5 Und die Leute von Ninive glaubten Gott. Sie riefen ein Fasten aus,
und alle, Groß und Klein, zogen Bußgewänder an.
6 Als die Nachricht davon den König von Ninive erreichte, stand er
von seinem Thron auf, legte seinen Königsmantel ab, hüllte sich in
ein Bußgewand und setzte sich in die Asche.
7 Er ließ in Ninive ausrufen: Befehl des Königs und seiner Großen:
Alle Menschen und Tiere, Rinder, Schafe und Ziegen, sollen nichts es-
sen, nicht weiden und kein Wasser trinken. 8 Sie sollen sich in Bußge-
wänder hüllen, Menschen und Tiere. Sie sollen laut zu Gott rufen, und
jeder soll umkehren und sich von seinen bösen Taten abwenden und
von dem Unrecht, das an seinen Händen klebt. 9 Wer weiß, vielleicht
reut es Gott wieder, und er lässt ab von seinem glühenden Zorn, so
dass wir nicht zugrunde gehen.
10 Und Gott sah ihr Verhalten; er sah, dass sie umkehrten und sich

Gott schätzt die Buße so hoch, dass die geringste Buße der Welt, wenn sie nur echt ist, ihn jede Art der Sünde vergessen lässt, so dass selbst den Teufeln alle ihre Sünden vergeben würden, wenn sie nur Reue haben könnten.

**FRANZ VON SALES**

▶ Im Gegensatz zu Jonas minimaler Verkündigung steht Ninives vollständige Umkehr. Nirgends berichtet die Bibel, dass das Gottesvolk Israel in ähnlicher Weise umgekehrt wäre. Die Hoffnung, Gott könnte das angedrohte Gericht zurücknehmen und sogar „bereuen" (v9), erinnert an Gottes Reue in Ex 32,14 (↗ auch Joel 2,14).

von ihren bösen Taten abwandten. Da reute Gott das Unheil, das er
ihnen angedroht hatte, und er führte die Drohung nicht aus.

> Wer sich dem Selbstmitleid ergibt, kann auch nur von dieser Seite Sympathie erwarten.
>
> **BENJAMIN FRANKLIN** (1706–1790), amerikanischer Staatsmann und Erfinder

### Ein trotziger Prophet (Jona 4)

4 [1] Das missfiel Jona ganz und gar, und er wurde zornig.
[2] Er betete zum Herrn und sagte: Ach Herr, habe ich das nicht
schon gesagt, als ich noch daheim war? Eben darum wollte ich ja
nach Tarschisch fliehen; denn ich wusste, dass du ein gnädiger und
barmherziger Gott bist, langmütig und reich an Huld und dass deine
Drohungen dich reuen. [3] Darum nimm mir jetzt lieber das Leben, Herr!
Denn es ist für mich besser zu sterben als zu leben.
[4] Da erwiderte der Herr: Ist es recht von dir, zornig zu sein?
[5] Da verließ Jona die Stadt und setzte sich östlich vor der Stadt
nieder. Er machte sich dort ein Laubdach und setzte sich in seinen
Schatten, um abzuwarten, was mit der Stadt geschah.
[6] Da ließ Gott, der Herr, einen Rizinusstrauch über Jona emporwach-
sen, der seinem Kopf Schatten geben und seinen Ärger vertreiben
sollte. Jona freute sich sehr über den Rizinusstrauch.
[7] Als aber am nächsten Tag die Morgenröte heraufzog, schickte Gott
einen Wurm, der den Rizinusstrauch annagte, so dass er verdorrte.

▶ Erst hier (v2) spricht Jona den Grund für seine Flucht aus. Dass Gott sich auch der Feinde erbarmt, kränkt ihn so sehr, dass er nicht mehr leben will (v3).

[8] Und als die Sonne aufging, schickte Gott einen heißen Ostwind. Die
Sonne stach Jona auf den Kopf, so dass er fast ohnmächtig wurde. Da
wünschte er sich den Tod und sagte: Es ist besser für mich zu sterben
als zu leben.
[9] Gott aber fragte Jona: Ist es recht von dir, wegen des Rizinusstrau-
ches zornig zu sein? Er antwortete: Ja, es ist recht, dass ich zornig bin
und mir den Tod wünsche.
[10] Darauf sagte der Herr: Dir ist es leid um den Rizinusstrauch, für
den du nicht gearbeitet und den du nicht großgezogen hast. Über
Nacht war er da, über Nacht ist er eingegangen.
[11] Mir aber sollte es nicht leid sein um Ninive, die große Stadt, in der
mehr als hundertzwanzigtausend Menschen leben, die nicht einmal
rechts und links unterscheiden können – und außerdem so viel Vieh?

▶ Jona antwortet wie ein trotziges Kind. Er ist ein Spielball seiner Gefühle, abhängig von Äußerlichkeiten wie Schatten oder Hitze. Sie beschäftigen ihn so sehr, dass er sein Leben davon bestimmen lässt. Dass Gott sich um das Glück ganzer Völker kümmert, löst bei ihm Ablehnung und Ärger aus.

▶ Gott hat Mitgefühl mit Menschen und Tieren. Den Propheten zu Einsicht und Umkehr zu bewegen ist offensichtlich viel schwieriger als ganz Ninive.

## MICHA

Micha bedeutet „Wer ist (wie) du?" Es ist eine kurze Form des Namens Michael („Wer ist wie Gott?" ↗ Dan 10,13). Ebenso scharf wie Amos kritisiert er soziale und religiöse Probleme, doch ist die abschließende Botschaft des Buches versöhnlich.

### Gott als vergebender Hirte (Mi 7,14–20)

7 [14] Führe mit deinem Stab dein Volk auf die Weide, die Schafe, die
dein Erbbesitz sind, die einsam lagern in einer Wildnis mitten im

▶ Gott trägt als „Hirte" Verantwortung und kümmert sich um sein Volk. Baschan und Gilead sind fruchtbare Gebiete →

→ östlich des Jordan. Wie in ältesten Zeiten bei der Landnahme (↗ das Buch Josua) soll auch dieses Gebiet wieder zu Israel gehören.

▶ Israel war von fremden Völkern unterdrückt worden, jetzt hofft es auf eine Gegenreaktion (v16–17). Dabei soll auch Gott allgemein anerkannt werden.

▶ „Wer ist ein Gott wie du?" spielt mit dem Namen des Propheten. Gott ist deshalb so unvergleichlich, weil er Schuld vergibt!

▶ „Zertreten" und „ins Meer werfen" sind zwei Bilder dafür, dass Gott die Gemeinschaft vollständig von aller Belastung durch ihre Vergehen befreit.

fruchtbaren Land. Sie sollen wieder im Baschan und in Gilead weiden
wie in den Tagen der Vorzeit.
15 Wie in den Tagen, als du aus Ägypten auszogst, lass uns deine
Wunder schauen!
16 Die Völker mit all ihrer Macht sollen sich schämen, wenn sie es
sehen. Sie sollen die Hand auf den Mund legen, ihre Ohren sollen
taub werden.
17 Staub sollen sie fressen wie die Schlange, wie das Gewürm am
Boden. Zitternd sollen sie herauskommen aus ihren Burgen, vor den
Herrn treten, unseren Gott, voll Schrecken und Furcht vor dir. ...
18 Wer ist ein Gott wie du, der du Schuld verzeihst und dem Rest
deines Erbvolkes das Unrecht vergibst? Gott hält nicht für immer fest
an seinem Zorn; denn er liebt es, gnädig zu sein.
19 Er wird wieder Erbarmen haben mit uns und unsere Schuld zer-
treten. Ja, du wirfst all unsere Sünden in die Tiefe des Meeres hinab.
20 Du wirst Jakob deine Treue beweisen und Abraham deine Huld, wie
du unseren Vätern geschworen hast in den Tagen der Vorzeit.

# NAHUM

Nahum bedeutet: „getröstet". Die Schrift richtet sich gegen die assyrische Hauptstadt Ninive und zielt darauf, das Land Juda zu trösten, das lange Zeit unter der gnadenlosen Bedrohung durch die Assyrer gelitten hatte.

▶ „Rache" meint eigentlich gerechten Ausgleich. Es besagt hier, dass Gott gegen die brutale Gewaltherrschaft der Weltmacht Assyrien vorgeht.

▶ „Langmütig" nimmt auf die zentrale Stelle Ex 34,6–7 Bezug.

▶ Diese starken Bilder sollen nicht Angst vor Gott machen, sondern vielmehr Hoffnung geben, dass Gott sogar die schrecklichsten menschlichen Mächte bezwingen kann.

**Ein Gott des gerechten Ausgleichs! (Nah 1,1–10; 2,1)**

1 1 Ausspruch über Ninive. Das Buch der Visionen Nahums aus El-
kosch.
2 Ein eifernder und rächender Gott ist der Herr.
Der Herr übt Rache und ist voll Zorn.
Der Herr übt Rache an seinen Gegnern
und hält fest am Zorn gegen seine Feinde.
3 Der Herr ist langmütig und von großer Macht; doch lässt der Herr
gewiss keinen ungestraft. In Wirbel und Sturm nimmt er seinen Weg,
die Wolken sind der Staub seiner Füße.
4 Er droht dem Meer und macht es trocken,
alle Flüsse lässt er versiegen.
Welk sind Baschan und Karmel,
auch die Blüten des Libanon sind verwelkt.
5 Berge beben vor ihm, und Hügel geraten ins Wanken.
Die Welt schreit vor ihm auf, die Erde und all ihre Bewohner.
6 Vor seinem Groll – wer kann da bestehen?
Wer hält stand in der Glut seines Zorns?
Sein Grimm greift um sich wie Feuer, und die Felsen bersten vor ihm.
7 Gut ist der Herr, eine feste Burg am Tag der Not.
Er kennt alle, die Schutz suchen bei ihm.
8 Doch in reißender Flut macht er seinen Gegnern ein Ende,
und Finsternis verfolgt seine Feinde.

9 Was plant ihr gegen den Herrn? Er macht doch ein Ende.
Es soll nicht wieder Not aufkommen.
10 Wie dichtes Dornengestrüpp und wie wirres Windengerank werden
sie verbrannt, wie dürre Spreu; nichts bleibt übrig. ...

2 1 Seht auf den Bergen die Schritte des Freudenboten! Er verkündet
Frieden. Juda, feiere deine Feste, erfülle deine Gelübde! Denn der
Unheilstifter durchstreift dein Land nicht mehr; er ist völlig vernich-
tet.

Der lachende Engel von Reims

# HABAKUK

Ähnlich wie Nahum wendet sich auch Habakuk gegen eine zerstörerische Weltmacht – er jedoch gegen die Babylonier (Hab 1,6). Zu Beginn beschreibt das Büchlein die schreckliche Bedrohung (Hab 1), doch endet es mit einem Psalm, in dem Gott als Retter eingreift (Hab 3). Berühmt ist die Stelle Hab 2,4 (Der Gerechte wird wegen seines Glaubens leben) weil Paulus die Stelle zitiert hat (Röm 1,17; Gal 3,11) und Martin Luther damit untermauert hat, dass der Glaube das Wichtigste ist, um vor Gott gerecht zu leben.

## Ein Prophet schreit nach Rettung (Hab 1,1–12)

1 1 Ausspruch, den der Prophet Habakuk in einer Vision hörte.
2 Wie lange, Herr, soll ich noch rufen, und du hörst nicht?
Ich schreie zu dir: Hilfe, Gewalt! Aber du hilfst nicht.
3 Warum lässt du mich die Macht des Bösen erleben und siehst der
Unterdrückung zu? Wohin ich blicke, sehe ich Gewalt und Misshand-
lung, erhebt sich Zwietracht und Streit.

▶ Der Prophet macht Gott schwere Vorwürfe (1,2–3), zugleich hat er doch Vertrauen (1,12). Auch wir dürfen Gott ganz ehrlich sagen, was uns am Herzen liegt, sogar widersprüchliche Stimmungen und Gedanken.

4 Darum ist das Gesetz ohne Kraft, und das Recht setzt sich gar nicht
mehr durch. Die Bösen umstellen den Gerechten, und so wird das
Recht verdreht.
5 Seht auf die Völker, schaut hin, staunt und erstarrt! Denn ich voll-
bringe in euren Tagen eine Tat – würde man euch davon erzählen, ihr
glaubtet es nicht.
6 Denn seht, ich stachle die Chaldäer auf, das grausame, ungestüme
Volk, das die Weiten der Erde durchzieht, um Wohnplätze zu erobern,
die ihm nicht gehören, 7 ein furchtbares und schreckliches Volk, das
selbst sein Recht und seinen Rang bestimmt. 8 Seine Pferde sind
schneller als Panther, wilder als die Wölfe der Steppe. Seine Rosse
und Reiter stürmen heran, sie kommen aus der Ferne, sie fliegen her-
bei wie ein Geier, der sich auf seinen Fraß stürzt.
9 Sie rücken an, entschlossen zu roher Gewalt, alle Gesichter vor-
wärts gerichtet. Gefangene raffen sie zusammen wie Sand. 10 Sie ma-
chen sich sogar über Könige lustig und lachen über mächtige Fürsten;
ja, sie spotten über jede Festung, sie schütten einen Erdwall auf und
nehmen sie ein. 11 Dann ziehen sie weiter, wie der Sturmwind sausen
sie dahin. Doch sie werden es büßen, denn sie haben ihre Kraft zu
ihrem Gott gemacht.
12 Herr, bist nicht du von Ewigkeit her mein heiliger Gott? Wir wollen
nicht sterben.

„Rechtspositivismus“ nennt man es, wenn nur noch das „Recht“ ist, was eine Macht oder Mehrheit als Recht definiert. Gäbe es, so sagt der Philosoph Robert Spaemann, „kein von Natur Rechtes, so ließe sich über Fragen der Gerechtigkeit gar nicht sinnvoll streiten.“

▶ „Chaldäer“ bezieht sich auf die babylonische Weltmacht (↗ 2 Kön 25).

Der Philosoph Friedrich Nietzsche verspottete das Christentum wegen des Mitleids und seiner Sympathie mit den Schwachen. Wer an Gott glaubt, sieht, dass wir alle vor Gott klein sind, aber auch Würde bekommen haben (↗ Ps 8, Gen 1,27).

# ZEFANJA

Zefanja bedeutet: „*Jah* (= Gott) hat geborgen" (↗ Ps 27,5). Das Büchlein verbindet in aller Kürze viele prophetische Themen: Gericht und Hoffnung für Juda und für fremde Völker. Im dritten und letzten Kapitel kommt es zu einem inhaltlichen Höhepunkt:

> „Man baut leichter eine Stadt in der Luft als einen Staat ohne Gott.
>
> **PLATON**

Das göttliche Feuer reinigt. Nach einer „heißen Phase" sieht man die Dinge klarer und kann sie deutlicher oder ehrlicher aussprechen.

▶ Die „Ströme von Kusch" (v10) sind vor allem der Blaue und der Weiße Nil (heute in Äthiopien und Sudan). Diese Region wurde als der Rand der bewohnten Welt empfunden.

**Hoffnung auf die Einheit der Menschheit (Zef 3,1–2.8–17)**

3 1 Weh der trotzigen, der schmutzigen, der gewalttätigen Stadt.
2 Sie will nicht hören und nimmt sich keine Warnung zu Herzen.
Sie verlässt sich nicht auf den Herrn und sucht nicht die Nähe ihres
Gottes. ...
8 Darum wartet nur – Spruch des Herrn – auf den Tag, an dem ich
auftreten werde als Kläger. Denn ich habe beschlossen: Völker will ich
versammeln, und Königreiche biete ich auf; dann schütte ich meinen
Groll über sie aus, die ganze Glut meines Zorns. Denn vom Feuer meines Eifers wird die ganze Erde verzehrt.
9 Dann werde ich die Lippen der Völker verwandeln in reine Lippen,
damit alle den Namen des Herrn anrufen und ihm einmütig dienen.
10 Von jenseits der Ströme von Kusch bringen mir meine Verehrer
dann als Gabe die Gemeinde meiner Verstreuten.

> „Wir sind Arme Christi. Deshalb kommt es darauf an, niemals sich aufzudrängen oder zu versuchen, das Gewissen eines anderen zu vereinnahmen. Zuallererst soll unser Leben das Evangelium durchscheinen lassen.
>
> **FRÈRE ROGER SCHUTZ**

> „Die am stärksten mitreißende Aufforderung [zur Freude] ist wohl die des Propheten Zefanja, der uns Gott selbst wie einen leuchtenden Mittelpunkt des Festes und der Fröhlichkeit vor Augen führt. Es ergreift mich, wenn ich diesen Text wieder lese.
>
> **PAPST FRANZISKUS**, EG 45

▶ Kein anderer Vers der Bibel spricht so oft von Gottes Freude – vierfach wiederholt!

11 An jenem Tag brauchst du dich nicht mehr zu schämen, wegen all
deiner schändlichen Taten, die du gegen mich verübt hast. Ja, dann
entferne ich aus deiner Mitte die überheblichen Prahler, und du wirst
nicht mehr hochmütig sein auf meinem heiligen Berg.
12 Und ich lasse in deiner Mitte übrig ein demütiges und armes Volk,
das seine Zuflucht sucht beim Namen des Herrn.
13 Der Rest von Israel wird kein Unrecht mehr tun und wird nicht
mehr lügen, in ihrem Mund findet man kein unwahres Wort mehr.
Ja, sie gehen friedlich auf die Weide, und niemand schreckt sie auf,
wenn sie ruhen.
14 Juble, Tochter Zion! Jauchze, Israel! Freu dich, und frohlocke von
ganzem Herzen, Tochter Jerusalem!
15 Der Herr hat das Urteil gegen dich aufgehoben und deine Feinde
zur Umkehr gezwungen. Der König Israels, der Herr, ist in deiner Mitte;
du hast kein Unheil mehr zu fürchten.
16 An jenem Tag wird man zu Jerusalem sagen: Fürchte dich nicht,
Zion! Lass die Hände nicht sinken!
17 Der Herr, dein Gott, ist in deiner Mitte, ein Held, der Rettung bringt.
Er freut sich und jubelt über dich, er erneuert seine Liebe zu dir, er
jubelt über dich und frohlockt, wie man frohlockt an einem Festtag.

# HAGGAI

Auf Zefanja folgt das Büchlein Haggai, in dem es um den Wiederaufbau des Jerusalemer Tempels in persischer Zeit geht (nach der Zerstörung durch die Babylonier 587 v. Chr.; ↗ dazu die Bücher Esra und Nehemia). Dies geschah unter dem persischen König Darius I., der seine Regierung 522 v. Chr. antrat. Unter seiner Oberherrschaft war Serubbabel höchster Beamter in Jerusalem. Er war ein Enkel Jojachins, des letzten Königs von Juda, der ins Exil geführt worden war (→ 2 Kön 24,15; 1 Chr 3,17–19).

## Der Aufruf zum Tempelbau (Hag 1,1–14)

1 1 Im zweiten Jahr des Königs Darius erging am ersten Tag des
sechsten Monats das Wort des Herrn durch den Propheten Haggai
an den Statthalter von Juda, Serubbabel, den Sohn Schealtiëls, und
an den Hohenpriester Jeschua, den Sohn des Jozadak:
2 So spricht der Herr der Heere: Dieses Volk sagt: Noch ist die Zeit
nicht gekommen, das Haus des Herrn aufzubauen. 3 Da erging das
Wort des Herrn durch den Propheten Haggai: 4 Ist etwa die Zeit ge-
kommen, dass ihr in euren getäfelten Häusern wohnt, während die-
ses Haus in Trümmern liegt? 5 Nun aber spricht der Herr der Heere:
Überlegt doch, wie es euch geht. 6 Ihr sät viel und erntet wenig; ihr
esst und werdet nicht satt; ihr trinkt, aber zum Betrinken reicht es
euch nicht; ihr zieht Kleider an, aber sie halten nicht warm und wer
etwas verdient, verdient es für einen löcherigen Beutel.

Haggai ist kein Sonderfall. Im Jahr 1206 hörte auch Franz von Assisi vor dem Kreuz einen Stimme: „Geh hin und stell mein Haus wieder her, das, wie du siehst, schon ganz verfallen ist!“ Franz nahm die Sache erst einmal wörtlich, besorgte sich Steine und Mörtel und richtete das Kirchlein San Damiano wieder her. Später verstand er, dass Gott ihn berufen hatte, seine ganze Kirche vor dem inneren Zerfall zu bewahren.

7 So spricht der Herr der Heere: Überlegt also, wie es euch geht.
8 Geht ins Gebirge, schafft Holz herbei und baut den Tempel wieder
auf! Das würde mir gefallen und mich ehren, spricht der Herr. 9 Ihr
habt viel erhofft und doch nur wenig geerntet; und wenn ihr es ein-
brachtet, blies ich es weg. Warum wohl? – Spruch des Herrn der Hee-
re. Weil mein Haus in Trümmern liegt, während jeder von euch für
sein eigenes Haus rennt. 10 Deshalb hält der Himmel über euch den
Tau zurück, und die Erde hält ihren Ertrag zurück. 11 Ich rief die Dürre
über das Land und über die Berge, über das Getreide, über den Wein
und das Öl, über alles, was der Boden hervorbringt, über Mensch und
Vieh und über alle Arbeit eurer Hände.
12 Serubbabel, der Sohn Schealtiëls, und der Hohepriester Jeschua,
der Sohn des Jozadak, und alle, die vom Volk noch übrig waren, hör-
ten auf die Stimme des Herrn, ihres Gottes, und auf die Worte des
Propheten Haggai; denn der Herr, ihr Gott, hatte ihn gesandt und das
Volk fürchtete sich vor dem Herrn. 13 Darum verkündete Haggai, der
Bote des Herrn, dem Volk im Auftrag des Herrn: Ich bin bei euch –
Spruch des Herrn. 14 Und der Herr weckte den Geist des Statthalters
von Juda, Serubbabel, des Sohnes Schealtiëls, und den Geist des Ho-
henpriesters Jeschua, des Sohnes des Jozadak, und den Geist all de-
rer, die vom Volk noch übrig waren, so dass sie kamen und die Arbeit
am Tempel ihres Gottes, des Herrn der Heere, aufnahmen.

▶ Seit jeher bewegt Gottes Geist Menschen, auch gegen Bequemlichkeit und Egoismus sich für wertvolle Anliegen einzusetzen.

# SACHARJA

Auch das folgende, wesentlich längere Buch Sacharja ist in persische Zeit datiert (↗ Sach 1,1, mit Bezug auf den Perserkönig Darius I.). „Sacharja" meint „Jah (= Gott) hat sich erinnert". Die Visionen in diesem Büchlein erinnern an Ezechiel und Daniel.

## Ein heiliger Berg für alle Völker (Sach 8,1–8)

8 1 Es erging das Wort des Herrn der Heere:
2 So spricht der Herr der Heere: Mit großem Eifer trete ich ein für
Zion, ich setze mich glühend ein für Jerusalem. 3 So spricht der Herr:
Ich kehre zurück nach Zion und wohne wieder in Jerusalem. Dann wird Jerusalem „Stadt der Treue" heißen und der Berg des Herrn der Heere „Heiliger Berg".

4 So spricht der Herr der Heere: Greise und Greisinnen werden wieder auf den Plätzen Jerusalems sitzen; jeder hält wegen seines hohen Alters einen Stock in der Hand.

5 Die Straßen der Stadt werden voll Knaben und Mädchen sein,
die auf den Straßen Jerusalems spielen.

6 So spricht der Herr der Heere: Wenn das dem Rest dieses Volkes in jenen Tagen zu wunderbar erscheint, muss es dann auch mir zu wunderbar erscheinen? – Spruch des Herrn der Heere.

7 So spricht der Herr der Heere: Seht, ich werde mein Volk befreien aus dem Land des Sonnenaufgangs und aus dem Land des Sonnen-
untergangs. 8 Ich werde sie heimbringen, und sie werden in Jerusalem wohnen. Sie werden mein Volk sein, und ich werde ihr Gott sein, unwandelbar und treu.

▶ Zur „Bundesformel" in v8 ↗ Jer 30,22.

## Viele Völker strömen nach Jerusalem (Sach 8,18–23)

18 Und es erging an mich das Wort des Herrn der Heere: 19 So spricht
der Herr der Heere: Das Fasten des vierten, das Fasten des fünften, das Fasten des siebten und das Fasten des zehnten Monats werden für das Haus Juda Tage des Jubels und der Freude und froher Feste sein. Darum liebt die Treue und den Frieden! 20 So spricht der Herr der
Heere: Es wird noch geschehen, dass Völker herbeikommen und die Einwohner vieler Städte. 21 Die Einwohner der einen Stadt werden zur
andern gehen und sagen: Wir wollen gehen, um den Zorn des Herrn zu besänftigen und den Herrn der Heere zu suchen. – Auch ich will hingehen. – 22 Viele Völker und mächtige Nationen werden kommen,
um in Jerusalem den Herrn der Heere zu suchen und den Zorn des Herrn zu besänftigen. 23 So spricht der Herr der Heere: In jenen Tagen
werden zehn Männer aus Völkern aller Sprachen einen Mann aus Juda an seinem Gewand fassen, ihn festhalten und sagen: Wir wollen mit euch gehen; denn wir haben gehört: Gott ist mit euch.

▶ Der Gedanke der „Völkerwallfahrt" (v20) nach Jerusalem stammt aus Mi 4,2 und Jes 2,3.

» Der Raum des messianischen Königs ist nicht mehr ein bestimmtes Land, das sich notwendigerweise von den anderen trennen und dann unvermeidlich auch gegen andere Länder Stellung beziehen würde. Sein Land ist die Erde, die ganze Welt. Indem er jede Abgrenzung überwindet, schafft er in der Mannigfaltigkeit der Kulturen Einheit.

**PAPST BENEDIKT XVI.**, 9.4.2006

### Zions Friedenskönig (Sach 9,9–10)

9 [9] Juble laut, Tochter Zion! Jauchze, Tochter Jerusalem! Siehe, dein
König kommt zu dir. Er ist gerecht und hilft; er ist demütig und rei-
tet auf einem Esel, auf einem Fohlen, dem Jungen einer Eselin. [10] Ich
vernichte die Streitwagen aus Efraim und die Rosse aus Jerusalem,
vernichtet wird der Kriegsbogen. Er verkündet für die Völker den Frie-
den; seine Herrschaft reicht von Meer zu Meer und vom Eufrat bis an
die Enden der Erde.

▶ Während Pferde als Kriegstiere und Prestigeobjekte eingesetzt wurden, dienten Esel als Lasttiere der einfachen Leute für friedliche Zwecke.

# MALEACHI

Maleachi meint „mein Bote“. Das Büchlein setzt sich im Stil eines Streitgesprächs dafür ein, dass sowohl der Gottesdienst am Tempel als auch soziale Gerechtigkeit wieder ernst genommen werden. Diese letzte Schrift des Alten Testaments in den christlichen Bibelausgaben endet mit einem kraftvollen Ausblick:

### Jubel über die Sonne der Gerechtigkeit (Mal 3,14–15.19–24)

3 [14] Ihr sagt: Es hat keinen Sinn, Gott zu dienen. Was haben wir da-
von, wenn wir auf seine Anordnungen achten und vor dem Herrn
der Heere in Trauergewändern umhergehen?

B Sag nicht: Ich will das Böse vergelten. Vertrau auf den Herrn; er wird dir helfen.

Spr 20,22

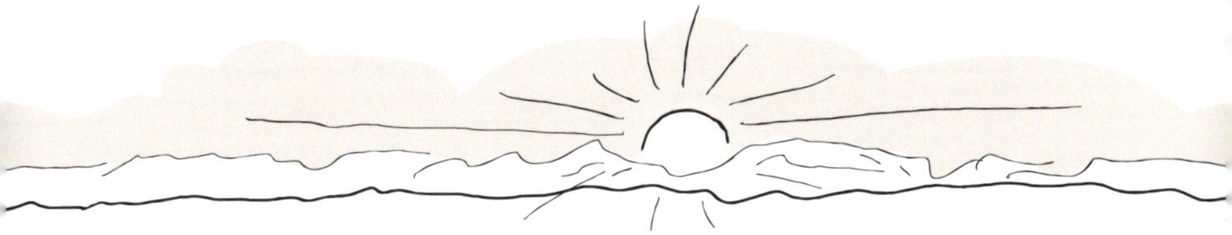

[15] Darum preisen wir die Überheblichen glücklich, denn die Frevler
haben Erfolg; sie stellen Gott auf die Probe und kommen doch straf-
los davon. ...
[19] Denn seht, der Tag kommt, er brennt wie ein Ofen: Da werden alle
Überheblichen und Frevler zu Spreu, und der Tag, der kommt, wird
sie verbrennen, spricht der Herr der Heere. Weder Wurzel noch Zweig
wird ihnen bleiben. [20] Für euch aber, die ihr meinen Namen fürchtet,
wird die Sonne der Gerechtigkeit aufgehen, und ihre Flügel bringen
Heilung.
Ihr werdet hinausgehen und Freudensprünge machen, wie Kälber,
die aus dem Stall kommen.

▶ Das Bild der geflügelten Sonne wurde im Alten Ägypten häufig als Symbol für göttlichen Schutz verwendet. Hier bringt die göttliche Sonne Gerechtigkeit und Heilung mit sich.

### Der kommende Tag (Mal 3,21–24)

[21] An dem Tag, den ich herbeiführe, werdet ihr die Ruchlosen unter
euren Fußsohlen zertreten, so dass sie zu Asche werden, spricht der
Herr der Heere.
[22] Denkt an das Gesetz meines Knechtes Mose; am Horeb habe ich ihm
Satzung und Recht übergeben, die für ganz Israel gelten.
[23] Bevor aber der Tag des Herrn kommt, der große und furchtbare Tag,
seht, da sende ich zu euch den Propheten Elija.
[24] Er wird das Herz der Väter wieder den Söhnen zuwenden und das
Herz der Söhne ihren Vätern, damit ich nicht kommen und das Land
dem Untergang weihen muss.

▶ Diese letzten Verse der Prophetenbücher und des Alten Testaments verweisen auf Mose (Ex – Dtn) und Elija (↗ 1 Kön 17 – 2 Kön 2). Beiden begegnet Jesus bei der Verklärung (↗ Mk 9,2–8; Mt 17,1–8; Lk 9,28–36). So wird sichtbar, dass Jesus mit den großen Gestalten des Alten Testaments im Gespräch und im Einklang steht.

# Das Neue Testament

Das Neue Testament ist der zweite Teil der christlichen Bibel. Es ist geschrieben worden, weil etwas Neues passiert ist: Jesus ist auf die Welt gekommen. Was er getan und erlitten hat, sollte erzählt werden. Der Glaube, dass er von den Toten auferweckt worden ist, musste ausgedrückt werden. Durch Jesus, seinen Ruf in die Nachfolge und die Mission seiner Jünger ist die Kirche entstanden. Wie es mit der Kirche angefangen hat, wird im Neuen Testament beschrieben.

Am Anfang der urchristlichen Überlieferung steht die mündliche Verkündigung. Aber dann beginnt das Schreiben. Der Apostel Paulus hat Briefe verfasst, um seine Gemeinden zu erreichten, wenn er nicht persönlich bei ihnen sein konnte. Die Evangelien wurden geschrieben, damit die Erinnerung an Jesus lebendig bleibt.

Das geschriebene Wort hilft, Räume und Zeiten zu überbrücken. So kann von Generation zu Generation das Wissen weitergegeben werden, wer Jesus war und wie die Kirche entstanden ist.

Das geschriebene Wort muss aber immer wieder lebendig werden. Was damals geschah, in der Fülle der Zeit (Gal 4,4), bleibt aktuell. Es ist „heute" wichtig – immer und zu allen Zeiten. So hat Jesus das Wort Gottes in der Synagoge seiner Heimatstadt Nazaret ausgelegt, als er aus dem Buch des Propheten Jesaja gelesen hatte: „Heute hat sich das Schriftwort, das ihr eben gehört habt, erfüllt" (Lk 4,21). Auch hier und jetzt kommt es darauf an, in den geschriebenen

Buchstaben der Heiligen Schrift den lebendigen Geist Gottes zu entdecken. Dann wird das Lesen der Bibel zur Glaubenserfahrung.

Im Neuen Testament wird das Alte Testament durchgehend vorausgesetzt. Es heißt: die „Schrift“ oder die „Schriften“. Es gilt als heilig. Es ist die Basis des Neuen Testaments. Für Jesus und die Apostel ist klar: Gottes Geschichte mit den Menschen und seinem Volk beginnt nicht erst mit dem Kommen des Messias; sie beginnt mit der Schöpfung und der Berufung Israels, mitten unter den Völkern Gott die Ehre zu geben. Deshalb kann das Neue Testament nicht ohne das Alte Testament verstanden werden. Und umgekehrt gilt: Das Alte Testament kann

B Denkt nicht, ich sei gekommen, um das Gesetz und die Propheten aufzuheben. Ich bin nicht gekommen, um aufzuheben, sondern um zu erfüllen. Amen, das sage ich euch: Bis Himmel und Erde vergehen, wird auch nicht der kleinste Buchstabe des Gesetzes vergehen, bevor nicht alles geschehen ist. Wer auch nur eines von den kleinsten Geboten aufhebt und die Menschen entsprechend lehrt, der wird im Himmelreich der Kleinste sein. Wer sie aber hält und halten lehrt, der wird groß sein im Himmelreich.

Mt 5,17–19

neu verstanden werden, wenn man es in dem Licht liest, das von Jesus Christus ausgeht.

Das Neue Testament beginnt mit den vier Evangelien: nach Matthäus, nach Markus, nach Lukas und nach Johannes. Die Evangelien erzählen von Jesus: seinem Leben, seinem Tod und seiner Auferstehung. Deshalb stehen sie im Neuen Testament an der Spitze.

Nach den Evangelien steht die Apostelgeschichte. Sie erzählt, wie die ersten Jünger den Auftrag Jesu verwirklicht haben: „Ihr sollt meine Zeugen sein in Jerusalem und ganz Judäa, in Samaria und bis ans Ende der Welt“ (Apg 1,8). In der Geschichte der Kirche geht die Geschichte Jesu weiter – bis heute.

Der Apostelgeschichte folgen die Apostelbriefe. Sie fordern und fördern den Aufbau der Kirche. Sie legen ein vielstimmiges Bekenntnis des Glaubens ab. Sie zeigen, wie das Wort Gottes die ersten Gemeinden bewegt hat. Sie sprechen in aller Offenheit Schwierigkeiten an, den richtigen Weg zu finden. Aber sie weisen eine Richtung, die bis heute gültig ist.

Das Neue Testament endet mit der Offenbarung des Johannes. Es ist eine prophetische Schrift. Sie öffnet den Blick auf den neuen Himmel und die neue Erde. Im himmlischen Jerusalem entsteht ein neues Paradies. In diesem Paradies wird sich die Verheißung in Vollendung erfüllen, von der alle Menschen in ihrem Glauben leben.

# Die Evangelien

Die Evangelien erzählen die Geschichte Jesu. Evangelium heißt: Gute Nachricht, Frohe Botschaft. Nach dem Neuen Testament gibt es im Grunde nur ein Evangelium. Denn es gibt nur einen Gott; und sein Wort, das Jesus verkündet, ist unendlich gut.

Aber das eine Evangelium Gottes muss von Menschen mit ihren eigenen Worten verkündet werden. Am Anfang des Neuen Testaments stehen vier dieser Zeugnisse. Sie alle beziehen sich auf das eine Evangelium. Deshalb tragen sie seit ältester Zeit die Überschrift: Evangelium nach *Matthäus*, Evangelium nach *Markus*, Evangelium nach *Lukas*, Evangelium nach *Johannes*.

Alle Evangelien sind von Christen geschrieben worden, die an die Auferstehung Jesu glauben und deshalb von seinem Leben erzählen. Die Evangelien beruhen auf alter Überlieferung. Sie stellen Jesus so dar, dass nicht nur seine vergangene, sondern immer auch seine gegenwärtige Bedeutung deutlich wird.

Später sind noch weitere Evangelien geschrieben worden. Aber nur die vier nach Matthäus, Markus, Lukas und Johannes sind in die Bibel aufgenommen worden. Es sind die ältesten und wichtigsten Zeugnisse von Jesus. Es sind diejenigen, die überall anerkannt werden, damals wie heute.

Alle Evangelien haben starke Gemeinsamkeiten, besonders die ersten drei. Aber sie haben auch starke Besonderheiten, besonders das vierte. Sie zeigen Jesus von unterschiedlichen Seiten aus. Das ist eine Einladung, Jesus immer besser kennenzulernen.

Diese Bibel orientiert sich an Matthäus, weil es das erste in der Reihe der Evangelien geworden ist und durch die Jahrhunderte hindurch die größte Bedeutung gewonnen hat. Aus dem Markus- und dem Lukasevangelium werden in dieser Bibel typische Abschnitte geboten. Umfangreichere Auszüge gibt es wieder aus dem Johannesevangelium, das seit der Antike als geistliches Evangelium gilt.

Wer alle Evangelien lesen will, muss in eine volle Bibel schauen. Er wird belohnt mit einem Reichtum an Zeugnissen über Jesus.

DAS EVANGELIUM NACH

# Matthäus

Das Neue Testament beginnt mit dem Evangelium nach Matthäus. Der Überlieferung nach ist der Zöllner Matthäus der Verfasser, den Jesus selbst in die Nachfolge gerufen hat (Mt 9,9).

Das Matthäusevangelium beginnt mit einem Stammbaum Jesu, einer kurz gefassten Geschichte Israels. Dieser Stammbaum bindet das Neue Testament an das Alte Testament zurück.

Das Matthäusevangelium endet mit dem Auftrag des Auferstandenen, alle Völker in die Nachfolge zu rufen. Dieser Auftrag öffnet die Geschichte Jesu für die Geschichte der Kirche – „bis zum Ende der Welt“ (Mt 28,20).

Jesus gehört zum Gottesvolk Israel. Er bringt das Heil Gottes allen Völkern. Er ist der „Immanuel – Gott mit uns“ (Jes 7,14, Mt 1,23).

Der Evangelist erzählt die Geschichte des Wirkens und des Leidens Jesu. Diese Geschichte endet nicht am Kreuz. Sie beginnt neu mit der Auferstehung Jesu von den Toten. Im Licht des Ostertages sollen alle erkennen: Jesus ist der Sohn Gottes; er erfüllt den Willen Gottes, „wie im Himmel, so auf Erden“ (Mt 6,13).

Die Gemeinde des Matthäus lebt in enger Verbundenheit mit dem Judentum. Sie streitet sich mit den Pharisäern um die richtige Auslegung des Gesetzes. Durch ihre Orientierung an Jesus bringt sie das judenchristliche Erbe in die Kirche ein.

## DIE VORGESCHICHTE (MT 1,1–2,23)

▶ Der Stammbaum Jesu zeigt, woher Jesus kommt und wer er ist. David ist der große König Israels. Mit ihm verbindet sich die Hoffnung auf Erlösung. Abraham ist der Stammvater Israels. Er hat die Verheißung Gottes empfangen, ein Segen für alle Völker zu werden (Gen 12,3). Jesus erfüllt diese Verheißung. Er ist der Messias Israels, der allen Völkern das Heil bringt.

▶ Fünf Frauen werden genannt: Tamar (Gen 38), Rahab (Jos 2), Rut (Rut), die Mutter Salomos, Batseba (2 Sam 11; 1 Kön 1) – und zum krönenden Abschluss Maria.

### Wo Jesus verwurzelt ist (Mt 1,1–17)

1 1 Stammbaum Jesu Christi, des Sohnes Davids, des Sohnes Abra-
hams: 2 Abraham war der Vater von Isaak, Isaak von Jakob, Jakob
von Juda und seinen Brüdern. 3 Juda war der Vater von Perez und Se-
rach; ihre Mutter war Tamar. Perez war der Vater von Hezron, Hez-
ron von Aram, 4 Aram von Amminadab, Amminadab von Nachschon,
Nachschon von Salmon. 5 Salmon war der Vater von Boas; dessen
Mutter war Rahab. Boas war der Vater von Obed; dessen Mutter war
Rut. Obed war der Vater von Isai, 6 Isai der Vater des Königs David.
David war der Vater von Salomo, dessen Mutter die Frau des Urija war.
7 Salomo war der Vater von Rehabeam, Rehabeam von Abija, Abija
von Asa, 8 Asa von Joschafat, Joschafat von Joram, Joram von Usija.
9 Usija war der Vater von Jotam, Jotam von Ahas, Ahas von Hiskija,
10 Hiskija von Manasse, Manasse von Amos, Amos von Joschija. 11 Jo-
schija war der Vater von Jojachin und seinen Brüdern; das war zur
Zeit der Babylonischen Gefangenschaft. 12 Nach der Babylonischen
Gefangenschaft war Jojachin der Vater von Schealtiël, Schealtiël von
Serubbabel, 13 Serubbabel von Abihud, Abihud von Eljakim, Eljakim
von Azor. 14 Azor war der Vater von Zadok, Zadok von Achim, Achim
von Eliud, 15 Eliud von Eleasar, Eleasar von Mattan, Mattan von Jakob.

▶ Der Stammbaum Jesu hat eine Lücke. Bei Josef endet die Kette der männlichen Zeugungen. Wie passt Jesus dann in die Heilsgeschichte Israels von Abraham und David hinein? Die Antwort gibt das Weihnachtsevangelium des Matthäus: Jesus ist der Sohn Gottes, geboren von der Jungfrau Maria.

16 Jakob war der Vater von Josef, dem Mann Marias; von ihr wurde
Jesus geboren, der der Christus (der Messias) genannt wird. 17 Im gan-
zen sind es also von Abraham bis David vierzehn Generationen, von
David bis zur Babylonischen Gefangenschaft vierzehn Generationen
und von der Babylonischen Gefangenschaft bis zu Christus vierzehn
Generationen.

▶ Matthäus erzählt von der Geburt Jesu aus der Sicht Josefs. Im Lukasevangelium steht Maria im Blickpunkt (Lk 1–2). Dort steht auch das Weihnachtsevangelium, das in der Liturgie verkündet wird (Lk 2,1–20).

### Wer Jesus ist (Mt 1,18–25)

18 Mit der Geburt Jesu Christi war es so: Maria, seine Mutter, war
mit Josef verlobt; noch bevor sie zusammengekommen waren, zeigte
sich, dass sie ein Kind erwartete – durch das Wirken des Heiligen
Geistes. 19 Josef, ihr Mann, der gerecht war und sie nicht bloßstellen
wollte, beschloss, sich in aller Stille von ihr zu trennen. 20 Während er
noch darüber nachdachte, erschien ihm ein Engel des Herrn im Traum
und sagte: Josef, Sohn Davids, fürchte dich nicht, Maria als deine Frau
zu dir zu nehmen; denn das Kind, das sie erwartet, ist vom Heiligen
Geist. 21 Sie wird einen Sohn gebären; ihm sollst du den Namen Jesus
geben; denn er wird sein Volk von seinen Sünden erlösen. 22 Dies alles
ist geschehen, damit sich erfüllte, was der Herr durch den Propheten
gesagt hat:
23 *Seht, die Jungfrau wird ein Kind empfangen, einen Sohn wird sie*
*gebären, und man wird ihm den Namen Immanuel geben (Jes 7,14),*
das heißt übersetzt: Gott ist mit uns.

Jesus, sei mir Jesus!
**PHILIPP NERI** (1505–1595), der „lachende Heilige", wirkte in Rom

24 Als Josef erwachte, tat er, was der Engel des Herrn ihm befohlen
hatte, und nahm seine Frau zu sich. 25 Er erkannte sie aber nicht, bis
sie ihren Sohn gebar. Und er gab ihm den Namen Jesus.

„Jesus“ heißt auf Deutsch: Gott hilft.

**Wir haben seinen Stern gesehen (Mt 2,1–12)**

2 1 Als Jesus zur Zeit des Königs Herodes in Betlehem in Judäa ge-
boren worden war, kamen Sterndeuter aus dem Osten nach Je-
rusalem 2 und fragten: Wo ist der neugeborene König der Juden? Wir
haben seinen Stern aufgehen sehen und sind gekommen, um ihm zu
huldigen. 3 Als König Herodes das hörte, erschrak er und mit ihm ganz
Jerusalem. 4 Er ließ alle Hohenpriester und Schriftgelehrten des Vol-
kes zusammenkommen und erkundigte sich bei ihnen, wo der Messi-
as geboren werden solle. 5 Sie antworteten ihm: In Betlehem in Judäa;
denn so steht es bei dem Propheten:
6 *Du, Betlehem* im Gebiet von Juda, bist keineswegs *die unbedeu-
tendste unter den führenden Städten von Juda; denn aus dir wird ein
Fürst hervorgehen, der Hirt meines Volkes Israel (Mi 5,1f.).*
7 Danach rief Herodes die Sterndeuter heimlich zu
sich und ließ sich von ihnen genau sagen,

Die Geschichte Jesu spielt sich von Anfang an in einem weltweiten Rahmen ab. Die Sterndeuter kommen mit der Weisheit des Ostens nach Israel und finden mit Hilfe der Bibel Israels (Mi 5,1f.) den Weg nach Betlehem. Dort beten sie das Kind mit seiner Mutter an.

Der Geburtstag des Herrn ist der Geburtstag des Friedens.

**PAPST LEO I.** (um 400–461)

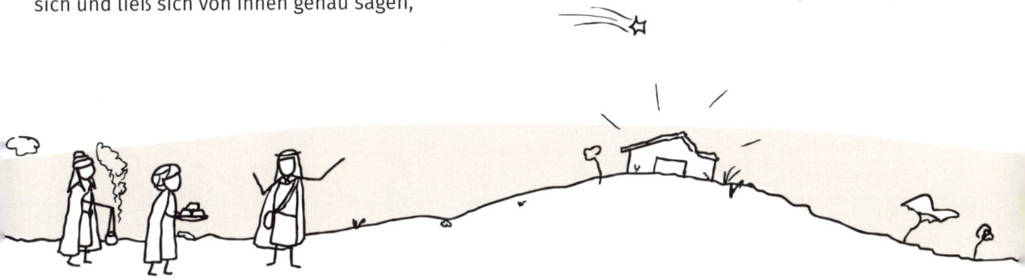

wann der Stern erschienen war. 8 Dann schickte er sie nach Betle-
hem und sagte: Geht und forscht sorgfältig nach, wo das Kind ist;
und wenn ihr es gefunden habt, berichtet mir, damit auch ich hin-
gehe und ihm huldige. 9 Nach diesen Worten des Königs machten sie
sich auf den Weg. Und der Stern, den sie hatten aufgehen sehen, zog
vor ihnen her bis zu dem Ort, wo das Kind war; dort blieb er stehen.
10 Als sie den Stern sahen, wurden sie von sehr großer Freude erfüllt.
11 Sie gingen in das Haus und sahen das Kind und Maria, seine Mutter;
da fielen sie nieder und huldigten ihm. Dann holten sie ihre Schätze
hervor und brachten ihm Gold, Weihrauch und Myrrhe als Gaben dar.
12 Weil ihnen aber im Traum geboten wurde, nicht zu Herodes zurück-
zukehren, zogen sie auf einem anderen Weg heim in ihr Land.

Ich sehe dich mit Freuden an / und kann mich nicht satt sehen; / und weil ich nun nichts weiter kann, /bleib ich anbetend stehen. / O dass mein Sinn ein Abgrund wär / und meine Seel´ ein weites Meer, / dass ich dich möchte fassen.

**PAUL GERHARDT** (1607–1676), Dichter und Theologe

**Auf der Flucht (Mt 2,13–15)**

13 Als die Sterndeuter wieder gegangen waren, erschien dem Josef
im Traum ein Engel des Herrn und sagte: Steh auf, nimm das Kind
und seine Mutter, und flieh nach Ägypten; dort bleibe, bis ich dir et-
was anderes auftrage; denn Herodes wird das Kind suchen, um es zu
töten. 14 Da stand Josef in der Nacht auf und floh mit dem Kind und
dessen Mutter nach Ägypten. 15 Dort blieb er bis zum Tod des Hero-
des. Denn es sollte sich erfüllen, was der Herr durch den Propheten
gesagt hat: *Aus Ägypten habe ich meinen Sohn gerufen (Hos 11,1).*

Mit dem arabischen „N“, Zeichen für „Nazarener“ = Christen, haben ISIS-Kämpfer 2014 die Türen von Christen in Mossul markiert. Alle dort lebenden Christen mussten ihre Heimat verlassen.

▶ Herodes war ein grausamer Despot, so ließ er er auch potentielle Nachfolger aus seiner eigenen Familie hinrichten. Der Mord an den unschuldigen Kindern in Betlehem ruft die Erinnerung an die Verfolgung der Juden wach und verweist auf die Passion Christi. In vielen Ländern macht eine neue Welle von Terror und Gewalt auch vor Kindern und Jugendlichen nicht halt.

**Der Kindermord in Betlehem (Mt 2,16–18)**

16 Als Herodes merkte, dass ihn die Sterndeuter getäuscht hatten,
wurde er sehr zornig, und er ließ in Betlehem und der ganzen Umgebung
alle Knaben bis zum Alter von zwei Jahren töten, genau der Zeit
entsprechend, die er von den Sterndeutern erfahren hatte. 17 Damals
erfüllte sich, was durch den Propheten Jeremia gesagt worden ist:
18 *Ein Geschrei war in Rama zu hören, lautes Weinen und Klagen: Rahel
weinte um ihre Kinder und wollte sich nicht trösten lassen, denn
sie waren dahin (Jer 31,15).*

» Die Flucht nach Ägypten wegen Herodes zeigt uns, dass Gott dort ist, wo der Mensch in Gefahr ist, wo der Mensch leidet, wo er flüchtet, wo er Ablehnung und Verlassenheit erfährt; doch Gott ist auch dort, wo der Mensch träumt, wo er hofft, in Freiheit in seine Heimat zurückzukehren.

**PAPST FRANZISKUS**, 29.12.2013

**Jesus kommt nach Nazaret (Mt 2,19–23)**

19 Als Herodes gestorben war, erschien dem Josef in Ägypten ein Engel
des Herrn im Traum 20 und sagte: Steh auf, nimm das Kind und
seine Mutter, und zieh in das Land Israel; denn die Leute, die dem
Kind nach dem Leben getrachtet haben, sind tot. 21 Da stand er auf
und zog mit dem Kind und dessen Mutter in das Land Israel. 22 Als er
aber hörte, dass in Judäa Archelaus an Stelle seines Vaters Herodes
regierte, fürchtete er sich, dorthin zu gehen. Und weil er im Traum
einen Befehl erhalten hatte, zog er in das Gebiet von Galiläa 23 und
ließ sich in einer Stadt namens Nazaret nieder. Denn es sollte sich
erfüllen, was durch die Propheten gesagt worden ist: Er wird Nazoräer genannt werden.

## JESUS TRITT AN DIE ÖFFENTLICHKEIT (MT 3,1–4,11)

▶ Im Lukasevangelium wird von der wunderbaren Geburt des Täufers erzählt, die mit der Geburt Jesu verwoben ist (Lk 1).

▶ Johannes ist wie Elija angezogen (1 Kön 1,8). Elija soll wiederkommen, um Israel für die Begegnung mit Gott vorzubereiten (Mal 3,1.23–24).

▶ Johannes predigt das Gericht. Er verkündet, dass Gott mit seinem Zorn im Recht ist. Aber er weist auch einen Ausweg: Es gibt die Chance der Umkehr. Die Taufe im Jordan vergibt die Sünden; sie bereitet auf den „Stärkeren" vor. Johannes ist der Vorläufer Jesu.

**Johannes der Täufer: Kehrt um! (Mt 3,1–12)**

3 1 In jenen Tagen trat Johannes der Täufer auf und verkündete in
der Wüste von Judäa: 2 Kehrt um! Denn das Himmelreich ist nahe.
3 Er war es, von dem der Prophet Jesaja gesagt hat: *Eine Stimme ruft
in der Wüste: Bereitet dem Herrn den Weg! Ebnet ihm die Straßen! (Jes
40,3)*
4 Johannes trug ein Gewand aus Kamelhaaren und einen ledernen
Gürtel um seine Hüften; Heuschrecken und wilder Honig waren seine
Nahrung. 5 Die Leute von Jerusalem und ganz Judäa und aus der ganzen
Jordangegend zogen zu ihm hinaus; 6 sie bekannten ihre Sünden
und ließen sich im Jordan von ihm taufen.
7 Als Johannes sah, dass viele Pharisäer und Sadduzäer zur Taufe kamen,
sagte er zu ihnen: Ihr Schlangenbrut, wer hat euch denn gelehrt,
dass ihr dem kommenden Gericht entrinnen könnt? 8 Bringt Frucht
hervor, die eure Umkehr zeigt, 9 und meint nicht, ihr könntet sagen:
Wir haben ja Abraham zum Vater. Denn ich sage euch: Gott kann aus
diesen Steinen Kinder Abrahams machen. 10 Schon ist die Axt an die
Wurzel der Bäume gelegt; jeder Baum, der keine gute Frucht hervorbringt,
wird umgehauen und ins Feuer geworfen.
11 Ich taufe euch nur mit Wasser (zum Zeichen) der Umkehr. Der aber,
der nach mir kommt, ist stärker als ich, und ich bin es nicht wert, ihm

die Schuhe auszuziehen. Er wird euch mit dem Heiligen Geist und mit
Feuer taufen. 12 Schon hält er die Schaufel in der Hand; er wird die
Spreu vom Weizen trennen und den Weizen in seine Scheune bringen;
die Spreu aber wird er in nie erlöschendem Feuer verbrennen.

**Die Taufe Jesu (Mt 3,13–17)**

13 Zu dieser Zeit kam Jesus von Galiläa an den Jordan zu Johannes,
um sich von ihm taufen zu lassen. 14 Johannes aber wollte es nicht
zulassen und sagte zu ihm: Ich müsste von dir getauft werden, und
du kommst zu mir? 15 Jesus antwortete ihm: Lass es nur zu! Denn nur
so können wir die Gerechtigkeit (die Gott fordert) ganz erfüllen. Da
gab Johannes nach. 16 Kaum war Jesus getauft und aus dem Wasser
gestiegen, da öffnete sich der Himmel, und er sah den Geist Gottes
wie eine Taube auf sich herabkommen. 17 Und eine Stimme aus dem
Himmel sprach: *Das ist mein geliebter Sohn, an dem ich Gefallen gefunden habe.*

**Teuflische Versuchungen (Mt 4,1–11)**

4 1 Dann wurde Jesus vom Geist in die Wüste geführt; dort sollte er
vom Teufel in Versuchung geführt werden. 2 Als er vierzig Tage und
vierzig Nächte gefastet hatte, bekam er Hunger. 3 Da trat der Versucher an ihn heran und sagte: Wenn du Gottes Sohn bist, so befiehl,
dass aus diesen Steinen Brot wird. 4 Er aber antwortete: In der Schrift
heißt es: *Der Mensch lebt nicht nur von Brot, sondern von jedem Wort,
das aus Gottes Mund kommt (Dtn 8,3).* 5 Darauf nahm ihn der Teufel
mit sich in die Heilige Stadt, stellte ihn oben auf den Tempel 6 und
sagte zu ihm: Wenn du Gottes Sohn bist, so stürz dich hinab; denn es
heißt in der Schrift: *Seinen Engeln befiehlt er, dich auf ihren Händen
zu tragen, damit dein Fuß nicht an einen Stein stößt (Ps 91,11f.)*
7 Jesus antwortete ihm: In der Schrift heißt es auch: *Du sollst den
Herrn, deinen Gott, nicht auf die Probe stellen (Dtn 6,16).* 8 Wieder
nahm ihn der Teufel mit sich und führte ihn auf einen sehr hohen
Berg; er zeigte ihm alle Reiche der Welt mit ihrer Pracht 9 und sagte
zu ihm: Das alles will ich dir geben, wenn du dich vor mir niederwirfst
und mich anbetest. 10 Da sagte Jesus zu ihm: Weg mit dir, Satan! Denn
in der Schrift steht: *Vor dem Herrn, deinem Gott, sollst du dich niederwerfen und ihm allein dienen (Dtn 5,9; 6,13).* 11 Darauf ließ der Teufel
von ihm ab, und es kamen Engel und dienten ihm.

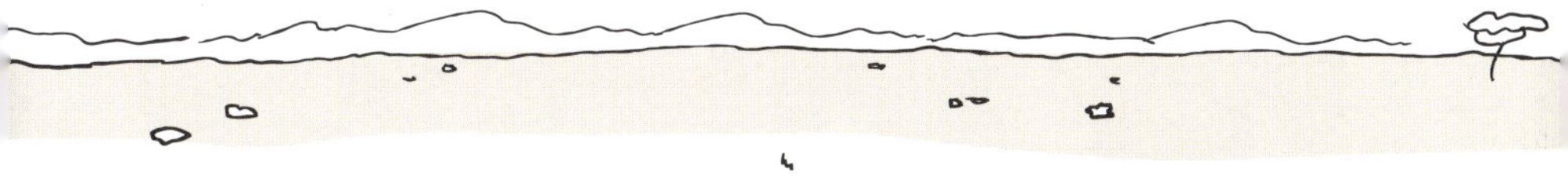

DAS WIRKEN JESU IN GALILÄA (MT 4,12–17,9)

**Jesus beginnt mit seiner Verkündigung (Mt 4,12–17)**

12 Als Jesus hörte, dass man Johannes ins Gefängnis geworfen hatte,
zog er sich nach Galiläa zurück. 13 Er verließ Nazaret, um in Kafarnaum

Er wurde, was wir sind, damit er aus uns machen konnte, was er ist.

**ATHANASIUS DER GROSSE** (um 298–373), Kirchenlehrer

Teufel heißt wörtlich: Verwirrer. Er will Jesus von seinem Weg abbringen.

Die Versuchung des Teufels hat drei Merkmale und wir müssen sie kennen, um nicht in die Falle zu gehen. Was macht der Teufel, um uns vom Weg Jesu zu entfernen? Die Versuchung beginnt harmlos, aber wächst an; sie wächst immer. Zweitens: sie wächst und steckt einen anderen an, sie geht auf einen anderen über, sie versucht, gemeinschaftlich zu sein. Und am Schluss rechtfertigt sie sich, um die Seele zu beruhigen.

**PAPST FRANZISKUS,** 24.4.2014

Jesus startete erst spät durch. 30 Jahre lebte er mit seinen Eltern zusammen, um dann in nur drei Jahren die bestdokumentierte Gestalt der Antike zu werden. Es gibt mehr Zeugnisse über Jesus als über fast jede andere Gestalt der Antike.

▶ Sebulon und Naftali sind die Namen zweier Stämme Israels, die im Norden des Heiligen Landes siedelten (s. Karte S. 83).

Verkündige das Evangelium. Wenn nötig, nimm Worte dazu.

**FRANZISKUS VON ASSISI**

Wisst ihr, welches das beste Mittel ist, um einen Jugendlichen zu evangelisieren? Ein anderer Jugendlicher. Das ist der Weg, den ihr gehen müsst!

**PAPST FRANZISKUS**, 9.6.2014

zu wohnen, das am See liegt, im Gebiet von Sebulon und Naftali. 14 Denn es sollte sich erfüllen, was durch den Propheten Jesaja gesagt worden ist:

15 *Das Land Sebulon und das Land Naftali, die Straße am Meer, das Gebiet jenseits des Jordan, das heidnische Galiläa:* 16 *das Volk, das im Dunkel lebte, hat ein helles Licht gesehen; denen, die im Schattenreich des Todes wohnten, ist ein Licht erschienen (Jes 8,23; 9,1).*

17 Von da an begann Jesus zu verkünden: Kehrt um! Denn das Himmelreich ist nahe.

**Aus Fischern werden Menschenfischer (Mt 4,18–22)**

18 Als Jesus am See von Galiläa entlangging, sah er zwei Brüder, Simon, genannt Petrus, und seinen Bruder Andreas; sie warfen gerade ihr Netz in den See, denn sie waren Fischer. 19 Da sagte er zu ihnen: Kommt her, folgt mir nach! Ich werde euch zu Menschenfischern machen. 20 Sofort ließen sie ihre Netze liegen und folgten ihm. 21 Als er weiterging, sah er zwei andere Brüder, Jakobus, den Sohn des Zebedäus, und seinen Bruder Johannes; sie waren

mit ihrem Vater Zebedäus im Boot und richteten ihre Netze her. Er rief sie, 22 und sogleich verließen sie das Boot und ihren Vater und folgten Jesus.

▶ Gleich zu Beginn seines Wirkens beruft Jesus die ersten Jünger – wörtlich: Schüler – in seine Nachfolge. Er will, dass sich die Gute Nachricht der nahen Himmelsherrschaft verbreitet. Deshalb macht er die Fischer zu Menschenfischern. Sie sollen ihre Netze auswerfen, um andere Menschen für den Glauben zu gewinnen. Dazu müssen sie Jesus folgen und von ihm lernen.

**Die Menschen kommen in Scharen zu Jesus (Mt 4,23–25)**

23 Er zog in ganz Galiläa umher, lehrte in den Synagogen, verkündete das Evangelium vom Reich und heilte im Volk alle Krankheiten und Leiden. 24 Und sein Ruf verbreitete sich in ganz Syrien. Man brachte Kranke mit den verschiedensten Gebrechen und Leiden zu ihm, Besessene, Mondsüchtige und Gelähmte, und er heilte sie alle. 25 Scharen von Menschen aus Galiläa, der Dekapolis, aus Jerusalem und Judäa und aus dem Gebiet jenseits des Jordan folgten ihm.

## DIE BERGPREDIGT (MT 5,1–7,29)

▶ Die Bergpredigt ist die erste der großen Reden Jesu, in der er seine Verkündigung zusammenfasst. Jesus richtet sie an seine Jünger; aber er spricht so, dass alle, die am Fuß des Berges stehen, ihn hören können. Sie sollen sich frei entscheiden können, Jesu Worten Glauben zu schenken.

5 1 Als Jesus die vielen Menschen sah, stieg er auf einen Berg. Er setzte sich, und seine Jünger traten zu ihm. 2 Dann begann er zu reden und lehrte sie.

**Die Seligpreisungen (Mt 5,3–12)**

3 Er sagte:
Selig, die arm sind vor Gott; denn ihnen gehört das Himmelreich.
4 Selig die Trauernden; denn sie werden getröstet werden.

5 Selig, die keine Gewalt anwenden; denn sie werden das Land erben.
6 Selig, die hungern und dürsten nach der Gerechtigkeit; denn sie
werden satt werden.
7 Selig die Barmherzigen; denn sie werden Erbarmen finden.
8 Selig, die ein reines Herz haben; denn sie werden Gott schauen.
9 Selig, die Frieden stiften; denn sie werden Söhne Gottes genannt
werden.
10 Selig, die um der Gerechtigkeit willen verfolgt werden; denn ihnen
gehört das Himmelreich.
11 Selig seid ihr, wenn ihr um meinetwillen beschimpft und verfolgt
und auf alle mögliche Weise verleumdet werdet. 12 Freut euch und
jubelt: Euer Lohn im Himmel wird groß sein. Denn so wurden schon
vor euch die Propheten verfolgt.

„Die Seligpreisungen sind das Programm, der Personalausweis des Christen."

**PAPST FRANZISKUS**, 9.6.14

▶ Eine Seligpreisung ist ein Glückwunsch – und mehr als das. Wer „selig" ist, ist überglücklich. Die Seligen sind von der Freude Gottes erfüllt.

**Salz der Erde, Licht der Welt (Mt 5,13–16)**

13 Ihr seid das Salz der Erde. Wenn das Salz seinen Geschmack ver-
liert, womit kann man es wieder salzig machen? Es taugt zu
nichts mehr; es wird weggeworfen und von den Leu-
ten zertreten. 14 Ihr seid das Licht der Welt. Eine

Stadt, die auf einem Berg liegt, kann nicht verborgen bleiben. 15 Man
zündet auch nicht ein Licht an und stülpt ein Gefäß darüber, sondern
man stellt es auf den Leuchter; dann leuchtet es allen im Haus. 16 So
soll euer Licht vor den Menschen leuchten, damit sie eure guten Wer-
ke sehen und euren Vater im Himmel preisen.

**Die himmlische Gerechtigkeit (Mt 5,17–20)**

17 Denkt nicht, ich sei gekommen, um das Gesetz und die Propheten
aufzuheben. Ich bin nicht gekommen, um aufzuheben, sondern um zu
erfüllen. 18 Amen, das sage ich euch: Bis Himmel und Erde vergehen,
wird auch nicht der kleinste Buchstabe des Gesetzes vergehen, bevor
nicht alles geschehen ist. 19 Wer auch nur eines von den kleinsten
Geboten aufhebt und die Menschen entsprechend lehrt, der wird im
Himmelreich der Kleinste sein. Wer sie aber hält und halten lehrt, der
wird groß sein im Himmelreich.
20 Darum sage ich euch: Wenn eure Gerechtigkeit nicht weit größer
ist als die der Schriftgelehrten und der Pharisäer, werdet ihr nicht in
das Himmelreich kommen.

**Du sollst nicht töten – auch mit Worten nicht (Mt 5,21–26)**

21 Ihr habt gehört, dass zu den Alten gesagt worden ist: *Du sollst
nicht töten (Ex 20,13; Dtn 5,17)*; wer aber jemand tötet, soll dem Ge-
richt verfallen sein. 22 Ich aber sage euch: Jeder, der seinem Bruder

Bei allem Leid und unfassbar bedrohlichen Umständen in der Welt gibt mir diese Stelle Zuversicht, dass ein Leben im Glauben Vorbild für andere sein kann. Oft habe ich das Gefühl, dass manche Bemühungen für ein friedliches Miteinander und einen behutsamen Umgang mit Mensch und Umwelt einfach abprallen. Doch verweisen diese Sätze aus der Bibel darauf, sich nicht entmutigen zu lassen. Jeder und jede von uns kann Licht in der Welt sein.

**CHRISTIAN**

▶ Jesus gibt eine Grundsatzerklärung ab. Er redet in Vollmacht. Aber er redet weder das alttestamentliche Gesetz schlecht noch die Propheten Israels. Er konzentriert sich auf den Willen Gottes, der das Beste für die Menschen im Sinn hat.

> Es gibt viele Arten zu töten. Man kann einem ein Messer in den Bauch stechen, einem das Brot entziehen, einen von einer Krankheit nicht heilen, einen in eine schlechte Wohnung stecken, einen durch Arbeit zu Tode schinden, einen zum Suizid treiben, einen in den Krieg führen usw. Nur weniges davon ist in unserem Staat verboten.
>
> **BERT BRECHT** (1898–1956), deutscher Dichter und Dramatiker. Auf die Frage nach seinem Lieblingsbuch, antwortete Brecht: „Sie werden lachen – die Bibel!“

auch nur zürnt, soll dem Gericht verfallen sein; und wer zu seinem
Bruder sagt: Du Dummkopf!, soll dem Spruch des Hohen Rates ver-
fallen sein; wer aber zu ihm sagt: Du (gottloser) Narr!, soll dem Feuer
der Hölle verfallen sein.
23 Wenn du deine Opfergabe zum Altar bringst und dir dabei einfällt,
dass dein Bruder etwas gegen dich hat, 24 so lass deine Gabe dort vor
dem Altar liegen; geh und versöhne dich zuerst mit deinem Bruder,
dann komm und opfere deine Gabe.
25 Schließ ohne Zögern Frieden mit deinem Gegner, solange du mit
ihm noch auf dem Weg zum Gericht bist. Sonst wird dich dein Gegner
vor den Richter bringen, und der Richter wird dich dem Gerichtsdie-
ner übergeben, und du wirst ins Gefängnis geworfen. 26 Amen, das
sage ich dir: Du kommst von dort nicht heraus, bis du den letzten
Pfennig bezahlt hast.

> Ehebruch beginnt im Kopf. Jesus kritisiert den Blick, mit dem ein Mann von einer Frau Besitz ergreifen will.

### Treu sein (Mt 5,27–30)

27 Ihr habt gehört, dass gesagt worden ist: *Du sollst nicht die Ehe
brechen (Ex 20,14; Dtn 5,18).* 28 Ich aber sage euch: Wer eine Frau auch
nur lüstern ansieht, hat in seinem Herzen schon Ehebruch mit ihr
begangen.
29 Wenn dich dein rechtes Auge zum Bösen verführt, dann reiß es aus
und wirf es weg! Denn es ist besser für dich, dass eines deiner Glieder
verlorengeht, als dass dein ganzer Leib in die Hölle geworfen wird.

> ▶ Jesus redet in einem Bild. Er will nicht, dass Menschen sich selbst verstümmeln, sondern dass sie wissen, worauf es im Leben ankommt.

30 Und wenn dich deine rechte Hand zum Bösen verführt, dann hau
sie ab und wirf sie weg! Denn es ist besser für dich, dass eines deiner
Glieder verlorengeht, als dass dein ganzer Leib in die Hölle kommt.

> ▶ Die Worte sind in eine Zeit hinein gesprochen, in der nur Männer ein Recht auf Scheidung hatten. Was war „Unzucht“? Manche denken an Ehebruch oder Prostitution, andere an Glaubensabfall. Jesus tritt für die Unauflöslichkeit der Ehe ein (↗ Mt 19,3–12; 1 Kor 7,10–15).

### Bis dass der Tod euch scheidet (Mt 5,31–32)

31 Ferner ist gesagt worden: *Wer seine Frau aus der Ehe entlässt,
muss ihr eine Scheidungsurkunde geben (Dtn 24,1).* 32 Ich aber sage
euch: Wer seine Frau entlässt, obwohl kein Fall von Unzucht vorliegt,
liefert sie dem Ehebruch aus; und wer eine Frau heiratet, die aus der
Ehe entlassen worden ist, begeht Ehebruch.

### Euer Ja sei ein Ja, euer Nein ein Nein (Mt 5,33–37)

33 Ihr habt gehört, dass zu den Alten gesagt worden ist: *Du sollst kei-
nen Meineid schwören (Lev 19,12)*, und: Du sollst halten, was du dem
Herrn geschworen hast. 34 Ich aber sage euch: Schwört überhaupt
nicht, weder beim Himmel, denn er ist Gottes Thron, 35 noch bei der
Erde, denn sie ist der Schemel für seine Füße, noch bei Jerusalem,
denn es ist die Stadt des großen Königs. 36 Auch bei deinem Haupt
sollst du nicht schwören; denn du kannst kein einziges Haar weiß
oder schwarz machen.
37 Euer Ja sei ein Ja, euer Nein ein Nein; alles andere stammt vom
Bösen.

> Man kann nicht nur auf Probe leben, man kann nicht nur auf Probe sterben, man kann nicht nur auf Probe lieben, nur auf Probe und Zeit einen Menschen annehmen.
>
> **PAPST JOHANNES PAUL II.**, 15.11.1980

## Heraus aus dem Teufelskreis der Gewalt (Mt 5,38–41)

38 Ihr habt gehört, dass gesagt worden ist: *Auge für Auge* und *Zahn
für Zahn. (Ex 21,24)* 39 Ich aber sage euch: Leistet dem, der euch et-
was Böses antut, keinen Widerstand, sondern wenn dich einer auf die
rechte Wange schlägt, dann halt ihm auch die andere hin.
40 Und wenn dich einer vor Gericht bringen will, um dir das Hemd
wegzunehmen, dann lass ihm auch den Mantel. 41 Und wenn dich ei-
ner zwingen will, eine Meile mit ihm zu gehen, dann geh zwei mit ihm.
42 Wer dich bittet, dem gib, und wer von dir borgen will, den weise
nicht ab.

Wenn ich mit Menschen im Streit bin oder in der Dunkelheit, dann suche ich immer zuerst einen Moment der Ruhe, der Stille. Manchmal gehe ich einfach spazieren. Das tut mir dann sehr gut. Nach einer Weile kann ich den Schritt wagen, um Verzeihung zu bitten. Ich spüre: Es ist Jesus, der mir Kraft, Stärke und Mut gibt.

**NICO**

## Liebe kennt keine Grenzen (Mt 5,43–48)

43 Ihr habt gehört, dass gesagt worden ist: *Du sollst deinen Nächsten
lieben (Lev 19,18)* und deinen Feind hassen. 44 Ich aber sage euch:
Liebt eure Feinde und betet für die, die euch verfolgen, 45 damit ihr
Söhne eures Vaters im Himmel werdet; denn er lässt seine Sonne
aufgehen über Bösen und Guten, und er lässt regnen über Gerechte
und Ungerechte.
46 Wenn ihr nämlich nur die liebt, die euch lieben, welchen Lohn
könnt ihr dafür erwarten? Tun das nicht auch die Zöllner? 47 Und wenn
ihr nur eure Brüder grüßt, was tut ihr damit Besonderes? Tun das
nicht auch die Heiden? 48 Ihr sollt also vollkommen sein, wie es auch
euer himmlischer Vater ist.

Liebe ist die einzige Kraft, die einen Feind in einen Freund verwandelt.

**MARTIN LUTHER KING** (1929–1968), amerikanischer Pastor und Bürgerrechtler

## Spenden – aber ehrlich! (Mt 6,1–4)

6 1 Hütet euch, eure Gerechtigkeit vor den Menschen zur Schau zu
stellen; sonst habt ihr keinen Lohn von eurem Vater im Himmel
zu erwarten. 2 Wenn du Almosen gibst, lass es also nicht vor dir her-
posaunen, wie es die Heuchler in den Synagogen und auf den Gassen
tun, um von den Leuten gelobt zu werden. Amen, das sage ich euch:
Sie haben ihren Lohn bereits erhalten. 3 Wenn du Almosen gibst, soll
deine linke Hand nicht wissen, was deine rechte tut. 4 Dein Almosen
soll verborgen bleiben, und dein Vater, der auch das Verborgene
sieht, wird es dir vergelten.

Der Traum Gottes kollidiert stets mit der Heuchelei.

**PAPST FRANZISKUS** bei der Eröffnung der Familiensynode 2014

▶ Eine Synagoge ist ein jüdisches Gebets- und Versammlungshaus.

▶ Almosen sind Spenden für Bedürftige.

## Beten – aber wie? – Das Vaterunser (Mt 6,5–15)

5 Wenn ihr betet, macht es nicht wie die Heuchler. Sie stellen sich
beim Gebet gern in die Synagogen und an die Straßenecken, damit
sie von den Leuten gesehen werden. Amen, das sage ich euch: Sie
haben ihren Lohn bereits erhalten. 6 Du aber geh in deine Kammer,
wenn du betest, und schließ die Tür zu; dann bete zu deinem Vater,
der im Verborgenen ist. Dein Vater, der auch das Verborgene sieht,
wird es dir vergelten.
7 Wenn ihr betet, sollt ihr nicht plappern wie die Heiden, die meinen,
sie werden nur erhört, wenn sie viele Worte machen. 8 Macht es nicht
wie sie; denn euer Vater weiß, was ihr braucht, noch ehe ihr ihn bittet.

Immer wieder kam Jean-Marie Vianney, der heilige Pfarrer von Ars, in seine Kirche und sah einen alten Bauern, der über Stunden hinweg dort saß, um zu beten. Der Bauer sah dabei sehr glücklich aus. Der Pfarrer von Ars fragte ihn: „Sag mir, wie du betest!" Der Bauer antwortete ihm: „Ich schaue IHN an, und ER schaut mich an. Das ist genug."

„Sag nie VATER, wenn du dich nicht wie ein Sohn, eine Tochter benimmst. Sag nie UNSER, wenn es nur um dich geht. Sag nie DEIN NAME WERDE GEHEILIGT, wenn du nur an deine eigene Ehre denkst. Sag nie DEIN REICH KOMME, wenn du deinen Einfluss vergrößern willst. Sag nie DEIN WILLE GESCHEHE, wenn du deinen Willen durchsetzen möchtest. Sag nie GIB UNS UNSER TÄGLICHES BROT, wenn du dich nicht um die Notleidenden kümmerst. Sag nie VERGIB UNS UNSERE SCHULD, wenn du Hassgefühle gegen deine Mitmenschen hegst. Sag nie FÜHRE UNS NICHT IN VERSUCHUNG, wenn du dich ihr selber aussetzt. Sag nie ERLÖSE UNS VON DEM BÖSEN, wenn du dich nicht konsequent für das Gute einsetzt. ... Sag nie AMEN, wenn du die Worte des Vaterunsers nicht ernst nimmst.

**LEO TANNER,** kath. Pfarrer

9 So sollt ihr beten:
Unser Vater im Himmel,
dein Name werde geheiligt,
10 dein Reich komme,
dein Wille geschehe wie im Himmel, so auf der Erde.
11 Gib uns heute das Brot, das wir brauchen.
12 Und erlass uns unsere Schulden,
wie auch wir sie unseren Schuldnern erlassen haben.
13 Und führe uns nicht in Versuchung,
sondern rette uns vor dem Bösen.

14 Denn wenn ihr den Menschen ihre Verfehlungen vergebt, dann
wird euer himmlischer Vater auch euch vergeben. 15 Wenn ihr aber
den Menschen nicht vergebt, dann wird euch euer Vater eure Verfeh-
lungen auch nicht vergeben.

### Fasten ja – Trübsal nein (Mt 6,16–18)

16 Wenn ihr fastet, macht kein finsteres Gesicht wie die Heuchler. Sie
geben sich ein trübseliges Aussehen, damit die Leute merken, dass
sie fasten. Amen, das sage ich euch: Sie haben ihren Lohn bereits er-
halten. 17 Du aber salbe dein Haar, wenn du fastest, und wasche dein
Gesicht, 18 damit die Leute nicht merken, dass du fastest, sondern nur
dein Vater, der auch das Verborgene sieht; und dein Vater, der das
Verborgene sieht, wird es dir vergelten.

„Durch das Fasten des Leibes hältst du die Sünde nieder, erhebst du den Geist und gibst uns die Kraft und den Sieg durch unsern Herrn Jesus Christus.

Präfation für die Fastenzeit

▶ Jesus spitzt zu. Er wählt drastische Bilder, damit wir die Augen für das Böse in unserem eigenen Herzen öffnen und die Sünde bekämpfen.

Ich plane gerne immer alles bis ins kleinste Detail. Doch manche Dinge lassen sich einfach nicht planen. In diesem Fall tröstet es mich immer zu wissen, dass Gott schon weiß, warum die Dinge dann so oder so verlaufen. (Christina)

Ich brauche im Leben keine großen Reichtümer, ich muss mein

### Was wirklich wertvoll ist (Mt 6,19–24)

19 Sammelt euch nicht Schätze hier auf der Erde, wo Motte und Wurm
sie zerstören und wo Diebe einbrechen und sie stehlen, 20 sondern
sammelt euch Schätze im Himmel, wo weder Motte noch Wurm sie
zerstören und keine Diebe einbrechen und sie stehlen. 21 Denn wo
dein Schatz ist, da ist auch dein Herz.
22 Das Auge gibt dem Körper Licht. Wenn dein Auge gesund ist, dann
wird dein ganzer Körper hell sein. 23 Wenn aber dein Auge krank ist,
dann wird dein ganzer Körper finster sein. Wenn nun das Licht in dir
Finsternis ist, wie groß muss dann die Finsternis sein!
24 Niemand kann zwei Herren dienen; er wird entweder den einen
hassen und den andern lieben, oder er wird zu dem einen halten und
den andern verachten. Ihr könnt nicht beiden dienen, Gott und dem
Mammon.

### Macht euch keine Sorgen (Mt 6,25–34)

25 Deswegen sage ich euch: Sorgt euch nicht um euer Leben und
darum, dass ihr etwas zu essen habt, noch um euren Leib und darum,
dass ihr etwas anzuziehen habt. Ist nicht das Leben wichtiger als die
Nahrung und der Leib wichtiger als die Kleidung? 26 Seht euch die
Vögel des Himmels an: Sie säen nicht, sie ernten nicht und sammeln
keine Vorräte in Scheunen; euer himmlischer Vater ernährt sie. Seid

ihr nicht viel mehr wert als sie? 27 Wer von euch kann mit all seiner
Sorge sein Leben auch nur um eine kleine Zeitspanne verlängern?
28 Und was sorgt ihr euch um eure Kleidung? Lernt von den Lilien, die
auf dem Feld wachsen: Sie arbeiten nicht und spinnen nicht. 29 Doch
ich sage euch: Selbst Salomo war in all seiner Pracht nicht gekleidet
wie eine von ihnen. 30 Wenn aber Gott schon das Gras so prächtig
kleidet, das heute auf dem Feld steht und morgen ins Feuer geworfen
wird, wie viel mehr dann euch, ihr Kleingläubigen! 31 Macht euch also
keine Sorgen und fragt nicht: Was sollen wir essen? Was sollen wir
trinken? Was sollen wir anziehen? 32 Denn um all das geht es den Hei-
den. Euer himmlischer Vater weiß, dass ihr das alles braucht. 33 Euch
aber muss es zuerst um sein Reich und um seine Gerechtigkeit gehen;
dann wird euch alles andere dazugegeben.
34 Sorgt euch also nicht um morgen; denn der morgige Tag wird für
sich selbst sorgen. Jeder Tag hat genug eigene Plage.

### Schreibt andere Menschen nicht ab (Mt 7,1–5)

7 1 Richtet nicht, damit ihr nicht gerichtet werdet! 2 Denn wie ihr
richtet, so werdet ihr gerichtet werden, und nach dem Maß, mit
dem ihr messt und zuteilt, wird euch zugeteilt werden. 3 Warum siehst
du den Splitter im Auge deines Bruders, aber den Balken in deinem
Auge bemerkst du nicht? 4 Wie kannst du zu deinem Bruder sagen:

Leben nicht danach ausrichten, wie ich reicher oder mächtiger werde. Am Ende kommt es auf Gott an, der mein Leben trägt und lenkt. (Georg)

**CHRISTINA & GEORG**

Herr, bei dir bin ich sicher; wenn du mich hältst, habe ich nichts zu fürchten. Ich weiß wenig von der Zukunft, aber ich vertraue auf dich. Gib, was gut ist für mich. Nimm, was mir schaden kann. Wenn Sorgen und Leid kommen, hilf mir, sie zu tragen. Lass mich dich erkennen, an dich glauben und dir dienen.

**JOHN HENRY NEWMAN**

Werft alle eure Sorge auf ihn, denn er kümmert sich um euch.

1 Petr 5,7

Lass mich den Splitter aus deinem Auge herausziehen! – und dabei
steckt in deinem Auge ein Balken? 5 Du Heuchler! Zieh zuerst den Bal-
ken aus deinem Auge, dann kannst du versuchen, den Splitter aus
dem Auge deines Bruders herauszuziehen.

### Keine Perlen vor die Säue (Mt 7,6)

6 Gebt das Heilige nicht den Hunden, und werft eure Perlen nicht
den Schweinen vor, denn sie könnten sie mit ihren Füßen zertreten
und sich umwenden und euch zerreißen.

### Betet – voll Vertrauen (Mt 7,7–11)

7 Bittet, dann wird euch gegeben; sucht, dann werdet ihr finden;
klopft an, dann wird euch geöffnet. 8 Denn wer bittet, der empfängt;
wer sucht, der findet; und wer anklopft, dem wird geöffnet. 9 Oder ist
einer unter euch, der seinem Sohn einen Stein gibt, wenn er um Brot
bittet, 10 oder eine Schlange, wenn er um einen Fisch bittet? 11 Wenn
nun schon ihr, die ihr böse seid, euren Kindern gebt, was gut ist, wie
viel mehr wird euer Vater im Himmel denen Gutes geben, die ihn bit-
ten.

### Die Goldene Regel der Mitmenschlichkeit (Mt 7,12)

12 Alles, was ihr also von anderen erwartet, das tut auch ihnen! Darin
besteht das Gesetz und die Propheten.

Jesus kritisiert nicht die Rechtsprechung. Er ist dagegen, dass Menschen andere Menschen verdammen, weil sie ihr Verhalten missbilligen. Das letzte Urteil steht allein Gott zu.

Hunde galten nicht viel; Schweine galten als unreine Tiere. Eine Liste der unreinen Tiere findet sich in Lev 3,11.

**Y → 486, 487**
Warum sollen wir Gott bitten? Warum sollen wir Gott für andere Menschen bitten?

Die Goldene Regel ist in vielen Kulturen bekannt. Sie ist seit dem Altertum in Indien und China, Persien, Ägypten und Griechenland überliefert. In der Bergpredigt ist sie eine Brücke vom Evangelium zur Weisheit der Völker.

Den Himmel und die Erde rufe ich heute als Zeugen gegen euch an. Leben und Tod lege ich dir vor, Segen und Fluch. Wähle also das Leben, damit du lebst, du und deine Nachkommen.

Dtn 30,19

Ich versuche aus ganzem Herzen, den Willen des Vaters für mein Leben zu erkennen und die Werke zu tun, die Gott im Voraus für mich bereitet hat. Ich versuche meine alten Sicherheiten loszulassen und mein Leben auf Jesus aufzubauen. Die Entscheidungen, die ich treffen muss, stellen mich vor große Herausforderungen. Dabei helfen mir das persönliche Gespräch mit Gott und auch der Rat von meinen Geschwistern.

**MICHAELA**

### Wähle den richtigen Weg (Mt 7,13–14)

13 Geht durch das enge Tor! Denn das Tor ist weit, das ins Verderben
führt, und der Weg dahin ist breit, und viele gehen auf ihm. 14 Aber
das Tor, das zum Leben führt, ist eng, und der Weg dahin ist schmal,
und nur wenige finden ihn.

### An ihren Früchten werdet ihr sie erkennen (Mt 7,15–23)

15 Hütet euch vor den falschen Propheten; sie kommen zu euch wie
(harmlose) Schafe, in Wirklichkeit aber sind sie reißende Wölfe. 16 An
ihren Früchten werdet ihr sie erkennen. Erntet man etwa von Dor-
nen Trauben oder von Disteln Feigen? 17 Jeder gute Baum bringt gute
Früchte hervor, ein schlechter Baum aber schlechte. 18 Ein guter Baum
kann keine schlechten Früchte hervorbringen und ein schlechter
Baum keine guten. 19 Jeder Baum, der keine guten Früchte hervor-
bringt, wird umgehauen und ins Feuer geworfen. 20 An ihren Früchten
also werdet ihr sie erkennen.
21 Nicht jeder, der zu mir sagt: Herr! Herr!, wird in das Himmelreich
kommen, sondern nur, wer den Willen meines Vaters im Himmel er-
füllt. 22 Viele werden an jenem Tag zu mir sagen: Herr, Herr, sind wir
nicht in deinem Namen als Propheten aufgetreten, und haben wir
nicht mit deinem Namen Dämonen ausgetrieben und mit deinem Na-
men viele Wunder vollbracht? 23 Dann werde ich ihnen antworten: Ich
kenne euch nicht. *Weg von mir, ihr Übertreter des Gesetzes! (Ps 6,9)*

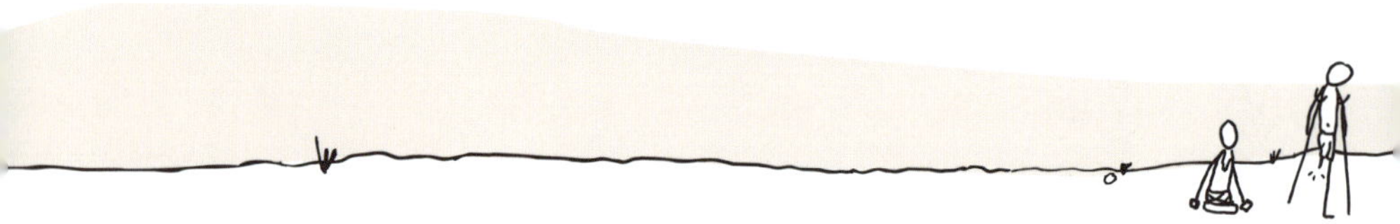

### Nicht auf Sand bauen (Mt 7,24–27)

24 Wer diese meine Worte hört und danach handelt, ist wie ein klu-
ger Mann, der sein Haus auf Fels baute. 25 Als nun ein Wolkenbruch
kam und die Wassermassen heranfluteten, als die Stürme tobten und
an dem Haus rüttelten, da stürzte es nicht ein; denn es war auf Fels
gebaut. 26 Wer aber meine Worte hört und nicht danach handelt, ist
wie ein unvernünftiger Mann, der sein Haus auf Sand baute. 27 Als
nun ein Wolkenbruch kam und die Wassermassen heranfluteten, als
die Stürme tobten und an dem Haus rüttelten, da stürzte es ein und
wurde völlig zerstört.

Was heißt das, ein Haus auf Fels bauen? Auf Fels bauen bedeutet vor allem, auf Christus und mit Christus bauen.

**PAPST BENEDIKT XVI.**, 27.5.2006

### Jesus macht Eindruck (Mt 7,28–29)

28 Als Jesus diese Rede beendet hatte, war die Menge sehr betroffen
von seiner Lehre; 29 denn er lehrte sie wie einer, der (göttliche) Voll-
macht hat, und nicht wie ihre Schriftgelehrten.

Auf die Bergpredigt folgt eine Serie von Wundern Jesu. Bei Matthäus heißen sie Machttaten, weil sie die Macht Jesu über Krankheit und Not, Schuld und Sünde belegen. Die Bergpredigt hat gezeigt, dass Jesus ein Meister des Wortes ist. Jetzt zeigt der Evangelist, dass Jesus den Worten Taten folgen lässt.

## WUNDER ÜBER WUNDER (MT 8,1–9,34)

### Ein Aussätziger wird rein (Mt 8,1–4)

8 1 Als Jesus von dem Berg herabstieg, folgten ihm viele Menschen.
2 Da kam ein Aussätziger, fiel vor ihm nieder und sagte: Herr, wenn
du willst, kannst du machen, dass ich rein werde. 3 Jesus streckte die
Hand aus, berührte ihn und sagte: Ich will es – werde rein! Im glei-
chen Augenblick wurde der Aussätzige rein. 4 Jesus aber sagte zu ihm:
Nimm dich in Acht! Erzähl niemand davon, sondern geh, *zeig dich
dem Priester (Lev 13,49.14,2–32)* und bring das Opfer dar, das Mose
angeordnet hat. Das soll für sie ein Beweis (deiner Heilung) sein.

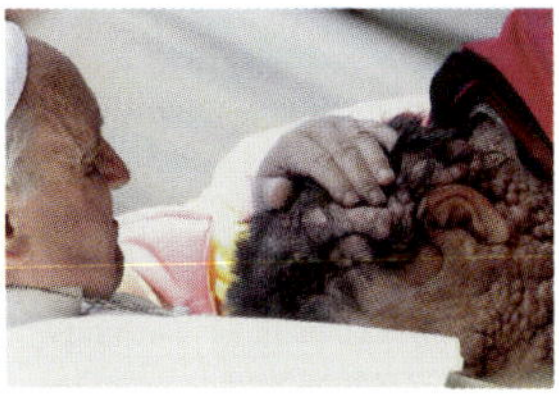

▶ „Aussatz" ist eine ansteckende Hautkrankheit, die nach dem alttestamentlichen Gesetz „unrein" macht. Wer „aussätzig" ist, darf am Leben des Gottesvolkes nicht teilnehmen (Lev 13–14).

### Ein Heide kommt zum Glauben (Mt 8,5–13)

5 Als er nach Kafarnaum kam, trat ein Hauptmann an ihn heran und
bat ihn: 6 Herr, mein Diener liegt gelähmt zu Hause und hat große
Schmerzen. 7 Jesus sagte zu ihm: Ich will kommen und ihn gesund
machen. 8 Da antwortete der Hauptmann: Herr, ich bin es nicht wert,
dass du mein Haus betrittst; sprich nur ein Wort, dann wird mein Die-
ner gesund. 9 Auch ich muss Befehlen gehorchen, und ich habe selber
Soldaten unter mir; sage ich nun zu einem: Geh!, so geht er, und zu ei-

▶ Vor der Kommunion machen sich alle dieses Wort zu eigen: „Herr, ich bin nicht würdig, dass du eingehst unter mein Dach. Aber sprich nur ein Wort, so wird meine Seele gesund."

nem andern: Komm!, so kommt er, und zu meinem Diener: Tu das!, so
tut er es. 10 Jesus war erstaunt, als er das hörte, und sagte zu denen,
die ihm nachfolgten: Amen, das sage ich euch: Einen solchen Glauben
habe ich in Israel noch bei niemand gefunden. 11 Ich sage euch: Viele
werden von Osten und Westen kommen und mit Abraham, Isaak und
Jakob im Himmelreich zu Tisch sitzen; 12 die aber, für die das Reich
bestimmt war, werden hinausgeworfen in die äußerste Finsternis;
dort werden sie heulen und mit den Zähnen knirschen. 13 Und zum
Hauptmann sagte Jesus: Geh! Es soll geschehen, wie du geglaubt hast.
Und in derselben Stunde wurde der Diener gesund.

▶ Das Besondere dieser Heilung besteht darin, dass der Hauptmann kein Jude, sondern ein Heide ist. Jesus überschreitet eine Grenze. Er bringt Gottes Reich auch zu den Heiden.

### Die Schwiegermutter des Petrus wird gesund (Mt 8,14–15)

14 Jesus ging in das Haus des Petrus und sah, dass dessen Schwie-
germutter im Bett lag und Fieber hatte. 15 Da berührte er ihre Hand,
und das Fieber wich von ihr. Und sie stand auf und sorgte für ihn.

**Y → 240–242**

Wie deutete man „Krankheit" im Alten Testament?
Warum zeigte Jesus so viel Interesse an den Kranken?
Warum muss sich die Kirche besonders um die Kranken kümmern?

### Wer kommt, wird geheilt (Mt 8,16–17)

16 Am Abend brachte man viele Besessene zu ihm. Er trieb mit sei-
nem Wort die Geister aus und heilte alle Kranken. 17 Dadurch sollte
sich erfüllen, was durch den Propheten Jesaja gesagt worden ist: *Er
hat unsere Leiden auf sich genommen und unsere Krankheiten getra-
gen. (Jrs 53,4)*

> Wer nicht an Wunder glaubt, ist kein Realist.

**DAVID BEN-GURION**
(1886–1973), israelischer Staatsmann und Staatsgründer

▶ Das Wort ist sehr hart. Die Eltern zu beerdigen ist der letzte Dienst, den Kinder ihnen erweisen müssen. Jesus provoziert ganz bewusst. Dadurch will er deutlich machen, was an die erste Stelle gehört: das neue Leben. In der Nachfolge Jesu wird es wahr.

Wer Glauben hat, zittert nicht. Er überstürzt nichts, er ist nicht pessimistisch, er verliert nicht die Nerven.

**PAPST JOHANNES XXIII.**

▶ Besessenheit ist für die Menschen in der Zeit Jesu eine fürchterliche Erfahrung: eine unerklärliche Krankheit, gegen die niemand etwas machen kann – nur Gott. Jesus hat Macht über die bösen Geister.

### Jesus fordert alles oder nichts ( Mt 8,18–22)

18 Als Jesus die vielen Menschen sah, die um ihn waren, befahl er,
ans andere Ufer zu fahren. 19 Da kam ein Schriftgelehrter zu ihm und
sagte: Meister, ich will dir folgen, wohin du auch gehst. 20 Jesus ant-
wortete ihm: Die Füchse haben ihre Höhlen und die Vögel ihre Nester;
der Menschensohn aber hat keinen Ort, wo er sein Haupt hinlegen
kann. 21 Ein anderer aber, einer seiner Jünger, sagte zu ihm: Herr, lass
mich zuerst heimgehen und meinen Vater begraben! 22 Jesus erwider-
te: Folge mir nach; lass die Toten ihre Toten begraben!

### Jesus rettet seine Jünger (Mt 8,23–27)

23 Er stieg in das Boot, und seine Jünger folgten ihm. 24 Plötzlich
brach auf dem See ein gewaltiger Sturm los, so dass das Boot von den
Wellen überflutet wurde. Jesus aber schlief. 25 Da traten die Jünger zu
ihm und weckten ihn; sie riefen: Herr, rette uns, wir gehen zugrunde!
26 Er sagte zu ihnen: Warum habt ihr solche Angst, ihr Kleingläubigen?
Dann stand er auf, drohte den Winden und dem See, und es trat völli-
ge Stille ein. 27 Die Leute aber staunten und sagten: Was ist das für ein
Mensch, dass ihm sogar die Winde und der See gehorchen?

### Jesus befreit von Dämonen (Mt 8,28–34)

28 Als Jesus an das andere Ufer kam, in das Gebiet von Gadara, liefen

ihm aus den Grabhöhlen zwei Besessene entgegen. Sie waren so ge-
fährlich, dass niemand den Weg benutzen konnte, der dort vorbeiführ-
te. 29 Sofort begannen sie zu schreien: Was haben wir mit dir zu tun, Sohn
Gottes? Bist du hergekommen, um uns schon vor der Zeit zu quälen? 30 In
einiger Entfernung weidete gerade eine große Schweineherde.
31 Da baten ihn die Dämonen: Wenn du uns austreibst, dann schick uns in
die Schweineherde! 32 Er sagte zu ihnen: Geht! Da verließen sie die beiden und
fuhren in die Schweine. Und die ganze Herde stürzte sich den Abhang hinab in
den See und kam in den Fluten um. 33 Die Hirten flohen, liefen in die Stadt und
erzählten dort alles, auch das, was mit den Besessenen geschehen war. 34 Und
die ganze Stadt zog zu Jesus hinaus; als sie ihn trafen, baten sie ihn, ihr Gebiet
zu verlassen.

### Jesus vergibt Sünden (Mt 9,1–8)

9 1 Jesus stieg in das Boot, fuhr über den See und kam in seine Stadt. 2 Da
brachte man auf einer Tragbahre einen Gelähmten zu ihm. Als Jesus ihren
Glauben sah, sagte er zu dem Gelähmten: Hab Vertrauen, mein Sohn, deine Sün-
den sind dir vergeben! 3 Da dachten einige Schriftgelehrte: Er lästert Gott. 4 Jesus
wusste, was sie dachten, und sagte: Warum habt ihr so böse Gedanken im Her-
zen? 5 Was ist leichter, zu sagen: Deine Sünden sind dir vergeben!, oder zu sagen:
Steh auf und geh umher? 6 Ihr sollt aber erkennen, dass der Menschensohn die
Vollmacht hat, hier auf der Erde Sünden zu vergeben. Darauf sagte er zu dem Ge-
lähmten: Steh auf, nimm deine Tragbahre, und geh nach Hause! 7 Und der Mann

stand auf und ging heim. 8 Als die Leute das sahen, erschraken sie
und priesen Gott, der den Menschen solche Vollmacht gegeben hat.

Der liebe Gott wird denen verzeihen, die verziehen haben. Anders geht es nicht.

**JEAN-MARIE VIANNEY** (Pfarrer von Ars)

### Jesus, der Arzt (Mt 9,9–13)

9 Als Jesus weiterging, sah er einen Mann namens Matthäus am Zoll
sitzen und sagte zu ihm: Folge mir nach! Da stand Matthäus auf und
folgte ihm. 10 Und als Jesus in seinem Haus beim Essen war, kamen
viele Zöllner und Sünder und aßen zusammen mit ihm und seinen
Jüngern. 11 Als die Pharisäer das sahen, sagten sie zu seinen Jüngern:
Wie kann euer Meister zusammen mit Zöllnern und Sündern essen?
12 Er hörte es und sagte: Nicht die Gesunden brauchen den Arzt, son-
dern die Kranken. 13 Darum lernt, was es heißt: *Barmherzigkeit will
ich, nicht Opfer. (Hos 6,6)* Denn ich bin gekommen, um die Sünder zu
rufen, nicht die Gerechten.

▶ Dieser Matthäus gilt in der Tradition als Verfasser des Evangeliums.

▶ Die Pharisäer kritisieren Jesus, weil er sich nicht von Sündern fernhält. Sie fürchten, dass er zwischen Gut und Böse nicht unterscheidet. Sie meinen: Schlechter Umgang verdirbt die Sitten. Sie sehen nicht, dass Jesus mit seiner Heiligkeit ansteckt. Er macht die Kranken gesund und die Sünder gerecht.

### Neuer Wein in neue Schläuche (Mt 9,14–17)

14 Da kamen die Jünger des Johannes zu ihm und sagten: Warum fas-
ten deine Jünger nicht, während wir und die Pharisäer fasten? 15 Jesus
antwortete ihnen: Können denn die Hochzeitsgäste trauern, solange
der Bräutigam bei ihnen ist? Es werden aber Tage kommen, da wird
ihnen der Bräutigam genommen sein; dann werden sie fasten.
16 Niemand setzt ein Stück neuen Stoff auf ein altes Kleid;

denn der neue Stoff reißt doch wieder ab, und es entsteht ein noch
größerer Riss. 17 Auch füllt man nicht neuen Wein in alte Schläuche.
Sonst reißen die Schläuche, der Wein läuft aus, und die Schläuche
sind unbrauchbar. Neuen Wein füllt man in neue Schläuche, dann
bleibt beides erhalten.

▶ Der Bräutigam steht für Jesus. Seine Braut ist Israel, die Tochter Zion.

### Ein Mädchen wird ins Leben zurückgerufen, und eine Frau wird gesund (Mt 9,18–26)

18 Während Jesus so mit ihnen redete, kam ein Synagogenvorste-
her, fiel vor ihm nieder und sagte: Meine Tochter ist eben gestorben;
komm doch, leg ihr deine Hand auf, dann wird sie wieder lebendig.
19 Jesus stand auf und folgte ihm mit seinen Jüngern. 20 Da trat eine
Frau, die schon zwölf Jahre an Blutungen litt, von hinten an ihn her-
an und berührte den Saum seines Gewandes; 21 denn sie sagte sich:
Wenn ich auch nur sein Gewand berühre, werde ich geheilt. 22 Jesus
wandte sich um, und als er sie sah, sagte er: Hab keine Angst, meine
Tochter, dein Glaube hat dir geholfen. Und von dieser Stunde an war
die Frau geheilt. 23 Als Jesus in das Haus des Synagogenvorstehers
kam und die Flötenspieler und die Menge der klagenden Leute sah,
24 sagte er: Geht hinaus! Das Mädchen ist nicht gestorben, es schläft
nur. Da lachten sie ihn aus. 25 Als man die Leute hinausgedrängt hat-
te, trat er ein und fasste das Mädchen an der Hand; da stand es auf.
26 Und die Kunde davon verbreitete sich in der ganzen Gegend.

Was stellst du dich auf dich selbst und kannst so doch nicht stehen? Wirf dich auf ihn! Und fürchte dich nicht, er wird nicht weichen und dich fallen lassen! Nein, wirf dich ruhig auf ihn; er fängt dich auf und wird dich heilen.

**AUGUSTINUS**

▶ Jesus heilt nicht automatisch. Er will den Glauben der Menschen wecken, auch durch seine Heilungen. Wer glaubt, kann geheilt werden. Die Frau wird zu einem Vorbild im Glauben.

▶ „Sohn Davids“ ist ein Titel für den Messias, den Christus. Der „Sohn Davids“ hilft – das ist die Hoffnung der Blinden, denen sonst niemand helfen kann.

**Jesus öffnet die Augen (Mt 9,27–31)**

27 Als Jesus weiterging, folgten ihm zwei Blinde und schrien: Hab Er-
barmen mit uns, Sohn Davids! 28 Nachdem er ins Haus gegangen war,
kamen die Blinden zu ihm. Er sagte zu ihnen: Glaubt ihr, dass ich
euch helfen kann? Sie antworteten: Ja, Herr. 29 Darauf berührte er ihre
Augen und sagte: Wie ihr geglaubt habt, so soll es geschehen. 30 Da
wurden ihre Augen geöffnet. Jesus aber befahl ihnen: Nehmt euch in
Acht! Niemand darf es erfahren. 31 Doch sie gingen weg und erzählten
von ihm in der ganzen Gegend.

„Es ist nicht die Menschheit im Abstrakten, die das Heil empfangen soll, sondern du. Es sind deine Augen, die Ihn sehen sollen.“

**C. S. LEWIS**

**Stumme können wieder reden (Mt 9,32–34)**

32 Als sie gegangen waren, brachte man zu Jesus einen Stummen, der
von einem Dämon besessen war. 33 Er trieb den Dämon aus, und der
Stumme konnte reden. Alle Leute staunten und sagten: So etwas ist
in Israel noch nie geschehen. 34 Die Pharisäer aber sagten: Mit Hilfe
des Anführers der Dämonen treibt er die Dämonen aus.

Im Matthäusevangelium folgt die Aussendung der Jünger, die wie Jesus das Evangelium verkünden sollen (Mt 9,35–11,1). Nachdem an einigen Beispielen deutlich geworden ist, wie unterschiedlich die Menschen auf die Verkündigung reagieren (Mt 11,2–12,50), hält Jesus eine zweite große Rede. In Gleichnissen deutet er, was bei der Verbreitung der Frohen Botschaft passiert.

## GLEICHNISSE VOM HIMMELREICH (MT 13,1–53)

▶ Ein Gleichnis ist eine Geschichte in Bildern. Jesus erzählt aus dem Leben der Menschen. In diesem Leben sollen sie Gott entdecken. Und über dieses Leben hinaus auf ihn hoffen.

**Ende gut, alles gut (Mt 13,1–9)**

13 1 An jenem Tag verließ Jesus das Haus und setzte sich an das
Ufer des Sees. 2 Da versammelte sich eine große Menschen-
menge um ihn. Er stieg deshalb in ein Boot und setzte sich; die Leute
aber standen am Ufer. 3 Und er sprach lange zu ihnen in Form von
Gleichnissen. Er sagte: Ein Sämann ging aufs Feld, um zu säen. 4 Als
er säte, fiel ein Teil der Körner auf den Weg, und die Vögel kamen
und fraßen sie. 5 Ein anderer Teil fiel auf felsigen Boden, wo es nur
wenig Erde gab, und ging sofort auf, weil das Erdreich nicht tief war;
6 als aber die Sonne hochstieg, wurde die Saat versengt und verdorr-
te, weil sie keine Wurzeln hatte. 7 Wieder ein anderer Teil fiel in die
Dornen, und die Dornen wuchsen und erstickten die Saat. 8 Ein an-
derer Teil schließlich fiel auf guten Boden und brachte Frucht, teils
hundertfach, teils sechzigfach, teils dreißigfach. 9 Wer Ohren hat, der
höre!

„Herr, ich will fruchtbar sein. Ich will, dass mein Leben Leben schenkt, dass mein Glaube fruchtbar ist und vorwärtsgeht und ich ihn den anderen weitergeben kann.“

**PAPST FRANZISKUS**, 19.12.2013

Bibellesen ist für mich wie etwas köstliches essen. Ich lasse mir den Text im Mund zergehen – besser gesagt: im Herzen. Wie schön, dass Jesus in Bildern spricht, die mich berühren.

**GERTRUD**

**Warum Gleichnisse? (Mt 13,10–17)**

10 Da kamen die Jünger zu ihm und sagten: Warum redest du zu ih-
nen in Gleichnissen? 11 Er antwortete: Euch ist es gegeben, die Ge-
heimnisse des Himmelreichs zu erkennen; ihnen aber ist es nicht
gegeben. 12 Denn wer hat, dem wird gegeben, und er wird im Überfluss

haben; wer aber nicht hat, dem wird auch noch weggenommen, was
er hat. 13 Deshalb rede ich zu ihnen in Gleichnissen, weil sie sehen
und doch nicht sehen, weil sie hören und doch nicht hören und nichts
verstehen. 14 An ihnen erfüllt sich die Weissagung Jesajas:
*Hören sollt ihr, hören, aber nicht verstehen; sehen sollt ihr, sehen,*
*aber nicht erkennen.*
*15 Denn das Herz dieses Volkes ist hart geworden, und mit ihren Oh-*
*ren hören sie nur schwer, und ihre Augen halten sie geschlossen, da-*
*mit sie mit ihren Augen nicht sehen und mit ihren Ohren nicht hören,*
*damit sie mit ihrem Herzen nicht zur Einsicht kommen, damit sie sich*
*nicht bekehren und ich sie nicht heile. (Jes 6,9f.)*
16 Ihr aber seid selig, denn eure Augen sehen und eure Ohren hö-
ren. 17 Amen, ich sage euch: Viele Propheten und Gerechte haben sich
danach gesehnt zu sehen, was ihr seht, und haben es nicht gesehen,
und zu hören, was ihr hört, und haben es nicht gehört.

▶ Die Gleichnisse Jesu sind nicht kompliziert. Man kann schnell die Geschichte begreifen, die sie erzählen. Aber wer ein Gleichnis wirklich verstehen will, muss es auf das eigene Leben beziehen. Das ist schwer. Von dieser Schwierigkeit spricht Jesus mit Worten des Propheten Jesaja. Gott verstopft denen, die nicht hören wollen, die Ohren – damit sie später besser hören.

### Es wird Probleme geben, aber ... (Mt 13,18–23)

18 Hört also, was das Gleichnis vom Sämann bedeutet. 19 Immer wenn
ein Mensch das Wort vom Reich hört und es nicht versteht, kommt
der Böse und nimmt alles weg, was diesem Menschen ins Herz gesät
wurde; hier ist der Samen auf den Weg gefallen. 20 Auf felsigen Boden
ist der Samen bei dem gefallen, der das Wort hört und sofort freudig

▶ Die Auslegung (v18ff.) verknüpft das Gleichnis vom Sämann mit den Erfahrungen, die Jesus und seine Jünger in der Mission machen. Sie müssen sich auf Misserfolge einstellen. Aber sie brauchen nicht zu verzagen: Am Ende wird die Ernte überreich sein.

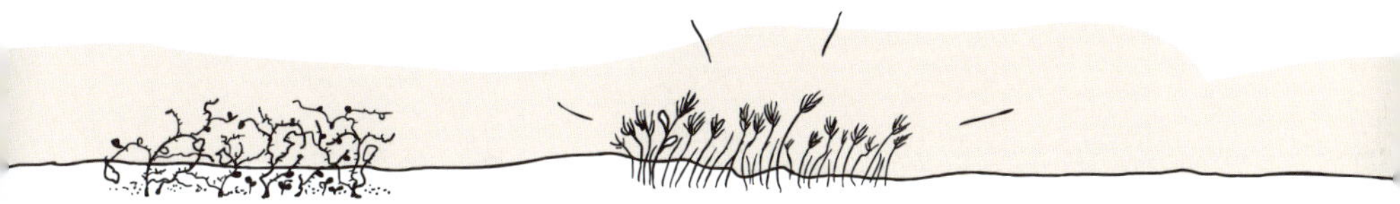

aufnimmt, 21 aber keine Wurzeln hat, sondern unbeständig ist; sobald
er um des Wortes willen bedrängt oder verfolgt wird, kommt er zu
Fall. 22 In die Dornen ist der Samen bei dem gefallen, der das Wort
zwar hört, aber dann ersticken es die Sorgen dieser Welt und der trü-
gerische Reichtum, und es bringt keine Frucht. 23 Auf guten Boden ist
der Samen bei dem gesät, der das Wort hört und es auch versteht; er
bringt dann Frucht, hundertfach oder sechzigfach oder dreißigfach.

Mein Glaube hat sich in den verschiedenen Phasen meines Lebens ganz unterschiedlich entwickelt. In dem Gleichnis von der Saat erkenne ich meinen Glaubensweg wieder. Einmal ist mein Glaube kräftig; ich fühle seine starken Wurzeln. Dann wieder liegt er wie blank auf felsigem Grund, ist ganz ungeschützt und bedroht. Das Gleichnis macht mir Mut, weiter an meiner Geschichte mit Gott zu arbeiten.

**CHRISTA**

### Nicht zu früh das Unkraut jäten (Mt 13,24–30)

24 Und Jesus erzählte ihnen noch ein anderes Gleichnis: Mit dem Him-
melreich ist es wie mit einem Mann, der guten Samen auf seinen Acker
säte. 25 Während nun die Leute schliefen, kam sein Feind, säte Unkraut
unter den Weizen und ging wieder weg. 26 Als die Saat aufging und sich
die Ähren bildeten, kam auch das Unkraut zum Vorschein. 27 Da gingen
die Knechte zu dem Gutsherrn und sagten: Herr, hast du nicht guten
Samen auf deinen Acker gesät? Woher kommt dann das Unkraut? 28 Er
antwortete: Das hat ein Feind von mir getan. Da sagten die Knechte zu
ihm: Sollen wir gehen und es ausreißen? 29 Er entgegnete: Nein, sonst
reißt ihr zusammen mit dem Unkraut auch den Weizen aus. 30 Lasst
beides wachsen bis zur Ernte. Wenn dann die Zeit der Ernte da ist, wer-
de ich den Arbeitern sagen: Sammelt zuerst das Unkraut und bindet
es in Bündel, um es zu verbrennen; den Weizen aber bringt in meine
Scheune.

▶ Gott ist der Richter, er allein. Kein Mensch, auch kein Jünger, kann an seine Stelle treten. Jesus redet das Böse nicht schön. Aber die wichtigste Aufgabe seiner Jünger ist es, Zeit und Raum zu geben, dass Menschen umkehren können.

Heute sitzt jemand im Schatten, weil ein anderer vor langer Zeit einen Baum gepflanzt hat.

**WARREN BUFFETT** (geb. 1930), amerikanischer Value-Investor

### Kleines Senfkorn Hoffnung (Mt 13,31–32)

31 Er erzählte ihnen ein weiteres Gleichnis und sagte: Mit dem Him-
melreich ist es wie mit einem Senfkorn, das ein Mann auf seinen
Acker säte. 32 Es ist das kleinste von allen Samenkörnern; sobald es
aber hochgewachsen ist, ist es größer als die anderen Gewächse und
wird zu einem *Baum*, so dass *die Vögel des Himmels* kommen und in
*seinen Zweigen nisten.*

Sauerteig besteht aus der Verbindung von Milchsäurebakterien mit Hefepilzen. Mischt man eine nur geringe Menge Sauerteig unter normalen Mehlteig, verändert sich der ganze Teig innerhalb kurzer Zeit. Er wird locker, aromatisch, schmackhafter, besser verdaulich und länger haltbar.

### Ganz wenig kann alles verändern (Mt 13,33)

33 Und er erzählte ihnen noch ein Gleichnis: Mit dem Himmelreich ist es wie mit dem Sauerteig, den eine Frau unter einen großen Trog Mehl mischte, bis das Ganze durchsäuert war.

### Gleichnisse erzählen Geheimnisse (Mt 13,34–35)

34 Dies alles sagte Jesus der Menschenmenge durch Gleichnisse; er
redete nur in Gleichnissen zu ihnen. 35 Damit sollte sich erfüllen, was
durch den Propheten gesagt worden ist: *Ich öffne meinen Mund und
rede in Gleichnissen, ich verkünde, was seit der Schöpfung verborgen
war. (Ps 78,2)*

Am Tage des Jüngsten Gerichts wird man uns nicht fragen, was wir gelesen, sondern was wir getan haben; nicht fragen, wie schön wir gesprochen, sondern wie fromm wir gelebt haben.

**THOMAS VON KEMPEN** (1380–1471), Autor der „Nachfolge Jesu"

Gesegnet ist der Mann, der sich auf Gott verlässt und dessen Hoffnung Gott ist.

Jer 17,7

### Am Ende muss das Unkraut raus (Mt 13,36–43)

36 Dann verließ er die Menge und ging nach Hause. Und seine Jünger
kamen zu ihm und sagten: Erkläre uns das Gleichnis vom Unkraut auf
dem Acker. 37 Er antwortete: Der Mann, der den guten Samen sät, ist
der Menschensohn; 38 der Acker ist die Welt; der gute Samen, das sind
die Söhne des Reiches; das Unkraut sind die Söhne des Bösen; 39 der
Feind, der es gesät hat, ist der Teufel; die Ernte ist das Ende der Welt;
die Arbeiter bei dieser Ernte sind die Engel. 40 Wie nun das Unkraut
aufgesammelt und im Feuer verbrannt wird, so wird es auch am Ende
der Welt sein: 41 Der Menschensohn wird seine Engel aussenden, und
sie werden aus seinem Reich alle zusammenholen, die andere ver-
führt und Gottes Gesetz übertreten haben, 42 und werden sie in den
Ofen werfen, in dem das Feuer brennt. Dort werden sie heulen und
mit den Zähnen knirschen. 43 Dann werden die Gerechten im Reich
ihres Vaters wie die Sonne leuchten. Wer Ohren hat, der höre!

Man bekommt von Gott so viel, wie man von ihm erhofft.

**THÉRÈSE VON LISIEUX**

### Mein Schatz! Meine Perle! (Mt 13,44–46)

44 Mit dem Himmelreich ist es wie mit einem Schatz, der in einem
Acker vergraben war. Ein Mann entdeckte ihn, grub ihn aber wieder
ein. Und in seiner Freude verkaufte er alles, was er besaß, und kaufte
den Acker. 45 Auch ist es mit dem Himmelreich wie mit einem Kauf-
mann, der schöne Perlen suchte. 46 Als er eine besonders wertvolle
Perle fand, verkaufte er alles, was er besaß, und kaufte sie.

## Viele Fische gehen ins Netz (Mt 13,47–50)

47 Weiter ist es mit dem Himmelreich wie mit einem Netz, das man
ins Meer warf, um Fische aller Art zu fangen. 48 Als es voll war, zogen es
die Fischer ans Ufer; sie setzten sich, lasen die guten Fische aus und
legten sie in Körbe, die schlechten aber warfen sie weg. 49 So wird es
auch am Ende der Welt sein: Die Engel werden kommen und die Bö-
sen von den Gerechten trennen 50 und in den Ofen werfen, in dem das
Feuer brennt. Dort werden sie heulen und mit den Zähnen knirschen.

▶ Das Gleichnis ist ein Bild für das Jüngste Gericht. Gott ist gerecht. Er unterscheidet genau zwischen Gut und Böse. Deshalb gibt es kein Heil ohne Gericht. Aber das Gericht gibt es um des Heiles willen.

**Y → 163**
Was ist das Letzte oder Jüngste Gericht?

## Die Jünger sollen verstehen (Mt 13,51–53)

51 Habt ihr das alles verstanden? Sie antworteten: Ja. 52 Da sagte er
zu ihnen: Jeder Schriftgelehrte also, der ein Jünger des Himmelreichs
geworden ist, gleicht einem Hausherrn, der aus seinem reichen Vorrat
Neues und Altes hervorholt.
53 Als Jesus diese Gleichnisse beendet hatte, zog er weiter.

▶ Glauben und Wissen sind kein Widerspruch. Der Glaube sucht das Verstehen. Das Denken gewinnt vom Glauben.

## DIE JÜNGER GEHEN IN DIE SCHULE JESU (MT 16,13–17,9)

Matthäus erzählt weiter, wie Jesus durch Wort und Tat das Evangelium verbreitet (Mt 14,1–16,12). Seine Jünger sind mit ihm. Sie gehen weiter in die Schule des Glaubens.

## Petrus bekennt sich zum Messias – und muss noch viel lernen (Mt 16,13–20)

16 13 Als Jesus in das Gebiet von Cäsarea Philippi kam, fragte er
seine Jünger: Für wen halten die Leute den Menschensohn?
14 Sie sagten: Die einen für Johannes den Täufer, andere für Elija, wie-
der andere für Jeremia oder sonst einen Propheten. 15 Da sagte er zu
ihnen: Ihr aber, für wen haltet ihr mich? 16 Simon Petrus antwortete:
Du bist der Messias, der Sohn des lebendigen Gottes! 17 Jesus sagte zu
ihm: Selig bist du, Simon Barjona; denn nicht Fleisch und Blut haben
dir das offenbart, sondern mein Vater im Himmel. 18 Ich aber sage dir:
Du bist Petrus, und auf diesen Felsen werde ich meine Kirche bauen,
und die Mächte der Unterwelt werden sie nicht überwältigen. 19 Ich
werde dir die Schlüssel des Himmelreichs geben; was du auf Erden
binden wirst, das wird auch im Himmel gebunden sein, und was du
auf Erden lösen wirst, das wird auch im Himmel gelöst sein. 20 Dann
befahl er den Jüngern, niemand zu sagen, dass er der Messias sei.

» Tradition ist die Weitergabe des Feuers und nicht die Anbetung der Asche.

**GUSTAV MAHLER** (1860–1911), österr. Komponist

▶ Die „Kirche" ist die Gemeinschaft der Gläubigen. Sie steht auf dem Fundament des Felsens Petrus. Denn Petrus ist der erste Jünger Jesu. Er legt das Bekenntnis ab: Jesus ist der Christus. Das ist das Grundbekenntnis der Kirche bis heute. Er hat die Schlüsselgewalt: Er soll mit seiner Lehre anderen Menschen das Himmelreich nicht verschließen, sondern aufschließen. „Binden" und „Lösen" bezieht sich auf die Vergebung der Sünden. Nach Mt 18,18 ist die ganze Gemeinde einbezogen.

## Jesus wird leiden und von den Toten auferstehen (Mt 16,21–23)

21 Von da an begann Jesus, seinen Jüngern zu erklären, er müsse
nach Jerusalem gehen und von den Ältesten, den Hohenpriestern und
den Schriftgelehrten vieles erleiden; er werde getötet werden, aber
am dritten Tag werde er auferstehen. 22 Da nahm ihn Petrus beiseite
und machte ihm Vorwürfe; er sagte: Das soll Gott verhüten, Herr! Das

darf nicht mit dir geschehen! [23] Jesus aber wandte sich um und sagte
zu Petrus: Weg mit dir, Satan, geh mir aus den Augen! Du willst mich
zu Fall bringen; denn du hast nicht das im Sinn, was Gott will, son-
dern was die Menschen wollen.

▶ Der Kontrast könnte schärfer nicht sein: Der Bekenner Petrus tritt Jesus in den Weg. Er denkt menschlich. Er will nicht, dass Jesus stirbt. Er muss lernen, dass Jesus den Weg des Leidens geht. Dieser Weg führt zur Auferstehung.

### Nachfolge: Auf Leben und Tod (Mt 16,24–28)

[24] Darauf sagte Jesus zu seinen Jüngern: Wer mein Jünger sein will,
der verleugne sich selbst, nehme sein Kreuz auf sich und folge mir
nach. [25] Denn wer sein Leben retten will, wird es verlieren; wer aber
sein Leben um meinetwillen verliert, wird es gewinnen. [26] Was nützt
es einem Menschen, wenn er die ganze Welt gewinnt, dabei aber
sein Leben einbüßt? Um welchen Preis kann ein Mensch sein Leben
zurückkaufen? [27] Der Menschensohn wird mit seinen Engeln in der
Hoheit seines Vaters kommen und *jedem Menschen vergelten, wie
es seine Taten verdienen. (Ps 62,13.28,4)* [28] Amen, ich sage euch: Von
denen, die hier stehen, werden einige den Tod nicht erleiden, bis sie
den Menschensohn in seiner königlichen
Macht kommen sehen.

Ich liebe sie nicht, die Kreuze meines Lebens. Aber ich weiß, dass ich sie mit Jesus tragen darf. Und ich weiß: Sie machen mich stark. In schweren, bitteren Momenten wächst meine Kraft. Ich bin näher bei Jesus. Meine Ecken und Kanten werden abgeschliffen. Darum sage ich mir: Nicht abhauen, wenn Golgota kommt. Anpacken!

**NICO**

### Er wurde vor ihren Augen verwandelt (Mt 17,1–9)

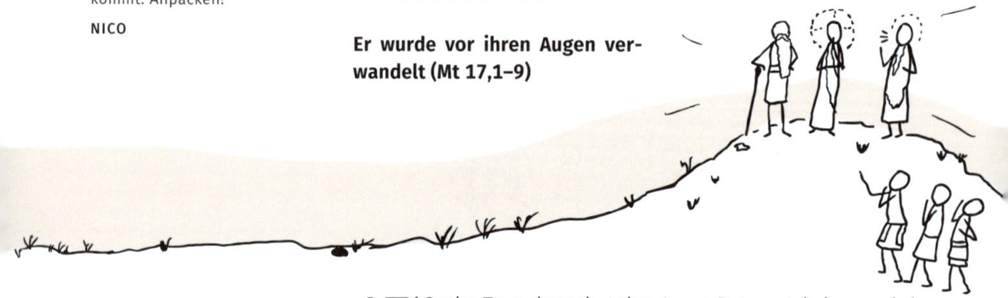

17 [1] Sechs Tage danach nahm Jesus Petrus, Jakobus und dessen
Bruder Johannes beiseite und führte sie auf einen hohen Berg.
[2] Und er wurde vor ihren Augen verwandelt; sein Gesicht leuchtete wie
die Sonne, und seine Kleider wurden blendend weiß wie das Licht.
[3] Da erschienen plötzlich vor ihren Augen Mose und Elija und redeten
mit Jesus.
[4] Und Petrus sagte zu ihm: Herr, es ist gut, dass wir hier sind. Wenn
du willst, werde ich hier drei Hütten bauen, eine für dich, eine für
Mose und eine für Elija. [5] Noch während er redete, warf eine leuch-
tende Wolke ihren Schatten auf sie, und aus der Wolke rief eine Stim-
me: *Das ist mein geliebter Sohn, an dem ich Gefallen gefunden habe;
auf ihn sollt ihr hören.* [6] Als die Jünger das hörten, bekamen sie gro-
ße Angst und warfen sich mit dem Gesicht zu Boden. [7] Da trat Jesus
zu ihnen, fasste sie an und sagte: Steht auf, habt keine Angst! [8] Und
als sie aufblickten, sahen sie nur noch Jesus. [9] Während sie den Berg
hinabstiegen, gebot ihnen Jesus: Erzählt niemand von dem, was ihr
gesehen habt, bis der Menschensohn von den Toten auferstanden ist.

▶ Mose und Elija stehen stellvertretend für das Alte Testament und das Gottesvolk Israel.

» Wenn man die Gnade geschenkt bekommt, eine intensive Erfahrung Gottes zu machen, ist es, als erlebe man etwas Ähnliches wie das, was den Jüngern während der Verklärung widerfahren ist: Für einen Augenblick erhält man einen Vorgeschmack dessen, was die Seligkeit des Paradieses ausmachen wird.

**PAPST BENEDIKT XVI.,** 13.3.2006

## JESUS KOMMT NACH JERUSALEM (MT 21,1–22,14)

Matthäus setzt seine Erzählung mit zwei weiteren Ankündigungen Jesu Leidens und seiner Auferstehung fort (Mt 17,22–23; 20,17–19). Er berichtet von den Schwierigkeiten seiner Jünger, diesen Weg zu verstehen. Aber Jesus bleibt bei ihnen und nimmt sie mit nach Jerusalem.

### Jesus zieht in die Stadt ein (Mt 21,1–11)

21 [1] Als sich Jesus mit seinen Begleitern Jerusalem näherte und
nach Betfage am Ölberg kam, schickte er zwei Jünger voraus
[2] und sagte zu ihnen: Geht in das Dorf, das vor euch liegt; dort werdet
ihr eine Eselin angebunden finden und ein Fohlen bei ihr. Bindet sie
los, und bringt sie zu mir! [3] Und wenn euch jemand zur Rede stellt,
dann sagt: Der Herr braucht sie, er läßt sie aber bald zurückbringen.
[4] Das ist geschehen, damit sich erfüllte, was durch den Propheten
gesagt worden ist:
[5] *Sagt der Tochter Zion: Siehe, dein König kommt zu dir. Er ist fried-
fertig, und er reitet auf einer Eselin und auf einem Fohlen, dem Jungen
eines Lasttiers (Jes 62,11; Sach 9,9).*
[6] Die Jünger gingen und taten, was Jesus ihnen aufgetragen hatte.
[7] Sie brachten die Eselin und das Fohlen, legten ihre Kleider auf sie,
und er setzte sich darauf. [8] Viele Menschen breiteten ihre Kleider auf
der Straße aus, andere schnitten Zweige von den Bäumen und streu-
ten sie auf den Weg. [9] Die Leute aber, die vor ihm hergingen und die
ihm folgten, riefen:
*Hosanna* dem Sohn Davids! *Gesegnet sei er, der kommt im Namen
des Herrn. Hosanna in der Höhe! (Ps 118,25f.)*

▶ Jesus zieht als königlicher Messias in die Stadt Gottes ein. Seine Macht beruht aber nicht auf Gewalt. Jesus ist ein Friedensstifter. Er geht den Weg der Demut und Hingabe. Deshalb hat der Tod keine Macht über ihn.

▶ „Hosanna" ist hebräisch und heißt: „Gott, hilf!" Aber zur Zeit Jesu ist es auch ein Jubelruf.

[10] Als er in Jerusalem einzog, geriet die ganze Stadt in
Aufregung, und man fragte: Wer ist das? [11] Die Leute sag-
ten: Das ist der Prophet Jesus von Nazaret in Galiläa.

### Der Tempel – Haus des Gebetes (Mt 21,12–17)

[12] Jesus ging in den Tempel und trieb alle Händler und Käufer aus
dem Tempel hinaus; er stieß die Tische der Geldwechsler und die
Stände der Taubenhändler um [13] und sagte: In der Schrift steht: *Mein
Haus soll ein Haus des Gebetes sein (Jes 56,7).* Ihr aber macht daraus
*eine Räuberhöhle (Jer 7,11).* [14] Im Tempel kamen Lahme und Blinde zu
ihm, und er heilte sie. [15] Als nun die Hohenpriester und die Schriftge-
lehrten die Wunder sahen, die er tat, und die Kinder im Tempel rufen
hörten: Hosanna dem Sohn Davids!, da wurden sie ärgerlich [16] und
sagten zu ihm: Hörst du, was sie rufen? Jesus antwortete ihnen: Ja, ich
höre es. Habt ihr nie gelesen: *Aus dem Mund der Kinder und Säuglin-
ge schaffst du dir Lob? (Ps 8,3)* [17] Und er ließ sie stehen und ging aus
der Stadt hinaus nach Betanien; dort übernachtete er.

▶ Die Händler und Wechsler werden gebraucht, damit die Opfer korrekt dargebracht werden können. Sie haben im „Vorhof" gearbeitet.

### Glaube kann Berge versetzen (Mt 21,18–22)

[18] Als er am Morgen in die Stadt zurückkehrte, hatte er Hunger. [19] Da
sah er am Weg einen Feigenbaum und ging auf ihn zu, fand aber nur
Blätter daran. Da sagte er zu ihm: In Ewigkeit soll keine Frucht mehr
an dir wachsen. Und der Feigenbaum verdorrte auf der Stelle. [20] Als

▶ Die Geschichte ist ein erzähltes Gleichnis. Der verdorrte Feigenbaum weist auf die Zerstörung Jerusalems voraus, die 70 n. Chr. geschehen ist.

**→ 21, 22**
Glaube – was ist das?
Glauben – wie geht das?

Gläubige Gebete werden erhört – auf wunderbare Weise. Und wenn nicht? Dann hat Gott etwas anderes, Größeres, Besseres im Sinn – auch wenn ich es nicht verstehe.

Eines Tages sagte ein Mann zu mir: „Mein einziges Kind liegt im Sterben. Die Medizin, die es braucht, gibt es in Indien nicht …" Genau in diesem Augenblick kam ein Mann mit einem Korb voller Medikamente. Obenauf lag das gesuchte Medikament. … Genau zu dieser Zeit hat sich Gott in seiner zärtlichen Liebe unter Millionen und Abermillionen von Kindern so sehr um dieses kleine Kind … gekümmert, dass er im richtigen Moment die Medizin schickte, um es zu retten.

**MUTTER TERESA**

die Jünger das sahen, fragten sie erstaunt: Wie konnte der Feigen-
baum so plötzlich verdorren? 21 Jesus antwortete ihnen: Amen, das
sage ich euch: Wenn ihr Glauben habt und nicht zweifelt, dann wer-
det ihr nicht nur das vollbringen, was ich mit dem Feigenbaum getan
habe; selbst wenn ihr zu diesem Berg sagt: Heb dich empor, und stürz
dich ins Meer!, wird es geschehen. 22 Und alles, was ihr im Gebet er-
bittet, werdet ihr erhalten, wenn ihr glaubt.

### Jesus nimmt sich sein Recht (Mt 21,23–27)

23 Als er in den Tempel ging und dort lehrte, kamen die Hohenpries-
ter und die Ältesten des Volkes zu ihm und fragten: Mit welchem
Recht tust du das alles? Wer hat dir dazu die Vollmacht gegeben?
24 Jesus antwortete ihnen: Auch ich will euch eine Frage stellen. Wenn
ihr mir darauf antwortet, dann werde ich euch sagen, mit welchem
Recht ich das tue. 25 Woher stammte die Taufe des Johannes? Vom
Himmel oder von den Menschen? Da überlegten sie und sagten zuei-
nander: Wenn wir antworten: Vom Himmel!, so wird er zu uns sagen:
Warum habt ihr ihm dann nicht geglaubt? 26 Wenn wir aber antworten:
Von den Menschen!, dann müssen wir uns vor den Leuten fürchten;
denn alle halten Johannes für einen Propheten. 27 Darum antworteten
sie Jesus: Wir wissen es nicht. Da erwiderte er: Dann sage auch ich
euch nicht, mit welchem Recht ich das alles tue.

Agnostiker, die von der Frage nach Gott umgetrieben werden; Menschen, die unter ihrer Sünde leiden und Sehnsucht nach dem reinen Herzen haben, sind näher am Reich Gottes als kirchliche Routiniers, die in ihr nur noch den Apparat sehen, ohne dass ihr Herz davon berührt wäre, vom Glauben.

**PAPST BENEDIKT XVI.,**
25.9.2011

### Auf das Handeln kommt es an (Mt 21,28–32)

28 Was meint ihr? Ein Mann hatte zwei Söhne. Er ging zum ersten und
sagte: Mein Sohn, geh und arbeite heute im Weinberg! 29 Er antworte-
te: Ja, Herr!, ging aber nicht. 30 Da wandte er sich an den zweiten Sohn
und sagte zu ihm dasselbe. Dieser antwortete: Ich will nicht. Später
aber reute es ihn, und er ging doch. 31 Wer von den beiden hat den
Willen seines Vaters erfüllt? Sie antworteten: Der zweite. Da sagte
Jesus zu ihnen: Amen, das sage ich euch: Zöllner und Dirnen gelangen
eher in das Reich Gottes als ihr. 32 Denn Johannes ist gekommen, um
euch den Weg der Gerechtigkeit zu zeigen, und ihr habt ihm nicht ge-
glaubt; aber die Zöllner und die Dirnen haben ihm geglaubt. Ihr habt
es gesehen, und doch habt ihr nicht bereut und ihm nicht geglaubt.

Das Gleichnis Jesu bezieht sich auf das Weinberglied in Jes 5. Der Weinberg steht für Israel, das Volk Gottes. Jesus ist in dem geliebten Sohn zu erkennen, der als letzter Bote gesandt wird. Er wird von den Winzern getötet. Aber der Weinberg bleibt bestehen. Er braucht jedoch gute Arbeiter. Die will Jesus gewinnen.

### Mord im Weinberg (Mt 21,33–46)

33 Hört noch ein anderes Gleichnis: Es war ein Gutsbesitzer, der *legte
einen Weinberg an, zog ringsherum einen Zaun, hob eine Kelter aus
und baute einen Turm.* Dann verpachtete er den Weinberg an Winzer
und reiste in ein anderes Land. 34 Als nun die Erntezeit kam, schickte
er seine Knechte zu den Winzern, um seinen Anteil an den Früchten
holen zu lassen. 35 Die Winzer aber packten seine Knechte; den einen
prügelten sie, den anderen brachten sie um, einen dritten steinigten
sie. 36 Darauf schickte er andere Knechte, mehr als das erste Mal; mit
ihnen machten sie es genauso. 37 Zuletzt sandte er seinen Sohn zu

ihnen; denn er dachte: Vor meinem Sohn werden sie Achtung haben. 38 Als die Winzer den Sohn sahen, sagten sie zueinander: Das ist der Erbe. Auf, wir wollen ihn töten, damit wir seinen Besitz erben. 39 Und sie packten ihn, warfen ihn aus dem Weinberg hinaus und brachten ihn um. 40 Wenn nun der Besitzer des Weinbergs kommt: Was wird er mit solchen Winzern tun? 41 Sie sagten zu ihm: Er wird diesen bösen Menschen ein böses Ende bereiten und den Weinberg an andere Winzer verpachten, die ihm die Früchte abliefern, wenn es Zeit dafür ist. 42 Und Jesus sagte zu ihnen: Habt ihr nie in der Schrift gelesen:

*Der Stein, den die Bauleute verworfen haben, er ist zum Eckstein geworden; das hat der Herr vollbracht, vor unseren Augen geschah dieses Wunder?*

43 Darum sage ich euch: Das Reich Gottes wird euch weggenommen und einem Volk gegeben werden, das die erwarteten Früchte bringt. 44 Und wer auf diesen Stein fällt, der wird zerschellen; auf wen der Stein aber fällt, den wird er zermalmen.

45 Als die Hohenpriester und die Pharisäer seine Gleichnisse hörten, merkten sie, dass er von ihnen sprach. 46 Sie hätten ihn gern verhaften lassen; aber sie fürchteten sich vor den Leuten, weil alle ihn für einen Propheten hielten.

Ein Prophet wird in seiner eigenen Heimat nicht geehrt.

Joh 4,44

Der „Eckstein“ ist der wichtigste Stein für die Statik eines Hauses. Er gibt die gesamte Baukonstruktion vor.

Man wählt eine Berufung nicht selbst, man empfängt sie, und man muss sich anstrengen, sie zu erkennen. Man muss der Stimme Gottes sein Ohr leihen, um die Zeichen seines Willens zu erspähen. Und ist einmal sein Wille erkannt, so muss man ihn tun, wie immer er sei, koste es, was es wolle.

**CHARLES DE FOUCAULD**

### Eine Hochzeit mitfeiern (Mt 22,1–14)

22 1 Jesus erzählte ihnen noch ein anderes Gleichnis: 2 Mit dem Himmelreich ist es wie mit einem König, der die Hochzeit sei-

nes Sohnes vorbereitete. 3 Er schickte seine Diener, um die eingeladenen Gäste zur Hochzeit rufen zu lassen. Sie aber wollten nicht kommen. 4 Da schickte er noch einmal Diener und trug ihnen auf: Sagt den Eingeladenen: Mein Mahl ist fertig, die Ochsen und das Mastvieh sind geschlachtet, alles ist bereit. Kommt zur Hochzeit! 5 Sie aber kümmerten sich nicht darum, sondern der eine ging auf seinen Acker, der andere in seinen Laden, 6 wieder andere fielen über seine Diener her, misshandelten sie und brachten sie um. 7 Da wurde der König zornig; er schickte sein Heer, ließ die Mörder töten und ihre Stadt in Schutt und Asche legen. 8 Dann sagte er zu seinen Dienern: Das Hochzeitsmahl ist vorbereitet, aber die Gäste waren es nicht wert (eingeladen zu werden). 9 Geht also hinaus auf die Straßen und ladet alle, die ihr trefft, zur Hochzeit ein. 10 Die Diener gingen auf die Straßen hinaus und holten alle zusammen, die sie trafen, Böse und Gute, und der Festsaal füllte sich mit Gästen.

11 Als sie sich gesetzt hatten und der König eintrat, um sich die Gäste anzusehen, bemerkte er unter ihnen einen Mann, der kein Hochzeitsgewand anhatte. 12 Er sagte zu ihm: Mein Freund, wie konntest du hier ohne Hochzeitsgewand erscheinen? Darauf wußte der Mann nichts zu sagen. 13 Da befahl der König seinen Dienern: Bindet ihm Hände und Füße, und werft ihn hinaus in die äußerste Finsternis! Dort wird er heulen und mit den Zähnen knirschen. 14 Denn viele sind gerufen, aber nur wenige auserwählt.

Die beiden Gleichnisse gehören zusammen. Das erste spricht vom unverhofften Glück, die Hochzeit des Königs mitfeiern zu können, obwohl man eigentlich nicht eingeladen war. Das zweite warnt aber: Niemand darf sich zu sicher fühlen. Es kommt darauf an, sich der Feier würdig zu erweisen. Alle haben das trotz der überraschenden Einladung beachtet – nur einer nicht.

Der Gastgeber ist nicht ungerecht. Alle anderen Gäste sind gut gekleidet, nur der eine nicht. Zur Not hätte der Hausherr ihnen mit guter Kleidung geholfen. Offenbar war ihm das Fest nicht wichtig genug.

Matthäus lässt eine Reihe von Streitgesprächen folgen, die wichtige Fragen des Glaubenslebens berühren: das Steuerzählen (Mt 22,15–22), die Auferstehung der Toten (Mt 22,23–33), das größte Gebot (22,34–40) und den Messias (Mt 22,41–46). Danach hält Jesus eine weitere große Rede. Sie beginnt mit einem vielfachen Wehe gegen die Schriftgelehrten und Pharisäer, die das Gesetz zu eng auslegen (Mt 23); sie setzt sich fort mit einer Prophezeiung der Endzeit (Mt 23); und sie endet mit drei Gleichnissen: von den zehn Jungfrauen (Mt 25,1–13), vom anvertrauten Geld (Mt 25,14–30) und vom Weltgericht (Mt 25,31–46).

▶ Die rechte Seite gilt als die gute, die linke als die schlechte.

Dieses Gleichnis stellt die „Werke der Barmherzigkeit“ vor Augen: Hungrige speisen, Durstige tränken, Fremde beherbergen, Nackte kleiden, Kranke pflegen, Gefangene besuchen, Tote bestatten.

**Taten sprechen lassen (Mt 25,31–46)**

25 31 Wenn der Menschensohn in seiner Herrlichkeit *kommt* und
alle *Engel mit ihm (Dtn 33,2),* dann wird er sich auf den Thron
seiner Herrlichkeit setzen. 32 Und alle Völker werden vor ihm zusam-
mengerufen werden, und er wird sie voneinander scheiden, wie der
Hirt die Schafe von den Böcken scheidet. 33 Er wird die Schafe zu
seiner Rechten versammeln, die Böcke aber zur Linken. 34 Dann wird
der König denen auf der rechten Seite sagen: Kommt her, die ihr von
meinem Vater gesegnet seid, nehmt das Reich in Besitz, das seit der
Erschaffung der Welt für euch bestimmt ist. 35 Denn ich war hungrig,
und ihr habt mir zu essen gegeben; ich war durstig, und ihr habt mir
zu trinken gegeben; ich war fremd und obdachlos, und ihr habt mich
aufgenommen; 36 ich war nackt, und ihr habt mir Kleidung gegeben;

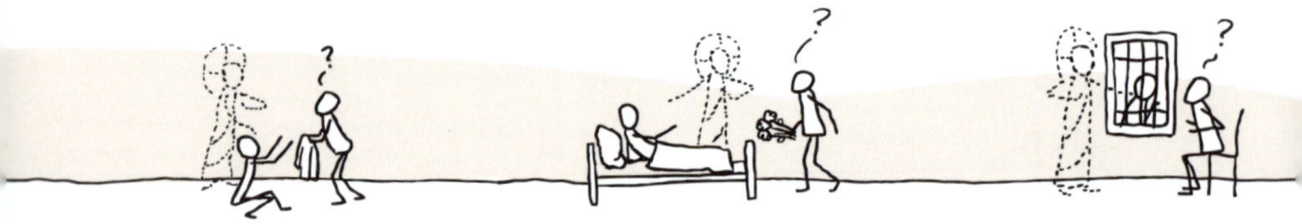

ich war krank, und ihr habt mich besucht; ich war im Gefängnis, und
ihr seid zu mir gekommen. 37 Dann werden ihm die Gerechten ant-
worten: Herr, wann haben wir dich hungrig gesehen und dir zu essen
gegeben, oder durstig und dir zu trinken gegeben? 38 Und wann ha-
ben wir dich fremd und obdachlos gesehen und aufgenommen, oder
nackt und dir Kleidung gegeben? 39 Und wann haben wir dich krank
oder im Gefängnis gesehen und sind zu dir gekommen? 40 Darauf wird
der König ihnen antworten: Amen, ich sage euch: Was ihr für einen
meiner geringsten Brüder getan habt, das habt ihr mir getan.
41 Dann wird er sich auch an die auf der linken Seite wenden und
zu ihnen sagen: Weg von mir, ihr Verfluchten, in das ewige Feuer, das
für den Teufel und seine Engel bestimmt ist! 42 Denn ich war hungrig,
und ihr habt mir nichts zu essen gegeben; ich war durstig, und ihr
habt mir nichts zu trinken gegeben; 43 ich war fremd und obdachlos,
und ihr habt mich nicht aufgenommen; ich war nackt, und ihr habt
mir keine Kleidung gegeben; ich war krank und im Gefängnis, und ihr
habt mich nicht besucht. 44 Dann werden auch sie antworten: Herr,
wann haben wir dich hungrig oder durstig oder obdachlos oder nackt
oder krank oder im Gefängnis gesehen und haben dir nicht geholfen?
45 Darauf wird er ihnen antworten: Amen, ich sage euch: Was ihr für
einen dieser Geringsten nicht getan habt, das habt ihr auch mir nicht
getan. 46 Und sie werden weggehen und die ewige Strafe erhalten, die
Gerechten aber das ewige Leben.

Eines Tages las Mutter Teresa eine Frau von der Straße auf. Ihr Körper war voll Schmutz mit offenen Wunden und Maden. Mutter Teresa badete sie geduldig und wusch ihre Wunden. Die Frau hörte nicht auf, sie anzuschreien mit Beleidigungen und Schimpfworten. Mutter Teresa lächelte nur. Endlich murmelte die Frau: „Warum tut sie das? ... Wer lehrte sie das?“ Sie antwortete einfach: „Mein Gott lehrte mich.“ Als die Frau fragte, wer dieser Gott sei, küsste sie Mutter Teresa auf die Stirn und sagte: „Du kennst meinen Gott. Mein Gott wird Liebe genannt.“

## DAS LEIDEN UND DIE AUFERSTEHUNG JESU 26,1–28,20

### Jesus muss sterben (Mt 26,1–5)

26 1 Als Jesus seine Reden beendet hatte, sagte er zu seinen Jün-
gern: 2 Ihr wisst, dass in zwei Tagen das Paschafest beginnt; da
wird der Menschensohn ausgeliefert und gekreuzigt werden.
3 Um die gleiche Zeit versammelten sich die Hohenpriester und die
Ältesten des Volkes im Palast des Hohenpriesters, der Kajaphas hieß,
4 und beschlossen, Jesus mit List in ihre Gewalt zu bringen und ihn zu
töten. 5 Sie sagten aber: Ja nicht am Fest, damit kein Aufruhr im Volk
entsteht.

### Eine Frau salbt Jesus (Mt 26,6–13)

6 Als Jesus in Betanien im Haus Simons des Aussätzigen bei Tisch
war, 7 kam eine Frau mit einem Alabastergefäß voll kostbarem, wohl-
riechendem Öl zu ihm und goss es über sein Haar. 8 Die Jünger wurden
unwillig, als sie das sahen, und sagten: Wozu diese Verschwendung?
9 Man hätte das Öl teuer verkaufen und das Geld den Armen geben

Es gibt im ganzen Evangelium kein Wort, das auf mich einen größeren Einfluss gehabt hat, das mein Leben auf tiefere Weise verändert hat als dieses: „All das, was ihr für den Geringsten meiner Brüder tut, habt ihr für mich getan." Wenn ich daran denke, dass diese Worte aus dem Mund Jesu stammen und dass es derselbe Mund ist, der da sagt: „Dies ist mein Leib, dies ist mein Blut.", wie sehr sehe ich mich dann dazu berufen, Jesus vor allem in diesen Kleinen, den Geringsten zu suchen und zu lieben.

**CHARLES DE FOUCAULD**

können. 10 Jesus bemerkte ihren Unwillen und sagte zu ihnen: Warum
lasst ihr die Frau nicht in Ruhe? Sie hat ein gutes Werk an mir getan.
11 Denn die Armen habt ihr immer bei euch, mich aber habt ihr nicht
immer. 12 Als sie das Öl über mich goss, hat sie meinen Leib für das
Begräbnis gesalbt. 13 Amen, ich sage euch: Überall auf der Welt, wo
dieses Evangelium verkündet wird, wird man sich an sie erinnern und
erzählen, was sie getan hat.

▶ Die Frau hat ein Zeichen gesetzt. Jesus ist der Gesalbte. Der Gesalbte ist der Messias, auf Griechisch: der Christus. Er wird sterben. Aber sein Tod wird das ewige Leben bringen. Deshalb wird der Frau in der Verkündigung des Evangeliums gedacht.

### Judas verrät Jesus (Mt 26,14–16)

14 Darauf ging einer der Zwölf namens Judas Iskariot zu den Hohen-
priestern 15 und sagte: Was wollt ihr mir geben, wenn ich euch Je-
sus ausliefere? Und sie *zahlten* ihm *dreißig Silberstücke*. 16 Von da an
suchte er nach einer Gelegenheit, ihn auszuliefern.

Bin ich wie Judas, der Liebe heuchelt und den Meister küsst, um ihn auszuliefern, ihn zu verraten?

**PAPST FRANZISKUS,** 14.4.2014

### Das Paschamahl wird vorbereitet (Mt 26,17–19)

17 Am ersten Tag des Festes der Ungesäuerten Brote gingen die Jün-
ger zu Jesus und fragten: Wo sollen wir das Paschamahl für dich vor-
bereiten? 18 Er antwortete: Geht in die Stadt zu dem und dem und sagt
zu ihm: Der Meister lässt dir sagen: Meine Zeit ist da; bei dir will ich
mit meinen Jüngern das Paschamahl feiern. 19 Die Jünger taten, was
Jesus ihnen aufgetragen hatte, und bereiteten das Paschamahl vor.

▶ Das Fest der ungesäuerten Brote ist das Paschafest, an dem Israels Auszug aus Ägypten gefeiert wird (Ex 12). Das Paschamahl soll man in der Stadt Jerusalem essen.

# JERUSALEM
ZUR ZEIT
# JESU

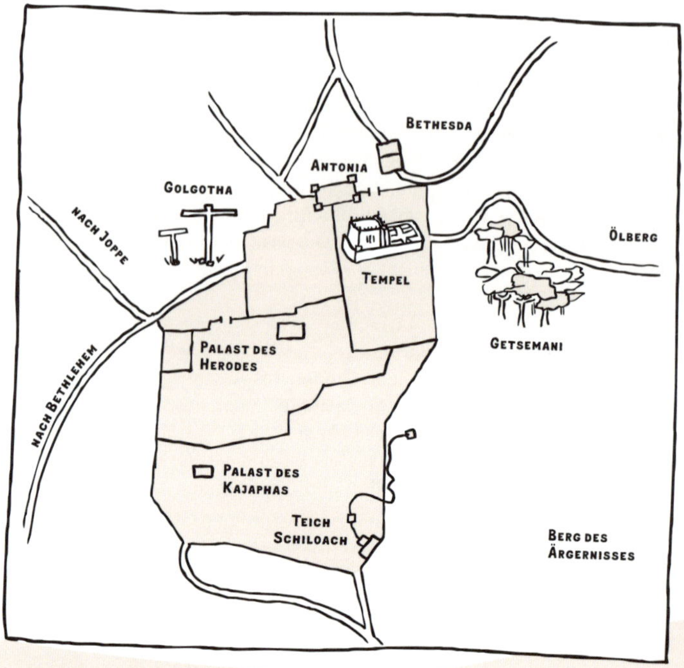


**Y → 99, 216**
Was geschah beim letzten Abendmahl?
Auf welche Weise ist Christus da, wenn Eucharistie gefeiert wird?

B Denn ich habe vom Herrn empfangen, was ich euch dann überliefert habe: Jesus, der Herr, nahm in der Nacht, in der er ausgeliefert wurde, Brot, sprach das Dankgebet, brach das Brot und sagte: Das ist mein Leib für euch. Tut dies zu meinem Gedächtnis! Ebenso nahm er nach dem Mahl den Kelch und sprach: Dieser Kelch ist der Neue Bund in meinem Blut. Tut dies, sooft ihr daraus trinkt, zu meinem Gedächtnis!

1 Kor 11,23-25

Freunde hinterlassen ein Zeichen, vielleicht einen Ring, aber Christus hinterlässt uns Seinen Leib und Sein Blut, Seine Seele und Seine Gottheit, sich selbst, ohne etwas zurückzubehalten.

**BERNARDIN VON SIENA** (1380–1444), italienischer Heiliger

### Das letzte Abendmahl (Mt 26,20–29)

[20] Als es Abend wurde, begab er sich mit den zwölf Jüngern zu Tisch.
[21] Und während sie aßen, sprach er: Amen, ich sage euch: Einer von
euch wird mich verraten und ausliefern. [22] Da waren sie sehr betrof-
fen, und einer nach dem anderen fragte ihn: Bin ich es etwa, Herr?
[23] Er antwortete: Der, der die Hand mit mir in die Schüssel getaucht
hat, wird mich verraten. [24] Der Menschensohn muss zwar seinen Weg
gehen, wie die Schrift über ihn sagt. Doch weh dem Menschen, durch
den der Menschensohn verraten wird. Für ihn wäre es besser, wenn er
nie geboren wäre. [25] Da fragte Judas, der ihn verriet: Bin ich es etwa,
Rabbi? Jesus sagte zu ihm: Du sagst es.
[26] Während des Mahls nahm Jesus das Brot und sprach den Lobpreis;
dann brach er das Brot, reichte es den Jüngern und sagte: Nehmt und
esst; das ist mein Leib. [27] Dann nahm er den Kelch, sprach das Dank-
gebet und reichte ihn den Jüngern mit den Worten: Trinkt alle daraus;
[28] das ist mein Blut, *das Blut des Bundes,* das für viele vergossen wird
zur Vergebung der Sünden. [29] Ich sage euch: Von jetzt an werde ich
nicht mehr von der Frucht des Weinstocks trinken bis zu dem Tag, an
dem ich mit euch von neuem davon trinke im Reich meines Vaters.

### Die Jünger werden Jesus im Stich lassen (Mt 26,30–35)

[30] Nach dem Lobgesang gingen sie zum Ölberg hinaus. [31] Da sagte
Jesus zu ihnen: Ihr alle werdet in dieser Nacht an mir Anstoß nehmen

und zu Fall kommen; denn in der Schrift steht: *Ich werde den Hirten*
*erschlagen, dann werden sich die Schafe der Herde zerstreuen (Sach*
*13,7).* 32 Aber nach meiner Auferstehung werde ich euch nach Gali-
läa vorausgehen. 33 Petrus erwiderte ihm: Und wenn alle an dir An-
stoß nehmen – ich niemals! 34 Jesus entgegnete ihm: Amen, ich sage
dir: In dieser Nacht, noch ehe der Hahn kräht, wirst du mich dreimal
verleugnen. 35 Da sagte Petrus zu ihm: Und wenn ich mit dir sterben
müsste – ich werde dich nie verleugnen. Das Gleiche sagten auch alle
anderen Jünger.

▶ Judas hat Jesus verraten. Im griechischen Urtext steht: „ausgeliefert". Mit demselben Wort sagt das Neue Testament auch, dass Gott der Vater seinen Sohn Jesus „hingegeben" hat (z.B. Gal 1,4). In dieser Wortgleichheit zeigt sich das Geheimnis der Erlösung: Judas hat Schuld auf sich geladen. Aber Gott macht aus dem Bösen das Beste. Die Menschen wollen Jesu habhaft werden. Aber Jesus macht sich ganz zur Gabe Gottes an die Menschen.

### Jesus betet um sein Leben (Mt 26,36–46)

36 Darauf kam Jesus mit den Jüngern zu einem Grundstück, das man
Getsemani nennt, und sagte zu ihnen: Setzt euch und wartet hier,
während ich dort bete. 37 Und er nahm Petrus und die beiden Söhne
des Zebedäus mit sich. Da ergriff ihn Angst und Traurigkeit, 38 und er
sagte zu ihnen: Meine Seele ist zu Tode betrübt. Bleibt hier und wacht
mit mir! 39 Und er ging ein Stück weiter, warf sich zu Boden und betete:
Mein Vater, wenn es möglich ist, gehe dieser Kelch an mir vorüber.
Aber nicht wie ich will, sondern wie du willst. 40 Und er ging zu den
Jüngern zurück und fand sie schlafend. Da sagte er zu Petrus: Konntet
ihr nicht einmal eine Stunde mit mir wachen? 41 Wacht und betet,

▶ Getsemani heißt auf Deutsch: Ölpresse. Der Name passt zu den Ölbäumen am Ölberg.

▶ Der Kelch ist ein Bild für das Leiden.

damit ihr nicht in Versuchung geratet. Der Geist ist willig, aber das
Fleisch ist schwach. 42 Dann ging er zum zweiten mal weg und betete:
Mein Vater, wenn dieser Kelch an mir nicht vorübergehen kann, ohne
dass ich ihn trinke, geschehe dein Wille. 43 Als er zurückkam, fand er
sie wieder schlafend, denn die Augen waren ihnen zugefallen. 44 Und
er ging wieder von ihnen weg und betete zum dritten mal mit den
gleichen Worten. 45 Danach kehrte er zu den Jüngern zurück und sagte
zu ihnen: Schlaft ihr immer noch und ruht euch aus? Die Stunde ist
gekommen; jetzt wird der Menschensohn den Sündern ausgeliefert.
46 Steht auf, wir wollen gehen! Seht, der Verräter, der mich ausliefert,
ist da.

▶ Jesus lehrt im Vaterunser zu beten: „Dein Wille geschehe" (Mt 6,10). Diese Bitte macht er sich in seiner schwersten Stunde zu eigen. Er sucht nicht den Tod. Aber er ist bereit, den Weg des Leidens zu gehen.

### Jesus wird gefangen genommen (Mt 26,47–56)

47 Während er noch redete, kam Judas, einer der Zwölf, mit einer gro-
ßen Schar von Männern, die mit Schwertern und Knüppeln bewaffnet
waren; sie waren von den Hohenpriestern und den Ältesten des Vol-
kes geschickt worden. 48 Der Verräter hatte mit ihnen ein Zeichen ver-
abredet und gesagt: Der, den ich küssen werde, der ist es; nehmt ihn
fest. 49 Sogleich ging er auf Jesus zu und sagte: Sei gegrüßt, Rabbi! Und
er küsste ihn. 50 Jesus erwiderte ihm: Freund, dazu bist du gekommen?
Da gingen sie auf Jesus zu, ergriffen ihn und nahmen ihn fest. 51 Doch
einer von den Begleitern Jesu zog sein Schwert, schlug auf den Diener
des Hohenpriesters ein und hieb ihm ein Ohr ab. 52 Da sagte Jesus zu

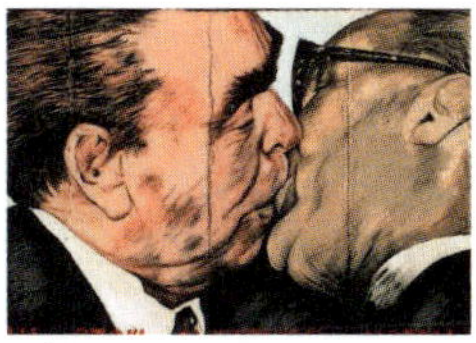

Der „sozialistische Bruderkuss", den sich die Diktatoren Breschnew und Honecker auf den Mund gaben, war ein Judaskuss des 20. Jahrhunderts: Gewaltherrscher, die mit einem Kuss ihr Volk verrieten.

ihm: Steck dein Schwert in die Scheide; denn alle, die zum Schwert
greifen, werden durch das Schwert umkommen. 53 Oder glaubst du
nicht, mein Vater würde mir sogleich mehr als zwölf Legionen En-
gel schicken, wenn ich ihn darum bitte? 54 Wie würde dann aber die
Schrift erfüllt, nach der es so geschehen muss? 55 Darauf sagte Jesus
zu den Männern: Wie gegen einen Räuber seid ihr mit Schwertern und
Knüppeln ausgezogen, um mich festzunehmen. Tag für Tag saß ich im
Tempel und lehrte, und ihr habt mich nicht verhaftet. 56 Das alles aber
ist geschehen, damit die Schriften der Propheten in Erfüllung gehen.
Da verließen ihn alle Jünger und flohen.

### Jesus wird vom Hohen Rat verhört (Mt 26,57–68)

57 Nach der Verhaftung führte man Jesus zum Hohenpriester Kaja-
phas, bei dem sich die Schriftgelehrten und die Ältesten versammelt
hatten. 58 Petrus folgte Jesus von weitem bis zum Hof des hohepries-
terlichen Palastes; er ging in den Hof hinein und setzte sich zu den
Dienern, um zu sehen, wie alles ausgehen würde.
59 Die Hohenpriester und der ganze Hohe Rat bemühten sich um
falsche Zeugenaussagen gegen Jesus, um ihn zum Tod verurteilen
zu können. 60 Sie erreichten aber nichts, obwohl viele falsche Zeu-
gen auftraten. Zuletzt kamen zwei Männer 61 und behaupteten: Er hat

Manchmal werde ich schlecht behandelt und ich frage mich dann immer, wie ich reagieren soll. Ich habe schon oft erfahren, dass es nach hinten losgehen kann, wenn ich gleich ärgerlich reagiere, dass es aber gut wird, wenn ich versuche, vorher auf Jesus zu hören.

**JOHANN**

▶ Kajaphas war von 18–36 n. Chr. Hoherpriester. Als solcher war er auch Vorsitzender des Hohen Rates, des Parlamentes und Gerichtshofes von Jerusalem.

▶ Jesus wird als Gotteslästerer schuldig gesprochen. Aber er nimmt das Recht Gottes wahr. Er ist der Menschensohn, der Gottes Herrschaft verwirklicht.

gesagt: Ich kann den Tempel Gottes niederreißen und in drei Tagen
wieder aufbauen. 62 Da stand der Hohepriester auf und fragte Jesus:
Willst du nichts sagen zu dem, was diese Leute gegen dich vorbrin-
gen? 63 Jesus aber schwieg. Darauf sagte der Hohepriester zu ihm: Ich
beschwöre dich bei dem lebendigen Gott, sag uns: Bist du der Messi-
as, der Sohn Gottes? 64 Jesus antwortete: Du hast es gesagt. Doch ich
erkläre euch: Von nun an werdet ihr *den Menschensohn zur Rechten*
der Macht *sitzen und auf den Wolken des Himmels kommen sehen.*
65 Da zerriss der Hohepriester sein Gewand und rief: Er hat Gott ge-
lästert! Wozu brauchen wir noch Zeugen? Jetzt habt ihr die Gottesläs-
terung selbst gehört. 66 Was ist eure Meinung? Sie antworteten: Er ist
schuldig und muss sterben.
67 Dann spuckten sie ihm ins Gesicht und schlugen ihn. Andere ohr-
feigten ihn 68 und riefen: Messias, du bist doch ein Prophet! Sag uns:
Wer hat dich geschlagen?

### Petrus verleugnet Jesus (Mt 26,69–75)

69 Petrus aber saß draußen im Hof. Da trat eine Magd zu ihm und
sagte: Auch du warst mit diesem Jesus aus Galiläa zusammen. 70 Doch
er leugnete es vor allen Leuten und sagte: Ich weiß nicht, wovon du
redest. 71 Und als er zum Tor hinausgehen wollte, sah ihn eine andere
Magd und sagte zu denen, die dort standen: Der war mit Jesus aus
Nazaret zusammen. 72 Wieder leugnete er und schwor: Ich kenne den

▶ Jesus wird vorgeworfen, ein Gotteslästerer zu sein: Er maße sich eine göttliche Rolle an. Tatsächlich aber ist es Jesus, der Gott die Ehre gibt, indem er sich zu seiner Sendung bekennt. Er ist Gottes Sohn, gekommen, um die Herrschaft Gottes zu verkünden und zu verwirklichen.

» Wir sind keine „Religion" der Ideen, der reinen Theologie, der schönen Dinge, der Gebote. Nein, wir sind ein Volk, das Jesus Christus nachfolgt und Zeugnis gibt, das von Jesus Christus Zeugnis geben will, und dieses Zeugnis führt einige Male dazu, das Leben zu geben.

**PAPST FRANZISKUS**, 6.5.2014

Petrus ist der Fels, der wackelt, aber nicht fällt, weil Jesus ihn hält.

Menschen nicht. [73] Kurz darauf kamen die Leute, die dort standen, zu Petrus und sagten: Wirklich, auch du gehörst zu ihnen, deine Mundart verrät dich. [74] Da fing er an, sich zu verfluchen und schwor: Ich kenne den Menschen nicht. Gleich darauf krähte ein Hahn, [75] und Petrus erinnerte sich an das, was Jesus gesagt hatte: Ehe der Hahn kräht, wirst du mich dreimal verleugnen. Und er ging hinaus und weinte bitterlich.

▶ Die Verleugnung Jesu durch Petrus – ist sie eine geringere Schuld als der Verrat durch Judas? Aber Petrus verzweifelt nicht. Jesus wird ihn nach seiner Auferstehung neu zu seinem Jünger machen.

### Jesus wird an Pilatus ausgeliefert (Mt 27,1–2)

27 [1] Als es Morgen wurde, fassten die Hohenpriester und die Ältesten des Volkes gemeinsam den Beschluss, Jesus hinrichten zu lassen. [2] Sie ließen ihn fesseln und abführen und lieferten ihn dem Statthalter Pilatus aus.

▶ Pontius Pilatus war von 26–36 n. Chr. römischer Statthalter in Judäa. Nur der Statthalter des Kaisers konnte über ein Schwerverbrechen urteilen und ein Todesurteil fällen.

### Judas macht seinem Leben ein Ende (Mt 27,3–10)

[3] Als nun Judas, der ihn verraten hatte, sah, dass Jesus zum Tod verurteilt war, reute ihn seine Tat. Er brachte den Hohenpriestern und den Ältesten die dreißig Silberstücke zurück [4] und sagte: Ich habe gesündigt, ich habe euch einen unschuldigen Menschen ausgeliefert. Sie antworteten: Was geht das uns an? Das ist deine Sache. [5] Da warf er die Silberstücke in den Tempel; dann ging er weg und erhängte

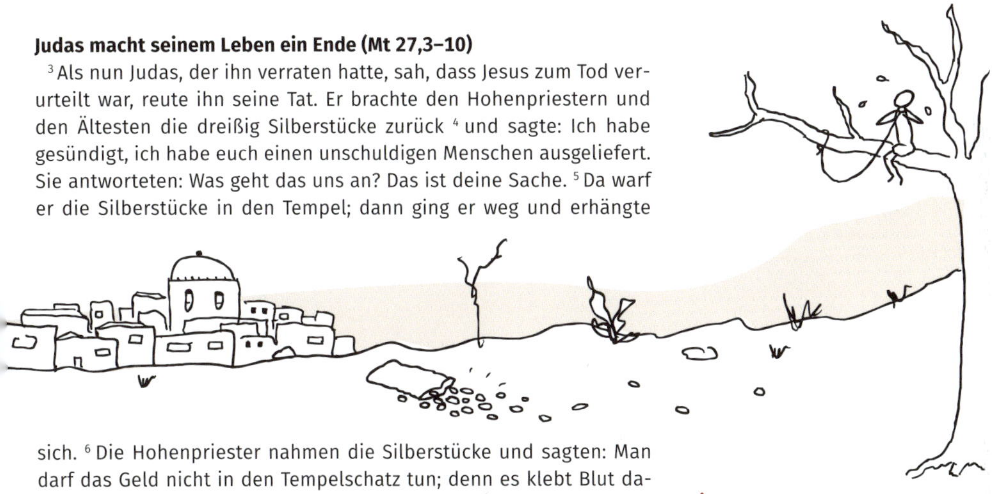

sich. [6] Die Hohenpriester nahmen die Silberstücke und sagten: Man darf das Geld nicht in den Tempelschatz tun; denn es klebt Blut daran. [7] Und sie beschlossen, von dem Geld den Töpferacker zu kaufen als Begräbnisplatz für die Fremden. [8] Deshalb heißt dieser Acker bis heute Blutacker. [9] So erfüllte sich, was durch den Propheten Jeremia gesagt worden ist: *Sie nahmen die dreißig Silberstücke – das ist der Preis, den er den Israeliten wert war –* [10] *und kauften für das Geld den Töpferacker, wie mir der Herr befohlen hatte.*

Was waren die 30 Silberlinge wert? Schwer zu sagen. Zur Zeit Jesu konnte man für das Geld einen Sklaven kaufen.

Käme er, man würde ihn zum zweiten Mal kreuzigen.

**JOHANN WOLFGANG VON GOETHE**

### Pilatus verurteilt Jesus zum Tode (Mt 27,11–26)

[11] Als Jesus vor dem Statthalter stand, fragte ihn dieser: Bist du der König der Juden? Jesus antwortete: Du sagst es. [12] Als aber die Hohenpriester und die Ältesten ihn anklagten, gab er keine Antwort. [13] Da sagte Pilatus zu ihm: Hörst du nicht, was sie dir alles vorwerfen? [14] Er aber antwortete ihm auf keine einzige Frage, so dass der Statthalter sehr verwundert war.

[15] Jeweils zum Fest pflegte der Statthalter einen Gefangenen freizulassen, den sich das Volk auswählen konnte. [16] Damals war gerade ein berüchtigter Mann namens Barabbas im Gefängnis. [17] Pilatus fragte nun die Menge, die zusammengekommen war: Was wollt ihr? Wen soll ich freilassen, Barabbas oder Jesus, den man den Messias nennt? [18] Er wusste nämlich, dass man Jesus nur aus Neid an ihn ausgeliefert hatte.

▶ Jesus bekommt keinen fairen Prozess. Pilatus erkennt seine Unschuld, aber liefert ihn dennoch zur Kreuzigung aus. Jesus ist als „König der Juden“ verurteilt worden. Angeblich hat er zum Aufstand gegen die Römer aufgerufen. In Wahrheit hat er das Reich Gottes auf die Erde gebracht.

> Auch wir können vor den anderen wie Pilatus sein, der nicht den Mut hat, gegen den Strom zu schwimmen, um das Leben Jesu zu retten, und der sich die Hände in Unschuld wäscht.
>
> **PAPST FRANZISKUS**, 27.7.2013

19 Während Pilatus auf dem Richterstuhl saß, ließ ihm seine Frau
sagen: Lass die Hände von diesem Mann, er ist unschuldig. Ich hatte
seinetwegen heute Nacht einen schrecklichen Traum.
20 Inzwischen überredeten die Hohenpriester und die Ältesten die
Menge, die Freilassung des Barabbas zu fordern, Jesus aber hinrich-
ten zu lassen. 21 Der Statthalter fragte sie: Wen von beiden soll ich
freilassen? Sie riefen: Barabbas! 22 Pilatus sagte zu ihnen: Was soll
ich dann mit Jesus tun, den man den Messias nennt? Da schrien sie
alle: Ans Kreuz mit ihm! 23 Er erwiderte: Was für ein Verbrechen hat er
denn begangen? Da schrien sie noch lauter: Ans Kreuz mit ihm! 24 Als
Pilatus sah, dass er nichts erreichte, sondern dass der Tumult immer
größer wurde, ließ er Wasser bringen, wusch sich vor allen Leuten die
Hände und sagte: Ich bin unschuldig am Blut dieses Menschen. Das
ist eure Sache! 25 Da rief das ganze Volk: Sein Blut komme über uns
und unsere Kinder! 26 Darauf ließ er Barabbas frei und gab den Befehl,
Jesus zu geißeln und zu kreuzigen.

▶ Das Volk übernimmt die Verantwortung, die Pilatus loswerden will. Es scheint fest überzeugt, dass Jesus schuldig ist. Aber das Blut, das „über" sie kommen soll, ist das Blut, das Jesus „zur Vergebung der Sünden vergossen" hat (Mt 26,26).

### Was für ein König! (Mt 27,27–31a)

27 Da nahmen die Soldaten des Statthalters Jesus, führten ihn in das
Prätorium, das Amtsgebäude des Statthalters, und versammelten die
ganze Kohorte um ihn. 28 Sie zogen ihn aus und legten ihm einen pur-
purroten Mantel um. 29 Dann flochten sie einen Kranz aus Dornen; den

▶ Eine „Kohorte" ist ein Trupp römischer Soldaten. Im Regelfall bestand sie aus 500 bis 1000 Mann.

setzten sie ihm auf und gaben ihm einen Stock in die rechte Hand.
Sie fielen vor ihm auf die Knie und verhöhnten ihn, indem sie riefen:
Heil dir, König der Juden! 30 Und sie spuckten ihn an, nahmen ihm den
Stock wieder weg und schlugen ihm damit auf den Kopf. 31a Nachdem
sie so ihren Spott mit ihm getrieben hatten, nahmen sie ihm den
Mantel ab und zogen ihm seine eigenen Kleider wieder an.

? Wie wichtig ist Jesus für mich? Ist er wirklich mein König und mein Herr?

### Jesus wird gekreuzigt (Mt 27,31b–44)

31b Dann führten sie Jesus hinaus, um ihn zu kreuzigen. 32 Auf dem
Weg trafen sie einen Mann aus Zyrene namens Simon; ihn zwangen
sie, Jesus das Kreuz zu tragen. 33 So kamen sie an den Ort, der Golgota
genannt wird, das heißt Schädelhöhe. 34 Und *sie gaben* ihm Wein *zu
trinken*, der mit *Galle* vermischt war; als er aber davon gekostet hatte,
wollte er ihn nicht trinken.
35 Nachdem sie ihn gekreuzigt hatten, *warfen sie das Los und ver-
teilten* seine *Kleider unter sich*. 36 Dann setzten sie sich nieder und
bewachten ihn. 37 Über seinem Kopf hatten sie eine Aufschrift ange-
bracht, die seine Schuld angab: Das ist Jesus, der König der Juden.
38 Zusammen mit ihm wurden zwei Räuber gekreuzigt, der eine rechts
von ihm, der andere links. 39 Die Leute, die vorbeikamen, verhöhnten
ihn, *schüttelten den Kopf* 40 und riefen: Du willst den Tempel nieder-
reißen und in drei Tagen wieder aufbauen? Wenn du Gottes Sohn bist,
hilf dir selbst, und steig herab vom Kreuz! 41 Auch die Hohenpriester,

▶ Die Hinrichtungsstätte lag gemäß dem jüdischen Gesetz vor den Toren der Stadt. Heute ist die Grabes- und Auferstehungskirche mitten in der Altstadt von Jerusalem.

> Jeder, der liebt, möchte dem Geliebten ähnlich werden; das ist das Geheimnis meines Lebens. Ich habe mein Herz an diesen Jesus von Nazaret verloren, der vor 1900 Jahren gekreuzigt worden ist; mein ganzes Leben lang versuche ich, ihm ähnlich zu werden.
>
> **CHARLES DE FOUCAULD**

die Schriftgelehrten und die Ältesten verhöhnten ihn und sagten:
42 Anderen hat er geholfen, sich selbst kann er nicht helfen. Er ist
doch der König von Israel! Er soll vom Kreuz herabsteigen, dann wer-
den wir an ihn glauben. 43 Er *hat auf Gott vertraut: der soll ihn jetzt*
*retten, wenn er an ihm Gefallen hat;* er hat doch gesagt: Ich bin Gottes
Sohn. 44 Ebenso beschimpften ihn die beiden Räuber, die man zusam-
men mit ihm gekreuzigt hatte.

> Drücke deines Sohnes Wunden, / wie du selber sie empfunden, / heil'ge Mutter, in mein Herz. / Dass ich weiß, was ich verschuldet, / was dein Sohn für mich erduldet, / gib mir Teil an deinem Schmerz.
>
> Aus dem **STABAT MATER** des Franziskaners Jacopone von Todi (†1306)

**Jesus stirbt am Kreuz (Mt 27,45–56)**

45 Von der sechsten bis zur neunten Stunde herrschte eine Finsternis
im ganzen Land. 46 Um die neunte Stunde rief Jesus laut: *Eli, Eli, lema*
*sabachtani?*, das heißt: *Mein Gott, mein Gott, warum hast du mich*
*verlassen?*

▶ Die sechste Stunde ist 12 Uhr mittags, die neunte Stunde ist 15 Uhr.

**DIE 7 WORTE JESU AM KREUZ**

Mein Gott, mein Gott, warum hast du mich verlassen?
Mk 15,34; Mt 27,46

Vater, vergib ihnen, denn sie wissen nicht, was sie tun.
Lk 23,34

Amen, ich sage dir: Heute noch wirst du mit mir im Paradies sein.
Lk 23,43

Vater, in deine Hände empfehle ich meinen Geist.
Lk 23,46

Frau, siehe, dein Sohn. Siehe, deine Mutter.
Joh 19,26

Mich dürstet.
Joh 19,28

Es ist vollbracht.
Joh 19,30

47 Einige von denen, die dabeistanden und es hörten, sagten: Er
ruft nach Elija. 48 Sogleich lief einer von ihnen hin, tauchte einen
Schwamm in *Essig*, steckte ihn auf einen Stock und *gab* Jesus *zu trin-*
*ken*. 49 Die anderen aber sagten: Lass doch, wir wollen sehen, ob Elija
kommt und ihm hilft. 50 Jesus aber schrie noch einmal laut auf. Dann
hauchte er den Geist aus.

▶ Jesu letztes Wort am Kreuz ist nach Mt ein Gebet mit den Worten von Ps 22,2. Dieses Gebet ist die Klage eines leidenden Gerechten. Er schreit seine Not vor Gott heraus, weil nur er helfen kann.

» Am Abend, da es kühle war, / Ward Adams Fallen offenbar; / Am Abend drücket ihn der Heiland nieder. / Am Abend kam die Taube wieder / Und trug ein Ölblatt in dem Munde. / O schöne Zeit! O Abendstunde! / Der Friedensschluss ist nun mit Gott gemacht, / Denn Jesus hat sein Kreuz vollbracht. / Sein Leichnam kömmt zur Ruh, / Ach! liebe Seele, bitte du, / Geh, lasse dir den toten Jesum schenken, / O heilsames, o köstlich's Angedenken!

**PICANDER** (Christian Friedrich Henrici, 1700–1764) in Bachs Matthäuspassion

▶ Üblicherweise wurden Gekreuzigte verscharrt, Jesus erhält ein ehrenvolles Grab.

[51] Da riss der Vorhang im Tempel von oben bis unten entzwei. Die
Erde bebte, und die Felsen spalteten sich. [52] Die Gräber öffneten sich,
und die Leiber vieler Heiligen, die entschlafen waren, wurden aufer-
weckt. [53] Nach der Auferstehung Jesu verließen sie ihre Gräber, kamen
in die Heilige Stadt und erschienen vielen.
[54] Als der Hauptmann und die Männer, die mit ihm zusammen Je-
sus bewachten, das Erdbeben bemerkten und sahen, was geschah,
erschraken sie sehr und sagten: Wahrhaftig, das war Gottes Sohn!
[55] Auch viele Frauen waren dort und sahen von weitem zu; sie waren
Jesus seit der Zeit in Galiläa nachgefolgt und hatten ihm gedient. [56] Zu
ihnen gehörten Maria aus Magdala, Maria, die Mutter des Jakobus
und des Josef, und die Mutter der Söhne des Zebedäus.

### Jesus wird begraben (Mt 27,57–61)

[57] Gegen Abend kam ein reicher Mann aus Arimathäa namens Josef;
auch er war ein Jünger Jesu. [58] Er ging zu Pilatus und bat um den
Leichnam Jesu. Da befahl Pilatus, ihm den Leichnam zu überlassen.
[59] Josef nahm ihn und hüllte ihn in ein reines Leinentuch. [60] Dann leg-
te er ihn in ein neues Grab, das er für sich selbst in einen Felsen
hatte hauen lassen. Er wälzte einen großen Stein vor den Eingang des
Grabes und ging weg. [61] Auch Maria aus Magdala und
die andere Maria waren dort; sie saßen dem Grab
gegenüber.

▶ Während alle Jünger Jesus verlassen haben, halten die Frauen aus Galiläa Jesus die Treue. Sie stehen in der Nachfolge Jesu.

### Das Grab wird schwer bewacht (Mt 27,62–66)

[62] Am nächsten Tag gingen die Hohenpriester und
die Pharisäer gemeinsam zu Pilatus; es war der Tag
nach dem Rüsttag. [63] Sie sagten: Herr, es fiel uns ein, dass dieser
Betrüger, als er noch lebte, behauptet hat: Ich werde nach drei Tagen
auferstehen. [64] Gib also den Befehl, dass das Grab bis zum dritten
Tag sicher bewacht wird. Sonst könnten seine Jünger kommen, ihn
stehlen und dem Volk sagen: Er ist von den Toten auferstanden. Und
dieser letzte Betrug wäre noch schlimmer als alles zuvor. [65] Pilatus
antwortete ihnen: Ihr sollt eine Wache haben. Geht und sichert das
Grab, so gut ihr könnt. [66] Darauf gingen sie, um das Grab zu sichern.
Sie versiegelten den Eingang und ließen die Wache dort.

» Die Annahme, die Apostel seien Betrüger gewesen, ist ganz absurd. Man denke sie doch gründlich zu Ende und stelle sich diese zwölf Männer vor, wie sie nach dem Tode Jesu Christi versammelt wären und sich verschworen hätten zu behaupten, er sei auferstanden. … Man denke dies zu Ende!

**BLAISE PASCAL** (1623–1662), französischer Philosoph

### Das Grab ist leer (Mt 28,1–8)

28 [1] Nach dem Sabbat kamen in der Morgendämmerung des ers-
ten Tages der Woche Maria aus Magdala und die andere Ma-
ria, um nach dem Grab zu sehen. [2] Plötzlich entstand ein gewaltiges
Erdbeben; denn ein Engel des Herrn kam vom Himmel herab, trat an
das Grab, wälzte den Stein weg und setzte sich darauf. [3] Seine Gestalt
leuchtete wie ein Blitz, und sein Gewand war weiß wie Schnee. [4] Die
Wächter begannen vor Angst zu zittern und fielen wie tot zu Boden.
[5] Der Engel aber sagte zu den Frauen: Fürchtet euch nicht! Ich weiß,
ihr sucht Jesus, den Gekreuzigten. [6] Er ist nicht hier; denn er ist auf-

erstanden, wie er gesagt hat. Kommt her und seht euch die Stelle an, wo er lag. 7 Dann geht schnell zu seinen Jüngern und sagt ihnen: Er ist von den Toten auferstanden. Er geht euch voraus nach Galiläa, dort werdet ihr ihn sehen. Ich habe es euch gesagt. 8 Sogleich verließen sie das Grab und eilten voll Furcht und großer Freude zu seinen Jüngern, um ihnen die Botschaft zu verkünden.

Y → 104
Kann man Christ sein, ohne an die Auferstehung Christi zu glauben?

**Jesus erscheint den Frauen (Mt 28,9–10)**

9 Plötzlich kam ihnen Jesus entgegen und sagte: Seid gegrüßt! Sie gingen auf ihn zu, warfen sich vor ihm nieder und umfassten seine Füße. 10 Da sagte Jesus zu ihnen: Fürchtet euch nicht! Geht und sagt meinen Brüdern, sie sollen nach Galiläa gehen, und dort werden sie mich sehen.

▶ Die Frauen aus Galiläa, die Jesus bis unters Kreuz nachgefolgt sind und wissen, wo er begraben ist, sind, nachdem sie das Grab leer gefunden haben, die Ersten, die den Auferstandenen sehen. Jesus macht sie zu Botinnen für diejenigen, die er als Apostel in alle Welt senden wird.

**Die Hohenpriester wollen die Geschichte vertuschen (Mt 28,11–15)**

11 Noch während die Frauen unterwegs waren, kamen einige von den Wächtern in die Stadt und berichteten den Hohenpriestern alles, was geschehen war. 12 Diese fassten gemeinsam mit den Ältesten den Beschluss, die Soldaten zu bestechen. Sie gaben ihnen viel Geld 13 und sagten: Erzählt den Leuten: Seine Jünger sind bei Nacht gekommen und haben ihn gestohlen, während wir schliefen. 14 Falls der Statthalter davon hört, werden wir ihn beschwichtigen und dafür sorgen, dass ihr nichts zu befürchten habt. 15 Die Soldaten nahmen das Geld und machten alles so, wie man es ihnen gesagt hatte. So kommt es, dass dieses Gerücht bei den Juden bis heute verbreitet ist.

▶ Die Behauptung, die Jünger hätten den Leichnam verschwinden lassen, ist uralt. Matthäus erzählt die wahre Geschichte: Jesus ist von den Toten auferstanden.

**Alle Menschen können Jünger werden (Mt 28,16–20)**

16 Die elf Jünger gingen nach Galiläa auf den Berg, den Jesus ihnen genannt hatte. 17 Und als sie Jesus sahen, fielen sie vor ihm nieder. Einige aber hatten Zweifel. 18 Da trat Jesus auf sie zu und sagte zu ihnen: Mir ist alle Macht gegeben im Himmel und auf der Erde. 19 Darum geht zu allen Völkern, und macht alle Menschen zu meinen Jüngern; tauft sie auf den Namen des Vaters und des Sohnes und des Heiligen Geistes, 20 und lehrt sie, alles zu befolgen, was ich euch geboten habe. Seid gewiss: Ich bin bei euch alle Tage bis zum Ende der Welt.

▶ In Galiläa hat Jesus mit der Verkündigung des Evangeliums von Gottes Himmelsherrschaft begonnen. In Galiläa beginnt deshalb auch die Verkündigung seiner Auferstehung. In dieser Verkündigung wird alles aktuell, was Jesus gelehrt hat.

DAS EVANGELIUM NACH

# Markus

Das Markusevangelium ist das kürzeste aller Evangelien. Es setzt zwei Schwerpunkte: das öffentliche Wirken und das öffentliche Leiden Jesu. Das Evangelium zeigt im Licht des Osterglaubens: Beides gehört zusammen. Jesus hat sein Leben für seine Botschaft eingesetzt – und seine Botschaft wird durch ihn selbst, sein Leben und sein Sterben, verkörpert.

Wer verstehen will, woher die Vollmacht Jesu kommt, muss auf die Ohnmacht des Gekreuzigten sehen; und wer erkennen will, was das Kreuz bedeutet, muss mit dem Evangelium der Gottesherrschaft in Galiläa beginnen (Mk 1,14f.).

In der Überlieferung wird das Evangelium Johannes Markus zugeschrieben, einem Petrusschüler. Heute wird es oft als ältestes Evangelium betrachtet.

An einer Stelle redet der Evangelist diejenigen, für die er schreibt, direkt an: „Der Leser begreife" (Mk 13,14). Das ist ein Motto für die ganze Bibel.

Markus beginnt seine Jesusgeschichte mit dem Täufer Johannes und der Taufe Jesu am Jordan. Er beschreibt, dass Jesus in Worten und Taten das Evangelium verkündet: „Die Zeit ist erfüllt, das Reich Gottes ist nahe." (Mk 1,15). Typisch für Jesus sind seine Gleichnisse. Der Evangelist stellt sie als Beispiele der Verkündigung Jesu zusammen:

## JESUS IN GALILÄA (MK 6,1–56)

### Unglaube in Nazaret (Mk 6,1–6a)

6 1 Jesus kam in seine Heimatstadt; seine Jünger begleiteten ihn.
2 Am Sabbat lehrte er in der Synagoge.
Und die vielen Menschen, die ihm zuhörten, staunten und sagten:
Woher hat er das alles? Was ist das für eine Weisheit, die ihm gegeben ist! Und was sind das für Wunder, die durch ihn geschehen!
3 Ist das nicht der Zimmermann, der Sohn der Maria und der Bruder von Jakobus, Joses, Judas und Simon? Leben nicht seine Schwestern hier unter uns?
Und sie nahmen Anstoß an ihm und lehnten ihn ab.
4 Da sagte Jesus zu ihnen: Nirgends hat ein Prophet so wenig Ansehen wie in seiner Heimat, bei seinen Verwandten und in seiner Familie.

Was ist Unglaube? Sich nicht vorstellen können, wie nahe uns Gott auf die Pelle rücken kann.

Die „Brüder" und „Schwestern" Jesu sind seine Verwandten; sie gehören zur Großfamilie.

5 Und er konnte dort kein Wunder tun; nur einigen Kranken legte er die Hände auf und heilte sie.
6a Und er wunderte sich über ihren Unglauben.

### Die Jünger auf Reisen (Mk 6,6b–13)

6 Jesus zog durch die benachbarten Dörfer und lehrte.
7 Er rief die Zwölf zu sich und sandte sie aus, jeweils zwei zusammen. Er gab ihnen die Vollmacht, die unreinen Geister auszutreiben,
8 und er gebot ihnen, außer einem Wanderstab nichts auf den Weg mitzunehmen, kein Brot, keine Vorratstasche, kein Geld im Gürtel,
9 kein zweites Hemd und an den Füßen nur Sandalen.
10 Und er sagte zu ihnen: Bleibt in dem Haus, in dem ihr einkehrt, bis ihr den Ort wieder verlasst.
11 Wenn man euch aber in einem Ort nicht aufnimmt und euch nicht hören will, dann geht weiter und schüttelt den Staub von euren Füßen, zum Zeugnis gegen sie.
12 Die Zwölf machten sich auf den Weg und riefen die Menschen zur Umkehr auf.
13 Sie trieben viele Dämonen aus und salbten viele Kranke mit Öl und heilten sie.

Jesus wird in Nazaret abgewiesen. Aber er zieht sich nicht beleidigt zurück, sondern weitet sein Wirken aus. Er sendet seine Jünger aus. Denn alle Menschen sollen die Frohe Botschaft in erstklassiger Qualität hören. Die Jünger sollen genau das sagen und tun, was er sagt und tut – damit diejenigen, die nicht ihm selbst, sondern nur seinen Jüngern begegnen, keinerlei Nachteile haben. Die Jünger sollen auf der Missionsreise die Armut Jesu selbst teilen – und geben dadurch den Menschen, zu denen sie gesandt sind, Gelegenheit, Gutes zu tun: Gastfreundschaft.

### Ein falscher Anhänger (Mk 6,14–16)

14 Der König Herodes hörte von Jesus; denn sein Name war bekannt geworden und man sagte: Johannes der Täufer ist von den Toten auferstanden; deshalb wirken solche Kräfte in ihm.
15 Andere sagten: Er

Dieser Herodes ist ein Sohn des Kindermörders (Mt 2,16–18). Es ist Herodes Antipas, der Herrscher von Galiläa – eine der übelsten Figuren der Zeitgeschichte.

Die Wissenschaftsgläubigkeit, die zu den Kennzeichen unserer Zeit gehört, bringt es mit sich, dass nach wie vor die wechselnden Bilder des historischen Jesus das Meinen „der Leute“ formen und zugleich mit dem ganzen Anspruch der autonomen Vernunft den Zugang zum Glauben versperren.

**PAPST BENEDIKT XVI.**, „Unterwegs zu Jesus Christus“, 2003

Herodias hatte sich scheiden lassen, um Herodes zu heiraten. Der Skandal wird nicht nur im Neuen Testament, sondern auch in der jüdischen Geschichtsschreibung des Altertums erwähnt. Zum „Schleiertanz“ gibt es keine jüdische Parallele.

ist Elija. Wieder andere: Er ist ein Prophet, wie einer von den alten
Propheten. 16 Als aber Herodes von ihm hörte, sagte er: Johannes, den
ich enthaupten ließ, ist auferstanden.

## Die Ermordung Johannes‘ des Täufers (Mk 6,17–29)

17 Herodes hatte nämlich Johannes festnehmen und ins Gefängnis
werfen lassen. Schuld daran war Herodias, die Frau seines Bruders
Philippus, die er geheiratet hatte. 18 Denn Johannes hatte zu Herodes
gesagt: Du hattest nicht das Recht, die Frau deines Bruders zur Frau
zu nehmen.
19 Herodias verzieh ihm das nicht und wollte ihn töten lassen. Sie
konnte ihren Plan aber nicht durchsetzen, 20 denn Herodes fürchtete
sich vor Johannes, weil er wusste, dass dieser ein gerechter und heiliger Mann war. Darum schützte er ihn. Sooft er mit ihm sprach, wurde
er unruhig und ratlos, und doch hörte er ihm gern zu.
21 Eines Tages ergab sich für Herodias eine günstige Gelegenheit.
An seinem Geburtstag lud Herodes seine Hofbeamten und Offiziere
zusammen mit den vornehmsten Bürgern von Galiläa zu einem Festmahl ein. 22 Da kam die Tochter der Herodias und tanzte und sie gefiel
dem Herodes und seinen Gästen so sehr, dass der König zu ihr sagte:
Wünsch dir, was du willst; ich werde es dir geben.

Sex & Crime und Stoff für ein großes Drama – nur weil jemand genauer hinsieht und den Mund aufmacht.

Der Tod Johannes‘ des Täufers, des Vorläufers des Erlösers, bezeugt, dass das irdische Leben nicht das absolute Gut ist: wichtiger ist die Treue zum Wort des Herrn, auch wenn sie das Leben aufs Spiel setzen kann.

**PAPST JOHANNES PAUL II.**, Evangelium vitae, 47

23 Er schwor ihr sogar: Was du auch von mir verlangst, ich will es dir
geben, und *wenn es die Hälfte meines Reiches wäre.* 24 Sie ging hinaus
und fragte ihre Mutter: Was soll ich mir wünschen? Herodias antwortete: Den Kopf des Täufers Johannes. 25 Da lief das Mädchen zum König
hinein und sagte: Ich will, dass du mir sofort auf einer Schale den
Kopf des Täufers Johannes bringen lässt. 26 Da wurde der König sehr
traurig, aber weil er vor allen Gästen einen Schwur geleistet hatte,
wollte er ihren Wunsch nicht ablehnen. 27 Deshalb befahl er einem
Scharfrichter, sofort ins Gefängnis zu gehen und den Kopf des Täufers herzubringen. Der Scharfrichter ging und enthauptete Johannes.
28 Dann brachte er den Kopf auf einer Schale, gab ihn dem Mädchen
und das Mädchen gab ihn seiner Mutter.
29 Als die Jünger des Johannes das hörten, kamen sie, holten seinen
Leichnam und legten ihn in ein Grab.

Jesus hat Pausen gemacht: Zeit für Gott, Zeit für sich selbst, Zeit für seine Jünger. Diese Ruhezeiten sind wichtig: der Sonntag, eine Zeit zum Beten, eine Zeit zum Nachdenken.

## Eine Rast auf dem Weg (Mk 6,30–32)

30 Die Apostel versammelten sich wieder bei Jesus und berichteten
ihm alles, was sie getan und gelehrt hatten. 31 Da sagte er zu ihnen:
Kommt mit an einen einsamen Ort, wo wir allein sind, und ruht ein
wenig aus. Denn sie fanden nicht einmal Zeit zum Essen, so zahlreich
waren die Leute, die kamen und gingen.
32 Sie fuhren also mit dem Boot in eine einsame Gegend, um allein
zu sein.

**5 Brote und 2 Fische – und Jesus (Mk 6,33–44)**

33 Aber man sah sie abfahren und viele erfuhren davon; sie liefen
zu Fuß aus allen Städten dorthin und kamen noch vor ihnen an. 34 Als
er ausstieg und die vielen Menschen sah, hatte er Mitleid mit ihnen;
denn sie waren *wie Schafe, die keinen Hirten haben.* Und er lehrte
sie lange.

35 Gegen Abend kamen seine Jünger zu ihm und sagten: Der Ort ist
abgelegen und es ist schon spät. 36 Schick sie weg, damit sie in die
umliegenden Gehöfte und Dörfer gehen und sich etwas zu essen kau-
fen können. 37 Er erwiderte: Gebt ihr ihnen zu essen! Sie sagten zu
ihm: Sollen wir weggehen, für zweihundert Denare Brot kaufen und es
ihnen geben, damit sie zu essen haben? 38 Er sagte zu ihnen: Wie viele
Brote habt ihr? Geht und seht nach! Sie sahen nach und berichteten:
Fünf Brote und außerdem zwei Fische.

39 Dann befahl er ihnen, den Leuten zu sagen, sie sollten sich in
Gruppen ins grüne Gras setzen. 40 Und sie setzten sich in Gruppen zu
hundert und zu fünfzig.

41 Darauf nahm er die fünf Brote und die zwei Fische, blickte zum
Himmel auf, sprach den Lobpreis, brach die Brote und gab sie den
Jüngern, damit sie sie an die Leute austeilten. Auch die zwei Fische
ließ er unter allen verteilen.

Im „Brechen des Brotes“ ist die Eucharistie angedeutet. Nach zweitausend Jahren verwirklichen wir noch immer dieses ursprüngliche Bild für die Kirche. Und während wir dies in der Eucharistiefeier tun, richten sich die Augen unserer →

42 Und alle aßen und wurden satt. 43 Als die Jünger die Reste der
Brote und auch der Fische einsammelten, wurden zwölf Körbe voll.
44 Es waren fünftausend Männer, die von den Broten gegessen hatten.

**Eine Erscheinung (Mk 6,45–52)**

45 Gleich darauf forderte er seine Jünger auf, ins Boot zu steigen und
ans andere Ufer nach Betsaida vorauszufahren. Er selbst wollte inzwi-
schen die Leute nach Hause schicken. 46 Nachdem er sich von ihnen
verabschiedet hatte, ging er auf einen Berg, um zu beten.

47 Spät am Abend war das Boot mitten auf dem See, er aber war al-
lein an Land. 48 Und er sah, wie sie sich beim Rudern abmühten, denn
sie hatten Gegenwind. In der vierten Nachtwache ging er auf dem See
zu ihnen hin, wollte aber an ihnen vorübergehen.

49 Als sie ihn über den See gehen sahen, meinten sie, es sei ein Ge-
spenst, und schrien auf. 50 Alle sahen ihn und erschraken. Doch er
begann mit ihnen zu reden und sagte: Habt Vertrauen, ich bin es;
fürchtet euch nicht!

51 Dann stieg er zu ihnen ins Boot und der Wind legte sich.

Sie aber waren bestürzt und außer sich. 52 Denn sie waren nicht zur
Einsicht gekommen, als das mit den Broten geschah; ihr Herz war
verstockt.

→ Seele auf das, was sich während des letzten Abendmahls am Gründonnerstag ereignete, und was danach folgte.

**PAPST JOHANNES PAUL II.,**
Enzyklika Ecclesia de Eucharistia

Die Jünger sind wichtig. Sie haben wenig. Aber Jesus macht, dass sie aus dem Vollen schöpfen können.

Der Herr ging an ihm vorüber und rief: Jahwe ist ein barmherziger und gnädiger Gott, langmütig, reich an Huld und Treue.

Ex 34,6

Im vollen Sinn des Wortes kann nur Gott „Ich“ sagen, weil nur er in keiner Weise fremdbestimmt ist. Dieses „Ich“ Gottes zeigt sich in der Person Jesu.

„Ich lade jeden Christen ein, gleich an welchem Ort und in welcher Lage er sich befindet, noch heute seine persönliche Begegnung mit Jesus Christus zu erneuern oder zumindest den Entschluss zu fassen, sich von ihm finden zu lassen, ihn jeden Tag ohne Unterlass zu suchen.

**PAPST FRANZISKUS**, Evangelii Gaudium, 3

▶ Tyrus liegt außerhalb Galiläas im heutigen Libanon.

### Die Arbeit geht weiter (Mk 6,53–56)

53 Sie fuhren auf das Ufer zu, kamen nach Gennesaret und legten
dort an. 54 Als sie aus dem Boot stiegen, erkannte man ihn sofort.
55 Die Menschen eilten durch die ganze Gegend und brachten die
Kranken auf Tragbahren zu ihm, sobald sie hörten, wo er war. 56 Und
immer, wenn er in ein Dorf oder eine Stadt oder zu einem Gehöft kam,
trug man die Kranken auf die Straße hinaus und bat ihn, er möge sie
wenigstens den Saum seines Gewandes berühren lassen. Und alle,
die ihn berührten, wurden geheilt.

### Eine unmögliche Heilung (Mk 7,24–30)

7 24 Jesus brach auf und zog von dort in das Gebiet von Tyrus. Er
ging in ein Haus, wollte aber, dass niemand davon erfuhr; doch
es konnte nicht verborgen bleiben. 25 Eine Frau, deren Tochter von
einem unreinen Geist besessen war, hörte von ihm; sie kam sogleich
herbei und fiel ihm zu Füßen. 26 Die Frau, von Geburt Syrophönizierin,
war eine Heidin. Sie bat ihn, aus ihrer Tochter den Dämon auszutrei-
ben. 27 Da sagte er zu ihr: Lasst zuerst die Kinder satt werden; denn es
ist nicht recht, das Brot den Kindern wegzunehmen und den Hunden

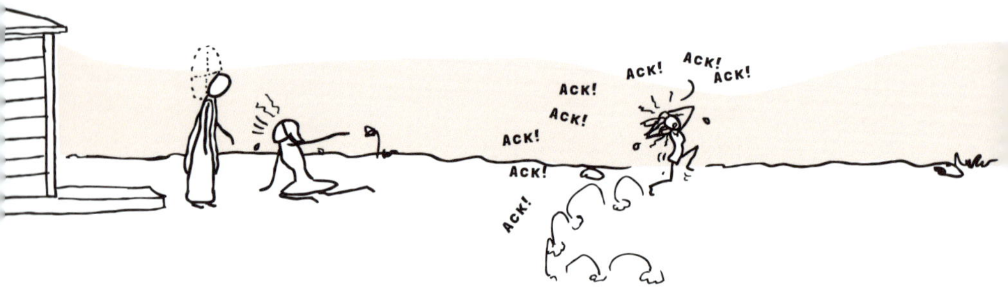


vorzuwerfen. 28 Sie erwiderte ihm: Ja, du hast recht, Herr! Aber auch
für die Hunde unter dem Tisch fällt etwas von dem Brot ab, das die
Kinder essen. 29 Er antwortete ihr: Weil du das gesagt hast, sage ich
dir: Geh nach Hause, der Dämon hat deine Tochter verlassen. 30 Und
als sie nach Hause kam, fand sie das Kind auf dem Bett liegen und
sah, dass der Dämon es verlassen hatte.

▶ Jesus macht das Vorrecht Israels geltend; den Juden darf nichts genommen werden, wenn er sich den Heiden zuwendet.

Jesus lässt mit sich verhandeln! Die Argumente der Frau sind überzeugend.

### Ein Wunder am Wegesrand (Mk 7,31–37)

31 Jesus verließ das Gebiet von Tyrus wieder und kam über Sidon an
den See von Galiläa, mitten in das Gebiet der Dekapolis. 32 Da brachte
man einen Taubstummen zu Jesus und bat ihn, er möge ihn berühren.
33 Er nahm ihn beiseite, von der Menge weg, legte ihm die Finger in die
Ohren und berührte dann die Zunge des Mannes mit Speichel; 34 da-
nach blickte er zum Himmel auf, seufzte und sagte zu dem Taubstum-
men: Effata!, das heißt: Öffne dich! 35 Sogleich öffneten sich seine Oh-
ren, seine Zunge wurde von ihrer Fessel befreit und er konnte richtig
reden. 36 Jesus verbot ihnen, jemand davon zu erzählen. Doch je mehr
er es ihnen verbot, desto mehr machten sie es bekannt. 37 Außer sich
vor Staunen sagten sie: Er hat alles gut gemacht; er macht, dass die
Tauben hören und die Stummen sprechen (↗ Jes 35,5).

▶ Die Dekapolis („Zehn Städte") ist heidnisches Gebiet jenseits des Jordans, im heutigen Jordanien.

▶ „Effata" ist Aramäisch, die Muttersprache Jesu.

▶ Jesus will nicht, dass die Menschen ihm zu früh zujubeln: Er hat noch einen weiten Weg vor sich. Aber die Begeisterung lässt sich nicht bremsen.

## DER WEG DES DIENENS (MK 10,32–45)

### Ein Wort gegen die Angst (Mk 10,32-34)

10 32 Während sie auf dem Weg hinauf nach Jerusalem waren,
ging Jesus voraus. Die Leute wunderten sich über ihn, die Jün-
ger aber hatten Angst. Da versammelte er die Zwölf wieder um sich
und kündigte ihnen an, was ihm bevorstand. 33 Er sagte: Wir gehen
jetzt nach Jerusalem hinauf; dort wird der Menschensohn den Ho-
henpriestern und den Schriftgelehrten ausgeliefert; sie werden ihn
zum Tod verurteilen und den Heiden übergeben; 34 sie werden ihn
verspotten, anspucken, geißeln und töten. Aber nach drei Tagen wird
er auferstehen.

▶ Jesus weiß, was auf ihn zukommt. Er sucht das Leiden nicht. Aber er nimmt es an, weil er es mit Gott verbindet.

### Die Gier nach Ehre (Mk 10,35–40)

35 Da traten Jakobus und Johannes, die Söhne des Zebedäus, zu ihm
und sagten: Meister, wir möchten, dass du uns eine Bitte erfüllst. 36 Er
antwortete: Was soll ich für euch tun? 37 Sie sagten zu ihm: Lass in
deinem Reich einen von uns rechts und den
andern links neben dir sitzen. 38 Jesus
erwiderte: Ihr wisst nicht, um was ihr
bittet. Könnt ihr den Kelch trinken,

den ich trinke, oder die Taufe auf euch nehmen, mit der ich getauft
werde? 39 Sie antworteten: Wir können es. Da sagte Jesus zu ihnen: Ihr
werdet den Kelch trinken, den ich trinke, und die Taufe empfangen,
mit der ich getauft werde. 40 Doch den Platz zu meiner Rechten und zu
meiner Linken habe nicht ich zu vergeben; dort werden die sitzen, für
die diese Plätze bestimmt sind.

Die Karriere Jesu ging steil nach unten – mitten in unser Herz. Das ist auch der Weg der Nachfolge: vor Gott in die Knie zu gehen und den Schwachen unter die Arme zu greifen.

▶ Der Kelch ist der Becher des Leidens, den Gott Jesus reicht (↗ Mk 14,36). Die Taufe ist hier ein Bild für den Tod, der zum Leben führt (↗ Röm 6,3-4).

### Unten ist oben (Mk 10,41–45)

41 Als die zehn anderen Jünger das hörten, wurden sie sehr ärgerlich
über Jakobus und Johannes. 42 Da rief Jesus sie zu sich und sagte: Ihr
wisst, dass die, die als Herrscher gelten, ihre Völker unterdrücken
und die Mächtigen ihre Macht über die Menschen missbrauchen.
43 Bei euch aber soll es nicht so sein, sondern wer bei euch groß sein
will, der soll euer Diener sein, 44 und wer bei euch der Erste sein will,
soll der Sklave aller sein. 45 Denn auch der Menschensohn ist nicht
gekommen, um sich dienen zu lassen, sondern um zu dienen und sein
Leben hinzugeben als Lösegeld für viele.

Die Frucht der Liebe ist das Dienen. Die Frucht des Dienens ist der Friede.

**MUTTER TERESA**

▶ Ein Lösepreis musste damals bezahlt werden, um Sklaven freizukaufen. Jesus befreit die Sünder, indem er sein Leben für sie hingibt.

Markus erzählt, wie Jesus in den Tod hineingeht, um diesen Dienst bis zum Ende zu leisten. Das Evangelium endet mit der Osterbotschaft: „Er geht euch voraus nach Galiläa; dort werdet ihr ihn sehen, wie er es euch gesagt hat" (Mk 16,7).

DAS EVANGELIUM NACH

# Lukas

Das Lukasevangelium ist der erste Teil eines zweibändigen Werkes. Der zweite Teil ist die Apostelgeschichte (Apg 1,1f.). Beide Teile gehören eng zusammen: Im Evangelium beschreibt Lukas, wie Jesus Jüngerinnen und Jünger beruft, die das Evangelium weiterverbreiten. In der Apostelgeschichte wird er dann erzählen, wie in der frühen Kirche die Botschaft Jesu durch die Auferstehung neu angekommen und verstanden worden ist.

Lukas beschreibt im Vorwort des Evangeliums genau seinen Standpunkt, seine Methode und sein Ziel (Lk 1,1–4). Er ist selbst kein Jünger Jesu; aber er greift das Zeugnis derer auf, die „Augenzeugen und Diener des Wortes“ waren, in erster Linie die zwölf Apostel. Er hat alle Überlieferungen sorgfältig auf ihre Qualität hin geprüft und nur das Beste ausgewählt. Er will „Theophilos“ – zu Deutsch: Freund Gottes – davon überzeugen, dass er in seiner Katechese den richtigen Zugang zum Glauben gefunden hat und wie er dann auf dem Weg der Nachfolge noch weitergehen kann.

Lukas beginnt mit dem Evangelium der Kindheit Jesu, zu dem die Weihnachtsgeschichte gehört. Er hat viele der berühmtesten Gleichnisse überliefert. Er hat auch das Osterevangelium besonders farbig gestaltet.

Aus diesen Teilen bringt diese Bibel ein kleine Auswahl. Viel mehr lässt sich finden, wenn man das ganze Evangelium in einer Vollbibel liest.

Lukas, „der Arzt“ (Kol 4,14), wird in der kirchlichen Überlieferung eng mit Paullus verbunden. In seinem Evangelium zeigt Lukas vor allem, wie Jesus sich auf die Suche nach den Menschen macht, die in die Irre gegangen sind. „Der Menschensohn ist gekommen, um zu suchen und zu retten, was verloren ist“ (Lk 19,10).

Lukas erzählt zu Beginn seines Evangeliums zuerst von der Geburt des Täufers Johannes, dann von der Geburt Jesu und jeweils zuerst, wie diese Geburten verheißen werden, und dann, wie sie die Welt zu verändern begonnen haben. Die Erzählungen werden durch Gebete für den Glauben an Gott aufgeschlossen. Es sind Lobgesänge, die von der Liturgie der Kirche aufgenommen worden sind.
Das erste dieser Glaubenslieder singt Maria; es ist das „Magnifikat“.

Das Magnfikat ist ein Psalm im Neuen Testament. Die ganze Geschichte des Gottesvolkes wird im Bezug auf Maria neu erschlossen. Eine Revolution beginnt: Die Armen kommen zu ihrem Recht. Es ist die Revolution Gottes. Ihr Anführer ist Jesus.

**Ich lobe Gott (Lk 1,46–55)**

1 46 *Meine Seele* preist die *Größe des Herrn,*
47 und mein Geist *jubelt über Gott, meinen Retter.*
48 Denn *auf die Niedrigkeit seiner Magd hat er geschaut.*
Siehe, von nun an *preisen mich selig* alle Geschlechter.
49 Denn der Mächtige *hat Großes* an mir *getan*
und *sein Name ist heilig.*
50 *Er erbarmt sich* von Geschlecht zu Geschlecht
*über alle, die ihn fürchten.*
51 Er vollbringt *mit seinem Arm* machtvolle Taten:
*Er zerstreut, die im Herzen voll Hochmut sind;*
52 *er stürzt die Mächtigen* vom Thron
und *erhöht die Niedrigen.*
53 *Die Hungernden beschenkt er mit seinen Gaben*
und lässt die Reichen leer ausgehen.

54 *Er nimmt sich seines Knechtes Israel an*
*und denkt an sein Erbarmen,*
55 *das er unsern Vätern* verheißen hat,
*Abraham* und *seinen Nachkommen* auf ewig.

Das zweite Lied singt Zacharias, der Vater des Täufers Johannes. Es ist das „Benedictus“.

Die Geschichte Jesu beginnt lange vor seiner Geburt – und sie endet bis heute nicht.

Ich bin Gott, der Allmächtige. Geh deinen Weg vor mir und sei rechtschaffen! Ich will einen Bund stiften zwischen mir und dir und dich sehr zahlreich machen.

Gen 17,1–2

**Ich preise Gott (Lk 1,68–79)**

68 *Gepriesen sei der Herr, der Gott Israels!*
Denn er hat *sein Volk* besucht und *ihm Erlösung geschaffen;*
er hat uns *einen starken Retter* erweckt
im Hause seines Knechtes *David.*
70 So hat er verheißen von alters her
durch den Mund seiner heiligen Propheten.
71 Er hat uns *errettet vor unseren Feinden*
*und aus der Hand* aller, *die uns hassen;*
72 er hat *das Erbarmen mit den Vätern* an uns vollendet
und *an seinen* heiligen Bund *gedacht,*
73 *an den Eid, den er* unserm Vater *Abraham geschworen hat;*
74 er hat uns geschenkt, dass wir, aus Feindeshand befreit,
ihm furchtlos dienen 75 in Heiligkeit und Gerechtigkeit
vor seinem Angesicht all unsre Tage.

76 Und du, Kind, wirst Prophet des Höchsten heißen;
denn du wirst *dem Herrn* vorangehen und ihm *den Weg bereiten.*
77 Du wirst sein Volk mit der Erfahrung des Heils beschenken
in der Vergebung der Sünden.
78 Durch die barmherzige Liebe unseres Gottes
wird uns besuchen das aufstrahlende Licht aus der Höhe,
79 um *allen* zu leuchten, *die in Finsternis sitzen und im Schatten des*
*Todes,* und unsre Schritte zu lenken *auf den Weg des Friedens.*

Es darf auf der ganzen Welt niemanden geben, und mag er selbst gesündigt haben, soviel er nur sündigen konnte, der von dir fortgehen müsste, ohne Erbarmen bei dir gefunden zu haben, wenn er Erbarmen wollte.

**FRANZISKUS VON ASSISI**

Im Anschluss steht die berühmte Weihnachtsgeschichte.

## WEIHNACHTEN – UND DANACH (LK 2,1–52)

### Die ganze Welt ist in Bewegung (Lk 2,1–3)

2 1 In jenen Tagen erließ Kaiser Augustus den Befehl, alle Bewohner
des Reiches in Steuerlisten einzutragen. 2 Dies geschah zum ers-
ten Mal; damals war Quirinius Statthalter von Syrien. 3 Da ging jeder
in seine Stadt, um sich eintragen zu lassen.

### Jesus wird in Betlehem geboren (Lk 2,4–7)

4 So zog auch Josef von der Stadt Nazaret in Galiläa hinauf nach
Judäa in die Stadt Davids, die Betlehem heißt; denn er war aus dem
Haus und Geschlecht Davids. 5 Er wollte sich eintragen lassen mit Ma-
ria, seiner Verlobten, die ein Kind erwartete.
6 Als sie dort waren, kam für Maria die Zeit ihrer Niederkunft, 7 und
sie gebar ihren Sohn, den Erstgeborenen. Sie wickelte ihn in Windeln
und legte ihn in eine Krippe, weil in der Herberge kein Platz für sie
war.

▶ Die Steuer war ein Machtinstrument. Augustus setzt die ganze Welt in Bewegung. Doch nur ein Weg ist weltbewegend: Josef und Maria ziehen nach Betlehem.

### Die Hirten auf dem Feld hören die Gute Nachricht (Lk 2,8–14)

8 In jener Gegend lagerten Hirten auf freiem Feld und hielten Nacht-
wache bei ihrer Herde.
9 Da trat der Engel des Herrn zu ihnen und der Glanz des Herrn um-
strahlte sie. Sie fürchteten sich sehr, 10 der Engel aber sagte zu ihnen:
Fürchtet euch nicht, denn ich verkünde euch eine große Freude, die
dem ganzen Volk zuteil werden soll: 11 Heute ist euch in der Stadt
Davids der Retter geboren; er ist der Messias, der Herr. 12 Und das soll
euch als Zeichen dienen: Ihr werdet ein Kind finden, das, in Windeln
gewickelt, in einer Krippe liegt.
13 Und plötzlich war bei dem Engel ein großes himmlisches Heer, das
Gott lobte und sprach:

▶ Hirten sind einfache Leute, die in der Stadt Davids den Beruf Davids ausüben.

Das Licht dieses Tages möge in unsere Herzen eintreten, unsere Häuser erhellen und erwärmen, Ruhe und Hoffnung in unsere Städte bringen, der Welt den Frieden geben.

**PAPST BENEDIKT XVI.**, Weihnachten 2008

Jesus, was hat dich so klein gemacht? Die Liebe!

**BERNHARD VON CLAIRVAUX**

14 Verherrlicht ist Gott in der Höhe
und auf Erden ist Friede
bei den Menschen seiner Gnade.

### Die Hirten gehen zur Krippe (Lk 2,15–20)

15 Als die Engel sie verlassen hatten und in den Himmel zurückge-
kehrt waren, sagten die Hirten zueinander: Kommt, wir gehen nach
Betlehem, um das Ereignis zu sehen, das uns der Herr verkünden ließ.
16 So eilten sie hin und fanden Maria und Josef und das Kind, das
in der Krippe lag. 17 Als sie es sahen, erzählten sie, was ihnen über
dieses Kind gesagt worden war. 18 Und alle, die es hörten, staunten
über die Worte der Hirten.
19 Maria aber bewahrte alles, was geschehen war, in ihrem Herzen
und dachte darüber nach.
20 Die Hirten kehrten zurück, rühmten Gott und priesen ihn für das,
was sie gehört und gesehen hatten; denn alles war so gewesen, wie
es ihnen gesagt worden war.

Gute Mutter Gottes, ich finde, dass ich glücklicher bin als du. Denn ich habe dich zur Mutter ... Zwar bist du die Muttergottes, aber diesen Jesus hast du uns ganz und gar gegeben ... So sind wir reicher als du, denn wir besitzen Jesus und auch du gehörst uns.

**THÉRÈSE VON LISIEUX**

Jesus wird nach jüdischem Brauch beschnitten und in den Tempel gebracht. Dort wird er von Simeon und Hanna erwartet – zwei alten Menschen, die in ihrem Herzen jung geblieben sind, weil sie die Hoffnung auf Gottes Rettung nicht aufgegeben haben. Simeon stimmt einen dritten Lobgesang an: das „Nunc dimittis".

### Ich danke dir (Lk 2,29–32)

29 Nun lässt du, Herr, deinen Knecht,
wie du gesagt hast, in Frieden scheiden.
30 Denn meine Augen haben *das Heil gesehen,*
31 das du *vor allen Völkern* bereitet hast,
32 *ein Licht*, das *die Heiden* erleuchtet,
und *Herrlichkeit* für dein Volk *Israel.*

Lukas beendet die sog. Kindheitsgeschichte mit einer Episode, die den zwölfjährigen Jesus charakterisiert; nach dem jüdischen Verständnis der damaligen Zeit ist er ein Jugendlicher an der Schwelle zum Erwachsenwerden.

Mit 12 Jahren ist Jesus kein kleines Kind mehr. Er weiß, wohin er gehört. Er geht seinen Weg. Seine Eltern müssen das noch lernen.

### Der Schüler als Lehrer (Lk 2,41–52)

41 Die Eltern Jesu gingen jedes Jahr zum Paschafest nach Jerusalem.
42 Als er zwölf Jahre alt geworden war, zogen sie wieder hinauf, wie es
dem Festbrauch entsprach.
43 Nachdem die Festtage zu Ende waren, machten sie sich auf den
Heimweg. Der junge Jesus aber blieb in Jerusalem, ohne dass seine
Eltern es merkten.
44 Sie meinten, er sei irgendwo in der Pilgergruppe, und reisten eine
Tagesstrecke weit; dann suchten sie ihn bei den Verwandten und Be-
kannten. 45 Als sie ihn nicht fanden, kehrten sie nach Jerusalem zu-
rück und suchten ihn dort.

Hätte es damals schon einen Polizeinotruf gegeben, Josef hätte sicher zum Handy gegriffen.

[46] Nach drei Tagen fanden sie ihn im Tempel; er saß mitten unter
den Lehrern, hörte ihnen zu und stellte Fragen. [47] Alle, die ihn hörten,
waren erstaunt über sein Verständnis und über seine Antworten.
[48] Als seine Eltern ihn sahen, waren sie sehr betroffen und seine
Mutter sagte zu ihm: Kind, wie konntest du uns das antun? Dein Vater
und ich haben dich voll Angst gesucht.
[49] Da sagte er zu ihnen: Warum habt ihr mich gesucht? Wusstet ihr
nicht, dass ich in dem sein muss, was meinem Vater gehört?
[50] Doch sie verstanden nicht, was er damit sagen wollte.
[51] Dann kehrte er mit ihnen nach Nazaret zurück und war ihnen ge-
horsam. Seine Mutter bewahrte alles, was geschehen war, in ihrem
Herzen.
[52] Jesus aber wuchs heran und seine Weisheit nahm zu und *er fand
Gefallen bei Gott und den Menschen.*

„Kinder und Narren sagen die Wahrheit!" Mich beeindruckt immer wieder das Gottvertrauen von Kindern. Meine Schwester machte sich einmal Sorgen wegen eines Freundes und betete gemeinsam mit ihren Kindern für ihn. Doch die Sorge um den Freund ließ sie nicht los. Die Kinder meinten nur: „Aber wir haben ihn doch Gott anvertraut!"

**MARIA**

Lukas erzählt – ähnlich wie Matthäus – von der Verkündigung des Täufers Johannes und der Taufe Jesu im Jordan, aber auch von der Versuchung Jesu in der Wüste. Dann stellt der Evangelist dar, wie Jesus in seiner Heimatstadt mit der öffentlichen Verkündigung seines Evangeliums angefangen hat.

## ES GEHT LOS (LK 4,16–30)

### Jesus liest die Bibel (Lk 4,16–21)

4 [16] So kam er auch nach Nazaret, wo er aufgewachsen war, und
ging, wie gewohnt, am Sabbat in die Synagoge. Als er aufstand,
um aus der Schrift vorzulesen, [17] reichte man ihm das Buch des Pro-
pheten Jesaja. Er schlug das Buch auf und fand die Stelle, wo es heißt:
[18] *Der Geist des Herrn ruht auf mir;*
*denn der Herr hat mich gesalbt. Er hat mich gesandt,*
*damit ich den Armen eine gute Nachricht bringe;*
*damit ich den Gefangenen die Entlassung verkünde*
*und den Blinden das Augenlicht; damit ich die Zerschlagenen in Frei-*
*heit setze* [19] *und ein Gnadenjahr des Herrn ausrufe (Jes 61,1f).*
[20] Dann schloss er das Buch, gab es dem Synagogendiener und setz-
te sich. Die Augen aller in der Synagoge waren auf ihn gerichtet. [21] Da
begann er, ihnen darzulegen: Heute hat sich das Schriftwort, das ihr
eben gehört habt, erfüllt.

▶ Jesus fängt seine öffentliche Verkündigung mit dem Lesen der Bibel im Gotteshaus an. Das ist kein Zufall. Er zeigt, wo seine Wurzeln sind und welchen Weg er gehen will.

Ach, wie sehr möchte ich eine arme Kirche und eine Kirche der Armen!

**PAPST FRANZISKUS**, 16.3.2013

### Kritisch sein – aber wirklich (Lk 4,22–27)

[22] Seine Rede fand bei allen Beifall; sie staunten darüber, wie begna-
det er redete, und sagten: Ist das nicht der Sohn Josefs?
[23] Da entgegnete er ihnen: Sicher werdet ihr mir das Sprichwort vor-

Jesus hält die kürzeste Predigt der Welt: „Heute!" Jetzt ist die Zeit, jetzt ist die Stunde – denn Jesus ist da, der Messias. Auf ihn muss man hören – auch heute.

Manchmal habe ich ein Nähe-Problem. Ich kann Nachbarn schlecht einschätzen. Die Menschen in Jesu Heimat sind ihm wahrscheinlich sehr nahe gestanden. Ich glaube, für sie war er immer der Junge, den sie von klein auf kannten. Deshalb war es schwer für sie, ihn als Sohn Gottes anzuerkennen, auch wenn er Wunder wirkte.

**RUTH**

▶ Jesus lässt sich vom Protest gegen sich nicht beirren und geht seinen Weg. Die Szene am Berg von Nazaret weist schon auf den Felsen von Golgota voraus: Jesus wird sterben, aber er bleibt nicht im Grab.

halten: Arzt, heile dich selbst! Wenn du in Kafarnaum so große Dinge
getan hast, wie wir gehört haben, dann tu sie auch hier in deiner
Heimat! 24 Und er setzte hinzu: Amen, das sage ich euch: Kein Prophet
wird in seiner Heimat anerkannt. 25 Wahrhaftig, das sage ich euch: In
Israel gab es viele Witwen in den Tagen des Elija, als der Himmel für
drei Jahre und sechs Monate verschlossen war und eine große Hun-
gersnot über das ganze Land kam. 26 Aber zu keiner von ihnen wurde
Elija gesandt, nur zu einer Witwe in Sarepta bei Sidon. 27 Und viele
Aussätzige gab es in Israel zur Zeit des Propheten Elischa. Aber keiner
von ihnen wurde geheilt, nur der Syrer Naaman.

**Bedrohung und Rettung (Lk 4,28–30)**

28 Als die Leute in der Synagoge das hörten, gerieten sie alle in Wut.
29 Sie sprangen auf und trieben Jesus zur Stadt hinaus; sie brachten
ihn an den Abhang des Berges, auf dem ihre Stadt erbaut war, und
wollten ihn hinabstürzen. 30 Er aber schritt mitten durch die Menge
hindurch und ging weg.

Lukas lässt viele Erzählungen folgen, in denen Jesus als Retter, als Heiland, als Arzt und Lehrer wirkt, der die Menschen befreit.

**Y → 90, 91**
Hat Jesus Wunder gewirkt, oder sind das nur fromme Märchen? Wieso wirkte Jesus Wunder?

**B** Außer sich vor Staunen sagten sie: Er hat alles gut gemacht; er macht, dass die Tauben hören und die Stummen sprechen.

Mk 7,37

▶ Ohne ihren Sohn wäre die Mutter, eine Witwe, schutzlos gewesen. Jesus weckt den jungen Mann nicht von den Toten auf, um seine göttliche Macht zu beweisen, sondern um der Frau zu helfen.

**Eine Auferstehung mitten am Tag (Lk 7,11–17)**

7 11 Einige Zeit später ging er in eine Stadt namens Naïn; seine Jün-
ger und eine große Menschenmenge folgten ihm. 12 Als er in die
Nähe des Stadttors kam, trug man gerade einen Toten heraus. Es war
der einzige Sohn seiner Mutter, einer Witwe. Und viele Leute aus der
Stadt begleiteten sie.
13 Als der Herr die Frau sah, hatte er Mitleid mit ihr und sagte zu
ihr: Weine nicht! 14 Dann ging er zu der Bahre hin und fasste sie an.
Die Träger blieben stehen und er sagte: Ich befehle dir, junger Mann:
Steh auf!
15 Da richtete sich der Tote auf und begann zu sprechen und *Jesus
gab ihn seiner Mutter zurück.*
16 Alle wurden von Furcht ergriffen; sie priesen Gott und sagten: Ein
großer Prophet ist unter uns aufgetreten: Gott hat sich seines Volkes
angenommen. 17 Und die Kunde davon verbreitete sich überall in Ju-
däa und im ganzen Gebiet ringsum.

**Eine Frage an Jesus – und eine Antwort, die es in sich hat (Lk 7,18–23)**

18 Johannes erfuhr das alles von seinen Jüngern. Da rief er zwei von
ihnen zu sich, 19 schickte sie zum Herrn und ließ ihn fragen: Bist du
der, der kommen soll, oder müssen wir auf einen andern warten?
20 Als die beiden Männer zu Jesus kamen, sagten sie: Johannes der
Täufer hat uns zu dir geschickt und lässt dich fragen: Bist du der, der
kommen soll, oder müssen wir auf einen andern warten?

21 Damals heilte Jesus viele Menschen von ihren Krankheiten und
Leiden, befreite sie von bösen Geistern und schenkte vielen Blinden
das Augenlicht.
22 Er antwortete den beiden: Geht und berichtet Johannes, was ihr
gesehen und gehört habt: *Blinde sehen wieder, Lahme* gehen, und
Aussätzige werden rein; *Taube hören, Tote stehen auf,* und *den Armen
wird das Evangelium verkündet (Jes 26,19; 29,18; 35,5f; 61,1).*
23 Selig ist, wer an mir keinen Anstoß nimmt.

▶ Müsste Johannes nicht die Antwort wissen? Er ist doch Prophet! Aber auch er muss fragen. Denn Jesus ist größer als jeder menschliche Gedanke. Das Neue Testament verschweigt die Fragen nicht. Wer es liest, muss auch heute Antwort geben.

**Jenseits der Sensationsgier beginnt der Glaube (Lk 7,24–27)**

24 Als die Boten des Johannes weggegangen waren, begann Jesus zu
der Menge über Johannes zu reden; er sagte: Was habt ihr denn sehen
wollen, als ihr in die Wüste hinausgegangen seid? Ein Schilfrohr, das
im Wind schwankt? 25 Oder was habt ihr sehen wollen, als ihr hinaus-
gegangen seid? Einen Mann in feiner Kleidung? Leute, die vornehm
gekleidet sind und üppig leben, findet man in den Palästen der Kö-
nige. 26 Oder was habt ihr sehen wollen, als ihr hinausgegangen seid?
Einen Propheten?
Ja, ich sage euch: Ihr habt sogar mehr gesehen als einen Propheten.
27 Er ist der, von dem es in der Schrift heißt:

▶ Jesus lässt Taten sprechen. Er antwortet mit genau dem, was die Jünger des Johannes sehen und hören können. Aber mit seiner Antwort stellt er es ins Licht der Prophetie Jesajas. Dadurch wird deutlich: In Jesus verwirklicht sich, was Gott mit den Menschen vorhat.

*Ich sende meinen Boten vor dir her;*
*er soll den Weg* für dich *bahnen (Ex 23,20; Mal 3,1).*

**Johannes ist der Größte – und ganz klein (Lk 7,28–30)**

28 Ich sage euch: Unter allen Menschen gibt es keinen
größeren als Johannes; doch der Kleinste im Reich Got-
tes ist größer als er.
29 Das ganze Volk, das Johannes hörte, selbst die Zöll-
ner, sie alle haben den Willen Gottes anerkannt und sich
von Johannes taufen lassen.
30 Doch die Pharisäer und die Gesetzeslehrer haben den
Willen Gottes missachtet und sich von Johannes nicht tau-
fen lassen.

Wegen einer Hofintrige wurde er geköpft, sein Haupt auf einem Silbertablett präsentiert: Johannes der Täufer, der große Wegbereiter Jesu.

**Religiös unmusikalisch? Abhilfe naht (Lk 7,31–32)**

31 Mit wem soll ich also die Menschen dieser Generation verglei-
chen? Wem sind sie ähnlich?
32 Sie sind wie Kinder, die auf dem Marktplatz sitzen und einander
zurufen: Wir haben für euch auf der Flöte (Hochzeitslieder) gespielt
und ihr habt nicht getanzt; wir haben Klagelieder gesungen und ihr
habt nicht geweint.

## Schlechte Laune? Jesus kann feiern (Lk 7,33–35)

33 Johannes der Täufer ist gekommen, er isst kein Brot und trinkt
keinen Wein und ihr sagt: Er ist von einem Dämon besessen. 34 Der
Menschensohn ist gekommen, er isst und trinkt; darauf sagt ihr: Die-
ser Fresser und Säufer, dieser Freund der Zöllner und Sünder!
35 Und doch hat die Weisheit durch alle ihre Kinder Recht bekom-
men.

▶ Jesus soll diffamiert werden, weil er bei Sündern nicht auf Abstand gegangen ist. Aber das ist seine Mission: Er bringt Gottes Licht in die Dunkelheit.

▶ Die Frau weiß, wie wichtig Vergebung ist, weil sie Sünden begangen hat, aber nicht verzweifelt ist.

## Sünden? Es gibt Vergebung (Lk 7,36–50)

36 Jesus ging in das Haus eines Pharisäers, der ihn zum Essen einge-
laden hatte, und legte sich zu Tisch.
37 Als nun eine Sünderin, die in der Stadt lebte, erfuhr, dass er im
Haus des Pharisäers bei Tisch war, kam sie mit einem Alabastergefäß
voll wohlriechendem Öl 38 und trat von hinten an ihn heran. Dabei
weinte sie und ihre Tränen fielen auf seine Füße. Sie trocknete seine
Füße mit ihrem Haar, küsste sie und salbte sie mit dem Öl.
39 Als der Pharisäer, der ihn eingeladen hatte, das sah, dachte er:
Wenn er wirklich ein Prophet wäre, müsste er wissen, was das für
eine Frau ist, von der er sich berühren lässt; er wüsste, dass sie eine
Sünderin ist.
40 Da wandte sich Jesus an ihn und sagte: Simon, ich möchte dir
etwas sagen.

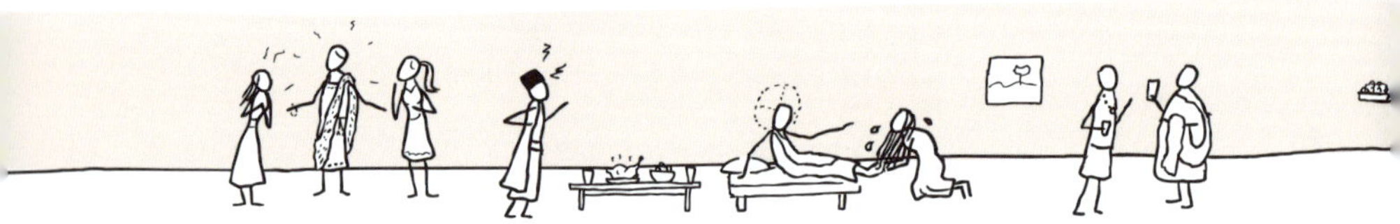

Er erwiderte: Sprich, Meister!
41 (Jesus sagte:) Ein Geldverleiher hatte zwei Schuldner; der eine war
ihm fünfhundert Denare schuldig, der andere fünfzig. 42 Als sie ihre
Schulden nicht bezahlen konnten, erließ er sie beiden. Wer von ihnen
wird ihn nun mehr lieben?
43 Simon antwortete: Ich nehme an, der, dem er mehr erlassen hat.
Jesus sagte zu ihm: Du hast recht.
44 Dann wandte er sich der Frau zu und sagte zu Simon: Siehst du
diese Frau? Als ich in dein Haus kam, hast du mir kein Wasser zum
Waschen der Füße gegeben; sie aber hat ihre Tränen über meinen
Füßen vergossen und sie mit ihrem Haar abgetrocknet.
45 Du hast mir (zur Begrüßung) keinen Kuss gegeben; sie aber hat
mir, seit ich hier bin, unaufhörlich die Füße geküsst. 46 Du hast mir
nicht das Haar mit Öl gesalbt; sie aber hat mir mit ihrem wohlrie-
chenden Öl die Füße gesalbt.
47 Deshalb sage ich dir: Ihr sind ihre vielen Sünden vergeben, weil sie
(mir) so viel Liebe gezeigt hat.
Wem aber nur wenig vergeben wird, der zeigt auch nur wenig Liebe.
48 Dann sagte er zu ihr: Deine Sünden sind dir vergeben.
49 Da dachten die anderen Gäste: Wer ist das, dass er sogar Sünden
vergibt?
50 Er aber sagte zu der Frau: Dein Glaube hat dir geholfen. Geh in
Frieden!

▶ Die Frau ist unglaublich mutig. Sie setzt alles auf eine Karte. Sie liebt Jesus – und erwartet nur Kritik.

▶ Ein Gleichnis klärt die Situation. Jesus ist ein Lehrer. Er will überzeugen. Simon braucht nur eins und eins zusammenzuzählen.

Mein Herr und mein Gott, nimm alles von mir, was mich hindert zu dir.
Mein Herr und mein Gott, gib alles mir, was mich fördert zu dir. Mein Herr und mein Gott, nimm mich mir und gib mich ganz zu eigen dir.

Gebet des hl. **KLAUS VON DER FLÜE** (1417–1487)

▶ Der Vorwurf ist gefährlich, Sündenvergebung ist ein Vorrecht Gottes (↗ Mk 2,1–12).

### Die Gesellschaft Jesu (Lk 8,1–3)

**8** [1] In der folgenden Zeit wanderte er von Stadt zu Stadt und von Dorf zu Dorf und verkündete das Evangelium vom Reich Gottes. Die Zwölf begleiteten ihn, [2] außerdem einige Frauen, die er von bösen Geistern und von Krankheiten geheilt hatte: Maria Magdalene, aus der sieben Dämonen ausgefahren waren, [3] Johanna, die Frau des Chuzas, eines Beamten des Herodes, Susanna und viele andere. Sie alle unterstützten Jesus und die Jünger mit dem, was sie besaßen.

Herr, gib mir die Kraft, alles zu tun, was du von mir verlangst. Dann verlange von mir, was du willst.

**AUGUSTINUS**

Die Gattin des Ministerpräsidenten von Galiläa zieht mit Jesus durchs Land! Skandal!

## DER BARMHERZIGE SAMARITER (LK 10,25–37)

### Gott und den Nächsten lieben (Lk 10,25–28)

**10** [25] Da stand ein Gesetzeslehrer auf, und um Jesus auf die Probe zu stellen, fragte er ihn: Meister, was muss ich tun, um das ewige Leben zu gewinnen?

[26] Jesus sagte zu ihm: Was steht im Gesetz? Was liest du dort?

[27] Er antwortete: *Du sollst den Herrn, deinen Gott, lieben mit ganzem Herzen und ganzer Seele, mit all deiner Kraft und all deinen Gedanken, und: Deinen Nächsten sollst du lieben wie dich selbst.*

[28] Jesus sagte zu ihm: Du hast richtig geantwortet. Handle danach und du wirst leben.

Ich habe bis heute kaum einen Plan, wie das gehen soll: Mit ganzem Herzen, ganzer Kraft und all meinen Gedanken Gott zu lieben. Dennoch habe ich verstanden, dass es – ganz wie im natürlichen Leben – damit zu tun hat, die Person erst einmal kennenzulernen! Dies wiederum, so viel Zeit wie möglich mit ihr zu verbringen. Alles mit ihr zu machen. →

### Anderen nahekommen (Lk 10,29–37)

[29] Der Gesetzeslehrer wollte seine Frage rechtfertigen und sagte zu Jesus: Und wer ist mein Nächster?

[30] Darauf antwortete ihm Jesus: Ein Mann ging von Jerusalem nach Jericho hinab und wurde von Räubern überfallen. Sie plünderten ihn aus und schlugen ihn nieder; dann gingen sie weg und ließen ihn halb tot liegen. [31] Zufällig kam ein Priester denselben Weg herab; er sah ihn und ging weiter. [32] Auch ein Levit kam zu der Stelle; er sah ihn und ging weiter.

[33] Dann kam ein Mann aus Samarien, der auf der Reise war. Als er ihn sah, hatte er Mitleid, [34] ging zu ihm hin, goss Öl und Wein auf seine Wunden und verband sie. Dann hob er ihn auf sein Reittier, brachte ihn zu einer Herberge und sorgte für ihn. [35] Am andern Morgen holte er zwei Denare hervor, gab sie dem Wirt und sagte: Sorge für ihn, und wenn du mehr für ihn brauchst, werde ich es dir bezahlen, wenn ich wiederkomme.

[36] Was meinst du: Wer von diesen dreien hat sich als der Nächste dessen erwiesen, der von den Räubern überfallen wurde?

[37] Der Gesetzeslehrer antwortete: Der, der barmherzig an ihm gehandelt hat. Da sagte Jesus zu ihm: Dann geh und handle genauso!

→ Sie ernst zu nehmen und ganz praktisch durch mein Verhalten zu ehren. Wenn meine Gefühle dabei sind und auch wenn es manchmal mühsamer ist!

**JÜRGEN**

▶ Der Priester und der Levit hätten helfen müssen. Es gibt für sie keine Entschuldigung. Der Samariter ist der, von dem der Gesetzeslehrer am wenigsten eine positive Reaktion erwartet hätte, weil Juden und Samariter verfeindet waren.

Jesus fragt wie Sokrates: Der Schriftgelehrte kennt die richtige Antwort selbst am besten. Sie steht im Gesetz und in seinem Herzen.

Weil Jesus selbst wie der barmherzige Samariter handelt, findet er nicht nur viel Zustimmung, sondern erntet auch Ablehnung bei denen, die glauben, dass er nicht heilig genug sei, wenn er sich mit Sündern abgebe. Jesus antwortet, indem er Gleichnisse erzählt.

Seit der frühen Kirche wird Jesus als der „Gute Hirte" dargestellt.

» Es gibt nichts Schöneres, als vom Evangelium, von Christus gefunden zu werden. Es gibt nichts Schöneres, als ihn zu kennen und anderen die Freundschaft mit ihm zu schenken.

**PAPST BENEDIKT XVI.**, zu Beginn des Pontifikates, 24.4.2005

## VERLOREN! ABER: GEWONNEN! (LK 15,1–32)

### Jesus in schlechter Gesellschaft? (Lk 15,1–2)

15 1 Alle Zöllner und Sünder kamen zu ihm, um ihn zu hören. 2 Die
Pharisäer und die Schriftgelehrten empörten sich darüber
und sagten: Er gibt sich mit Sündern ab und isst sogar mit ihnen.

### Der gute Hirte (Lk 15,3–7)

3 Da erzählte er ihnen ein Gleichnis und sagte: 4 Wenn einer von
euch hundert Schafe hat und eins davon verliert, lässt er dann nicht
die neunundneunzig in der Steppe zurück und geht dem verlorenen
nach, bis er es findet? 5 Und wenn er es gefunden hat, nimmt er es
voll Freude auf die Schultern, 6 und wenn er nach Hause kommt, ruft
er seine Freunde und Nachbarn zusammen und sagt zu ihnen: Freut
euch mit mir; ich habe mein Schaf wiedergefunden, das verloren war.
7 Ich sage euch: Ebenso wird auch im Himmel mehr Freude herr-
schen über einen einzigen Sünder, der umkehrt, als über neunund-
neunzig Gerechte, die es nicht nötig haben umzukehren.

Es gibt keinen Augenblick in unserem Leben, in dem wir nicht einen neuen Weg einschlagen könnten.

**CHARLES DE FOUCAULD**

### Die Frau, die sich freut (Lk 15,8–10)

8 Oder wenn eine Frau zehn Drachmen hat und eine davon verliert,
zündet sie dann nicht eine Lampe an, fegt das ganze Haus und sucht
unermüdlich, bis sie das Geldstück findet? 9 Und wenn sie es gefun-
den hat, ruft sie ihre Freundinnen und Nachbarinnen zusammen und
sagt: Freut euch mit mir; ich habe die Drachme wiedergefunden, die
ich verloren hatte.
10 Ich sage euch: Ebenso herrscht auch bei den Engeln Gottes Freude
über einen einzigen Sünder, der umkehrt.

▶ Die Erbteilung zu fordern, war das gute Recht des jüngeren Sohnes. Das Elend beginnt, als er das Geld verprasst hat.

▶ Wer Schweine hütete, war ganz unten angekommen. Der Verzehr von Schweinefleisch galt im Alten Testament als Zeichen der Abtrünnigkeit von Gott. Juden und Muslime essen bis heute kein Schweinefleisch.

### Der Sohn, der verlorengeht (Lk 15,11–16)

11 Weiter sagte Jesus: Ein Mann hatte zwei Söhne. 12 Der jüngere von
ihnen sagte zu seinem Vater: Vater, gib mir das Erbteil, das mir zu-
steht. Da teilte der Vater das Vermögen auf.
13 Nach wenigen Tagen packte der jüngere Sohn alles zusammen und
zog in ein fernes Land. Dort führte er ein zügelloses Leben und ver-
schleuderte sein Vermögen. 14 Als er alles durchgebracht hatte, kam
eine große Hungersnot über das Land und es ging ihm sehr schlecht.
15 Da ging er zu einem Bürger des Landes und drängte sich ihm auf;
der schickte ihn aufs Feld zum Schweinehüten. 16 Er hätte gern seinen
Hunger mit den Futterschoten gestillt, die die Schweine fraßen; aber
niemand gab ihm davon.

## Reue, die von Herzen kommt (Lk 15,17–20)

17 Da ging er in sich und sagte: Wie viele Tagelöhner meines Vaters haben mehr als genug zu essen und ich komme hier vor Hunger um.
18 Ich will aufbrechen und zu meinem Vater gehen und zu ihm sagen: Vater, ich habe mich gegen den Himmel und gegen dich versündigt.
19 Ich bin nicht mehr wert, dein Sohn zu sein; mach mich zu einem deiner Tagelöhner. 20 Dann brach er auf und ging zu seinem Vater.

Sündigen ist wie mit 160 Sachen in die falsche Richtung fahren. Wenn du den Crash vermeiden willst, hast du nur eine Chance: Reiß die Karre herum und fahr in die andere Richtung!

**YOUCAT UPDATE! BEICHTEN!**

## Liebe, die lebendig macht (LK 15,21–24)

Der Vater sah ihn schon von weitem kommen und er hatte Mitleid mit ihm. Er lief dem Sohn entgegen, fiel ihm um den Hals und küsste ihn.

21 Da sagte der Sohn: Vater, ich habe mich gegen den Himmel und gegen dich versündigt; ich bin nicht mehr wert, dein Sohn zu sein.

22 Der Vater aber sagte zu seinen Knechten: Holt schnell das beste Gewand und zieht es ihm an, steckt ihm einen Ring an die Hand und zieht ihm Schuhe an. 23 Bringt das Mastkalb her und schlachtet es; wir wollen essen und fröhlich sein. 24 Denn mein Sohn war tot und lebt wieder; er war verloren und ist wiedergefunden worden. Und sie begannen, ein fröhliches Fest zu feiern.

Ohne Reue gibt es keine Vergebung. Aber die Liebe des Vaters ist größer als die Zerknirschung des Sohnes.

**Y → 338**
Was ist Gnade?

„Manchmal feiern wir mitten am Tag ein Fest der Auferstehung" – das passiert hier. Die Liebe des Vaters macht alles neu.

## Und der ältere Bruder? (Lk 15,25–32)

25 Sein älterer Sohn war unterdessen auf dem Feld. Als er heimging und in die Nähe des Hauses kam, hörte er Musik und Tanz. 26 Da rief er einen der Knechte und fragte, was das bedeuten solle. 27 Der Knecht antwortete: Dein Bruder ist gekommen und dein Vater hat das Mastkalb schlachten lassen, weil er ihn heil und gesund wiederbekommen hat. 28 Da wurde er zornig und wollte nicht hineingehen.

Sein Vater aber kam heraus und redete ihm gut zu. 29 Doch er erwiderte dem Vater: So viele Jahre schon diene ich dir, und nie habe ich gegen deinen Willen gehandelt; mir aber hast du nie auch nur einen Ziegenbock geschenkt, damit ich mit meinen Freunden ein Fest feiern konnte. 30 Kaum aber ist der hier gekommen, dein Sohn, der dein Vermögen mit Dirnen durchgebracht hat, da hast du für ihn das Mastkalb geschlachtet.

31 Der Vater antwortete ihm: Mein Kind, du bist immer bei mir, und alles, was mein ist, ist auch dein. 32 Aber jetzt müssen wir uns doch freuen und ein Fest feiern; denn dein Bruder war tot und lebt wieder; er war verloren und ist wiedergefunden worden.

„Ein Mann hatte zwei Söhne" – so hat das Gleichnis begonnen. Der zweite Teil ist so wichtig wie der erste. Die Versöhnung im Haus des Vaters ist nicht selbstverständlich. Wird der ältere Bruder mitfeiern? Das Gleichnis endet offen. Alle, die sich mit ihm identifizieren können, weil sie gehorsam zu Hause geblieben sind, sind gefragt.

Gott vergibt einem reuigen Sünder die Sünden schneller, als eine Mutter ihr Kind aus dem Feuer ziehen kann.

**JEAN-MARIE VIANNEY**

Tod und Auferstehung prägen auch die Geschichte Jesu selbst. Lukas bereichert das Osterevangelium um eine Erzählung, in der die Not und das Glück des Glaubens zum Ausdruck kommen, die Erinnerung an Jesus und die Offenheit für die Zukunft der Kirche.

## ZWEIMAL EMMAUS UND ZURÜCK (LK 24,13–35)

▶ Das sind ca. 10 km – zwei Stunden Fußmarsch.

"Jesus in der Mitte" – das ist die zentrale geistliche Erfahrung der Fokolar-Bewegung.

▶ Manchmal wird Kleopas mit Klopas gleichgesetzt, dem Mann einer der Frauen unter dem Kreuz (nach Joh 19,25).

### Ein Weg voll Traurigkeit (Lk 24,13–16)

24 13 Am gleichen Tag waren zwei von den Jüngern auf dem Weg in
ein Dorf namens Emmaus, das sechzig Stadien von Jerusalem
entfernt ist. 14 Sie sprachen miteinander über all das, was sich ereig-
net hatte. 15 Während sie redeten und ihre Gedanken austauschten,
kam Jesus hinzu und ging mit ihnen. 16 Doch sie waren wie mit Blind-
heit geschlagen, so dass sie ihn nicht erkannten.

### Ein Gespräch über Enttäuschungen (Lk 24,17–24)

17 Er fragte sie: Was sind das für Dinge, über die ihr auf eurem Weg
miteinander redet? Da blieben sie traurig stehen, 18 und der eine von
ihnen – er hieß Kleopas – antwortete ihm: Bist du so fremd in Je-
rusalem, dass du als einziger nicht weißt, was in diesen Tagen dort
geschehen ist?

▶ Der auferstandene Jesus ist wie ein guter Pastor: Er geht den Weg mit; er fragt nach dem Grund der Trauer; er hört zu; er deutet, was passiert ist, im Licht der Bibel; er bleibt bei den beiden Jüngern – und er bricht mit ihnen das Brot.

Rembrandt: Christus mit den Jüngern auf dem Weg nach Emmaus

19 Er fragte sie: Was denn?
Sie antworteten ihm: Das mit Jesus aus Nazaret. Er war ein Prophet,
mächtig in Wort und Tat vor Gott und dem ganzen Volk. 20 Doch un-
sere Hohenpriester und Führer haben ihn zum Tod verurteilen und
ans Kreuz schlagen lassen. 21 Wir aber hatten gehofft, dass er der sei,
der Israel erlösen werde. Und dazu ist heute schon der dritte Tag,
seitdem das alles geschehen ist. 22 Aber nicht nur das: Auch einige
Frauen aus unserem Kreis haben uns in große Aufregung versetzt. Sie
waren in der Frühe beim Grab, 23 fanden aber seinen Leichnam nicht.
Als sie zurückkamen, erzählten sie, es seien ihnen Engel erschienen
und hätten gesagt, er lebe. 24 Einige von uns gingen dann zum Grab
und fanden alles so, wie die Frauen gesagt hatten; ihn selbst aber
sahen sie nicht.

### Ein Schriftgespräch voller Hoffnung (Lk 24,25–27)

25 Da sagte er zu ihnen: Begreift ihr denn nicht? Wie schwer fällt es
euch, alles zu glauben, was die Propheten gesagt haben. 26 Musste
nicht der Messias all das erleiden, um so in seine Herrlichkeit zu ge-
langen?
27 Und er legte ihnen dar, ausgehend von Mose und allen Propheten,
was in der gesamten Schrift über ihn geschrieben steht.

## Ein gemeinsames Mahl (Lk 24,28–31)

28 So erreichten sie das Dorf, zu dem sie unterwegs waren. Jesus tat,
als wolle er weitergehen, 29 aber sie drängten ihn und sagten: Bleib
doch bei uns; denn es wird bald Abend, der Tag hat sich schon ge-
neigt. Da ging er mit hinein, um bei ihnen zu bleiben.
30 Und als er mit ihnen bei Tisch war, nahm er das Brot, sprach den
Lobpreis, brach das Brot und gab es ihnen.
31 Da gingen ihnen die Augen auf und sie erkannten ihn; dann sahen
sie ihn nicht mehr.

## Ein Weg voller Freude (Lk 24,32–35)

32 Und sie sagten zueinander: Brannte uns nicht das Herz in der
Brust, als er unterwegs mit uns redete und uns den Sinn der Schrift
erschloss?
33 Noch in derselben Stunde brachen sie auf und kehrten nach Je-
rusalem zurück und sie fanden die Elf und die anderen Jünger ver-
sammelt.

▶ Warum „musste" Jesus leiden? Nicht weil Gott so grausam wäre, dass er Blut sehen wollte, bevor er gnädig gestimmt würde. Sondern weil sich die Erlösung mitten im Unheil vollzieht, dort, wo das Böse sich austobt, und weil Jesus auf Gewalt nicht mit Gewalt reagiert, sondern mit Liebe.

” Wir preisen dich, heiliger Vater. Du bist immer mit uns auf dem Weg, besonders wenn Jesus, dein Sohn, uns versammelt zum Mahl der Liebe: Wie den Jüngern (von Emmaus) deutet er uns die Schrift und bricht uns das Brot.

Aus dem Schweizer Hochgebet

34 Diese sagten: Der Herr ist wirklich auferstan-
den und ist dem Simon erschienen.
35 Da erzählten auch sie, was sie unterwegs er-
lebt und wie sie ihn erkannt hatten, als er das Brot
brach.

B Christus ist für unsere Sünden gestorben, gemäß der Schrift, und ist begraben worden. Er ist am dritten Tag auferweckt worden, gemäß der Schrift, und erschien dem Kephas, dann den Zwölf.

1 Kor 15,3-5

Das Lukasevangelium endet mit der Verheißung des Heiligen Geistes an die Jünger und der Himmelfahrt Jesu. Genau hier setzt die Apostelgeschichte ein. Im Neuen Testament folgt aber zuerst noch das Evangelium nach Johannes.

**DAS EVANGELIUM NACH**

# Johannes

Das Evangelium nach Johannes gilt seit alter Zeit als geistliches Evangelium. Es will die Freundschaft mit Jesus fördern (Joh 15,12–17). Es spricht eine einfache Sprache, geht aber in die Tiefe. Es beginnt mit einem Gebet: Gottes ewiges Wort ist Fleisch geworden in Jesus Christus (Joh 1,1–18). Es sagt den Leserinnen und Lesern klar, dass es den Glauben fördern will: „Noch viele andere Zeichen, die in diesem Buch nicht aufgeschrieben sind, hat Jesus vor den Augen seiner Jünger getan. Diese aber sind aufgeschrieben, damit ihr glaubt, dass Jesus der Messias ist, der Sohn Gottes, und damit ihr durch den Glauben das Leben habt in seinem Namen“ (Joh 20,30–31).

Der Evangelist macht in seinem Buch deutlich, dass Jesus eins mit Gott ist (Joh 10,30). Sein Wort ist das „Wort Gottes“ (Joh 14,10); sein Werk ist das „Werk Gottes“ (Joh 5,36); sein Bild ist das Bild Gottes. Ihm kann man ansehen, wer Gott (Joh 14,25) und wer der Mensch ist (↗ Joh 19,5).

Johannes erzählt von sieben Zeichen, die Jesus setzt: sichtbare Spuren der Gnade. Er erzählt von der Fußwaschung und von langen Gesprächen Jesu mit seinen Jüngern. Er will ihnen die Angst vor seinem Tod nehmen und ihnen Hoffnung auf das neue Leben aus der Auferstehung machen. Auf diese Zeichen und die Abschiedsreden, die im hohepriesterlichen Gebet enden, konzentrieren sich die folgenden Auszüge aus dem Johannesevangelium.

▶ Im Griechischen steht: der Logos. Gottes Wort ist „logisch"; es macht Sinn.

Je dunkler es hier um uns wird, desto mehr müssen wir das Herz öffnen für das Licht von oben.

**EDITH STEIN**

▶ Das Glaubenslied geht bis zur Schöpfungsgeschichte (Gen 1) und davor zurück. Jesus ist nicht irgendwann Gottes Sohn geworden; er ist es im Gegenteil von Anfang an; er ist Mensch geworden, um Gott zu den Menschen zu bringen. Deshalb kann im Glauben gesagt werden: An Jesus kann der Sinn der ganzen Schöpfung und der ganzen Geschichte abgelesen werden.

## Das Lied vom Anfang: Gott wird Mensch (Joh 1,1–18)

1 1 Im Anfang war das Wort,
und das Wort war bei Gott,
und das Wort war Gott.
2 Im Anfang war es bei Gott.
3 Alles ist durch das Wort geworden,
und ohne das Wort wurde nichts, was geworden ist.
4 In ihm war das Leben,
und das Leben war das Licht der Menschen.
5 Und das Licht leuchtet in der Finsternis
und die Finsternis hat es nicht erfasst.
6 Es trat ein Mensch auf, der von Gott gesandt war; sein Name war
Johannes. 7 Er kam als Zeuge, um Zeugnis abzulegen für das Licht,
damit alle durch ihn zum Glauben kommen.
8 Er war nicht selbst das Licht, er sollte nur Zeugnis ablegen für
das Licht.
9 Das wahre Licht, das jeden Menschen erleuchtet,
kam in die Welt.
10 Er war in der Welt,
und die Welt ist durch ihn geworden,
aber die Welt erkannte ihn nicht.

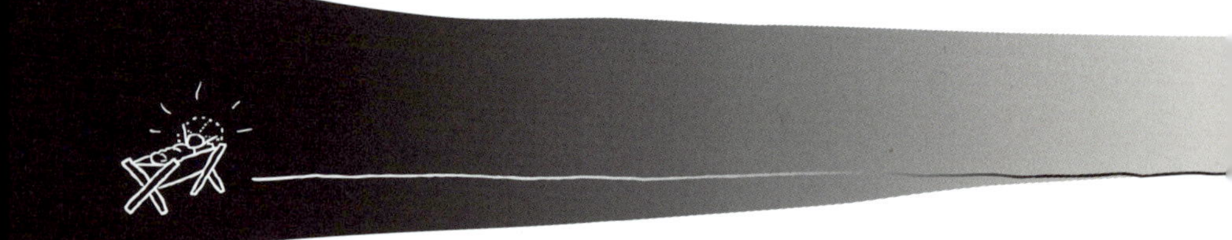

11 Er kam in sein Eigentum,
aber die Seinen nahmen ihn nicht auf.
12 Allen aber, die ihn aufnahmen,
gab er Macht, Kinder Gottes zu werden,
allen, die an seinen Namen glauben,
13 die nicht aus dem Blut,
nicht aus dem Willen des Fleisches,
nicht aus dem Willen des Mannes,
sondern aus Gott geboren sind.
14 Und das Wort ist Fleisch geworden,
und hat unter uns gewohnt
und wir haben seine Herrlichkeit gesehen,
die Herrlichkeit des einzigen Sohnes vom Vater,
voll Gnade und Wahrheit.
15 Johannes legte Zeugnis für ihn ab und rief: Dieser war es, über
den ich gesagt habe: Er, der nach mir kommt, ist mir voraus, weil
er vor mir war.
16 Aus seiner Fülle haben wir alle empfangen,
Gnade über Gnade.
17 Denn das Gesetz wurde durch Mose gegeben,
die Gnade und die Wahrheit kamen durch Jesus Christus.
18 Niemand hat Gott je gesehen.
Der Einzige, der Gott ist und am Herzen des Vaters ruht, er hat
Kunde gebracht.

▶ Auf den „Prolog" folgt die Geschichte, wie Johannes der Täufer die Menschen auf den Messias vorbereitet und Jesus seine ersten Jünger findet (Joh 1,19–51).

▶ „Fleisch" heißt hier: ganz und gar Mensch, von der Geburt bis zum Tod.

**"** Unser Warten auf den Himmel gleicht Zwillingen, die sich noch im Bauch ihrer Mutter befinden. „Gleich werden wir unsere Mutter sehen", sagt der eine Zwilling. „Wie kommst du denn auf diese Idee? Wo gibt es denn so etwas wie eine Mutter? Wir sind doch hier gut aufgehoben", sagt der andere. Mit dem Glauben ist es ähnlich: Wir können Gott nicht sehen und sind doch von ihm umgeben.

**ROBERT SPAEMANN** nach einer Geschichte von Henri J. M. Nouwen

Auf den Prolog folgt die Geschichte, wie Johannes der Täufer die Menschen auf den Messias vorbereitet und Jesus seine ersten Jünger findet (Joh 1,19–51).

## Die Hochzeit zu Kana (Joh 2,1–12)

2 1 Am dritten Tag fand in Kana in Galiläa eine Hochzeit statt und
die Mutter Jesu war dabei. 2 Auch Jesus und seine Jünger waren
zur Hochzeit eingeladen. 3 Als der Wein ausging, sagte die Mutter Jesu
zu ihm: Sie haben keinen Wein mehr. 4 Jesus erwiderte ihr: Was willst
du von mir, Frau? Meine Stunde ist noch nicht gekommen. 5 Seine
Mutter sagte zu den Dienern: Was er euch sagt, das tut!
6 Es standen dort sechs steinerne Wasserkrüge, wie es der Reini-
gungsvorschrift der Juden entsprach; jeder fasste ungefähr hundert
Liter. 7 Jesus sagte zu den Dienern: Füllt die Krüge mit Wasser! Und sie
füllten sie bis zum Rand. 8 Er sagte zu ihnen: Schöpft jetzt und bringt
es dem, der für das Festmahl verantwortlich ist. Sie brachten es ihm.
9 Er kostete das Wasser, das zu Wein geworden war. Er wusste nicht,
woher der Wein kam; die Diener aber, die das Wasser geschöpft hat-
ten, wussten es. Da ließ er den Bräutigam rufen 10 und sagte zu ihm:
Jeder setzt zuerst den guten Wein vor und erst, wenn die Gäste zu viel
getrunken haben, den weniger guten.

▶ Maria vermittelt zwischen Jesus und den Menschen: Sie macht sich die Sorge des Brautpaares zu eigen und weist die Diener an, auf Jesus zu hören. Darin hat die Theologie immer eine symbolische Beschreibung der Rolle gesehen, die Maria im Heilsplan Gottes spielt. Jesus erfüllt ihre Bitte.

Stellt euch nur vor, dass die Gäste für den Rest des Festes Tee trinken müssen! Nein, das geht gar nicht!

**PAPST FRANZISKUS**, 14.2.2014 zu jungen Paaren, die sich auf die Hochzeit vorbereiten

Du jedoch hast den guten Wein bis jetzt zurückgehalten. 11 So tat Je-
sus sein erstes Zeichen, in Kana in Galiläa, und offenbarte seine Herr-
lichkeit und seine Jünger glaubten an ihn.
12 Danach zog er mit seiner Mutter, seinen Brüdern und seinen Jün-
gern nach Kafarnaum hinab. Dort blieben sie einige Zeit.

▶ Jesus setzt nach dem Johannesevangelium sieben „Zeichen". Alle machen sichtbar, dass Gott den Menschen das ewige Leben schenkt und sie schon jetzt auf den Geschmack kommen lässt.

Johannes erzählt weiter von der Reinigung des Tempels (Joh 2,13-22), von einem nächtlichen Gespräch in Jerusalem mit Nikodemus, einem jüdischen Ratsherrn, über die Geburt zum ewigen Leben (Joh 3,1-21) und von einem mittäglichen Gespräch mit einer Samariterin am Jakobsbrunnen über die wahre Verehrung Gottes (Joh 4,1-42).

## Die Heilung eines Kindes (Joh 4,43–54)

4 43 Nach diesen beiden Tagen ging er von dort nach Galiläa. 44 Jesus
selbst hatte nämlich bestätigt: Ein Prophet wird in seiner eigenen
Heimat nicht geehrt.
45 Als er nun nach Galiläa kam, nahmen ihn die Galiläer auf, weil sie
alles gesehen hatten, was er in Jerusalem während des Festes getan
hatte; denn auch sie waren zum Fest gekommen.
46 Jesus kam wieder nach Kana in Galiläa, wo er das Wasser in Wein
verwandelt hatte. In Kafarnaum lebte ein königlicher Beamter; des-
sen Sohn war krank.
47 Als er hörte, dass Jesus von Judäa nach Galiläa gekommen war,
suchte er ihn auf und bat ihn, herabzukommen und seinen Sohn zu

▶ Der Mann hat beim kleinen König von Galiläa, Herodes Antipas (Lk 3,1), gearbeitet.

» Was zunächst auffällt, wenn man das Evangelium betrachtet, ist die Bedeutung, die der Tatsache beigemessen wird, dass der Mensch krank ist, physisch krank.

**ERIK PETERSON** (1890–1960), Theologe und Archäologe

▶ Der Vater tut alles für sein krankes Kind – wie gut. Jesus kommt dem Tod zuvor – umso besser. Der Sohn liebt, und der Vater glaubt – das ist das ganze Evangelium im Kleinen.

heilen; denn er lag im Sterben. 48 Da sagte Jesus zu ihm: Wenn ihr
nicht Zeichen und Wunder seht, glaubt ihr nicht.
49 Der Beamte bat ihn: Herr, komm herab, ehe mein Kind stirbt.
50 Jesus erwiderte ihm: Geh, dein Sohn lebt! Der Mann glaubte dem
Wort, das Jesus zu ihm gesagt hatte, und machte sich auf den Weg.
51 Noch während er unterwegs war, kamen ihm seine Diener entge-
gen und sagten: Dein Junge lebt. 52 Da fragte er sie genau nach der
Stunde, in der die Besserung eingetreten war. Sie antworteten: Ges-
tern in der siebten Stunde ist das Fieber von ihm gewichen. 53 Da
erkannte der Vater, dass es genau zu der Stunde war, als Jesus zu
ihm gesagt hatte: Dein Sohn lebt. Und er wurde gläubig mit seinem
ganzen Haus.
54 So tat Jesus sein zweites Zeichen, und zwar nachdem er von
Judäa nach Galiläa gekommen war.

### Jesus heilt einen Gelähmten (Joh 5,1–17)

5 1 Einige Zeit später war ein Fest der Juden und Jesus ging hin-
auf nach Jerusalem. 2 In Jerusalem gibt es beim Schaftor einen
Teich, zu dem fünf Säulenhallen gehören; dieser Teich heißt auf
Hebräisch Betesda. 3 In diesen Hallen lagen viele Kranke, darunter
Blinde, Lahme und Verkrüppelte. [3b.4]

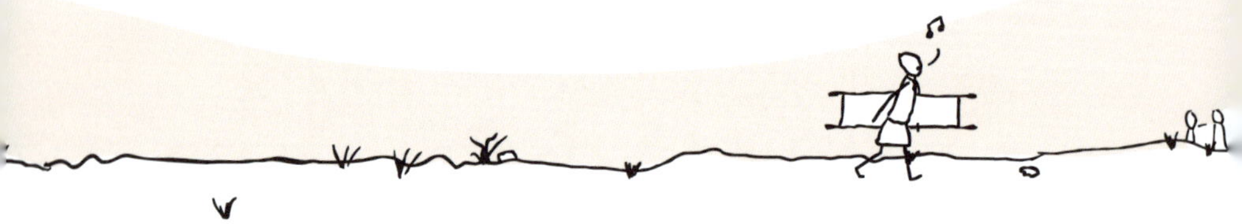

▶ Jesus heilt den Menschen von sich aus, in der Kraft Gottes selbst. Er ist nicht auf das Heilwasser angewiesen. Er nimmt auch niemandem den Platz weg. Es braucht nur sein Wort, und der Mann ist gesund.

Aber das ist doch Sonntagsarbeit!

▶ Am Sabbat darf man nicht arbeiten (↗ Ex 20,8–10: Dtn 5,12–15). Gott selbst ruht (Gen 2,1–4). Aber er hält die Welt am Leben. Das macht Jesus mit seiner Heilung am Sabbat auch.

5 Dort lag auch ein Mann, der schon achtunddreißig Jahre krank
war. 6 Als Jesus ihn dort liegen sah und erkannte, dass er schon lan-
ge krank war, fragte er ihn: Willst du gesund werden? 7 Der Kranke
antwortete ihm: Herr, ich habe keinen Menschen, der mich, sobald
das Wasser aufwallt, in den Teich trägt. Während ich mich hinschlep-
pe, steigt schon ein anderer vor mir hinein. 8 Da sagte Jesus zu ihm:
Steh auf, nimm deine Bahre und geh! 9 Sofort wurde der Mann gesund,
nahm seine Bahre und ging.
Dieser Tag war aber ein Sabbat. 10 Da sagten die Juden zu dem Ge-
heilten: Es ist Sabbat, du darfst deine Bahre nicht tragen. 11 Er erwi-
derte: Der Mann, der mich gesund gemacht hat, sagte zu mir: Nimm
deine Bahre und geh! 12 Sie fragten ihn: Wer ist das denn, der zu dir
gesagt hat: Nimm deine Bahre und geh? 13 Der Geheilte wusste aber
nicht, wer es war. Jesus war nämlich weggegangen, weil sich dort eine
große Menschenmenge angesammelt hatte. 14 Später traf ihn Jesus im
Tempel und sagte zu ihm: Jetzt bist du gesund; sündige nicht mehr,
damit dir nicht noch Schlimmeres zustößt. 15 Der Mann ging fort und
teilte den Juden mit, dass es Jesus war, der ihn gesund gemacht hatte.
16 Daraufhin verfolgten die Juden Jesus, weil er das an einem Sabbat
getan hatte. 17 Jesus aber entgegnete ihnen: Mein Vater ist noch im-
mer am Werk und auch ich bin am Werk.

Heftiger Streit über die Sabbatheilung: Jesus wird vorgeworfen, sich das Recht Gottes angemaßt zu haben (Joh 5,18). Deshalb erklärt er in einer langen Rede, dass er in der Vollmacht Gottes handelt und dass er das Zeichen der Heilung gerade deshalb gesetzt hat, damit die Menschen erkennen, dass ihnen in Jesus Gott selbst begegnet (Joh 5,19–47).

## Jesus gibt dem Volk zu essen (Joh 6,1–15)

6 1 Danach ging Jesus an das andere Ufer des Sees von Galiläa, der
auch See von Tiberias heißt.
2 Eine große Menschenmenge folgte ihm, weil sie die Zeichen sahen,
die er an den Kranken tat. 3 Jesus stieg auf den Berg und setzte sich
dort mit seinen Jüngern nieder. 4 Das Pascha, das Fest der Juden, war
nahe.
5 Als Jesus aufblickte und sah, dass so viele Menschen zu ihm ka-
men, fragte er Philippus: Wo sollen wir Brot kaufen, damit diese Leute
zu essen haben? 6 Das sagte er aber nur, um ihn auf die Probe zu stel-
len; denn er selbst wusste, was er tun wollte. 7 Philippus antwortete
ihm: Brot für zweihundert Denare reicht nicht aus, wenn jeder von
ihnen auch nur ein kleines Stück bekommen soll.

Auslöser dieses Brotwunders war ein einfacher kleiner Junge, der großzügig sein Essen zur Verfügung stellte. Auch ich habe Anteil an der Wirkkraft Gottes, ich kann Auslöser eines Wunders sein. Dazu muss ich mich Gott aber zur Verfügung stellen und einen konkreten Schritt tun. So macht sich die Kraft Gottes unter den Menschen sichtbar. Ich muss nur anfangen.

**ANGELIKA**

8 Einer seiner Jünger, Andreas, der Bruder des Simon Petrus, sagte
zu ihm: 9 Hier ist ein kleiner Junge, der hat fünf Gerstenbrote und zwei
Fische; doch was ist das für so viele!
10 Jesus sagte: Lasst die Leute sich setzen! Es gab dort nämlich viel
Gras. Da setzten sie sich; es waren etwa fünftausend Männer. 11 Dann
nahm Jesus die Brote, sprach das Dankgebet und teilte an die Leute
aus, so viel sie wollten; ebenso machte er es mit den Fischen.
12 Als die Menge satt war, sagte er zu seinen Jüngern: Sammelt die
übrig gebliebenen Brotstücke, damit nichts verdirbt. 13 Sie sammelten
und füllten zwölf Körbe mit den Stücken, die von den fünf Gersten-
broten nach dem Essen übrig waren.
14 Als die Menschen das Zeichen sahen, das er getan hatte, sagten
sie: Das ist wirklich der Prophet, der in die Welt kommen soll.
15 Da erkannte Jesus, dass sie kommen würden, um ihn in ihre Ge-
walt zu bringen und zum König zu machen. Daher zog er sich wieder
auf den Berg zurück, er allein.

„Das Geheimnis aller Brotvermehrung heißt: teilen.

**KYRILLA SPIEKER** (1916–2008), Benediktinerin, Ärztin und Autorin

▶ Jesus wendet keinen Zaubertrick an. Er betet. Das ist seine Verbindung mit Gott, dem Vater. Aus dieser Verbindung kommt alles Leben.

Der wahre König hängt am Kreuz.

## Jesus geht über das Wasser (Joh 6,16–21)

16 Als es aber spät geworden war, gingen seine Jünger zum See hinab,
17 bestiegen ein Boot und fuhren über den See, auf Kafarnaum zu. Es
war schon dunkel geworden, und Jesus war noch nicht zu ihnen ge-
kommen. 18 Da wurde der See durch einen heftigen Sturm aufgewühlt.
19 Als sie etwa fünfundzwanzig oder dreißig Stadien gefahren waren,

▶ Ein „Stadion“ sind ca. 200 m. Die Jünger sind also 5 oder 6 km vom Ufer entfernt.

"Fürchte dich nicht!" – 365 mal steht das in der Bibel. Für jeden Tag des Jahres einmal.

sahen sie, wie Jesus über den See ging und sich dem Boot näherte;
und sie fürchteten sich. [20] Er aber rief ihnen zu: Ich bin es; fürchtet
euch nicht!
[21] Sie wollten ihn zu sich in das Boot nehmen, aber schon war das
Boot am Ufer, das sie erreichen wollten.

Es folgt eine lange Diskussion in der Synagoge von Kafarnaum (Joh 6,22–59): Jesus will den Menschen, die ihren irdischen Hunger stillen wollen, zeigen, dass sie Hunger nach Gott haben und dass er es ist, der diesen Hunger stillen kann: Ich bin das Brot des Lebens (Joh 6,35). Selbst im Jüngerkreis kommt es zur Spaltung (Joh 6,60–71), aber Petrus sagt: Herr, du hast Worte des ewigen Lebens (Joh 6,68).
Der Evangelist Johannes erzählt nach dieser Krise, wie Jesus wieder in Jerusalem das Wort Gottes verkündet und dort harte Debatten über seine Verkündigung und seine Person auslöst. Er offenbart sich als Licht der Welt (Joh 8,12).

▶ Die Jünger sind in der volkstümlichen Vorstellung befangen, dass ein Kranker für eine eigene Schuld oder die seiner Eltern bestraft wird. Jesus aber stellt selbst klar: Das ist ein Trugschluss; Gott will, dass der blinde Mensch lebt; und er will, dass er geheilt wird.

### Jesus heilt einen Menschen, der von Geburt an blind war (Joh 9,1–7)

9 [1] Unterwegs sah Jesus einen Mann, der seit seiner Geburt blind
war. [2] Da fragten ihn seine Jünger: Rabbi, wer hat gesündigt? Er
selbst? Oder haben seine Eltern gesündigt, so dass er blind geboren
wurde? [3] Jesus antwortete: Weder er noch seine Eltern haben gesün-
digt, sondern das Wirken Gottes soll an ihm offenbar werden. [4] Wir
müssen, solange es Tag ist, die Werke dessen vollbringen, der mich
gesandt hat; es kommt die Nacht, in der niemand mehr etwas tun
kann. [5] Solange ich in der Welt bin, bin ich das Licht der Welt.

» Niemand ist so blind wie die, die nicht sehen wollen.

**JONATHAN SWIFT** (1667–1745), irischer Schriftsteller

[6] Als er dies gesagt hatte, spuckte er auf die Erde; dann machte er
mit dem Speichel einen Teig, strich ihn dem Blinden auf die Augen
[7] und sagte zu ihm: Geh und wasch dich in dem Teich Schiloach! Schi-
loach heißt übersetzt: Der Gesandte. Der Mann ging fort und wusch
sich. Und als er zurückkam, konnte er sehen.

Es folgt ein erbitterter Streit, in den der Geheilte und seine Eltern hineingezogen werden (Joh 9,6–34). Der Streit dreht sich um Jesu Verhältnis zu Gott (Joh 9,35–41). Er selbst offenbart sich als der gute Hirte, der eins ist mit dem Vater (Joh 10).

▶ Die Auferweckung des Lazarus ist das siebte und größte „Zeichen" Jesu. Es offenbart, dass Jesus nicht nur am Ende aller Tage die Toten auferwecken wird, sondern dass er das ewige Leben schon hier und jetzt wirkt: in der unzerstörbaren Liebe Gottes, die im Glauben angenommen wird.

### Jesus erweckt Lazarus von den Toten (Joh 11,1–44)

11 [1] Ein Mann war krank, Lazarus aus Betanien, dem Dorf, in dem
Maria und ihre Schwester Marta wohnten. [2] Maria ist die, die
den Herrn mit Öl gesalbt und seine Füße mit ihrem Haar abgetrocknet
hat; deren Bruder Lazarus war krank. [3] Daher sandten die Schwestern
Jesus die Nachricht: Herr, dein Freund ist krank. [4] Als Jesus das hörte,
sagte er: Diese Krankheit wird nicht zum Tod führen, sondern dient
der Verherrlichung Gottes: Durch sie soll der Sohn Gottes verherrlicht
werden. [5] Denn Jesus liebte Marta, ihre Schwester und Lazarus. [6] Als er
hörte, dass Lazarus krank war, blieb er noch zwei Tage an dem Ort, wo
er sich aufhielt. [7] Danach sagte er zu den Jüngern: Lasst uns wieder
nach Judäa gehen.

8 Die Jünger entgegneten ihm: Rabbi, eben noch wollten dich die
Juden steinigen und du gehst wieder dorthin? 9 Jesus antwortete: Hat
der Tag nicht zwölf Stunden? Wenn jemand am Tag umhergeht, stößt
er nicht an, weil er das Licht dieser Welt sieht; 10 wenn aber jemand
in der Nacht umhergeht, stößt er an, weil das Licht nicht in ihm ist.
11 So sprach er.
Dann sagte er zu ihnen: Lazarus, unser Freund, schläft; aber ich
gehe hin, um ihn aufzuwecken. 12 Da sagten die Jünger zu ihm: Herr,
wenn er schläft, dann wird er gesund werden. 13 Jesus hatte aber von
seinem Tod gesprochen, während sie meinten, er spreche von dem
gewöhnlichen Schlaf. 14 Darauf sagte ihnen Jesus unverhüllt: Lazarus
ist gestorben. 15 Und ich freue mich für euch, dass ich nicht dort war;
denn ich will, dass ihr glaubt. Doch wir wollen zu ihm gehen. 16 Da
sagte Thomas, genannt Didymus (Zwilling), zu den anderen Jüngern:
Dann lasst uns mit ihm gehen, um mit ihm zu sterben.
17 Als Jesus ankam, fand er Lazarus schon vier Tage im Grab liegen.
18 Betanien war nahe bei Jerusalem, etwa fünfzehn Stadien entfernt.
19 Viele Juden waren zu Marta und Maria gekommen, um sie wegen

ihres Bruders zu trösten. 20 Als Marta hörte, dass Jesus komme, ging
sie ihm entgegen, Maria aber blieb im Haus. 21 Marta sagte zu Jesus:
Herr, wärst du hier gewesen, dann wäre mein Bruder nicht gestorben.
22 Aber auch jetzt weiß ich: Alles, worum du Gott bittest, wird Gott dir
geben. 23 Jesus sagte zu ihr: Dein Bruder wird auferstehen.
24 Marta sagte zu ihm: Ich weiß, dass er auferstehen wird bei der
Auferstehung am Letzten Tag. 25 Jesus erwiderte ihr: Ich bin die Aufer-
stehung und das Leben. Wer an mich glaubt, wird leben, auch wenn
er stirbt, 26 und jeder, der lebt und an mich glaubt, wird auf ewig nicht
sterben. Glaubst du das? 27 Marta antwortete ihm: Ja, Herr, ich glaube,
dass du der Messias bist, der Sohn Gottes, der in die Welt kommen
soll. 28 Nach diesen Worten ging sie weg, rief heimlich ihre Schwester
Maria und sagte zu ihr: Der Meister ist da und lässt dich rufen.
29 Als Maria das hörte, stand sie sofort auf und ging zu ihm. 30 Denn
Jesus war noch nicht in das Dorf gekommen; er war noch dort, wo
ihn Marta getroffen hatte. 31 Die Juden, die bei Maria im Haus waren
und sie trösteten, sahen, dass sie plötzlich aufstand und hinausging.
Da folgten sie ihr, weil sie meinten, sie gehe zum Grab, um dort zu
weinen. 32 Als Maria dorthin kam, wo Jesus war, und ihn sah, fiel sie
ihm zu Füßen und sagte zu ihm: Herr, wärst du hier gewesen, dann
wäre mein Bruder nicht gestorben. 33 Als Jesus sah, wie sie weinte und
wie auch die Juden weinten, die mit ihr gekommen waren, war er im
Innersten erregt und erschüttert.

▶ Judäa ist die Landschaft rund um Jerusalem. Betanien liegt etwa 3 km von Jerusalem entfernt.

Lazarus war kein Scheintoter. Er war wirklich gestorben. Deshalb ist auch der auferweckte Lazarus kein Zombie, sondern ein echter Mensch.

▶ Zur Zeit Jesu war man davon überzeugt, dass ein Mensch nach drei Tagen sicher tot ist.

▶ Marta geht voller Sorge Jesus entgegen. Sie wird von Jesus in ein Glaubensgespräch gezogen. Marta wird in mehreren Schritten zu einem tiefen Glaubensbekenntnis geführt. Sie ist eine entscheidende Zeugin des Wortes Gottes – aus der Liebe zu ihrem Bruder und der Freundschaft zu Jesus heraus.

? Freundschaftstränen sind die stärksten und wichtigsten Tränen. Sie zeigen, wer mich innerlich erschüttert, wer mich wahrhaft menschlich werden lässt. Wer hat für mich geweint, für wessen Glück weine ich?

**DOMINIK MARKL**

Jesus zeigt Emotionen. Ihn lässt der Tod nicht kalt. Er will und wird zeigen, dass der Tod nicht das letzte Wort hat. Deshalb wird er Lazarus aus dem Grab rufen.

34 Er sagte: Wo habt ihr ihn bestattet? Sie antworteten ihm: Herr,
komm und sieh! 35 Da weinte Jesus. 36 Die Juden sagten: Seht, wie lieb
er ihn hatte! 37 Einige aber sagten: Wenn er dem Blinden die Augen
geöffnet hat, hätte er dann nicht auch verhindern können, dass dieser hier starb? 38 Da wurde Jesus wiederum innerlich erregt und er
ging zum Grab. Es war eine Höhle, die mit einem Stein verschlossen
war. 39 Jesus sagte: Nehmt den Stein weg! Marta, die Schwester des
Verstorbenen, entgegnete ihm: Herr, er riecht aber schon, denn es ist
bereits der vierte Tag. 40 Jesus sagte zu ihr: Habe ich dir nicht gesagt:
Wenn du glaubst, wirst du die Herrlichkeit Gottes sehen? 41 Da nahmen sie den Stein weg.
Jesus aber erhob seine Augen und sprach: Vater, ich danke dir, dass
du mich erhört hast. 42 Ich wusste, dass du mich immer erhörst; aber
wegen der Menge, die um mich herum steht, habe ich es gesagt; denn
sie sollen glauben, dass du mich gesandt hast.
43 Nachdem er dies gesagt hatte, rief er mit lauter Stimme: Lazarus, komm heraus! 44 Da kam der Verstorbene heraus; seine Füße und
Hände waren mit Binden umwickelt, und sein Gesicht war mit einem
Schweißtuch verhüllt. Jesus sagte zu ihnen: Löst ihm die Binden und
lasst ihn weggehen!

„Heute lade ich euch ein, in Stille hier ein wenig nachzudenken: Wo sind meine toten Stellen im Herzen? Wo ist mein Grab? Welches ist die Stelle meines Herzens, die verderben kann, weil ich an Sünden hänge? Und dann den Stein wegrollen, den Stein der Scham, und zulassen, dass der Herr uns dasselbe sagt wie Lazarus: Komm heraus!

**PAPST FRANZISKUS**, 6.4.2014

Johannes erzählt weiter, wie gerade diese Totenerweckung den Todesbeschluss des Hohen Rates auslöst (Joh 11,45-53), Jesus aber in Jerusalem und Umgebung auftritt, um seine öffentliche Verkündigung abzuschließen.

## DER WEG DER PASSION INS EWIGE LEBEN (JOH 13,1 – 21,25)

Dem jüdischen Paschafest entspricht das christliche Osterfest.

### Jesus wäscht seinen Jüngern die Füße (Joh 13,1–20)

13 1 Es war vor dem Paschafest. Jesus wusste, dass seine Stunde
gekommen war, um aus dieser Welt zum Vater hinüberzugehen. Da er die Seinen, die in der Welt waren, liebte, erwies er ihnen
seine Liebe bis zur Vollendung.
2 Es fand ein Mahl statt, und der Teufel hatte Judas, dem Sohn des
Simon Iskariot, schon ins Herz gegeben, ihn zu verraten und auszuliefern. 3 Jesus, der wusste, dass ihm der Vater alles in die Hand gegeben
hatte und dass er von Gott gekommen war und zu Gott zurückkehrte, 4 stand vom Mahl auf, legte sein Gewand ab und umgürtete sich
mit einem Leinentuch. 5 Dann goss er Wasser in eine Schüssel und
begann, den Jüngern die Füße zu waschen und mit dem Leinentuch
abzutrocknen, mit dem er umgürtet war.
6 Als er zu Simon Petrus kam, sagte dieser zu ihm: Du, Herr, willst mir
die Füße waschen? 7 Jesus antwortete ihm: Was ich tue, verstehst du
jetzt noch nicht; doch später wirst du es begreifen. 8 Petrus entgegnete ihm: Niemals sollst du mir die Füße waschen! Jesus erwiderte ihm:

Einem anderen die Füße zu waschen ist ein Dienst der Ehrerbietung, den oft Sklaven geleistet haben. Als Papst Franziskus am Gründonnerstag 2013 zwölf Jugendlichen im römischen Jugendgefängnis Casal del Marmo die Füße wusch, regten sich viele darüber auf. Dabei ist es einer der Ehrennamen des Papstes, „Diener der Diener Gottes" zu sein.

Wenn ich dich nicht wasche, hast du keinen Anteil an mir. 9 Da sagte
Simon Petrus zu ihm: Herr, dann nicht nur meine Füße, sondern auch
die Hände und das Haupt. 10 Jesus sagte zu ihm: Wer vom Bad kommt,
ist ganz rein und braucht sich nur noch die Füße zu waschen. Auch ihr
seid rein, aber nicht alle.
11 Er wusste nämlich, wer ihn verraten würde; darum sagte er: Ihr
seid nicht alle rein.
12 Als er ihnen die Füße gewaschen, sein Gewand wieder angelegt
und Platz genommen hatte, sagte er zu ihnen: Begreift ihr, was ich an
euch getan habe? 13 Ihr sagt zu mir Meister und Herr und ihr nennt
mich mit Recht so; denn ich bin es. 14 Wenn nun ich, der Herr und
Meister, euch die Füße gewaschen habe, dann müsst auch ihr einan-
der die Füße waschen. 15 Ich habe euch ein Beispiel gegeben, damit
auch ihr so handelt, wie ich an euch gehandelt habe. 16 Amen, amen,
ich sage euch: Der Sklave ist nicht größer als sein Herr und der Abge-
sandte ist nicht größer als der, der ihn gesandt hat. 17 Selig seid ihr,
wenn ihr das wisst und danach handelt.
18 Ich sage das nicht von euch allen. Ich weiß wohl, welche ich er-
wählt habe, aber das Schriftwort muss sich erfüllen: *Einer, der mein
Brot aß, hat mich hintergangen.* 19 Ich sage es euch schon jetzt, ehe

▶ Im Gespräch mit Petrus hat Jesus die Fußwaschung als Zeichen der Heilsvermittlung gedeutet. Er ist der „Diakon“, der durch die Hingabe seines Lebens die Jünger vom „Schmutz“ der Sünde befreit und ihnen die „Reinheit“ des ewigen Lebens schenkt. Im Gespräch mit seinen Jüngern stellt Jesus sich danach als Vorbild dar: In der Nachfolge Jesu sollen sie einander dienen: Sie sollen einander helfen, von der Sünde loszukommen und tiefer in die Gemeinschaft mit Gott und untereinander hineinzukommen.

▶ Eine Anspielung auf den Verräter Judas Iskariot.

es geschieht, damit ihr, wenn es geschehen ist, glaubt: Ich bin es.
20 Amen, amen, ich sage euch: Wer einen aufnimmt, den ich sende,
nimmt mich auf; wer aber mich aufnimmt, nimmt den auf, der mich
gesandt hat.

## Jesus identifiziert den Verräter (Joh 13,21–30)

21 Nach diesen Worten war Jesus im Innersten erschüttert und be-
kräftigte: Amen, amen, das sage ich euch: Einer von euch wird mich
verraten. 22 Die Jünger blickten sich ratlos an, weil sie nicht wussten,
wen er meinte. 23 Einer von den Jüngern lag an der Seite Jesu; es war
der, den Jesus liebte.
24 Simon Petrus nickte ihm zu, er solle fragen, von wem Jesus spre-
che. 25 Da lehnte sich dieser zurück an die Brust Jesu und fragte ihn:
Herr, wer ist es? 26 Jesus antwortete: Der ist es, dem ich den Bissen
Brot, den ich eintauche, geben werde. Dann tauchte er das Brot ein,
nahm es und gab es Judas, dem Sohn des Simon Iskariot. 27 Als Judas
den Bissen Brot genommen hatte, fuhr der Satan in ihn. Jesus sagte
zu ihm: Was du tun willst, das tu bald! 28 Aber keiner der Anwesen-
den verstand, warum er ihm das sagte. 29 Weil Judas die Kasse hat-
te, meinten einige, Jesus wolle ihm sagen: Kaufe, was wir zum Fest
brauchen!, oder Jesus trage ihm auf, den Armen etwas zu geben. 30 Als
Judas den Bissen Brot genommen hatte, ging er sofort hinaus. Es war
aber Nacht.

” Keine Sünde ist zu groß, um nicht vergeben zu werden! Die Tatsache, dass wir eine bewegte Vergangenheit haben, darf uns nicht abschrecken. Sie wird zu einem Schmuckstück, wenn wir sie Gott geben, um den Trost der Vergebung zu empfangen.

**ALBINO LUCIANI** (Papst Johannes Paul I.) (1912–1978)

▶ Der Verrat des Judas wird nicht erklärt. Seine Motive bleiben im Dunkeln. Gott hat aus der menschlichen Schuld das Beste gemacht: die Erlösung vom Bösen.

▶ Jesus ist der Menschensohn. Seine Verherrlichung ist die Ehre, die ihm durch die Auferstehung zuteilwird – zum Heil aller Menschen.

▶ Das Liebesgebot steht bereits im Alten Testament. Neu ist sein Bezug auf die Jüngergemeinde (↗ 1 Joh 2,7–11; 4,7–21).

### Das Liebesgebot (Joh 13,31–35)

31 Als Judas hinausgegangen war, sagte Jesus: Jetzt ist der Men-
schensohn verherrlicht und Gott ist in ihm verherrlicht.
32 Wenn Gott in ihm verherrlicht ist, wird auch Gott ihn in sich ver-
herrlichen, und er wird ihn bald verherrlichen. 33 Meine Kinder, ich
bin nur noch kurze Zeit bei euch. Ihr werdet mich suchen, und was
ich den Juden gesagt habe, sage ich jetzt auch euch: Wohin ich gehe,
dorthin könnt ihr nicht gelangen. 34 Ein neues Gebot gebe ich euch:
Liebt einander! Wie ich euch geliebt habe, so sollt auch ihr einander
lieben.
35 Daran werden alle erkennen, dass ihr meine Jünger seid: wenn ihr
einander liebt.

▶ Hier spielt Jesus auf das Martyrium des Petrus an (↗ Joh 21,19f.).

### Petrus wird Jesus verleugnen (Joh 13,36–38)

36 Simon Petrus sagte zu ihm: Herr, wohin willst du gehen? Jesus
antwortete: Wohin ich gehe, dorthin kannst du mir jetzt nicht folgen.
Du wirst mir aber später folgen.
37 Petrus sagte zu ihm: Herr, warum kann ich dir jetzt nicht folgen?
Mein Leben will ich für dich hingeben. 38 Jesus entgegnete: Du willst
für mich dein Leben hingeben? Amen, amen, das sage ich dir: Noch
bevor der Hahn kräht, wirst du mich dreimal verleugnen.

## DER ABSCHIED JESU VON SEINEN JÜNGERN (JOH 14)

▶ Das Haus Gottes mit vielen Wohnungen – das ist ein altes Bild für die Fülle des ewigen Lebens.

▶ Jesus sagt nicht nur die Wahrheit; er tritt für sie mit seiner ganzen Person ein. Er verspricht nicht nur das Leben, sondern schenkt es. Deshalb ist er nicht ein, sondern der Weg. Dass Gottes Liebe unbedingt gilt – dafür tritt Jesus mit seinem Leben ein; dafür gibt er sein Wort. Sein Weg schließt niemanden aus, sondern führt alle zu Gott.

### Jesus geht zum Vater (Joh 14,1–7)

14 1 Euer Herz lasse sich nicht verwirren. Glaubt an Gott und
glaubt an mich! 2 Im Haus meines Vaters gibt es viele Woh-
nungen. Wenn es nicht so wäre, hätte ich euch dann gesagt: Ich gehe,
um einen Platz für euch vorzubereiten? 3 Wenn ich gegangen bin und
einen Platz für euch vorbereitet habe, komme ich wieder und werde
euch zu mir holen, damit auch ihr dort seid, wo ich bin. 4 Und wohin
ich gehe – den Weg dorthin kennt ihr.
5 Thomas sagte zu ihm: Herr, wir wissen nicht, wohin du gehst. Wie
sollen wir dann den Weg kennen?
6 Jesus sagte zu ihm: Ich bin der Weg und die Wahrheit und das Le-
ben; niemand kommt zum Vater außer durch mich.
7 Wenn ihr mich erkannt habt, werdet ihr auch meinen Vater erken-
nen. Schon jetzt kennt ihr ihn und habt ihn gesehen.

### Jesus verbindet seine Jünger mit Gott (Joh 14,8–14)

8 Philippus sagte zu ihm: Herr, zeig uns den Vater; das genügt uns.
9 Jesus antwortete ihm: Schon so lange bin ich bei euch und du hast
mich nicht erkannt, Philippus? Wer mich gesehen hat, hat den Vater
gesehen. Wie kannst du sagen: Zeig uns den Vater? 10 Glaubst du nicht,
dass ich im Vater bin und dass der Vater in mir ist? Die Worte, die

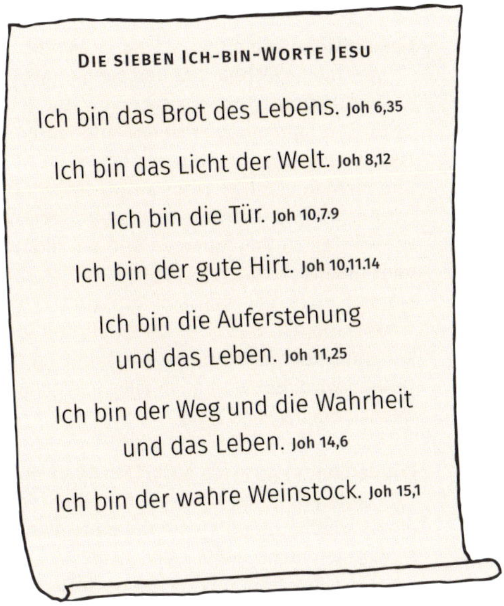

ich zu euch sage, habe ich nicht aus mir selbst. Der Vater, der in mir
bleibt, vollbringt seine Werke. 11 Glaubt mir doch, dass ich im Vater
bin und dass der Vater in mir ist; wenn nicht, glaubt wenigstens auf-
grund der Werke! 12 Amen, amen, ich sage euch: Wer an mich glaubt,
wird die Werke, die ich vollbringe, auch vollbringen und er wird noch
größere vollbringen, denn ich gehe zum Vater.
13 Alles, um was ihr in meinem Namen bittet, werde ich tun, damit
der Vater im Sohn verherrlicht wird. 14 Wenn ihr mich um etwas in
meinem Namen bittet, werde ich es tun.

**Jesus verheißt seinen Jüngern den Heiligen Geist (Joh 14,15–20)**

15 Wenn ihr mich liebt, werdet ihr meine Gebote halten. 16 Und ich
werde den Vater bitten und er wird euch einen anderen Beistand ge-
ben, der für immer bei euch bleiben soll. 17 Es ist der Geist der Wahr-
heit, den die Welt nicht empfangen kann, weil sie ihn nicht sieht und
nicht kennt.
Ihr aber kennt ihn, weil er bei euch bleibt und in euch sein wird.
18 Ich werde euch nicht als Waisen zurücklassen, sondern ich komme
wieder zu euch. 19 Nur noch kurze Zeit, und die Welt sieht mich nicht
mehr; ihr aber seht mich, weil ich lebe und weil auch ihr leben wer-
det. 20 An jenem Tag werdet ihr erkennen: Ich bin in meinem Vater, ihr
seid in mir und ich bin in euch.

▶ Die „größeren" Werke sind die der Mission, die sich nach Ostern – bis heute – in aller Welt abspielen, um Menschen in der Kraft des Geistes für Jesus und durch ihn für Gott zu gewinnen.

▶ Der „Beistand" – auch „Tröster" oder „Anwalt" – ist die große Hilfe für die Jünger in der Welt. Er schärft die Erinnerung an Jesus (Joh 14,26), befähigt zum Zeugnis (Joh 15,26f.) und führt „in die ganze Wahrheit" ein (Joh 16,13).

### Auf die Liebe kommt es an (Joh 14,21–26)

21 Wer meine Gebote hat und sie hält, der ist es, der mich liebt; wer
mich aber liebt, wird von meinem Vater geliebt werden und auch ich
werde ihn lieben und mich ihm offenbaren. 22 Judas – nicht der Judas
Iskariot – fragte ihn: Herr, warum willst du dich nur uns offenbaren
und nicht der Welt? 23 Jesus antwortete ihm: Wenn jemand mich liebt,
wird er an meinem Wort festhalten; mein Vater wird ihn lieben und
wir werden zu ihm kommen und bei ihm wohnen. 24 Wer mich nicht
liebt, hält an meinen Worten nicht fest. Und das Wort, das ihr hört,
stammt nicht von mir, sondern vom Vater, der mich gesandt hat.
25 Das habe ich zu euch gesagt, während ich noch bei euch bin. 26 Der
Beistand aber, der Heilige Geist, den der Vater in meinem Namen
senden wird, der wird euch alles lehren und euch an alles erinnern,
was ich euch gesagt habe.

Leg mich wie ein Siegel auf dein Herz, wie ein Siegel an deinen Arm! Stark wie der Tod ist die Liebe, die Leidenschaft ist hart wie die Unterwelt. Ihre Gluten sind Feuergluten, gewaltige Flammen. Auch mächtige Wasser können die Liebe nicht löschen; auch Ströme schwemmen sie nicht weg. Böte einer für die Liebe den ganzen Reichtum seines Hauses, nur verachten würde man ihn.

Hld 8,6–7

Ich hatte einmal die Freude mit einem Ordensmann durch die Berge zu fahren. Als wir die Landschaft bestaunen durften, meinte er dann, wie es wohl im Himmel sein würde, wenn schon die Erde solche Schönheit biete. Das hat mich wirklich zum Nachdenken gebracht. Wenn uns Gott schon hier so beschenkt, wie wird dann erst der Himmel aussehen?

**MAGNUS**

### Frieden hinterlasse ich euch! (Joh 14,27–31)

27 Frieden hinterlasse ich euch, meinen Frieden gebe ich euch; nicht
einen Frieden, wie die Welt ihn gibt, gebe ich euch. Euer Herz beunruhige sich nicht und verzage nicht.
28 Ihr habt gehört, dass ich zu euch sagte:
Ich gehe fort und komme wieder zu euch

zurück. Wenn ihr mich lieb hättet, würdet ihr euch freuen, dass ich
zum Vater gehe; denn der Vater ist größer als ich. 29 Jetzt schon habe
ich es euch gesagt, bevor es geschieht, damit ihr, wenn es geschieht,
zum Glauben kommt. 30 Ich werde nicht mehr viel zu euch sagen; denn
es kommt der Herrscher der Welt.
Über mich hat er keine Macht, 31 aber die Welt soll erkennen, dass
ich den Vater liebe und so handle, wie es mir der Vater aufgetragen
hat. Steht auf, wir wollen weggehen von hier.

▶ Der „Herrscher der Welt" ist der Teufel, den Jesus aus der Welt vertreibt (Joh 12,31f.)

Gott hört niemals auf, der Vater seiner Kinder zu sein.

**ANTONIUS VON PADUA**

Es folgt eine weitere Abschiedsrede, die das Thema der ersten vertieft (Joh 15–16).

## DAS HOHEPRIESTERLICHE GEBET (JOH 17,1–26)

### Die Eröffnung des Gebetes (Joh 17,1–4)

17 1 Dies sagte Jesus. Und er erhob seine Augen zum Himmel und
sprach: Vater, die Stunde ist da. Verherrliche deinen Sohn, damit der Sohn dich verherrlicht. 2 Denn du hast ihm Macht über alle
Menschen gegeben, damit er allen, die du ihm gegeben hast, ewiges
Leben schenkt. 3 Das ist das ewige Leben: dich, den einzigen wahren
Gott, zu erkennen und Jesus Christus, den du gesandt hast. 4 Ich habe
dich auf der Erde verherrlicht und das Werk zu Ende geführt, das du
mir aufgetragen hast.

▶ Die „Welt" ist zwar Gottes Schöpfung, aber auch ein Ort des Widerstandes gegen Gott und das Gute. Jesus kommt nicht aus der Welt, sondern von Gott; er bleibt nicht in der Welt, sondern geht zum Vater. Die Jünger leben in der Welt.

▶ Jesus ist Priester. Er versöhnt die Menschen mit Gott. Deshalb betet er für das Heil der Welt.

**Jesus bittet für sich selbst (Joh 17,5–8)**

5 Vater, verherrliche du mich jetzt bei dir mit der Herrlichkeit, die
ich bei dir hatte, bevor die Welt war. 6 Ich habe deinen Namen den
Menschen offenbart, die du mir aus der Welt gegeben hast. Sie ge-
hörten dir und du hast sie mir gegeben, und sie haben an deinem
Wort festgehalten. 7 Sie haben jetzt erkannt, dass alles, was du mir
gegeben hast, von dir ist. 8 Denn die Worte, die du mir gegeben hast,
gab ich ihnen und sie haben sie angenommen. Sie haben wirklich er-
kannt, dass ich von dir ausgegangen bin, und sie sind zu dem Glauben
gekommen, dass du mich gesandt hast.

**Jesus bittet für seine Jünger: (Joh 17,9–19)**

9 Für sie bitte ich; nicht für die Welt bitte ich, sondern für alle, die du
mir gegeben hast; denn sie gehören dir.
10 Alles, was mein ist, ist dein, und was dein ist, ist mein; in ihnen bin
ich verherrlicht. 11 Ich bin nicht mehr in der Welt, aber sie sind in der
Welt, und ich gehe zu dir.
Heiliger Vater, bewahre sie in deinem Namen, den du mir gegeben
hast, damit sie eins sind wie wir. 12 Solange ich bei ihnen war, bewahr-
te ich sie in deinem Namen, den du mir gegeben hast. Und ich habe
sie behütet und keiner von ihnen ging verloren, außer dem Sohn des
Verderbens, damit sich die Schrift erfüllt.

» Um ihrem eigentlichen Auftrag zu genügen, muss die Kirche immer wieder die Anstrengung unternehmen, sich von der Weltlichkeit der Welt zu lösen. Sie folgt damit den Worten Jesu nach: „Sie sind nicht von der Welt, wie auch ich nicht von der Welt bin" (Joh 17,16). ... Das missionarische Zeugnis der entweltlichten Kirche tritt klarer zutage. Die von ihrer materiellen und politischen Last befreite Kirche kann sich besser und auf wahrhaft christliche Weise der ganzen Welt zuwenden, wirklich weltoffen sein.

**PAPST BENEDIKT XVI.**, Freiburger Rede, 24.9.2011

▶ Mit dem „Sohn des Verderbens" ist Judas Iskariot gemeint (Joh 13,18.27.29).

13 Aber jetzt gehe ich zu dir. Doch dies rede ich noch in der Welt,
damit sie meine Freude in Fülle in sich haben. 14 Ich habe ihnen dein
Wort gegeben und die Welt hat sie gehasst, weil sie nicht von der Welt
sind, wie auch ich nicht von der Welt bin. 15 Ich bitte nicht, dass du sie
aus der Welt nimmst, sondern dass du sie vor dem Bösen bewahrst.
16 Sie sind nicht von der Welt, wie auch ich nicht von der Welt bin.
17 Heilige sie in der Wahrheit; dein Wort ist Wahrheit. 18 Wie du mich
in die Welt gesandt hast, so habe auch ich sie in die Welt gesandt.
19 Und ich heilige mich für sie, damit auch sie in der Wahrheit gehei-
ligt sind.

**Jesus bittet für alle Glaubenden: (Joh 17,20–26)**

20 Aber ich bitte nicht nur für diese hier, sondern auch für alle, die
durch ihr Wort an mich glauben. 21 Alle sollen eins sein: Wie du, Vater,
in mir bist und ich in dir bin, sollen auch sie in uns sein, damit die
Welt glaubt, dass du mich gesandt hast. 22 Und ich habe ihnen die
Herrlichkeit gegeben, die du mir gegeben hast; denn sie sollen eins
sein, wie wir eins sind, 23 ich in ihnen und du in mir. So sollen sie
vollendet sein in der Einheit, damit die Welt erkennt, dass du mich
gesandt hast und die Meinen ebenso geliebt hast wie mich.
24 Vater, ich will, dass alle, die du mir gegeben hast, dort bei mir
sind, wo ich bin. Sie sollen meine Herrlichkeit sehen, die du mir ge-
geben hast, weil du mich schon geliebt hast vor der Erschaffung der

Heiligen = heil machen. Jesus bittet den Vater um eine Art Update an unserer inneren Software.

» Als wir zur Zeit des Zweiten Weltkriegs in Trient den Bombenhagel erlebten, öffneten wir das kleine Evangelium, das wir in den Luftschutzbunker mitgenommen hatten, nach dem Zufallsprinzip und trafen auf die Stelle des Testamentes Jesu: „Alle sollen eins sein: Wie du, Vater, in mir bist und ich in dir bin." Diese Worte waren uns bisher so gut wie unbekannt gewesen. Nun leuchteten sie vor uns auf wie Sterne. Wir spürten, dass wir dafür geboren waren! ... Wir waren uns sicher, dass Gott aus unserem Leben ein göttliches Abenteuer machen wollte.

**CHIARA LUBICH** (1920–2008), Gründerin der Fokolarbewegung

„Ich liebe dich“: das sagt Gott zu mir – und zu dir – und zu uns und zu allen Menschen. Ich brauche nur zu antworten: Ja, ich liebe dich auch. Dann ist alles gut.

„Dies ist das größte Ereignis in der Geschichte der Welt seit den Tagen der Schöpfung“, soll Nixon gesagt haben, als die Astronauten von der ersten Mondlandung zurückkehrten. Entweder war Nixon kein Christ – oder er hat die Auferstehung vergessen.

Welt. 25 Gerechter Vater, die Welt hat dich nicht erkannt, ich aber habe
dich erkannt und sie haben erkannt, dass du mich gesandt hast. 26 Ich
habe ihnen deinen Namen bekannt gemacht und werde ihn bekannt
machen, damit die Liebe, mit der du mich geliebt hast, in ihnen ist
und damit ich in ihnen bin.

Bei Johannes folgt die Passionsgeschichte, die zahlreiche Gemeinsamkeiten mit den Passionsgeschichten der Synoptiker Matthäus, Markus und Lukas, aber auch zahlreiche Unterschiede aufweist (Joh 18,1–19,42).

## DAS OSTEREVANGELIUM (JOH 20,1–21,25)

### Der Wettlauf zum leeren Grab (Joh 20,1–10)

▶ Der erste Tag der Woche ist der Sonntag, der Tag nach dem Sabbat.

▶ Der „andere Jünger“ ist der „Jünger, den Jesus liebte“ (↗ Joh 13,23).

20 1 Am ersten Tag der Woche kam Maria von Magdala frühmor-
gens, als es noch dunkel war, zum Grab und sah, dass der
Stein vom Grab weggenommen war.
2 Da lief sie schnell zu Simon Petrus und dem Jünger, den Jesus lieb-
te, und sagte zu ihnen: Man hat den Herrn aus dem Grab weggenom-
men und wir wissen nicht, wohin man ihn gelegt hat.
3 Da gingen Petrus und der andere Jünger hinaus und kamen zum
Grab; 4 sie liefen beide zusammen dorthin, aber weil der andere Jün-

ger schneller war als Petrus, kam er als Erster ans Grab. 5 Er beugte
sich vor und sah die Leinenbinden liegen, ging aber nicht hinein.
6 Da kam auch Simon Petrus, der ihm gefolgt war, und ging in das
Grab hinein. Er sah die Leinenbinden liegen 7 und das Schweißtuch,
das auf dem Kopf Jesu gelegen hatte; es lag aber nicht bei den Lei-
nenbinden, sondern zusammengebunden daneben an einer beson-
deren Stelle.
8 Da ging auch der andere Jünger, der zuerst an das Grab gekommen
war, hinein; er sah und glaubte. 9 Denn sie wussten noch nicht aus der
Schrift, dass er von den Toten auferstehen musste. 10 Dann kehrten
die Jünger wieder nach Hause zurück.

▶ Der Glaube ist ein Weg. Der Lieblingsjünger kommt, anders als Petrus, schon im leeren Grab zum Glauben. Aber er braucht noch den Blick auf die Reliquien. Tiefer ist der Glaube, der auf der Heiligen Schrift gründet.

» Wer Ostern kennt, kann nicht verzweifeln.

DIETRICH BONHOEFFER

### Jesus erscheint Maria aus Magdala: (Joh 20,11–18)

▶ Die naheliegende Erklärung für das leere Grab ist, dass der Leichnam beiseite geschafft wurde. Maria Magdalena gibt sich mit ihr aber nicht zufrieden, sondern fragt nach.

11 Maria aber stand draußen vor dem Grab und weinte. Während sie
weinte, beugte sie sich in die Grabkammer hinein. 12 Da sah sie zwei
Engel in weißen Gewändern sitzen, den einen dort, wo der Kopf, den
anderen dort, wo die Füße des Leichnams Jesu gelegen hatten. 13 Die
Engel sagten zu ihr: Frau, warum weinst du? Sie antwortete ihnen:
Man hat meinen Herrn weggenommen und ich weiß nicht, wohin man
ihn gelegt hat.
14 Als sie das gesagt hatte, wandte sie sich um und sah Jesus daste-
hen, wusste aber nicht, dass es Jesus war. 15 Jesus sagte zu ihr: Frau,
warum weinst du? Wen suchst du? Sie meinte, es sei der Gärtner, und

sagte zu ihm: Herr, wenn du ihn weggebracht hast, sag mir, wohin du
ihn gelegt hast. Dann will ich ihn holen.
16 Jesus sagte zu ihr: Maria! Da wandte sie sich ihm zu und sagte auf
Hebräisch zu ihm: Rabbuni!, das heißt: Meister.
17 Jesus sagte zu ihr: Halte mich nicht fest; denn ich bin noch nicht
zum Vater hinaufgegangen. Geh aber zu meinen Brüdern und sag ih-
nen: Ich gehe hinauf zu meinem Vater und zu eurem Vater, zu meinem
Gott und zu eurem Gott.
18 Maria von Magdala ging zu den Jüngern und verkündete ihnen:
Ich habe den Herrn gesehen. Und sie richtete aus, was er ihr gesagt
hatte.

▶ Die Szene des Erkennens ist ganz vorsichtig und intensiv geschildert. Es gibt kein Spektakel. Jesus ruft Maria bei ihrem Namen, so kann sie ihn erkennen und zur Apostolin der Apostel werden.

**Jesus sendet seine Jünger (Joh 20,19–23)**

19 Am Abend dieses ersten Tages der Woche, als die Jünger aus
Furcht vor den Juden die Türen verschlossen hatten, kam Jesus, trat
in ihre Mitte und sagte zu ihnen: Friede sei mit euch! 20 Nach diesen
Worten zeigte er ihnen seine Hände und seine Seite. Da freuten sich
die Jünger, dass sie den Herrn sahen. 21 Jesus sagte noch einmal zu
ihnen: Friede sei mit euch! Wie mich der Vater gesandt hat, so sende
ich euch.

22 Nachdem er das gesagt hatte, hauchte er sie an und sprach zu
ihnen: Empfangt den Heiligen Geist! 23 Wem ihr die Sünden vergebt,
dem sind sie vergeben; wem ihr die Vergebung verweigert, dem ist
sie verweigert.

▶ Die Sendung der Jünger durch Jesus, die vor Ostern begründet worden ist, wird nach Ostern fortgesetzt. Jesus selbst gibt seinen Jüngern seinen Geist. Sie sollen die Menschen von ihren Sünden befreien, aber auch das Unrecht klar beim Namen nennen.

**Jesus führt Thomas zum Glauben (Joh 20,24–29)**

24 Thomas, genannt Didymus (Zwilling), einer der Zwölf, war nicht bei
ihnen, als Jesus kam. 25 Die anderen Jünger sagten zu ihm: Wir haben
den Herrn gesehen. Er entgegnete ihnen: Wenn ich nicht die Male der
Nägel an seinen Händen sehe und wenn ich meinen Finger nicht in
die Male der Nägel und meine Hand nicht in seine Seite lege, glaube
ich nicht.
26 Acht Tage darauf waren seine Jünger wieder versammelt und Tho-
mas war dabei. Die Türen waren verschlossen. Da kam Jesus, trat in
ihre Mitte und sagte: Friede sei mit euch! 27 Dann sagte er zu Thomas:
Streck deinen Finger aus – hier sind meine Hände! Streck deine Hand
aus und leg sie in meine Seite und sei nicht ungläubig, sondern gläu-
big!
28 Thomas antwortete ihm: Mein Herr und mein Gott!
29 Jesus sagte zu ihm: Weil du mich gesehen hast, glaubst du. Selig
sind, die nicht sehen und doch glauben.

▶ Ob Thomas Jesus wirklich berührt hat, wird nicht gesagt. Es zählt die Bereitschaft Jesu. Als Auferstandener trägt er noch immer die Wundmale. Das Kreuz ist nicht Vergangenheit; es bleibt Gegenwart. Es ist der auferstandene Gekreuzigte, der Thomas zum Glauben führt.

**Y → 21, 22**
Glaube – was ist das?
Glauben – wie geht das?

▶ Wenn auch niemand mehr den Auferstandenen leibhaftig sehen kann: das Buch des Evangeliums kann man lesen und so zum Glauben kommen.

Wenn du betest, sprichst du zu Gott. Wenn du die Bibel liest, spricht Gott zu dir.

**AUGUSTINUS**

## Eine Regieanmerkung des Evangelisten (Joh 20,30–31)

30 Noch viele andere Zeichen, die in diesem Buch nicht aufgeschrie-
ben sind, hat Jesus vor den Augen seiner Jünger getan. 31 Diese aber
sind aufgeschrieben, damit ihr glaubt, dass Jesus der Messias ist, der
Sohn Gottes, und damit ihr durch den Glauben das Leben habt in
seinem Namen.

## Der reiche Fischfang (Joh 21,1–14)

21 1 Danach offenbarte sich Jesus den Jüngern noch einmal. Es
war am See von Tiberias und er offenbarte sich in folgender
Weise.
2 Simon Petrus, Thomas, genannt Didymus (Zwilling), Natanaël aus
Kana in Galiläa, die Söhne des Zebedäus und zwei andere von seinen
Jüngern waren zusammen. 3 Simon Petrus sagte zu ihnen: Ich gehe
fischen. Sie sagten zu ihm: Wir kommen auch mit. Sie gingen hinaus
und stiegen in das Boot. Aber in dieser Nacht fingen sie nichts.
4 Als es schon Morgen wurde, stand Jesus am Ufer. Doch die Jünger
wussten nicht, dass es Jesus war. 5 Jesus sagte zu ihnen: Meine Kinder,

habt ihr nicht etwas zu essen? Sie antworteten ihm: Nein. 6 Er aber
sagte zu ihnen: Werft das Netz auf der rechten Seite des Bootes aus
und ihr werdet etwas fangen. Sie warfen das Netz aus und konnten es
nicht wieder einholen, so voller Fische war es.
7 Da sagte der Jünger, den Jesus liebte, zu Petrus: Es ist der Herr! Als
Simon Petrus hörte, dass es der Herr sei, gürtete er sich das Ober-
gewand um, weil er nackt war, und sprang in den See. 8 Dann kamen
die anderen Jünger mit dem Boot – sie waren nämlich nicht weit vom
Land entfernt, nur etwa zweihundert Ellen – und zogen das Netz mit
den Fischen hinter sich her.
9 Als sie an Land gingen, sahen sie am Boden ein Kohlenfeuer und
darauf Fisch und Brot. 10 Jesus sagte zu ihnen: Bringt von den Fischen,
die ihr gerade gefangen habt. 11 Da ging Simon Petrus und zog das
Netz an Land. Es war mit hundertdreiundfünfzig großen Fischen ge-
füllt, und obwohl es so viele waren, zerriss das Netz nicht.
12 Jesus sagte zu ihnen: Kommt her und esst! Keiner von den Jüngern
wagte ihn zu fragen: Wer bist du? Denn sie wussten, dass es der Herr
war. 13 Jesus trat heran, nahm das Brot und gab es ihnen, ebenso den
Fisch.
14 Dies war schon das dritte Mal, dass Jesus sich den Jüngern offen-
barte, seit er von den Toten auferstanden war.

„Gestern habe ich das 60. Jubiläum des Tages begangen, an dem ich die Stimme Jesu in meinem Herzen vernommen habe. Das sage ich nicht, damit ihr mir eine Torte backt, nein ... Warum sage ich das? Weil ich mich wie Tarzan fühle und die Kraft habe voranzugehen? Nein, ich habe es nicht bereut, weil ich immer, auch in den dunkelsten Augenblicken, in den Augenblicken der Sünde, in den Augenblicken der Schwäche, in den Augenblicken des Scheiterns, auf Jesus geschaut und ihm vertraut habe, und er hat mich nicht allein gelassen.

**PAPST FRANZISKUS** an die Jugendlichen von Sardinien, 22.9.2013

**Liebst du mich? (Joh 21,15–19)**

15 Als sie gegessen hatten, sagte Jesus zu Simon Petrus: Simon, Sohn
des Johannes, liebst du mich mehr als diese? Er antwortete ihm: Ja,
Herr, du weißt, dass ich dich liebe. Jesus sagte zu ihm: Weide meine
Lämmer! 16 Zum zweiten Mal fragte er ihn: Simon, Sohn des Johan-
nes, liebst du mich? Er antwortete ihm: Ja, Herr, du weißt, dass ich
dich liebe. Jesus sagte zu ihm: Weide meine Schafe! 17 Zum dritten Mal
fragte er ihn: Simon, Sohn des Johannes, liebst du mich? Da wurde
Petrus traurig, weil Jesus ihn zum dritten Mal gefragt hatte: Hast du
mich lieb?

Er gab ihm zur Antwort: Herr, du weißt alles; du weißt, dass ich dich
lieb habe. Jesus sagte zu ihm: Weide meine Schafe! 18 Amen, amen,
das sage ich dir: Als du noch jung warst, hast du dich selbst gegürtet
und konntest gehen, wohin du wolltest. Wenn du aber alt geworden
bist, wirst du deine Hände ausstrecken und ein anderer wird dich
gürten und dich führen, wohin du nicht willst. 19 Das sagte Jesus, um
anzudeuten, durch welchen Tod er Gott verherrlichen würde. Nach
diesen Worten sagte er zu ihm: Folge mir nach!

▶ Petrus wird dreimal nach seiner Liebe zu Jesus gefragt, weil er ihn dreimal verleugnet hat (Joh 18,12–27).

Es gibt nur eins zu tun auf dieser Erde: Jesus zu lieben mit allen Kräften unseres Herzens und für ihn Seelen zu retten, damit er geliebt wird.

**THÉRÈSE VON LISIEUX**

▶ Jesus ist der gute Hirte (Joh 10). Er setzt Petrus ein, seine Herde zu weiden. Petrus soll dafür sorgen, dass sie die Herde Jesu Christi bleibt.

**Was wird aus dem Lieblingsjünger? (Joh 21,20–23)**

20 Petrus wandte sich um und sah, wie der Jünger, den Jesus liebte,
(diesem) folgte. Es war der Jünger, der sich bei jenem Mahl an die
Brust Jesu gelehnt und ihn gefragt hatte: Herr, wer ist es, der dich
verraten wird? (Joh 13,25). 21 Als Petrus diesen Jünger sah, fragte er
Jesus: Herr, was wird denn mit ihm? 22 Jesus antwortete ihm: Wenn ich
will, dass er bis zu meinem Kommen bleibt, was geht das dich an? Du
aber folge mir nach!

23 Da verbreitete sich unter den Brüdern die Meinung: Jener Jünger
stirbt nicht. Doch Jesus hatte zu Petrus nicht gesagt: Er stirbt nicht,
sondern: Wenn ich will, dass er bis zu meinem Kommen bleibt, was
geht das dich an?

Für mich ist Jesus mein Gott, Jesus mein Leben, Jesus meine einzige Liebe, Jesus in allem mein Alles, Jesus mein Ein und Alles. Jesus, ich liebe dich aus ganzem Herzen, mit meinem ganzen Sein.

**MUTTER TERESA**

Man braucht kein Märtyrer zu werden, um ein Glaubenszeuge zu sein.

**Der Schluss des Evangeliums (Joh 21,24–25)**

24 Dieser Jünger ist es, der all das bezeugt und der es aufgeschrieben
hat; und wir wissen, dass sein Zeugnis wahr ist.

25 Es gibt aber noch vieles andere, was Jesus getan hat. Wenn man
alles aufschreiben wollte, so könnte, wie ich glaube, die ganze Welt
die Bücher nicht fassen, die man schreiben müsste.

DIE

# Apostel-geschichte

Die Apostelgeschichte ist nach dem Evangelium das zweite Buch des Lukas (Apg 1,1). Lukas erzählt, wie die Urkirche Schritt für Schritt den Auftrag Jesu erfüllt (Apg 1,8). Es beginnt mit der Mission in Jerusalem. Sie beginnt am Pfingstfest. Doch stößt sie schnell auf Widerstand. Aber sie lässt sich nicht stoppen. Dann geht Philippus den Weg zu den Samaritern, den Erbfeinden, die zu Glaubensfreunden werden sollen.

Die weitesten Wege eröffnen sich danach zu den Heiden. Petrus tauft als Erster einen Menschen, der nicht jüdisch war: den Hauptmann Cornelius in Caesarea. Barnabas und Paulus beginnen dann mit einer systematischen Mission unter den Völkern außerhalb Israels. Sie ernten in der Kirche Widerspruch. Aber auf dem Apostelkonzil (Apg 15) wird ihnen der Weg frei gemacht. Paulus zieht entschieden die Konsequenzen. Früher selbst ein Verfolger der Kirche, wird er jetzt ein Verkünder des Evangeliums bis nach Rom.

Die Apostelgeschichte zeigt im kleinen Ausschnitt, wie stürmisch die Kirche gewachsen ist. Zuerst waren es nur wenige, die zum Glauben an Jesus Christus gekommen sind. Aber es wurden immer mehr – bis heute.

**Das Vorwort (Apg 1,1–3)**

1 1 Im ersten Buch, lieber Theophilus, habe ich über alles be-
richtet, was Jesus getan und gelehrt hat, 2 bis zu dem Tag,
an dem er (in den Himmel) aufgenommen wurde. Vorher hat er
durch den Heiligen Geist den Aposteln, die er sich erwählt hatte,
Anweisungen gegeben. 3 Ihnen hat er nach seinem Leiden durch
viele Beweise gezeigt, dass er lebt; vierzig Tage hindurch ist er
ihnen erschienen und hat vom Reich Gottes gesprochen.

40 – eine starke Zahl! 40 Tage sind seit dem Ostermorgen vergangen. 40 Tage fastet Jesus in der Wüste. 40 Tage dauert die Fastenzeit vor Ostern, 40 Jahre zieht das Volk Israel nach dem Auszug aus Ägypten durch die Wüste. Die Zahl 40 markiert Zeiten der Erprobung und Prüfung – Zeiten, in denen sich Großes vorbereitet.

DIE VORBEREITUNG AUF DIE MISSION (APG 1,4–8)

**Der Auftrag zur Mission (Apg 1,4–8)**

4 Beim gemeinsamen Mahl gebot er ihnen: Geht nicht weg von
Jerusalem, sondern wartet auf die Verheißung des Vaters, die
ihr von mir vernommen habt. 5 Johannes hat mit Wasser getauft,
ihr aber werdet schon in wenigen Tagen mit dem Heiligen Geist
getauft.
6 Als sie nun beisammen waren, fragten sie ihn: Herr, stellst
du in dieser Zeit das Reich für Israel wieder her? 7 Er sagte zu
ihnen: Euch steht es nicht zu, Zeiten und Fristen zu erfahren, die
der Vater in seiner Macht festgesetzt hat. 8 Aber ihr werdet die
Kraft des Heiligen Geistes empfangen, der auf euch herabkom-

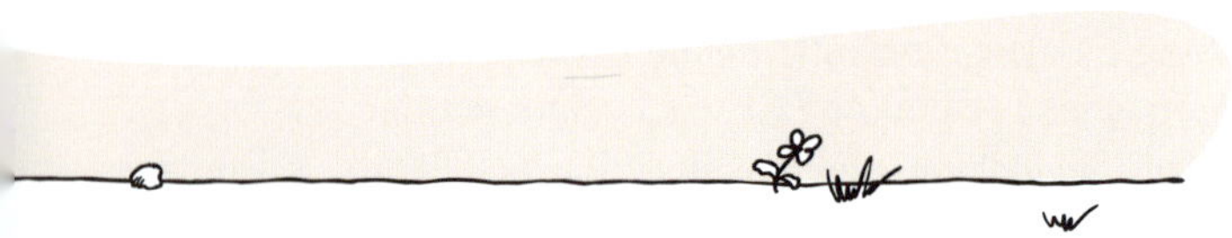

men wird; und ihr werdet meine Zeugen sein in Jerusalem und
in ganz Judäa und Samarien und bis an die Grenzen der Erde.

**Die Himmelfahrt Jesu: (Apg 1,9–11)**

9 Als er das gesagt hatte, wurde er vor ihren Augen emporgeho-
ben, und eine Wolke nahm ihn auf und entzog ihn ihren Blicken.
10 Während sie unverwandt ihm nach zum Himmel empor-
schauten, standen plötzlich zwei Männer in weißen Gewändern
bei ihnen 11 und sagten: Ihr Männer von Galiläa, was steht ihr da
und schaut zum Himmel empor? Dieser Jesus, der von euch ging
und in den Himmel aufgenommen wurde, wird ebenso wieder-
kommen, wie ihr ihn habt zum Himmel hingehen sehen.

**Die erwartungsvolle Urgemeinde (Apg 1,12–14)**

12 Dann kehrten sie vom Ölberg, der nur einen Sabbatweg von
Jerusalem entfernt ist, nach Jerusalem zurück.
13 Als sie in die Stadt kamen, gingen sie in das Obergemach hi-
nauf, wo sie nun ständig blieben: Petrus und Johannes, Jakobus
und Andreas, Philippus und Thomas, Bartholomäus und Matthä-
us, Jakobus, der Sohn des Alphäus, und Simon, der Zelot, sowie
Judas, der Sohn des Jakobus. 14 Sie alle verharrten dort einmütig
im Gebet, zusammen mit den Frauen und mit Maria, der Mutter
Jesu, und mit seinen Brüdern.

**Matthias wird der 12. Apostel (Apg 1,15–26)**

15 In diesen Tagen erhob sich Petrus im Kreis der Brüder – etwa hun-
dertzwanzig waren zusammengekommen – und sagte: 16 Brüder! Es
musste sich das Schriftwort erfüllen, das der Heilige Geist durch den
Mund Davids im Voraus über Judas gesprochen hat. Judas wurde zum
Anführer derer, die Jesus gefangen nahmen. 17 Er wurde zu uns ge-
zählt und hatte Anteil am gleichen Dienst. 18 Mit dem Lohn für seine
Untat kaufte er sich ein Grundstück. Dann aber stürzte er vornüber
zu Boden, sein Leib barst auseinander und alle Eingeweide fielen he-
raus. 19 Das wurde allen Einwohnern von Jerusalem bekannt; deshalb
nannten sie jenes Grundstück in ihrer Sprache Hakeldamach, das
heißt Blutacker. 20 Denn es steht im Buch der Psalmen: *Sein Gehöft
soll veröden, niemand soll darin wohnen! (Ps 69,26)* und: *Sein Amt
soll ein anderer erhalten! (Ps 109,8).*

21 Einer von den Männern, die die ganze Zeit mit uns zusammen wa-
ren, als Jesus, der Herr, bei uns ein und aus ging – 22 angefangen von
der Taufe durch Johannes bis zu dem Tag, an dem er von uns ging
und (in den Himmel) aufgenommen wurde –, einer von diesen muss
nun zusammen mit uns Zeuge seiner Auferstehung sein.

23 Und sie stellten zwei Männer auf: Josef, genannt
Barsabbas, mit dem Beinamen Justus, und Matthi-
as. 24 Dann beteten sie: Herr, du kennst die Herzen

12 – die andere starke Zahl. 12 Monate hat das Jahr, 12 Sternzeichen der Himmel. 12 Stämme hat das Volk Israel. 12 Apostel hat die Kirche. Das Dutzend wird voll – die Geschichte kann losgehen.

> Sind wir noch eine Kirche, die ... fähig ist, nach Jerusalem zurückzuführen? Wieder nach Hause zu begleiten? In Jerusalem → wohnen unsere Quellen: Schrift, Katechese, Sakramente, Gemeinschaft, Freundschaft des Herrn, Maria und die Apostel ... Sind wir noch fähig, von diesen Quellen so zu erzählen, dass wir die Begeisterung für ihre Schönheit wiedererwecken?
>
> **PAPST FRANZISKUS,** 27.7.2013, zu den brasilianischen Bischöfen

aller; zeige, wen von diesen beiden du erwählt hast, 25 diesen Dienst
und dieses Apostelamt zu übernehmen. Denn Judas hat es verlassen
und ist an den Ort gegangen, der ihm bestimmt war.

26 Dann gaben sie ihnen Lose; das Los fiel auf Matthias und er wurde
den elf Aposteln zugerechnet.

▶ Das Los zeigt: Gott selbst soll die letzte Entscheidung treffen. Die Zwölf vergegenwärtigen das ganze Volk Gottes.

## PFINGSTEN (APG 2,1–47)

**Die Herabkunft des Geistes (Apg 2,1–13)**

2 1 Als der Pfingsttag gekommen war, befanden sich alle am glei-
chen Ort. 2 Da kam plötzlich vom Himmel her ein Brausen, wie
wenn ein heftiger Sturm daherfährt, und erfüllte das ganze Haus, in
dem sie waren. 3 Und es erschienen ihnen Zungen wie von Feuer, die
sich verteilten; auf jeden von ihnen ließ sich eine nieder. 4 Alle wur-
den mit dem Heiligen Geist erfüllt und begannen, in fremden Spra-
chen zu reden, wie es der Geist ihnen eingab.

5 In Jerusalem aber wohnten Juden, fromme Männer aus allen Völ-
kern unter dem Himmel. 6 Als sich das Getöse erhob, strömte die Men-
ge zusammen und war ganz bestürzt; denn jeder hörte sie in seiner
Sprache reden. 7 Sie gerieten außer sich vor Staunen und sagten: Sind
das nicht alles Galiläer, die hier reden? 8 Wieso kann sie jeder von
uns in seiner Muttersprache hören: 9 Parther, Meder und Elamiter, Be-
wohner von Mesopotamien, Judäa und Kappadozien, von Pontus und

▶ Pfingsten (deutsch: fünfzig) ist das jüdische „Wochenfest" (Schawuot), fünfzig Tage nach dem Paschafest (Ex 34,22; Dtn 16,10). Es erinnert an den zweiten Empfang der Zehn Gebote vom Sinai.

Das Evangelium kann in allen Sprachen dieser Welt gleich gut verkündet und verstanden werden. Das Pfingstwunder besteht darin, dass der Heilige Geist diese Verständigung bewirkt. Die Jünger können sich so ausdrücken, dass die Juden aus aller Herren Länder sie in ihrer Muttersprache verstehen.

der Provinz Asien, 10 von Phrygien und Pamphylien, von Ägypten und
dem Gebiet Libyens nach Zyrene hin, auch die Römer, die sich hier
aufhalten, 11 Juden und Proselyten, Kreter und Araber, wir hören sie in
unseren Sprachen Gottes große Taten verkünden.
12 Alle gerieten außer sich und waren ratlos. Die einen sagten zueinander: Was hat das zu bedeuten? 13 Andere aber spotteten: Sie sind
vom süßen Wein betrunken.

**Die Pfingstpredigt des Petrus: (Apg 2,14–36)**

14 Da trat Petrus auf, zusammen mit den Elf; er erhob seine Stimme
und begann zu reden:
Ihr Juden und alle Bewohner von Jerusalem! Dies sollt ihr wissen,
achtet auf meine Worte!
15 Diese Männer sind nicht betrunken, wie ihr meint; es ist ja erst die
dritte Stunde am Morgen; 16 sondern jetzt geschieht, was durch den
Propheten Joël gesagt worden ist:
17 In den letzten Tagen *wird es geschehen, so spricht Gott:*
*Ich werde von meinem Geist ausgießen über alles Fleisch.*
*Eure Söhne und eure Töchter werden Propheten sein,*
*eure jungen Männer werden Visionen haben,*
*und eure Alten werden Träume haben.*

Petrus klärt in seiner Predigt die Situtation. Er bezieht sich auf die Verheißung des Propheten Joël, dass alle Kinder Israels prophetisch reden können, und erklärt, diese Verheißung sei nun erfüllt, weil Jesus von den Toten auferstanden ist.

* Ich bin erfüllt!
** Ich auch!

18 *Auch über meine Knechte und Mägde werde ich*
*von meinem Geist ausgießen in jenen Tagen*
*und sie werden Propheten sein.*
19 *Ich werde Wunder erscheinen lassen droben am Himmel*
*und Zeichen unten auf der Erde:*
*Blut und Feuer und qualmenden Rauch.*
20 *Die Sonne wird sich in Finsternis verwandeln*
*und der Mond in Blut,*
*ehe der Tag des Herrn kommt, der große und herrliche Tag.*
21 *Und es wird geschehen:*
*Jeder, der den Namen des Herrn anruft,*
*wird gerettet (Joël 3,1–5)*
22 Israeliten, hört diese Worte: Jesus, den Nazoräer, den Gott vor
euch beglaubigt hat durch machtvolle Taten, Wunder und Zeichen,
die er durch ihn in eurer Mitte getan hat, wie ihr selbst wisst – 23 ihn,
der nach Gottes beschlossenem Willen und Vorauswissen hingegeben wurde, habt ihr durch die Hand von Gesetzlosen ans Kreuz
geschlagen und umgebracht.
24 Gott aber hat ihn von den Wehen des Todes befreit und auferweckt; denn es war unmöglich, dass er vom Tod festgehalten wurde.
25 David nämlich sagt über ihn:
*Ich habe den Herrn beständig vor Augen.*
*Er steht mir zur Rechten, ich wanke nicht.*

Seitdem ich entdecken durfte, dass an Pfingsten die Nation Israel geboren wurde und die 10 Gebote erhielt und an Pfingsten die Gemeinde geboren und der Geist Gottes ausgegossen wurde, habe ich angefangen zu begreifen, was es bedeutet, unseren Vater im Geist und in der Wahrheit anzubeten. Eine wunderbare Entdeckungsreise zurück zum Volk Israel und zu den Ursprüngen unseres Glaubens! Es ist nicht immer leicht, wenn es Gewohntes sprengt, aber lohnenswert, weil es so unvorstellbar tief und weitreichend ist – bis in die Ewigkeit.

**MICHAEL**

Als Gesetzlose werden Pilatus und seine Soldaten bezeichnet, weil sie sich nicht an das Gesetz Gottes halten.

[26] *Darum freut sich mein Herz*
*und frohlockt meine Zunge*
*und auch mein Leib wird in sicherer Hoffnung ruhen;*
[27] *denn du gibst mich nicht der Unterwelt preis,*
*noch lässt du deinen Frommen die Verwesung schauen.*
[28] *Du zeigst mir die Wege zum Leben,*
*du erfüllst mich mit Freude vor deinem Angesicht (Ps 16,8–11).*
[29] Brüder, ich darf freimütig zu euch über den Patriarchen David re-
den: Er starb und wurde begraben und sein Grabmal ist bei uns er-
halten bis auf den heutigen Tag. [30] Da er ein Prophet war und wusste,
dass Gott *ihm den Eid geschworen hatte, einer von seinen Nachkom-*
*men werde auf seinem Thron sitzen,* [31] sagte er vorausschauend über
die Auferstehung des Christus: *Er gibt ihn nicht der Unterwelt preis*
*und sein Leib schaut die Verwesung nicht.*
[32] Diesen Jesus hat Gott auferweckt, dafür sind wir alle Zeugen.
[33] Nachdem er durch die rechte Hand Gottes erhöht worden war und
vom Vater den verheißenen Heiligen Geist empfangen hatte, hat er
ihn ausgegossen, wie ihr seht und hört.
[34] David ist nicht zum Himmel aufgestiegen; vielmehr sagt er selbst:
*Es sprach der Herr zu meinem Herrn:*
*Setze dich mir zur Rechten,*
[35] *und ich lege dir deine Feinde als Schemel unter die Füße.*
*(Ps 110,1)*

[36] Mit Gewissheit erkenne also das ganze Haus Israel: Gott hat ihn
zum Herrn und Messias gemacht, diesen Jesus, den ihr gekreuzigt
habt.

**Die ersten Taufen (Apg 2,37–41)**

[37] Als sie das hörten, traf es sie mitten ins Herz, und sie sagten zu
Petrus und den übrigen Aposteln: Was sollen wir tun, Brüder?
[38] Petrus antwortete ihnen: Kehrt um und jeder von euch lasse sich
auf den Namen Jesu Christi taufen zur Vergebung seiner Sünden;
dann werdet ihr die Gabe des Heiligen Geistes empfangen. [39] Denn
euch und euren Kindern gilt die Verheißung und all *denen in der Fer-*
*ne,* die der Herr, unser Gott, herbeirufen wird.
[40] Mit noch vielen anderen Worten beschwor und ermahnte er sie:
Lasst euch retten aus dieser verdorbenen Generation!
[41] Die nun, die sein Wort annahmen, ließen sich taufen. An diesem
Tag wurden (ihrer Gemeinschaft) etwa dreitausend Menschen hinzu-
gefügt.

**Das Leben der Urgemeinde (Apg 2,42–47)**

[42] Sie hielten an der Lehre der Apostel fest und an der Gemeinschaft,
am Brechen des Brotes und an den Gebeten.
[43] Alle wurden von Furcht ergriffen; denn durch die Apostel gescha-
hen viele Wunder und Zeichen.

” Komm herab,
o Heil'ger Geist,
der die finstre Nacht zerreißt,
strahle Licht in diese Welt.

Komm, der alle Armen liebt,
komm, der gute Gaben gibt,
komm, der jedes Herz erhellt.

Höchster Tröster in der Zeit,
Gast, der Herz und Sinn erfreut,
köstlich Labsal in der Not,

in der Unrast schenkst du Ruh,
hauchst in Hitze Kühlung zu,
spendest Trost in Leid und Tod.

Komm, o du glückselig Licht,
fülle Herz und Angesicht,
dring bis auf der Seele Grund.

Ohne dein lebendig Wehn
kann im Menschen nichts bestehn,
kann nichts heil sein noch gesund.

Was befleckt ist, wasche rein,
Dürrem gieße Leben ein,
heile du, wo Krankheit quält. →

→ Wärme du, was kalt und hart,
löse, was in sich erstarrt,
lenke, was den Weg verfehlt.

Gib dem Volk, das dir vertraut,
das auf deine Hilfe baut,
deine Gaben zum Geleit.

Lass es in der Zeit bestehn,
deines Heils Vollendung sehn
und der Freuden Ewigkeit. AMEN

Aus der Pfingstsequenz des engl.
Kardinals **STEPHEN LANGTON**
(um 1150–1228)

▶ Diese vier Elemente machen das Leben der Kirche aus, bis heute: Die Lehre der Apostel vergegenwärtigt das Evangelium Jesu; die Gemeinschaft verbindet die Liebe zu Gott und zum Nächsten; „Brotbrechen“ ist ein kurzer Ausdruck für die Eucharistiefeier; das Beten ist die Sprache des Glaubens.

Man sagt: Die Polizei – dein Freund und Helfer. Stimmt schon in gewisser Hinsicht, aber der wahre Freund und Helfer in jeder Lebenssituation ist der Heilige Geist. Ich möchte nicht mehr ohne Ihn leben. Er ist der perfekte Beistand, voller Kraft und Leben. Ich liebe Ihn sehr.

**WOLFGANG**

[44] Und alle, die gläubig geworden waren, bildeten eine Gemeinschaft und hatten alles gemeinsam. [45] Sie verkauften Hab und Gut und gaben davon allen, jedem so viel, wie er nötig hatte. [46] Tag für Tag verharrten sie einmütig im Tempel, brachen in ihren Häusern das Brot und hielten miteinander Mahl in Freude und Einfalt des Herzens. [47] Sie lobten Gott und waren beim ganzen Volk beliebt. Und der Herr fügte täglich ihrer Gemeinschaft die hinzu, die gerettet werden sollten.

Lukas schildert im Anschluss, wie Petrus, aber auch andere Apostel das Evangelium in Jerusalem verkünden (Apg 4,1–5,42). Es gibt viel Erfolg, aber auch starken Widerstand. Zum ersten Märtyrer wird Stephanus (Apg 6,8–8,1a). Er wird falsch beschuldigt, vergibt aber seinen Mördern (Apg 7,60). Es kommt zu einer Verfolgung der Urgemeinde, an der sich auch Saulus/Paulus aktiv beteiligt (Apg 8,1–3). Lukas berichtet im Anschluss von den missionarischen Aktivitäten des Diakons Philippus: Er führt die Samariter (Apg 8,4–25) und den äthiopischen Kämmerer (Apg 8,26–40) zum Glauben.

## DIE BEKEHRUNG DES PAULUS (APG 9,1–31)

▶ Saulus ist der jüdische, Paulus der römische Name.

9 [1] Saulus wütete immer noch mit Drohung und Mord gegen die Jünger des Herrn. Er ging zum Hohenpriester [2] und erbat sich von ihm Briefe an die Synagogen in Damaskus, um die Anhänger des (neuen) Weges, Männer und Frauen, die er dort finde, zu fesseln und nach Jerusalem zu bringen.

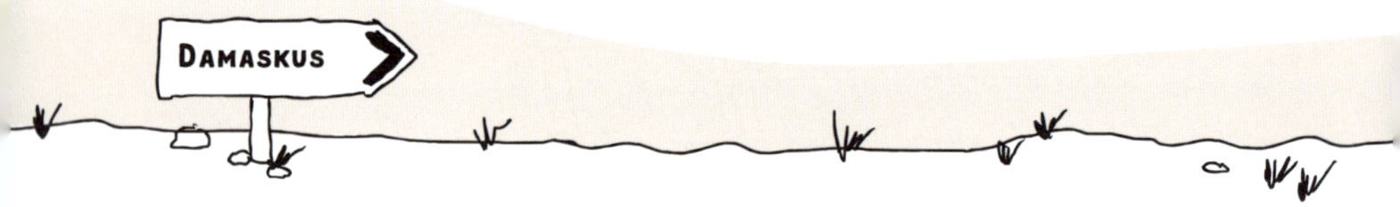


### Die Vision des Auferstandenen (Apg 9,3–9)

[3] Unterwegs aber, als er sich bereits Damaskus näherte, geschah es, dass ihn plötzlich ein Licht vom Himmel umstrahlte. [4] Er stürzte zu Boden und hörte, wie eine Stimme zu ihm sagte: Saul, Saul, warum verfolgst du mich?

[5] Er antwortete: Wer bist du, Herr?

Dieser sagte: Ich bin Jesus, den du verfolgst. [6] Steh auf und geh in die Stadt; dort wird dir gesagt werden, was du tun sollst.

[7] Seine Begleiter standen sprachlos da; sie hörten zwar die Stimme, sahen aber niemand.

[8] Saulus erhob sich vom Boden. Als er aber die Augen öffnete, sah er nichts. Sie nahmen ihn bei der Hand und führten ihn nach Damaskus hinein. [9] Und er war drei Tage blind und er aß nicht und trank nicht.

Mit 17 Jahren war Johannes Kneifel ein brutaler Skinhead und der Mörder von Peter Deutschmann. Zusammen mit einem Freund hatte er den 44-jährigen Kritiker der rechten Szene so brutal zusammengeschlagen, dass er einen Tag später im Krankenhaus starb. Johannes Kneifel musste für fünf Jahre ins Gefängnis. Hochintelligent, aber auch hochgefährlich, musste er mehrfach in Isolationshaft. Dort fand er den Glauben. Johannes Kneifel studierte Theologie. Sein Beruf: Pfarrer.

### Die Vorbereitung des Hananias (Apg 9,10–16)

[10] In Damaskus lebte ein Jünger namens Hananias. Zu ihm sagte der Herr in einer Vision: Hananias!

Er antwortete: Hier bin ich, Herr.

▶ Tarsus ist die Heimatstadt des Paulus.

[11] Der Herr sagte zu ihm: Steh auf und geh zur sogenannten Geraden Straße und frag im Haus des Judas nach einem Mann namens Saulus aus Tarsus. Er betet gerade [12] und hat in einer Vision gesehen, wie ein Mann namens Hananias hereinkommt und ihm die Hände auflegt, damit er wieder sieht.

13 Hananias antwortete: Herr, ich habe von vielen gehört, wie viel
Böses dieser Mann deinen Heiligen in Jerusalem angetan hat. 14 Auch
hier hat er Vollmacht von den Hohenpriestern, alle zu verhaften, die
deinen Namen anrufen. 15 Der Herr aber sprach zu ihm: Geh nur! Denn
dieser Mann ist mein auserwähltes Werkzeug: Er soll meinen Namen
vor Völker und Könige und die Söhne Israels tragen. 16 Ich werde ihm
auch zeigen, wie viel er für meinen Namen leiden muss.

**Die Taufe des Paulus (Apg 9,17–20)**

17 Da ging Hananias hin und trat in das Haus ein; er legte Saulus
die Hände auf und sagte: Bruder Saul, der Herr hat mich gesandt,
Jesus, der dir auf dem Weg hierher erschienen ist; du sollst wieder
sehen und mit dem Heiligen Geist erfüllt werden. 18 Sofort fiel es wie
Schuppen von seinen Augen und er sah wieder; er stand auf und ließ
sich taufen.
19 Und nachdem er etwas gegessen hatte, kam er wieder zu Kräften.
Einige Tage blieb er bei den Jüngern in Damaskus; 20 und sogleich ver-
kündete er Jesus in den Synagogen und sagte: Er ist der Sohn Gottes.

**Rettung in letzter Sekunde (Apg 9,21–25)**

21 Alle, die es hörten, gerieten in Aufregung und
sagten: Ist das nicht der Mann, der in

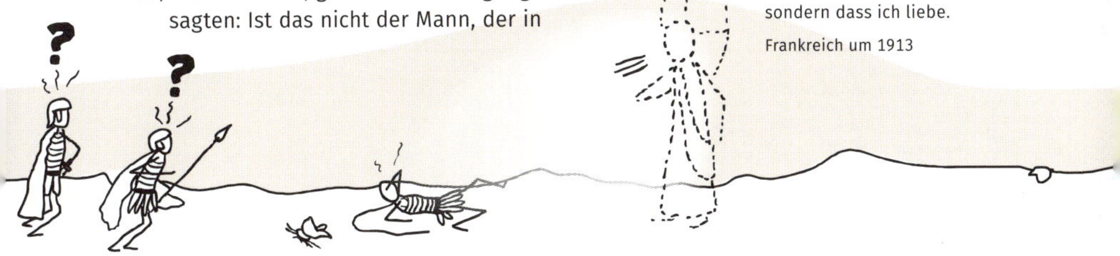

Jerusalem alle vernichten wollte, die diesen Namen anrufen? Und ist
er nicht auch hierhergekommen, um sie zu fesseln und vor die Ho-
henpriester zu führen? 22 Saulus aber trat um so kraftvoller auf und
brachte die Juden in Damaskus in Verwirrung, weil er ihnen bewies,
dass Jesus der Messias ist.
23 So verging einige Zeit; da beschlossen die Juden, ihn zu töten.
24 Doch ihr Plan wurde dem Saulus bekannt. Sie bewachten sogar
Tag und Nacht die Stadttore, um ihn zu beseitigen. 25 Aber seine Jün-
ger nahmen ihn und ließen ihn bei Nacht in einem Korb die Stadt-
mauer hinab.

**Der Verfolger wird verfolgt (Apg 9,26–31)**

26 Als er nach Jerusalem kam, versuchte er, sich den Jüngern anzu-
schließen. Aber alle fürchteten sich vor ihm und konnten nicht glau-
ben, dass er ein Jünger war. 27 Barnabas jedoch nahm sich seiner an
und brachte ihn zu den Aposteln. Er erzählte ihnen, wie Saulus auf
dem Weg den Herrn gesehen habe und dass dieser mit ihm gespro-
chen habe und wie er in Damaskus mutig und offen im Namen Jesu
aufgetreten sei.
28 So ging er bei ihnen in Jerusalem ein und aus, trat unerschrocken
im Namen des Herrn auf 29 und führte auch Streitgespräche mit den
Hellenisten. Diese aber planten, ihn zu töten.

Herr, mach mich zu einem Werkzeug deines Friedens,

dass ich Liebe übe, wo man hasst;

dass ich verzeihe, wo man beleidigt;

dass ich verbinde, wo Streit ist;

dass ich die Wahrheit sage, wo der Irrtum herrscht;

dass ich den Glauben bringe, wo der Zweifel drückt;

dass ich die Hoffnung wecke, wo Verzweiflung quält;

dass ich Licht entzünde, wo die Finsternis regiert;

dass ich Freude bringe, wo der Kummer wohnt.

Herr, lass mich trachten, nicht dass ich getröstet werde, sondern dass ich tröste;

nicht dass ich verstanden werde, sondern dass ich verstehe;

nicht dass ich geliebt werde, sondern dass ich liebe.

Frankreich um 1913

Was kann man bei mir vom Glauben sehen?

Unterscheidet sich mein Leben vom Mainstream?

Habe ich mit meinen Freunden schon einmal über Gott gesprochen?

Was müsste sich in meinem Leben ändern, wenn Gott darin die Hauptrolle spielen würde?

Jesus will keine Bewunderer; auf sie kann er verzichten, auf Nachfolger nicht.

**SØREN KIERKEGAARD** führte bis zu seinem Tod eine Art Verteidigungskampf des Christentums gegen die verbürgerlichte dänische Staatskirche.

**→ 122–123**
Wozu will Gott die Kirche?
Was ist die Aufgabe der Kirche?

30 Als die Brüder das merkten, brachten sie ihn nach Cäsarea hinab
und schickten ihn von dort nach Tarsus.
31 Die Kirche in ganz Judäa, Galiläa und Samarien hatte nun Frieden;
sie wurde gefestigt und lebte in der Furcht vor dem Herrn. Und sie
wuchs durch die Hilfe des Heiligen Geistes.

Lukas erzählt, wie Petrus vom Heiligen Geist dahin geführt wird, mit dem Hauptmann Cornelius den ersten Heiden zu taufen (Apg 10–11). Danach berichtet er, wie sich die Lage in Jerusalem zuspitzt (Apg 12).

## DIE ERSTE MISSIONSREISE (APG 13,1–14,28)

### Barnabas und Saulus werden ausgesendet (Apg 13,1–3)

▶ Das syrische Antiochia ist eine der wichtigsten Gemeinden in der Geschichte des Urchristentums.

13 1 In der Gemeinde von Antiochia gab es Propheten und Lehrer:
Barnabas und Simeon, genannt Niger, Luzius von Zyrene, Ma-
naën, ein Jugendgefährte des Tetrarchen Herodes, und Saulus.
2 Als sie zu Ehren des Herrn Gottesdienst feierten und fasteten,
sprach der Heilige Geist: Wählt mir Barnabas und Saulus zu dem Werk
aus, zu dem ich sie mir berufen habe. 3 Da fasteten und beteten sie,
legten ihnen die Hände auf und ließen sie ziehen.

▶ Seleuzia ist die Hafenstadt von Antiochia. Zypern ist eine große griechische Insel. Salamis und Pathos sind Städte auf Zypern.

▶ Prokonsul ist der Verwaltungschef, der Vertreter des Kaisers in der Provinz.

### Die ersten Reisestationen (Apg 13,4–13)

4 Vom Heiligen Geist ausgesandt, zogen sie nach Seleuzia hinab und
segelten von da nach Zypern.
5 Als sie in Salamis angekommen waren, verkündeten sie das Wort
Gottes in den Synagogen der Juden. Johannes hatten sie als Helfer bei
sich. 6 Sie durchzogen die ganze Insel bis Paphos. Dort trafen sie ei-
nen Mann namens Barjesus, einen Zauberer und falschen Propheten,
der Jude war 7 und zum Gefolge des Prokonsuls Sergius Paulus, eines
verständigen Mannes, gehörte.
Dieser ließ Barnabas und Saulus rufen und wünschte, von ihnen das
Wort Gottes zu hören. 8 Aber Elymas, der Zauberer – so wird nämlich der
Name Elymas übersetzt –, trat gegen sie auf und wollte den Prokonsul
vom Glauben abhalten. 9 Saulus, der auch Paulus heißt, blickte ihn,
vom Heiligen Geist erfüllt, an 10 und sagte: Du elender und gerissener
Betrüger, du Sohn des Teufels, du Feind aller Gerechtigkeit, willst du
nicht endlich aufhören, die geraden Wege des Herrn zu durchkreuzen?
11 Jetzt kommt die Hand des Herrn über dich. Du wirst blind sein und
eine Zeit lang die Sonne nicht mehr sehen. Im selben Augenblick fiel
Finsternis und Dunkel auf ihn, er tappte umher und suchte jemand,
der ihn an der Hand führte. 12 Als der Prokonsul das alles sah, wurde er
gläubig, denn er war betroffen von der Lehre des Herrn.
13 Von Paphos fuhr Paulus mit seinen Begleitern ab und kam nach
Perge in Pamphylien.

» Sehr blind ist man, wenn man sich selbst nicht als voll von Dünkel, Ehrgeiz, Begierden, Schwäche, Elend und Ungerechtigkeit erkennt. Und wenn man, nachdem man dies erkannte, nicht wünscht, davon befreit zu werden.

**BLAISE PASCAL**

▶ Perge gehört zur Provinz Pamphylien und liegt auf dem kleinasiatischen Festland in der heutigen Türkei.

Johannes aber trennte sich von ihnen und kehrte nach Jerusalem
zurück.

**Die Predigt im pisidischen Antiochia (Apg 13,14–42)**

14 Sie selbst wanderten von Perge weiter und kamen nach Antiochia
in Pisidien.
Dort gingen sie am Sabbat in die Synagoge und setzten sich. 15 Nach
der Lesung aus dem Gesetz und den Propheten schickten die Synago-
genvorsteher zu ihnen und ließen ihnen sagen: Brüder, wenn ihr ein
Wort des Trostes für das Volk habt, so redet.
16 Da stand Paulus auf, gab mit der Hand ein Zeichen und sagte: Ihr
Israeliten und ihr Gottesfürchtigen, hört!
17 Der Gott dieses Volkes Israel hat unsere Väter erwählt und das
Volk in der Fremde erhöht, in Ägypten; er hat sie *mit hoch erhobenem
Arm von dort herausgeführt* 18 und *fast vierzig Jahre durch die Wüste
getragen.* 19 *Sieben Völker hat er im Land Kanaan vernichtet und ihr
Land ihnen zum Besitz gegeben,* 20 für etwa vierhundertfünfzig Jah-
re. Danach hat er ihnen Richter gegeben bis zum Propheten Samuel.
21 Dann verlangten sie einen König und Gott gab ihnen Saul, den Sohn
des Kisch, einen Mann aus dem Stamm Benjamin, für vierzig Jahre.
22 Nachdem er ihn verworfen hatte, erhob er David zu ihrem König,
von dem er bezeugte: *Ich habe David, den Sohn des Isai, als einen*

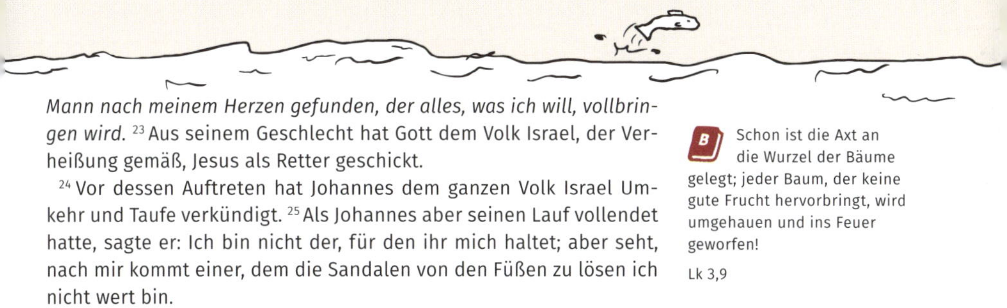

*Mann nach meinem Herzen gefunden, der alles, was ich will, vollbrin-
gen wird.* 23 Aus seinem Geschlecht hat Gott dem Volk Israel, der Ver-
heißung gemäß, Jesus als Retter geschickt.
24 Vor dessen Auftreten hat Johannes dem ganzen Volk Israel Um-
kehr und Taufe verkündigt. 25 Als Johannes aber seinen Lauf vollendet
hatte, sagte er: Ich bin nicht der, für den ihr mich haltet; aber seht,
nach mir kommt einer, dem die Sandalen von den Füßen zu lösen ich
nicht wert bin.
26 Brüder, ihr Söhne aus Abrahams Geschlecht und ihr Gottesfürch-
tigen! Uns wurde das Wort dieses Heils gesandt. 27 Denn die Einwoh-
ner von Jerusalem und ihre Führer haben Jesus nicht erkannt, aber
sie haben die Worte der Propheten, die an jedem Sabbat vorgelesen
werden, erfüllt und haben ihn verurteilt. 28 Obwohl sie nichts fanden,
wofür er den Tod verdient hätte, forderten sie von Pilatus seine Hin-
richtung. 29 Als sie alles vollbracht hatten, was in der Schrift über ihn
gesagt ist, nahmen sie ihn vom Kreuzesholz und legten ihn ins Grab.
30 Gott aber hat ihn von den Toten auferweckt, 31 und er ist viele
Tage hindurch denen erschienen, die mit ihm zusammen von Galiläa
nach Jerusalem hinaufgezogen waren und die jetzt vor dem Volk sei-
ne Zeugen sind.
32 So verkünden wir euch das Evangelium: Gott hat die Verheißung,
die an die Väter ergangen ist, 33 an uns, ihren Kindern, erfüllt, indem
er Jesus auferweckt hat, wie es schon im zweiten Psalm heißt: *Mein*

▶ Antiochia in Pisidien (v14) ist nicht das syrische Antiochien, sondern die Hauptstadt einer anderen römischen Provinz, Pamphylien im Norden benachbart.

▶ Paulus zeichnet die Heilsgeschichte Israels nach, bringt die Geschichte Jesu ein und leitet die Forderung der Umkehr ab. Die Wirkung bleibt allerdings offen.

B Bringt Früchte hervor, die eure Umkehr zeigen, und fangt nicht an zu sagen: Wir haben ja Abraham zum Vater. Denn ich sage euch: Gott kann aus diesen Steinen Kinder Abrahams machen.

Lk 3,8

B Schon ist die Axt an die Wurzel der Bäume gelegt; jeder Baum, der keine gute Frucht hervorbringt, wird umgehauen und ins Feuer geworfen!

Lk 3,9

▶ Gottesfürchtige sind Heiden, die an den einen Gott, den Gott Israels, glauben, aber nicht voll zum Judentum übertreten.

**Y → 17**
Welche Bedeutung hat das Alte Testament für Christen?

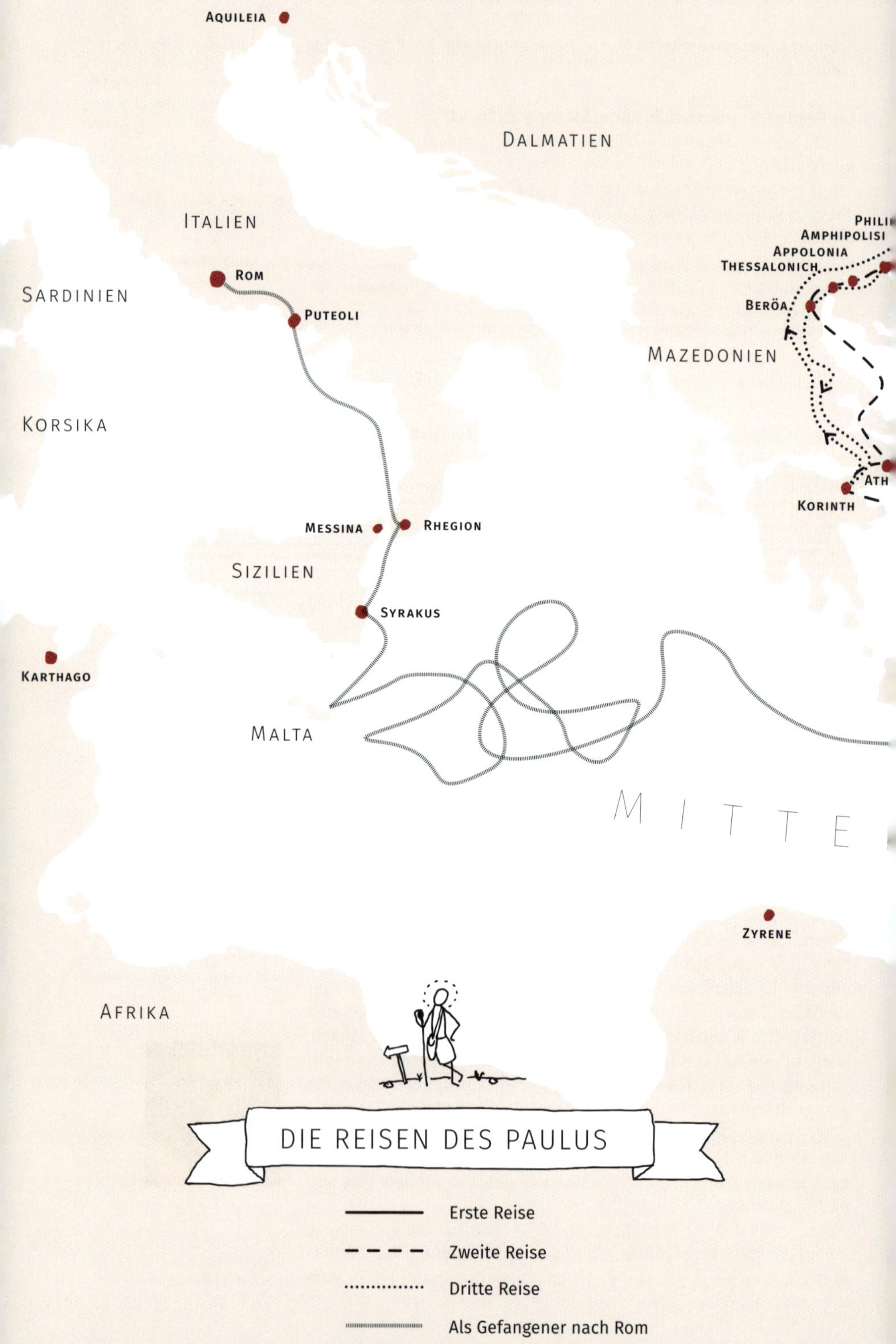
AQUILEIA
DALMATIEN
ITALIEN
PHILI
AMPHIPOLISI
APPOLONIA
THESSALONICH
ROM
SARDINIEN
PUTEOLI
BERÖA
MAZEDONIEN
KORSIKA
ATH
KORINTH
MESSINA
RHEGION
SIZILIEN
SYRAKUS
KARTHAGO
MALTA
M I T T E
ZYRENE
AFRIKA
DIE REISEN DES PAULUS
Erste Reise
Zweite Reise
Dritte Reise
Als Gefangener nach Rom

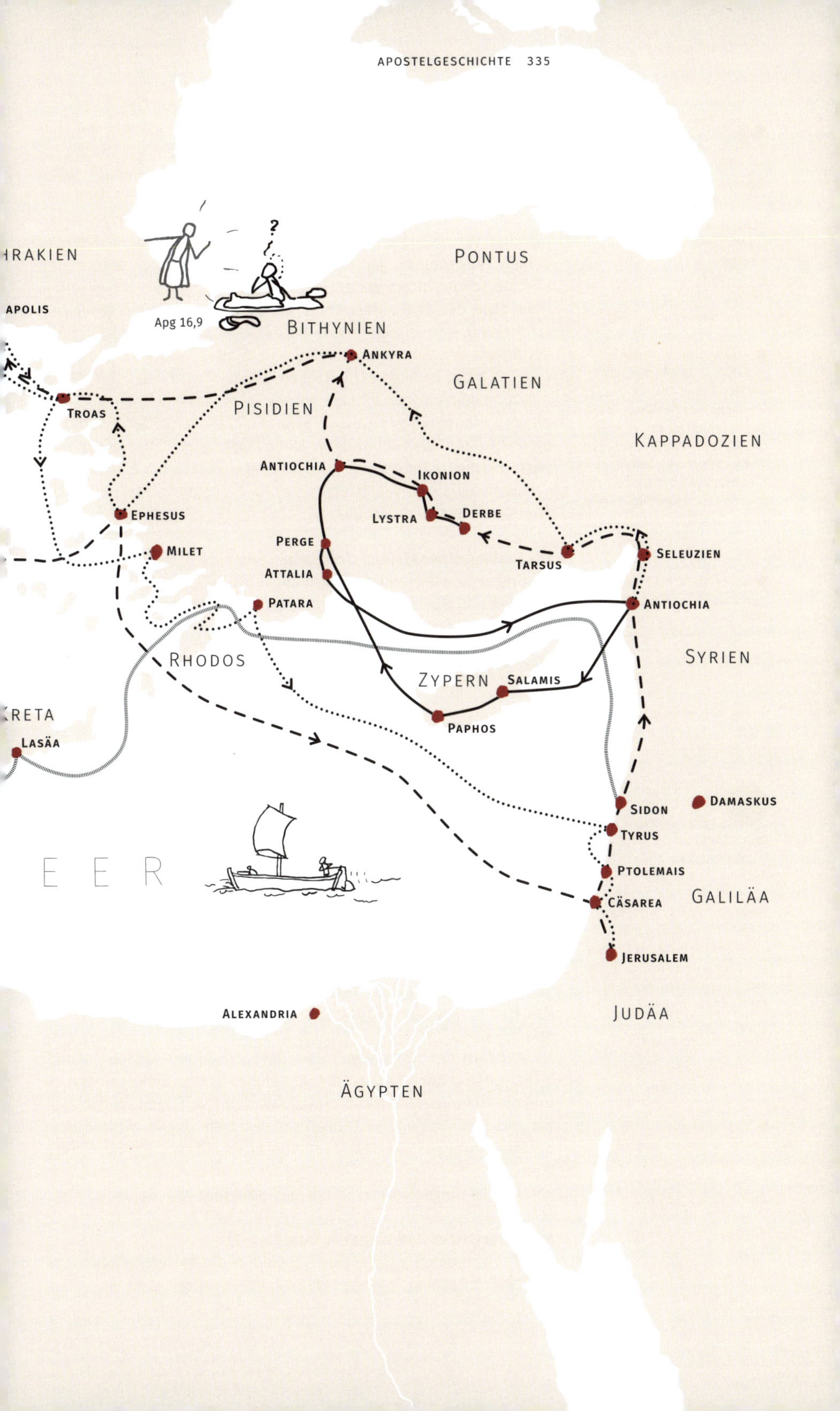
HRAKIEN
APOLIS
Apg 16,9
PONTUS
BITHYNIEN
ANKYRA
GALATIEN
TROAS
PISIDIEN
KAPPADOZIEN
ANTIOCHIA
IKONION
LYSTRA
DERBE
EPHESUS
MILET
PERGE
TARSUS
SELEUZIEN
ATTALIA
PATARA
ANTIOCHIA
RHODOS
SYRIEN
ZYPERN
SALAMIS
RETA
PAPHOS
LASÄA
SIDON
DAMASKUS
TYRUS
E E R
PTOLEMAIS
CÄSAREA
GALILÄA
JERUSALEM
ALEXANDRIA
JUDÄA
ÄGYPTEN

*Sohn bist du, heute habe ich dich gezeugt (Ps 2,7).* 34 Dass er ihn aber
von den Toten auferweckt hat, um ihn nicht mehr zur Verwesung zu-
rückkehren zu lassen, hat er so ausgedrückt: *Ich will euch die Heils-
gaben gewähren, die ich David fest zugesagt habe (Jes 55,3).* 35 Dar-
um sagt er auch an einer anderen Stelle: *Du lässt deinen Frommen
nicht die Verwesung schauen (Ps 16,10).* 36 David aber ist, nachdem er
seinen Zeitgenossen gedient hatte, nach Gottes Willen entschlafen
und mit seinen Vätern vereint worden. Er hat die Verwesung gesehen;
37 der aber, den Gott auferweckte, hat die Verwesung nicht gesehen.
38 Ihr sollt also wissen, meine Brüder: Durch diesen wird euch die
Vergebung der Sünden verkündet, und in allem, worin euch das Ge-
setz des Mose nicht gerecht machen konnte, 39 wird jeder, der glaubt,
durch ihn gerecht gemacht. 40 Gebt also Acht, dass nicht eintrifft, was
bei den Propheten gesagt ist: 41 *Schaut hin, ihr Verächter, staunt und
erstarrt! Denn ich vollbringe in euren Tagen eine Tat – würde man
euch von dieser Tat erzählen, ihr glaubtet es nicht (Hab 1,5).*
42 Als sie hinausgingen, bat man sie, am nächsten Sabbat über diese
Worte zu ihnen zu sprechen.

Gott ist die Liebe, die nie trügt, nie versagt, keine wechselnden Launen kennt, die vielmehr treu ist all unsere Tage und Nächte hindurch.

**ULRICH WILCKENS** (*1928), evangelischer Theologe und Bischof

▶ Paulus liest die Bibel Israels, das Alte Testament, mit den Augen des christlichen Glaubens. Der Schlüssel zum Verstehen ist für ihn, dass Jesus der verheißene Messias ist. Wer an ihn glaubt, empfängt die Vergebung der Sünden. Das heißt: Er wird gerecht gemacht.

### Die Bildung einer kleinen christlichen Gemeinschaft (Apg 13,43–52)

43 Und als die Versammlung sich aufgelöst hatte, schlossen sich vie-
le Juden und fromme Proselyten Paulus und Barnabas an.

▶ Proselyten sind Heiden, die zum Judentum übergetreten sind.

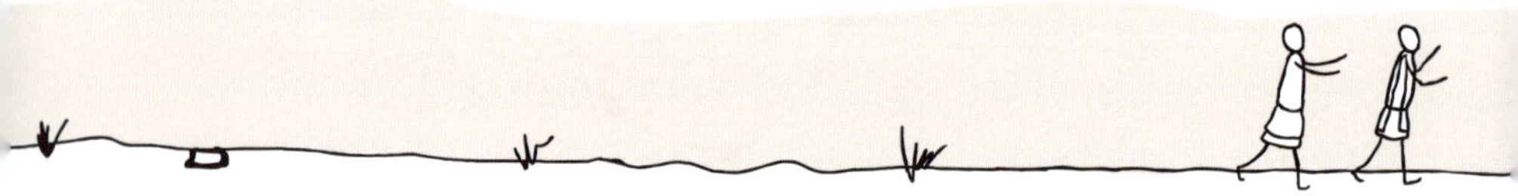

44 Am folgenden Sabbat versammelte sich fast die ganze Stadt, um
das Wort des Herrn zu hören. 45 Als die Juden die Scharen sahen, wur-
den sie eifersüchtig, widersprachen den Worten des Paulus und stie-
ßen Lästerungen aus.
46 Paulus und Barnabas aber erklärten freimütig: Euch musste das
Wort Gottes zuerst verkündet werden. Da ihr es aber zurückstoßt und
euch des ewigen Lebens unwürdig zeigt, wenden wir uns jetzt an die
Heiden. 47 Denn so hat uns der Herr aufgetragen: *Ich habe dich zum
Licht für die Völker gemacht, bis an das Ende der Erde sollst du das
Heil sein (Jes 42,6; 49,6).*
48 Als die Heiden das hörten, freuten sie sich und priesen das Wort
des Herrn; und alle wurden gläubig, die für das ewige Leben be-
stimmt waren.
49 Das Wort des Herrn aber verbreitete sich in der ganzen Gegend.
50 Die Juden jedoch hetzten die vornehmen gottesfürchtigen Frauen
und die Ersten der Stadt auf, veranlassten eine Verfolgung gegen Pau-
lus und Barnabas und vertrieben sie aus ihrem Gebiet. 51 Diese aber
schüttelten gegen sie den Staub von ihren Füßen und zogen nach
Ikonion.
52 Und die Jünger waren voll Freude und erfüllt vom Heiligen Geist.

Manchmal fliehe ich, verschließe die Tore meines Herzens vor dem Guten und der Wahrheit. Die Wahrheit könnte ich in meinem Inneren spüren; der Herr ruft mich, um in seiner Freude zu sein. Er sagt, dass wir leben sollen und dass wir echte Freude haben sollen. Es ist so einfach: Er ruft mich, um voll Freude zu sein und andere glücklich zu machen.

**IVAN**

▶ Das ist eine Geste der Abkehr, die signalisiert, dass man von denen, die einen vertreiben, nichts mitgehen lassen will (↗ Lk 9,5; 10,11).

### Streit um Paulus und Barnabas (Apg 14,1–7)

14 1 In Ikonion gingen sie ebenfalls in die Synagoge der Juden
und redeten in dieser Weise und eine große Zahl von Juden

und Griechen wurde gläubig. 2 Die Juden aber, die sich widersetzten,
erregten und erbitterten die Heiden gegen die Brüder. 3 Längere Zeit
nun blieben sie dort und predigten freimütig im Vertrauen auf den
Herrn; er legte Zeugnis ab für das Wort seiner Gnade, indem er durch
die Hände der Apostel Zeichen und Wunder geschehen ließ.
4 Doch das Volk in der Stadt spaltete sich; die einen hielten zu den
Juden, die andern zu den Aposteln. 5 Als die Apostel merkten, dass
die Heiden und die Juden zusammen mit ihren Führern entschlossen
waren, sie zu misshandeln und zu steinigen, 6 flohen sie in die Städte
von Lykaonien, Lystra und Derbe, und in deren Umgebung. 7 Dort ver-
kündeten sie das Evangelium.

Die nächsten Stationen Ikonion, Lystra und Derbe führen Schritt für Schritt aus dem griechischen Sprachraum heraus.

Eine Geschichte mit Witz: ein Riesenkult nur wegen eines kleinen Wunders! Paulus rückt die Maßstäbe zurecht.

**Ein Missverständnis wird aufgeklärt (Apg 14,8–18)**

8 In Lystra war ein Mann, der von Geburt an gelähmt war; er saß
ohne Kraft in den Füßen da und hatte nie gehen können. 9 Er hörte
der Predigt des Paulus zu. Dieser blickte ihm fest ins Auge; und da
er sah, dass der Mann darauf vertraute, gerettet zu werden, 10 rief er
laut: Steh auf! Stell dich aufrecht auf deine Füße! Da sprang der Mann
auf und ging umher.

Paulus kommt mit den Kulturen und religiösen Werten verschiedener Völker ins Gespräch. Den Bewohnern von Lykaonien, die eine kosmische Religion praktizierten, → bringt er religiöse Erfahrungen in Erinnerung, die sich auf den Kosmos beziehen; mit den Griechen spricht er über Philosophie und zitiert ihre Dichter. Der Gott, den er ihnen offenbaren will, ist in ihrem Leben schon anwesend: er hat sie nämlich geschaffen und leitet geheimnisvoll die Völker und die Geschichte.

**PAPST JOHANNES PAUL II.**, Enzyklika Redemptoris Missio, 25

11 Als die Menge sah, was Paulus getan hatte, fing sie an zu schreien
und rief auf Lykaonisch: Die Götter sind in Menschengestalt zu uns
herabgestiegen. 12 Und sie nannten den Barnabas Zeus, den Paulus
aber Hermes, weil er der Wortführer war. 13 Der Priester des Zeus vor
der Stadt brachte Stiere und Kränze an die Tore und wollte zusammen
mit der Volksmenge ein Opfer darbringen.
14 Als die Apostel Barnabas und Paulus davon hörten, zerrissen sie
ihre Kleider, sprangen unter das Volk und riefen:
15 Männer, was tut ihr? Auch wir sind nur Menschen, von gleicher Art
wie ihr; wir bringen euch das Evangelium, damit ihr euch von diesen
nichtigen Götzen zu dem lebendigen Gott bekehrt, der *den Himmel,*
*die Erde und das Meer geschaffen hat und alles, was dazugehört.* 16 Er
ließ in den vergangenen Zeiten alle Völker ihre Wege gehen. 17 Und
doch hat er sich nicht unbezeugt gelassen: Er tat Gutes, gab euch
vom Himmel her Regen und fruchtbare Zeiten; mit Nahrung und mit
Freude erfüllte er euer Herz.
18 Doch selbst mit diesen Worten konnten sie die Volksmenge kaum
davon abbringen, ihnen zu opfern.

Wir plagen uns ab und arbeiten mit eigenen Händen; wir werden verfolgt und halten stand; wir werden geschmäht und trösten. Wir sind sozusagen der Abschaum der Welt geworden, verstoßen von allen bis heute.

1 Kor 4,12–13

**Rettung aus Todesgefahr (Apg 14,19–20)**

19 Von Antiochia und Ikonion aber kamen Juden und überredeten
die Volksmenge. Und sie steinigten den Paulus und schleiften ihn zur
Stadt hinaus, in der Meinung, er sei tot. 20 Als aber die Jünger ihn um-

ringten, stand er auf und ging in die Stadt. Am anderen Tag zog er mit
Barnabas nach Derbe weiter.

**Die Rückkehr nach Antiochia (Apg 14,21–28)**

21 Als sie dieser Stadt das Evangelium verkündet und viele Jünger
gewonnen hatten, kehrten sie nach Lystra, Ikonion und Antiochia zu-
rück. 22 Sie sprachen den Jüngern Mut zu und ermahnten sie, treu am
Glauben festzuhalten; sie sagten: Durch viele Drangsale müssen wir
in das Reich Gottes gelangen.
23 In jeder Gemeinde bestellten sie durch Handauflegung Älteste
und empfahlen sie mit Gebet und Fasten dem Herrn, an den sie nun
glaubten.
24 Nachdem sie durch Pisidien gezogen waren, kamen sie nach Pam-
phylien, 25 verkündeten in Perge das Wort und gingen dann nach At-
talia hinab. 26 Von dort fuhren sie mit dem Schiff nach Antiochia, wo
man sie für das Werk, das sie nun vollbracht hatten, der Gnade Gottes
empfohlen hatte.
27 Als sie dort angekommen waren, riefen sie die Gemeinde zusam-
men und berichteten alles, was Gott mit ihnen zusammen getan und
dass er den Heiden die Tür zum Glauben geöffnet hatte. 28 Und sie
blieben noch längere Zeit bei den Jüngern.

» Man entdeckt keine neuen Erdteile, ohne den Mut zu haben, alte Küsten aus den Augen zu verlieren.

**ANDRÉ GIDE** (1869–1951), französischer Schriftsteller, Literaturnobelpreis 1947

▶ Die Apostel ordnen die Verhältnisse in den neu gegründeten Gemeinden. Sie brauchen Ämter. So werden „Älteste“ (Presbyter, daher: „Priester“) eingesetzt.

B Wie der Regen und der Schnee vom Himmel fällt und nicht dorthin zurückkehrt, sondern die Erde tränkt und sie zum Keimen und Sprossen bringt, ... so ist es auch mit dem Wort, das meinen Mund verlässt: Es kehrt nicht leer zu mir zurück, sondern bewirkt, was ich will.

Jes 55,11–12

## DAS APOSTELKONZIL IN JERUSALEM: (APG 15,1–35)

**Es gibt Streit (Apg 15,1–5)**

15 1 Es kamen einige Leute von Judäa herab und lehrten die
Brüder: Wenn ihr euch nicht nach dem Brauch des Mose be-
schneiden lasst, könnt ihr nicht gerettet werden. 2 Nach großer Auf-
regung und heftigen Auseinandersetzungen zwischen ihnen und Pau-
lus und Barnabas beschloss man, Paulus und Barnabas und einige
andere von ihnen sollten wegen dieser Streitfrage zu den Aposteln
und den Ältesten nach Jerusalem hinaufgehen. 3 Sie wurden von der
Gemeinde feierlich verabschiedet und zogen durch Phönizien und
Samarien; dabei berichteten sie den Brüdern von der Bekehrung der
Heiden und bereiteten damit allen große Freude.
4 Bei ihrer Ankunft in Jerusalem wurden sie von der Gemeinde und
von den Aposteln und den Ältesten empfangen. Sie erzählten alles,
was Gott mit ihnen zusammen getan hatte.
5 Da erhoben sich einige aus dem Kreis der Pharisäer, die gläubig
geworden waren, und sagten: Man muss sie beschneiden und von
ihnen fordern, am Gesetz des Mose festzuhalten.

**Petrus berichtet von seiner Erfahrung (Apg 15,6–21)**

6 Die Apostel und die Ältesten traten zusammen, um die Frage zu
prüfen. 7 Als ein heftiger Streit entstand, erhob sich Petrus und sagte

▶ Das Apostelkonzil ist das wichtigste Ereignis im Urchristentum. Auch Paulus berichtet vom ihm (Gal 2,1–11). Im Kern ging es um die Frage, ob alle Heiden zuerst Juden werden müssen, um Christen werden zu können. Damit aber ging es auch um die Frage, ob die Taufe ausreicht, den Weg zum ewigen Leben beginnen zu lassen, oder ob bei Männern die Beschneidung hinzukommen muss. Am Ende setzen sich Petrus und Paulus durch, die auf die Kraft des Geistes und die Freiheit des Glaubens setzen.

B Kommt alle zu mir, die ihr euch plagt und schwere Lasten zu tragen habt. Ich werde euch Ruhe verschaffen. ... Denn mein Joch drückt nicht und meine Last ist leicht.

Mt 11,28.30

zu ihnen: Brüder, wie ihr wisst, hat Gott schon längst hier bei euch
die Entscheidung getroffen, dass die Heiden durch meinen Mund das
Wort des Evangeliums hören und zum Glauben gelangen sollen. [8] Und
Gott, der die Herzen kennt, bestätigte dies, indem er ihnen eben-
so wie uns den Heiligen Geist gab. [9] Er machte keinerlei Unterschied
zwischen uns und ihnen; denn er hat ihre Herzen durch den Glauben
gereinigt. [10] Warum stellt ihr also jetzt Gott auf die Probe und legt den
Jüngern ein Joch auf den Nacken, das weder unsere Väter noch wir
tragen konnten? [11] Wir glauben im Gegenteil, durch die Gnade Jesu,
des Herrn, gerettet zu werden, auf die gleiche Weise wie jene.

**Barnabas und Paulus erzählen ihre Geschichte (Apg 15,12)**

[12] Da schwieg die ganze Versammlung. Und sie hörten Barnabas und
Paulus zu, wie sie erzählten, welch große Zeichen und Wunder Gott
durch sie unter den Heiden getan hatte.

**Jakobus deutet die Erfahrung im Licht der Bibel (Apg 15,13–18)**

[13] Als sie geendet hatten, nahm Jakobus das Wort und sagte: Brüder,
hört mich an! [14] Simon hat berichtet, dass Gott selbst zuerst eingegrif-

»Dies ist die bleibende Sendung des Petrus: dass Kirche nie nur mit einer Nation, mit einer Kultur oder einem Staat identisch sei. Dass sie immer die Kirche aller ist. Dass sie über alle Grenzen hin die Menschheit zusammenführt, inmitten der Trennungen dieser Welt den Frieden Gottes, die versöhnende Kraft seiner Liebe gegenwärtig werden lässt.

**PAPST BENEDIKT XVI.**, 29.6.2008

▶ In der Kirche gab es Streit, ob Heiden erst Juden werden müssen, um dann Christen sein zu können. Barnabas und Paulus sind für die „diretissima". Petrus ist auf ihrer Seite. Deshalb können die beiden die Geschichte ihrer Missionsreise erzählen (Apg 13–14). Das überzeugt: Die Heiden sind in der Kirche willkommen. Nur der Glaube zählt.

fen hat, um aus den Heiden ein Volk für seinen Namen zu gewinnen.
[15] Damit stimmen die Worte der Propheten überein, die geschrieben
haben: [16] *Danach werde ich mich umwenden und die zerfallene Hüt-
te Davids wieder aufrichten; ich werde sie aus ihren Trümmern wie-
der aufrichten und werde sie wiederherstellen,* [17] *damit die übrigen
Menschen den Herrn suchen, auch alle Völker, über denen mein Name
ausgerufen ist – spricht der Herr, der das ausführt (Am 9,11-12),* [18] was
ihm seit Ewigkeit bekannt ist.

**Jakobus macht einen Lösungsvorschlag (Apg 15,19–21)**

[19] Darum halte ich es für richtig, den Heiden, die sich zu Gott bekeh-
ren, keine Lasten aufzubürden; [20] man weise sie nur an, Verunreini-
gung durch Götzen(opferfleisch) und Unzucht zu meiden und weder
Ersticktes noch Blut zu essen.
[21] Denn Mose hat seit ältesten Zeiten in jeder Stadt seine Verkündi-
ger, da er in den Synagogen an jedem Sabbat verlesen wird.

**Ein Beschluss wird gefasst (Apg 15,22–29)**

[22] Da beschlossen die Apostel und die Ältesten zusammen mit der
ganzen Gemeinde, Männer aus ihrer Mitte auszuwählen und sie zu-

B Es gibt nicht mehr Juden und Griechen, nicht Sklaven und Freie, nicht Mann und Frau; denn ihr alle seid „einer" in Christus Jesus.

Gal 3,28

▶ Dieser Jakobus ist nicht einer der Zwölf, den Jesus selbst in den Kreis der zwölf Apostel berufen hat, sondern einer der „Brüder" Jesu, der aus seiner Familie stammt.

▶ Es geht um elementare Reinheitsgebote, die das Bekenntnis zum einen Gott in einer heidnischen Umwelt klären sollen. Vor allem sollen sie das Zusammenleben von Judenchristen und Heidenchristen in einer Gemeinde regeln.

▶ Die Jerusalemer Urgemeinde stiftet durch eine wegweisende Entscheidung Frieden in der jungen Kirche. Niemand braucht erst Jude zu werden, um dann Christ werden zu können. Aber die Heidenchristen sollen auf die Juden Rücksicht nehmen. Das ist ein Modell der Konfliktlösung auch heute.

„Es gibt zwei Arten von Logik des Denkens und des Glaubens: die Angst, die Geretteten zu verlieren, und den Wunsch, die Verlorenen zu retten.

**PAPST FRANZISKUS,** 15.2.2015, bei der Eucharistiefeier mit den neuen Kardinälen

sammen mit Paulus und Barnabas nach Antiochia zu senden, näm-
lich Judas, genannt Barsabbas, und Silas, führende Männer unter den
Brüdern. 23 Sie gaben ihnen folgendes Schreiben mit: Die Apostel und
die Ältesten, eure Brüder, grüßen die Brüder aus dem Heidentum in
Antiochia, in Syrien und Zilizien.
24 Wir haben gehört, dass einige von uns, denen wir keinen Auftrag
erteilt haben, euch mit ihren Reden beunruhigt und eure Gemüter
erregt haben. 25 Deshalb haben wir uns geeinigt und beschlossen,
Männer auszuwählen und zusammen mit unseren lieben Brüdern
Barnabas und Paulus zu euch zu schicken, 26 die beide für den Namen
Jesu Christi, unseres Herrn, ihr Leben eingesetzt haben. 27 Wir haben
Judas und Silas abgesandt, die euch das Gleiche auch mündlich mit-
teilen sollen. 28 Denn der Heilige Geist und wir haben beschlossen,
euch keine weitere Last aufzuerlegen als diese notwendigen Dinge:
29 Götzenopferfleisch, Blut, Ersticktes und Unzucht zu meiden. Wenn
ihr euch davor hütet, handelt ihr richtig. Lebt wohl!

### Der Beschluss des Konzils wird den Gemeinden mitgeteilt (Apg 15,30–35)

30 Man verabschiedete die Abgesandten und sie zogen hinab nach
Antiochia, riefen die Gemeinde zusammen und übergaben ihr den
Brief. 31 Die Brüder lasen ihn und freuten sich über die Ermunterung.

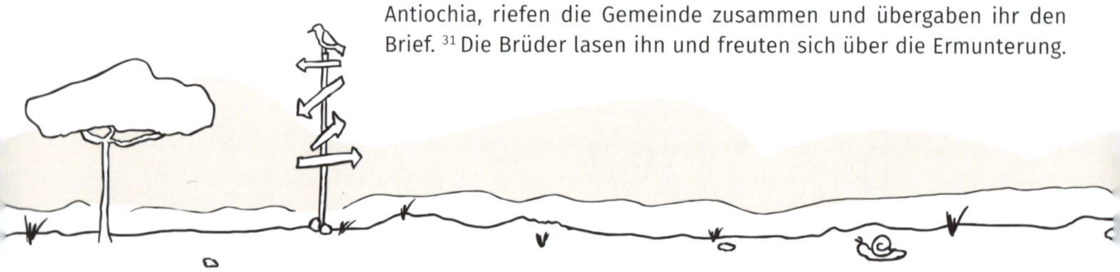

32 Judas und Silas, selbst Propheten, sprachen ihnen mit vielen Wor-
ten Mut zu und stärkten sie. 33 Nach einiger Zeit wurden sie von den
Brüdern in Frieden wieder zu denen entlassen, die sie abgesandt hat-
ten.
35 Paulus aber und Barnabas blieben in Antiochia und lehrten und
verkündeten mit vielen anderen das Wort des Herrn.

Feuer in der Hand: Barnabas

▶ Auch in der frühen Kirche gab es Streit. Aber man hat sich auch einigen können. Hier gilt: Getrennt marschieren, vereint schlagen. Das Evangelium wird auf vielen Wegen verkündet. Paulus treibt die Mission besonders weit voran.

## DIE ZWEITE MISSIONSREISE DES PAULUS (APG 15,36–18,22)

### Paulus und Barnabas gehen eigene Wege (Apg 15,36–41)

36 Nach einiger Zeit sagte Paulus zu Barnabas: Wir wollen wieder auf-
brechen und sehen, wie es den Brüdern in all den Städten geht, in
denen wir das Wort des Herrn verkündet haben.
37 Barnabas wollte auch den Johannes, genannt Markus, mitnehmen;
38 doch Paulus bestand darauf, ihn nicht mitzunehmen, weil er sie in
Pamphylien im Stich gelassen hatte, nicht mit ihnen gezogen war und
an ihrer Arbeit nicht mehr teilgenommen hatte.
39 Es kam zu einer heftigen Auseinandersetzung, so dass sie sich
voneinander trennten; Barnabas nahm Markus mit und segelte nach
Zypern. 40 Paulus aber wählte sich Silas und reiste ab, nachdem die
Brüder ihn der Gnade des Herrn empfohlen hatten. 41 Er zog durch
Syrien und Zilizien und stärkte die Gemeinden.

**Paulus gewinnt seinen Mitarbeiter Timotheus (Apg 16,1–5)**

16 1 Er kam auch nach Derbe und nach Lystra. Dort war ein Jünger
namens Timotheus, der Sohn einer gläubig gewordenen Jüdin
und eines Griechen. 2 Er war Paulus von den Brüdern in Lystra und
Ikonion empfohlen worden. 3 Paulus wollte ihn als Begleiter mitneh-
men und ließ ihn mit Rücksicht auf die Juden, die in jenen Gegenden
wohnten, beschneiden; denn alle wussten, dass sein Vater ein Grie-
che war.
4 Als sie nun durch die Städte zogen, überbrachten sie ihnen die von
den Aposteln und den Ältesten in Jerusalem gefassten Beschlüsse
und trugen ihnen auf, sich daran zu halten. 5 So wurden die Gemein-
den im Glauben gestärkt und wuchsen von Tag zu Tag.

**Das Evangelium kommt nach Europa (Apg 16,6–10)**

6 Weil ihnen aber vom Heiligen Geist verwehrt wurde, das Wort in
der Provinz Asien zu verkünden, reisten sie durch Phrygien und das
galatische Land.
7 Sie zogen an Mysien entlang und versuchten, Bithynien zu errei-
chen; doch auch das erlaubte ihnen der Geist Jesu nicht. 8 So durch-
wanderten sie Mysien und kamen nach Troas hinab.
9 Dort hatte Paulus in der Nacht eine Vision. Ein Mazedonier stand
da und bat ihn: Komm herüber nach Mazedonien und hilf uns!

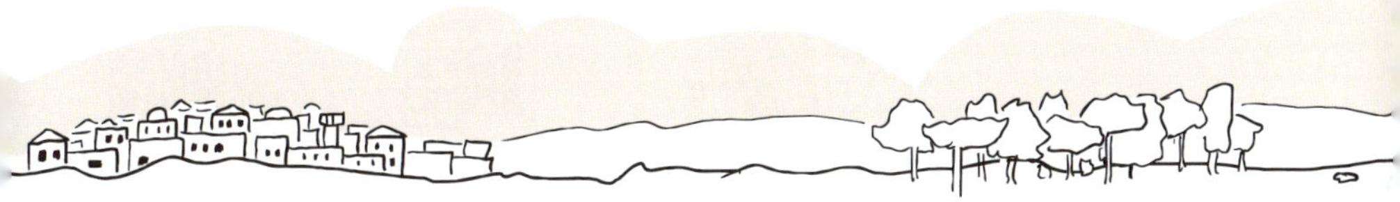

10 Auf diese Vision hin wollten wir sofort nach Mazedonien abfahren;
denn wir waren überzeugt, dass uns Gott dazu berufen hatte, dort
das Evangelium zu verkünden.

**Paulus gründet eine Gemeinde in Philippi (Apg 16,11–15)**

11 So brachen wir von Troas auf und fuhren auf dem kürzesten Weg
nach Samothrake und am folgenden Tag nach Neapolis.
12 Von dort gingen wir nach Philippi, in eine Stadt im ersten Bezirk
von Mazedonien, eine Kolonie. In dieser Stadt hielten wir uns einige
Tage auf.
13 Am Sabbat gingen wir durch das Stadttor hinaus an den Fluss, wo
wir eine Gebetsstätte vermuteten. Wir setzten uns und sprachen zu
den Frauen, die sich eingefunden hatten. 14 Eine Frau namens Lydia,
eine Purpurhändlerin aus der Stadt Thyatira, hörte zu; sie war eine
Gottesfürchtige und der Herr öffnete ihr das Herz, so dass sie den
Worten des Paulus aufmerksam lauschte. 15 Als sie und alle, die zu
ihrem Haus gehörten, getauft waren, bat sie: Wenn ihr überzeugt seid,
dass ich fest an den Herrn glaube, kommt in mein Haus und bleibt da.
Und sie drängte uns.

**Paulus befreit eine Sklavin von einem bösen Geist (Apg 16,16–21)**

16 Als wir einmal auf dem Weg zur Gebetsstätte waren, begegnete
uns eine Magd, die einen Wahrsagegeist hatte und mit der Wahrsage-

▶ Timotheus wird der Meisterschüler des Paulus. Weil er eine jüdische Mutter hat, lässt Paulus ihn beschneiden. So kann er das Evangelium verkünden, ohne seine jüdischen Wurzeln zu verleugnen.

„Die Wagemutigen von heute bereiten die normalen Handlungen von morgen vor.

**DOM HELDER CAMARA** (1909–1999), Erzbischof von Olinda und Recife

„Europa wird christlich sein, oder es wird nicht sein!

**OTTO VON HABSBURG** (1912–2011), österreichisch-deutscher Politiker, ältester Sohn des letzten Kaisers von Österreich

▶ Mazedonien ist ein Teil von Griechenland. Die Hauptstadt ist Tessaloniki, heute Saloniki.

▶ Philippi war eine Gründung der Römer. Die Philipper sehen sich deshalb als römische Bürger.

▶ Lydia ist die erste Christin Europas. Sie stammt aus Thyatira, einer Stadt in der heutigen Türkei (vgl. Offb 2,18–29). Sie war eine Gottesfürchtige, d.h., sie war eine Heidin, die mit dem Judentum sympathisierte. In ihrem Haus versammelte sich die erste christliche Gemeinde Europas.

Christ sein war noch nie so gefährlich wie heute. Nie zuvor sind so viele Christen diskriminiert, bedroht und verfolgt worden. Weltweit sind bis zu 100 Millionen Christen betroffen und die Tendenz ist steigend. Christen sind zwar nicht die Einzigen, die wegen ihres Glaubens benachteiligt werden; weltweit leiden sie aber am meisten unter religiöser Verfolgung. Obwohl das Recht auf Religionsfreiheit seit Jahrzehnten als grundlegendes Menschenrecht international anerkannt ist, werden Menschen in ihrer Religionsausübung behindert, und in einer ganzen Reihe von Ländern kommt es zu schweren Verletzungen der Religionsfreiheit.

rei ihren Herren großen Gewinn einbrachte. 17 Sie lief Paulus und uns
nach und schrie: Diese Menschen sind Diener des höchsten Gottes;
sie verkünden euch den Weg des Heils. 18 Das tat sie viele Tage lang.
Da wurde Paulus ärgerlich, wandte sich um und sagte zu dem Geist:
Ich befehle dir im Namen Jesu Christi: Verlass diese Frau! Und im gleichen Augenblick verließ er sie.
19 Als aber ihre Herren sahen, dass sie keinen Gewinn mehr erwarten
konnten, ergriffen sie Paulus und Silas, schleppten sie auf den Markt
vor die Stadtbehörden, 20 führten sie den obersten Beamten vor und
sagten: Diese Männer bringen Unruhe in unsere Stadt. Es sind Juden;
21 sie verkünden Sitten und Bräuche, die wir als Römer weder annehmen können noch ausüben dürfen.

**Paulus wird ohne Grund ins Gefängnis geworfen (Apg 16,22–24)**

22 Da erhob sich das Volk gegen sie und die obersten Beamten ließen
ihnen die Kleider vom Leib reißen und befahlen, sie mit Ruten zu
schlagen. 23 Sie ließen ihnen viele Schläge geben und sie ins Gefängnis bringen; dem Gefängniswärter befahlen sie, sie in sicherem Gewahrsam zu halten. 24 Auf diesen Befehl hin warf er sie in das innere
Gefängnis und schloss zur Sicherheit ihre Füße in den Block.

**Paulus wird aus dem Gefängnis befreit (Apg 16,25–26)**

25 Um Mitternacht beteten Paulus und Silas und sangen Loblieder;
und die Gefangenen hörten ihnen zu.
26 Plötzlich begann ein gewaltiges Erdbeben, so dass die Grundmauern des Gefängnisses wankten. Mit einem Schlag sprangen die Türen auf und allen fielen die Fesseln ab.

**Der Gefängniswärter kommt zum Glauben (Apg 16,27–34)**

27 Als der Gefängniswärter aufwachte und alle Türen des Gefängnisses offen sah, zog er sein Schwert, um sich zu töten; denn er meinte, die Gefangenen seien entflohen.
28 Da rief Paulus laut: Tu dir nichts an! Wir sind alle noch da.
29 Jener rief nach Licht, stürzte hinein und fiel Paulus und Silas zit-
ternd zu Füßen. 30 Er führte sie hinaus und sagte: Ihr Herren, was
muss ich tun, um gerettet zu werden?
31 Sie antworteten: Glaube an Jesus, den Herrn und du wirst gerettet
werden, du und dein Haus. 32 Und sie verkündeten ihm und allen in
seinem Haus das Wort Gottes.
33 Er nahm sie in jener Nachtstunde bei sich auf, wusch ihre Striemen und ließ sich sogleich mit allen seinen Angehörigen taufen.
34 Dann führte er sie in seine Wohnung hinauf, ließ ihnen den Tisch decken und war mit seinem ganzen Haus voll Freude, weil er zum Glauben an Gott gekommen war.

Der Gesang von Paulus und Silas im Gefängnis hat eine Parallele im Alten Testament: die Geschichte der drei jüdischen Männer Hananja, Asarja und Mischael, die in Dan 3 das goldene Bild Nebukadnezars nicht anbeten wollten, deshalb in den Schmelzofen geworfen wurden und ihm unverletzt entstiegen. Der Lobgesang der drei wird im Stundengebet der Kirche gesungen.

### Paulus besteht auf seinem Recht (Apg 16,35–40)

35 Als es Tag wurde, schickten die obersten Beamten die Amtsdiener
und ließen sagen: Lass jene Männer frei!
36 Der Gefängniswärter überbrachte Paulus die Nachricht: Die obers-
ten Beamten haben (die Amtsdiener) hergeschickt und befohlen,
euch freizulassen. Geht also, zieht in Frieden!
37 Paulus aber sagte zu ihnen: Sie haben uns ohne Urteil öffentlich
auspeitschen lassen, obgleich wir römische Bürger sind, und haben
uns ins Gefängnis geworfen. Und jetzt möchten sie uns heimlich fort-
schicken? Nein! Sie sollen selbst kommen und uns hinausführen.
38 Die Amtsdiener meldeten es den obersten Beamten. Diese er-
schraken, als sie hörten, es seien römische Bürger.
39 Und sie kamen, um sie zu beschwichtigen, führten sie hinaus und
baten sie, die Stadt zu verlassen.
40 Vom Gefängnis aus gingen die beiden zu Lydia. Dort fanden sie die
Brüder, sprachen ihnen Mut zu und zogen dann weiter.

### Paulus gründet die Kirche von Thessalonich (Apg 17,1–10)

17 1 Auf dem Weg über Amphipolis und Apollonia kamen sie nach
Thessalonich. Dort hatten die Juden eine Synagoge. 2 Nach sei-
ner Gewohnheit ging Paulus zu ihnen und redete an drei Sabbaten
zu ihnen, wobei er von den Schriften ausging. 3 Er legte sie ihnen aus
und erklärte, dass der Messias leiden und von den Toten auferste-
hen musste. Und er sagte: Jesus, den ich euch verkünde, ist dieser
Messias.
4 Einige von ihnen ließen sich überzeugen und schlossen sich Paulus
und Silas an, außerdem eine große Schar gottesfürchtiger Griechen,
darunter nicht wenige Frauen aus vornehmen Kreisen.
5 Die Juden wurden eifersüchtig, holten sich einige nichtsnutzige
Männer, die sich auf dem Markt herumtrieben, wiegelten mit ihrer
Hilfe das Volk auf und brachten die Stadt in Aufruhr. Sie zogen zum
Haus des Jason und wollten die beiden vor das Volk führen. 6 Sie fan-
den sie aber nicht. Daher schleppten sie den Jason und einige Brüder
vor die Stadtpräfekten und schrien: Diese Leute, die die ganze Welt in
Aufruhr gebracht haben, sind jetzt auch hier, 7 und Jason hat sie auf-
genommen. Sie alle verstoßen gegen die Gesetze des Kaisers; denn
sie behaupten, ein anderer sei König, nämlich Jesus.
8 So brachten sie die Menge und die Stadtpräfekten, die das hörten,
in Erregung. 9 Diese nahmen von Jason und den anderen eine Bürg-
schaft und ließen sie frei.
10 Die Brüder schickten noch in der Nacht Paulus und Silas weiter
nach Beröa.

Frühchristliches Baptisterium aus Emmaus Nicopolis

▶ Wer zur Kirche gehören wollte, musste sich taufen lassen. In der frühen Kirche wurden vor allem Erwachsene getauft. Sie bereiteten sich lange auf den großen Moment der Taufe vor, indem sie in der Gemeinde mitlebten. So lernten sie immer mehr von Jesus und vom Glauben an den liebenden Gott.

Y → **194–202**
Das Sakrament der Taufe

▶ Die Christen galten bald als die Staatsfeinde Nr. 1, weil sie ihren Glauben öffentlich bekannt haben. Damit haben sie den römischen Staat entzaubert. Der Kaiser ist nur ein Mensch. Er muss Recht sprechen und die Armen unterstützen. In Wahrheit sind die Christen aber keine Aufrührer. Sie sind wie der Sauerteig, der den ganzen Teig durchsäuert.

Vor einigen Jahren lernte ich einen Jesuitenpater kennen, der mir so begeisternd und lebendig ein Gottesbild vermittelte, dass es mir die →

→ Sprache verschlug. Er sagte, Gott sei lebendig, er sei voller Leidenschaft und Genialität, er sei interessiert an mir, er sei voller Liebe für die Menschen, und vieles andere. Ich habe mich auf dieses Abenteuer mit Jesus eingelassen. Der Pater hat nicht zu viel versprochen. Gott als Vater, Freund, Liebhaber, Tröster, Versorger zu kennen ist wunderbar. Ich möchte Ihn noch mehr kennen und Ihn bekannt machen. Er füllt das tiefe Loch in mir aus nach Liebe, Versöhnung, Annahme und Wertschätzung. Und er ist fähig, aus den schlimmsten Erfahrungen etwas Schönes, Wertvolles zu machen.

**WOLFGANG**

### Paulus gründet eine Gemeinde in Beröa (Apg 17,10–15)

Nach ihrer Ankunft gingen sie in die Synagoge der Juden. 11 Diese
waren freundlicher als die in Thessalonich; mit großer Bereitschaft
nahmen sie das Wort auf und forschten Tag für Tag in den Schriften
nach, ob sich dies wirklich so verhielte. 12 Viele von ihnen wurden
gläubig, und ebenso nicht wenige der vornehmen griechischen Frau-
en und Männer. 13 Als aber die Juden von Thessalonich erfuhren, dass
Paulus auch in Beröa das Wort Gottes verkündete, kamen sie dorthin,
um das Volk aufzuwiegeln und aufzuhetzen.
14 Da schickten die Brüder Paulus sogleich weg zum Meer hinunter.
Silas und Timotheus aber blieben zurück.
15 Die Begleiter des Paulus brachten ihn nach Athen. Mit dem Auf-
trag an Silas und Timotheus, Paulus möglichst rasch nachzukommen,
kehrten sie zurück.

### Paulus diskutiert in Athen über Religion (Apg 17,16–21)

16 Während Paulus in Athen auf sie wartete, erfasste ihn heftiger
Zorn; denn er sah die Stadt voll von Götzenbildern.
17 Er redete in der Synagoge mit den Juden und Gottesfürchtigen
und auf dem Markt sprach er täglich mit denen, die er gerade antraf.

▶ Epikuräer und Stoiker sind philosophische Schulen, die den populären Götterkult kritisieren.

▶ Der Vorwurf ist nicht ungefährlich, weil der große Philosoph Sokrates wegen des Vorwurfs, er bringe fremde Gottheiten, zum Tode verurteilt worden war.

18 Einige von den epikureischen und stoischen Philosophen disku-
tierten mit ihm und manche sagten: Was will denn dieser Schwät-
zer? Andere aber: Es scheint ein Verkünder fremder Gottheiten zu
sein. Er verkündete nämlich das Evangelium von Jesus und von der
Auferstehung. 19 Sie nahmen ihn mit, führten ihn zum Areopag und
fragten: Können wir erfahren, was das für eine neue Lehre ist, die du
vorträgst? 20 Du bringst uns recht befremdliche Dinge zu Gehör. Wir
wüssten gern, worum es sich handelt.
21 Alle Athener und die Fremden dort taten nichts lieber, als die letz-
ten Neuigkeiten zu erzählen oder zu hören.

▶ Paulus weist den Athenern einen Weg von der Verehrung vieler Götter zur Verehrung des einen Gottes. Schon jetzt verehren sie Gott, aber als unbekannten. Diesen Gott macht Paulus ihnen bekannt. Es ist der Schöpfer, der nicht mit Dingen dieser Welt in eins gesetzt werden darf und der Opfer nicht bedarf. So weit können die Philosophen, →

### Paulus gibt eine Hinführung zum christlichen Glauben (Apg 17,22–31)

22 Da stellte sich Paulus in die Mitte des Areopags und sagte: Athe-
ner, nach allem, was ich sehe, seid ihr besonders fromme Menschen.
23 Denn als ich umherging und mir eure Heiligtümer ansah, fand ich
auch einen Altar mit der Aufschrift: EINEM UNBEKANNTEN GOTT.
Was ihr verehrt, ohne es zu kennen, das verkünde ich euch.
24 Gott, der die Welt erschaffen hat und alles in ihr, er, der Herr über
Himmel und Erde, wohnt nicht in Tempeln, die von Menschenhand
gemacht sind. 25 Er lässt sich auch nicht von Menschen bedienen,
als brauche er etwas: er, der allen das Leben, den Atem und alles
gibt. 26 Er hat aus einem einzigen Menschen das ganze Menschenge-

schlecht erschaffen, damit es die ganze Erde bewohne. Er hat für sie bestimmte Zeiten und die Grenzen ihrer Wohnsitze festgesetzt. 27 Sie sollten Gott suchen, ob sie ihn ertasten und finden könnten; denn keinem von uns ist er fern. 28 Denn in ihm leben wir, bewegen wir uns und sind wir, wie auch einige von euren Dichtern gesagt haben: Wir sind von seiner Art.

29 Da wir also von Gottes Art sind, dürfen wir nicht meinen, das Göttliche sei wie ein goldenes oder silbernes oder steinernes Gebilde menschlicher Kunst und Erfindung.

30 Gott, der über die Zeiten der Unwissenheit hinweggesehen hat, lässt jetzt den Menschen verkünden, dass überall alle umkehren sollen. 31 Denn er hat einen Tag festgesetzt, an dem *er den Erdkreis in Gerechtigkeit richten wird*, durch einen Mann, den er dazu bestimmt und vor allen Menschen dadurch ausgewiesen hat, dass er ihn von den Toten auferweckte.

→ mit denen er diskutiert, mitgehen. Eine echte Glaubensfrage ist aber die Auferstehung Jesu von den Toten.

» Angesichts der überwältigenden Allgemeinheit und Dauer des Gerüchts von Gott trägt derjenige die Begründungspflicht, der dieses Gerücht als irreführend abtut. Vor allem aber: Wenn wir Spuren eines Wesens suchen, dann ist immer derjenige wichtiger, der eine Spur gefunden hat, als der, der keine gefunden hat. Die Tatsache, dass jemand nie einen weißen Raben gesehen hat, beweist nichts gegenüber dem, der einen gefunden hat.

**ROBERT SPAEMANN** (* 1927), deutscher Philosoph, der einen neuen Gottesbeweis vorgelegt hat („Gottesbeweis aus der Grammatik“)

**Gemischte Reaktionen (Apg 17,32–34)**

32 Als sie von der Auferstehung der Toten hörten, spotteten die einen, andere aber sagten: Darüber wollen wir dich ein andermal hören. 33 So ging Paulus aus ihrer Mitte weg. 34 Einige Männer aber schlossen sich ihm an und wurden gläubig, unter ihnen auch Dionysius, der Areopagit, außerdem eine Frau namens Damaris und noch andere mit ihnen.

**Paulus kommt nach Korinth: (Apg 18,1–4)**

18 1 Hierauf verließ Paulus Athen und ging nach Korinth. 2 Dort traf er einen aus Pontus stammenden Juden namens Aquila, der vor kurzem aus Italien gekommen war, und dessen Frau Priszilla. Klaudius hatte nämlich angeordnet, dass alle Juden Rom verlassen müssten.

Diesen beiden schloss er sich an, 3 und da sie das gleiche Handwerk betrieben, blieb er bei ihnen und arbeitete dort. Sie waren Zeltmacher von Beruf. 4 An jedem Sabbat lehrte er in der Synagoge und suchte Juden und Griechen zu überzeugen.

▶ Das war im Jahr 48 n. Chr. Ein wenig später trifft Paulus in Korinth ein.

» Nicht Menschenlob, nicht Menschenfurcht soll uns bewegen.

Wahlspruch des sel. Bischofs **CLEMENS AUGUST VON GALEN** (1878–1946). Hitler hasste den „Löwen von Münster“ und wollte ihn, der öffentlich gegen die Euthanasiemaßnahmen der Nazis predigte und Anzeige wegen Mordes erstattet hatte, bei nächster Gelegenheit umbringen lassen. Dazu kam es nicht mehr ...

**In Korinth bildet sich eine christliche Gemeinde (Apg 18,5–11)**

5 Als aber Silas und Timotheus aus Mazedonien eingetroffen waren, widmete sich Paulus ganz der Verkündigung und bezeugte den Juden, dass Jesus der Messias sei. 6 Als sie sich dagegen auflehnten und Lästerungen ausstießen, schüttelte er seine Kleider aus und sagte zu ihnen: Euer Blut komme über euer Haupt! Ich bin daran unschuldig. Von jetzt an werde ich zu den Heiden gehen.

7 Und er ging von da in das Haus eines gewissen Titius Justus hinüber, eines Gottesfürchtigen, dessen Haus an die Synagoge grenzte.

8 Krispus aber, der Synagogenvorsteher, kam mit seinem ganzen Haus zum Glauben an den Herrn; und viele Korinther, die (Paulus) hörten, wurden gläubig und ließen sich taufen.

Verkünde das Wort, tritt dafür ein, ob man es hören will oder nicht; weise zurecht, tadle, ermahne, in unermüdlicher und geduldiger Belehrung.

2 Tim 4,2

9 Der Herr aber sagte nachts in einer Vision zu Paulus: Fürchte dich
nicht! Rede nur, schweige nicht! 10 Denn ich bin mit dir, niemand wird
dir etwas antun. Viel Volk nämlich gehört mir in dieser Stadt.
11 So blieb Paulus ein Jahr und sechs Monate und lehrte bei ihnen
das Wort Gottes.

**Paulus wird angeklagt, kommt aber frei (Apg 18,12–17)**

12 Als aber Gallio Prokonsul von Achaia war, traten die Juden einmütig
gegen Paulus auf, brachten ihn vor den Richterstuhl 13 und sagten:
Dieser verführt die Menschen zu einer Gottesverehrung, die gegen das
Gesetz verstößt. 14 Als Paulus etwas erwidern wollte, sagte Gallio zu den
Juden: Läge hier ein Vergehen oder Verbrechen vor, ihr Juden, so würde
ich eure Klage ordnungsgemäß behandeln. 15 Streitet ihr jedoch über
Lehre und Namen und euer Gesetz, dann seht selber zu! Darüber will
ich nicht Richter sein. 16 Und er wies sie vom Richterstuhl weg.
17 Da ergriffen alle den Synagogenvorsteher Sosthenes und verprü-
gelten ihn vor dem Richterstuhl. Gallio aber kümmerte sich nicht da-
rum.

▶ Durch eine Inschrift im griechischen Heiligtum von Delphi weiß man, dass Gallio im Jahr 51/52 oder 52/53 n. Chr. Prokonsul in Korinth, der Hauptstadt von Achaia, war.

„Die Kirche ist ihrem Wesen nach missionarisch. Es gibt sie, damit jeder Mensch Jesus begegnen kann.

**PAPST FRANZISKUS**, 17.7.2014

**Paulus kehrt von seiner Missionsreise zurück (Apg 18,18–22)**

18 Paulus blieb noch längere Zeit. Dann verabschiedete er sich von
den Brüdern und segelte zusammen mit Priszilla und Aquila nach Sy-

rien ab. In Kenchreä hatte er sich aufgrund eines Gelübdes den Kopf
kahl scheren lassen.
19 Sie gelangten nach Ephesus. Dort trennte er sich von den beiden;
er selbst ging in die Synagoge und redete zu den Juden. 20 Sie baten
ihn, noch länger zu bleiben; aber er wollte nicht, 21 sondern verab-
schiedete sich und sagte: Ich werde wieder zu euch kommen, wenn
Gott es will. So fuhr er von Ephesus ab, 22 landete in Cäsarea, zog
(nach Jerusalem) hinauf, begrüßte dort die Gemeinde und ging dann
nach Antiochia hinab.

▶ Kenchreä ist eine Hafenstadt von Korinth. Das Gelübde ist das Nasiräatsgelübde (↗ Num 6). Es unterstreicht den religiösen Ernst.

Y → 49
Lenkt Gott die Welt und mein Leben?

Lukas erzählt im Anschluss von einer weiteren Reise des Paulus in die von ihm gegründeten Gemeinden (Apg 18,23–21,17). Als er wieder nach Jerusalem kommt, wird er verhaftet (Apg 21,18–22,29). Vor dem Hohen Rat (Apg 22,30–23,11) und vor verschiedenen römischen Statthaltern muss er sich verteidigen (Apg 23,12–26,32). Aber man verweigert ihm sein Recht. Deshalb appelliert er an den Kaiser. So kommt er nach Rom, wenn auch als Gefangener. Aus einem schweren Seesturm gerettet (Apg 27,14–26), erreicht er Rom. Dort ist er nicht frei, kann aber das Evangelium verkünden (Apg 28,11–31).

**Paulus in Rom (Apg 28,16–31)**

28 16 Nach unserer Ankunft in Rom erhielt Paulus die Erlaubnis,
für sich allein zu wohnen, zusammen mit dem Soldaten, der
ihn bewachte.
17 Drei Tage später rief er die führenden Männer der Juden zusam-
men. Als sie versammelt waren, sagte er zu ihnen: Brüder, obwohl ich

17000 km soll Paulus auf seinen Missionsreisen zurückgelegt haben. Allerdings stand ihm im Römischen Reich auch ein ausgebautes Wegenetz von 200 000 km zur Verfügung.

Petrus, der Fischer vom See Gennesaret, und Paulus, der gelehrte Pharisäer aus Kilikien (heute Türkei), wirkten am Ende ihres Lebens in der Welthauptstadt Rom. Die Apostelgeschichte berichtet nichts über das Ende des Paulus von Tarsus, dafür aber der (nicht in die Bibel aufgenommene) Erste Clemensbrief (um 90–100 n. Chr.): „Wegen Eifersucht und Neid sind die größten und gerechtesten Säulen verfolgt worden und haben bis zum Tode gekämpft."

mich nicht gegen das Volk oder die Sitten der Väter vergangen habe,
bin ich von Jerusalem aus als Gefangener den Römern ausgeliefert
worden. 18 Diese haben mich verhört und wollten mich freilassen, da
nichts gegen mich vorlag, worauf der Tod steht. 19 Weil aber die Juden
Einspruch erhoben, war ich gezwungen, Berufung beim Kaiser einzu-
legen, jedoch nicht, um mein Volk anzuklagen. 20 Aus diesem Grund
habe ich darum gebeten, euch sehen und sprechen zu dürfen. Denn
um der Hoffnung Israels willen trage ich diese Fesseln.
21 Sie antworteten ihm: Wir haben über dich weder Briefe aus Judäa
erhalten, noch ist einer von den Brüdern gekommen, der uns etwas
Belastendes über dich berichtet oder erzählt hätte. 22 Wir wünschen
aber von dir zu hören, was du denkst; denn von dieser Sekte ist uns
bekannt, dass sie überall auf Widerspruch stößt.

▶ Paulus ist ein Jude. Sein Bekenntnis zu Jesus bringt ihn nicht davon ab. Deshalb sucht er das Gespräch. Es wird Streit geben. Aber es gibt auch lohnende Gespräche über den Glauben.

**"** Die Sorge für die Hilflosen, die wir üben, unsere Liebestätigkeit, ist bei unseren Gegnern zu einem Merkmal für uns geworden: „Siehe nur", sagen sie, „wie sie sich → untereinander lieben und wie einer für den anderen zu sterben bereit ist"

**TERTULLIAN** (um 160–220), lateinischer Kirchenlehrer

23 Sie vereinbarten mit ihm einen bestimmten Tag, an dem sie in
noch größerer Zahl zu ihm in die Wohnung kamen. Vom Morgen bis
in den Abend hinein erklärte und bezeugte er ihnen das Reich Gottes
und versuchte, sie vom Gesetz des Mose und von den Propheten aus
für Jesus zu gewinnen.
24 Die einen ließen sich durch seine Worte überzeugen, die andern
blieben ungläubig. 25 Ohne sich einig geworden zu sein, brachen sie
auf, nachdem Paulus noch das eine Wort gesagt hatte: Treffend hat
der Heilige Geist durch den Propheten Jesaja zu euren Vätern gesagt:
26 *Geh zu diesem Volk und sag: Hören sollt ihr, hören, aber nicht ver-*
*stehen; sehen sollt ihr, sehen, aber nicht erkennen.* 27 *Denn das Herz*
*dieses Volkes ist hart geworden und mit ihren Ohren hören sie nur*
*schwer und ihre Augen halten sie geschlossen, damit sie mit ihren Au-*
*gen nicht sehen und mit ihren Ohren nicht hören, damit sie mit ihrem*
*Herzen nicht zur Einsicht kommen, damit sie sich nicht bekehren und*
*ich sie nicht heile (Jes 6,9-10).*
28 Darum sollt ihr nun wissen: Den Heiden ist dieses Heil Gottes ge-
sandt worden. Und sie werden hören! [29]
30 Er blieb zwei volle Jahre in seiner Mietwohnung und empfing alle,
die zu ihm kamen. 31 Er verkündete das Reich Gottes und trug un-
gehindert und mit allem Freimut die Lehre über Jesus Christus, den
Herrn, vor.

▶ Die sog. „Verstockung" Israels meint nicht die Verwerfung der Juden. Vielmehr führt Paulus mit Berufung auf den Propheten Jesaja das Nein der meisten Juden zu Jesus auf Gott selbst zurück – der auch seinen ganz eigenen Weg finden wird, Israel zu retten (↗ Röm 11,26).

▶ „Reich Gottes" ist das Hauptwort der Verkündigung Jesu. Paulus hält es für alle Zeiten fest und verbindet es mit der Verkündigung Jesu als Messias.

# Die Briefe

Das Neue Testament fügt an die Apostelgeschichte eine ganze Reihe von Briefen der Apostel an. Am Anfang stehen die Paulusbriefe. Dann folgen die „Katholischen Briefe" des Jakobus, Petrus, Johannes und Judas.

Die Apostel gehören zu den wichtigsten Gestalten der Anfangszeit. Sie alle waren als Missionare tätig; sie alle haben aber auch am Aufbau der Kirche gearbeitet. Ihre Briefe sind Bausteine für das Fundament der Kirche aller Zeiten.

Die Briefe richten sich entweder an bestimmte Gemeinden in den Missionsgebieten oder an ganze Missionsregionen, bisweilen auch an Einzelpersönlichkeiten.

Die Briefe verkünden das Evangelium, indem sie die ersten Gemeindemitglieder direkt auf ihren Glauben ansprechen: Sie stellen sich ihren Fragen; sie wollen ihnen helfen, ihren Weg des Glaubens zu finden; sie kritisieren und ermutigen.

Die neutestamentlichen Briefe sind wie ein Fenster, durch das man das Leben der frühesten Gemeinden beobachten kann. Sie sind wie eine Schatztruhe, in der die ältesten Bekenntnisse des Glaubens aufbewahrt sind. Sie sind aber auch wie ein Spiegel, in dem alle Christen bis heute ihre eigenen Glaubensfragen und ihren eigenen Glaubensmut finden können.

In dieser Bibel können nur einige wenige Briefe vorgestellt werden. Sie sollen Geschmack auf mehr machen. Es sind Briefe, die tiefe Glaubenserfahrungen wiedergeben und anstoßen.

DIE BRIEFE DES

# Apostels Paulus

Von Paulus sind viele Briefe in das Neue Testament aufgenommen worden. Er hat sie im Zuge seiner Missionsarbeit geschrieben, damit die Gemeinden sich im Glauben weiterentwickeln.

Die Briefe des Apostels Paulus haben eine dreifache Schlüsselbedeutung.

Erstens sind sie die ältesten Zeugnisse des Urchristentums. Sie sind ganz nah an der Lebenssituation der frühesten christlichen Gemeinden geschrieben worden. Sie sind wie Fenster, durch die man auf den Gottesdienst und den Alltag, die Glaubensbekenntnisse und die Caritas, die sozialen Herausforderungen und die religiösen Orientierungen der ersten Christinnen und Christen schauen kann.

Zweitens sind die Briefe des Apostels Paulus literarische Meisterwerke. Sie sind Briefe voll tiefer religiöser Inbrunst und großer gedanklicher Klarheit. Paulus bringt sich voll als Person ein – und er fordert die Leserinnen und Leser. Er will sie mit der Freude des Glaubens anstecken.

Drittens sind die Briefe herausragende Zeugnisse urchristlicher Theologie. Sie sind eine Schatztruhe voller Glaubenszeugnisse und eine intellektuelle Schaltzentrale. Sie zeigen, dass der Glaube zu denken gibt und dass durch vernünftige Überlegungen der Glaube gewinnt.

Die Briefe haben es in sich (vgl. 2Petr 3,16 „... in ihnen ist vieles schwer zu verstehen“). Aber die Lektüre lohnt sich.

# DER BRIEF AN DIE RÖMER

Seinen umfangreichsten und wichtigsten Brief schreibt Paulus an die Christen in Rom, der Hauptstadt des Römischen Reiches. Damals war Rom die größte Stadt der Welt. Paulus will die Römer gewinnen, ihn auf der Missionsreise nach Spanien zu unterstützen. Er weiß aber, dass es manche Kritik an seiner Person und an seinem Einsatz für die Heidenmission gibt. Er will die Römer überzeugen. Deshalb holt er theologisch weit aus und stellt das Evangelium, die Frohe Botschaft Gottes, die alle rettet, die glauben (Röm 1,16–17), in vielen Facetten vor. Ein Höhepunkt ist das, was er über das Wirken des Heiligen Geistes in den Gläubigen sagt.

Im Römerbrief begründet Paulus zuerst, dass kein Mensch durch „Werke des Gesetzes" gerechtfertigt werden kann, sondern durch den „Glauben an Jesus Christus" (Röm 3,28). Das große Beispiel ist Abraham (Röm 4). Im Anschluss daran zeigt der Apostel, wie ein Leben im Glauben aussieht: welche Bedeutung die Versöhnung hat, die Gott schenkt (Röm 5), welche die Taufe, die alle Gläubigen empfangen haben (Röm 6) und welche ihre Begabung mit dem Geist, der sie zu neuen Menschen macht (Röm 8).

Der Glaube schafft Gewissheit. Das Beste kommt noch – weil Gott selbst kommt.

**Y → 337**
Wie werden wir erlöst?

**Y → 68**
Erbsünde? Was haben wir mit dem Sündenfall von Adam und Eva zu tun?

▶ Paulus erinnert an die Geschichte Adams (Gen 1.2). Er sagt: Die Sünde Adams, sein zu wollen wie Gott, ist die Sünde eines jeden Menschen.

**Die große Versöhnung (Röm 5,9–11)**

9 Nachdem wir jetzt durch sein Blut gerecht gemacht sind, werden wir durch ihn erst recht vor dem Gericht Gottes gerettet werden. 10 Da wir mit Gott versöhnt wurden durch den Tod seines Sohnes, als wir noch (Gottes) Feinde waren, werden wir erst recht, nachdem wir versöhnt sind, gerettet werden durch sein Leben.

**Die Schuld des Menschen (Röm 5,12–14)**

12 Durch einen einzigen Menschen kam die Sünde in die Welt und durch die Sünde der Tod und auf diese Weise gelangte der Tod zu allen Menschen, weil alle sündigten.

13 Sünde war schon vor dem Gesetz in der Welt, aber Sünde wird nicht angerechnet, wo es kein Gesetz gibt; 14 dennoch herrschte der Tod von Adam bis Mose auch über die, welche nicht wie Adam durch Übertreten eines Gebots gesündigt hatten; Adam aber ist die Gestalt, die auf den Kommenden hinweist.

**Die Gnade – viel stärker als die Sünde (Röm 5,15)**
15 Doch anders als mit der Übertretung verhält es sich mit der Gna-
de; sind durch die Übertretung des einen die vielen dem Tod anheim
gefallen, so ist erst recht die Gnade Gottes und die Gabe, die durch
die Gnadentat des einen Menschen Jesus Christus bewirkt worden ist,
den vielen reichlich zuteil geworden.

▶ Für die Sünden sind Menschen verantwortlich. Die Gnade aber kommt von Gott. Deshalb ist die Gnade viel stärker als die Schuld. Sie schafft neues Leben.

**Adam ist schwach – Christus ist stark (Röm 5,16–19)**
16 Anders als mit dem, was durch den einen Sünder verursacht
wurde, verhält es sich mit dieser Gabe: Das Gericht führt wegen der
Übertretung des einen zur Verurteilung, die Gnade führt aus vielen
Übertretungen zur Gerechtsprechung. 17 Ist durch die Übertretung des
einen der Tod zur Herrschaft gekommen, durch diesen einen, so wer-
den erst recht alle, denen die Gnade und die Gabe der Gerechtigkeit
reichlich zuteil wurde, leben und herrschen durch den einen, Jesus
Christus. 18 Wie es also durch die Übertretung eines Einzigen für alle
Menschen zur Verurteilung kam, so wird es auch durch die gerechte
Tat eines Einzigen für alle Menschen zur Gerechtsprechung kommen,
die Leben gibt. 19 Wie durch den Ungehorsam des einen Menschen die
vielen zu Sündern wurden, so werden auch durch den Gehorsam des
einen die vielen zu Gerechten gemacht werden.

Er wurde, was wir sind, damit er aus uns machen könne, was er ist.

**ATHANASIUS DER GROSSE**

▶ Mehrfach wiederholt Paulus den Unterschied. Der eine Adam macht viele zu Sündern, weil sie ihrerseits sündigen. Aber der eine Christus, der zweite Adam, macht alle, die glauben, gerecht, damit sie Gerechtigkeit üben. Was ist wohl besser?

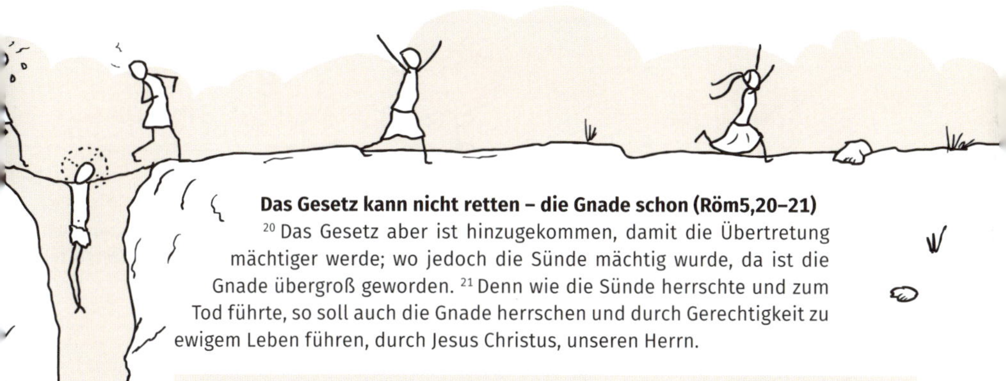

**Das Gesetz kann nicht retten – die Gnade schon (Röm5,20–21)**
20 Das Gesetz aber ist hinzugekommen, damit die Übertretung
mächtiger werde; wo jedoch die Sünde mächtig wurde, da ist die
Gnade übergroß geworden. 21 Denn wie die Sünde herrschte und zum
Tod führte, so soll auch die Gnade herrschen und durch Gerechtigkeit zu
ewigem Leben führen, durch Jesus Christus, unseren Herrn.

Paulus setzt in seinem Brief alles auf Gottes Gnade und Barmherzigkeit. Nur so können die Menschen Hoffnung auf das ewige Leben haben. Aber was ist mit ihnen selbst? Es gibt den Einwand, ob es etwa egal sei, wie man lebe und ob man sich nach Gottes Geboten richte. Dieses Missverständnis stellt Paulus richtig.

**Ein Missverständnis wird aufgeklärt (Röm 6,1–2)**
6 1 Heißt das nun, dass wir an der Sünde festhalten sol-
len, damit die Gnade mächtiger werde? 2 Keineswegs!
Wie können wir, die wir für die Sünde tot sind, noch in ihr
leben?

**Durch die Taufe entsteht neues Leben (Röm 6,3–5)**
3 Wisst ihr denn nicht, dass wir alle, die wir auf Christus
Jesus getauft wurden, auf seinen Tod getauft worden sind?
4 Wir wurden mit ihm begraben durch die Taufe auf den Tod;
und wie Christus durch die Herrlichkeit des Vaters von den

▶ Die Taufe ist das Sakrament des neuen Anfangs: Mit Christus sterben, mit ihm auferstehen. Das sichtbare Zeichen ist das Wasser, mit dem der Täufling übergossen oder in das er untergetaucht wird. Die unsichtbare Wirkung ist die Zugehörigkeit zur Familie Jesu, die sich in einem neuen Verhalten darstellen muss.

Die Worte „man muss sterben" sind bitter. Dieser Bitterkeit folgt aber eine große Süße auf den Fuß. Denn das Sterben vereinigt uns mit Gott.

**FRANZ VON SALES**

Toten auferweckt wurde, so sollen auch wir als neue Menschen leben.
5 Wenn wir nämlich ihm gleich geworden sind in seinem Tod, dann
werden wir mit ihm auch in seiner Auferstehung vereinigt sein.

„Ein für alle mal" – es gibt nur eine Taufe, weil Jesus nur einmal gelebt hat und gestorben ist und von den Toten auferweckt wurde. Die Taufe gilt. Sie steht nicht unter Vorbehalt. Aber ihr Sinn will entdeckt werden.

### Sterben und Leben mit Christus (Röm 6,6–11)

6 Wir wissen doch: Unser alter Mensch wurde mitgekreuzigt, damit
der von der Sünde beherrschte Leib vernichtet werde und wir nicht
Sklaven der Sünde bleiben. 7 Denn wer gestorben ist, der ist frei ge-
worden von der Sünde.
8 Sind wir nun mit Christus gestorben, so glauben wir, dass wir auch
mit ihm leben werden. 9 Wir wissen, dass Christus, von den Toten auf-
erweckt, nicht mehr stirbt; der Tod hat keine Macht mehr über ihn.
10 Denn durch sein Sterben ist er ein für alle mal gestorben für die
Sünde, sein Leben aber lebt er für Gott. 11 So sollt auch ihr euch als
Menschen begreifen, die für die Sünde tot sind, aber für Gott leben
in Christus Jesus.

Glauben heißt: kämpfen können. Mit keinen anderen Waffen als der Liebe.

### Für Gerechtigkeit kämpfen (Röm 6,12–14)

12 Daher soll die Sünde euren sterblichen Leib nicht mehr beherr-
schen, und seinen Begierden sollt ihr nicht gehorchen. 13 Stellt eure
Glieder nicht der Sünde zur Verfügung als Waffen der Ungerechtig-
keit, sondern stellt euch Gott zur Verfügung als Menschen, die vom

Tod zum Leben gekommen sind, und stellt eure Glieder als Waffen der
Gerechtigkeit in den Dienst Gottes. 14 Die Sünde soll nicht über euch
herrschen; denn ihr steht nicht unter dem Gesetz, sondern unter der
Gnade.

ER liebt als die Liebe, ER weiß als die Wahrheit, ER richtet als die Gerechtigkeit, ER herrscht als die Majestät, ER regiert als das Reich, ER schützt als das Heil, ER wirkt als die Macht, ER offenbart als das Licht, ER hilft als die Gnade. Was ist also Gott? Für alle das Endziel, für die Erwählten das Heil.

**BERNHARD VON CLAIRVAUX**

### Frei von der Sünde (Röm 6,15–18)

15 Heißt das nun, dass wir sündigen dürfen, weil wir nicht unter dem
Gesetz stehen, sondern unter der Gnade? Keineswegs! 16 Ihr wisst
doch: Wenn ihr euch als Sklaven zum Gehorsam verpflichtet, dann
seid ihr Sklaven dessen, dem ihr gehorchen müsst; ihr seid entweder
Sklaven der Sünde, die zum Tod führt, oder des Gehorsams, der zur
Gerechtigkeit führt.
17 Gott aber sei Dank; denn ihr wart Sklaven der Sünde, seid jedoch
von Herzen der Lehre gehorsam geworden, an die ihr übergeben wur-
det. 18 Ihr wurdet aus der Macht der Sünde befreit und seid zu Sklaven
der Gerechtigkeit geworden.

„Sklaven der Sünde" – das ist Unfreiheit pur, weil man sich zum Ojekt der eigenen Begierde macht. „Sklaven der Gerechtigkeit" – das ist Freiheit pur, weil hier das ganze Leben einen Sinn erhält.

Auf dem königlichen Schiff der göttlichen Liebe gibt es keine Galeerensklaven, sondern nur freiwillige Ruderer.

**FRANZ VON SALES**

### Frei für den Dienst an Gott und dem Nächsten (Röm 6,19–23)

19 Wegen eurer Schwachheit rede ich nach Menschenweise: Wie ihr
eure Glieder in den Dienst der Unreinheit und der Gesetzlosigkeit ge-
stellt habt, so dass ihr gesetzlos wurdet, so stellt jetzt eure Glieder in
den Dienst der Gerechtigkeit, so dass ihr heilig werdet. 20 Denn als ihr
Sklaven der Sünde wart, da wart ihr der Gerechtigkeit gegenüber frei.

21 Welchen Gewinn hattet ihr damals? Es waren Dinge, deren ihr euch
jetzt schämt; denn sie bringen den Tod.
22 Jetzt, da ihr aus der Macht der Sünde befreit und zu Sklaven Got-
tes geworden seid, habt ihr einen Gewinn, der zu eurer Heiligung
führt und das ewige Leben bringt.
23 Denn der Lohn der Sünde ist der Tod, die Gabe Gottes aber ist das
ewige Leben in Christus Jesus, unserem Herrn.

Sünde ist krank und macht krank. Menschen wollen leben, aber nicht auf Kosten von anderen.

In Röm 7 denkt Paulus darüber nach, weshalb das „Gesetz" den sündigen Menschen nicht retten kann. Er zeigt zu Beginn von Kapitel 8, dass die Rettung durch Jesus Christus kommt. Dann schreibt er wieder vom Wirken des Heiligen Geistes.

### Der Geist, der lebendig macht (Röm 8,11–13)

8 11 Wenn der Geist dessen in euch wohnt, der Jesus von den Toten
auferweckt hat, dann wird er, der Christus Jesus von den Toten
auferweckt hat, auch euren sterblichen Leib lebendig machen durch
seinen Geist, der in euch wohnt. 12 Wir sind also nicht dem Fleisch
verpflichtet, Brüder, so dass wir nach dem Fleisch leben müssten.
13 Wenn ihr nach dem Fleisch lebt, müsst ihr sterben; wenn ihr aber
durch den Geist die (sündigen) Taten des Leibes tötet, werdet ihr leben.

### Der Geist, der zu beten lehrt (Röm 8,14–17)

14 Denn alle, die sich vom Geist Gottes leiten lassen, sind Söhne Got-
tes. 15 Denn ihr habt nicht einen Geist empfangen, der euch zu Sklaven
macht, so dass ihr euch immer noch fürchten müsstet, sondern ihr habt den Geist empfangen, der euch zu Söhnen macht, den Geist, in dem wir rufen: Abba, Vater!
16 So bezeugt der Geist selber unserem Geist, dass wir Kinder Gottes
sind. 17 Sind wir aber Kinder, dann auch Erben; wir sind Erben Gottes
und sind Miterben Christi, wenn wir mit ihm leiden, um mit ihm auch verherrlicht zu werden.

### Der Geist, der Hoffnung macht (Röm 8,18–25)

18 Ich bin überzeugt, dass die Leiden der gegenwärtigen Zeit nichts
bedeuten im Vergleich zu der Herrlichkeit, die an uns offenbar werden
soll. 19 Denn die ganze Schöpfung wartet sehnsüchtig auf das Offen-
barwerden der Söhne Gottes. 20 Die Schöpfung ist der Vergänglichkeit
unterworfen, nicht aus eigenem Willen, sondern durch den, der sie un-
terworfen hat; aber zugleich gab er ihr Hoffnung: 21 Auch die Schöpfung
soll von der Sklaverei und Verlorenheit befreit werden zur Freiheit und
Herrlichkeit der Kinder Gottes. 22 Denn wir wissen, dass die gesamte
Schöpfung bis zum heutigen Tag seufzt und in Geburtswehen liegt.
23 Aber auch wir, obwohl wir als Erstlingsgabe den Geist haben, seuf-
zen in unserem Herzen und warten darauf, dass wir mit der Erlösung

„Hier sind wir, Herr, Heiliger Geist. Hier sind wir, mit Sünden beladen, doch in deinem Namen eigens versammelt. Komm in unsere Mitte, sei unter uns, ergieße dich in unsere Herzen! Lehre uns, was wir tun sollen, weise uns, wohin wir gehen sollen, zeige uns, was wir bewirken müssen, damit wir durch deine Hilfe dir in allem gut gefallen. Unwissenheit möge uns nicht irreleiten, Beifall der Menschen uns nicht verführen, Bestechlichkeit und falsche Rücksichten uns nicht verderben. In nichts lass uns abweichen von dem, was wahr ist. Amen.

Dieses Gebet wurde von den Konzilsvätern auf dem Ersten Vatikanischen Konzil (1869–1871) gesprochen

Ich hoffe auf den Herrn, es hofft meine Seele, ich warte voll Vertrauen auf sein Wort. Meine Seele wartet auf den Herrn – mehr als die Wächter auf den Morgen.

Ps 130,5–6

Meine Vergangenheit kümmert mich nicht mehr, sie gehört dem göttlichen Erbarmen. Meine Zukunft kümmert mich noch nicht, sie gehört der göttlichen Vorsehung. Was mich kümmert und fordert, ist das Heute. Das aber gehört der Gnade Gottes und der Hingabe meines guten Willens.

**FRANZ VON SALES**

unseres Leibes als Söhne offenbar werden. 24 Denn wir sind gerettet,
doch in der Hoffnung. Hoffnung aber, die man schon erfüllt sieht,
ist keine Hoffnung. Wie kann man auf etwas hoffen, das man sieht?
25 Hoffen wir aber auf das, was wir nicht sehen, dann harren wir aus
in Geduld.

### Der Geist, der sich unserer Schwachheit annimmt (Röm 8,26–27)

26 So nimmt sich auch der Geist unserer Schwachheit an. Denn wir
wissen nicht, worum wir in rechter Weise beten sollen; der Geist selber tritt jedoch für uns ein mit Seufzen, das wir nicht in Worte fassen
können. 27 Und Gott, der die Herzen erforscht, weiß, was die Absicht
des Geistes ist: Er tritt so, wie Gott es will, für die Heiligen ein.

### Gott, der die Menschen zu Jesus führt (Röm 8,28–30)

28 Wir wissen, dass Gott bei denen, die ihn lieben, alles zum Guten
führt, bei denen, die nach seinem ewigen Plan berufen sind; 29 denn
alle, die er im Voraus erkannt hat, hat er auch im Voraus dazu bestimmt, an Wesen und Gestalt seines Sohnes teilzuhaben, damit dieser der Erstgeborene von vielen Brüdern sei.
30 Die aber, die er vorausbestimmt hat, hat er auch berufen, und
die er berufen hat, hat er auch gerecht gemacht; die er aber gerecht
gemacht hat, die hat er auch verherrlicht.

Ich bin total froh, dass Jesus Christus mein Richter sein wird und niemand sonst. Ich habe keine Angst; nichts kann uns trennen, selbst meine Fehler nicht. Das macht den Kampf mit mir selbst, meinen schlechten Angewohnheiten und großen Schwächen leichter. Solange ich bei ihm bleibe, habe ich den Kampf schon gewonnen. Was auch passiert, ich bin auf der Winner-Seite. So bleibe ich in einer tiefen inneren Balance, was auch immer passiert.

**FLÁVIO**

Paulus war auch ein Dichter. Der Glaube hat ihm die besten Gedanken und Rhythmen eingegeben. Hier schreibt er ein Liebeslied an Gott. Es kann nur ein Thema haben: die Liebe Gottes selbst.

### Gott, der für uns ist (Röm 8,31–39)

31 Was ergibt sich nun, wenn wir das alles bedenken? Ist Gott für uns,
wer ist dann gegen uns?
32 Er hat seinen eigenen Sohn nicht verschont, sondern ihn für uns
alle hingegeben – wie sollte er uns mit ihm nicht alles schenken?
33 Wer kann die Auserwählten Gottes anklagen? Gott ist es, der gerecht macht.
34 Wer kann sie verurteilen? Christus Jesus, der gestorben ist, mehr
noch: der auferweckt worden ist, sitzt zur Rechten Gottes und tritt
für uns ein.
35 Was kann uns scheiden von der Liebe Christi? Bedrängnis oder
Not oder Verfolgung, Hunger oder Kälte, Gefahr oder Schwert?
36 In der Schrift steht:
*Um deinetwillen sind wir den ganzen Tag dem Tod ausgesetzt;*
*wir werden behandelt wie Schafe, die man zum Schlachten bestimmt hat (Ps 44,23).*
37 Doch all das überwinden wir durch den, der uns geliebt hat.
38 Denn ich bin gewiss: Weder Tod noch Leben, weder Engel noch
Mächte, weder Gegenwärtiges noch Zukünftiges, weder Gewalten
39 der Höhe oder Tiefe noch irgendeine andere Kreatur können uns
scheiden von der Liebe Gottes, die in Christus Jesus ist, unserem
Herrn.

# DER ERSTE BRIEF AN DIE KORINTHER

Auf den Römerbrief folgen zwei Briefe an die Korinther. In dieser Gemeinde ging es besonders turbulent zu. Es gibt viel Streit in der Kirche, aber auch mit dem Apostel. Letztlich setzt sich das Evangelium des Friedens durch. Der Erste Korintherbrief antwortet auf Fragen aus der Kirche. Paulus setzt sich intensiv mit dem Leben der Gemeinde auseinander. Er ist kritisch, aber er will den Christinnen und Christen helfen, ihre Begabungen zu entdecken und in das Leben der Kirche einzubringen.

**Die Gaben des Heiligen Geistes (1 Kor 12,1–11)**

12 1 Auch über die Gaben des Geistes möchte ich euch nicht
in Unkenntnis lassen, meine Brüder. 2 Als ihr noch Heiden
wart, zog es euch, wie ihr wisst, mit unwiderstehlicher Gewalt zu

den stummen Götzen. 3 Darum erkläre ich euch: Keiner, der aus dem
Geist Gottes redet, sagt: Jesus sei verflucht! Und keiner kann sagen:
Jesus ist der Herr!, wenn er nicht aus dem Heiligen Geist redet.
4 Es gibt verschiedene Gnadengaben, aber nur den einen Geist.
5 Es gibt verschiedene Dienste, aber nur den einen Herrn.
6 Es gibt verschiedene Kräfte, die wirken, aber nur den einen Gott:
Er bewirkt alles in allen.
7 Jedem aber wird die Offenbarung des Geistes geschenkt, damit sie
anderen nützt. 8 Dem einen wird vom Geist die Gabe geschenkt, Weis-
heit mitzuteilen, dem andern durch den gleichen Geist die Gabe, Er-
kenntnis zu vermitteln, 9 dem dritten im gleichen Geist Glaubenskraft,
einem andern – immer in dem einen Geist – die Gabe, Krankheiten zu
heilen, 10 einem andern Wunderkräfte, einem andern prophetisches
Reden, einem andern die Fähigkeit, die Geister zu unterscheiden,
wieder einem andern verschiedene Arten von Zungenrede, einem an-
dern schließlich die Gabe, sie zu deuten.
11 Das alles bewirkt ein und derselbe Geist; einem jeden teilt er sei-
ne besondere Gabe zu, wie er will.

▶ „Jesus ist der Herr" – das ist ein ganz kurzes Glaubensbekenntnis. „Herr" heißt auf Griechisch „Kyrios". So wurde von Juden, die Griechisch sprachen, Gott genannt. Das Bekenntnis sagt deshalb: Jesus ist Gott.

▶ Das griechische Wort für „Gnadengabe" heißt: „Charisma".

▶ Paulus erstellt keinen vollständigen Katalog; sondern nennt gute Beispiele. Der eine Geist schenkt viele Gaben, weil es viele Aufgaben gibt und viele Menschen, die sich einbringen. „Zungenreden" ist ein verzücktes Beten in einer Sprache, die andere nicht verstehen. Deshalb bedarf sie einer Deutung.

**Die Kirche ist der Leib Christi (1 Kor 12,12–27)**

12 Denn wie der Leib eine Einheit ist, doch viele Glieder hat, alle
Glieder des Leibes aber, obgleich es viele sind, einen einzigen Leib

bilden: So ist es auch mit Christus. 13 Durch den einen Geist wurden
wir in der Taufe alle in einen einzigen Leib aufgenommen, Juden und
Griechen, Sklaven und Freie; und alle wurden wir mit dem einen Geist
getränkt.
14 Auch der Leib besteht nicht nur aus einem Glied, sondern aus
vielen Gliedern. 15 Wenn der Fuß sagt: Ich bin keine Hand, ich gehöre
nicht zum Leib!, so gehört er doch zum Leib. 16 Und wenn das Ohr
sagt: Ich bin kein Auge, ich gehöre nicht zum Leib!, so gehört es doch
zum Leib. 17 Wenn der ganze Leib nur Auge wäre, wo bliebe dann das
Gehör? Wenn er nur Gehör wäre, wo bliebe dann der Geruchssinn?
18 Nun aber hat Gott jedes einzelne Glied so in den Leib eingefügt, wie
es seiner Absicht entsprach. 19 Wären alle zusammen nur ein Glied, wo
bliebe dann der Leib?
20 So aber gibt es viele Glieder und doch nur e i n e n Leib. 21 Das Auge
kann nicht zur Hand sagen: Ich bin nicht auf dich angewiesen. Der
Kopf kann nicht zu den Füßen sagen: Ich brauche euch nicht. 22 Im
Gegenteil, gerade die schwächer scheinenden Glieder des Leibes sind
unentbehrlich. 23 Denen, die wir für weniger edel ansehen, erweisen
wir umso mehr Ehre und unseren weniger anständigen Gliedern be-
gegnen wir mit mehr Anstand, 24 während die anständigen das nicht
nötig haben. Gott aber hat den Leib so zusammengefügt, dass er dem
geringsten Glied mehr Ehre zukommen ließ, 25 damit im Leib kein
Zwiespalt entstehe, sondern alle Glieder einträchtig füreinander sor-
gen. 26 Wenn darum ein Glied leidet, leiden alle Glieder mit; wenn ein
Glied geehrt wird, freuen sich alle anderen mit ihm.

▶ Mit dem Bild der Kirche als Leib Christi macht Paulus zweierlei deutlich. Erstens: Die vielen Glieder gehören alle zu dem einen Leib; sie können nur dann gebraucht werden, wenn sie sich nicht vom Leib abtrennen. Zweitens: Der Leib besteht aus vielen Gliedern; er ist nur dann gesund, wenn er alle Glieder hat. Für des Leben der Gemeinden heißt das: Auch die scheinbar Schwachen sind wichtig; die scheinbar Starken müssen sich in den Dienst der Schwachen und des Ganzen stellen.

” Jeder Getaufte ist, unabhängig von seiner Funktion in der Kirche und dem Bildungsniveau seines Glaubens, aktiver Träger der Evangelisierung, und es wäre unangemessen, an einen Evangelisierungsplan zu denken, der von qualifizierten Mitarbeitern umgesetzt würde, wobei der Rest des gläubigen Volkes nur Empfänger ihres Handelns wäre.

**PAPST FRANZISKUS,** Evangelii Gaudium, 120

27 Ihr aber seid der Leib Christi und jeder Einzelne ist ein Glied an
ihm.

**Die Aufgaben in der Kirche (1 Kor 12,28–31b)**

28 So hat Gott in der Kirche die einen als Apostel eingesetzt, die an-
dern als Propheten, die dritten als Lehrer; ferner verlieh er die Kraft,
Wunder zu tun, sodann die Gaben, Krankheiten zu heilen, zu helfen,
zu leiten, endlich die verschiedenen Arten von Zungenrede.
29 Sind etwa alle Apostel, alle Propheten, alle Lehrer? Haben alle die
Kraft, Wunder zu tun? 30 Besitzen alle die Gabe, Krankheiten zu heilen?
Reden alle in Zungen? Können alle solches Reden auslegen? 31 Strebt
aber nach den höheren Gnadengaben! Ich zeige euch jetzt noch einen
anderen Weg, einen, der alles übersteigt:

**Am größten ist die Liebe (1 Kor 13,1–13)**

13 1 Wenn ich in den Sprachen der Menschen und Engel redete,
hätte aber die Liebe nicht, wäre ich dröhnendes Erz oder eine
lärmende Pauke.
2 Und wenn ich prophetisch reden könnte und alle Geheimnisse
wüsste und alle Erkenntnis hätte; wenn ich alle Glaubenskraft besäße
und Berge damit versetzen könnte, hätte aber die Liebe nicht, wäre
ich nichts.

” Was wir am nötigsten brauchen, ist ein Mensch, der uns dahin bringt, das zu tun, was wir können.

**RALPH W. EMERSON** (1803–1882)

Liebe … Miteinander glauben im gemeinsamen Gebet, Fürbitten teilen. Zusammen auf Gott hoffen und mutig in die Welt gehen. Die Liebe durch das Tun der Liebe wachsen lassen. Einander dienen und sich den Alltag verschönern. Bewusst Zeit zu zweit verbringen. Sich Schuld eingestehen und einander verzeihen – jeden Abend und wenn es nur eine Kleinigkeit war. Beste Freunde sein. Sich für den anderen schön machen. Den anderen als Geschenk annehmen, als Meisterwerk Gottes ehren.

**MARIE UND CORNELIUS**

3 Und wenn ich meine ganze Habe verschenkte und wenn ich meinen
Leib dem Feuer übergäbe, hätte aber die Liebe nicht, nützte es mir
nichts.
4 Die Liebe ist langmütig, die Liebe ist gütig.
Sie ereifert sich nicht, sie prahlt nicht, sie bläht sich nicht auf. 5 Sie
handelt nicht ungehörig, sucht nicht ihren Vorteil, lässt sich nicht
zum Zorn reizen, trägt das Böse nicht nach.
6 Sie freut sich nicht über das Unrecht, sondern freut sich an der
Wahrheit.
7 Sie erträgt alles, glaubt alles, hofft alles, hält allem stand.
8 Die Liebe hört niemals auf. Prophetisches Reden hat ein Ende, Zun-
genrede verstummt, Erkenntnis vergeht. 9 Denn Stückwerk ist unser
Erkennen, Stückwerk unser prophetisches Reden; 10 wenn aber das
Vollendete kommt, vergeht alles Stückwerk.
11 Als ich ein Kind war, redete ich wie ein Kind, dachte wie ein Kind
und urteilte wie ein Kind. Als ich ein Mann wurde, legte ich ab, was
Kind an mir war.
12 Jetzt schauen wir in einen Spiegel und sehen nur rätselhafte Um-
risse, dann aber schauen wir von Angesicht zu Angesicht. Jetzt erken-
ne ich unvollkommen, dann aber werde ich durch und durch erken-
nen, so wie ich auch durch und durch erkannt worden bin.
13 Für jetzt bleiben Glaube, Hoffnung, Liebe, diese drei; doch am
größten unter ihnen ist die Liebe.

Es geht um die Liebe Gottes in den Herzen der Menschen. Das „Hohelied der Liebe" ist der Lieblingstext vieler Hochzeitspaare, weil sie in ihrer Liebe einen Vorschein der göttlichen Liebe erkennen. Paulus aber hat das Lied geschrieben, damit das Leben in der Kirche nicht von Konkurrenz, sondern von wechselseitiger Anteilnahme und Unterstützung bestimmt ist. Die Ehe ist dafür ein besonders schöner Ort.

Es bedeutet mir sehr viel zu spüren, dass Gott mich liebt und mir immer wieder Kraft gibt. Die Beziehung zu Gott und seine unfassbare Liebe sind das Wichtigste in meinem Leben.

**DAVID ALABA,**
Fußballer, Bayern München

Zum Schluss erinnert Paulus die Korinther an das Evangelium, mit dem ihr Glauben begonnen hat.

## Das Evangelium des Lebens (1 Kor 15,3–11)

15 3 Denn vor allem habe ich euch überliefert, was auch ich emp-
fangen habe:
Christus ist für unsere Sünden gestorben, gemäß der Schrift 4 und
ist begraben worden. Er ist am dritten Tag auferweckt worden, gemäß
der Schrift, 5 und erschien dem Kephas, dann den Zwölf.
6 Danach erschien er mehr als fünfhundert Brüdern zugleich; die
meisten von ihnen sind noch am Leben, einige sind entschlafen. 7 Da-
nach erschien er dem Jakobus, dann allen Aposteln. 8 Als Letztem von
allen erschien er auch mir, dem Unerwarteten, der „Missgeburt".
9 Denn ich bin der geringste von den Aposteln; ich bin nicht wert,
Apostel genannt zu werden, weil ich die Kirche Gottes verfolgt habe.
10 Doch durch Gottes Gnade bin ich, was ich bin, und sein gnädiges
Handeln an mir ist nicht ohne Wirkung geblieben. Mehr als sie alle
habe ich mich abgemüht – nicht ich, sondern die Gnade Gottes zu-
sammen mit mir. 11 Ob nun ich verkündige oder die anderen: das
ist unsere Botschaft, und das ist der Glaube, den ihr angenommen
habt.

Wenn aber Christus nicht auferweckt worden ist, dann ist euer Glaube nutzlos und ihr seid immer noch in euren Sünden.

1 Kor 15,17

# DER ZWEITE BRIEF AN DIE KORINTHER

Der Zweite Korintherbrief blickt auf Verstimmungen zwischen dem Apostel und seiner Gemeinde zurück und freut sich über die Versöhnung, die es wieder gegeben hat.

» Bitte, blickt nicht vom Balkon aus auf das Leben! Mischt euch dort ein, wo es Herausforderungen gibt, die eure Hilfe brauchen, um das Leben, den Fortschritt, den Einsatz für die Menschenwürde, den Kampf gegen die Armut, den Kampf für die Werte voranzutragen, und viele andere Kämpfe, auf die wir täglich treffen.

**PAPST FRANZISKUS,** 30.11.2013 zu Studenten in Rom

## Gott will, dass wir frei sind (2 Kor 3,17–4,2)

3 17 Der Herr aber ist der Geist, und wo der Geist des Herrn wirkt,
da ist Freiheit. 18 Wir alle spiegeln mit enthülltem Angesicht die
*Herrlichkeit des Herrn wider* und werden so in sein eigenes Bild verwandelt, von Herrlichkeit zu Herrlichkeit, durch den Geist des Herrn.
4 1 Daher erlahmt unser Eifer nicht in dem Dienst, der uns durch
Gottes Erbarmen übertragen wurde. 2 Wir haben uns von aller
schimpflichen Arglist losgesagt; wir handeln nicht hinterhältig und verfälschen das Wort Gottes nicht, sondern lehren offen die Wahrheit. So empfehlen wir uns vor dem Angesicht Gottes jedem menschlichen Gewissen.

Gerade der schwächste Mensch darf die größte Hoffnung auf die größten Gnaden haben, weil sich Gott dem Elend der Menschen anpasst.

**THÉRÈSE VON LISIEUX**

## Das Bild Gottes – vor unseren Augen (2 Kor 4,3–6)

3 Wenn unser Evangelium dennoch verhüllt ist, ist es nur denen verhüllt, die verloren gehen; 4 denn der Gott dieser Weltzeit hat das Denken der Ungläubigen verblendet. So strahlt ihnen der Glanz der Heilsbotschaft nicht auf, der Botschaft von der Herrlichkeit Christi, der
Gottes Ebenbild ist. 5 Wir verkündigen nämlich nicht uns selbst, sondern Jesus Christus als den Herrn, uns aber als eure Knechte um Jesu
willen. 6 Denn Gott, der sprach: Aus Finsternis soll Licht aufleuchten!, er ist in unseren Herzen aufgeleuchtet, damit wir erleuchtet werden zur Erkenntnis des göttlichen Glanzes auf dem Antlitz Christi.

## Unser Schatz – in zerbrechlichen Gefäßen (2 Kor 4,7–10)

7 Diesen Schatz tragen wir in zerbrechlichen Gefäßen; so wird deutlich, dass das Übermaß der Kraft von Gott und nicht von uns kommt.
8 Von allen Seiten werden wir in die Enge getrieben und finden doch noch Raum; wir wissen weder aus noch ein und verzweifeln dennoch
nicht; 9 wir werden gehetzt und sind doch nicht verlassen; wir werden
niedergestreckt und doch nicht vernichtet. 10 Wohin wir auch kommen, immer tragen wir das Todesleiden Jesu an unserem Leib, damit auch das Leben Jesu an unserem Leib sichtbar wird.

Gott wäre ungerecht und grausam, wenn er jemanden zu einem Gebote verpflichten wollte, das dieser nicht erfüllen kann.

**AUGUSTINUS**

**Unser neues Leben – aus dem Tod (2 Kor 4,11–15)**

11 Denn immer werden wir, obgleich wir leben, um Jesu willen dem Tod ausgeliefert, damit auch das Leben Jesu an unserem sterblichen Fleisch offenbar wird. 12 So erweist an uns der Tod, an euch aber das Leben seine Macht.

13 Doch haben wir den gleichen Geist des Glaubens, von dem es in der Schrift heißt: *Ich habe geglaubt, darum habe ich geredet (Ps 116,10).* Auch wir glauben und darum reden wir.

14 Denn wir wissen, dass der, welcher Jesus, den Herrn, auferweckt hat, auch uns mit Jesus auferwecken und uns zusammen mit euch (vor sein Angesicht) stellen wird. 15 Alles tun wir euretwegen, damit immer mehr Menschen aufgrund der überreich gewordenen Gnade den Dank vervielfachen, Gott zur Ehre.

Fragen wir nie, woher die Prüfungen kommen: Sie kommen von Gott. Denn er ist es, der uns damit die Möglichkeit gibt, ihm unsere Liebe zu beweisen.

**JEAN-MARIE VIANNEY** (Pfarrer von Ars)

**Das Unsichtbare – in unserem Blick (2 Kor 4,16–18)**

16 Darum werden wir nicht müde; wenn auch unser äußerer Mensch aufgerieben wird, der innere wird Tag für Tag erneuert. 17 Denn die kleine Last unserer gegenwärtigen Not schafft uns in maßlosem Übermaß ein ewiges Gewicht an Herrlichkeit, 18 uns, die wir nicht auf das Sichtbare starren, sondern nach dem Unsichtbaren ausblicken; denn das Sichtbare ist vergänglich, das Unsichtbare ist ewig.

**Gottes Zelt – unser Zuhause (2 Kor 5,1–4)**

5 1 Wir wissen: Wenn unser irdisches Zelt abgebrochen wird, dann haben wir eine Wohnung von Gott, ein nicht von Menschenhand errichtetes ewiges Haus im Himmel. 2 Im gegenwärtigen Zustand seufzen wir und sehnen uns danach, mit dem himmlischen Haus überkleidet zu werden.

3 So bekleidet, werden wir nicht nackt erscheinen. 4 Solange wir nämlich in diesem Zelt leben, seufzen wir unter schwerem Druck, weil wir nicht entkleidet, sondern überkleidet werden möchten, damit so das Sterbliche vom Leben verschlungen werde.

Für Christinnen und Christen ist es ganz normal, wenn sie sich ein bisschen „heimatlos" fühlen: vor dem Fernseher, im Spielcasino, in Gesellschaft von schlechten Freunden. „Unsere Heimat ist im Himmel" (Phil 3,20).

**Gottes Geist – wir sind unterwegs (2 Kor 5,5–9)**

5 Gott aber, der uns gerade dazu fähig gemacht hat, er hat uns auch als ersten Anteil den Geist gegeben. 6 Wir sind also immer zuversichtlich, auch wenn wir wissen, dass wir fern vom Herrn in der Fremde leben, solange wir in diesem Leib zu Hause sind; 7 denn als Glaubende gehen wir unseren Weg, nicht als Schauende. 8 Weil wir aber zuversichtlich sind, ziehen wir es vor, aus dem Leib auszuwandern und daheim beim Herrn zu sein. 9 Deswegen suchen wir unsere Ehre darin, ihm zu gefallen, ob wir daheim oder in der Fremde sind.

▶ In der Welt gibt es viel Unvollkommenes. Aber es gibt einen ganz großen Pluspunkt: den Heiligen Geist. Alle, die glauben, haben ihn empfangen. Aber er wirkt auch außerhalb der Kirche.

▶ Christsein heißt: Hoffen. Es braucht keine Angst vor dem Tod zu geben. Jenseits des irdischen Lebens wartet nicht das Nichts, sondern der Himmel.

# DER BRIEF AN DIE GALATER

Der Galaterbrief ist an Christen gerichtet, die im Gebiet der heutigen Türkei lebten. Das Wort „Galater“ leitet sich von „Kelten“ ab. Es sind Migranten, die aber seit langem sesshaft geworden sind.

Paulus setzt sich in einem harten Konflikt mit missionarischen Konkurrenten für die Freiheit der Christen ein. Er zeigt, dass es der Glaube an Jesus Christus ist, der einen Menschen „rechtfertigt“, d. h. sein Verhältnis zu Gott in Ordnung bringt – dank Gottes Gnade. Dieser Glaube ist höchst aktiv. Er ist „wirksam in der Liebe“ (Gal 5,6).

**Eine notwendige Warnung (Gal 5,1–4)**

5 1 Zur Freiheit hat uns Christus befreit. Bleibt daher fest und lasst
euch nicht von neuem das Joch der Knechtschaft auflegen! 2 Hört,
was ich, Paulus, euch sage: Wenn ihr euch beschneiden lasst, wird
Christus euch nichts nützen. 3 Ich versichere noch einmal jedem, der
sich beschneiden lässt: Er ist verpflichtet, das ganze Gesetz zu halten.
4 Wenn ihr also durch das Gesetz gerecht werden wollt, dann habt ihr
mit Christus nichts mehr zu tun; ihr seid aus der Gnade heraus gefallen.

▶ Die Beschneidung ist ein Zeichen des Glaubens für jüdische Menschen (↗ Röm 4,11). Heidenchristen brauchen es nicht. Wer es verlangt, tut so, als ob die Taufe nicht reicht. Das war einer der ganz großen Konflikte im Urchristentum. Paulus hat sich durchgesetzt. Nur so konnte eine Weltkirche entstehen.

**Eine große Zuversicht (Gal 5,5–11)**

5 Wir aber erwarten die erhoffte Gerechtigkeit kraft des Geistes und
aufgrund des Glaubens. 6 Denn in Christus Jesus kommt es nicht darauf an, beschnitten oder unbeschnitten zu sein, sondern darauf, den
Glauben zu haben, der in der Liebe wirksam ist.
7 Ihr wart auf dem richtigen Weg. Wer hat euch gehindert, weiter der
Wahrheit zu folgen? 8 Was man auch gesagt hat, um euch zu überreden: es kommt nicht von dem, der euch berufen hat. 9 Ein wenig
Sauerteig durchsäuert den ganzen Teig.
10 Doch im Glauben an den Herrn bin ich fest davon überzeugt, dass
ihr keine andere Lehre annehmen werdet. Wer euch verwirrt, der wird
das Urteil Gottes zu tragen haben, wer es auch sei. 11 Man behauptet sogar, dass ich selbst noch die Beschneidung verkündige. Warum,
meine Brüder, werde ich dann verfolgt? Damit wäre ja das Ärgernis
des Kreuzes beseitigt.

▶ Das ist ein Kernsatz des Christseins: Der Glaube ist aktiv. Die Liebe kommt nicht noch irgendwie dazu; sie gehört von vornherein mit dem Glauben zusammen.

▶ Paulus war vor seiner Bekehrung vielleicht ein jüdischer Missionar.

▶ Das Kreuz ist ein Ärgernis (1 Kor 1,23), weil es ein Folterinstrument ist.

## Freiheit – eine Chance für die Liebe (Gal 5,13–15)

13 Ihr seid zur Freiheit berufen, Brüder. Nur nehmt die Freiheit nicht
zum Vorwand für das Fleisch, sondern dient einander in Liebe!
14 Denn das ganze Gesetz ist in dem einen Wort zusammengefasst: *Du
sollst deinen Nächsten lieben wie dich selbst! (Lev 19,18).* 15 Wenn ihr
einander beißt und verschlingt, dann gebt Acht, dass ihr euch nicht
gegenseitig umbringt.

Der frz. Grafiker Honoré Daumier (1808–1879) hat mit spitzer Feder die geheime Bosheit seiner Zeitgenossen karikiert. Das Gegenmittel beschreibt der amerikanische Bürgerrechtler und Pastor Martin Luther King: „Ich werde nie jemandem erlauben, meine Seele dadurch kleinzumachen, dass er mich dazu bringt, ihn zu hassen."

## Der Heilige Geist – aktiv gegen den Egoismus (Gal 5,16–21)

16 Darum sage ich: Lasst euch vom Geist leiten, dann werdet ihr das
Begehren des Fleisches nicht erfüllen. 17 Denn das Begehren des Flei-
sches richtet sich gegen den Geist, das Begehren des Geistes aber
gegen das Fleisch; beide stehen sich als Feinde gegenüber, so dass
ihr nicht imstande seid, das zu tun, was ihr wollt. 18 Wenn ihr euch
aber vom Geist führen lasst, dann steht ihr nicht unter dem Gesetz.
19 Die Werke des Fleisches sind deutlich erkennbar: Unzucht, Un-
sittlichkeit, ausschweifendes Leben, 20 Götzendienst, Zauberei, Feind-
schaften, Streit, Eifersucht, Jähzorn, Eigennutz, Spaltungen, Parteiun-

gen, 21 Neid und Missgunst, Trink- und Essgelage und Ähnliches mehr.
Ich wiederhole, was ich euch schon früher gesagt habe: Wer so etwas
tut, wird das Reich Gottes nicht erben.

Y → 120, 311
Was tut der Heilige Geist in meinem Leben?

Was sind die Früchte des Heiligen Geistes?

## Die Frucht des Geistes – Liebe (Gal 5,22–26)

22 Die Frucht des Geistes aber ist Liebe, Freude, Friede, Langmut,
Freundlichkeit, Güte, Treue, 23 Sanftmut und Selbstbeherrschung; dem
allem widerspricht das Gesetz nicht.
24 Alle, die zu Christus Jesus gehören, haben das Fleisch und damit
ihre Leidenschaften und Begierden gekreuzigt.
25 Wenn wir aus dem Geist leben, dann wollen wir dem Geist auch
folgen. 26 Wir wollen nicht prahlen, nicht miteinander streiten und ei-
nander nichts nachtragen.

▶ Das Kreuz Jesu ist ein Tod, der zum Leben führt. So ist auch nach Paulus die Selbstüberwindung der Weg zur Selbstverwirklichung. Wer lebt wie Jesus, wird ein neuer Mensch – im Heiligen Geist.

„Correctio fraterna" – brüderliche Zurechtweisung – nennt man die christliche Art mit Diskretion und Liebe einem anderen auf den rechten Weg zu helfen.

## Das Gesetz Christi – Vergebung (Gal 6,1–2)

6 1 Wenn einer sich zu einer Verfehlung hinreißen lässt, meine Brü-
der, so sollt ihr, die ihr vom Geist erfüllt seid, ihn im Geist der
Sanftmut wieder auf den rechten Weg bringen. Doch gib Acht, dass du
nicht selbst in Versuchung gerätst.
2 Einer trage des anderen Last; so werdet ihr das Gesetz Christi er-
füllen.

▶ Das Gesetz Christi ist das Gebot der Liebe.

# DER BRIEF AN DIE EPHESER

Der Epheserbrief denkt über das Geheimnis der Kirche nach, in der Gottes Frieden erfahren werden kann. Er beginnt mit einem Lobpreis der Gnade Gottes, der die Christen zum Glauben in der Kirche geführt hat.

**Gelobt sei Gott (Eph 1,3–14)**

1 3 Gepriesen sei der Gott und Vater
unseres Herrn Jesus Christus:
Er hat uns mit allem Segen seines Geistes gesegnet
durch unsere Gemeinschaft mit Christus im Himmel.
4 Denn in ihm hat er uns erwählt vor der Erschaffung der Welt,
damit wir heilig und untadelig leben vor Gott;
5 er hat uns aus Liebe im Voraus dazu bestimmt,
seine Söhne zu werden durch Jesus Christus

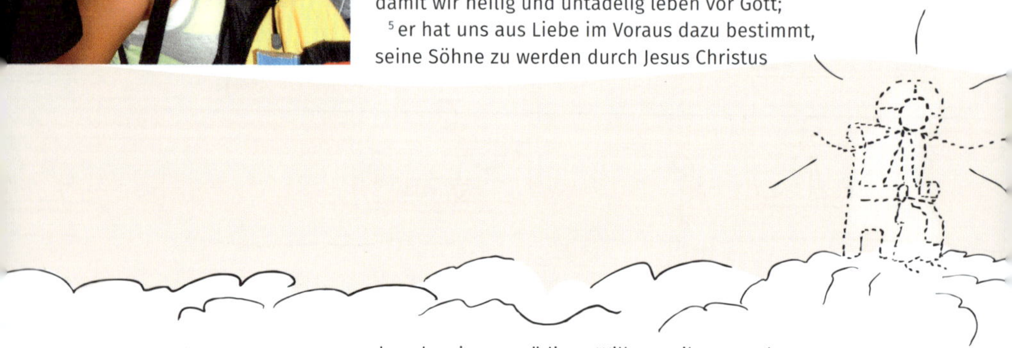

und nach seinem gnädigen Willen zu ihm zu gelangen,
6 zum Lob seiner herrlichen Gnade.
Er hat sie uns geschenkt in seinem geliebten Sohn;
7 durch sein Blut haben wir die Erlösung,
die Vergebung der Sünden nach dem Reichtum seiner Gnade.
8 Durch sie hat er uns mit aller Weisheit und Einsicht reich beschenkt
9 und hat uns das Geheimnis seines Willens kundgetan,
wie er es gnädig im Voraus bestimmt hat:
10 Er hat beschlossen, die Fülle der Zeiten heraufzuführen,
in Christus alles zu vereinen, alles, was im Himmel und auf Erden ist.
11 Durch ihn sind wir auch als Erben vorherbestimmt und eingesetzt
nach dem Plan dessen, der alles so verwirklicht,
wie er es in seinem Willen beschließt;
12 wir sind zum Lob seiner Herrlichkeit bestimmt,
die wir schon früher auf Christus gehofft haben.
13 Durch ihn habt auch ihr das Wort der Wahrheit gehört, das Evangelium von eurer Rettung;
durch ihn habt ihr das Siegel des verheißenen Heiligen Geistes empfangen, als ihr den Glauben annahmt.
14 Der Geist ist der erste Anteil des Erbes, das wir erhalten sollen,
der Erlösung, durch die wir Gottes Eigentum werden,
zum Lob seiner Herrlichkeit.

> Gott will Menschen, die ihn preisen, anbeten, loben und ihm danken können.
>
> **SØREN AABYE KIERKEGAARD**

> Gott ist kein Unbekannter, keine Hypothese – vielleicht über den ersten Anfang des Kosmos. Gott hat Fleisch und Blut. Er ist einer von uns. Wir kennen sein Angesicht, seinen Namen. Er ist Jesus Christus, der im Evangelium zu uns spricht. Er ist Mensch und Gott. Und weil er Gott ist, hat er den Menschen gewählt, damit wir Gott wählen können. Man muss also Jesus kennenlernen und dann mit ihm Freundschaft schließen, um mit ihm zu gehen.
>
> **PAPST BENEDIKT XVI.**, 7.2.2008

**Komm, Heiliger Geist, in deine Kirche (Eph 1,15–23)**
15–16 Darum höre ich nicht auf, für euch zu danken, wenn ich in mei-
nen Gebeten an euch denke; denn ich habe von eurem Glauben an
Jesus, den Herrn, und von eurer Liebe zu allen Heiligen gehört.
17 Der Gott Jesu Christi, unseres Herrn, der Vater der Herrlichkeit,
gebe euch den Geist der Weisheit und Offenbarung, damit ihr ihn er-
kennt.
18 Er erleuchte die Augen eures Herzens, damit ihr versteht, zu wel-
cher Hoffnung ihr durch ihn berufen seid, welchen Reichtum die
Herrlichkeit seines Erbes den Heiligen schenkt 19 und wie überragend
groß seine Macht sich an uns, den Gläubigen, erweist durch das Wir-
ken seiner Kraft und Stärke.
20 Er hat sie an Christus erwiesen, den er von den Toten auferweckt
und im Himmel auf den Platz *zu seiner Rechten* erhoben hat, 21 hoch
über alle Fürsten und Gewalten, Mächte und Herrschaften und über
jeden Namen, der nicht nur in dieser Welt, sondern auch in der zu-
künftigen genannt wird.
22 *Alles hat er ihm zu Füßen gelegt* und ihn, der als Haupt alles über-
ragt, über die Kirche gesetzt. 23 Sie ist sein Leib und wird von ihm
erfüllt, der das All ganz und gar beherrscht.

Lasst keinen je zu euch kommen, ohne dass er besser und glücklicher wieder geht. Seid lebendiger Ausdruck der Güte Gottes: Güte in eurem Gesicht, Güte in euren Augen, Güte in eurem Lächeln, Güte in eurem warmen Gruß. In den Slums sind wir das Licht der Güte Gottes für die Armen. Den Kindern, den Armen, allen, die leiden und einsam sind, gebt immer ein glückliches Lächeln.

**MUTTER TERESA**

In der Mitte des Briefes werden die Epheser an das Evangelium erinnert, mit dem ihr Glaube begonnen hat.

**Wir sind getauft (Eph 4,1–6)**
4 1 Ich, der ich um des Herrn willen im Gefängnis bin, ermahne euch,
ein Leben zu führen, das des Rufes würdig ist, der an euch erging.
2 Seid demütig, friedfertig und geduldig, ertragt einander in Liebe
3 und bemüht euch, die Einheit des Geistes zu wahren durch den Frie-
den, der euch zusammenhält.
4 Ein Leib und ein Geist, wie euch durch eure Berufung auch eine
gemeinsame Hoffnung gegeben ist; 5 ein Herr, ein Glaube, eine
Taufe,
6 ein Gott und Vater aller, der über allem und durch alles und in
allem ist.

▶ Die Kirche ist *eine* – weil es nur einen Gott gibt. Die Taufe schafft die Verbindung. Die Einheit der Kirche ist nicht Uniformität, sondern eine Gemeinschaft von vielen ganz unterschiedlichen Menschen, die allesamt ihr ganzes Leben auf Gott setzen.

**Jesus Christus ist unser Herr (Eph 4,7–10)**
7 Aber jeder von uns empfing die Gnade in dem Maß, wie Christus
sie ihm geschenkt hat. 8 Deshalb heißt es: *Er stieg hinauf zur Höhe
und erbeutete Gefangene*, er gab den *Menschen Geschenke*. 9 Wenn er
aber *hinaufstieg, was bedeutet dies anderes, als dass er auch zur Erde
herabstieg?* 10 Derselbe, der herabstieg, ist auch hinaufgestiegen bis
zum höchsten Himmel, um das All zu beherrschen.

▶ Jesus, zur Rechten Gottes erhöht, ist derselbe, der auf Erden gelebt hat und gestorben ist. Deshalb nutzt er seine Stellung als Auferstandener, um weiterhin Gottes Segensgaben zu verteilen.

# DER BRIEF AN DIE PHILIPPER

Den Philipperbrief hat Paulus aus dem Gefängnis heraus geschrieben. Er ist unschuldig inhaftiert worden: bloß, weil er das Evangelium verkündet hat. Er weiß nicht, ob er wieder frei kommt oder zum Tode verurteilt wird. Er freut sich über die starke Unterstützung der Gemeinde von Philippi und will sich mit dem Brief für ihre Hilfe bedanken. Er will aber auch seinen eigenen Glauben mit den Philippern teilen und sie warnen, nicht auf einen falschen Weg zu geraten. Obwohl Paulus dem Tod ins Auge schaut, sieht er Grund zu tiefer Freude; denn er weiß: Jesus Christus ist an seiner Seite.

**Anschrift und Gruß (Phil 1,1–2)**

1 [1] Paulus und Timotheus, Knechte Christi Jesu, an alle Heiligen in
Christus Jesus, die in Philippi sind, mit ihren Bischöfen und Dia-
konen. [2] Gnade sei mit euch und Friede von Gott, unserem Vater, und
dem Herrn Jesus Christus.

**Dank und Fürbitte des Apostels (Phil 1,3–11)**

[3] Ich danke meinem Gott jedes Mal, wenn ich an euch denke; [4] im-
mer, wenn ich für euch alle bete, tue ich es mit Freude [5] und danke
Gott dafür, dass ihr euch gemeinsam für das Evangelium eingesetzt
habt vom ersten Tag an bis jetzt. [6] Ich vertraue darauf, dass er, der bei
euch das gute Werk begonnen hat, es auch vollenden wird bis zum
Tag Christi Jesu. [7] Es ist nur recht, dass ich so über euch alle denke,
weil ich euch ins Herz geschlossen habe. Denn ihr alle habt Anteil an
der Gnade, die mir durch meine Gefangenschaft und die Verteidigung
und Bekräftigung des Evangeliums gewährt ist. [8] Gott ist mein Zeu-
ge, wie ich mich nach euch allen sehne mit der herzlichen Liebe, die
Christus Jesus zu euch hat.
[9] Und ich bete darum, dass eure Liebe immer noch reicher an Ein-
sicht und Verständnis wird, [10] damit ihr beurteilen könnt, worauf
es ankommt. Dann werdet ihr rein und ohne Tadel sein für den Tag
Christi, [11] reich an der Frucht der Gerechtigkeit, die Jesus Christus gibt,
zur Ehre und zum Lob Gottes.

▶ In einem Brief nannte sich damals zuerst der Absender. Paulus hat die Gemeinde von Philippi gegründet (↗ Apg 16,11–40); Timotheus ist einer seiner wichtigsten Mitarbeiter. Die „Heiligen“ sind für Paulus alle Gemeindemitglieder, weil alle durch die Taufe mit Gott verbunden sind. Die „Bischöfe“ und „Diakone“ gehören zum Leitungsteam der Gemeinde. Sie hatten in der Anfangszeit noch nicht dieselben Aufgaben wie Bischöfe und Diakone heute.

▶ Der „Tag Christi“ (v6) ist hier der letzte Tag der Wiederkunft Christi.

„ 2000 Jahre nach Christi Geburt befinden wir uns wieder in einer höchst gefährlichen Wendezeit.

**PATRICK ROTH**, deutscher Schriftsteller

### Paulus verkündet das Evangelium – und nicht allen gefällt es (Phil 1,12–19)

12 Ihr sollt wissen, Brüder, dass alles, was mir zugestoßen ist, die
Verbreitung des Evangeliums gefördert hat. 13 Denn im ganzen Präto-
rium und bei allen Übrigen ist offenbar geworden, dass ich um Christi
willen im Gefängnis bin. 14 Und die meisten der Brüder sind durch
meine Gefangenschaft zuversichtlich geworden im Glauben an den
Herrn und wagen umso kühner, das Wort Gottes furchtlos zu sagen.
15 Einige verkündigen Christus zwar aus Neid und Streitsucht, andere
aber in guter Absicht.
16 Die einen predigen Christus aus Liebe, weil sie wissen, dass ich zur
Verteidigung des Evangeliums bestimmt bin, 17 die andern aus Ehr-
geiz, nicht in redlicher Gesinnung; sie möchten die Last meiner Ket-
ten noch schwerer machen. 18 Aber was liegt daran? Auf jede Weise,
ob in unlauterer oder lauterer Absicht, wird Christus verkündigt und
darüber freue ich mich. Aber ich werde mich auch in Zukunft freuen.
19 Denn ich weiß: *Das wird zu meiner Rettung führen* durch euer Gebet
und durch die Hilfe des Geistes Jesu Christi.

▶ Die Anrede „Brüder“ in den neutestamentlichen Briefen meint Männer wie Frauen gleichermaßen. So war der Stil der Zeit.

▶ Das Prätorium ist das politische Zentrum der Stadt, in der Paulus inhaftiert war, entweder in Rom oder in Ephesus.

Wenn du bloß betest, so betest du für dich allein. Wenn du aber für alle betest, so beten alle für dich.

**AMBROSIUS VON MAILAND** (340–397), Kirchenlehrer

### Die große Hoffnung des Apostels im Leben und Sterben: mit Christus sein (Phil 1,20–26)

20 Darauf warte und hoffe ich, dass ich in keiner Hinsicht beschämt
werde, dass vielmehr Christus in aller Öffentlichkeit – wie immer, so
auch jetzt – durch meinen Leib verherrlicht wird, ob ich lebe oder
sterbe. 21 Denn für mich ist Christus das Leben und Sterben Gewinn.
22 Wenn ich aber weiterleben soll, bedeutet das für mich fruchtbare
Arbeit. Was soll ich wählen? Ich weiß es nicht. 23 Es zieht mich nach
beiden Seiten: Ich sehne mich danach, aufzubrechen und bei Christus
zu sein – um wie viel besser wäre das!
24 Aber euretwegen ist es notwendiger, dass ich am Leben bleibe.
25 Im Vertrauen darauf weiß ich, dass ich bleiben und bei euch allen
ausharren werde, um euch im Glauben zu fördern und zu erfreuen,
26 damit ihr euch in Christus Jesus umso mehr meiner rühmen könnt,
wenn ich wieder zu euch komme.

? Lasse ich mich einschüchtern, wenn der Glaube an Gott lächerlich gemacht wird? Oder bin ich ein „Kämpfer“, wie Paulus einer war?

▶ Paulus muss damit rechnen, dass er um seines Glaubens will getötet wird.

▶ „In Christus“ – das ist für Paulus der Ort, an dem er leben und sterben will. „In Christus“ heißt: in der Liebe, in der Gemeinschaft, in der Freundschaft, die er schenkt. Der auferstandene Jesus ist wie ein Haus, in dem man wohnen (2 Kor 5,14), wie ein Kleid, das man anziehen (Gal 3,26ff.), wie eine zweite Haut, in die man hineinschlüpfen kann (1 Kor 15,48f.).

### Die Mahnung des Apostels: Lasst euch nicht einschüchtern! (Phil 1,27–30)

27 Vor allem: Lebt als Gemeinde so, wie es dem Evangelium Christi
entspricht. Ob ich komme und euch sehe oder ob ich fern bin, ich
möchte hören, dass ihr in dem einen Geist feststeht, einmütig für
den Glauben an das Evangelium kämpft 28 und euch in keinem Fall von
euren Gegnern einschüchtern lasst. Das wird für sie ein Zeichen dafür

> Ich glaube, dass nichts Großes geschieht ohne Leiden und Demütigung und dass durch Demütigung und Leiden alles möglich ist.
>
> **JOHN HENRY NEWMAN**

> Ihr wisst alle, wie tief die Gemeinschaft der Glaubenden in letzter Zeit verwundet wurde durch Attacken des Bösen, durch das Eindringen der Sünde selbst in das Innere, ja das Herz der Kirche. Nehmt es nicht zum Vorwand, Gottes Angesicht zu fliehen! Ihr selbst seid der Leib Christi, die Kirche! Bringt das unverbrauchte Feuer Eurer Liebe in die Kirche ein, sooft Menschen ihr Antlitz auch entstellt haben!
>
> **PAPST BENEDIKT XVI.**, im Vorwort zum YOUCAT

sein, dass sie verloren sind und ihr gerettet werdet, ein Zeichen, das
von Gott kommt. 29 Denn euch wurde die Gnade zuteil, für Christus da
zu sein, also nicht nur an ihn zu glauben, sondern auch seinetwegen
zu leiden. 30 Denn ihr habt den gleichen Kampf zu bestehen, den ihr
früher an mir gesehen habt und von dem ihr auch jetzt hört.

**Haltet zusammen! (Phil 2,1–4)**

2 1 Wenn es also Ermahnung in Christus gibt, Zuspruch aus Liebe,
eine Gemeinschaft des Geistes, herzliche Zuneigung und Erbar-
men, 2 dann macht meine Freude dadurch vollkommen, dass ihr eines
Sinnes seid, einander in Liebe verbunden, einmütig und einträchtig,
3 dass ihr nichts aus Ehrgeiz und nichts aus Prahlerei tut. Sondern in
Demut schätze einer den andern höher ein als sich selbst.
4 Jeder achte nicht nur auf das eigene Wohl, sondern auch auf das
der anderen.

**Das Glaubenslied von Jesus Christus (Phil 2,5–11)**

5 Seid untereinander so gesinnt, wie es dem Leben in Christus Jesus
entspricht: 6 Er war Gott gleich, hielt aber nicht daran fest, wie Gott
zu sein, 7 sondern er entäußerte sich und wurde wie ein
Sklave und den Menschen gleich. Sein Leben war das
eines Menschen; 8 er erniedrigte sich und war gehor-
sam bis zum Tod, bis zum Tod am Kreuz.

> ▶ Das große Lied des Glaubens zeichnet den ganzen → Weg Jesu nach: vom Himmel auf die Erde und wieder zurück. Jesus Christus hatte alles: Er war wie Gott. Aber er hat alles hingegeben: Er hat das Leben der Menschen geteilt; er ist den Tod am Kreuz gestorben. Aber Gott der Vater hat ihn nicht im Grab gelassen. Er hat ihn über alle und alles erhöht. Alle sollen und werden ihn als den Herrn anrufen. Dann ist die Ehre Gottes das Heil der Menschen in Vollendung. Der Hymnus wird bis heute im Gottesdienst gesungen. Er endet mit einem Grundbekenntnis des Glaubens: „Jesus Christus ist der Herr" (1 Kor 12,3).

9 Darum hat ihn Gott über alle erhöht und ihm den Namen verliehen,
der größer ist als alle Namen, 10 damit alle im Himmel, auf der Erde
und unter der Erde ihre *Knie beugen* vor dem Namen Jesu
11 *und jeder Mund bekennt:* „Jesus Christus ist der Herr" – zur Ehre
Gottes, des Vaters.

**Auf Gott setzen! (Phil 2,12–18)**

12 Darum, liebe Brüder – ihr wart ja immer gehorsam, nicht nur in
meiner Gegenwart, sondern noch viel mehr jetzt in meiner Abwesen-
heit –: müht euch mit Furcht und Zittern um euer Heil!
13 Denn Gott ist es, der in euch das Wollen und das Vollbringen be-
wirkt, noch über euren guten Willen hinaus. 14 Tut alles ohne Murren
und Bedenken, 15 damit ihr rein und ohne Tadel seid, *Kinder Gottes
ohne Makel* mitten in einer *verdorbenen und verwirrten Generation,*
unter der ihr als Lichter in der Welt leuchtet. 16 Haltet fest am Wort
des Lebens, mir zum Ruhm für den Tag Christi, damit ich nicht vergeb-
lich gelaufen bin oder mich *umsonst abgemüht habe.*
17 Wenn auch mein Leben dargebracht wird zusammen mit dem Op-
fer und Gottesdienst eures Glaubens, freue ich mich dennoch und ich
freue mich mit euch allen. 18 Ebenso sollt auch ihr euch freuen; freut
euch mit mir!

> Willst du ewige Freude haben, häng dich an den, der ewig ist.
>
> **AUGUSTINUS**

**Paulus kümmert sich um seine Leute: Timotheus (Phil 2,19–24)**
19 Ich hoffe aber im Vertrauen auf Jesus, den Herrn, dass ich Timo-
theus bald zu euch schicken kann, damit auch ich ermutigt werde,
wenn ich erfahre, wie es um euch steht. 20 Ich habe keinen Gleich-
gesinnten, der so aufrichtig um eure Sache besorgt ist; 21 denn alle
suchen ihren Vorteil, nicht die Sache Jesu Christi. 22 Ihr wisst ja, wie er
sich bewährt hat: Wie ein Kind dem Vater – so hat er mit mir zusam-
men dem Evangelium gedient. 23 Ihn also hoffe ich schicken zu kön-
nen, sobald ich meine Lage übersehe. 24 Doch ich habe die Zuversicht
im Herrn, dass auch ich bald kommen kann.

Ich möchte das Evangelium in allen fünf Erdteilen gleichzeitig verkünden, bis zu den fernsten Inseln ... Ich möchte Missionarin sein, nicht nur für einige Jahre, sondern möchte es gewesen sein von Anbeginn der Welt und es bleiben bis ans Ende der Zeiten.

**THÉRÈSE VON LISIEUX** verbrachte ihr ganzes Leben im Kloster. 1927 wurde sie zur „Patronin der Weltmission" ernannt.

**Epaphroditus, der Bote aus Philippi (Phil 2,25–30)**
25 Ich hielt es aber für notwendig, Epaphroditus, meinen Bruder,
Mitarbeiter und Mitstreiter, euren Abgesandten und Helfer in meiner
Not, zu euch zu schicken. 26 Er sehnte sich danach, euch alle wieder
zu sehen, und war beunruhigt, weil ihr gehört hattet, dass er krank
geworden war. 27 Er war tatsächlich so krank, dass er dem Tod nahe
war. Aber Gott hatte Erbarmen mit ihm, und nicht nur mit ihm, son-
dern auch mit mir, damit ich nicht vom Kummer überwältigt würde.
28 Umso mehr beeile ich mich, ihn zu schicken, damit ihr euch wieder
freut, wenn ihr ihn seht, und auch ich weniger Kummer habe. 29 Nehmt
ihn also im Herrn mit aller Freude auf und haltet Menschen wie ihn in

Wo wären wir heute, wenn man zu Kolumbus gesagt hätte: Christoph, bleiben Sie hier. Warten Sie mit Ihrer Entdeckungsreise, bis unsere wichtigsten Probleme gelöst sind – Krieg und Hungersnot, Armut und Kriminalität; Umweltverschmutzung und Krankheiten, Analphabetismus und Rassenhass.

**BILL GATES** (*1955)

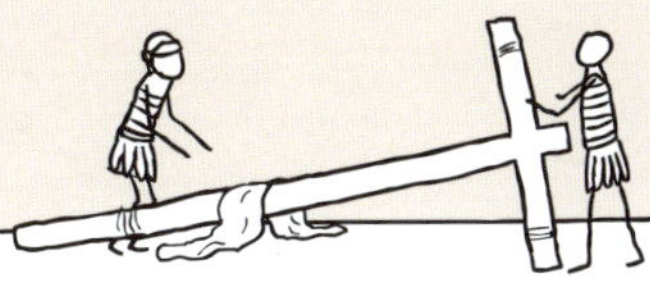

Ehren, 30 denn wegen seiner Arbeit für Christus kam er dem Tod nahe.
Er hat sein Leben aufs Spiel gesetzt, um zu vollenden, was an eurem
Dienst für mich noch gefehlt hat.

Gebt mir zehn selbstlose Leute, das genügt mir, um mit ihnen die ganze Welt zu bekehren.

**PHILIPP NERI** (1515–1595), italienischer Volksheiliger, der besonders in Rom eine neue Bewegung des Glaubens auslöste

**Freut euch! (Phil 3,1)**
3 1 Vor allem, meine Brüder, freut euch im Herrn! Euch immer das
Gleiche zu schreiben wird mir nicht lästig, euch aber macht es
sicher.

**Paulus kritisiert seine Gegner (Phil 3,2–4)**
2 Gebt Acht auf diese Hunde, gebt Acht auf die falschen Lehrer, gebt
Acht auf die Verschnittenen!
3 Denn die Beschnittenen sind wir, die wir im Geist Gottes dienen
und uns in Christus Jesus rühmen und nicht auf irdische Vorzüge ver-
trauen, 4 obwohl ich mein Vertrauen auch auf irdische Vorzüge setzen
könnte. Wenn ein anderer meint, er könne auf irdische Vorzüge ver-
trauen, so könnte ich es noch mehr.

Paulus kann auch polemisch sein. Zwar zeigt er in Röm 4,11, dass er durchaus Respekt vor der Beschneidung („Siegel der Glaubensgerechtigkeit") hat, hier aber geht er hart mit denen ins Gericht, die Äußerlichkeiten über die Umkehr des Herzens stellen.

**Paulus beschreibt seinen Weg zum Glauben (Phil 3,5–11)**
5 Ich wurde am achten Tag beschnitten, bin aus dem Volk Israel, vom
Stamm Benjamin, ein Hebräer von Hebräern, lebte als Pharisäer nach
dem Gesetz, 6 verfolgte voll Eifer die Kirche und war untadelig in der
Gerechtigkeit, wie sie das Gesetz vorschreibt. 7 Doch was mir damals

Paulus ist als Jude aufgewachsen. Alles hat sich für ihn durch die Begegnung mit Jesus Christus geändert (↗ Gal 1,13–16). Er hat ihn erkannt.

Ich werde niemals vergessen, wie ich mein Leben Jesus übergeben habe. Ich las die Pfingsterzählung in der Bibel und mir wurde klar, dass derselbe Heilige Geist, der den Aposteln die Kraft gegeben hat, große Dinge zu tun, auch wollte, dass ich in meinem Leben große Dinge tue. Da wusste ich, dass es das größte Abenteuer sein würde, mein Leben einfach Jesus zu schenken.

**KARA**

Paulus ist sportlich. Er vergleicht sich mit einem Marathonläufer. Der Weg ist lang. Man braucht gutes Training. Aber das Ziel lohnt. Deshalb ist Paulus motiviert.

ein Gewinn war, das habe ich um Christi willen als Verlust erkannt. 8 Ja
noch mehr: ich sehe alles als Verlust an, weil die Erkenntnis Christi
Jesu, meines Herrn, alles übertrifft. Seinetwegen habe ich alles aufgegeben und halte es für Unrat, um Christus zu gewinnen 9 und in ihm
zu sein.

Nicht meine eigene Gerechtigkeit suche ich, die aus dem Gesetz hervorgeht, sondern jene, die durch den Glauben an Christus kommt,
die Gerechtigkeit, die Gott aufgrund des Glaubens schenkt. 10 Chris-
tus will ich erkennen und die Macht seiner Auferstehung und die Gemeinschaft mit seinen Leiden; sein Tod soll mich prägen. 11 So hoffe
ich, auch zur Auferstehung von den Toten zu gelangen.

**Paulus ist immer noch auf dem Weg (Phil 3,12–14)**

12 Nicht dass ich es schon erreicht hätte oder dass ich schon vollendet wäre. Aber ich strebe danach, es zu ergreifen, weil auch ich von
Christus Jesus ergriffen worden bin. 13 Brüder, ich bilde mir nicht ein,
dass ich es schon ergriffen hätte. Eines aber tue ich: Ich vergesse,
was hinter mir liegt, und strecke mich nach dem aus, was vor mir ist.
14 Das Ziel vor Augen, jage ich nach dem Siegespreis: der himmlischen
Berufung, die Gott uns in Christus Jesus schenkt.

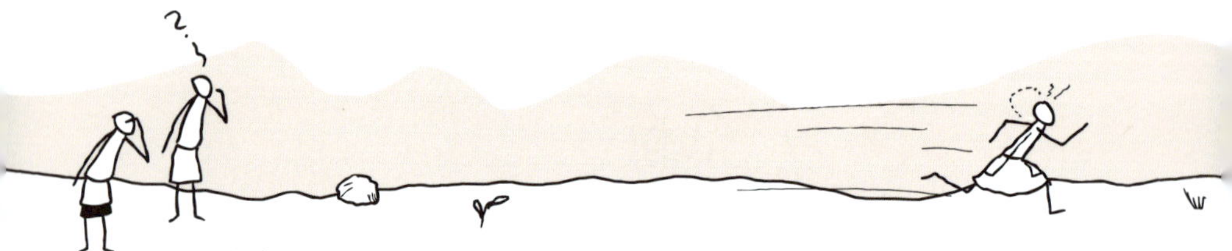

Ein Graffito von einem Sportplatz im alten Rom zeigt einen Gekreuzigten mit Eselskopf. Die Karikatur trägt die Aufschrift: „Alexamenos betet seinen Gott an", und verspottet damit einen Christen, der einen am Kreuz hingerichteten Verbrecher als Gott verehrt.

Y → 342
Sollen wir alle „Heilige" werden?

**Die Philipper sollen mitgehen (Phil 3,15–21)**

15 Das wollen wir bedenken, wir Vollkommenen. Und wenn ihr anders
über etwas denkt, wird Gott euch auch das offenbaren. 16 Nur müssen
wir festhalten, was wir erreicht haben. 17 Ahmt auch ihr mich nach,
Brüder, und achtet auf jene, die nach dem Vorbild leben, das ihr an
uns habt. 18 Denn viele – von denen ich oft zu euch gesprochen habe,
doch jetzt unter Tränen spreche – leben als Feinde des Kreuzes Chris-
ti. 19 Ihr Ende ist das Verderben, ihr Gott der Bauch; ihr Ruhm besteht
in ihrer Schande; Irdisches haben sie im Sinn. 20 Unsere Heimat aber
ist im Himmel. Von dorther erwarten wir auch Jesus Christus, den
Herrn, als Retter, 21 der unseren armseligen Leib verwandeln wird in
die Gestalt seines verherrlichten Leibes, in der Kraft, mit der er sich
alles unterwerfen kann.

**Die Philipper müssen zusammenhalten (Phil 4,1–3)**

4 1 Darum, meine geliebten Brüder, nach denen ich mich sehne, meine Freude und mein Ehrenkranz, steht fest in der Gemeinschaft
mit dem Herrn, liebe Brüder. 2 Ich ermahne Evodia und ich ermahne
Syntyche, einmütig zu sein im Herrn. 3 Ja, ich bitte auch dich, treuer
Gefährte, nimm dich ihrer an! Sie haben mit mir für das Evangelium
gekämpft, zusammen mit Klemens und meinen anderen Mitarbeitern.
Ihre Namen stehen im *Buch des Lebens*.

### Noch einmal: Es gibt Grund zur Freude (Phil 4,4–9)

4 Freut euch im Herrn zu jeder Zeit! Noch einmal sage ich: Freut euch!
5 Eure Güte werde allen Menschen bekannt. Der Herr ist nahe.
6 Sorgt euch um nichts, sondern bringt in jeder Lage betend und
flehend eure Bitten mit Dank vor Gott! 7 Und der Friede Gottes, der
alles Verstehen übersteigt, wird eure Herzen und eure Gedanken in
der Gemeinschaft mit Christus Jesus bewahren.
8 Schließlich, Brüder: Was immer wahrhaft, edel, recht, was lauter,
liebenswert, ansprechend ist, was Tugend heißt und lobenswert ist,
darauf seid bedacht! 9 Was ihr gelernt und angenommen, gehört und
an mir gesehen habt, das tut! Und der Gott des Friedens wird mit
euch sein.

### Paulus dankt den Philippern (Phil 4,10–20)

10 Ich habe mich im Herrn besonders gefreut, dass ihr eure Sorge
für mich wieder einmal entfalten konntet. Ihr hattet schon daran gedacht, aber es fehlte euch die Gelegenheit dazu.
11 Ich sage das nicht, weil ich etwa Mangel leide. Denn ich habe gelernt, mich in jeder Lage zurechtzufinden: 12 Ich weiß Entbehrungen zu
ertragen, ich kann im Überfluss leben. In jedes und alles bin ich ein-

geweiht: in Sattsein und Hungern, Überfluss und Entbehrung. 13 Alles
vermag ich durch ihn, der mir Kraft gibt.
14 Trotzdem habt ihr recht daran getan, an meiner Bedrängnis teilzunehmen. 15 Ihr wisst selbst, ihr Philipper, dass ich beim Beginn der
Verkündigung des Evangeliums, als ich aus Mazedonien aufbrach, mit
keiner Gemeinde durch Geben und Nehmen verbunden war außer mit
euch 16 und dass ihr mir in Thessalonich und auch sonst das eine und
andere Mal etwas geschickt habt, um mir zu helfen.
17 Es geht mir nicht um die Gabe, es geht mir um den Gewinn, der
euch mit Zinsen gutgeschrieben wird. 18 Ich habe alles empfangen
und habe jetzt mehr als genug. Mir fehlt nichts mehr, seit ich von
Epaphroditus eure Gaben erhielt, ein schönes Opfer, eine angenehme
Opfergabe, die Gott gefällt. 19 Mein Gott aber wird euch durch Christus
Jesus alles, was ihr nötig habt, aus dem Reichtum seiner Herrlichkeit schenken. 20 Unserem Gott und Vater sei die Ehre in alle Ewigkeit!
Amen.

### Die Grüße und der Segen des Apostels (Phil 4,21–23)

21 Grüßt jeden Heiligen in Christus Jesus! Es grüßen euch die Brüder,
die bei mir sind. 22 Es grüßen euch alle Heiligen, besonders die aus
dem Haus des Kaisers.
23 Die Gnade Jesu Christi, des Herrn, sei mit eurem Geist!

Die Freude des Evangeliums erfüllt das Herz und das gesamte Leben derer, die Jesus begegnen. Diejenigen, die sich von ihm retten lassen, sind befreit von der Sünde, von der Traurigkeit, von der inneren Leere und von der Vereinsamung. Mit Jesus Christus kommt immer – und immer wieder – die Freude. ... Es gibt Christen, deren Lebensart wie eine Fastenzeit ohne Ostern erscheint. Doch ich gebe zu, dass man die Freude nicht in allen Lebensabschnitten und -umständen, die manchmal sehr hart sind, in gleicher Weise erlebt.

**PAPST FRANZISKUS,** Evangelii Gaudium, 1.6

Die Philipper haben eine Solidaritätsaktion für ihren inhaftierten Apostel organisiert.

Ich glaube, es gibt niemanden, der Gott so nötig hat wie ich. Ich fühle mich so nutzlos und schwach. Weil ich mich nicht auf mich selbst verlassen kann, verlasse ich mich auf ihn, 24 Stunden am Tag. Mein Geheimnis ist einfach: Ich bete. Ich liebe das Beten. Der Drang zu beten ist immer in mir. Das Gebet erweitert das Herz, bis es bereit ist, Gottes Geschenk seiner selbst zu empfangen. Wir wollen so gerne richtig beten, aber dann scheitern wir. Wenn du besser beten willst, bete mehr. Wenn wir fähig sein wollen zu lieben, müssen wir beten.

**MUTTER TERESA**

Das Haus des Kaisers ist der Palast oder ein Regierungsgebäude. Einige der Angestellten sind Christen geworden.

# DER BRIEF AN DIE KOLOSSER

Der Kolosserbrief kritisiert eine esoterische „Philosophie", die den Anschein erweckt, durch besondere Bußübungen und Engelkult müsse der Christusglauben ergänzt werden. Dagegen stellt der Brief die Überzeugung heraus, dass Gott durch Jesus Christus alles, mehr als genug, zum Heil der Menschen getan hat. Der Brief macht Mut, mitten in der Welt den Glauben an Gott zu leben. Die Welt ist kein Gefängnis. Sie ist ein Geschenk Gottes, das im Glauben angenommen und in der Liebe weitergegeben werden soll.

Herr Jesus Christus,
ewiger Sohn des ewigen Vaters,
geboren von der Jungfrau Maria.
Wir bitten dich: Enthülle uns immer wieder das Geheimnis Gottes,
damit wir in dir,
in deiner göttlichen Person,
in der Wärme deiner Menschlichkeit,
in der Liebe deines Herzens,
das Abbild des unsichtbaren Gottes
erkennen können. Herz Jesu,
in dem die ganze Fülle
der Gottheit wohnt! Herz Jesu,
von dessen Fülle wir alle empfangen
haben! Herz Jesu,
König und Mittelpunkt aller Herzen
in alle Ewigkeit!
Amen.

Gebet von **PAPST JOHANNES PAUL II.**

**In ihm – durch ihn – auf ihn hin (Kol 1,15–20)**

1 [15] Er ist das Ebenbild des unsichtbaren Gottes,
der Erstgeborene der ganzen Schöpfung.
[16] Denn in ihm wurde alles erschaffen
im Himmel und auf Erden,
das Sichtbare und das Unsichtbare,
Throne und Herrschaften, Mächte und Gewalten;
alles ist durch ihn und auf ihn hin geschaffen.
[17] Er ist vor aller Schöpfung,
in ihm hat alles Bestand.
[18] Er ist das Haupt des Leibes,
der Leib aber ist die Kirche.
Er ist der Ursprung,
der Erstgeborene der Toten;
so hat er in allem den Vorrang.
[19] Denn Gott wollte mit seiner ganzen Fülle in ihm wohnen,
[20] um durch ihn alles zu versöhnen. Alles im Himmel und auf Erden wollte er zu Christus führen,
der Friede gestiftet hat am Kreuz durch sein Blut.

## Ihr – früher und heute (Kol 1,21–23)

21 Auch ihr standet ihm einst fremd und feindlich gegenüber; denn
euer Sinn trieb euch zu bösen Taten. 22 Jetzt aber hat er euch durch
den Tod seines sterblichen Leibes versöhnt, um euch heilig, untade-
lig und schuldlos vor sich treten zu lassen. 23 Doch müsst ihr uner-
schütterlich und unbeugsam am Glauben festhalten und dürft euch
nicht von der Hoffnung abbringen lassen, die euch das Evangelium
schenkt. In der ganzen Schöpfung unter dem Himmel wurde das
Evangelium verkündet; ihr habt es gehört, und ich, Paulus, diene ihm.

## Paulus – für Christus in der Kirche (Kol 1,24–29)

24 Jetzt freue ich mich in den Leiden, die ich für euch ertrage. Für
den Leib Christi, die Kirche, ergänze ich in meinem irdischen Leben
das, was an den Leiden Christi noch fehlt. 25 Ich diene der Kirche
durch das Amt, das Gott mir übertragen hat, damit ich euch das Wort
Gottes in seiner Fülle verkündige, 26 jenes Geheimnis, das seit ewigen
Zeiten und Generationen verborgen war. Jetzt wurde es seinen Heili-
gen offenbart; 27 Gott wollte ihnen zeigen, wie reich und herrlich die-
ses Geheimnis unter den Völkern ist: Christus ist unter
euch, er ist die Hoffnung auf Herrlichkeit. 28 Ihn ver-
kündigen wir; wir ermahnen jeden Menschen und
belehren jeden mit aller Weisheit, um dadurch

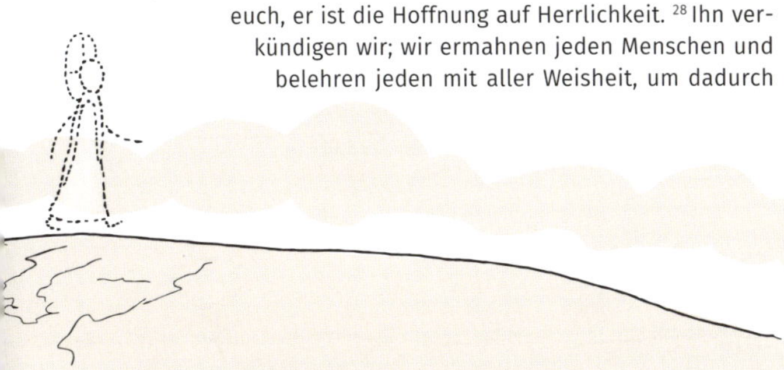

alle in der Gemeinschaft mit Christus vollkommen zu machen. 29 Da-
für kämpfe ich unter vielen Mühen; denn seine Kraft wirkt mit großer
Macht in mir.

## Die Kirche – verwurzelt in Christus (Kol 2,1–7)

2 1 Ihr sollt wissen, was für einen schweren Kampf ich für euch und
für die Gläubigen in Laodizea zu bestehen habe, auch für alle an-
deren, die mich persönlich nie gesehen haben. 2 Dadurch sollen sie
getröstet werden; sie sollen in Liebe zusammenhalten, um die tiefe
und reiche Einsicht zu erlangen und das göttliche Geheimnis zu er-
kennen, das Christus ist. 3 In ihm sind alle Schätze der Weisheit und
Erkenntnis verborgen.
4 Das sage ich, damit euch niemand durch Überredungskünste
täuscht. 5 Auch wenn ich fern von euch weile, bin ich im Geist bei
euch.
Mit Freude sehe ich, wie fest und geordnet euer Glaube an Christus
ist. 6 Ihr habt Christus Jesus als Herrn angenommen. Darum lebt auch
in ihm!
7 Bleibt in ihm verwurzelt und auf ihn gegründet und haltet an dem
Glauben fest, in dem ihr unterrichtet wurdet. Hört nicht auf zu dan-
ken!

Hoffnung ist nichts anderes als das Vertrauen auf die Endlosigkeit der göttlichen Liebe.

**CHARLES DE FOUCAULD**

Man bekommt von Gott so viel, als man von ihm erhofft.

**THÉRÈSE VON LISIEUX**

▶ Nicht, dass Christus nicht durch sein Leben und Sterben mehr als genug für das Heil der Menschen getan hätte. Aber was er für uns getan hat, muss immer wieder aktuell werden. Das geschieht durch den Dienst des Apostels. Sein Leiden im Gefängnis bestätigt den Sinn seiner Sendung.

Die Schwachheit der menschlichen Möglichkeiten ist die Quelle der Kraft. Jesus ist der Meister des Unmöglichen!

**CHARLES DE FOUCAULD**

▶ Laodizea ist eine Nachbarstadt von Kolossä.

▶ Verwurzelt in Christus: Jesus wie der Mutterboden, aus dem eine Pflanze Wasser und Nahrung zieht. So kann und soll es mit den Gläubigen in der Kirche sein.

# DER ERSTE BRIEF AN DIE THESSALONICHER

Es folgen zwei Briefe an die Thessalonicher. Beide Briefe setzen sich intensiv mit Zukunftsfragen auseinander: Wie viel Zeit haben die Menschen? Wie kann die Zeit am besten genutzt werden?

Der Erste Thessalonicherbrief, den viele für die älteste Schrift des Neuen Testaments halten, ist ein Ausdruck der Freude, dass die Gemeinde, die stark verfolgt wird, dem Druck widersteht und sich gut entwickelt hat. In diesem Brief prägt Paulus den großen Dreiklang des christlichen Lebens: Glaube – Liebe – Hoffnung (1 Thess 1,3; 5,8). Der Glaube steht am Anfang, denn zuerst muss Gottes Wort verkündet und angenommen werden. Dann steht die Liebe, weil sich das Christsein mitten im Leben abspielt. Zum Schluss steht die Hoffnung: Wenn Gott kommt, kommt immer noch alles besser.

„Das große Unglück dieser Welt, das große Elend dieser Zeit ist nicht, dass es Gottlose gibt, sondern dass wir so mittelmäßige Christen sind.

**GEORGES BERNANOS**

Christsein ist ein Leuchtturmprojekt. „Licht der Welt" (Mt 5,14) sollen die Leute Jesu sein. Keine Geheimstrategien in Hinterzimmern! Nichts, womit man das Licht der Welt zu scheuen braucht! Transparency, please!

Drei Dinge braucht der Mensch zum Heil: zu wissen, was er glauben, zu wissen, wonach er verlangen, und zu wissen, was er tun soll.

**THOMAS VON AQUIN**

**Glaube ist Aufklärung (1 Thess 5,1–10)**

5 [1] Über Zeit und Stunde, Brüder, brauche ich euch nicht zu schrei-
ben. [2] Ihr selbst wisst genau, dass der Tag des Herrn kommt wie
ein Dieb in der Nacht. [3] Während die Menschen sagen: Friede und
Sicherheit!, kommt plötzlich Verderben über sie wie die Wehen über
eine schwangere Frau, und es gibt kein Entrinnen.
[4] Ihr aber, Brüder, lebt nicht im Finstern, so dass euch der Tag nicht
wie ein Dieb überraschen kann. [5] Ihr alle seid Söhne des Lichts und
Söhne des Tages. Wir gehören nicht der Nacht und nicht der Finster-
nis. [6] Darum wollen wir nicht schlafen wie die anderen, sondern wach
und nüchtern sein.
[7] Denn wer schläft, schläft bei Nacht, und wer sich betrinkt, betrinkt
sich bei Nacht.
[8] Wir aber, die dem Tag gehören, wollen nüchtern sein und uns rüs-
ten mit *dem Panzer* des Glaubens und der Liebe und mit *dem Helm*
der Hoffnung auf *das Heil*.
[9] Denn Gott hat uns nicht für das Gericht seines Zorns bestimmt,
sondern dafür, dass wir durch Jesus Christus, unseren Herrn, das Heil
erlangen. [10] Er ist für uns gestorben, damit wir vereint mit ihm leben,
ob wir nun wachen oder schlafen.

# DER ZWEITE BRIEF AN DIE THESSALONICHER

Der Zweite Thessalonicherbrief setzt sich mit dem Problem auseinander, dass die Wiederkunft Jesu Christi, die viele Gläubige für die allernächste Zeit erwartet hatten, noch nicht eingetreten ist.

**Das Standing der Christen (2 Thess 2,13–15)**

2 13 Wir müssen Gott zu jeder Zeit euretwegen danken, vom Herrn
geliebte Brüder, weil Gott euch als Erstlingsgabe dazu auserwählt
hat, aufgrund der Heiligung durch den Geist und aufgrund eures
Glaubens an die Wahrheit gerettet zu werden. 14 Dazu hat er euch
durch unser Evangelium berufen; ihr sollt nämlich die Herrlichkeit
Jesu Christi, unseres Herrn, erlangen. 15 Seid also standhaft, Brüder,
und haltet an den Überlieferungen fest, in denen wir euch unterwie-
sen haben, sei es mündlich, sei es durch einen Brief.

„Der Herr liegt niemals falsch. Er hat mich gefragt, ob ich ihm folgen würde, und ich konnte nicht ablehnen.“

Das spanische Topmodel **OLALLA OLIVEIROS** trat 2014 in das Kloster „Saint Michel“ ein

**Der Apostel betet für die Gemeinde (2 Thess 2,16–17)**

16 Jesus Christus aber, unser Herr, und Gott, unser Vater, der uns
seine Liebe zugewandt und uns in seiner Gnade ewigen Trost und
sichere Hoffnung geschenkt hat, 17 tröste euch und gebe euch Kraft zu
jedem guten Werk und Wort.

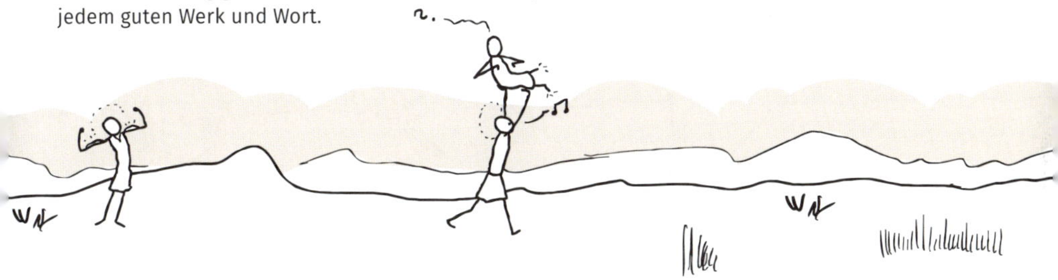

**Die Gemeinde betet für den Apostel (2 Thess 3,1–5)**

3 1 Im Übrigen, Brüder, betet für uns, damit das Wort des Herrn sich
ausbreitet und verherrlicht wird, ebenso wie bei euch. 2 Betet
auch darum, dass wir vor den bösen und schlechten Menschen geret-
tet werden; denn nicht alle nehmen den Glauben an.
3 Aber der Herr ist treu; er wird euch Kraft geben und euch vor dem
Bösen bewahren. 4 Wir vertrauen im Herrn auf euch, dass ihr jetzt und
auch in Zukunft tut, was wir anordnen. 5 Der Herr richte euer Herz
darauf, dass ihr Gott liebt und unbeirrt auf Christus wartet.

▶ Man darf für sich selbst beten – zumal wenn man um des Glaubens willen verfolgt wird. Nach der Bergpredigt soll man allerdings auch für die Verfolger beten (Mt 5,43–48).

Liebst du mich?
Joh 21,16

Dreimal richtet Jesus diese Frage an Petrus. Petrus, den Mann der Jesus dreimal verleugnet hatte. Er stellt die Frage auch mir.

**Arbeiten – und einen gerechten Lohn erhalten (2 Thess 3,9–12)**

9 Nicht als hätten wir keinen Anspruch auf Unterhalt; wir wollten
euch aber ein Beispiel geben, damit ihr uns nachahmen könnt.
10 Denn als wir bei euch waren, haben wir euch die Regel eingeprägt:
Wer nicht arbeiten will, soll auch nicht essen.
11 Wir hören aber, dass einige von euch ein unordentliches Leben
führen und alles Mögliche treiben, nur nicht arbeiten. 12 Wir ermah-
nen sie und gebieten ihnen im Namen Jesu Christi, des Herrn, in Ruhe
ihrer Arbeit nachzugehen und ihr selbst verdientes Brot zu essen.

▶ Paulus war ein Arbeiter. Nicht alle Menschen haben Arbeit. Aber diejenigen, die arbeiten, sollen sich ihrer Arbeit nicht schämen, sondern Anerkennung finden.

# DER ERSTE BRIEF AN TIMOTHEUS

Im Neuen Testament folgen drei „Pastoralbriefe“ an Timotheus und Titus. Sie fassen die große Aufgabe ins Auge, die Kirche mit dem Amt des Bischofs, der Ältesten (Presbyter) und Diakone für die Zeit nach dem Tod des Apostels zu rüsten.

Der Erste Timotheusbrief ist an den Meisterschüler des Apostels Paulus gerichtet. Timotheus ist noch jung. Aber er hat bereits eine ganz wichtige Aufgabe für die Kirche. Er soll Vorsorge treffen, dass die „gesunde“ Lehre nicht krank macht. Paulus will ihm den Rücken stärken. Timotheus soll sich ihn zum Vorbild nehmen. Er muss glaubwürdig sein. Deshalb muss er wissen, was er glaubt, und leben, was er lehrt.

**Der Glaube ist sportlich (1 Tim 4,6–11)**

6 Dies trage den Brüdern vor, dann wirst du ein guter Diener Christi Jesu sein, erzogen in den Worten des Glaubens und der guten Lehre, der du gefolgt bist. 7 Gottlose Altweiberfabeln weise zurück!
Übe dich in der Frömmigkeit! 8 Denn körperliche Übung nützt nur wenig, die Frömmigkeit aber ist nützlich zu allem: Ihr ist das gegenwärtige und das zukünftige Leben verheißen.
9 Dieses Wort ist glaubwürdig und wert, dass man es beherzigt.
10 Dafür arbeiten und kämpfen wir, denn wir haben unsere Hoffnung auf den lebendigen Gott gesetzt, den Retter aller Menschen, besonders der Gläubigen.
11 Das sollst du anordnen und lehren.

**Die Kirche ist jung (1 Tim 4,12–14)**

12 Niemand soll dich wegen deiner Jugend gering schätzen. Sei den Gläubigen ein Vorbild in deinen Worten, in deinem Lebenswandel, in der Liebe, im Glauben, in der Lauterkeit. 13 Lies ihnen eifrig (aus der Schrift) vor, ermahne und belehre sie, bis ich komme. 14 Vernachlässige die Gnade nicht, die in dir ist und die dir verliehen wurde, als dir die Ältesten aufgrund prophetischer Worte gemeinsam die Hände auflegten.

▶ Gemeint sind esoterische Mythen (v7), die den Kern des Evangeliums verfälschen.

**Y → 356**
Ist Esoterik mit dem christlichen Glauben zu vereinbaren?

▶ Die Gläubigen sind diejenigen, die schon wissen, was Gott mit allen Menschen im Sinn hat.

❞ Ihr selbst seid der Leib Christi, die Kirche! Bringt das unverbrauchte Feuer Eurer Liebe in die Kirche ein, sooft Menschen ihr Antlitz auch entstellt haben! „Lasst nicht nach in eurem Eifer, lasst euch vom Geist entflammen und dient dem Herrn!“ (Röm 12,11)

Appell von **PAPST BENEDIKT XVI.** an die Jugend in seinem Vorwort zum YOUCAT

# DER ZWEITE BRIEF AN TIMOTHEUS

Der Zweite Timotheusbrief ist auf Abschied gestimmt. Paulus ahnt, dass er sterben wird. Er weist Timotheus an, dafür zu arbeiten, dass es mit der Kirche weitergehen kann. Paulus wird sterben – aber Jesus Christus lebt, und die Lehre des Apostels bleibt aktuell.

### Einen klares Kurs verfolgen (2 Tim 3,10–13)

3 [10] Du aber bist mir gefolgt in der Lehre, im Leben und Streben, im
Glauben, in der Langmut, der Liebe und der Ausdauer, [11] in den
Verfolgungen und Leiden, denen ich in Antiochia, Ikonion und Lystra
ausgesetzt war. Welche Verfolgungen habe ich erduldet! Und aus allen hat der Herr mich errettet.
[12] So werden alle, die in der Gemeinschaft mit
Christus Jesus ein frommes Leben führen wollen,
verfolgt werden. [13] Böse Menschen und Schwindler
dagegen werden immer mehr in das Böse hineingeraten; sie sind betrogene Betrüger.

▶ Apostolische Nachfolge – das ist ein Charaktermerkmal der Kirche. Hier ist der Kern: Die Lehre wird nicht neu erfunden, sondern wächst aus der Überlieferung; und diejenigen, die lehren, stehen untereinander und mit ihren Vorgängern in einer engen Verbindung, die der Heilige Geist stiftet.

### Wissen, woher man kommt (2 Tim 3,14–17)

[14] Du aber bleibe bei dem, was du gelernt und wovon du dich über-
zeugt hast. Du weißt, von wem du es gelernt hast; [15] denn du kennst
von Kindheit an die heiligen Schriften, die dir Weisheit verleihen können, damit du durch den Glauben an Christus Jesus gerettet wirst.
[16] Jede von Gott eingegebene Schrift ist auch nützlich zur Belehrung,
zur Widerlegung, zur Besserung, zur Erziehung in der Gerechtigkeit;
[17] so wird der Mensch Gottes zu jedem guten Werk bereit und gerüstet sein.

▶ Das ist eine wichtige Aussage über die Bibel als Heilige Schrift. Sie ist nicht toter Buchstabe, sondern lebendiger Geist; sie muss ausgelegt werden in der Gemeinschaft der Gläubigen. Die Verkündigung muss verbindlich und verständlich sein. Das ist das A und O für die Kirche.

### Mutig vorangehen (2 Tim 4,1–4)

[1] Ich beschwöre dich bei Gott und bei Christus Jesus, dem kommenden Richter der Lebenden und der Toten, bei seinem Erscheinen und
bei seinem Reich: [2] Verkünde das Wort, tritt dafür ein, ob man es hören will oder nicht; weise zurecht, tadle, ermahne, in unermüdlicher und geduldiger Belehrung.
[3] Denn es wird eine Zeit kommen, in der man die gesunde Lehre
nicht erträgt, sondern sich nach eigenen Wünschen immer neue Lehrer sucht, die den Ohren schmeicheln; [4] und man wird der Wahrheit
nicht mehr Gehör schenken, sondern sich Fabeleien zuwenden.

❞ Die Welt von heute … möge die Frohbotschaft nicht aus dem Munde trauriger und mutlos gemachter Verkünder hören, die keine Geduld haben und ängstlich sind, sondern von Dienern des Evangeliums, deren Leben voller Glut erstrahlt.

**PAPST FRANZISKUS,**
Evangelii Gaudium, 10

# DER BRIEF AN TITUS

Der Titusbrief, an einen anderen Meisterschüler des Apostels Paulus gerichtet, ermutigt, einen Glauben zu verkünden, der nicht krank, sondern gesund ist: weil er auf Gott setzt.

▶ Die Gnade „erzieht". Denn sie ist den Gläubigen nicht fremd, sondern macht sie zu neuen Menschen, die lernen, was Gott mit ihnen vorhat.

Der dich gemacht hat, weiß auch, was er mit dir machen will.

**AUGUSTINUS**

**Wie verwandelt (Tit 2,11–13)**

2 [11] Denn die Gnade Gottes ist erschienen, um alle Menschen zu retten. [12] Sie erzieht uns dazu, uns von der Gottlosigkeit und den irdischen Begierden loszusagen und besonnen, gerecht und fromm in dieser Welt zu leben, [13] während wir auf die selige Erfüllung unserer Hoffnung warten: auf das Erscheinen der Herrlichkeit unseres großen Gottes und Retters Christus Jesus.

**Wie erhofft (Tit 2,14–15)**

[14] Er hat sich für uns hingegeben, um uns *von aller Schuld zu erlösen und sich ein reines Volk zu schaffen, das ihm als sein besonderes*

*Eigentum gehört* und voll Eifer danach strebt, das Gute zu tun. [15] So sollst du mit allem Nachdruck lehren, ermahnen und zurechtweisen. Niemand soll dich gering achten.

Als aber die Zeit erfüllt war, sandte Gott seinen Sohn, geboren von einer Frau und dem Gesetz unterstellt, damit er die freikaufe, die unter dem Gesetz stehen, und damit wir die Sohnschaft erlangen.

Gal 4,4–5

Nach einer kurzen Überleitung verkündet der Brief mit seinen eigenen Worten das Weihnachtsevangelium.

**Wie neugeboren (Tit 3,4–7)**

3 [4] Als aber die Güte und Menschenliebe Gottes, unseres Retters, erschien, [5] hat er uns gerettet – nicht weil wir Werke vollbracht hätten, die uns gerecht machen können, sondern aufgrund seines Erbarmens – durch das Bad der Wiedergeburt und der Erneuerung im Heiligen Geist. [6] Ihn hat er in reichem Maß über uns ausgegossen durch Jesus Christus, unseren Retter, [7] damit wir durch seine Gnade gerecht gemacht werden und das ewige Leben erben, das wir erhoffen.

Mit dem Heiligen Geist sehen wir alles groß: Wir erkennen die Größe der geringsten für Gott getanen Werke und die Größe der kleinen Fehler. Wie ein Uhrmacher mit seiner Lupe das kleinste Räderwerk einer Uhr sieht, so erkennen wir durch das Licht des Heiligen Geistes jeden Teil unseres armen Lebens.

**JEAN-MARIE VIANNEY** (Pfarrer von Ars)

**Wie bestellt (Tit 3,8)**

[8] Dieses Wort ist glaubwürdig, und ich will, dass du dafür eintrittst, damit alle, die zum Glauben an Gott gekommen sind, sich nach Kräften bemühen, das Gute zu tun. So ist es gut und für alle Menschen nützlich.

Die Schrift nicht kennen heißt Christus nicht kennen.

**HIERONYMUS** (347–419)

# DER BRIEF AN PHILEMON

Am Ende der Paulusbriefe steht das kurze Schreiben an Philemon, in dem Paulus um die Freilassung eines Sklaven wirbt, der sich an ihn gewandt hat. Wahrscheinlich schrieb Paulus diesen Brief während eines Gefängnisaufenthaltes: Um des Glaubens willen war er verhaftet worden.

**Ein herzlicher Dank (Phlm 4–7)**

[4] Ich danke meinem Gott jedes Mal, wenn ich in meinen Gebeten an
dich denke. [5] Denn ich höre von deinem Glauben an Jesus, den Herrn,
und von deiner Liebe zu allen Heiligen. [6] Ich wünsche, dass unser
gemeinsamer Glaube in dir wirkt und du all das Gute in uns erkennst,
das auf Christus gerichtet ist. [7] Es hat mir viel Freude und Trost be-
reitet, dass durch dich, Bruder, und durch deine Liebe die Heiligen
ermutigt worden sind.

▶ Philemon ist ein vorbildlicher Christ, caritativ eingestellt. Jetzt soll er seine Großzügigkeit beweisen, wenn es um sein eigenes Leben geht.

**Ein gutes Wort (Phlm 9–12)**

Ich, Paulus, ein alter Mann, der jetzt für Christus Jesus im Kerker
liegt, [10] ich bitte dich für mein Kind Onesimus, dem ich im Gefängnis
zum Vater geworden bin. [11] Früher konntest du ihn zu nichts gebrau-
chen, doch jetzt ist er dir und mir recht nützlich. [12] Ich schicke ihn zu
dir zurück, ihn, das bedeutet mein eigenes Herz.

▶ Paulus hat den Sklaven im Gefängnis getauft.

▶ Onesimus heißt auf deutsch: nützlich. Paulus will, dass er nicht mehr als Sklave, sondern als freier Mitarbeiter Nutzen bringt – für die Kirche.

**Eine gute Idee (Phlm 14–16)**

[14] Aber ohne deine Zustimmung wollte ich nichts tun. Deine gute Tat
soll nicht erzwungen, sondern freiwillig sein. [15] Denn vielleicht wurde
er nur deshalb eine Weile von dir getrennt, damit du ihn für ewig
zurückerhältst, [16] nicht mehr als Sklaven, sondern als weit mehr: als
geliebten Bruder. Das ist er jedenfalls für mich, um wie viel mehr
dann für dich, als Mensch und auch vor dem Herrn.

▶ Das ist revolutionär: Der Sklave als Bruder. Genau so ist die Taufe gedacht (Gal 3,28).

**Ein guter Vorschlag (Phlm 17–18)**

[17] Wenn du dich mir verbunden fühlst, dann nimm ihn also auf wie
mich selbst! [18] Wenn er dich aber geschädigt hat oder dir etwas schul-
det, setz das auf meine Rechnung!

▶ Der Brief wird hier zu so etwas wie einer Bürgschaft: Paulus kommt für alles auf, was Philemon verlangen kann. Aber Philemon wird darauf verzichten, weil er weiß, was er Paulus verdankt.

**Ein guter Name (Phlm 19)**

[19] Ich, Paulus, schreibe mit eigener Hand: Ich werde es bezahlen –
um nicht davon zu reden, dass du dich selbst mir schuldest.

# DER BRIEF AN DIE HEBRÄER

Eine eigene Rolle spielt der Hebräerbrief. Er steht regelmäßig am Ende der Paulusbriefe, weil er mit ihnen stilistisch und theologisch verwandt ist. Aber er trägt keine Absenderangabe; er ist nicht von Paulus selbst verfasst, sondern von einem unbekannten Autor, der gleichfalls ein großer Theologe gewesen ist. Der Brief ist eine geschriebene Predigt über Jesus, der als Hoherpriester ein für alle mal die Menschen mit Gott versöhnt, indem er sein eigenes Leben als Opfer dargebracht hat. Priester sein heißt Mittler sein zwischen Gott und den Menschen. Jesus ist Gottes Wort mitten unter den Menschen; und er ist der „Anführer und Vollender des Glaubens“ (Hebr 12,2), der alle, die ihm folgen, aus dieser Welt heraus zu Gott bringt, ins himmlische Heiligtum.

▶ Der Hohepriester von Jerusalem war der Chef des Tempels. Er musste die Opfer leiten. Jesus ist nicht einer von diesen Hohenpriestern. Er ist „erhaben“: Er kommt von Gott selbst. Er schlachtet kein Tier als Opfergabe, sondern gibt sein eigenes Leben für die Menschen hin.

**„** Die Diener des Evangeliums müssen in der Lage sein, die Herzen der Menschen zu erwärmen, in der Nacht mit ihnen zu gehen. Sie müssen ein Gespräch führen und in die Nacht hinabsteigen können, in ihr Dunkel, ohne sich zu verlieren. Das Volk Gottes will Hirten und nicht Funktionäre oder Staatskleriker.

**PAPST FRANZISKUS**, 21.9.2013

▶ Ein Mittler muss beide Seiten kennen: die Gottes und die der Menschen. In Jesus kommt beides zuammen.

**Mitfühlen können (Hebr 4,14–16)**

4 [14]Da wir nun einen erhabenen Hohenpriester haben, der die Him-
mel durchschritten hat, Jesus, den Sohn Gottes, lasst uns an dem
Bekenntnis festhalten. [15] Wir haben ja nicht einen Hohenpriester, der
nicht mitfühlen könnte mit unserer Schwäche, sondern einen, der in
allem wie wir in Versuchung geführt worden ist, aber nicht gesündigt
hat. [16] Lasst uns also voll Zuversicht hingehen zum Thron der Gna-
de, damit wir Erbarmen und Gnade finden und so Hilfe erlangen zur
rechten Zeit.

**Verständnis aufbringen (Hebr 5,1–3)**

5 [1] Denn jeder Hohepriester wird aus den Menschen ausgewählt und
für die Menschen eingesetzt zum Dienst vor Gott, um Gaben und
Opfer für die Sünden darzubringen. [2] Er ist fähig, für die Unwissenden
und Irrenden Verständnis aufzubringen, da auch er der Schwachheit
unterworfen ist; [3] deshalb muss er für sich selbst ebenso wie für das
Volk Sündopfer darbringen.

**Berufen werden (Hebr 5,4–6)**

[4] Und keiner nimmt sich eigenmächtig diese Würde, sondern er
wird von Gott berufen, so wie Aaron. [5] So hat auch Christus sich nicht
selbst die Würde eines Hohenpriesters verliehen, sondern der, der zu
ihm gesprochen hat:

*Mein Sohn bist du.*
*Heute habe ich dich gezeugt (Ps 2,7),*
6 wie er auch an anderer Stelle sagt:
*Du bist Priester auf ewig*
*nach der Ordnung Melchisedeks (Ps 110,4)*

Du bist mein geliebter Sohn, an dir habe ich Gefallen gefunden.

Mk 1,11

Nach den Evangelien wird dieser Vers bei der Taufe Jesu am Jordan gesprochen (Mt 3,17).

**Gehorsam sein (Hebr 5,7–10)**

7 Als er auf Erden lebte, hat er mit lautem Schreien und unter Trä-
nen Gebete und Bitten vor den gebracht, der ihn aus dem Tod retten
konnte, und er ist erhört und aus seiner Angst befreit worden.
8 Obwohl er der Sohn war, hat er durch Leiden den Gehorsam ge-
lernt; 9 zur Vollendung gelangt, ist er für alle, die ihm gehorchen, der
Urheber des *ewigen Heils* geworden 10 und wurde von Gott angeredet
als *„Hoherpriester nach der Ordnung Melchisedeks" (Ps 110,4).*

In Getsemani hat Jesus um sein Leben gebetet – aber sich ganz und gar Gott anvertraut (Mt 26,36–46).

Nachdem der Briefschreiber eingehend dargelegt hat, wie Christus als Hoherpriester den blutigen Opferkult beendet, indem er sich selbst als Opfergabe darbringt, d.h. freiwillig mit seinem Leben für das aller Menschen eintritt, kommt er auf die Konsequenzen für den Glauben zu sprechen. Die Aussichten sind großartig. Aber der Anspruch ist groß. Zum Schluss des Briefes öffnet sich der Horizont: Die Menschen sind für den Himmel bestimmt.

**Der Sinai-Effekt (Hebr 12,18–21)**

12 18 Denn ihr seid nicht zu einem sichtbaren, *lodernden Feuer*
*hingetreten, zu dunklen Wolken, zu Finsternis und Sturmwind,*
19 *zum Klang der Posaunen und zum Schall der Worte,* bei denen die
Hörer flehten, diese Stimme solle nicht weiter zu ihnen reden; 20 denn
sie ertrugen nicht den Befehl: Sogar *ein Tier, das den Berg berührt,*
*soll gesteinigt werden.* 21 Ja, so furchtbar war die Erscheinung, dass
Mose rief: *Ich bin voll Angst und Schrecken (Dtn 9,19).*

**Der Zugang zum Himmel auf Erden (Hebr 12,22–24)**

22 Ihr seid vielmehr zum Berg Zion hingetreten, zur Stadt des leben-
digen Gottes, dem himmlischen Jerusalem, zu Tausenden von Engeln,
zu einer festlichen Versammlung 23 und zur Gemeinschaft der Erstge-
borenen, die im Himmel verzeichnet sind; zu Gott, dem Richter aller,
zu den Geistern der schon vollendeten Gerechten, 24 zum Mittler eines
neuen Bundes, Jesus, und zum Blut der Besprengung, das mächtiger
ruft als das Blut Abels.

Das Gipfelerlebnis auf dem Sinai war umwerfend. Wie viel stärker ist dann der Blick in den offenen Himmel!

**Zusammenhalten (Hebr 13,1–2)**

13 1 Die Bruderliebe soll bleiben. 2 Vergesst die Gastfreundschaft
nicht; denn durch sie haben einige, ohne es zu ahnen, Engel
beherbergt.

Der Fremde, das ist der Mensch, hinter dem sich ein Engel verbergen könnte – falls man ihn bei sich aufnimmt.

**MARTIN BUBER**

DIE

# Katholischen Briefe

Die „Katholischen" Briefe sind in der Regel nicht an eine einzelne Gemeinde gerichtet, sondern an größere Regionen. „Katholisch" heißt: allgemein, das Ganze betreffend. Die Briefe, die nach den Paulusbriefen stehen, sind „katholisch", weil sie die ganze Kirche ansprechen wollen. Sie halten die Gläubigen ganz verschiedener Sprachen und Nationen zusammen. Sie zeigen, wie tief sie mit Christus verbunden sind und wie sehr sie deshalb untereinander eins sind.

Die Namen der Autoren – Jakobus, Petrus, Johannes und Judas – sind aus der Geschichte Jesu und der Urgemeinde gut bekannt. Die ersten drei sind jene Apostel, die nach dem Galaterbrief auf dem Apostelkonzil Paulus als gleichberechtigten Kollegen im Kreis der Apostel anerkannt haben; Paulus nennt sie die „Säulen" der Kirche (Gal 2,9). Hinzu kommt Judas, ein Bruder des Jakobus.

Die „Katholischen Briefe" sind bis heute hoch aktuell. Sie sagen: Es gibt nur eine Kirche, weil es nur einen Gott gibt. Alle Christinnen und Christen auf der ganzen Welt sind getauft; sie alle tragen den Namen des einen „Christus", Jesus von Nazaret. Sie sind berufen, diesen Glauben zu leben. Die Katholischen Briefe geben ihnen wie die Paulusbriefe einen Kompass in die Hand: Gehen müssen sie selbst; aber Orientierung finden sie, wenn sie den Schwung des Anfangs mitnehmen.

# DER BRIEF DES JAKOBUS

Der Jakobusbrief ist eine kritische Mahnung an die ersten Christen. Der Brief ist im Stil der alttestamentlichen Propheten geschrieben. Er erneuert ihre Kritik an sozialer Ungerechtigkeit. Die Reichen müssen für die Armen eintreten, sonst ist ihr Glaube ein Lippenbekenntnis.

**Nicht auf Äußerlichkeiten achten! (Jak 2,1–5)**

2 1 Meine Brüder, haltet den Glauben an unseren Herrn Jesus
Christus, den Herrn der Herrlichkeit, frei von jedem Anse-
hen der Person. 2 Wenn in eure Versammlung ein Mann mit gol-
denen Ringen und prächtiger Kleidung kommt, und zugleich
kommt ein Armer in schmutziger Kleidung, 3 und ihr blickt auf
den Mann in der prächtigen Kleidung und sagt: Setz dich hier
auf den guten Platz!, und zu dem Armen sagt ihr: Du kannst
dort stehen!, oder: Setz dich zu meinen Füßen! – 4 macht ihr
dann nicht untereinander Unterschiede und fällt Urteile auf-
grund verwerflicher Überlegungen?

5 Hört, meine geliebten Brüder: Hat Gott nicht die Armen in der Welt
auserwählt, um sie durch den Glauben reich und zu Erben des König-
reichs zu machen, das er denen verheißen hat, die ihn lieben?

▶ Der „hohe Name" (v6), das ist der Christus-Name. Wer getauft ist, trägt diesen Namen.

**Die Nr. 1 sind die Armen (Jak 2,6–9)**

6 Ihr aber verachtet den Armen. Sind es nicht die Reichen, die euch
unterdrücken und euch vor die Gerichte schleppen? 7 Sind nicht sie
es, die den hohen Namen lästern, der über euch ausgerufen worden
ist?
8 Wenn ihr dagegen nach dem Wort der Schrift: *Du sollst deinen
Nächsten lieben wie dich selbst! (Lev 19,18)* das königliche Gesetz er-
füllt, dann handelt ihr recht. 9 Wenn ihr aber nach dem Ansehen der
Person urteilt, begeht ihr eine Sünde und aus dem Gesetz selbst wird
offenbar, dass ihr es übertreten habt.

„ Was tun die Scheinheiligen? Sie schminken sich als Gute, machen ein Heiligengesicht, beten zum Himmel und lassen sich dabei sehen. Sie fühlen sich gerechter als die anderen, verachten die anderen. Sie halten sich für etwas Besseres. Das ist Heuchelei. Der Herr sagt: „Nein, so nicht." Niemand ist gerecht aus sich selbst heraus. Alle müssen gerechtfertigt werden. Der Einzige, der aus sich selbst gerecht ist, ist Jesus Christus.

**PAPST FRANZISKUS**, 18.03.14

**Lippenbekenntnisse braucht niemand (Jak 2,14–17)**

14 Meine Brüder, was nützt es, wenn einer sagt, er habe Glauben,
aber es fehlen die Werke? Kann etwa der Glaube ihn retten?
15 Wenn ein Bruder oder eine Schwester ohne Kleidung ist und ohne
das tägliche Brot 16 und einer von euch zu ihnen sagt: Geht in Frieden,
wärmt und sättigt euch!, ihr gebt ihnen aber nicht, was sie zum Leben
brauchen – was nützt das? 17 So ist auch der Glaube für sich allein tot,
wenn er nicht Werke vorzuweisen hat.

Was ist Spezialsünde der Frommen? Heuchelei.

# DER ERSTE PETRUSBRIEF

Der Erste Petrusbrief ist an Christen gerichtet, die als „Fremde" in der „Zerstreuung", der „Diaspora", leben: Sie sind eine kleine Minderheit, die um ihres Glaubens willen vielfältig benachteiligt wird. Die Gläubigen sollen aber den Mut nicht verlieren und auch in ihrem Leiden eine Chance sehen, den Glauben zu entdecken und zu bezeugen. Sie sind aufgerufen, öffentlich „Rechenschaft" darüber abzulegen, weshalb sie hoffen (1 Petr 3,15). Die größte Überzeugungskraft hat eine christliche Lebensführung: keine Spinnereien, kein Rückzug aus der Welt, keine billige Anpassung an das, was andere sagen, sondern Konzentration auf die eigenen Stärken. Und das heißt: auf Jesus Christus.

**Die Adresse (1 Petr 1,1–2)**

1 1 Petrus, Apostel Jesu Christi, an die Auserwählten, die als Fremde
in Pontus, Galatien, Kappadozien, der Provinz Asien und Bithynien
in der Zerstreuung leben, 2 von Gott, dem Vater, von jeher ausersehen
und durch den Geist geheiligt, um Jesus Christus gehorsam zu sein
und mit seinem Blut besprengt zu werden. Gnade sei mit euch und
Friede in Fülle.

▶ Die Regionen liegen in der heutigen Türkei. In ihnen hat sich das Christentum sehr schnell ausgebreitet. Die Apostelgeschichte erzählt, wie alles begonnen hat (Apg 13–20). Der Petrusbrief sagt, wie es weitergehen kann.

**Zuerst: Gott für alles danken (1 Petr 1,3–12)**

3 Gepriesen sei der Gott und Vater unseres Herrn Jesus Christus: Er
hat uns in seinem großen Erbarmen neu geboren, damit wir durch
die Auferstehung Jesu Christi von den Toten eine lebendige Hoffnung
haben 4 und das unzerstörbare, makellose und unvergängliche Erbe
empfangen, das im Himmel für euch aufbewahrt ist. 5 Gottes Macht
behütet euch durch den Glauben, damit ihr das Heil erlangt, das am
Ende der Zeit offenbart werden soll.
6 Deshalb seid ihr voll Freude, obwohl ihr jetzt vielleicht kurze Zeit
unter mancherlei Prüfungen leiden müsst. 7 Dadurch soll sich euer
Glaube bewähren und es wird sich zeigen, dass er wertvoller ist als
Gold, das im Feuer geprüft wurde und doch vergänglich ist. So wird
(eurem Glauben) Lob, Herrlichkeit und Ehre zuteil bei der Offenba-
rung Jesu Christi.

▶ Die Neugeburt ist ein Bild für die Taufe (1 Petr 2,2).

▶ Eine Prüfung ist ein Test. Gott gibt den Christen die Chance, sich zu bewähren. Und wenn es nicht klappt? Dann ist Gott immer noch da und fängt alle auf, die fallen.

Selig, die nicht sehen und doch glauben.

Joh 20,29

Gemeint sind die Propheten des Alten Testaments.

Wie schön ist es, glauben zu können. Wer glaubt, hat die größte Übersicht über die Welt und die beste Aussicht auf der Welt.

8 Ihn habt ihr nicht gesehen und dennoch liebt ihr ihn; ihr seht ihn auch jetzt nicht; aber ihr glaubt an ihn und jubelt in unsagbarer, von himmlischer Herrlichkeit verklärter Freude, 9 da ihr das Ziel des Glaubens erreichen werdet: euer Heil.

10 Nach diesem Heil haben die Propheten gesucht und geforscht und sie haben über die Gnade geweissagt, die für euch bestimmt ist. 11 Sie haben nachgeforscht, auf welche Zeit und welche Umstände der in ihnen wirkende Geist Christi hindeute, der die Leiden Christi und die darauf folgende Herrlichkeit im Voraus bezeugte. 12 Den Propheten wurde offenbart, dass sie damit nicht sich selbst, sondern euch dienten; und jetzt ist euch dies alles von denen verkündet worden, die euch in der Kraft des vom Himmel gesandten Heiligen Geistes das Evangelium gebracht haben.

Das alles zu sehen ist sogar das Verlangen der Engel.

Der Verfasser blickt zurück auf die Zeit vor der Bekehrung. Der Brief arbeitet mit Schwarz-Weiß-Kontrasten, um hervorzuheben, wie groß die Gnade Gottes ist.

**Dann: Die eigene Berufung erkennen (1 Petr 1,13–17)**

13 Deshalb umgürtet euch und macht euch bereit! Seid nüchtern und setzt eure Hoffnung ganz auf die Gnade, die euch bei der Offenbarung Jesu Christi geschenkt wird. 14 Seid gehorsame Kinder und lasst euch nicht mehr von euren Begierden treiben wie früher, in der Zeit eurer Unwissenheit.

Wir fürchten uns, zu heilig zu sein. Andere dringen tiefer in das Himmelreich ein als wir ... und wir tun nichts als einwenden, wegerklären, kritisieren, entschuldigen oder uns verwundern.

**JOHN HENRY NEWMAN**

15 Wie er, der euch berufen hat, heilig ist, so soll auch euer ganzes Leben heilig werden. 16 Denn es heißt in der Schrift: *Seid heilig, denn ich bin heilig (Lev 19,2).* 17 Und wenn ihr den als Vater anruft, der jeden ohne Ansehen der Person nach seinem Tun beurteilt, dann führt auch, solange ihr in der Fremde seid, ein Leben in Gottesfurcht.

Jesus wird mit einem Opferlamm verglichen: Er ist unschuldig. Aber er vergießt sein Blut nicht, um sich an den Tätern zu rächen, sondern um alle Menschen zu erlösen.

**Wie neu geboren (1 Petr 1,18–25)**

18 Ihr wisst, dass ihr aus eurer sinnlosen, von den Vätern ererbten Lebensweise nicht um einen vergänglichen Preis *losgekauft* wurdet, *nicht um Silber* oder Gold, 19 sondern mit dem kostbaren Blut Christi, des Lammes ohne Fehl und Makel.

20 Er war schon vor der Erschaffung der Welt dazu ausersehen und euretwegen ist er am Ende der Zeiten erschienen. 21 Durch ihn seid ihr zum Glauben an Gott gekommen, der ihn von den Toten auferweckt und ihm die Herrlichkeit gegeben hat, so dass ihr an Gott glauben und auf ihn hoffen könnt. 22 Der Wahrheit gehorsam, habt ihr euer Herz rein gemacht für eine aufrichtige Bruderliebe; darum hört nicht auf, einander von Herzen zu lieben. 23 Ihr seid neu geboren worden, nicht aus vergänglichem, sondern aus unvergänglichem Samen: aus Gottes Wort, das lebt und das bleibt.

Das Wunderbarste an den Wundern ist, dass sie manchmal wirklich geschehen.

**GILBERT KEITH CHESTERTON**

24 Denn *alles Sterbliche ist wie Gras*
*und all seine Schönheit ist wie die Blume im Gras.*

*Das Gras verdorrt und die Blume verwelkt;*
25 *doch das Wort des Herrn bleibt in Ewigkeit (Jes 40,6–8).*
Dieses *Wort* ist das Evangelium, das euch verkündet worden ist.

**Zu Jesus kommen (1 Petr 2,1–8)**

2 1 Legt also alle Bosheit ab, alle Falschheit und Heuchelei, allen
Neid und alle Verleumdung. 2 Verlangt, gleichsam als neuge-
borene Kinder, nach der unverfälschten, geistigen Milch, damit ihr
durch sie heranwachst und das Heil erlangt. 3 Denn ihr habt *erfahren,*
*wie gütig der Herr ist.* 4 Kommt zu ihm, dem lebendigen *Stein,* der
von den Menschen verworfen, aber von Gott *auserwählt und geehrt*
worden ist (Jes 28,16). 5 Lasst euch als lebendige Steine zu einem
geistigen Haus aufbauen, zu einer heiligen Priesterschaft, um durch
Jesus Christus geistige Opfer darzubringen, die Gott gefallen. 6 Denn
es heißt in der Schrift: *Seht her, ich lege in Zion einen auserwählten*
*Stein, einen Eckstein, den ich in Ehren halte; wer an ihn glaubt, der*
*geht nicht zugrunde (Jes 28,16).*
7 Euch, die ihr glaubt, gilt diese Ehre. Für jene aber, die nicht glau-
ben, ist dieser *Stein, den die Bauleute verworfen haben, zum Eckstein*
*geworden,* 8 *zum Stein, an den man anstößt, und*
*zum Felsen, an dem man zu Fall kommt.* Sie
stoßen sich an ihm, weil sie dem Wort nicht
gehorchen; doch dazu sind sie bestimmt.

**Zum Volk Gottes gehören (1 Petr 2,9–10)**

9 Ihr aber seid *ein auserwähltes Geschlecht,*
*eine königliche Priesterschaft, ein heiliger Stamm, ein Volk, das sein*
*besonderes Eigentum wurde, damit ihr die großen Taten dessen ver-*
*kündet,* der euch aus der Finsternis in sein wunderbares Licht geru-
fen hat (Ex 19,5f.). 10 Einst wart ihr *nicht sein Volk,* jetzt aber seid ihr
*Gottes Volk;* einst gab es für euch kein Erbarmen, jetzt aber habt ihr
*Erbarmen gefunden.*

**Politisch werden (1 Petr 2,11–17)**

11 Liebe Brüder, da ihr Fremde und Gäste seid in dieser Welt, ermah-
ne ich euch: Gebt den irdischen Begierden nicht nach, die gegen die
Seele kämpfen. 12 Führt unter den Heiden ein rechtschaffenes Leben,
damit sie, die euch jetzt als Übeltäter verleumden, durch eure gu-
ten Taten zur Einsicht kommen und Gott preisen am Tag der Heim-
suchung.
13 Unterwerft euch um des Herrn willen jeder menschlichen Ord-
nung: dem Kaiser, weil er über allen steht, 14 den Statthaltern, weil
sie von ihm entsandt sind, um die zu bestrafen, die Böses tun, und
die auszuzeichnen, die Gutes tun. 15 Denn es ist der Wille Gottes, dass
ihr durch eure guten Taten die Unwissenheit unverständiger Men-
schen zum Schweigen bringt. 16 Handelt als Freie, aber nicht als sol-
che, die die Freiheit als Deckmantel für das Böse nehmen, sondern

Gott hat mir das Leben geschenkt. Er verzeiht mir meine Fehler. Er ist immer gütig zu mir. Er gibt mir Kraft und neuen Lebensmut. Gott tröstet mich, wenn ich einmal traurig bin. Er kennt mich. Er sieht mich voll Liebe an.

**STEPHANIE**

▶ Gemeint ist der Tempel, das Gotteshaus, das nicht aus Steinen, sondern aus gläubigen Menschen errichtet ist. Die „geistigen Opfer“ sind die Gebete und Gottesdienste.

▶ Der Eckstein, der dem Fundament Halt bietet, ist Jesus Christus.

▶ Alle im Volk Gottes haben eine dreifache Würde: Sie sind auserwählt, weil Gott sie beruft; sie sind Könige und Priester, weil Gott sie an seiner Macht und seiner Gnade teilhaben lässt; sie sind heilig, weil sie zu Gott gehören.

▶ Das ist der Jüngste Tag des Letzten Gerichtes.

Freiheit ist nicht die Macht, das zu tun, was wir wollen, sondern das Recht, tun zu können, was wir sollten.

**JOHN DALBERG-ACTON**

▶ Die Christinnen und Christen sind zwar eine kleine Minderheit, die unter Verfolgungen leiden. Aber sie wissen, dass es eine politische Ordnung geben muss, die der Gerechtigkeit dient. Allerdings: Kein König und kein Kaiser ist Gott.

wie Knechte Gottes. [17] Erweist allen Menschen Ehre, liebt die Brüder, fürchtet Gott und ehrt den Kaiser!

**Auch die Sklaven gehören zur Kirche (1 Petr 2,18–25)**

[18] Ihr Sklaven, ordnet euch in aller Ehrfurcht euren Herren unter, nicht nur den guten und freundlichen, sondern auch den launenhaften. [19] Denn es ist eine Gnade, wenn jemand deswegen Kränkungen erträgt und zu Unrecht leidet, weil er sich in seinem Gewissen nach Gott richtet. [20] Ist es vielleicht etwas Besonderes, wenn ihr wegen einer Verfehlung Schläge erduldet? Wenn ihr aber recht handelt und trotzdem Leiden erduldet, das ist eine Gnade in den Augen Gottes.

▶ Die Sklavinnen und Sklaven hatten es besonders schwer. Sie hatten kaum Rechte. Sie sollen aber in ihrem Leiden nicht verzweifeln. Denn auch Jesus hat gelitten. Er ist den Tod eines Sklaven gestorben. Der Brief zeichnet ein Portät Jesu in den Farben des leidenden Gottesknechtes (Jes 53), dessen Geschichte in der Lesung am Karfreitag verkündet wird.

[21] Dazu seid ihr berufen worden; denn auch Christus hat für euch gelitten und euch ein Beispiel gegeben, damit ihr seinen Spuren folgt.

[22] *Er hat keine Sünde begangen*
*und in seinem Mund war kein trügerisches Wort.*
[23] Er wurde geschmäht, schmähte aber nicht,
er litt, drohte aber nicht,
sondern überließ seine Sache dem gerechten Richter.

[24] Er hat unsere Sünden mit seinem Leib auf das Holz des Kreuzes getragen, damit wir tot seien für die Sünden und für die Gerechtigkeit leben.

*Durch seine Wunden seid ihr geheilt.*
[25] Denn ihr hattet euch *verirrt wie Schafe,*
jetzt aber seid ihr heimgekehrt zum Hirten und Bischof eurer Seelen.

» Gerade durch deine Wunden hindurch öffnet Christus die Tür zur Fülle, zum Lobpreis seiner Liebe. Überlasse dich, gib dich. Das heilt die Wunden, nicht nur die deinen.

FRÈRE ROGER SCHUTZ

**Als Frau und Mann leben (1 Petr 3,1–7)**

3 [1] Ebenso sollt ihr Frauen euch euren Männern unterordnen, damit auch sie, falls sie dem Wort (des Evangeliums) nicht gehorchen, durch das Leben ihrer Frauen ohne Worte gewonnen werden, [2] wenn sie sehen, wie ehrfürchtig und rein ihr lebt. [3] Nicht auf äußeren Schmuck sollt ihr Wert legen, auf Haartracht, Gold und prächtige Kleider, [4] sondern was im Herzen verborgen ist, das sei euer unvergänglicher Schmuck: ein sanftes und ruhiges Wesen. Das ist wertvoll in Gottes Augen. [5] So haben sich einst auch die heiligen Frauen geschmückt, die ihre Hoffnung auf Gott setzten: Sie ordneten sich ihren Männern unter. [6] Sara gehorchte Abraham und nannte ihn ihren Herrn. Ihre Kinder seid ihr geworden, wenn ihr recht handelt und euch vor keiner Einschüchterung fürchtet.

▶ Der Brief zeichnet ein traditionelles Frauenbild, das in die Zeit des Neuen Testaments passt. Auffällig für die damaligen Verhältnisse ist, dass auch die Männer ermahnt werden, die Würde der Frauen zu achten.

[7] Ebenso sollt ihr Männer im Umgang mit euren Frauen rücksichtsvoll sein, denn sie sind der schwächere Teil; ehrt sie, denn auch sie sind Erben der Gnade des Lebens. So wird euren Gebeten nichts mehr im Weg stehen.

» Eine Kirche ohne die Frauen ist wie das Apostelkollegium ohne Maria. Die Rolle der Frau in der Kirche ist nicht nur die Mutterschaft, die Mutter der Familie, sondern sie ist stärker: Sie ist wirklich →

**Einig sein (1 Petr 3,8–12)**
8 Endlich aber: seid alle eines Sinnes, voll Mitgefühl und brüder-
licher Liebe, seid barmherzig und demütig! 9 Vergeltet nicht Böses
mit Bösem noch Kränkung mit Kränkung! Stattdessen segnet; denn
ihr seid dazu berufen, Segen zu erlangen. 10 Es heißt nämlich: *Wer
das Leben liebt und gute Tage zu sehen wünscht, der bewahre seine
Zunge vor Bösem und seine Lippen vor falscher Rede.* 11 *Er meide das
Böse und tue das Gute; er suche Frieden und jage ihm nach.* 12 *Denn
die Augen des Herrn blicken auf die Gerechten und seine Ohren hören
ihr Flehen; aber das Antlitz des Herrn richtet sich gegen die Bösen (Ps
34,13–17).*

**Zeugnis ablegen (1 Petr 3,13–16)**
13 Und wer wird euch Böses zufügen, wenn ihr euch voll Eifer um
das Gute bemüht? 14 Aber auch wenn ihr um der Gerechtigkeit willen
leiden müsst, seid ihr selig zu preisen. *Fürchtet euch nicht vor ihnen
und lasst euch nicht erschrecken,* 15 son-
dern haltet in eurem Herzen Christus,
*den Herrn, heilig!* Seid stets bereit,
jedem Rede und Antwort zu stehen,
der nach der Hoffnung fragt, die

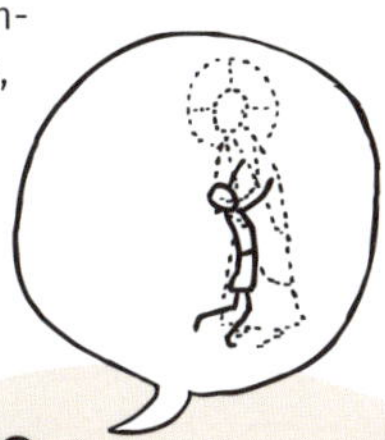

euch erfüllt, 16 aber antwortet bescheiden und ehrfürchtig, denn ihr
habt ein reines Gewissen. Dann werden die, die euch beschimpfen,
weil ihr in (der Gemeinschaft mit) Christus ein rechtschaffenes Leben
führt, sich wegen ihrer Verleumdungen schämen müssen.

**Sich an Jesus halten (1 Petr 3,17–22)**
17 Es ist besser, für gute Taten zu leiden, wenn es Gottes Wille ist,
als für böse. 18 Denn auch Christus ist der Sünden wegen ein einzi-
ges Mal gestorben, er, der Gerechte, für die Ungerechten, um euch zu
Gott hinzuführen; dem Fleisch nach wurde er getötet, dem Geist nach
lebendig gemacht. 19 So ist er auch zu den Geistern gegangen, die im
Gefängnis waren, und hat ihnen gepredigt.
20 Diese waren einst ungehorsam, als Gott in den Tagen Noachs ge-
duldig wartete, während die Arche gebaut wurde; in ihr wurden nur
wenige, nämlich acht Menschen, durch das Wasser gerettet. 21 Dem
entspricht die Taufe, die jetzt euch rettet. Sie dient nicht dazu, den
Körper von Schmutz zu reinigen, sondern sie ist eine Bitte an Gott um
ein reines Gewissen aufgrund der Auferstehung Jesu Christi, 22 der in
den Himmel gegangen ist; dort ist er zur Rechten Gottes und Engel,
Gewalten und Mächte sind ihm unterworfen.

→ die Ikone der Jungfrau Maria, der Gottesmutter; diejenige, die der Kirche hilft zu wachsen!

**PAPST FRANZISKUS**, auf dem Rückflug von Rio, 28.7.2013

Der Herr segne dich und behüte dich. Der Herr lasse sein Angesicht über dich leuchten und sei dir gnädig. Der Herr wende sein Angesicht dir zu und schenke dir Heil.

Num 6,24–26
(Der aaronitische Segen)

In der ganzen Heiligen Schrift gibt es keinen stärkeren Link zur Vernunft als 1 Petr 3,15. Glauben heißt: Gehirn einschalten!

Ihr müsst Euren Glauben so präzis kennen wie ein IT-Spezialist das Betriebssystem eines Computers. Ihr müsst ihn verstehen wie ein guter Musiker sein Stück. Ja, Ihr müsst im Glauben noch viel tiefer verwurzelt sein als die Generation Eurer Eltern, um den Herausforderungen und Versuchungen dieser Zeit mit Kraft und Entschiedenheit entgegentreten zu können.

**PAPST BENEDIKT XVI.**, im Vorwort zum YOUCAT

Jesus ist „hinabgestiegen in das Reich des Todes“. Denn er hat den Tod in jeder Gestalt besiegt. Deshalb bringt er auch denen das Leben, die längst vor Christus gestorben sind.

O-Ton Wikipedia: „Begierde bezeichnet den seelischen Antrieb zur Behebung eines subjektiven Mangelerlebens mit einem damit verbundenen Aneignungswunsch eines Gegenstandes oder Zustandes, welcher geeignet erscheint, diesen Mangel zu beheben." Aha.

### Ein neues Leben beginnen (1 Petr 4,1–6)

4 1 Da Christus im Fleisch gelitten hat, wappnet auch ihr euch mit
diesem Gedanken: Wer im Fleisch gelitten hat, für den hat die
Sünde ein Ende. 2 Darum richtet euch, solange ihr noch auf Erden
lebt, nicht mehr nach den menschlichen Begierden, sondern nach
dem Willen Gottes! 3 Denn lange genug habt ihr in der vergangenen
Zeit das heidnische Treiben mitgemacht und habt ein ausschweifendes Leben voller Begierden geführt, habt getrunken, geprasst, gezecht und unerlaubten Götzenkult getrieben. 4 Jetzt erregt es ihren
Unwillen und sie lästern, weil ihr euch nicht mehr in diesen Strudel
der Leidenschaften hineinreißen lasst. 5 Aber sie werden vor dem Rechenschaft ablegen müssen, der schon bereitsteht, um die Lebenden und die Toten zu richten. 6 Denn auch Toten ist das Evangelium
dazu verkündet worden, dass sie wie Menschen gerichtet werden im
Fleisch, aber wie Gott das Leben haben im Geist.

### Die Zeit nutzen (1 Petr 4,7–11)

7 Das Ende aller Dinge ist nahe. Seid also besonnen und nüchtern
und betet! 8 Vor allem haltet fest an der Liebe zueinander; denn *die
Liebe deckt* viele *Sünden zu.* 9 Seid untereinander gastfreundlich,
ohne zu murren.

10 Dient einander als gute Verwalter der vielfältigen Gnade Gottes,
jeder mit der Gabe, die er empfangen hat. 11 Wer redet, der rede mit
den Worten, die Gott ihm gibt; wer dient, der diene aus der Kraft, die
Gott verleiht. So wird in allem Gott verherrlicht durch Jesus Christus.
Sein ist die Herrlichkeit und die Macht in alle Ewigkeit. Amen.

### Die Prüfung bestehen (1 Petr 4,12–19)

12 Liebe Brüder, lasst euch durch die Feuersglut, die zu eurer Prüfung über euch gekommen ist, nicht verwirren, als ob euch etwas Ungewöhnliches zustoße. 13 Stattdessen freut euch, dass ihr Anteil an
den Leiden Christi habt; denn so könnt ihr auch bei der Offenbarung
seiner Herrlichkeit voll Freude jubeln.
14 Wenn ihr wegen des Namens Christi beschimpft werdet, seid ihr
selig zu preisen; denn der Geist der Herrlichkeit, d*er Geist Gottes, ruht
auf euch.* 15 Wenn einer von euch leiden muss, soll es nicht deswegen
sein, weil er ein Mörder oder ein Dieb ist, weil er Böses tut oder sich
in fremde Angelegenheiten einmischt. 16 Wenn er aber leidet, weil er
Christ ist, dann soll er sich nicht schämen, sondern Gott verherrlichen, indem er sich zu diesem Namen bekennt.

Dass ich als Kind Messdiener und auch Sternsinger war, ergab sich wie von selbst. Ich bin, wie meine ganze Familie, gläubiger Katholik.

**MIROSLAV KLOSE,** Weltmeister

Der beste Schutz vor Verfolgungen ist ein überzeugender christlicher Lebensstil. Eine Garantie gibt es nicht. Aber wer den Glauben ohne Engstirnigkeit lebt, kann überzeugen.

Indem er die Erlösung durch das Leiden bewirkte, hat Christus gleichzeitig das menschliche Leiden auf die Ebene der Erlösung gehoben. Darum kann auch jeder Mensch durch sein Leiden am erlösenden Leiden Christi teilhaben.

**JOH. PAUL II.,** Salvifici doloris, 19

[17] Denn jetzt ist die Zeit, in der das Gericht beim Haus Gottes beginnt; wenn es aber bei uns anfängt, wie wird dann das Ende derer sein, die dem Evangelium Gottes nicht gehorchen? [18] Und *wenn der Gerechte kaum gerettet wird, wo wird man dann die Frevler und Sünder finden?* [19] Darum sollen alle, die nach dem Willen Gottes leiden müssen, Gutes tun und dadurch ihr Leben dem treuen Schöpfer anbefehlen.

Lasst uns, solange es noch Zeit ist, Christus besuchen, Christus heilen, Christus nähren, Christus bekleiden, Christus beherbergen, Christus ehren.

**GREGOR VON NAZIANZ** (330–390), Kirchenlehrer

**In der Kirche leben (1 Petr 5,1–5)**

5 [1] Eure Ältesten ermahne ich, da ich ein Ältester bin wie sie und ein Zeuge der Leiden Christi und auch an der Herrlichkeit teilhaben soll, die sich offenbaren wird:

[2] Sorgt als Hirten für die euch anvertraute Herde Gottes, nicht aus Zwang, sondern freiwillig, wie Gott es will; auch nicht aus Gewinnsucht, sondern aus Neigung; [3] seid nicht Beherrscher eurer Gemeinden, sondern Vorbilder für die Herde! [4] Wenn dann der oberste Hirt erscheint, werdet ihr den nie verwelkenden Kranz der Herrlichkeit empfangen.

[5] Sodann, ihr Jüngeren: ordnet euch den Ältesten unter!

Alle aber begegnet einander in Demut! Denn *Gott tritt den Stolzen entgegen, den Demütigen aber schenkt er seine Gnade.*

Die Ältesten (Presbyter) sind die Vorsteher der Gemeinde.

Seid Hirten mit dem „Geruch der Schafe“, dass man ihn riecht – Hirten inmitten ihrer Herde und Menschenfischer.

**PAPST FRANZISKUS,** 28.3.2013

Mit „der oberste Hirt“ (v4) ist Jesus Christus gemeint. (↗ 1Petr 2,25).

**Auf Gott vertrauen (1 Petr 5,6–11)**

[6] Beugt euch also in Demut unter die mächtige Hand Gottes, damit er euch erhöht, wenn die Zeit gekommen ist. [7] *Werft* alle *eure Sorge auf ihn,* denn er kümmert sich um euch.

[8] Seid nüchtern und wachsam! Euer Widersacher, der Teufel, geht wie ein brüllender Löwe umher und sucht, wen er verschlingen kann. [9] Leistet ihm Widerstand in der Kraft des Glaubens! Wisst, dass eure Brüder in der ganzen Welt die gleichen Leiden ertragen müssen! [10] Der Gott aller Gnade aber, der euch in (der Gemeinschaft mit) Christus zu seiner ewigen Herrlichkeit berufen hat, wird euch, die ihr kurze Zeit leiden müsst, wieder aufrichten, stärken, kräftigen und auf festen Grund stellen. [11] Sein ist die Macht in Ewigkeit. Amen.

**Zum Schluss: Alles Gute (1 Petr 5,12–14)**

[12] Durch den Bruder Silvanus, den ich für treu halte, habe ich euch kurz geschrieben; ich habe euch ermahnt und habe bezeugt, dass dies die wahre Gnade Gottes ist, in der ihr stehen sollt. [13] Es grüßen euch die Mitauserwählten in Babylon und mein Sohn Markus. [14] Grüßt einander mit dem Kuss der Liebe! Friede sei mit euch allen, die ihr in (der Gemeinschaft mit) Christus seid.

**Sorgen-Übergabe-Vertrag** zwischen Jesus Christus und dir, gemäß 1. Petr 5,7, „Werft alle eure Sorge auf ihn; denn er kümmert sich um euch.“

**1.** Ich schreibe meine Sorgen auf und übergebe sie Jesus Christus.
**2.** Er übernimmt sie und kommt für allerbeste Erledigung auf.
**3.** Die Anzahl der zu übertragenden Sorgen ist unbegrenzt.
**4.** Bei dem Versuch, diesen Vertrag zu brechen und die Sorgen wieder an sich zu reißen, ist folgendes Gebet zu sprechen: Ich danke dir, dass Du meine Sorgen übernommen hast. Ich vertraue Dir, dass Du Dich ganz für mich einsetzt. Amen.

Aus dem Internet

# DER ZWEITE PETRUSBRIEF

Der Zweite Petrusbrief arbeitet das Problem auf, dass sich die Zeit viel mehr in die Länge zieht, als viele das dachten; er antwortet mit dem Hinweis auf das Zeitmaß Gottes, das alle irdischen Vorstellungen sprengt.

**Eine theologische Kernschmelze (2 Petr 1,3–4)**

1 [3] Alles, was für unser Leben und unsere Frömmigkeit gut ist,
hat seine göttliche Macht uns geschenkt; sie hat uns den er-
kennen lassen, der uns durch seine Herrlichkeit und Kraft be-
rufen hat. [4] Durch sie wurden uns die kostbaren und überaus
großen Verheißungen geschenkt, damit ihr der verderblichen
Begierde, die in der Welt herrscht, entflieht und an der göttli-
chen Natur Anteil erhaltet.

**Eine starke Kettenreaktion (2 Petr 1,5–7)**

[5] Darum setzt allen Eifer daran, mit eu-
rem Glauben die Tugend zu verbinden,
mit der Tugend die Erkenntnis, [6] mit der

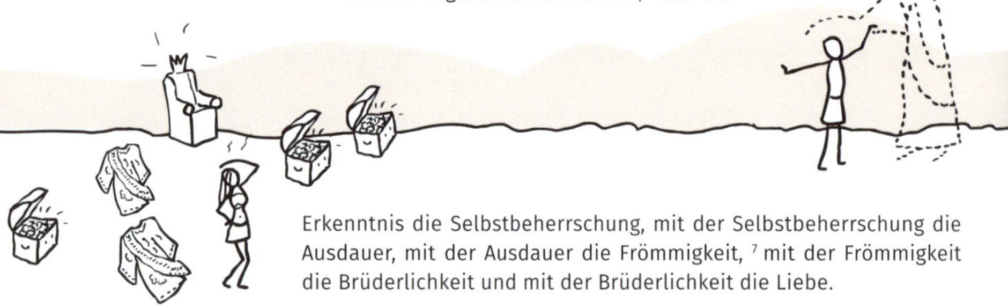

Erkenntnis die Selbstbeherrschung, mit der Selbstbeherrschung die
Ausdauer, mit der Ausdauer die Frömmigkeit, [7] mit der Frömmigkeit
die Brüderlichkeit und mit der Brüderlichkeit die Liebe.

**Eine Geschichte zwischen Himmel und Erde (2 Petr 1,16–18)**

[16] Denn wir sind nicht irgendwelchen klug ausgedachten Geschich-
ten gefolgt, als wir euch die machtvolle Ankunft Jesu Christi, unseres
Herrn, verkündeten, sondern wir waren Augenzeugen seiner Macht
und Größe. [17] Er hat von Gott, dem Vater, Ehre und Herrlichkeit emp-
fangen; denn er hörte die Stimme der erhabenen Herrlichkeit, die zu
ihm sprach: Das ist mein geliebter Sohn, an dem ich Gefallen gefun-
den habe. [18] Diese Stimme, die vom Himmel kam, haben wir gehört,
als wir mit ihm auf dem heiligen Berg waren.

**Ein Buch des Lebens (2 Petr 1,19–21)**

[19] Dadurch ist das Wort der Propheten für uns noch sicherer gewor-
den und ihr tut gut daran, es zu beachten; denn es ist ein Licht, das
an einem finsteren Ort scheint, bis der Tag anbricht und der Morgen-
stern aufgeht in eurem Herzen.
[20] Bedenkt dabei vor allem dies: Keine Weissagung der Schrift darf
eigenmächtig ausgelegt werden; [21] denn niemals wurde eine Weissa-
gung ausgesprochen, weil ein Mensch es wollte, sondern vom Heili-
gen Geist getrieben haben Menschen im Auftrag Gottes geredet.

▶ Denn selbst wenn Menschen scheitern, bleibt doch Gott an ihrer Seite und trägt sie durch die Krise durch.

▶ Gemeint ist: auf der Erde (↗ 2 Kor 5).

B Sechs Tage danach nahm Jesus Petrus, Jakobus und Johannes beiseite und führte sie auf einen hohen Berg, aber nur sie allein. Und er wurde vor ihren Augen verwandelt; seine Kleider wurden strahlend weiß, so weiß, wie sie auf Erden kein Bleicher machen kann.

Mk 9,2–3

# DIE JOHANNESBRIEFE

Die drei Johannesbriefe sind eng mit dem Johannesevangelium verwandt. Eine besondere Nähe besteht zu den Abschiedsreden, die Jesus im Abendmahlssaal nach der Fußwaschung (Joh 13) vor seinen Jüngern hält (Joh 14–16), und zum hohepriesterlichen Gebet (Joh 17). Gemeinsam ist das Nachdenken über die Liebe Gottes, die ihr menschliches Gesicht in Jesus Christus gezeigt hat. Jesus ist ein Mensch aus Fleisch und Blut; als solcher ist er der Sohn Gottes: das Wort Gottes, das Fleisch geworden ist (Joh 1,14). Schnell hat man beide Pole auseinandergerissen. Die Johannesbriefe halten sie zusammen. Sie sehen eine drohende Spaltung der Gemeinde wegen Differenzen im Glauben. Deshalb halten sie die Liebe hoch: Sie ist aus Gott, und sie muss das Leben der Gläubigen zutiefst bestimmen.

## DER ERSTE JOHANNESBRIEF

**Die Sünde besiegen (1 Joh 3,5–8)**

3 [5] Ihr wisst, dass er erschienen ist, um die Sünde wegzunehmen,
und er selbst ist ohne Sünde. [6] Jeder, der in ihm bleibt, sündigt
nicht. Jeder, der sündigt, hat ihn nicht gesehen und ihn nicht erkannt.
[7] Meine Kinder, lasst euch von niemand in die Irre führen! Wer die
Gerechtigkeit tut, ist gerecht, wie Er gerecht ist. [8] Wer die Sünde tut,
stammt vom Teufel; denn der Teufel sündigt von Anfang an. Der Sohn
Gottes aber ist erschienen, um die Werke des Teufels zu zerstören.

Wer das Gebet übt, bleibt nicht lange in der Sünde. Denn entweder wird er das Gebet oder die Sünde lassen, weil Gebet und Sünde nicht nebeneinander bestehen können.

TERESA VON ÁVILA

**Ein klares Kriterium: Gerechtigkeit (1 Joh 3,9–10)**

[9] Jeder, der von Gott stammt, tut keine Sünde, weil Gottes Same in
ihm bleibt. Er kann nicht sündigen, weil er von Gott stammt.
[10] Daran kann man die Kinder Gottes und die Kinder des Teufels erkennen: Jeder, der die Gerechtigkeit nicht tut und seinen Bruder nicht
liebt, ist nicht aus Gott.

▶ Gottes Same – Gottes Wort, das Wurzeln schlägt und Früchte trägt, wie im Gleichnis vom Sämann (Mt 13,1–9).

**Die Brüder und Schwestern lieben (1 Joh 3,11–15)**

[11] Denn das ist die Botschaft, die ihr von Anfang an gehört habt: Wir
sollen einander lieben [12] und nicht wie Kain handeln, der von dem
Bösen stammte und seinen Bruder erschlug. Warum hat er ihn er-

▶ Der Brudermord (Gen 4,1–16) ist ein dunkles Vorzeichen, wie es in der Welt nicht sein soll, aber immer wieder ist.

▶ Die Liebe schließt keinen aus. Aber sie muss immer mit dem Nächsten anfangen: Der Mensch, den ich gerade sehe, der ist es, den ich lieben soll. In der Kirche fängt es an.

Liebe ist kostbar. Sie kostet; aber wer in die Liebe investiert, kann mit dem besten Return on Investment zwischen Himmel und Erde rechnen: mit der Nähe und Freundschaft Gottes, mit tiefem inneren Frieden und mit der eigenen Befriedigung, auf der richtigen Spur zu sein.

schlagen? Weil seine Taten böse, die Taten seines Bruders aber gerecht waren.
13 Wundert euch nicht, meine Brüder, wenn die Welt euch hasst.
14 Wir wissen, dass wir aus dem Tod in das Leben hinübergegangen
sind, weil wir die Brüder lieben. Wer nicht liebt, bleibt im Tod. 15 Jeder,
der seinen Bruder hasst, ist ein Mörder und ihr wisst: Kein Mörder hat
ewiges Leben, das in ihm bleibt.

### ... wie Jesus es gemacht hat (1 Joh 3,16–18)

16 Daran haben wir die Liebe erkannt, dass Er sein Leben für uns hingegeben hat. So müssen auch wir für die Brüder das Leben hingeben.
17 Wenn jemand Vermögen hat und sein Herz vor dem Bruder verschließt, den er in Not sieht, wie kann die Gottesliebe in ihm bleiben?
18 Meine Kinder, wir wollen nicht mit Wort und Zunge lieben, sondern in Tat und Wahrheit.

▶ Gott ist die Wahrheit unseres Lebens. Wer glaubt, weiß es.

### Keine Angst vor der Zukunft (1 Joh 3,19–22)

19 Daran werden wir erkennen, dass wir aus der Wahrheit sind, und
werden unser Herz in seiner Gegenwart beruhigen. 20 Denn wenn das
Herz uns auch verurteilt – Gott ist größer als unser Herz und er weiß
alles.

» Es ist schwer, sich selbst zu verachten, ohne Gott in uns zu beleidigen.

**GEORGES BERNANOS**

21 Liebe Brüder, wenn das Herz uns aber nicht verurteilt, haben wir
gegenüber Gott Zuversicht; 22a alles, was wir erbitten, empfangen wir
von ihm, weil wir seine Gebote halten und tun, was ihm gefällt.

### Das Grundgebot: Glaube und Liebe (1 Joh 3,23–24)

23 Und das ist sein Gebot: Wir sollen an den Namen seines Sohnes
Jesus Christus glauben und einander lieben, wie es seinem Gebot
entspricht. 24 Wer seine Gebote hält, bleibt in Gott und Gott in ihm.
Und dass er in uns bleibt, erkennen wir an dem Geist, den er uns
gegeben hat.

» Es ist nicht meine Angelegenheit, an mich zu denken. Meine Angelegenheit ist es, an ihn zu denken. Und es ist seine Sache, an mich zu denken.

**SIMONE WEIL** (1909–1943), frz. Philosophin

### Kritisch sein (1 Joh 4,1–3)

4 1 Liebe Brüder, traut nicht jedem Geist, sondern prüft die Geister,
ob sie aus Gott sind; denn viele falsche Propheten sind in die Welt
hinausgezogen.
2 Daran erkennt ihr den Geist Gottes: Jeder Geist, der bekennt, Jesus
Christus sei im Fleisch gekommen, ist aus Gott.
3 Und jeder Geist, der Jesus nicht bekennt, ist nicht aus Gott. Das ist
der Geist des Antichrists, über den ihr gehört habt, dass er kommt.
Jetzt ist er schon in der Welt.

▶ Es scheint so einfach, Jesus und Gott zu trennen. Aber dann beginnen erst die Probleme. Die ganze Hoffnung hängt daran, dass Jesus von Nazaret der Sohn Gottes ist.

**Wir sagen, was wir glauben (1 Joh 4,4–6)**

4 Ihr aber, meine Kinder, seid aus Gott und habt sie besiegt; denn Er, der in euch ist, ist größer als jener, der in der Welt ist.

5 Sie sind aus der Welt; deshalb sprechen sie, wie die Welt spricht, und die Welt hört auf sie.

6 Wir aber sind aus Gott. Wer Gott erkennt, hört auf uns; wer nicht aus Gott ist, hört nicht auf uns. Daran erkennen wir den Geist der Wahrheit und den Geist des Irrtums.

**Wir lieben, weil wir geliebt werden (1 Joh 4,7–10)**

7 Liebe Brüder, wir wollen einander lieben; denn die Liebe ist aus
Gott und jeder, der liebt, stammt von Gott und erkennt Gott. 8 Wer
nicht liebt, hat Gott nicht erkannt; denn Gott ist die Liebe. 9 Die Liebe
Gottes wurde unter uns dadurch offenbart, dass Gott seinen einzigen Sohn in die Welt gesandt hat, damit wir durch ihn leben.

10 Nicht darin besteht die Liebe, dass wir Gott geliebt haben, sondern dass er uns geliebt und seinen Sohn als Sühne für unsere Sünden gesandt hat.

▶ Die „Welt" ist hier ein Raum, der schalldicht vor dem Wort Gottes abgeschlossen ist.

Wenn die Kirche ein immer klareres Bewusstsein von sich selbst gewinnt und wenn sie danach strebt, sich selbst nach dem Modell, das Christus ihr vor Augen stellt, zu bilden, dann wird sie sich tief von der menschlichen Umgebung unterscheiden, in der sie dennoch lebt und der sie sich nähert.

**PAPST PAUL VI.**, Enzyklika Ecclesiam suam (1964), 56

Gott ist echt zuvorkommend.

Der Erste Johannesbrief ist eine große theologische Meditation über die Liebe Gottes, die in Jesus Christus Mensch geworden ist. Der Brief ist das Seitenstück zum Johannesevangelium. „Gott ist Liebe" – so kurz und klar kann der Brief die biblische Theologie auf den Punkt bringen (1 Joh 4,8–16).

**Geheimnis des Glaubens (1 Joh 4,11–14)**

11 Liebe Brüder, wenn Gott uns so geliebt hat, müssen auch wir einander lieben. 12 Niemand hat Gott je geschaut; wenn wir einander
lieben, bleibt Gott in uns und seine Liebe ist in uns vollendet. 13 Daran
erkennen wir, dass wir in ihm bleiben und er in uns bleibt: Er hat uns
von seinem Geist gegeben. 14 Wir haben gesehen und bezeugen, dass
der Vater den Sohn gesandt hat als den Retter der Welt.

**In Gottes Liebe bleiben (1 Joh 4,15–16b)**

15 Wer bekennt, dass Jesus der Sohn Gottes ist, in dem bleibt Gott und er bleibt in Gott.

16a Wir haben die Liebe, die Gott zu uns hat, erkannt und gläubig
angenommen. 16b Gott ist die Liebe, und wer in der Liebe bleibt, bleibt
in Gott und Gott bleibt in ihm.

▶ Die Liebe Gottes ist ein Geschenk, das wir mit anderen teilen sollen.

Wenn ich glaube, dass Gott die Liebe ist (und das tue ich), liegt darin ein wunderbarer Auftrag: Ich darf Zeuge dieser Liebe sein – in der Familie, unter Freunden, am Arbeitsplatz, ja sogar beim Müll rausbringen. Alles, was ich anpacke, mit größtmöglicher Sorgfalt und Freude zu tun, ist eine Mission auf Lebenszeit. Und eine großartige noch dazu!

**CHRISTOPH**

Hätte ich früher erkannt, dass der winzige Palast meiner Seele einen so großen König beherbergt, dann hätte ich ihn nicht so häufig allein gelassen.

**TERESA VON ÁVILA**

**Keine Angst haben (1 Joh 4,17–18)**

17 Darin ist unter uns die Liebe vollendet, dass wir am Tag des Ge-
richts Zuversicht haben. Denn wie er, so sind auch wir in dieser Welt.
18 Furcht gibt es in der Liebe nicht, sondern die vollkommene Liebe
vertreibt die Furcht. Denn die Furcht rechnet mit Strafe, und wer sich
fürchtet, dessen Liebe ist nicht vollendet.

**Liebe empfangen – Liebe schenken (1 Joh 4,19–21)**

19 Wir wollen lieben, weil er uns zuerst geliebt hat. 20 Wenn jemand
sagt: Ich liebe Gott!, aber seinen Bruder hasst, ist er ein Lügner. Denn
wer seinen Bruder nicht liebt, den er sieht, kann Gott nicht lieben,
den er nicht sieht. 21 Und dieses Gebot haben wir von ihm: Wer Gott
liebt, soll auch seinen Bruder lieben.

**Zeichen der Liebe (1 Joh 5,1–5)**

5 1 Wer glaubt, dass Jesus der Christus ist, der ist von Gott geboren;
und wer den liebt, der ihn geboren hat, der liebt auch den, der
von ihm geboren ist. 2 Daran erkennen wir, dass wir Gottes Kinder
lieben, wenn wir Gott lieben und seine Gebote halten. 3 Denn das ist
die Liebe zu Gott, dass wir seine Gebote halten; und seine Gebote
sind nicht schwer. 4 Denn alles, was von Gott geboren ist, überwindet
die Welt; und unser Glaube ist der Sieg, der die Welt überwunden hat.
5 Wer ist es aber, der die Welt überwindet, wenn nicht der, der glaubt,
dass Jesus Gottes Sohn ist?

## DER ZWEITE JOHANNESBRIEF

Der Zweite Johannesbrief ist ein kurzes Schreiben mit einer Warnung vor Irrlehrern, die das Evangelium der Liebe Gottes nicht ernst nehmen.

Es ist dir gesagt worden, Mensch, was gut ist und was der Herr von dir erwartet: Nichts anderes als dies: Recht tun, Güte und Treue lieben, in Ehrfurcht den Weg gehen mit deinem Gott.

Mi 6,8

**Nur die Liebe zählt (2 Joh 6)**

6 Denn die Liebe besteht darin, dass wir nach seinen Geboten leben.
Das Gebot, das ihr von Anfang an gehört habt, lautet: Ihr sollt in der
Liebe leben.

## DER DRITTE JOHANNESBRIEF

Der Dritte Johannesbrief ergreift in innerkirchlichen Konflikten Partei für die Theologie des Johannesevangeliums.

Lass dich nicht vom Bösen besiegen, sondern besiege das Böse durch das Gute.

Röm 12,21

**Gutes tun (3 Joh 11)**

11 Lieber Bruder, ahme nicht das Böse nach, sondern das Gute! Wer
das Gute tut, ist aus Gott; wer aber das Böse tut, hat Gott nicht ge-
sehen.

# DER JUDASBRIEF

Der Judasbrief ist eine scharfe Abrechnung mit Irrlehrern. Was die Gegner genau vertreten haben, setzt der Brief bei den Leserinnen und Lesern als bekannt voraus; es ist deshalb heute nicht mehr gut zu erkennen. Wahrscheinlich ging es um grundsätzliche Fragen, wie der Glaube in der Welt gelebt werden kann.

Der Brief ist nicht etwa von Judas Iskariot geschrieben worden, dem Verräter Jesu. Der Judas dieses Briefes ist vielmehr „der Bruder des Jakobus", also auch ein Verwandter Jesu (↗ Mk 6,3; Mt 13,55).

**Passt auf! (Jud 17–19)**

17 Ihr aber, liebe Brüder, denkt an die Worte, die von den Aposteln Jesu Christi, unseres Herrn, im Voraus verkündet worden
sind, 18 als sie euch sagten: Am Ende der Zeit wird es Spötter

geben, die sich von ihren gottlosen Begierden leiten lassen. 19 Sie
werden die Einheit zerstören, denn es sind irdisch gesinnte Menschen, die den Geist nicht besitzen.

**Betet! (Jud 20–21)**

20 Ihr aber, liebe Brüder, gründet euch auf euren hochheiligen Glauben, und baut darauf weiter, betet in der Kraft des Heiligen Geistes,
21 haltet fest an der Liebe Gottes und wartet auf das Erbarmen Jesu Christi, unseres Herrn, der euch das ewige Leben schenkt.

**Seid barmherzig! (Jud 22–23)**

22 Erbarmt euch derer, die zweifeln; 23 rettet sie, entreißt sie dem Feuer! Der anderen aber erbarmt euch voll Furcht; verabscheut sogar das Gewand eines Menschen, der der Sünde verfallen ist.

**Gott allein die Ehre (Jud 24–25)**

24 Dem einen Gott aber, der die Macht hat, euch vor jedem Fehltritt zu bewahren und euch untadelig und voll Freude vor seine Herrlichkeit treten zu lassen,
25 ihm, der uns durch Jesus Christus, unseren Herrn, rettet, gebührt die Herrlichkeit, Hoheit, Macht und Gewalt vor aller Zeit und jetzt und für alle Zeiten. Amen.

Wohl dem Mann, der nicht dem Rat der Frevler folgt, nicht auf dem Weg der Sünder geht, nicht im Kreis der Spötter sitzt.

Ps 1,1

Das beste Gebet ist jenes, das am meisten Liebe enthält.

**CHARLES DE FOUCAULD**

Ahmt Gott nach als seine geliebten Kinder und liebt einander, weil auch Christus uns geliebt und sich für uns hingegeben hat als Gabe und als Opfer, das Gott gefällt. Von Unzucht aber und Schamlosigkeit jeder Art oder von Habgier soll bei euch, wie es sich für Heilige gehört, nicht einmal die Rede sein.

Eph 5,1–3

## DIE OFFENBARUNG DES

# Johannes

Das letzte Buch der Bibel ist von einem christlichen Propheten geschrieben worden. Johannes empfängt auf Patmos eine Vision, die er niederschreibt. Er ist um seines Glaubens willen verfolgt worden, wahrscheinlich unter dem römischen Kaiser Domitian (81–96 n. Chr.).

Das Buch ist ebenso faszinierend wie umstritten. Oft ist es benutzt worden, um den Termin des Weltendes auszurechnen. Das ist ein Missbrauch. Tatsächlich blickt Johannes in den Abgrund menschlichen Leidens; aber er blickt auch in die Höhe himmlischen Glanzes. Beides ist durch Jesus Christus verbunden. Er ist vom Himmel gekommen, um das Reich Gottes zu verwirklichen. Durch ihn endet die Welt nicht in einem Meer von Gewalt, sondern wird in die Welt Gottes verwandelt.

**Der Auftakt (Offb 1,1–3)**

1 [1] Offenbarung Jesu Christi, die Gott ihm gegeben hat, damit er
seinen Knechten zeigt, *was* bald *geschehen muss;* und er hat es
durch seinen Engel, den er sandte, seinem Knecht Johannes gezeigt.
[2] Dieser hat das Wort Gottes und das Zeugnis Jesu Christi bezeugt:
alles, was er geschaut hat.
[3] Selig, wer diese prophetischen Worte vorliest und wer sie hört und
wer sich an das hält, was geschrieben ist; denn die Zeit ist nahe.

▶ Gott der Vater offenbart Jesus, dem Sohn Gottes, den großen Plan, wie er die Welt retten wird. Johannes wird in diesen Plan eingeweiht. Er soll aufschreiben, was er von Gott gezeigt bekommen hat, damit es alle wissen können.

**Der Anfang eines Briefes (Offb 1,4–8)**

[4] Johannes an die sieben Gemeinden in der Provinz Asien:
Gnade sei mit euch und Friede von *Ihm, der ist* und der war und
der kommt, und von den sieben Geistern vor seinem Thron [5] und von
Jesus Christus; er ist *der treue Zeuge, der Erstgeborene* der Toten, *der*
*Herrscher über die Könige der Erde.* Er liebt uns und hat uns *von unseren Sünden erlöst* durch sein Blut; [6] er hat uns zu Königen gemacht
und zu *Priestern* vor Gott, seinem Vater. Ihm sei die Herrlichkeit und
die Macht in alle Ewigkeit. Amen.
[7] *Siehe, er kommt mit den Wolken,* und jedes Auge wird ihn *sehen,*
auch alle, *die ihn durchbohrt* haben; und alle Völker der Erde *werden*
*seinetwegen jammern und klagen.* Ja, amen.
[8] Ich bin das Alpha und das Omega, spricht Gott, der Herr, *der ist* und
der war und der kommt, der Herrscher über die ganze Schöpfung.

▶ Asien ist die Region in der heutigen West-Türkei mit Ephesus als Zentrum (↗ Offb 2–3).

Dieser Kelch ist der Neue Bund in meinem Blut, das für euch vergossen wird.

Lk 22,20

▶ Alpha und Omega sind der erste und der letzte Buchstabe des griechischen Alphabetes.

Der „Seher“ von Patmos

▶ Alle sieben Gemeinden liegen im Umkreis von Ephesus in der heutigen Türkei.

**Die Beauftragung des Johannes (Offb 1,9–20)**

9 Ich, euer Bruder Johannes, der wie ihr bedrängt ist, der mit euch
an der Königsherrschaft teilhat und mit euch in Jesus standhaft aus-
harrt, ich war auf der Insel Patmos um des Wortes Gottes willen und
des Zeugnisses für Jesus. 10 Am Tag des Herrn wurde ich vom Geist
ergriffen und hörte hinter mir eine Stimme, laut wie eine Posaune.
11 Sie sprach: Schreib das, was du siehst, in ein Buch und schick es an
die sieben Gemeinden: nach Ephesus, nach Smyrna, nach Pergamon,
nach Thyatira, nach Sardes, nach Philadelphia und nach Laodizea.

12 Da wandte ich mich um, weil ich sehen wollte, wer zu mir sprach.

Als ich mich umwandte, sah ich sieben goldene Leuchter 13 und mit-
ten unter den Leuchtern einen, der *wie ein Mensch* aussah; *er* war
*bekleidet mit einem Gewand,* das bis auf die Füße reichte, und um die
Brust trug er *einen Gürtel aus Gold.*

14 Sein Haupt und *seine Haare* waren *weiß wie weiße Wolle, leuch-
tend weiß wie Schnee,* und seine *Augen wie Feuerflammen;* 15 *seine
Beine glänzten wie Golderz,* das im Schmelzofen glüht, und *seine
Stimme* war *wie das Rauschen von Wassermassen.* 16 In seiner Rech-
ten hielt er sieben Sterne und aus seinem Mund kam ein scharfes,
zweischneidiges Schwert und sein
Gesicht leuchtete wie die macht-
voll strahlende Sonne.

▶ Die Bilder zeigen den Menschensohn als königlichen Hohepriester. Er hat Gottes ganze Macht; er versöhnt die Menschen mit Gott.

17 Als ich ihn sah, fiel ich wie tot vor seinen Füßen nieder.

Er aber legte seine rechte Hand auf mich und sagte: *Fürchte dich
nicht! Ich bin der Erste und der Letzte* 18 und der Lebendige. Ich war
tot, doch nun lebe ich in alle Ewigkeit, und ich habe die Schlüssel zum
Tod und zur Unterwelt.

19 Schreib auf, was du gesehen hast: was ist und *was* danach *ge-
schehen* wird.

▶ Jede Gemeinde hat im Himmel einen Schutzengel.

20 Der geheimnisvolle Sinn der sieben Sterne, die du auf meiner
rechten Hand gesehen hast, und der sieben goldenen Leuchter ist:
Die sieben Sterne sind die Engel der sieben Gemeinden und die sie-
ben Leuchter sind die sieben Gemeinden.

Es folgen die sieben Sendschreiben an die sieben Gemeinden (Offb 2,1–3,22), die zeigen, wie groß die Herausforderung war, in einer Krise der Gesellschaft den Glauben zu bewahren.

▶ Johannes darf in den offenen Himmel schauen. Das Zentrum ist der Thron Gottes. Von ihm geht alles aus; zu ihm führt alles hin. Es sind menschliche Bilder, die der Prophet schaut; aber sie vermitteln einen Eindruck vom himmlischen Glanz.

## DIE VISION DES ANFANGS (OFFB 4,1–5,14)

**Die offene Tür (Offb 4,1)**

4 1 Danach sah ich: Eine Tür war geöffnet am Himmel; und die Stim-
me, die vorher zu mir gesprochen hatte und die wie eine Posaune
klang, sagte: *Komm herauf* und ich werde dir zeigen, *was dann ge-
schehen muss.*

### Ein Blick in den Himmel (Offb 4,2–7)

2 Sogleich wurde ich vom Geist ergriffen. Und ich sah:
Ein Thron stand im Himmel; *auf dem Thron* saß einer, 3 der wie ein
Jaspis und ein Karneol aussah.
Und *über dem Thron wölbte sich ein Regenbogen,* der wie ein Sma-
ragd *aussah.*
4 Und rings um den Thron standen vierundzwanzig Throne und auf
den Thronen saßen vierundzwanzig Älteste in weißen Gewändern und
mit goldenen Kränzen auf dem Haupt.
5 Von dem Thron gingen *Blitze, Stimmen und Donner* aus. Und sie-
ben lodernde Fackeln brannten vor dem Thron; das sind die sieben
Geister Gottes.
6 Und vor dem Thron war etwas wie ein gläsernes Meer, gleich Kris-
tall. Und in der Mitte, rings um den Thron, waren *vier Lebewesen vol-
ler Augen,* vorn und hinten.
7 Das erste Lebewesen glich *einem Löwen,* das zweite *einem Stier,*
das dritte sah aus wie *ein Mensch,* das vierte glich *einem* fliegenden
*Adler.*

> **„** Ein Mensch kann die Herrlichkeit Gottes ebenso wenig dadurch mindern, dass er sich weigert, Ihn anzubeten, wie ein Wahnsinniger die Sonne auslöschen kann, indem er das Wort „Dunkelheit" auf die Mauern seiner Zelle kritzelt.
>
> **C. S. LEWIS**

▶ Die vierundzwanzig Ältesten, die sieben Fackeln und die vier Lebewesen – es sind alttestamentliche Bilder aus den Propheten Jesaja, Ezechiel und Daniel, die in der Johannesoffenbarung neu zusammengesetzt sind. Später sind daraus die Evangelistensymbole geworden: Markus, der Löwe, Lukas, der Stier, Matthäus, der Mensch, und Johannes, der Adler.

### Dreimal heilig (Offb 4,8–11)

8 Und jedes der vier Lebewesen hatte *sechs Flügel,* außen und innen
*voller Augen.* Sie ruhen nicht, bei Tag und Nacht, und rufen:

*Heilig, heilig, heilig*
*ist der Herr,* der Gott, der Herrscher über die ganze Schöpfung;
er war und *er ist* und er kommt.
9 Und wenn die Lebewesen dem, *der auf dem Thron sitzt und in alle*
*Ewigkeit lebt,* Herrlichkeit und Ehre und Dank erweisen, 10 dann wer-
fen sich die vierundzwanzig Ältesten vor dem, *der auf dem Thron sitzt,*
nieder und beten ihn an, *der in alle Ewigkeit lebt.* Und sie legen ihre
goldenen Kränze vor seinem Thron nieder und sprechen:
11 Würdig bist du, unser Herr und Gott,
Herrlichkeit zu empfangen und Ehre und Macht.
Denn du bist es, der die Welt erschaffen hat,
durch deinen Willen war sie und wurde sie erschaffen.

▶ Hier schlägt das Herz der Johannesoffenbarung (↗ Jes 6,3). Der Heilige Gott ist der Schöpfer und Erlöser; ihm gehören Vergangenheit, Gegenwart und Zukunft.

▶ Im Himmel ist das Reich Gottes schon vollendet; auf Erden muss es sich noch durchsetzen.Die Zukunft ist klar: Gott setzt sich durch. Dem Propheten ist es offenbart worden.

### Das Buch mit sieben Siegeln (Offb 5,1–4)

5 1 Und ich sah auf der rechten Hand dessen, *der auf dem Thron*
*saß, eine Buchrolle; sie* war *innen und außen beschrieben* und mit
sieben Siegeln versiegelt.
2 Und ich sah: Ein gewaltiger Engel rief mit lauter Stimme: Wer ist
würdig, die Buchrolle zu öffnen und ihre Siegel zu lösen?
3 Aber niemand im Himmel, auf der Erde und unter der Erde konnte
das Buch öffnen und es lesen.
4 Da weinte ich sehr, weil niemand für würdig befunden wurde, das
Buch zu öffnen und es zu lesen.

💡 Das Buch mit den sieben Siegeln ist das Drehbuch der Heilsgeschichte.

▶ Wer das Buch öffnen kann, bestimmt den Lauf der Geschichte. Niemand kann es: kein Mensch und kein Engel. Nur Jesus, dargestellt im Bild des geschlachteten Lammes.

▶ Der Löwe ist ein starkes Bild der Hoffnung auf den Messias.

**Der Löwe ... (Offb 5,5)**

[5] Da sagte einer von den Ältesten zu mir: Weine nicht! Gesiegt hat
*der Löwe* aus dem Stamm *Juda, der Spross aus der Wurzel* Davids; er
kann das Buch und seine sieben Siegel öffnen.

▶ Der starke Löwe – ist ein schwaches Lamm. Denn der Sieg über das Böse wird gerade im Tod Jesu errungen, der von den Toten auferstanden ist. Deshalb „steht" das Lamm, das die Todeswunde noch trägt – wie der Auferstandene nach dem Johannesevangelium noch die Wundmale (Joh 20,20.24–29).

**... als Lamm (Offb 5,6–7)**

[6] Und ich sah: Zwischen dem Thron und den vier Lebewesen und
mitten unter den Ältesten stand *ein Lamm;* es sah aus wie *geschlachtet* und hatte sieben Hörner und *sieben Augen;* die Augen sind die
sieben Geister Gottes, die *über die ganze Erde* ausgesandt sind.
[7] Das Lamm trat heran und empfing das Buch aus der rechten Hand
dessen, *der auf dem Thron saß.*

Selbst angenommen, ein unheiliger Mensch dürfte in den Himmel eingehen, so wäre er darin nicht glücklich. ... Nur ein Heiliger kann auf den Heiligen schauen. Ohne Heiligkeit kann kein Mensch den Anblick Gottes ertragen.

**JOHN HENRY NEWMAN**

**Das neue Lied (Offb 5,8–10)**

[8] Als es das Buch empfangen hatte, fielen die vier Lebewesen und
die vierundzwanzig Ältesten vor dem Lamm nieder; alle trugen Harfen
und goldene Schalen voll von *Räucherwerk;* das sind *die Gebete* der
Heiligen. [9] Und sie sangen ein *neues Lied:*

Würdig bist du,
das Buch zu nehmen
und seine Siegel zu öffnen;
denn du wurdest geschlachtet
und hast mit deinem Blut Menschen für Gott erworben
aus allen Stämmen und Sprachen,

aus allen Nationen und Völkern,
[10] und du hast sie für unsern Gott
zu Königen und *Priestern* gemacht;
und sie werden auf der Erde herrschen.

▶ Die Gläubigen sind das Volk Gottes. Jesus ist ihr König, ihr Priester und ihr Prophet. An seiner Macht, seinem Heilsdienst und seiner Weisheit gewinnen sie Anteil.

**Himmlischer Lobpreis (Offb 5,11–14)**

[11] Ich sah und ich hörte die Stimme von vielen Engeln rings um den
Thron und um die Lebewesen und die Ältesten; die Zahl der Engel war
*zehntausendmal zehntausend und tausendmal tausend.* [12] Sie riefen
mit lauter Stimme:

Würdig ist *das Lamm, das geschlachtet wurde,* Macht zu empfangen,
Reichtum und Weisheit, Kraft und Ehre, Herrlichkeit und Lob.

[13] Und alle Geschöpfe im Himmel und auf der Erde, unter der Erde
und auf dem Meer, alles, was in der Welt ist, hörte ich sprechen:

Ihm, *der auf dem Thron sitzt,* und dem Lamm
gebühren Lob und Ehre und Herrlichkeit und Kraft in alle Ewigkeit.

[14] Und die vier Lebewesen sprachen: Amen. Und die vierundzwanzig
Ältesten fielen nieder und beteten an.

Den zu lieben, den wir loben, fördert uns; wenn wir den Guten loben, werden wir selber besser. Und da er weiß, dass es uns fördert, wenn wir ihn lieben, macht er sich durch sein eigenes Lob liebenswert, das uns erklärt, warum er liebenswert ist. So ermuntert er unser Herz zu seinem Lob, mit seinem Geist erfüllt er seine Knechte, auf dass sie ihn loben.

**AUGUSTINUS**

Mit dem Öffnen der Siegel beginnt eine dreifache Kaskade von Visionen. Sie zeigen den Untergang des Bösen auf der Welt. Die Menschen müssen viel leiden, auch die Gerechten. Aber Gottes Herrschaft setzt sich durch – zum Heil aller Menschen.

### Der neue Himmel und die neue Erde (Offb 21,1–8)

21 [1] Dann sah ich *einen neuen Himmel und eine neue Erde (Jes*
*65,17; 66,22)*; denn der erste Himmel und die erste Erde sind
vergangen, auch das Meer ist nicht mehr.
[2] Ich sah *die heilige Stadt*, das neue *Jerusalem*, von Gott her aus
dem Himmel herabkommen; sie war bereit *wie eine Braut, die sich* für
ihren Mann *geschmückt hat.*
[3] Da hörte ich eine laute Stimme vom Thron her rufen: *Seht, die Woh-*
*nung* Gottes unter den Menschen! *Er wird in ihrer Mitte wohnen, und*
*sie werden sein Volk sein; und er, Gott, wird bei ihnen sein.* [4] *Er wird*
*alle Tränen von ihren Augen abwischen (Jes 25,8)*: Der Tod wird nicht
mehr sein, keine *Trauer*, keine *Klage*, keine Mühsal. Denn was früher
war, ist vergangen.
[5] *Er, der auf dem Thron saß*, sprach: *Seht, ich mache* alles *neu (Jes*
*43,19)*. Und er sagte: Schreib es auf, denn diese Worte sind zuverläs-
sig und wahr.
[6] Er sagte zu mir: Sie sind in Erfüllung gegangen. Ich bin das Alpha
und das Omega, der Anfang und das Ende. *Wer durstig ist, den werde*
*ich umsonst aus der Quelle* trinken lassen, aus der *das Wasser des*
*Lebens strömt.* [7] Wer siegt, wird dies als Anteil erhalten: *Ich werde*

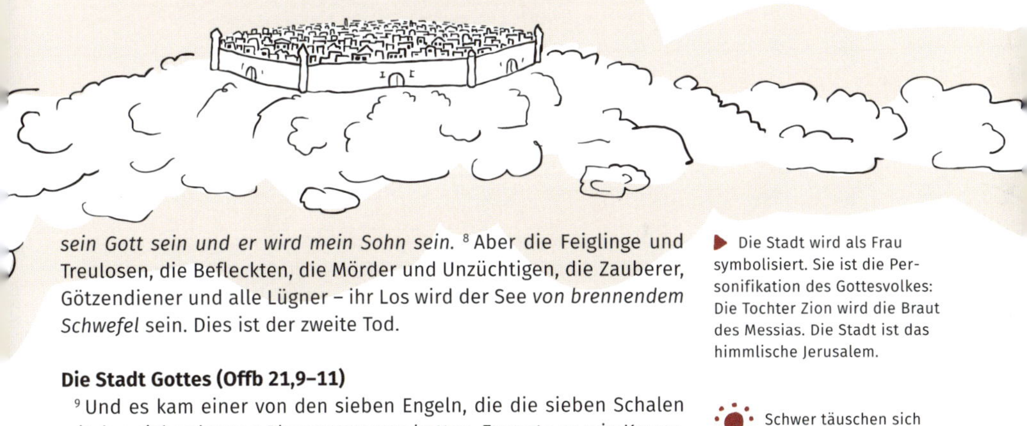

*sein Gott sein und er wird mein Sohn sein.* [8] Aber die Feiglinge und
Treulosen, die Befleckten, die Mörder und Unzüchtigen, die Zauberer,
Götzendiener und alle Lügner – ihr Los wird der See *von brennendem*
*Schwefel* sein. Dies ist der zweite Tod.

### Die Stadt Gottes (Offb 21,9–11)

[9] Und es kam einer von den sieben Engeln, die die sieben Schalen
mit den *sieben* letzten *Plagen* getragen hatten. Er sagte zu mir: Komm,
ich will dir die Braut zeigen, die Frau des Lammes.
[10] *Da entrückte er mich* in der Verzückung *auf einen* großen, *hohen*
*Berg* und zeigte mir *die heilige Stadt Jerusalem*, wie sie von Gott her
aus dem Himmel herabkam, [11] erfüllt von der Herrlichkeit Gottes. Sie
glänzte wie ein kostbarer Edelstein, wie ein kristallklarer Jaspis.

### Die Mauern und Tore (Offb 21,12–21)

[12] *Die Stadt* hat eine große und hohe Mauer mit zwölf *Toren* und
zwölf Engeln darauf. Auf die Tore sind Namen geschrieben: *die Namen*
*der zwölf Stämme der Söhne Israels.* [13] *Im Osten hat die Stadt drei Tore*
*und im Norden drei Tore und im Süden drei Tore und im Westen drei*
*Tore.* [14] Die Mauer der Stadt hat zwölf Grundsteine; auf ihnen stehen
die zwölf Namen der zwölf Apostel des Lammes.
[15] Und der Engel, der zu mir sprach, hatte einen goldenen *Messstab*,
mit dem die Stadt, ihre Tore und ihre Mauer gemessen wurden.

▶ Das Wort von den Tränen, die weggewischt werden, und vom Tod, der nicht mehr sein wird, findet man häufig auf Todesanzeigen oder Sterbebildchen. Wenn ein Mensch stirbt, geht es wirklich um alles oder nichts. Wer glaubt, kann hoffen: Alles wird am Ende gut, auch wenn wir hier manch bitteren Abschied nehmen müssen und manche Täler der Tränen durchschreiten.

Wer von diesem Wasser trinkt, wird wieder Durst bekommen; wer aber von dem Wasser trinkt, das ich ihm geben werde, wird niemals mehr Durst haben.

Jesus in **JOH 4,13–15**

▶ Die Stadt wird als Frau symbolisiert. Sie ist die Personifikation des Gottesvolkes: Die Tochter Zion wird die Braut des Messias. Die Stadt ist das himmlische Jerusalem.

Schwer täuschen sich jene, die meinen, die Vereinigung mit Gott bestehe in Ekstasen, Verzückungen und geistlichen Tröstungen. Sie besteht allein in der Übergabe unseres Willens an Gott, vorausgesetzt, dass diese Übergabe vollkommen ist.

**TERESA VON ÁVILA**

▶ Die Maße sind die Idealmaße der himmlischen Stadt nach der Vision des Propheten Ezechiel (Ez 40).

[16] Die Stadt war *viereckig* angelegt und ebenso lang wie breit. Er maß die Stadt mit dem Messstab; ihre Länge, Breite und Höhe sind gleich: zwölftausend Stadien. [17] *Und er maß ihre Mauer;* sie ist hundertvierundvierzig Ellen hoch nach Menschenmaß, das der Engel benutzt hatte.

[18] Ihre Mauer ist aus Jaspis gebaut und die Stadt ist aus reinem Gold, wie aus reinem Glas.

[19] *Die Grundsteine* der Stadtmauer sind mit *edlen Steinen* aller Art geschmückt; der erste Grundstein ist ein Jaspis, der zweite ein Saphir, der dritte ein Chalzedon, der vierte ein Smaragd, [20] der fünfte ein Sardonyx, der sechste ein Sardion, der siebte ein Chrysolith, der achte ein Beryll, der neunte ein Topas, der zehnte ein Chrysopras, der elfte ein Hyazinth, der zwölfte ein Amethyst.

[21] Die zwölf Tore sind zwölf Perlen; jedes der Tore besteht aus einer einzigen Perle. Die Straße der Stadt ist aus reinem Gold, wie aus klarem Glas.

**Stadt ohne Tempel – aber mit Gott (Offb 21,22–23)**

[22] Einen Tempel sah ich nicht in der Stadt. Denn der Herr, ihr Gott, der Herrscher über die ganze Schöpfung, ist ihr Tempel, er und das Lamm.

[23] Die Stadt braucht *weder Sonne noch Mond*, die ihr *leuchten.* Denn die *Herrlichkeit Gottes erleuchtet* sie und ihre Leuchte ist das Lamm.

**Offene Tore – für alle Völker (Offb 21,24–27)**

[24] *Die Völker werden* in diesem *Licht einhergehen und die Könige* der Erde werden *ihre Pracht* in die Stadt *bringen.*

[25] Ihre *Tore werden den ganzen Tag nicht geschlossen* – Nacht wird es dort nicht mehr geben. [26] *Und man wird die Pracht* und die Kostbarkeiten *der Völker* in die Stadt *bringen.* [27] *Aber nichts Unreines wird hineinkommen,* keiner, der Gräuel verübt und lügt. Nur die, *die im Lebensbuch* des Lammes *eingetragen sind,* werden eingelassen.

**Ein Paradies in der Stadt (Offb 22,1–5)**

22 [1] Und er zeigte mir einen *Strom, das Wasser des Lebens,* klar wie Kristall; *er geht* vom Thron Gottes und des Lammes *aus.* [2] Zwischen der Straße der Stadt und dem Strom, hüben und drüben, stehen Bäume des Lebens. Zwölfmal tragen sie Früchte, jeden Monat einmal; und die Blätter der Bäume dienen zur Heilung der Völker. [3] Es wird nichts mehr geben, was der Fluch Gottes trifft.

Der Thron Gottes und des Lammes wird in der Stadt stehen und seine Knechte werden ihm dienen. [4] Sie werden sein *Angesicht schauen* und sein Name ist auf ihre Stirn geschrieben. [5] Es wird keine Nacht mehr geben und sie brauchen weder das Licht einer Lampe noch das

Du hast tausend Wunden, daraus strömt dein Erbarmen, du segnest alle deine Feinde. Du segnest noch, die es nicht mehr wissen. Die Barmherzigkeit der Welt ist deine entlaufene Tochter, und alles Recht der Menschen hat von dir empfangen. Alle Weisheit der Menschen hat von dir gelernt. Du bist die verborgene Schrift unter all ihren Zeichen. Du bist der verborgene Strom in der Tiefe ihrer Wasser.

**GERTRUD VON LE FORT** (1876–1971), „Hymnen an die Kirche"

Die Kostbarkeit und Schönheit der Stadt spiegelt ihren himmlischen Glanz. Die Edelsteine haben in der Antike einen hohen Symbolwert. Sie entsprechen der Harmonie des Kosmos.

Die Kirche ist die Mutter der Lebendigen.

**AMBROSIUS VON MAILAND**

Die Kirche ist eine alte Frau mit vielen Runzeln und Falten. Sie ist meine Mutter. Und eine Mutter schlägt man nicht.

**KARL RAHNER SJ** (1904–1984), deutscher Theologe

Der kann Gott nicht zum Vater haben, der die Kirche nicht zur Mutter hat.

**CYPRIAN VON KARTHAGO** (†258), Bischof und Märtyrer

Licht der Sonne. Denn der Herr, ihr Gott, wird über ihnen leuchten
und sie werden herrschen *in alle Ewigkeit.*

**Der Schluss des Buches – und der ganzen Bibel (Offb 22,6–21)**

6 Und der Engel sagte zu mir: Diese Worte sind zuverlässig und wahr.
Gott, der Herr über den Geist der Propheten, hat seinen Engel ge-
sandt, um seinen Knechten zu zeigen, *was* bald *geschehen muss.*
7 *Siehe, ich komme bald.* Selig, wer an den prophetischen Worten die-
ses Buches festhält.
8 Ich, Johannes, habe dies gehört und gesehen. Und als ich es hörte
und sah, fiel ich dem Engel, der mir dies gezeigt hatte, zu Füßen,
um ihn anzubeten. 9 Da sagte er zu mir: Tu das nicht! Ich bin nur ein
Knecht wie du und deine Brüder, die Propheten, und wie alle, die sich
an die Worte dieses Buches halten. Gott bete an!
10 Und er sagte zu mir: *Versiegle* dieses *Buch* mit seinen prophe-
tischen Worten nicht! Denn die Zeit ist nahe. 11 *Wer Unrecht tut, tue*
*weiter Unrecht,* der Unreine bleibe unrein, der Gerechte handle wei-
ter gerecht und der Heilige strebe weiter nach Heiligkeit. 12 *Siehe, ich*

*komme* bald und *mit mir* bringe ich *den Lohn und ich werde jedem*
*geben, was seinem Werk entspricht.* 13 *Ich bin* das Alpha und das Ome-
ga, *der Erste und der Letzte,* der Anfang und das Ende.
14 Selig, wer sein Gewand wäscht:
Er hat Anteil am *Baum des Lebens,* und er wird durch die Tore in die
Stadt eintreten können. 15 Draußen bleiben die »Hunde« und die Zau-
berer, die Unzüchtigen und die Mörder, die Götzendiener und jeder,
der die Lüge liebt und tut.
16 Ich, Jesus, habe meinen Engel gesandt als Zeugen für das, was die
Gemeinden betrifft. Ich bin die Wurzel und der Stamm Davids, der
strahlende Morgenstern.
17 Der Geist und die Braut aber sagen: Komm!
Wer hört, der rufe: Komm! *Wer durstig ist, der komme.* Wer will, emp-
fange *umsonst das Wasser des Lebens.*
18 Ich bezeuge jedem, der die prophetischen Worte dieses Buches
hört: Wer *etwas hinzufügt,* dem wird Gott die Plagen zufügen, *von*
*denen in diesem Buch geschrieben steht.* 19 *Und* wer *etwas wegnimmt*
*von* den prophetischen Worten dieses Buches, dem wird Gott seinen
Anteil *am Baum des Lebens* und an der heiligen Stadt wegnehmen,
von denen in diesem Buch geschrieben steht.
20 Er, der dies bezeugt, spricht: Ja, ich komme bald. –
Amen. Komm, Herr Jesus!
21 Die Gnade des Herrn Jesus sei mit allen!

▶ Der Schluss ist wie ein Dialog gestaltet. Gott spricht – durch einen Engel. Der Prophet hört und antwortet – für die ganze Gemeinde.

„Jemand muss zu Hause sein, Herr, wenn du kommst. Jemand muss dich erwarten, unten am Fluss vor der Stadt. Jemand muss nach dir Ausschau halten, Tag und Nacht … Und jemand muss singen, Herr, wenn du kommst! Amen.

**SILJA WALTER OSB** (1919–2011), „Gebet des Klosters am Rand der Stadt“

„Es gibt einen inneren Durst, der größer ist als der leibliche Durst, die Sehnsucht, dass unser Leben doch nicht ein Wrack bleibt, ein Torso, sondern ein Ganzes wird, vollkommen, perfekt, ganz. Ein Leben, das nicht einfach endet mit dem Grab, sondern das Sehnsucht danach ist, mehr zu haben. Von dieser großen Sehnsucht des Menschen ist am Ende der Heiligen Schrift die Rede, von der Sehnsucht, die ruft: Komm! – und die Antwort von Gott erhält: „Wer durstig ist, komme. Wer will, empfange umsonst das Wasser des Lebens.“

**FELIX GENN** (* 1950), Bischof von Münster

B Ich bin der Weg und die Wahrheit und das Leben; niemand kommt zum Vater außer durch mich.

Joh 14,6

# Hinweise zum Gebrauch

Hier wird eine Bibelstelle aus einem anderen Buch zitiert, die dir ein tieferes Verständnis der Stelle ermöglicht, die du gerade liest.

Die Bibel ist voller Überraschungen, manchmal auch voller Humor. Wenn du dieses Zeichen siehst, wird dir ein Licht aufgehen oder du wirst Spaß haben.

Dieses Zeichen steht für hilfreiche Erklärungen aus der Bibelwissenschaft. Es gibt viele Stellen in der Heiligen Schrift, die für die heutigen Leserinnen und Leser dunkel erscheinen. Manchmal würde man bestimmte Stellen auch überlesen, wenn man keinen Hinweis bekommt, warum gerade dieses Wort so wichtig ist.

Heilige haben die Bibel mit ihrem Leben ausgelegt. Viele von ihnen haben sogar für die Wahrheit des Glaubens ihr Leben gegeben. Was sie zu sagen haben, kommt häufig aus Gebet und Meditation.

Zeugnisse von Jugendlichen zeigen, wie das Wort Gottes sie berührt und ihr Leben verändert hat.

Millionen von Menschen haben die Bibel gelesen und sich mit ihr auseinandergesetzt. Originelle Zitate von Christen und Nichtchristen bringen die Aktualität und Kraft des Wortes Gottes zum Leuchten.

Das Wort Gottes stellt uns in Frage und verändert uns. Wo sich besonders wichtige Fragen ergeben, findest du sie unter diesem Zeichen.

Wo du dieses Zeichen findest, kannst du im YOUCAT, dem Jugendkatechismus der Katholischen Kirche, nachschlagen. Dort findest du in Frage und Antwort die Basics, die ein katholischer Christ kennen muss. Das Glaubenswissen der Kirche schöpft aus dem Urdokument des Glaubens, der Heiligen Schrift. Wer es ganz genau wissen will, schlägt im KKK, dem großen Standardwerk der kirchlichen Lehre, nach.

# Personenregister

# Sachregister

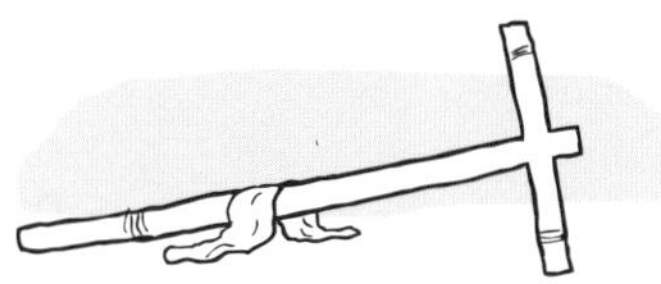

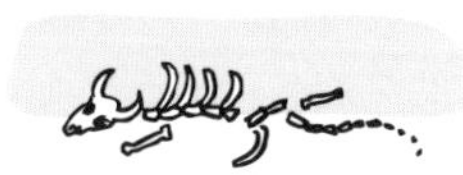

Я задавлены!*

# Besondere Bibelstellen

In dieser Bibel gibt es wichtige Bibelstellen, die nicht an ihrem biblisch richtigen Platz stehen; sie stehen auf folgenden Seiten:

# Verzeichnis der Karten und Schaubilder

# Textnachweis

Bertolt Brecht, Buch der Wendungen, in: ders., Werke. Große kommentierte Berliner und Frankfurter Ausgabe, Band 18: Prosa 3. © Bertolt-Brecht-Erben / Suhrkamp Verlag 1995 260; Martin Buber, Die Erzählungen der Chassidim © 1949/2014 by Manesse Verlag, Zürich, in der Verlagsgruppe Random House GmbH, München 33; Jörg Sieger (www.joerg-sieger.de) 38; Silja Walter, Gesamtausgabe. Band 2, © Paulusverlag Freiburg/Schweiz 2000 405

# Bildnachweis

Basical Augsburg 250/251; Bernadette Baumgartner 199; Christa Berger 269; Fouda Bienvenu 247, Joop van Bilsen / Anefo, Wikimedia Commons, https://commons.wikimedia.org/wiki/File%3AMartin_Buber_1963c.jpg 166; Léon Bloy, Wikimedia Commons 157; Martine Boutros 10/11; Bundesarchiv B 285 Bild-04413, Stanislaw Mucha, CC-BY-SA 3.0, Wikimedia Commons, http://commons.wikimedia.org/wiki/File%3ABundesarchiv_Bild_175-04413%2C_KZ_Auschwitz%2C_Einfahrt.jpg 146/147; Bundesarchiv, Bild 146-1987-074-16 / CC-BY-SA 3.0, Wikimedia Commons https://commons.wikimedia.org/wiki/File%3ABundesarchiv_Bild_146-1987-074-16%2C_Dietrich_Bonhoeffer.jpg 159; Bundesarchiv, B 145 Bild-F059404-0019 / Schaack, Lothar / CC-BY-SA 3.0, Wikimedia Commons, https://commons.wikimedia.org/wiki/File%3ABundesarchiv_B_145_Bild-F059404-0019%2C_Bundespr%C3%A4sident_empf%C3%A4ngt_Papst_Johannes_Paul_II..jpg 225; Cécile Brûlon 164; Laura Carlos 217; Dirk D., Wikimedia Commons, lizensiert unter BY-SA 3.0, https://commons.wikimedia.org/wiki/File%3ABethlehem_-_Stern_von_Bethlehem_in_der_Geburtsgrotte.jpg 292; Gustave Doré, Public Domain 246; Côme Duhey, Wikimedia Commons, https://commons.wikimedia.org/wiki/File%3AComeduhey_bapteme_du_christ.jpg 257; Jürgen Erhard 301; Bracha L. Ettinger, Wikimedia Commons, lizensiert unter CC BY-SA 2.5, https://commons.wikimedia.org/wiki/File%3AEmmanuel_Levinas.jpg 134; Francisco Eugenio 226, © Facebook / Christian post 375; www.fahrbuch.de 130; Falk2, Wikimedia Commons, lizensiert unter: CC BY-SA 3.0, http://commons.wikimedia.org/wiki/File%3AX1.27_Kloster_Rus%C3%A1nu.jpg 264; Wolfgang Fässler 330, 343; Michaela Gassner 264; Maddy Giesbrecht 357; Dominique Haas 12/13, 16/17, 34, 54, 74, 78/79, 80, 90, 118, 128,142, 286, 360, 380, 385; Zvi Harduf via the PikiWiki - Israel free image collection project, Wikimedia Commons, http://commons.wikimedia.org/wiki/File%3APikiWiki_Israel_14320_Wildlife_and_Plants_of_Israel.JPG 227; Julia Hiemetzberger 215, Gerhard Hirsch (www.gerhard-hirsch.de) 137; Hochschul- und Landesbibliothek Fulda, Wikimedia Commons, https://commons.wikimedia.org/wiki/File%3AWeltchronik_Fulda_Aa88_087r_detail.jpg 66; Katharina Kiechle 132; Christoph Kraus 395; Stephanie Kriz 387; Michael Langer 61, 366, 372; Jeronimo Lauricio 182; Jakob Lazarus, Wikimedia Commons, lizensiert unter CC BY-SA 3.0, http://commons.wikimedia.org/wiki/File:Holy_Paraclete_Dove.jpg 356; Emilie Leclerc 259; Ruth Leitner 298; Alexander von Lengerke 140/141, 161, 178, 252, 273, 352; Christian Lesch 259; Lilly M, Wikimedia Commons, lizensiert unter CC BY-SA 3.0, https://commons.wikimedia.org/wiki/File%3AEquus_asinus_Kadzid%C5%82owo_002.jpg 273; Nicola Majnaric 30, Zoran Marincic 83, Angelika Mayer 311; Tobias Mayer 94; Wolfgang Moroder, Wikimedia Commons, https://commons.wikimedia.org/wiki/File%3ADlijia_dla_ploania_de_San_Ciascian_fresco_seura_l_autere.jpg 186; Museo de Almeria, Wikimedia Commons, lizensiert unter CC BY-SA 3.0, https://commons.wikimedia.org/wiki/File%3ABuen_PastorMuseo.jpg 302; Museum of Fine Arts, Boston, Wikimedia Commons, https://commons.wikimedia.org/wiki/File%3ASchmerzensmann.jpg 181; Novica Nakov, Wikimedia Commons, lizensiert unter CC BY-SA 2.0, http://commons.wikimedia.org/wiki/Category:Icons_of_Michael?uselang=de#mediaviewer/File:Icon_14.jpg 233; Gertrud Nemeth 268; Ökumenisches Heiligenlexikon, Public Domain, https://commons.

wikimedia.org/wiki/File%3ASaint_Edith_Stein.jpg 160; © Olallaoliveros.blogspot.de 375; Daniel Ortmann, Wikimedia Commons, lizensiert unter CC BY-SA 2.5, https://commons.wikimedia.org/wiki/File%3ACistern_getting_water.jpg 132; © pfarre-mittergrabern.at 289; Frederick Richard Pickersgill, Wikimedia Commons, http://commons.wikimedia.org/wiki/File%3AFoster_Bible_Pictures_0084-1_Rahab_Helping_the_Two_Israelite_Spies.jpg 82; Claudio Peri © dpa 265; Andreas Praefcke, Wikimedia Commons, lizensiert unter CC BY 3.0; https://commons.wikimedia.org/wiki/File%3AMerazhofen_Pfarrkirche_Hochaltar_Relief_Kanaan-Kundschafter.jpg 59, Andreas Praefcke, Wikimedia Commons, http://commons.wikimedia.org/wiki/Category:Naaman?uselang=de#mediaviewer/File:Enamel_plaque_Naaman_BM.jpg 113; Presidência da Republica/Roberto Stuckert Filho (Agência Brasil), Wikimedia Commons, lizensiert unter CC BY 3.0, http://commons.wikimedia.org/wiki/File%3AFrancisco_(20-03-2013).jpg 101; Alex Proimos, Wikimedia Commons, lizensiert unter CC BY 2.0, https://commons.wikimedia.org/wiki/File%3ALending_an_Ear_(7085965167).jpg 47; Public Domain, http://www.zeno.org/nid/20004244982 109; J.L. Raab, Wikimedia Commons 154; Zénaïde Alexeïevna Ragozin, Wikimedia Commons, https://commons.wikimedia.org/wiki/File%3ABabylons_h%C3%A6ngende_haver.png 172; Remiel at en.wikipedia, Wikimedia Commons, http://commons.wikimedia.org/wiki/File%3AStPaul_ElGreco.jpg 333; © Rheinisches Bildarchiv Köln, rba_c024166 327; Michaela Ruhnke 43; Sailko, Wikimedia Commons, lizensiert unter CC BY-SA 3.0, https://commons.wikimedia.org/wiki/File%3AJacopo_filippo_argenta_e_martino_da_modena%2C_graduale_XIII%2C_1480-1500_ca%2C_13%2C2_geremia.jpg 209; Nadia Savitri Meinar 200, 382; Raphael Schadt 162, Michael Scharf 218, 234; Joachim Schäfer, Ökumenisches Heiligenlexikon 177; Max Schmid 18, 324, 348/349, 378, 379; Marie und Cornelius von Schönau 358; Georg und Christina Schreyer 72, 262; Nils Schubert 393; Luc Serafin 50, 62, 89, 104, 122, 136, 152, 155, 163, 168, 172, 175, 176, 180, 184, 188/189, 190, 195, 198, 199, 202, 204, 206, 220, 228, 237, 242, 300, 306, 317, 321, 350, 362, 364, 365, 373, 374, 376, 377, 381, 384, 387, 390, 392, 397, 398; Abraham Sobkowski OFM, Wikimdia Commons, lizensiert unter CC-BY-SA-3.0, http://commons.wikimedia.org/wiki/Jerusalem?uselang=de#mediaviewer/File:Zion_Gate.JPG 117; Clara Steber 173, 210, 223, 280, 297, 328, 336, 356, 370; Raphael Steber 150, 318; Martin Stiglmayr 49; Nico Sucker 261, 272; Avishai Teicher, Wikimedia Commons, http://commons.wikimedia.org/wiki/File%3ABaptistry_in_Emmaus_Nicopolis%2C_Israel.jpg 343; Vassil, Wikimedia Commons, https://commons.wikimedia.org/wiki/File%3AAnge_au_sourire.jpg 243; Roswitha Völker 65; Volodymyr D-k, Wikimedia Commons, lizensiert unter CC BY-SA 3.0, http://commons.wikimedia.org/wiki/File%3AFalling_of_Lenin_in_Khmelnytskyi_park.jpg 65; Peter Paul van Voorst 69; Dimitry Vrubel 279; www.kathpedia.com, Public Domain 345; Wellcome Library no. 18541i, Wikimedia Commons, http://commons.wikimedia.org/wiki/File%3AThe_child_Samuel_tells_Eli_about_God's_displeasure_with_him._Wellcome_V0034309.jpg 92; Manfred Werner – Tsui, Wikimedia Commons, lizensiert unter CC BY-SA 3.0, https://commons.wikimedia.org/wiki/File%3AEM-Qualifikationsspiel_%C3%96sterreich-Russland_2014-11-15_003_David_Alaba.jpg 359; © Thorsten Wulff, mit freundlicher Unterstützung von Johannes Kneifel und dem Verlag Wunderlich 330;v https://commons.wikimedia.org/wiki/File%3ACreation_of_Light.png 20; https://commons.wikimedia.org/wiki/File%3AExodusSh2.jpg 41; https://commons.wikimedia.org/wiki/File%3AFeuerbach_Mirjam_2.jpg 42; https://commons.wikimedia.org/wiki/File%3AMoses_dore.jpg 45; https://commons.wikimedia.org/wiki/File%3AMoisei_St.Catherin_Sinai.jpg 73; http://commons.wikimedia.org/wiki/File%3ASchnorr_von_Carolsfeld_-_Ruth_und_Boas.jpg 86; http://commons.wikimedia.org/wiki/File%3ADavide-Golias.jpg 96; http://commons.wikimedia.org/wiki/File%3A073A.David_and_Jonathan.jpg 98; https://commons.wikimedia.org/wiki/File%3AThomas_von_Aquin.jpeg 106; https://commons.wikimedia.org/wiki/File%3A087.King_Solomon_in_Old_Age.jpg 108; https://commons.wikimedia.org/wiki/File%3AFerdinand_Bol_-_Elijah_Fed_by_an_Angel_-_WGA2360.jpg 111; http://commons.wikimedia.org/wiki/File%3AFolio_29r_-_The_Ark_of_God_Carried_into_the_Temple.jpg 119; http://commons.wikimedia.org/wiki/File%3ALeopold_Pilichowski_Sukkot.jpg 127; http://wellcomeimages.org/indexplus/obf_images/46/fe/23ee27ae3670758646bae40528bf.jpg 129; https://commons.wikimedia.org/wiki/File%3A117.Esther_Accuses_Haman.jpg 135; http://commons.wikimedia.org/wiki/File%3AStattler-Machabeusze.jpg 139; http://commons.wikimedia.org/wiki/File%3AGonzalo_Carrasco_-_Job_on_the_Dunghill_-_Google_Art_Project.jpg 144;

http://commons.wikimedia.org/wiki/Category:Job?uselang=de#mediaviewer/File:119.Job_Speaks_with_His_Friends.jpg 148; https://commons.wikimedia.org/wiki/File%3ABeethoven.jpg 152; https://commons.wikimedia.org/wiki/File%3ABenozzo_Gozzoli_001.jpg 161; https://commons.wikimedia.org/wiki/File%3AHans_Holbein%2C_the_Younger_-_Sir_Thomas_More_-_Google_Art_Project.jpg 163; http://commons.wikimedia.org/wiki/File%3AMohandas_K._Gandhi%2C_portrait.jpg 173; https://commons.wikimedia.org/wiki/File%3AShulammite_maiden_Moreau.jpg 177; https://commons.wikimedia.org/wiki/File%3ABernadette_Soubirous_en_1863_photo_Billard-Perrin_2.jpg 179; https://commons.wikimedia.org/wiki/File%3AChesterton_Sitting_with_a_Dog.jpg 180; https://commons.wikimedia.org/wiki/File%3AHolman_Miriam_and_the_Israelites_Rejoicing.jpg 215; http://commons.wikimedia.org/wiki/Category:First_Vision_of_Ezekiel?uselang=de#/media/File:Peter_Paul_Rubens_-_Vision_of_Ezekiel_-_WGA20455.jpg 222; http://commons.wikimedia.org/wiki/Category:Book_of_Daniel?uselang=de#mediaviewer/File:Merian%27s_Daniel_7_engraving.jpg 232; https://commons.wikimedia.org/wiki/File%3AJohnSteinbeck_crop.JPG 238; https://commons.wikimedia.org/wiki/File%3AJan_Brueghel_the_Elder-Jonas_entsteigt_dem_Rachen_des_Walfisches.JPG 239; https://commons.wikimedia.org/wiki/File%3AFriedrich_Nietzsche_drawn_by_Hans_Olde.jpg 243; https://commons.wikimedia.org/wiki/File%3AGiotto_-_Legend_of_St_Francis_-_-06-_-_Dream_of_Innocent_III.jpg 245; https://commons.wikimedia.org/wiki/File%3ABurnandJeanPierre.jpg 291; https://commons.wikimedia.org/wiki/File%3AEllenrieder_Maria_1833.jpg 294; http://de.wikipedia.org/wiki/Simeon_%28Prophet%29#mediaviewer/File:Simeon_with_the_Infant_Jesus_Brandl_after_1725_National_Gallery_Prague.jpg 296; https://commons.wikimedia.org/wiki/File%3AGiovanni_bellini%2C_testa_di_san_giovanni_battista.jpg 299; https://commons.wikimedia.org/wiki/File%3ARembrandt_Christ_with_two_disciples.jpg 304; https://commons.wikimedia.org/wiki/File%3ACodexEgberti-Fol036v-HealingAtBethesda.jpg 310; http://commons.wikimedia.org/wiki/File%3AKierkegaard.jpg 331; http://commons.wikimedia.org/wiki/File%3ASan_Barnaba.jpg 340; http://commons.wikimedia.org/wiki/File%3APetrus_et_Paulus_4th_century_etching.JPG 347; https://commons.wikimedia.org/wiki/File%3ADiogo_de_Contreiras_-_Ressurrei%C3%A7%C3%A3o.jpg 359; https://commons.wikimedia.org/wiki/File%3AParadiso_Canto_31.jpg 361; https://upload.wikimedia.org/wikipedia/commons/1/18/Advokater_avbildade_av_den_franske_konstnären_Honoré_Daumier_%281808-1879%29.jpg 363; http://upload.wikimedia.org/wikipedia/commons/c/c2/Jesus_graffito.jpg 370; https://commons.wikimedia.org/wiki/File%3AJohannesPaul2-portrait.jpg 372; https://commons.wikimedia.org/wiki/File%3A1627_Rembrandt_Paulus_im_Gef%C3%A4ngnis_Staatsgalerie_Stuttgart_anagoria.JPG 379; http://commons.wikimedia.org/wiki/File%3ATeresa_of_%C3%81vila.jpg 393; http://commons.wikimedia.org/wiki/File%3ASimone_Weil_1921.jpg 394; http://commons.wikimedia.org/wiki/Category:New_Jerusalem?uselang=de#mediaviewer/File:BambergApocalypseFolio055rNew_Jerusalem.JPG 404

# Danksagung

Die YOUCAT Foundation dankt allen, die uneigennützig mitgeholfen haben, dass die Jugendbibel zustande kam.

Danke allen Jugendlichen, die Glaubenszeugnisse beigetragen oder Fotos für die Bibel eingesandt haben.

Danke den Teilnehmern von YOUDEPRO 2015: Kara Logan, Sharon Murphy, Nadia Nicole, Vallentine Onundo, Ivan Vrlic.

Danke den Teilnehmern von YOUDEPRO 2014: Martine Boutros, Jerônimo Lauricio, Nicolas Lázaro, Jomar Luciano, Cyriac Panackal, Johann Rhee.

Danke den Studierenden des Instituts Religion der Kirchlichen Pädagogischen Hochschule Wien/Krems: Christa Berger, David Hadl, Stefanie Kriz, Ruth Leitner, Christian Lesch, Nicola Majnaric, Zoran Marincic, Angelika Mayer, Martin Mayerhofer, Clemens Moser, Gertrud Nemeth, Martin Stiglmayr, Birgit Szokoll, Roswitha Völker.

Danke den Teilnehmern der Bibelwoche: Michaela Kofler, Ruth Leitner, Clemens Moser, Alexander Saller, Benjamin Scheidler, Nico Sucker.

Danke den Mitarbeitern vom Gebetshaus Augsburg: Jürgen Erhard, Wolfgang Fässler, Michael Franz, Michaela Gassner, Raphael Schadt.

Danke an Flávio Amaral, Bernadette Baumgartner, Magnus Eble, Isabel Meuser, Christoph Kraus, Tobias E. Mayer, Michaela Ruhnke, Maria Scheckenbach, Christina und Georg Schreyer, Marie und Cornelius von Schönau.

Danke an die Gemeinschaft Emmanuel und den Teilnehmern der Wüstenexerzitien, insbesondere Dominique Haas.

Danke an das Team vom BASICAL der Diözese Augsburg mit Florian Markter und Ulrike Zengerle.

Danke an Cécile Brûlon, Laura Carlos, Francisco Eugenio, Katharina Kiechle, Emilie Leclerc, Luzia Mayer, Nadia Nicole, Michael Scharf, Max Schmid, Nils Schubert, Luc Serafin, Raphael Steber, Peter Paul van Voorst.

Danke an Anneliese Hecht und Franz Josef Backhaus vom Katholischen Bibelwerk Stuttgart, die eine frühere Fassung des Neuen Testaments durchgesehen und wichtige Anregungen gegeben haben.

Danke allen, die irrtümlicherweise nicht genannt wurden. Bitte schreibt uns, dann werdet Ihr in der nächsten Auflage genannt.

YOUCAT
PLEASE DONATE!

| | |
|---|---|
| | **KÖNIGE UND PROPHETEN** |
| 586 | |
| | **EXIL UND RÜCKKEHR** |
| 538 | |
| | **FRÜH-JUDENTUM** |
| 63 | |
| 0 | |
| 70 | **ZERSTÖRUNG JERUSALEMS** |

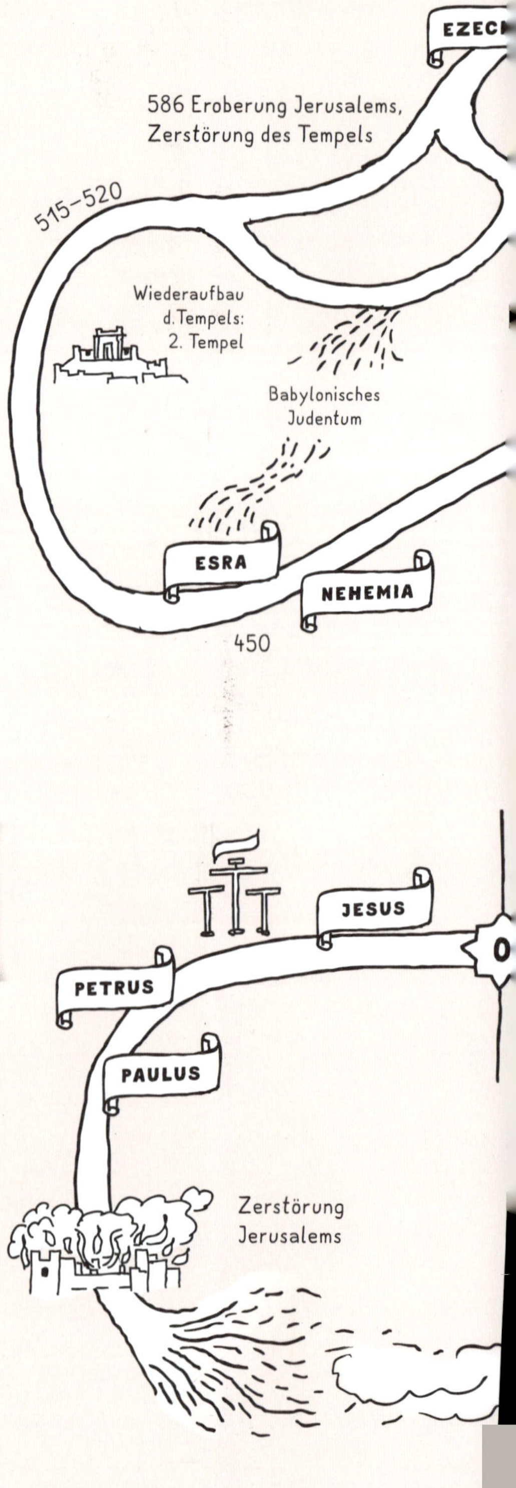